文史哲大系95

劉世南著

清詩流派史

文津出版社印行

《清詩流派史》序

敏澤

由於種種歷史原因的影響，如果說清史研究是整個史學領域研究中的一個薄弱環節，那麼，清詩研究，尤其是清詩之流派研究，則更是文學史研究領域中的一個相當薄弱的環節。但清詩在中國古典詩歌作爲詩歌主體發展中的最後一個歷史時期，卻是一個重要的、有自己時代特色、並取得了一定成就的時期。

清詩在清之早期和晚期，由於社會、民族矛盾之激烈和深廣（早期爲中華民族內部滿、漢之間政權更替的矛盾，後期爲反帝、反封建之矛盾），不僅曾有大量激越憤悱的優秀詩歌產生，表現著昂揚奮發的氣節風範和深摯的愛國主義精神，遠紹《詩》、《騷》，中繼唐、宋詩的優良傳統，超越元、明而有新的開拓與建樹，而且具有鮮明的自己的時代特色：成爲一代主要風標的詩人之詩與學人之詩的結合。清代晚期，即近代古典詩歌的發展，又直接間接地影響著我國現代文學中詩歌的發展。長期以來這方面研究之被一定程度的忽視，不能不是學術研究方面一件令人感到遺憾的事情。

研究清代的詩歌流派史，比起研究唐、宋以前的詩歌流派史，難度要更大，這是不言自明的。其中原因之一，即那以前的研究向來較多，而清代極少；原因之二，是研究唐、宋以前的，熟悉此前的詩歌流變及流派的發展就夠了，而研究清代的，除了必須熟悉那一部詩史外，還必須熟悉金、元、明以來的詩史。至於從事此類研究，需要充分熟悉古典詩歌，並有較高的藝術鑒賞分析能力及較好的理論、美學素養等，則是共同的。

值得高興的是：劉世南先生經過多年的艱苦努力，終於以自己堅實的《清詩流派史》填補了這一難度較大的學術空缺。

世南先生自青年時起就酷愛古典詩歌，舊詩寫作有較高造詣，尤喜清詩，風雨數十載，不更此志，樂此不疲。尤其是一九七九年調到大學任教後，沉潛乎中，專攻清詩，焚膏油以繼晷，恒兀兀以終年，廣泛涉獵有關資料，精讀各家詩集、文集，分期分人地作專門研究，細大不捐，卡片盈箱，反復涵詠，不斷揣摩，既條分縷析，又融會貫通；既努力地探究各流派產生、發展的歷史原因及詩學本身的原因，又精心地尋繹各流派之間的相互影響；既沿波討源，探求其繼武前賢之處，又能由表及裡，較確切地擷取其思想與藝術方面的獨到特點，平實地闡述其得失，考究其消長。總之，這是一部用力甚勤，資料翔實，自成體系，且時有精審之見的論著。

全書以前、中、晚三期對清詩流派之發展作了考察，依次分析各個流派及每一流派中作家之思想與藝術特色。前期包括河朔詩派、嶺南詩派、顧炎武、虞山詩派、婁東詩派、秀水詩派、神韻詩派、宗宋詩派、飴山詩派；中期除向來研究較多的格調、性靈、肌理三派外，並對浙派、桐城詩派、高密詩派、常州詩派作了細致而深入的論列；晚期則包括浙派的異軍——龔自珍、宋詩派與同光體、詩界革命派、漢魏詩派、中晚唐詩派。這樣，就對有清一代的詩歌流派史作了全面而詳細的概括和論述，使讀者讀完全書，對這一時代的詩歌流變能有全面而細致的了解。在這些雜然紛陳的詩歌流派中，固有人們了解研究較多的，但也有論述、研究較少甚或缺如的，如河朔詩派、飴山詩派、桐城詩派、高密詩派、常州詩派、漢魏詩派、中晚唐詩派等等。作者深入鈎稽，細心辨析，在這些流派的研究中，具有更多的開拓性貢獻。而且綱目之間，並不像常見的板塊結構那樣，羅列各派特點而成史，而是努力探究其內部規律和遞變，並不乏肯綮之見，使《清詩流派史》作爲文學史專著之一種，具有自己的鮮明特色。在對流派的研究中，作者注意三個緊密相聯的環節：時代要求、文學風尚及詩人主體的審美追求，三者一以貫之，這無疑也是抓住了流派史研究的關鍵的。

在對每一流派的評騭中，也頗不乏精至獨到的見解。如對河朔派的論析，不僅是我所能夠見到的第一篇這樣的專論，而且論述它尊明七子、反竟陵，但又不重蹈七子故轍，而是別開學杜門徑；論述其詩的「清剛」之氣，在內涵中很重理學與詩的統一，以及以孝爲先的理學影響使該派詩人在對清統治方面，既不肯合作，又不願反抗，等等，都是言之成理、持之有故的。在對顧炎武詩的思想和藝術特點的論述，如對顧與李贄的同異、顧詩與杜詩的同而不同，顧詩的用事及五排等等的論述中，都不乏獨到的見解。王士禛的詩論是歷來研究較多、人們比較熟悉的，但在本書的論述中，仍有許多新的開拓。如王士禛以王、孟爲盛唐詩的本來面目，是人所共知的，但何以如此，作者從對王士禛的處境、心態的考察中，提出了一些新的解釋，是站得住、並有說服力的；對王士禛所標舉的「典」、「遠」、「諧」、「則」的闡述，既較平實，也富新意。對陳維崧的詩，學術界向來極少論述，作者不僅對它作了全面詳盡的論述，而且在論述其詩歌的思想、藝術特色上，如其七律的種種特點，七古雖非長篇敘事的婁東派，但由於其繼承了梅村歌行的特色：重詞藻，富文采，工對偶，反與梅村接近，而在骨力方面又勝於梅村。這種論析，頗富創意。像這樣精到的或較好的見解，在這部多達三十二萬多字的書中隨處可見，難以臚列。總之，我讀了此書的不少章節後，感到這確是目前研究清詩流派的一部力作，應該爲之慶幸的。

新時期以來，我們的古典文學研究，出現了空前繁榮的局面。文學史方面的研究著作，也陸續出版了多種，各有特色和貢獻，但拓展史的研究範圍，突破原有的史學模式，仍是需要爲之努力奮鬥的。世南先生在清詩的研究上，採取了一種新的視角，從流派的發展、興替著眼，考察論析一代詩歌歷史，不僅填補了學術空白，在爲史的體例方面，也是有所突破的。

在上面，我讚揚了此書的許多獨到之處和某些特點，並充分肯定了它的學術價值，但並不是說，此書的寫作毫無不足之處。在作家的論述中，有的論斷，也還可以進一步研究和商榷；作者努力學習現代中西文論及美學，以之運用到清詩的分析中去，多數運用得比較恰切，但也偶有運用不盡恰當之處，如論李白詩屬於「向内轉」，杜甫詩屬於「向外轉」。不過這點個別性的不足，並不影響全書在學術上是一部堅實的力作。

年近古稀的世南先生是錢鍾書先生介紹給我的，一九八七年因率領其研究生訪學，曾來北京我寓所相訪，此前此後則偶有書信往還，知他多年甘於寂寞，埋頭學問。他經多年艱辛完成此書，囑我作序。我素懶於此道，但他在學術上的勤奮創造精神，以及在學術上的貢獻，卻使我深爲感動，因而勉爲此序。

一九九二、五、三十　北京

目錄

〔後期〕

前言

清詩近年來才逐漸得到學術界的重視，其實它邁越元、明而繼承了唐、宋詩的優良傳統（著重的是藝術養料），並在此基礎上有所發展，表現出自己的時代特色——學人之詩與詩人之詩的統一。它包括著近代文學中的中國古典詩歌，直接哺育著中國現代文學。

清詩的前期和後期，都反映了昂揚的民族氣節和深厚的愛國主義精神；中期則盛開著詩歌理論之花，橫出一世的性靈說即產生於此期。

因此，總結清詩的經驗和教訓，對當代和後世的文學創作（尤其是詩歌創作與研究），是有著豐富的借鑒意義的。

《清詩流派史》的編寫，其出發點就是總結清詩發展的規律。因爲規律總是反映在各種詩派的產生與相互影響中，所以，我從流派著眼來敘述和論析清詩三個時期的發展變化情形。

全書以事實說明如下規律：

㈠ 每一流派對以往各流派（尤其是和它相銜接的一個或幾個流派）的理論、創作的成果，都必然有所吸收和揚棄。無所取，則詩史失去了連續性；無所捨，則此一詩派失去了它的質的規定性。

㈡ 就是對於前代某一理論（如王士禎之於《滄浪詩話》）絕對宗仰，也必然滲入後者新的時代審美因素以及個人的審美情趣。

㈢ 詩派的生滅盛衰，主要由於補偏救弊——每一流派都是爲了對前此諸流派補偏救弊而生而盛，又由於本身的僵化而爲後出流派所補救而衰而滅。

㈣ 同一流派的作者群也在不斷分化，或堅持，或變異，最後有的蛻變而成另一流派。

因而結論是：流派是時代要求、文學風尚和詩人審美追求的結晶——整個《清詩流派史》就是按照這個原則來論述的。

我不用一種流派的審美標準去批評另一流派的作品與理論，但堅持科學的實事求是的原則，區分進步與落後，同時辯證地分析、對待落後的流派，也標舉出它的藝術特色、理論價值，並指出其出現是歷史的邏輯必然。

第一章　河朔詩派

甲　河朔詩派的由來

明末清初的詩人鄧漢儀曾指出：「今天下之詩，莫盛於河朔，而鳧盟以布衣爲之冠。」①申涵光自己也說：「今天下詩頗推畿輔，……照耀河朔。」②王士禎正式提出「河朔詩派」這一名稱：「申鳧盟涵光稱詩廣平，開河朔詩派。其友鷄澤殷岳伯岩、永年張蓋覆輿、曲周劉逢源津逮、邯鄲趙湛秋水，皆逸民也。」③後來楊際昌也說：「永年申和孟涵光，節愍公佳允子，與逸民殷岳、張蓋、劉逢源友，開河朔詩派。」④徐嘉則以詩贊歎：「獨有涵光樂隱居，奎章閣下謝公車。早教河朔開詩派，晚究蘇門性命書。」⑤

乙　河朔詩派的特色

河朔詩派有什麼特色呢？

原來明詩自前後七子主盟後，末流失於膚熟。公安起而矯之，又成俚僻。於是竟陵派出，以性靈矯七子之膚熟，以學古矯公安之俚僻，結果卻如錢謙益所指責的：「以俚率爲清真，以僻澀爲幽峭。」⑥河朔詩派就是在這種情況下出現的。它的特色就是楊鍾羲所指出的：「當時北地詩人，皆不涉鍾、譚一派。」⑦明乎此，就知道這一派的人爲什麼推尊何、李而鄙薄鍾、譚了。試看申涵光評論李夢陽：「空同才力橫絕，氣壓萬夫，設前無杜陵，不幾有詩來一人乎？」⑧又評論何、李：「近代何、李兩大家，越宋、元而上，與開元爲伍。」⑨又說：「至何，李諸公專宗盛唐，遂已超宋而上。」⑩又評論李攀龍：「詩至濟南而調始純。空同才大，不屑檢繩尺，澀語梗詞，龐然並進。濟南極意鍛鍊之，使一叶（協）宮商，誦之娓娓，聲中金石。故自唐以來，語音節者，以濟南爲至。」⑪他的詩也談到：「我行天下久，粗能辨好惡。大復與空同，文章各矩矱。其餘多瑣細，真詩久寂寞。」⑫而對竟陵派則說：「竟陵久爲海內所詬詈，無足言者。」但也指出：竟陵的出現，是由於矯七子之失，所謂「性情之靈，障於浮藻，激而爲竟陵，勢使然耳。」⑬

正由於看到七子和竟陵都各有其弊，所以河朔詩派不是回到七子的老路，而是強調直接向杜甫學習。但申涵光之學杜，儘管「音節頓挫，沉鬱激昂，一以少陵爲師」，而「其所以師少陵者，悲愉咷嘯，無一不曲肖，而非世俗掇拾字句以求形似者所可比也。」⑭用他自己的話說，就是：「詩以道性情。性情之事，無所附會。盛唐諸家，各不相襲也。服古既深，直行胸臆，無不與古合。寸寸而效之，矜莊過甚，筆無餘閑。古以格帝天神鬼，使啼笑不能動一人，則無爲貴詩矣。」⑮

在這種創作思想指導下，這一派的詩風便呈現這麼一種總體特色：清剛。申涵光曾這樣描述過：

「蓋燕趙山川雄廣，士生其間，多伉爽明大義，無幽滯纖穠之習，故其音閎以肆，沉鬱而悲涼，氣使然也。」⑯又說：「讀其詩，嶙峋突兀，天外遙青，不爲徑草盆花，耳目近玩，蓋得太行之氣爲多。」又說：「古之以詩傳者，其人多清剛而磊落，以石爲體，而才致閒發，遇物斐然。」⑰又說：「古之詩人，大多稟清剛之德，有光明磊落之概。」⑱又說：「泓子之詩，清明廣大，無幽滯纖穠之習，至性所出，可涕可歌。」⑲又說：「其近體多雋語曠致，磊砢自得；歌行長篇，縱橫頓挫，風雨驟而鬼神泣也。……乃其詩莽莽然如萬夫敵，又何壯歟！黃河之水天上來，差足似之。」⑳又說：「復不耐聲偶，爲古詩，醇龐淵穆，莽莽然可敵萬人。」㉑又說：「吾讀文衣詩，喜其真，不無故爲笑啼，橫臆而出，肝膽外露，摧堅洞隙，一息千里。我燕趙人多沉毅英爽，無夸毗之習。」㉒通過這些描述，可以看出這一詩派主張「風格即人」，而「人」又是地理環境的產物。

但僅僅這樣理解，那還是膚淺的，這一詩派還把詩的創作提高到哲學的層次，那就是要求理學與詩的統一：

「古人之詩，必有其原，則道焉耳。道者，立人之本，萬事所從出，而詩其著焉。……三百篇皆道也。」㉓又說：「三百篇皆理學也，敷情陳事，而理寓焉。理之未達，無爲貴詩矣。」㉔

如果說，這些話還比較抽象，那麼，下面這段話就把他們這一觀點表露得十分清楚了：

「予謂世俗所謂理學與詩，皆非也。褒衣緩步，白髮死章句，此士而腐者，漢高所以解冠而溺之耳。而士之以風雅自負者，率佻蕩越閑，以綺語飾其陋，本之則亡，詩又可知。三百篇多忠臣孝子之章，至情所激，發而成聲，不煩雕繪，而惻然動物，是真理學，即真詩也。即如靜修先生紹濂洛之統，高風亮節，爲元醇儒。今讀其集，古健真削，無愧唐音，不可以證其合乎？……合程、朱、李、杜爲一身，匪異人任矣。」㉕

「合程、朱、李、杜爲一身」，這和桐城派的方苞所謂「學行繼程、朱之後，文章在韓、歐之間」㉖，把程、朱、韓、歐集於一身是一致的，不過一在詩，一在文而已。申涵光晚年曾從理學大儒孫奇逢問性命之學，方苞則在孫奇逢去世三十七年後，爲他撰寫《孫徵君年譜序》、《孫徵君傳》，可能受到申涵光的影響。但二者之間具有原則性的區別：桐城派提出程、朱，是奉行清廷御用哲學，爲清王朝的思想統治服務；而以申涵光爲代表的河朔詩派提出程、朱，是突出醇儒的高風亮節。其所謂「忠臣孝子」，具體到申涵光身上，就是繼承父志，忠於明室。這一詩派的詩作正是「至性所激，發而成聲，不煩雕繪，而惻然動物」的。

申涵光之所以不曾成爲腐儒和浪子詩人，是因爲他深刻地受到時代的教育。儘管他切齒痛恨李自成的部隊，但也了解民變的由來。他痛心地指出：「鵝鶩餘稻粱，道有殣不足於糠覈。令長民者而處士其心也，何至聚平民爲盜，致有今日哉！」㉗

丙　幾位代表詩人

這一派的人，本來都是志在濟世。

先看申涵光。明末少年民族英雄夏完淳這樣評論他：「君家漳水邊，意氣冠河朔。英爽殊不倫，酒酣高歌作。易水白日寒，千秋事蕭索。慷慨希古人，璠璵隱藜藿。棄家入江干，裘馬盛揮霍。天紀暗不章，栖栖靡有托。行行東南征，舒此伯（霸）王略。出門成侯王，閉戶死溝壑。睹茲乘風便，始信無家樂。」㉘

顧炎武這樣期望他：「十載相逢汾一曲，新詩歷落鳴寒玉。懸甕山前百道泉，台駘祠下千章木。登車衝雨馬頻嘶，似惜連錢錦障泥。并州城外無行客，且共劉琨聽夜雞。」㉙

夏完淳望他到東南來「舒此伯王略」，顧炎武比之於誓復中原的祖逖，就憑這兩點，也可以看出他「非僅僅一泉石膏肓之士也已」。㉚

根據他的才幹和品格，也可以看出他的隱居決非本性。據其二弟申涵盼說：他「又好謀能斷，親友有疑難事，咸就裁之，爲剖析籌畫，事卒得當。至於天下治亂，生人禍福，往往於事前逆料，莫不億中。……朋友有急難，挺身救之，不避利害。……又捷於應變，不畏強禦。」㉛

再看殷岳。申涵光說：「然吾始與宗山遇，見其鬚髯如戟，真氣動人，言天下事侃侃，常思一得當，垂附丹青。」㉜在他退隱之前，其父殷大白任關南道憲副，爲督師楊嗣昌所陷害。他與其兄殷淵，「髮指眥裂，相瀝血，志在必復仇。退而養死士，將乘間爲荊、聶計，會嗣昌誅乃已。」李自成部隊攻進北京後，他們兄弟倆曾起兵攻李軍，結果殷淵被殺，殷岳由申涵光「遺精甲」救免。入清後，他曾出任睢寧令，「爲治清剛有父風。」不久就因申涵光招隱，棄官歸。即使退隱後，他與人「抵掌談舊事，或俯首欲泣，或按劍欲怒，或浮白擊節欲狂。」㉝他的好友楊思聖患重病，希望請傅山來治。「時六月霖雨，（岳）疾馳水石中五晝夜，挾之（指傅山）並至。蓋其重交游，趨人之急多類此。」㉞顧炎武和他交誼很深：「憶昔過從日，偏承藻鑒殊：堂中延太守，門外揖王符。」㉟顧炎武以王符自比，而把殷岳比爲皇甫規，感謝他的「藻鑒殊」。殷岳不是學者，兩人如此契合，顯然由於意氣相投。嚴格地說，真要談到「隱逸」，殷岳遠遠不如其姪殷之紐。後者「甲申以還，遂晦跡逃名，決意超然於物外。」清室初定中原，催他出仕。可是「凡七奉部檄催就選，公堅臥不起。自是杜門謝客，足迹不出里巷，自扁其室曰確堂。確乎其不可拔也！」「時伯岩棄官歸，居比戶，唯旦暮一相過從，以道義相敦勉而已。」顯然是對這位叔叔的一度仕清表示不滿。無怪申涵盼在「贅語」中說：「公有逾垣避世之風，……世之輕於出處者，望確堂而色怍矣！」㊱

再看張蓋。這個人在明亡以前，被人目爲狂生。「家固窶，竭資力爲服飾，綦履佩玉，飄長帶，如貴介，甚都。時入狹邪，流連竟日夜。城頭水次，則洞簫出諸袖中，烏烏自得。」㊲晚明的社會風氣在他身上體現得非常突出。但他決不是浪子，而是傷心人的玩世不恭。他其實是「少敦氣節」的。㊳因此，明亡後，他的遺民氣節表現得最強烈，在「廣平三君」中，申涵光、殷岳都比不上他。王士禎就比之以「楚狂」，稱之爲「慢世」。㊴

再看劉逢源。他有一首五古《詠懷》：「少年不自量，意氣何崢嶸。思一吐奇懷，歷抵漢公卿。中歲事乖違，烽烟暗兩京。遂戢飛揚志，殊深林壑情。」㊵這就非常明確地表白了自己的抱負和退隱的原因。

再看趙湛。朱彝尊曾贈以一詩：「離堂卜夜且成歡，酒盡休歌行路難。四十逢時猶未晚，看君騎馬入長安。」㊶可見他也是懷抱利器，極望逢時的。當然，由於他是申涵光的好友，所以儘管「苦被八口累」㊷不能不外出游食乞援，而終於沒有像朱彝尊那樣違背初心，出仕新朝。申涵光在《送趙秋水入都》一詩末尾說：「吾弟（指自己兩個弟弟）滯京師，異方成招尋。冠蓋多風波，相將返故林。」所以趙湛終於沒有仕清。

最後看看路澤濃。他是申涵光的妹婿，又是顧炎武的好朋友。顧氏曾說：「險阻備嘗，與時屈伸，吾不如路安卿。」㊸他隨父路振飛奉隆武詔入閩。隆武帝賜澤濃名太平，授職方郎，遣使徵兵湖南。㊹隆武政權覆亡後，又隨父投永曆政權。「振飛至，即日拜相，官其子太平爲卿。」㊺《明史》稱振飛卒於途，歸莊《路文貞公行狀》稱其卒於廣東之順德。永曆政權覆亡後，澤濃一家流寓蘇州，再不北還。顧炎武詩所謂「自從一上南枝宿，更不回身向北飛。」㊻顧氏此詩題中的「路舍人」雖指其兄澤溥，但澤濃是一直「與其兩兄居洞庭兩山之間」㊼的。

通過以上河朔詩派這些詩人的情況，可以斷定他們的隱居完全由於和新朝不合作。最能證明這一點的，是他們很多現實性強的詩作，因爲觸犯清廷忌諱，多已不傳。鄧漢儀曾說：「路子蘇生（即澤濃的長兄澤溥）語予，則曰：『鳧盟笥中詩甚多，高邁絕倫，類不肯令世人見。』」㊽申涵光也說張蓋：「其甲申以後諸作，語之深者，又難顯布。」㊾

但就根據現存諸詩，也可以看出這一派詩人的清剛風格。如申涵光的：

「人生感意氣，殺身為知音。」（《送趙秋水入都》）

「性僻恥雷同，百折心未死」。（《淹留》）

「壯士不為金，感君重士心。」（《詠古》）

「君子守貞素，不為時命傾。」（《秋興》）

「獨居競高節，令名冰雪俱。」（《擬古》）

小兒持刀烏孟哭，孔雀正被牛牴觸。我今不說君應知，豈是我輩伸眉時？《慰友》

最能反映他的性格和理想的是《吁嗟行》：「吁嗟我生三十有四年，山楓野櫟空拳攣。倔強時遭豪吏罵，酒酣擊筑何人憐？我見時人強笑語，傾心輸意相纏綿。險如太行深溟渤，鞠躬酒肉生戈鋋。吁嗟我生胡能然？我有詩書三萬卷，先人手澤留丹鉛。筋力未衰兩弟少，埋愁息照雲山邊。西岩茅屋近滏口，上栽松竹下平田。有時坐明月，半醉揮朱絃。橋頭望落日，蠟屐淩蒼烟。有時高臥臨風渚，白鷺飛來枕席前。我生得此亦已足，胡爲終日隨喧闐？待我十年人事畢，負薪椓地終南巔，不爾浮家范蠡船。吁嗟我生胡能然？」

他寫作了大量格律詩，同樣反映出清剛的風格。如《張處士覆輿，土室自封，久不可見，悵然有懷》：「范粲藏名苦，袁閎著節奇。殘年供涕淚，空谷有威儀。門外今何代，斯人總未知。風塵催老鬢，負爾碧山期。」又如《懷太原傅青主》：「曾約溪村訪釣竿，數年設榻待君歡。亂離苦憶良朋少，衰病應愁遠道難。晉國山川容白髮，中原天地此黃冠。幸將卷帙傳高迹，日向晴窗展畫看。」

張蓋詩作氣概的雄偉，充分表現在《漫作》中：「玉盤漬墨可三斗，高麗繭紙冰蠶紋。醉來揮灑興不盡，卻上青天寫白雲。」另外如《山居秋夜，同友人坐月》：「客宿楞伽宮，秋深白露中。雲歸千澗滿，月出萬山空。兵甲何時息？琴尊此夜同。張華有寶劍，醉拔舞雌雄。」也表現出他的豪情。

劉逢源所作詩也是氣勢闊大，如《九日登赤壁》有「群兒戲弄兵，蟻鬥何足道！想公（指蘇軾）弔古心，還爲後人弔。」蘇軾稱瑜、亮爲「風流人物」，孫、曹、劉爲一世「豪傑」，劉逢源卻呼之爲「群兒」，嗤其爲「蟻門」，儼如阮籍作廣武之嘆。從《秋日漫興》更可見他即使隱居，也如老馬伏櫪，壯心不已。其詩云：「稍喜世緣貧日少，何妨邱壑寄餘生。漁樵堪作閒中計，雞黍聊尋世外盟。兩岸蓼花晴放棹，一龕蕉雨夜談兵。床頭龍劍時時吼，五嶽胸中似未平。」

趙湛詩「清圓朗潤」，[50]但王士禎所欣賞的登太行詩：「太行九千仞，石磴盤雲間。雪壓雁門塞，冰齊熊耳山。」不但對仗工穩（「雁門」對「熊耳」），而且寫出了太行山的巍峨，無怪王氏嘆其「超詣」，稱爲「奇作」。[51]

值得注意的是，這派詩人只有張蓋「歸築土室自封，屏絕人迹，穴而進飲食，歲時一出拜母，雖妻子亦不相見。家人竊聽之，時聞吟詠聲、讀五經聲、嘆息聲、泣聲」，確實表現了崇高的遺民氣節。特別是清朝的地方官「求一識面而不可得，時繼粟以餉之。其子受粟而不敢以告，告則必不受也。」[52]更是其餘的人所難做到的。殷岳、趙湛經常向仕清的親友乞食；即使申涵光曾作詩拒絕仕清舊友的招聘，因而博得張蓋贈詩：「草澤英豪盡上書，奎章閣外即公車。我甘漁父因衰老，獨有涵光是隱居。」[53]其實和顧炎武、屈大均，以至傅山比起來，申涵光還是有很大的距離的。

河朔詩派這些詩人的不足之處是：

第一，他們和農民軍勢不兩立，刻骨痛恨，而對清朝卻只消極地不合作，從不採取任何抗爭手段。即以張蓋而論，也只如申涵光所說：「四方多戰伐，羨爾未全聞。」[54]申涵光自己的態度是：「我自鋤茅依絕巘，莫將悲喜問乾坤。」[55]「何處亂離客勿道，但能飲酒寧辭沽？」[56]「臥嫌人語煩，移床就古寺。君來看水雲，莫説城中事。」(57)「戰伐只今何地？是非不近漁竿。」(58)其餘的人也差不多。

其次，接受新朝的統治，只要能過上太平日子就好。如「海上戈初罷，方隅亦漸寧。……不眠思往事，離亂恐重經。」(59)鄭成功、張煌言水師從南京的敗退，西南的農民軍與南明政權的失敗，在申涵光心目中竟是很可告慰的事。因爲他過去吃過農民軍的苦頭，所以現在只希望不要重經離亂。既然清朝能致太平，自然不必堅決反對。基於這種認識，所以他現在只希望有個好年成：「何時沾歲稔，石屋臥高春？」(60)他希望清朝早日使天下太平：「安得普天無戰伐，早抛戎服著烟蓑？」(61)因而他會說：「烽烟極遠西成稔，飲食應同父老歡。」(62)

第三，因此，他居然勸農民努力支援清軍：「爲報遺黎應努力，軍需方急水衡錢。」(63)還埋怨天災影響戰爭的進行：「烽烟正賴徵輸力，災情誰知造物心！」(64)

第四，也就因此，不責怪漢族士大夫的變節事清：「故人隨出處，不誦北山文。」(65)「舊好君休問，人情我漸知。」(66)甚至還勸人出仕：「莫但懷松桂，高堂想玉珂。」(67)這就無怪乎他兩個胞弟都出仕清朝了。

第五，也就因此，常以仕清故人相訪爲榮：「僻巷填車馬，何人憶隱淪？……醉來歌復飲，仍似布衣身。」(68)「怪君新及第，遺札問垂綸。……異時謀把臂，烟海幸比鄰。」(69)「翰墨勞星使，雲霄憶故人。泛愛真元老，無才愧隱淪。」(70)「門喧父老怪，客貴僕人忙。」(71)「雲霄書札到滄浪，……一時麟鳳趨天仗，十載禽魚戀草堂。……」(72)「共訝使君親釣客，許將箬笠臥霜衙。」(73)「久無書札到春明，使節驚傳父老迎。正倚孤筇看雪樹，何來五馬叩柴荊？」(74)「掉頭東去臥江濱，忽訝高車問野人。」[75]

尤其使人失望的是《辭辟舉書》，說什麼「光於本朝（指清朝），實受再造。先人幽忠，隔在異代（指明朝），自分湮沒久矣！荷朝廷日月至明，聽言不厭再四，務詳顛末，傳諸信史，秩宗典禮，備極寵隆。夫人德及所生，即在親交炙雞絮酒之儀，尚爾感激，況恩同覆載者乎？故嘗終夜腐心，不知所報。」試以與顧炎武相比較。康熙十年，熊賜履議修《明史》，欲荐顧助其撰述，顧答以「果有此舉，不爲介推之逃，則爲屈原之死矣！」[76]十七年，葉方靄充《明史》總裁，欲招顧入史局，顧以死拒之。十八年，又以詩明志：「……嗟我性難馴，窮老彌剛稜。孤跡似鴻冥，心尚防弋矰。或有金馬客，問余可共登。爲言顧彥先，惟辦刀與繩。」[77]這才是硜硜大節、鬼泣神驚的時代最強音，任何時代的人都應該繼承這種硬骨頭精神。申涵光在亭林先生面前是應有愧色的。

其所以致此，完全由於理學思想的影響。河朔詩派的詩人都崇尚理學，標榜忠孝，而以孝爲本爲先。申涵光是出名的孝子，理學名臣魏象樞就因爲「余知其爲孝子也，遂定交。」[78]當清室定鼎之初，涵光「痛父殉國，絕意功名，將欲從鹿豕游，不復視息人間世」，可是由於其母言：「祖母年高，二弟幼弱，皆汝父未了事，安可隱也？」於是涵光「卒以儒冠老」。[79]其所以在《辭辟舉書》中那樣卑詞自污，實出於保全室家之心。

殷岳也喜理學。魏象樞說：「日來與殷伯岩坐十懶齋中，促膝清話，進我於道者頗多，獨恨相見之晚。」[80]

趙湛也強調「孝弟」：「溫清理亦常，閔曾號佳嗣。百行此其源，立身首孝弟。」[81]

理學就是這樣腐蝕他們的思想，使他們完全不自覺地變成傅山所斥罵的「奴儒」。傅山曾指出：「自宋入元，百年間無一個出頭地人。號爲賢者，不過依傍程朱皮毛，蒙袂侈口，居爲道學先生，以自位置。至於華夷君臣之辨，一切置之不論，尚便便言聖人《春秋》之義，真令人齒冷！獨羅教授開理舉義死節，而合門三百灶恥仕胡元，此才是真道學，聖賢之學。」⑫他講的是宋和元，其實是指明和清。申涵光等人本是奇男子，可是一站進理學圈子後，就越來越脫離社會現實，一味從事內心的修省，置一切社會動亂於不顧，更不用說提出解決社會矛盾的辦法。只要看一看，申涵光對以漢人而仕元的理學家劉因（靜修）贊頌備至，傅山卻在堅拒清廷徵聘時，面對大學士以下官員聲稱：「使後世或妄以劉因輩賢我，且死不瞑目矣！」⑬就可以知道理學與反理學在民族氣節上的差距有多麼大。

注 釋

①㊽《聽山集序》

②⑰《聽山集·逸休居詩引》

③《漁洋詩話》卷下

④《圖朝詩話》卷一

⑤《論詩絕句五十七首》之十四，見《味靜齋詩存》卷四

⑥《列朝詩集小傳》丁中

⑦《雪橋詩話》續集卷一
⑧⑮《聽山集·嶼舫詩序》
⑨㉓《聽山集·青箱堂詩序》
⑩《聽山集·青箱堂近詩序》
⑪《聽山集·蕉林集詩序》
⑫⑬《聽山詩選》卷一《與張逸人覆輿》
⑭張玉書語，引自《晚晴簃詩匯》卷十四
⑯《聽山集·畿輔先賢詩序》
⑱《聽山集·青箱堂詩引》
⑲《聽山集·臥雲庵詩引》
⑳《聽山集·王幼輿詩引》
㉑㉜《聽山集·殷宗山詩序》
㉒《聽山集·喬文衣詩引》
㉔《聽山集·王清有詩引》
㉕《聽山集·馬旻徠詩引》
㉖《望溪年譜》
㉗《聽山集·徐處士墓志銘》
㉘《夏完淳集》卷二《贈廣武申大孚孟》

㉙《顧亭林詩集匯注》卷四《雨中送申公子涵光》
㉚魏裔介《申鳧盟詩舊序》，見《聰山集》
㉛㊴《忠裕堂集·先伯氏鳧盟處士行述》
㉝《忠裕堂集·殷伯岩仲泓合傳》
㉞朱彝尊《曝書亭集》卷七四《殷先生墓志銘》
㉟《顧亭林詩集匯註》卷五《挽殷公子岳》
㊱《忠裕堂集·殷伯芽傳》
㊲《聰山集》卷二《張覆輿詩引》
㊳《清史列傳·楊思聖傳》附
㊴《精華錄》卷五下《至日懷申鳧盟兼寄張覆輿》
㊵引自《晚晴簃詩匯》卷十四
㊶《曝書亭集》卷六《送趙三湛還永年》
㊷《曉登關山望六合有懷黃遜庵明府》
㊸《廣師篇》
㊹計六奇《明季南略》
㊺錢澄之《永曆紀事》
㊻《顧亭林詩集匯注》卷五《路舍人客居太湖東山三十年，寄此代柬》
㊼《粵游見聞錄》

㊾《張覆輿詩序》
㊿《晚晴簃詩匯》卷十四
(51)《秦蜀驛程後記》
(52)《忠裕堂集．張命士傳》
(53)鄭方坤《聽山詩鈔小傳》
(54)《聽山詩選》卷三《郡中怪張覆輿自西山來》
(55)《長安雜興》之四
(56)《無事》
(57)《客至》
(58)《避暑西岩》之九
(59)《春旱》
(60)《初夏》
(61)《懷庸庵從軍荊南》
(62)《暑過》
(63)《齊河道中》
(64)《七夕望雨》
(65)《七月》
(66)《方爾止來》

㊷《送鄭子勉入都》
㊸《傅編修掌雷過訪草堂》
㊹《王貽上書來》
㊺《讀熊鍾陵先生見懷詩敬答》
㊻《余明府中台枉顧，得令侄東望廣中消息》
㊼《答王祭酒敬哉先生》
㊽《九日至清源，傅兵憲掌雷招隱》
㊾《孔觀察心一枉顧衡門》
㊿《徐編修原一自江南赴都，便道過訪》
76《蔣山傭殘稿．記與孝感熊先生語》
77《寄次耕，時被荐在燕中》
78《寒松堂集》卷九《書申鳧盟遺筆後》
80《寒松堂集》卷七《答申鳧盟書》
81《省心吟》
82《傅山手稿一束》，見《中國哲學》第十輯
83全祖望《鮚埼亭文集．陽曲傅先生事略》

第二章　嶺南詩派

甲　嶺南詩派的風格特色

嶺南詩派的名稱，由來已久。即以明末清初而論，它除了反映一種地方色彩，如屈大均在《江行》中所描寫的：「犬吠紅毛估，人驚白底船」。陳恭尹在《九日登鎮海樓》中所描寫的「五嶺北來峯在地，九州南盡水浮天」。更主要的卻因爲它風格遒上，和當時的江左三大家完全不同。江左三大家是錢謙益、吳偉業和龔鼎孳，他們的詩有一個共同的特色：采藻新麗。所謂「采藻新麗」，就是「才情煥發，聲律綿麗」。①乾隆時詩人洪亮吉曾評論這兩種詩派說：「尚得古賢雄直氣，嶺南猶似勝江南」。②這種評論，和乾隆時立《貳臣傳》的政治空氣自然分不開，但是，它也完全符合文學史的客觀事實。要了解這「古賢雄直氣」的具體內容，請看屈大均的解釋：「吾粵詩始曲江，以正始元音先開風氣。千餘年以來，作者彬彬，家三唐而戶漢魏，皆謹守曲江規矩，無敢以新聲野體而傷大雅，與天下之爲袁、徐，爲鍾、譚，爲宋、元者俱變。故推詩風之正者，吾粵爲先。」③曲江指張九齡，他是唐玄宗時一位賢相，也是當時一位傑出的詩人。他在詩歌創作上，一方面繼承漢魏的傳統，一方面採用《離騷》的手法，形成他的唐音。這正是屈大均等嶺南詩人所稱頌的「曲江規矩」。這種「千餘年以來」「家三唐而戶漢魏」的詩風，就是「昔賢雄直氣」。與此相反的，就是明後期的公安（屈大均還增加了一個徐渭）、竟陵以及宗宋派。

但是這樣理解，「雄直氣」的內涵還沒有全部反映出來。以明代說，「粵東詩派皆宗區海目」。④屈大均也認爲「明三百年嶺南詩以海目爲最」。⑤海目，是萬曆時詩人區大相的別號。區氏爲詩「力袪浮靡，還之風雅」。浮靡，指七子復古之風。區詩雖「純乎唐音」⑥，而「取材必新，說理能妙」，⑦不是七子那樣生硬地仿古。所以，屈大均稱讚他的《南行》諸詩，「直駕北地（李夢陽）、信陽（何景明）而上，于鱗（李攀龍）、元美（王世貞）不足道也」。⑧至於屈大均自己最享盛名的五律，則正如陳田所說：「雋妙圓轉，一氣相生，有明珠走盤之妙，與區海目後先合轍」。⑨可見「雄直氣」的內涵，還應包括反對生硬摹仿唐詩，儘管屈大均對七子基本肯定。

爲甚麼嶺南詩派的人反對公安和竟陵兩派？因爲它們使「三漢、六朝、四唐之風蕩然」，「淫哇之教，浸人心術，論詩之害，未有烈於斯時者」。「至嶺南屈翁山大均，五言直接太白，而陳元孝恭尹輔之」⑩，才挽回了這種頹風。

爲甚麼反對宋詩？正因爲雄直，所以反對宋人的艱澀。屈向邦曾指出：「洪北江詩：『尚得昔賢雄直氣，嶺南猶似勝江南』，蓋指屈翁山、陳元孝諸人之詩也。……自近世趨向宋人艱澀一路，而雄直之詩，渺不可復睹矣」。⑪陳恭尹則在理論上尊唐抑宋：「感人以理者淺，感人以情者深；感人以言者有盡，感人以聲者無窮」。⑫楊際昌即稱嶺南詩「音節最擅長」。⑬其實唐宋詩這種表現形式上的差異，主要是政治形勢的不同。南宋人洪邁說過：「唐人歌詩，其於先世及當時事，直辭詠寄，略無避隱，至宮禁嬖昵，非外間所應知者，皆反復極言，而上之人亦不以爲罪。……今之人不敢爾也」。⑭可見嶺南詩派中人之所以能雄直，也由於明末清初文網不密，所以屈大均等人能學唐人的直陳其事，徑抒其情，而不必如宋人的隱晦曲深。

另外，嶺南詩人所以迥異於江左三家，用王士禎的話來說，便是「正以僻在嶺海，不爲中原江左風氣熏染，故尚存古風耳」。⑮嶺南地區在明末清初時，正是南明政權和清廷作鬥爭的縱深地帶，不像北中國和江南地區已被清廷強力統治，因而在詩歌創作上不是一味追求「采藻新麗」，雖然和江左三家同樣「追琢唐音」，卻是「體尚蒼涼，情多感慨」。⑯以屈大均、陳恭尹和釋函可（韓宗騋）爲例，他們都是「原本忠孝，根據漢魏樂府，包羅六朝三唐之勝，而自寫其性情際遇」，故「直駕宋明諸作者上」。⑰這所謂「明諸作者」，便包括了錢、吳、龔這三個貳臣。

乙 屈大均

屈大均（一六三〇，明崇禎三年——一六九六，清康熙三十五年），初名紹隆，字翁山，又字介子。廣東番禺茭塘人。幼從陳邦彥受學。順治七年（一六五〇），清兵陷廣州。次年，投身抗清鬥爭中。失敗後，在番禺海雲寺削髮爲僧，法名今種，字一靈。仍力圖恢復。三十二歲還俗，北遊關中、山西各地，聯絡同志，與顧炎武、李因篤等交往。康熙十二年（一六七三），三藩事起，大均參加吳三桂反清軍事行動，監軍於廣西桂林。不久，失望而歸，隱居讀書，著《廣東新語》。詩名遠播江南。著《翁山詩外》、《道援堂集》、《翁山詩略》三種。

朱彝尊曾這樣評介屈大均的生平志業和詩歌創作的關係：「自二十年來，煩寃沉菀，至逃於佛、老之門，復自悔而歸於儒。辭鄉土，跡塞上，……自荊楚、吳、越、燕、齊、秦、晉之鄉，遺墟廢壘，靡不睪涕過之。……十年之間，凡所與詩歌酒宴者，今已零落殆盡，至竄於國殤山鬼之林，散棄原埜。翁山弔以幽渺淒戾之音，彷彿乎九歌之旨。世徒嘆其文字之工，而不知其志之可憫也」。⑱

朱彝尊是同意屈大均的自比屈原的，後來的人也都把他和屈原並稱。例如姚瑩說：「最是屈家吟不得，分明哀怨楚湘纍」。⑲王蘭修說：「羅浮道士，超妙似太白，沈鬱似少陵，《離騷》哀怨，靈均之遺則也」。⑳龔自珍說：「靈均出高陽，萬古兩苗裔。鬱鬱文詞宗，芳馨聞上帝」。㉑鄧方說：「嶠雅而還屈大均，手搴蘭芷弔夫君」。㉒

屈大均確實繼承並發揚了屈原那種「雖九死其猶未悔」的精神。特別是他企圖代替釋函可遣戍瀋陽這件事，說明這位血性男子多麼富有自我犧牲的精神。這是一種極其強烈的愛國熱情的表現，真可以驚天地，泣鬼神！中國歷來少有敢於撫哭叛徒屍體的弔客，而屈大均比這種弔客的難度還要大得多。

釋函可，字祖心，號剩人，俗名韓宗騋，明禮部尚書韓日纘之子。「既喪父母，一意學佛」。㉓二十九歲在廬山爲僧，後入羅浮山華首臺道獨門下。「甲申之變，悲慟形顏色。傳江南立新主」，㉔即於乙酉年（順治二年，一六四五）以印刷藏經爲名赴南京。適值南明弘光政權覆亡，他親見清兵渡江，南京臣民或被殺，或自盡，於是寫作私史《再變紀》，記下清兵燒殺擄掠的慘狀，和江南抗清殉難者的事跡，「過情傷時，人多危之，師爲之自若」。㉕「方欲歸嶺南，爲城邏所執，械送軍中，刑訊極苛。後械送京師，繫刑部獄。寄詩南中友人云：『舉世皆羝牧，蘇卿何用歸？』」㉖順治五年四月發遣瀋陽，與流寓者結「冰天吟社」，序云：「悲深猿鶴，痛溢人天，盡東西南北之冰魂，灑古往今來之熱血」。順治十六年十一月卒於戍所，年四十九。其《生日四首》之三云：「四十未爲老，顛危自古稀。虛生成底事，到死不知非！」這種錚錚鐵骨，真是中華民族的脊樑。同時的遺民詩人邢昉曾這樣頌揚釋函可這一英勇鬥爭：「……大師南海秀，夐立風塵外。辛苦事掇拾，微辭綴叢薈。毛錐逐行腳，蠅頭裝布袋。前日城門過，禍機發逅邂。命危頻伏鑕，鞫苦屢加鈦。良以筆削勞，幾落游魂隊。……」並鼓勵他堅持到底：「諸方尚雲擾，澒洞勢未殺。雖然怵網羅，慎勿罷紀載。伊昔鄭億翁，著書至元代。出土十載前，金石何曾壞」？㉗

就在僧函可流放瀋陽時，屈大均挺身而出，決定以身代贖。另一遺民詩人顧與治有《送一靈師之遼陽，兼簡剩和尚》詩云：「嶺路雙緇下，關門一杖孤。吟隨芳草去，飯藉落花趺。輦道懷章奏，天山入畫圖。江船宜看渡，予病未能扶」。詩後自注：「靈公粵人，從雪公來金陵，欲北上具疏請自戍，而放剩和尚入關」。㉘一靈、靈公，皆指屈大均。錢謙益在《羅浮種上人詩序》中也提到：「上人爲華首和尚之孫，腰包重趼，出羅浮萬里，訪剩和尚於千山，不得達。歸而歷神都，望陵廟，感激偪塞，啜泣爲詩」。錢謙益不禁感嘆：「嗚呼！銅人之泣漢也，石馬之汗唐也，楚弓魯玉，於世外之人何與，浹月之間，得兩山翁焉，何禪者之多人也！」㉙種上人也是指屈大均，因爲他出家時法名今種，字一靈。

屈大均反清復明的決心極其堅定，一直到死都不改節。其敵視清廷之志備見於《翁山文外》、《翁山詩外》。他去世前一年有《乙亥生日病中作》一詩，還說「松爲前朝根半固，桂生南國味全辛」。更可貴的是，即使清廷已經鞏固了它的統治，他仍絕不悲觀，仍然深信反清復明的理想必能實現。如《雨夜作》：「風雨無朝暮，鳴雞不可知。天沉長夜裡，人苦極寒時。淚欲浮孤枕，情終繫一絲。平生無白日，衰暮益含悲」。㉚這首五律既用比興，又用賦，句句寫哀，而「情終繫一絲」一句表現了他對故國的忠貞和對恢復的希望。又如《知己》：「知己多溝壑，吾生日已孤。但令長白首，不敢哭窮途。雪重松頻折，霜深草未蘇。巢邊黃葉盡，寒絕一啼烏」。在戰友大多被殺害，清廷政治迫害日益嚴重的情況下，他仍然表示：只要活著，決不絕望。

正因爲思想感情上充滿「雄直」之氣，所以屈大均最擅長的五律，形式上該用駢偶的頷聯和頸聯，也往往以散行出之，就是延君壽所說的：「能以古體行於律中」。㉛他認爲「作者（指屈大均）五律與蓮洋一派，多用散行」。吳雯五律學李白，如其《寄向書友》：「曾聞向始平，能注南華經。之子真苗裔，江山發性靈。寒蛟終謝餌，老鶴不梳翎。載酒鶯花節，長吟入洞庭」。㉜王士禎即評：「太白」。如此之例，不勝枚舉。以時間先後論，吳雯應該受到屈大均的影響。

屈大均這種「以古體行於律中」的五律很多。徐肇元選編的《屈翁山詩集》，五律共五一七首，而這種散行的有六十六首，約占百分之十三。有的在頷聯，如「夕陽一返照，明滅金芙蓉。」（《望五老峯》）「不知吹瀑水，飄落幾重谿？」（《開先寺樓作》）有的在頸聯，如「范蠡湖邊客，相將蕩畫橈。」（《自白下至檇李，與諸子約遊山陰》）「人道水簾裡，玉姜時弄琴。」（《太華作》）有的中間四句完全散行，如「空翠洞庭陰，松風吹滿林。白雲不可見，日與數峯深。聞在毛公洞，時時拂素琴。秋來摘朱橘，霜露濕衣襟。」（《懷同岑》）又如「與君沮溺心，農事懷江陰。昨夢水田鷺，飛過青竹林。朝來作圖畫，春色東皋深。安得耦耕去，還爲桑者吟」。（《題戴務旃水田圖》）。

屈大均是崇拜李白的。由於氣質相同，詩風相近，不但當時人比他爲李白，他也以李白自稱。他曾經說：「但得佳人稱太白，不辭沉醉月明中。」（《席上贈葉仙》）自注：「葉仙三稱予太白先生，予喜，爲盡三爵。」但他的推崇太白，首先是從建功立業的角度出發，其次才是那種飛騰的想像、縱橫的才氣。杜甫歷來被尊爲「詩聖」，李白則被稱爲「詩仙」，屈大均卻把「詩聖」桂冠奉給李白：「千載人稱詩聖好，風流長在少陵前。」自注：「朱紫陽嘗謂太白聖於詩，祠上有亭當翠螺山頂，予因題曰詩聖亭。」（《采石題太白祠》）屈大均從李白詩所理解的「聖」，由《太白祠》一詩可以概見。詩云：「翰林餘俎豆，宮錦至今香。光復真由汝，功名亦可王。山川增氣勢，風雅有輝光。一片郎官水，風流未忍忘。」頷聯二句，是寫李白，也是自寫。這正是他的政治懷抱。他把李白和屈原這兩位浪漫主義大詩人掛起鈎來，也全從政治著眼：「樂府篇篇是楚辭，湘纍之後汝爲師。烏棲豈寫亡吳怨，猿嘯唯傳幸蜀悲。烟水蒼茫投賦地，霜林寂歷禮魂時。重華一別無消息，終古魚龍恨在茲。」（《采石題太白祠》）全詩不但綰合了屈、李，也把自己綰合上去了。所謂「重華」，既指屈原陳詞的對象，又指李白心目中的唐玄宗，更指已被清軍俘殺的弘光帝。屈大均說李白是「湘纍之後汝爲師」，他自己正是「風雅只今誰麗則，不才多祖楚騷辭。」[33]祖騷亦即宗李。

當然，由於重視詩作的政治意義，屈大均也不會真正貶低杜甫。他贊美杜甫：「一代悲歌成國史，二南風化在騷人。」又說：「稷契平生空自許，誰知詞客有經綸。」（《杜曲謁杜子美先生祠》）因而他竟然說：「誰復光芒真萬丈，謫仙猶讓浣花翁。」㉞其所以如此，正如乾隆時人梁善長所說：「一靈自謂五律可比太白，而氣體亦多似杜。」㉟

總而言之，屈大均的詩，哀怨似《離騷》，超逸似太白，沉鬱似少陵，轉益多師，加以他本身所經歷的火熱的鬥爭生活，因而自成其「翁山體」。朱庭珍曾對屈詩作了總評：「屈翁山五律，忽而高渾沉著，忽而清蒼雅淡，氣既流盪，筆復老成，不拘一格，時出變化，蓋得少陵、右丞、襄陽、嘉州四家之妙，真神技也。七律佳作，在盛、中唐之間，不失高調雅音。七絕學都官、庶子，亦頗可玩。惟五、七古則委靡不振，平冗拖沓，吾無取焉。」㊱

就在他生前，已有很多人向他學習。他有一首詩說：「篔谷同心復同調，平湖皋旭亦淵通。三吳競學翁山派，領袖風流得兩公。」自注：「周篔谷、郭皋旭，嘉興人，最賞予詩，以一時吳越相師法者爲翁山一派云。」（《屢得友朋書札，感賦》之四）另外，「詩僧顯鵬，永嘉人，……隱於杭之東郊棲禪院，……形貌奇古，與人語，未嘗言詩，而其詩昭彰跌宕，具體翁山，……奇氣岔出，亦有託而逃焉者也。其讀屈翁山集云：『東風吹雨滿柴關，日暮空林獨往還。李白已亡工部死，眼前留得一翁山。』可以見其師資之所在矣。」㊲嘉道時代的厲志說：「予初游郡中，得遇徐敬夫先生，謂予近體如屈翁山。」㊳由此可見屈詩在江南一帶的影響。

清廷的文網隨著政權的鞏固而日益嚴密，逐步由中原而江南而嶺南，終於乾隆三十九年十一月發生了「屈大均詩文案」，嚴令毀禁「屈大均悖逆詩文。」㊴這些詩文難怪清廷恨之入骨，試看下面幾段文字：「家貧，（吾父）每得金，必以購書，謂大均曰：『吾以書爲田，將以遺汝。

吾家可無田，不可無書。汝能多讀書，是則厥父播，厥子耘耔，而有秋可期矣。』比隆武二年丙戌十有二月，廣州陷，公攜吾母夫人黃及大均兩弟兩妹返沙亭，則曰：『自今以後，汝其以田爲書，日事耦耕，無所庸其弦誦也。吾爲荷篠丈人，汝爲丈人之二子。昔之時不仕無義，今之時，龍荒之有，神夏之亡，有甚於春秋之世者，仕則無義，潔其身所以存大倫也。小子勉之！』比永明王即真梧州，乃喜曰：『復有君矣，汝其出而獻策，或邀一命以爲榮可也。』」㊵這種民族氣節是何等崇高，敵我觀念是何等分明！

又如「舉世之所謂公卿大夫者，皆不可以王之風，王之正月，爲夫子所大書特書者與之言。嗟夫！詩者，事父事君之具也。不知王之所以爲王，則何以事其君父？將忠於其所不當忠，孝於其所不當孝。忠與孝至是而不得其正，徒爲名教之罪人而已矣！」㊶吳偉業曾以父母之命爲理由掩飾其變節行爲，讀到屈大均這樣壁立千仞、擲地有聲的文字，能不愧死？

又如「吾以軒名其所居，蓋不忘有事於天地四方也。布之以蓼以臥。……越王勾踐則置膽於旁，以蓼爲枕簟。傳曰：『越王臥薪。』薪者何？蓼也。……予取之以充寢處。其華之暖不如蘆，而吾不以蘆而以蓼，蓋惟恐以暖而忘其辛也。苦其心以膽，辛其身以蓼，昔之人凡以爲雪恥復仇計耳。……予本辛人，以蓼爲藥石，匪惟臥之，又飲食之。即使無恥可雪，無仇可復，猶必與斯蓼相朝夕，況乎有所甚不能忘者於中也哉！」㊷這是要像越王勾踐那樣臥薪嘗膽，生聚教訓，然後沼吳。試問清廷能容忍這樣的文字長留天地間麼？

至於反清的詩，那更觸目即是。最突出的如「天未生薇蕨，人空老薜蘿。」（《答藍公漪》之二）這是說，根本不該像伯夷、叔齊那樣隱逸，免得浪費大好年華，應該立即起來幹，把敵人驅逐出去。否則「徒然書甲子，詎足當《春秋》？」（《貧居作》之一）即使像陶淵明那樣不甘臣事劉宋，也是達不到孔子尊王攘夷的目的。因而他號召同人拿起武器來戰鬥：「此去非游獵，烟塵滿朔天。」（《羅生以角弓贈行》）

「屈大均詩文案」的結局是慘酷的，「昔崔鼎來題翁山集有句云：『空著遺書累子孫』，則當時法網之嚴酷可知矣。」「然詩文爲精魂毅魄，沈鬱篋底，終騰作日月之光。」㊸不怕清廷怎樣禁毁，地下火永遠無法撲滅。就在乾隆年間，仍然有人喜愛屈詩。「周天度，字讓谷，錢塘人，乾隆壬申進士，歷官許州知州，有《十誦齋集》。讓谷論詩主少陵，於近人喜翁山，詩亦樸厚，無浮光凡豔。」㊹嘉、道以後，隨著國勢陵夷，統治機器日益失靈，公然評論屈詩的日見其多。除前引諸人外，如謝章鋌亦稱「三家最勝屈翁山。」㊺清末民初的夏敬觀稱：「此紙書從騷聖堂，篇中有句挾風霜。五兵何自來相救，凜凜戈矛出肺腸。」㊻金天羽更極其傾倒：「翁山奇服，別具仙骨。」㊼又說：「天翮於三百年詩人，服膺亭林、翁山，謂其歌有思，其哭有懷，其撥亂反正之心，則猶《春秋》、《騷》、《雅》之遺意也。」㊽

當然，就在翁山同時，也有人不滿意他的詩：「順德何絳（字）不偕，隱跡北田，與元孝及陶窳、梁槤、兄衡稱『北田五子』。論詩甚嚴，常以鹵莽目翁山。」但這種品評並不準確，因爲何絳本人的詩雖然「清超拔俗，有蟬蛻軒舉之風，然賦形渺小，搏翼不高，清寒清薄，亦所不免。」㊾何、屈相較，有如賈島之於李白，不免以雄直爲鹵莽了。

丙 陳恭尹

陳恭尹（一六三一，明崇禎四年——一七〇〇，清康熙三十九年），字元孝，一字半峯，號獨漉子。廣東順德縣龍山鄉人。順治三年，清兵陷廣州。次年，其父陳邦彥起兵抗清，家屬被清兵拘捕，恭尹時年十七，隻身逃出。不久，邦彥兵敗，全家遇害，僅恭尹幸免，隱居西樵山中。此後十年，仍積極從事反清活動，奔走福建、浙江、江蘇一帶，企圖與鄭成功、張煌言等抗清力量聯系，沒有結果。順治十五年，再次出遊，準備西走雲、貴，投奔永曆政權。因兵戈阻絕，改由湖北、江蘇轉入河南。次年，南明覆亡，恢復無望，於順治十七年還鄉，以遺民終老，卒年七十一歲。有《獨漉堂集》。

陳恭尹早年的詩，對明末朝政的失誤是痛心的，如「九月悲風始」（《感懷》之六）一詩，先寫守邊將士的艱苦鬥爭，再寫朝廷近臣的腐朽生活，最後指出：「十年爲漢將，甲冑行蟣蝨。一語不相能，投身對刀筆。」這顯然是以李廣下吏自殺事影射袁崇煥被誣陷而寃死。

而對南明弘光君臣的昏淫尤爲痛恨，如《西湖》一律最後說：「休恨議和奸相國，大江猶得百年分。」這當然不是對秦檜尚有恕詞，而是極言馬士英誤國之罪。

因而詩中經常流露出深沉的亡國之痛，如《張穆之畫鷹馬歌》先寫張穆之早年有志立功邊地，終不獲騁，乃以滿腔豪情寄於筆墨：「老來伏櫪有餘悲，紙上鷹揚猶負氣。」最後轉到自己身上：「我有填胸萬古愁，百神不語群仙醉。請君放筆作雙鸞，夜半騎之問天帝。」這是新的《天問》，正反映出作者極爲沉痛的亡國恨。至於「莫令亡國月，得照渡江人。」（《次鳳陽逢中秋》）在明祖龍興之故鄉，度萬家團圓之佳節，自己國亡家破，異地飄零，此情此景，其何以堪？所以隨時隨地都壓抑不住對故國的哀悼。他登上黃鶴樓，會低吟出：「莫怨鶴飛終不返，世間無處托仙翎。」（《歲暮登黃鶴樓》）在和那班故人聚首時，他不禁哀嘆：「半生歲月看流水，百戰山河見落暉。欲灑新亭數行淚，南朝風景已全非。」（《秋日西郊宴集同岑、梵則、張穆之、家中洲、王說作、高望公、龐祖如、梁藥亭、梁顒若、屈泰士、屈翁山，時翁山歸自塞上》）而對於清王朝統治下的中國，他感到生活其中，簡直如水益深，如火益熱：「俯首爲今人，舉體無一宜：有目厭兵革，有耳聞號啼，有腹飽糠覈，有足履禍樞，赤舌有如火，更以焚其軀。」（《感懷》之三）不但世俗生活，就是深山寺觀，也再無一片乾淨土了：「山尊對語梅花下，福地而今路亦難。」（《宿冲虛觀》）

由於亡國生活無法忍受，陳恭尹早年是立志恢復的。順治十年，他在《虎丘題壁》中說：「市中亦有吹篪客，乞食吳門秋又深。」以伍員自喻，表示了他復國難報家仇的決心。順治十五年秋，他和另一遺民何絳北上，企圖由湘南轉入雲、貴，投奔永曆政權，從事反清復明工作。在《留別諸同人》詩中，他充滿復國決心與信心：「……入楚客無燕匕首，送行人有白衣冠。……後會不須期故國，中原天地本來寬。」《擬古》之三洋溢著一股英氣：「射虎射石頭，始知箭鋒利；居世逢亂離，始辨英雄士。我生良不辰，京洛風塵起。生死白刃間，壯志未云已。猛士不帶劍，威武豈得申？丈夫不報國，終爲愚賤人！中夜召僕夫，將適趙與秦。方建金石名，安念血肉身。抗手謝儔侶，明日西問津。」在這段時間裡，他「嘗繪九邊圖，並身所經歷，悉疏其險要，置諸行篋」，以從事反清鬥爭。[50]而在永曆政權覆亡的次年（順治十七年）春，他還沒有對抗清事業表示絕望：「寸心平自若，應任險中行」。（《歸舟》）仍然不消極退避，而是繼續鬥爭：「……長揖謝羽人：『蓄志不慕多。茲生有餘責，區區計其他？』回車復吾路，路有張鳥羅。鳳鳥易高飛，羅雀如之何？」（《雜詩》之三）這說得很明白：自己所以不願遁世，爲的是救出清廷統治下的漢族人民。同樣的情懷表現在《木棉花歌》中：「……歲歲年年五嶺間，北人無路望朱顏。願爲飛絮衣天下，不道邊風朔雪寒。」他堅信：如磐夜氣一定會被明天的朝陽所驅散，便預言著：「遠風疏勁葉，春色聚寒根。」（《冬草得言字》）「後來花在眼，昨夜雪添池。」（《春山》）這和雪萊的「冬天來了，春天還會遠嗎？」簡直一個意思。因而他歌頌春草：「力弱猶穿土，光遙不隔天。」（《春草》）這是對鬥爭力量的自信。也就因此，他頌游俠而責隱士。其《游俠詞》之一：「……直走長城北，風雲滿路中。」儼然是一支抗清的隊伍。之二：「相見一杯酒，天涯即弟兄。出門贈百萬，上馬不通名。」很可能寫顧炎武所組織的會黨。之三：「十年居委巷，上有白頭親。此別逢知己，微軀亦借人。」按儒家的教條：「父母在，不許友以死。」所以聶政拒絕嚴仲子的要求，說：「老母在，政身未敢以許人也。」而這裡所寫，既是「上有白頭親」，而又「微軀亦借人」，就不應是朋友私誼，必然出於國家大計，因爲這也符合儒家教條：「戰陣無勇，非孝也。」他歌頌參加過弘光朝抗清鬥爭的王世楨：「客有問君君大笑：丈夫無國更何家？」（《哭王礎塵》）與此相反，對逃避鬥爭的隱士，他則予以指責。在《感懷》之十五中他寫道：「人飲濁河水，不食古井泉。古井非不清，濁河誠有源。大人略細故，瑣瑣安足論。鸚鵡立樊籠，焉用能人言？蒼鷹無羽儀，一日翔九天。」以「濁河水」、「大人」、「蒼鷹」比喻抗清復明的門士，以「鸚鵡」比變節者，以「古井」比隱士，其褒貶之意非常明顯。

因此，他頌揚和勉勵保持晚節者，例如對於不甘臣清因而出家的澹歸大師，他用比興手法大加贊美：「絕巘全高寄，孤根壓眾芳。……南枝長不老，微笑傍空王。」（《題丹霞雪幹圖爲澹歸大師壽》）他勉勵一位慕名來訪的新交：「如君意氣復何道，所願故心終不移。」（《贈余鴻客》）他關心好友的安危並互相勉勵：「路密關心短，情深出語希。後期能不負，家在荔枝磯。」（《贈別賴子弦、任切剛歸寧都》）「古道今蕪絕，吾鄉尚有人。……風義好相親。」（《送李蒼水，兼寄相如》）

對於軍事鬥爭失敗了的好友，他勸對方用創作詩文來進行另一形式的鬥爭，同時以此自保晚節：「神州蕭條寰宇黑，英雄失路歸何門？文章亦是千秋事，興則爲雲降爲雨。」（《送屈翁山之金陵》）

他本身堅決保持晚節：「白首甘爲隴畝民。……道在沉冥寧作我。」（《次韵答徐紫凝》之一）「少事門開晚，多吟臥起遲。百年行已矣，辛苦立名爲！」（《晚秋雜興》）「幸以不材老，能忘時序心。」（《寒樹得陰字》）

康熙十七年，因三藩事件的牽累，「恭尹以名重，爲時所指目，下於理者二百日。」[51]他自稱「四年之間，虛名爲累，日周旋刀鋒箭鏃中，自有生以來未有危於斯者。」[52]「及得脫，自念身歷滄桑，恐終不爲世所容，乃築室羊城之南，以詩文自娛。貴人有折節下交者，無不禮接。於是冠蓋往來，人人得其歡心。議者或疑其前後易轍。」[53]其實他仍然堅決保持了民族氣節，正如他在《藤》詩中所說：「遇物時能曲，垂天自不斜。……柔是長生道，清宜處士家。……」可是由於他這樣「稍稍與俗委蛇，而議者隨之。梁器圃，故交也，而有僕僕城市之責備；朱竹垞，通人也，而有降志辱身之微詞，其他更復何論？」[54]梁器圃，名璉，廣東順德人，明諸生，與陳恭尹同爲北田五子之一，「遭國變，乃閉關北田，結茅池西，曰寒塘，懸板以限來者。……陳恭尹所與，多不擇人，璉輒罵之曰：『向與公言何事，而僕僕走城市爲也？』」[55]朱竹垞，名彝尊，明亡後，曾參加抗清復明鬥爭，後變節事清。其《靜志居詩話》曾說：「元孝降志辱身，終當進之逸民之列。」後人對這種議論很爲不滿，有人指出：「憂患餘生，繪聽劍圖自況，間與當代士夫文字往還，而玩世之意寓於湛冥之中，哀郢之思寄於歌哭之外，固未嘗有所降辱也。杭堇浦題先生遺像詩：『南村晉處士，汐社宋遺民。湖海歸來客，乾坤定後身。』又云：『劫已歸龍漢，家猶祭鬼雄。等身遺著在，泉下告而翁。』可謂千秋定論，欷歔欲絕矣！」[56]也有人指出：「試讀先生晚歲詩文，置其牽率應酬者勿道，其感時懷舊諸作，孤憤幽憂，觸手發露，視壯歲之瘏口嘵音，固無以異。然後嘆彼之爲責備爲微詞者，容出於愛惜之厚意，要之不窺其心而逐其迹，不可謂之非過也。」[57]又說：「彭躬庵《獨漉集序》言：先生晚年磨礱圭角，其觸手發露處，隨即遮掃，不露爪跡。蓋知先生之深矣。」[58]

但在陳恭尹本身，即使在獄中，也高唱著：「東海仍秦帝，南冠號楚囚。」（《獄中雜記》之一）而且恨自己沒有像父親那樣犧牲在抗清復明的戰爭中：「已比先人老，千秋愧不如。」（同題之十一）

而在自己堅持晚節的同時，他斥責那些變節者：「乘時燕雁知來去」。（《春感十二首次王礎塵》之一）「世間人面有牛哀」。「頗疑孤竹移貪水」。（同題之二）「頗怪世間男子少，頫君多爲著鬚眉」。(《送善丹青者吳碧山》)「朝臺空有漢家名，浩嘆今人不如古。」(《贈余鴻客》)他還通過詠物來諷刺那班政治投機份子：「鑽隙入來知態巧，步虛遙上極身輕」。「最是貴人車馬路，一回過去一層生。」(《塵》)

另外，揭露時弊、反映現實的詩作不少，如反映戰禍的：「郭外沃田拋棄盡，不憂無處覓春泥。」(《望燕》)「兵氣昏南紀」，「徵斂村村急，桃花何處津？」(《人日新晴即事》)

揭露清朝「遷界」之虐的[59]：「居人去何之？散作他鄉鬼！」「相逢盡一哭，萬事今如此！」「人民古所貴，棄之若泥滓。大風斷松根，小風落松子。松根尚不惜，松子亦何有？」(《感懷》之八)這是直斥清廷的殘暴的。還有用反話譏刺的：「高臺爲沼陸爲塵，一半揚州是海濱。……松楸永隔興哀地，陌路多逢太息人。共道君恩憐物命，不教魚鱉近居民。」(《太息》)

揭露剝削壓迫的，如《耕田歌》：「……近水畏兵，兵刈何名？上官不問熟不熟，昨日取錢今日穀，西鄰典衣東賣犢。黃犢用力且勿苦，屠家明日懸汝股！」《繅絲歌》：「……小蟲之小絲有限，中心抽盡君未暖。」《村居即事》之一：「伏犢山中雖有虎，農夫爭避帶刀人。」之二：「死生由吏不由天，鴆毒隨身始出門。」之三：「三尺龍泉方寸印，不知誰較殺人多？」《龍船行》寫官吏借賽龍船名義坑害百姓：「……官點龍船如點兵，……家家合米作行糧，百里科錢犒中路。……太平樂事非爲擾，最是小民難戶曉。往年官禁船尚多，今日官催船卻少。……錦標奪歸插里社，縱有能名無得者。雖云奪鴨不足誇，明日賣錢還借家。」《行路難》之二：「……小民止可求粗足，朝飯糟糠夕饘粥。輕裘肥馬不易誇，有司視爾如仇家。」更寫出了貪吏對百姓掠奪的極端殘酷。

寫貧富對立的也很突出，如《所見》之一，前六句寫貴族子弟：「禁裡曾通籍，人前不下床。未離阿保手，已綰大夫章。一飯中人產，千金匹馬裝。」末二句卻寫：「白頭蓬室者，衹自愛糟糠。」之二，也是前六句寫那班紈袴子「繡袷紫頭巾，驍騰馬上身。臂鷹飛啄鳥，手彈遠追人。共竊軍符夜，相邀野草春。」然後綰合到百姓身上：「不知營一醉，鄉曲幾家貧！」這類寫法顯然受到杜甫的影響。

但是，無庸諱言，和屈大均相比，陳恭尹是不夠堅強的。例如《行路難》之一：「殺人豈必干與戈，尺地寸天皆跼蹐。重城高枕自謂安，中夜思之眠豈得？何能變化爲蟭螟，飛入睫中人不識！」這寫出了他出獄以後生怕再罹羅網的憂懼心情。《爲嚴藕漁宮允題綠端硯》衹寫硯的名貴，不像屈大均借此力勸嚴繩孫、朱彝尊辭官歸隱。《別朱竹垞三十六年矣，癸酉二月復會於廣州，三日別去，送之以詩》，但寫友誼之篤，屈大均則借以諷刺朱的變節事清。至於《閒居》的「莫作將來計，人生未可知」，其皇皇不可終日之狀如見。《宿鳥》的「幸無彈射患，安夢得於今」，反襯自己的時虞羅網。這種種憂讒畏譏的心態正反映出陳恭尹的苟安思想。這就難怪他晚年竟違心地寫了《鐃歌》十八首，其中如「海不揚波萬國通」，以「海不揚波」頌揚中國有聖人而致重譯來朝（見《韓詩外傳》五）「盛時不貴珍奇物，夷舶無多到粵中」，竟對康熙中葉的閉關政策唱贊歌。

當然，不論處境如何險惡，他還是徹底做到了「外圓內方」的。儘管朱彝尊、王士禎在文字交上和他都是好友，梁佩蘭更和他與屈大均各爲嶺南三大家之一，但他和朱、王、梁三人有一個本質上的不同，就是他「冷」，毫不熱中於一己的富貴功名。他的忘年交趙執信說得好：「老大兩布衣，晏然當世士。各出一詩卷，邈矣古男子。嶺南冬亦春，坐訝清寒起。乃是冰與雪，披拂懷袖裡。我行窮萬里，所遇無可喜。今夕忽欣然，風燈落連蕊。」（《飴山集》卷八《與陳元孝、王蒲衣兩處士夜坐論詩》）王蒲衣，名隼，遺民詩人王邦畿之子，「終日理書卷，生事窘不顧。」⑥⓪趙執信把他和陳恭尹並稱爲「冰與雪」，正是從他們的遺民節操上理解的。

另外，趙執信還在《贈別廣州諸子十二韵》中說：「南海多君子，我來嗟已遲。遂令屈高士（翁山已前逝），不得作相知。猶喜逢陳寔，蒼然野鶴姿。忘年結深契，細律出雄辭。」⑥①陳寔，東漢末人，曾以黨人事被囚，又曾獨弔中常侍張讓之父喪，後復誅黨人，讓感寔，多所全宥。趙執信以陳寔比陳恭尹，不僅取其姓同，更取其同被囚繫，又同自污。

趙執信還透露了陳恭尹對王士禎的不滿：「阮翁昔奉使過嶺，著《皇華紀聞》，極稱元孝，而元孝顧大有不滿之言。雖文人自古相輕，然阮翁之受侮可謂不少也歟！」⑥②

陳恭尹和王士禎論詩都是宗唐的，陳所以對王「大有不滿」，就因爲王只重王、孟家數。所以陳恭尹寄詩向王索《南海集》，首句即稱之爲「酷似高人王右丞」。而陳論詩，特別指出：「筆墨無生氣，光芒愧昔人。」重在「生氣」即雄直之氣，而不僅僅是悠然意遠的神韵。他又指出：「誰能師日月，可以喻清新。大海波瀾在，驪珠自不貧。」（《別後寄方蒙章、陶苦子，兼柬何不偕、梁藥亭、吳山帶、黃葵村，定郵詩之約》）詩歌創作要如日月之光景常新，更要掣鯨碧海，而不衹是翡翠蘭苕。而王士禎對陳詩所欣賞的衹是「積雪迴孤棹，寒湘共此心」；「離憂在湘水，古色滿衡陽」；「鄉山小別吟兼夢，水驛多情浪與風」；「桄榔過雨垂空地，玳瑁乘潮上古城」之類。還有「映花溪路閉，漱水石根虛」；「積雨漢江綠，歸心楊柳初」；「三徑草生殘雨後，數家門掩落花中」，稱爲「唐賢佳句」，[63]這自然要引起陳恭尹的很大不滿了。

值得注意的是，陳恭尹論詩也和屈大均有所不同。屈大均深惡宋詩，陳恭尹則強調「性情」，無分唐宋：「只寫性情流紙上，莫將唐宋滯胸中。」並且又一次指出：「終古常新惟日月，金烏先自海東紅。」（《次韻答徐紫凝》）仍然強調詩人自己的性情（包括本人的生活經歷和文化素養）在創作中的決定性作用。

在創作上，陳恭尹的五律和屈大均一樣也有散行。如《喜陶苦子還自鹿步》的頷聯：「自有碧天月，隨君歸草堂」，《送離患上人住靜惠州，兼懷葉評山》的頷聯：「道人無去住，臨別莫愴然」，《送李蒼水，兼寄相如》的頷聯：「老于朋友內，覺汝弟兄真。」《冬草得言字》的頷聯：「豈不怨遲暮，曾承天地恩」，《春山》的頷聯：「未改高寒色，青青又一時。」它們的特點都是一氣流行，上下兩句意思直接相承。這也是陳詩「雄直」的因素之一。

無論詠物還是寫景，都寄託著亡國之痛，興復之思。如「……遨遊茲已屢，歲月真如擲。川原無古今，世事空疇昔。徘徊倚層巔，北風感行客。」（《遊七星岩》）「將無治世氣自北，卻恐侵人鬢先白。……」（《廣州客舍夜雪歌》）「烏猿一聲一白髮」。（《猿聲歌》）又如《南海神祠古木棉花歌》以「祝融帝子」、「絳節」明寫木棉花，暗喻朱明，末句「爲君歲歲呈丹心」寫自己對故國的永恆忠心。《夜潮》：「自知消長理，豈敢恨蹉跎？」寫出自己的希望復興。《送雁》：「……六翮欲衝遼海雪，一行先別嶺南花。但令處處無飛繳，莫恨年年不到家。」既以自喻，亦以喻屈大均等志士。尾聯「荇葉蘆芽春漸長，無窮烟水在天涯」，則寫出了復興在望。總之，始終不見衰頹之意。更值得重視的是《初月》：「銀河誰下釣？天道自張弓。色借桑榆日，涼生玉笛風。山光開半面，人影在牆東。不俟居弦望，清輝萬國同。」句句寫新月，而「天道張弓」用《老子》，暗寓「高者抑之，下者舉之；有餘者損之，不足者補之。」（七十七章）說明必能反清復明之理。「色借桑榆日」，不但用了古書舊說，如皇甫謐《年曆》：「月，群陰之宗，光內日影以霄曜，名曰夜光。」《物理論》：「京房說：月與星至陰也，有形無光，日照之乃光。」《舊曆說》：「日猶火也，月猶水也，火則施光，水則含影。」更主要的是「月」加「日」爲「明」。至於末二句更是說，即使南明政權眼前微弱，而舉國歸心，終必復興。

而清代詩論家往往受王士禛的影響，祇欣賞其流連光景之作，特別注意其「韵致」。如楊際昌說：「漁洋山人極賞陳元孝（諸聯已見前）等句，厥旨甚微。予竊取其意。元孝句如『落日客尋江上寺，出林僧放月中船』。『隔岸山光橫枕上，遠天帆影落牆頭』。絕句如《題畫》：『深山深處有人爭，擬寄閒身畫裡行。日掩柴門無個事，碧溪寒葉一聲聲』。《贈真際上人》云：『道在寧知白髮生，禪房闃寂好經行。月明滿地無人會，消受菩提葉葉聲。』似與（漁洋所引）前數句相近。」㊹

又如黃培芳說：「陳獨漉坐雨詩云：『蕭瑟北林聲，雲如萬馬行。坐中高閣雨，天外數峯晴。向浦帆光濕，依人燕羽輕。羅浮開一半，悽惻未歸情。』此五律最高之境，法律極細者。翁覃谿先生曾向張南山稱說，可見前輩鑒賞，別具心眼如此。」㊺翁方綱也是推崇王士禛神韵說並且大而化之的，自然也祇從這一角度去欣賞。

我們不是說不應該欣賞陳恭尹這類詩作，但不同意把它們看成他的代表作，以偏概全。因爲那樣一來，就失去其遺民詩人的真面目了。

比較全面評價的當然也有，如趙執信早就指出：「南海陳恭尹元孝，明末忠臣邦彥之子，不仕。其詩沉健有格，惟宗唐賢，古體間入《選》理，一時習尚（指公安、竟陵），無所染焉。初，嶺南有四大家者，余識其三：元孝與梁佩蘭、王隼也。三子（包括趙未識面的屈大均）之視元孝，猶宋牧仲之並阮翁耳！」[66]我們知道，宋犖乞得王士禎「誰識當時兩年少，王揚州與宋黃州」一絕，藉以齊名，時人並不承認，以爲宋遠遜於王。趙執信用此今典，認爲屈、梁、王都不能與陳並稱。這未免阿私所好，屈大均是應該齊名的。

然而後來有些人卻完全同意趙的結論，如陸鎣、朱庭珍等，都認爲「嶺南以元孝爲冠」。朱庭珍尤其欣賞陳恭尹的《王將軍輓歌》，說它「神骨尤古健絕倫，足爲《孔雀東南飛》及《北征》、《西郊》嗣音，較王元美《袁江流》，有過之無不及也。」[67]

《王將軍輓歌》是一首五言長篇敘事詩，寫一位南方義士王曰興，他追隨永曆帝，領兵鎮守鼉江（在廣東肇慶府陽江縣，當時永曆帝監國肇慶），狠狠地打擊了來犯的敵人：「相持及三月，敵騎皆奔亡，來時三萬人，半還仍重傷。」後來永曆帝入滇，他也奔赴昆明。在清兵長期圍困中，「戰士飯草土，抱骨環登陴。」即使艱危至此，戰士們卻「所憂負將軍，吾儕死猶歸。」王將軍不願士卒同歸於盡，便用詐降計使敵人緩攻，從而放走九個幼小兒子，保全宗支，自己則和老母、妻、妾共十八人自焚。「雞鳴部曲入，白骨空巑岏。舉哀建素旐，合斂歸巨棺。敵人亦流涕，況在同肺肝！」在清統治下寫作並刊印這樣的詩，正表現了陳恭尹的遺民詩人骨氣。而從寫作手法看，一些句式確實運用了《木蘭詩》和《北征》的，自焚前的鋪敘，更可看出《孔雀東南飛》的影響。

對同一陳詩，王士禎、楊際昌、黃培芳所欣賞的，和趙執信、陸鎣、朱庭珍截然不同，這裡有時代風氣之異。如清前期所謂康乾盛世，詩風偏於閒適恬淡；而清後期則憂患叢生，詩風也就偏於悲歌慷慨。也有詩評家本身審美情趣的不同。如王士禎與趙執信雖爲同時人，王高官厚祿，文采風流，遠離社會現實；趙仕途坎坷，潦倒終身，比較接觸底層。這種不同的經歷自然影響到各自的審美情趣。

丁 釋函可

僧函可生平事蹟已簡述於屈大均部分。

他的詩，生前曾自編爲《金塔鈴》詩集。逝世後，其門人今羞，今何等在此詩集基礎上，補充了獄案前及與獄案有關的詩，編爲《千山詩集》。

正如他在《讀杜詩》中所說的：「予血化作詩」，確實，在中國漫長的詩史上，還很少見到這樣用血寫成的詩！它最大的特色是真切，字字句句，非過來人不能道。其門人今何跋《千山詩集》，最末幾句說：「使天下後世讀是編者，知詩惡可以無罪，而罪又惡可以無詩也？」這個「惡」字應讀成「叛逆」、「抗爭」。函可遭到清代第一次文字獄的迫害，滿腔義憤，噴薄而出，化爲詩篇，是控訴，也是抗爭，因而字字是血，句句是淚。讀它們，你會感到阮大鋮《詠懷堂集》的藝術性固然祇能引起噁心，就是那班寄情風月、託興江山的閒適之作也是渺小的。試看《初釋別同難諸子》的「終歲愁連苦，生離且莫哀。問人顏尚在，見影意猶猜。」如果了解了「當其遭誣在理，萬楚齊下，絕而復甦者數，口齒嚼然，無一語。血淋沒趾，屹立如山，觀者皆驚」，[68]你再逐字逐句咀嚼，就能體會到釋函可的硬骨頭精神和統治者淫威在受難者心理上所造成的壓力。《宿山海關》尾聯：「敢望能生入，回頭仔細看。」這和上一詩的「生離且莫哀」，都反映了詩人當時的心理：統治者一定會殺害自己，因而在出山海關時，不禁頻頻回顧。《生日四首》之三的頸、尾兩聯：「弟妹徒相憶，家鄉那得歸。從來無片紙，辜負雁南飛。」《瀋陽雜詩》之一：「幾載望鄉信，音來卻畏真。舉家數百口，一弟獨爲人（指其二弟家騄，但不久，家騄亦盡節）。地下反相聚，天涯孰與鄰？晚風連蟋蟀，木佛共含辛。」《辛卯寓普濟，作八歌》之四寫其弟耳叔（即宗騄）：「黃沙杳杳望兄回，日暮走向荒城哭。哭聲到天兮天不聞，摧胸肝兮難久全，休望收吾骨兮葬江邊！」這些對家庭親人的懷念，或從本身抒發，或從對方想像，無不震撼讀者的心靈。特別是《八歌》末章：「……我憂不獨在鄉國，我罪當誅復何說！筆尖有鬼石流血，天地無情難永訣。嗚呼！木佛木佛能不哀？獰飆苦雨四面來，土床一尺魂徘徊。」這就把讀者提升到一個更高的境界，不僅認識到詩人的悲憤深度，更震驚於這種悲憤的個性化。由此起步再來讀《聞耳叔弟盡節》：「大旗吹折海風寒，未了孤心骨已殘。遺訓在茲寧有憾？浮漚於汝久無干。原鴒血盡生逾苦，池草根鋤夢亦乾。見說覆巢餘卵在，呱呱何處夜漫漫！」烈士的復國心願雖未實現，而求仁得仁，視死如歸；祇是生者更難爲懷，既哀亡弟，又痛遺孤。《寒夜作》寫嶺南人而在遼東過流放生活：「日光墮地風烈烈，滿眼黃沙吹作雪。三更雪盡寒更切，泥床如水衾如鐵。骨戰唇搖膚寸裂，魂魄茫茫收不得。誰能直劈天門開，放出日光一點來？」不僅南方人無從體會，就是正常生活的北方人也很難理解嚴寒竟會使身受者「魂魄茫茫收不得」。最後兩句是憤怒的昇華，「直劈」二字，怒吼如聞。聯系到《至日》：「去年此日身棲雪，今日依然雪裏身。歲歲盡傳陽已復，何曾一線及流民！」不但寒夜，就是春天，不，年年月月，生活在暴力統治下的囚徒，永遠是寒徹骨的。人總是人，難怪他質問《皇天》：「皇天何苦我猶存？碎卻袈裟拭淚痕。白鶴歸來還有觀，梅花斫盡不成村。人間早識空中電，塞上難招嶺外魂。孤雁乍鳴心欲絕，西堂鐘鼓又黃昏。」這真是宛轉欲絕，欲哭無從了！

最可貴的是，儘管處境極人世之艱危，詩人卻稜稜一骨，永遠樂觀。如《初發》尾聯：「幸余穿布衲，猶可耐風沙。」《初至瀋陽》頸、尾兩聯：「幸有千家在，何妨一缽孤？但令舒杖屨，到此亦良圖。」《生日四首》的「……白日存吾分，寒風任爾吹。到邊仍說法，有客尚投詩。且自歡茲會，明冬不可知。」之四的頸、尾兩聯：「祇有心方寸，還餘詩幾篇。時時吾笑我，不改舊時顛。」《八歌》之一末三句：「安得手扶白日兮，上照四塞之荒烟，下照萬丈之黃泉！」之二末四句：「藤兮藤兮詎終窮？恐隨風雨兮化作龍，何日將予兮直上千峯與萬峯！」《同阿字諸子夜坐》：「流光如矢命如塵，冰作生涯鬼作鄰。歲底又添門外雪，燈前幾個嶺南人。大家共話俱含淚，各自傷心不爲貧。去去且將拳作枕，夢中同迓故園春。」《阿字行後作》末四句：「日星掛眉睫，灝氣蕩心胸。禁聲莫高吟，恐或驚鼉龍。」

堅持民族氣節，痛斥失節之徒，是《千山詩集》另一內容。同時的遺民詩人杜濬《贈剩公》中說他「開口大笑中悲哀。借問山僧之笑何其哀？世人不作佛且哀。世人不作人，則是胡爲乎來哉？」把失節之徒看成兩腳狗，這就是亟可高揚的愛國激情的結論。所以他憤怒地指出：「地上反奄奄，地下多生氣。」（《秋思新淚》）而在《石人》中他說：「見說衣冠古」，「爾貌可爲人」，那就是說薙髮胡服而仕清的漢族士大夫都不配稱爲「人」。他曾慨嘆：「明月但照雪，不照世人心。雪深惟一色，人心種種深。」（《對月》）又以比興手法揭露那班小人的嘴臉：「顧視深草間，異種（指菌類）紛相錯。恐是蛇虺居，根性乃獨惡。擯棄稍不嚴，美口成毒藥。氣化豈有殊？君子愼所托。」與此相反，是對於節士的歌頌和自我的肯定。如《即事》之二：「與其辱以生，母寧饑以死。」（《還山憶舊》）之二：「枕中百十篇，暗室生霹靂。夢裡常把持，祇恐蛟龍攫。」《偶成》：「今年更比去年窮，夢到梅花香亦空。抖擻破衾殘雪在，無人知道舊家風。」《丙戌元旦顧家樓》：「多難還餘善病身，栖栖終不怨風塵。挈瓢帶雪逢遺老，著屐尋詩有故人。夜雨暫將山色改，年光又逐淚痕新。遙知鄉國東風早，花信憑吹薄海春。」《李公贖陳氏爲尼》：「學士行歌績婦吟，驚回春夢起鄉情。解將腰帶文犀重，添得空門水月清。雲鬢已隨秋霧散，舞衣應逐雨花輕。翻憐冢畔青青草，不及紅蓮磧上生。」以遠嫁單于的王昭君對比，讚美犯婦陳氏的祝髮，含意多麼深長！其實這也是對節士爲僧的讚美。《聞錢君至尚陽堡死》：「相逢不禁淚淋浪，忽訝音來我自傷。一片心肝還日月，五更風雪裹文章。……莫爲中原難側足，故將殘骨擲龍荒？」第三句以「日月」切「明」，意極顯豁。《贈赤公》：「幾年遼海自依依，華表驚添一鶴飛。瓶缽已非形更瘦，鬚眉猶在事多違。長邊無地容行腳，盡日儆天幸掩扉。韎韐未裁磨衲破，夢中還著老萊衣。」

有些詩作洋溢著強烈的愛國主義激情，這一點，函可的知交都是特別強調的。顧夢游《和祖心師雨中見訪》之一：「乾坤逢此日，野老獨吞聲。不道西方學，能同故國情。……連夕傷心話，寒燈剔未明。」就反映出皈依佛法的函可，一顆心不但不寂滅，反而爲國家民族的興亡而燃燒著。試看他的《初發》頸聯：「計日邊城近，傷心故國賒。」《宿山海關》頷聯：「大海依然險，危巒空自攢。」原來用以防清兵入侵的雄關，形勢依然，作用卻完全喪失了！寥寥十字，遺恨無窮。《生日四首》之三的頷、頸兩聯：「便是今日死，已是舊朝人！乞食真慚粟，看書若有神。」以食周粟爲恥，有生之日，仍是明人。《石人》：「見說衣冠古，投詩寄問頻。我心曾匪石，爾貌可爲人。……最憐同伴者，一半是頑民。」石人是明代衣冠，雖爲石刻，卻可算人，那麼，薙髮胡服的自然是異族犬羊了。這一認識，頑民（即明遺民）們都是一致的。「我心匪石，不可轉也！」《八歌》之七：「辛苦前朝老衲衣，十年與爾不相離。骨殘心碎無完肌，至今襟袖血跡遺。誰云新者可代故？何忍拋撇冬夏披。衲兮衲兮汝勿悲，雖然破爛兮勝牙緋，生御風沙死裹屍！」這件老衲衣就是函可！讀著這樣的血淚文字，我們會想起文天祥、史可法，他們真是民族的脊梁和靈魂！《寄阿誰》（自注：精繪事）：「誰與天涯作比鄰？題詩先問白頭人。燕支久已無顏色，好寫青山置我身。」《偶感》：「遷客易爲感，況兼秋有聲。天風吹木葉，一半落邊城。是處皆腸斷，無時免淚零。不知何事切，未必盡鄉情！」正如《八歌》之八所說：「我憂不獨在鄉國」，他的「腸斷」、「淚零」，當然不祇是懷鄉，而更主要的是戀念故國。

濟世憂民之心，具體地反映在《連雨》一詩中：「頑雲重霧裹城郭，舊民新民慘不樂。田中有黍誰能穫？山中有木誰能斲？盤翻竈冷守空橐，簷溜雖多不堪嚼。老僧一鉢久庋閣，出門半步泥沒腳。紫蛇有光蝸有角，抱書晝臥腸蕭索。庭邊杏樹驚搖落，燕巢已破子漂泊。眼前大地何時廓？遼海浪高勢磅礴。願浮我屍填大壑，毋使蛟龍終日惡。」這是寫實，也是象徵。末二句更表現出詩人舍身救世的精神。這是因爲他雖已爲僧，卻未出世，正如《春雨》說的：「我心豈由物？

遇物屢悲欣。」一直到死，他還在戀念嶺南家鄉，其實也是對關內故國的思慕。他的《淚》詩說：「我有兩行淚，十年不得乾。灑天天戶閉，灑地地骨寒。不如灑東海，隨潮到海門」。他要把滿腔愛國熱情所凝成的淚水，灑入遼河，流進東海（渤海），跟著潮水回到廣東故鄉去。

函可真是錚錚鐵漢，受盡非刑，歷盡折磨，到了流放地，居然結起冰天詩社來，和流人們唱酬，「遂使冰海瀾，澎湃聞龍吼。」[69]他還傳授詩學，如遼東人焦冥，抗節不仕，就「受剩公上人之友助而規橅近體」。[70]在函可的影響下，焦冥所作詩「雄渾激宕，有振衣千仞俯視塵壒之想。」[71]函可還將平生經歷講給友好們聽，藉以激勵他們。所以，社友釋涌狂讚頌他：「義膽久拚沙暴骨，禪心不學絮沾泥。難期蘇子看羝乳，長伴文公聽馬嘶。」[72]另一流放詩人吳兆騫也歌頌他「志原甘鼎鑊」，特別贊美他骨頭硬：「豈是然（燃）身誓，應嗤繞指柔。」[73]蟄居南京的遺民詩人龔賢（半千）曾爲他擔憂：「聊將詩自慰，還和罪相干。」[74]他卻悍然不顧，毅然表白：「……余今歲望七十尚二十有三（時年四十七歲），然備歷刑苦，鬢白齒落，耳聾目瞶，一切不能經意。重陽後於金塔，盡遺諸子，每自佇立。明月在天，寒風習習，風吹鈴鳴，塔又何曾經意耶？因語二三知我：及時努力，毋俟一切不能經意。更有百倍切於文字者，不得不早自經意也！」敵人的摧殘，並沒有從精神上打垮他，他仍然在用詩歌這一武器，繼續進行戰鬥，毫不考慮因此可能導致更大的迫害。尤其使人感動的是他號召同志們直接地勇敢地投身反清復明的實際鬥爭中去，認爲那比文字宣傳工作更加重要百倍。

當然，他同樣重視詩歌的戰鬥價值。和其他嶺南詩人一樣，他也受到七子的影響，但他更主要的是從「神似」方面去學習杜甫。他強調詩歌的現實主義精神，因而他高度評價自己主持的冰天詩社。這些觀點都反映在如下一首七古中：「風雅茫茫失所宗，不得不推北地李（指前七子領袖李夢陽）。李公豪雄步少陵，匪特形似亦神似。先生（指同時流放遼東的左懋泰）才陵北地高，先生遇非少陵比。阿弟（指左懋第）捐軀阿兄流，西山之歌續二士（指伯夷、叔齊）。不教秦關二百強，不羨蜀江千丈綺。從來厄極文乃工，所以論文先論世。豐干饒舌罪如山，滔滔誰易今皆是。三百年來事莫知，天教斯道存東鄙。不然今古亦荒涼，大雪紛紛吾與爾。」⑮

我們真爲有這樣的歷史人物感到自豪！他的知交釋函是曾題其遺像說：「神龍破浪無尋處，留得威獰紙上寒。」⑯是的，他是神龍，他的偉大人格對敵人來說，永遠是威獰的！這就無怪在他逝世一百一十六年後的乾隆四十年，清統治者終於禁毀了《千山詩集》，刪除了《盛京通志》所載他的事迹，而且拆毀了他埋骨的塔和立的碑，企圖從人們心裡永遠消除他的莊嚴形象。但是，這當然是愚蠢的妄想！龔自珍說得好：「奇士不可殺，殺之成天神；奇文不可讀，讀之傷天民。」⑰奇士奇文，是殺不死燒不盡的，因爲他們和它們永遠活在不願跪著活的人們的心底。屈大均是這樣，釋函可也是這樣。

還是讓我們讀讀屈大均對釋函可的詩作的評論罷：「……充戍瀋陽，痛定而哦，或歌或哭，爲詩數十百篇，命曰《剩詩》。其痛傷人倫之變，感慨家國之亡，至性絕人，有士大夫之所不能及者，讀其詩而君父之愛油然以生焉。蓋其人雖居世外，而自喪亂以來，每以洟洳苟全，不死於家國以見諸公於地下爲憾。而其弟驎、騄、驪以抗節，叔父日欽、從兄如琰、從子子見、子亢以戰敗，寡姐以城陷，妹以救母，騄婦以不食，驪婦以飲刃，皆死。即僕從婢媵，亦多有視死如歸者。一家忠義，皆有以慰夫師（指函可）之心。嗟夫！聖人不作，大道失而求諸禪；忠臣孝子無多，大義失而求諸僧；《春秋》已亡，褒貶失而求諸詩。以禪爲道，道之不幸也；以僧爲忠臣孝子，士大夫之不幸也；以詩爲《春秋》，史之不幸也！《剩詩》有曰：『人鬼不容髮，安能復遲遲？努力事前路，勿爲兒女悲！』……嗚呼！亦可以見其志也矣」。(78)

這是極深刻的總結，也可以用來作嶺南詩派的結論。

注釋

(1)陸鎣《問花樓詩話》卷三

(2)《更生齋詩》卷二《道中無事，偶作論詩截句，二十首》

(3)《翁山文外》卷二《廣東文選自序》附凡例之六

(4)《香祖筆記》

(5)(8)《廣東新語》

(6)(65)《香石詩話》

(7)《粵東詩海》

(9)《明詩紀事》

(10)魯九皋《詩學源流考》

(11)《粵東詩話》卷一

(12)《萇楚齋續筆》卷九引

⑬⑯64《國朝詩話》
⑭《容齋續筆》卷二「唐詩無諱避」條
⑮《池北偶談》
⑰王源《居業堂文集》卷十四《屈翁山詩集序》
⑱《曝書亭集》卷三十六《九歌草堂詩集序》
⑲《論詩絕句六十首》之五十六
⑳《國朝詩品》
㉑77《夜讀番禺集書其尾》
㉒《冬日閱國初諸家詩，因題絕句八首》之八
㉓《晚晴簃詩話》
㉔㉕僧函昰《千山剩人可和尚塔銘》
㉖《高淳縣志》引
㉗《石臼後集》卷一《讀祖心再變紀漫述，五十韵》
㉘《顧與治詩》
㉙《牧齋有學集文鈔補遺》
㉚《屈翁山詩集》卷四
㉛《老生常談》
㉜《蓮洋集》卷一

㉝㉞《西蜀費錫璜數枉書來，自稱私淑弟子，賦以答之》
㉟《廣東詩粹》
㊱67《筱園詩話》
㊲《雪橋詩話》續集卷一
㊳《白華山人詩説》卷一
㊴歸靜先編《清代文讞紀略》第四章「屈大均詩文案」
㊵《翁山文外》卷七《先考澹足公處士四松阡表》
㊶《翁山文外》卷二《詩義序》
㊷《翁山文外》卷一《臥蓼軒記》
㊸潘飛聲《翁山文外》跋
㊹《晚晴簃詩匯》卷八十一
㊺《賭棋山莊集·詩八·嶺南雜詩》之二
㊻《忍古樓詩續》卷二《爲梁衡齋題所藏屈翁山詩帖》
㊼《天放樓文言》卷十《答樊山老人論詩書》
㊽同書同卷《與鄭蘇戡先生論詩書》
㊾《雪橋詩話》三集卷二
㊿51 53馮奉初《明世襲錦衣僉事懷遠將軍陳元孝先生傳》
52《江村集·小序》

(54)(57)吳道鎔《澹庵文存》卷一《陳獨漉先生年譜序》

(55)張其淦《明代千遺民詩詠》卷三

(56)汪兆鏞《微尚齋雜文》卷六《重修陳獨漉先生墓碑銘》

(58)《澹庵文存》卷一《跋陳獨漉自書鎮海樓手卷》

(59)順治十六年（一六五九）至康熙二十一年（一六八二），清廷爲了阻遏鄭成功，張煌言以水師從海上進攻，實行「遷界」政策，即從山東到廣東的沿海居民，一律內遷數十里，並燒毀漁船，禁止下海。

(60)《清史稿．文苑一》

(61)《飴山集》卷八

(62)(66)《飴山詩集》卷十六《懷舊詩》第十首小傳

(63)見《池北偶談》及《居易錄》

(68)郝浴《奉天遼陽千山剩人可禪師塔碑銘》

(69)李呈祥《東村集》卷四《與湄村、貽上兩公商刻〈徂東集〉、〈金塔鈴〉》

(70)《盛京通志》卷四五姜希轍《焦冥集序》

(71)同書同卷高士奇《知白齋詩序》

(72)《壽搕捶大師》，附《千山詩集》後

(73)《秋笳後集》卷七《奉贈函公，五十韵》

(74)《草香堂集．憶剩上人》五首之二

⑮《千山詩集》卷五《過北里讀〈徂東集〉》

⑯《瞎堂詩集》

⑱《廣東新語》卷十二《詩語・僧祖心詩》

第二章 顧炎武

明末清初這一「天崩地解」的時期，產生了一位最傑出的遺民詩人顧炎武。有人說：「有明二百七十餘年間，詩人突起突落，有如勝、廣，卻成就此一大家。即清詩號稱跨越明代，然求如亭林之篤實光輝者，亦難與併。」①又有人說：「明遺民詩，吾深畏一人焉，曰顧亭林。……亭林之詩堅實，非以詩爲詩者，而其詩境直黃河、太華之高闊也，……誰與抗手？」②他們都認爲顧詩是明、清詩之最，特點是「篤實光輝」、「堅實」、「高闊」。而其所以能如此，則是因爲他「非以詩爲詩者。」

顧炎武作爲一位詩人，他的傑出處，就在於「不爲文人」（這種「文人」包括做世俗應酬文字的詩人），而強調詩歌的現實性與戰鬥性。他本來「少爲詞章有名」。「少年時，不過從諸文士之後，爲雕蟲篆刻之技」③，「未登弱冠之年，即與斯文之會。」④但是，後來他自編詩集時，把那些少作全部刪除了。現在我們看到的顧詩，使他和同時的大詩人都截然不同：「牧齋、梅村之沉厚，漁洋、竹垞之博雅，宋、元以來亦所謂卓然大家者也，然皆詩人之詩也。若繼體風騷，扶持名教，言當時不容已之言，作後世不可少之作，當以顧亭林先生爲第一。」⑤

顧炎武既然立志「不爲文人」，自然不會在詩壇上開宗立派，更不肯附和到哪一個詩派去。但是，他的理論和創作卻對清詩的發展產生了巨大的影響，因而本書特爲他列一專章。

甲　顧炎武的先進思想對其詩作的影響

顧炎武是人所共知的啟蒙思想家，他具有當時先進的思想，這種思想對他的詩創作起了決定性的指導作用。主要的一點就是宣傳「亡國」與「亡天下」的區別。

他在《日知錄》中說過一段著名的話：「有亡國，有亡天下。亡國與亡天下奚辨？曰：易姓改號，謂之亡國；仁義充塞，而至於率獸食人，人將相食，謂之亡天下。……是故知保天下，然後知保其國。保國者，其君其臣，肉食者謀之；保天下者，匹夫之賤與有責焉耳矣。」⑥後來梁啟超把這意思概括為「國家興亡，匹夫有責」，在歷史上起了很大的作用。後人以為這一思想是顧炎武首創的，其實當時這已是一種社會意識。明末廣東梅州布衣盧仲六，「其終也，召其子弟而訓之曰：『天下將亂矣！……數十年後，朝廷不蹈東漢之轍，則為南宋之續耳。如其蹈東漢之轍也，是易姓也，不食其祿者無責焉也已。如其為南宋之續也，是亡國也，凡我草莽小民皆與有辱焉者也。汝曹力能救國則救國，不然，其守乃田園廬舍，毋事乃仇，貽乃祖宗羞！』……先生卒後二十年而明社屋。」⑦

但是這兩段話儘管內容相同，顧說卻在盧說基礎上有了提高：盧說主要是消極地不合作，顧說則強調積極地鬥爭；盧氏只是秘密地訓誡子孫，顧氏則著書立說，明詔大號於天下後世，而且本身就這樣身體力行了一生。

正是為了強調民族復仇，所以他還堅決反對理學中的心學一派，指責他們「置四海之困窮不言，而終日講危微精一之說。」⑧顧炎武和河朔詩派諸人不同正在此點。所以，申涵光等人的民族氣節遠遜於顧炎武。

當時漢族大地主階級從階級利益一致性出發，和清統治者欣然合作。貳臣洪承疇之流還恬不知恥地宣稱：「弒吾君者（指李自成）吾仇也，誅吾仇者（指清統治者）吾君也。」錢謙益也說：「犧牲玉帛待於境上，以待強者而庇民焉，古之人行之矣。」⑨顧炎武針對這些謬論，借古諷今地說：『文中子以《元經》之帝魏，謂『天地有奉，生民有庇，即吾君也』，何其語之偷而悖乎！」⑩

綜上幾點，可見顧炎武的思想已經超越「忠於一姓」的觀念，而認識到平民對國家的責任，甚至能超越階級利益而堅持崇高的民族氣節。只有明白了這點，我們才能深透地讀懂他的詩。否則我們對他的「五謁孝陵，四謁欑宮」，會以為是「忠於一姓」，而不了解他其實是把皇帝作為政權的象徵，也是國家和民族的象徵。懂得這一點，對他的詩集以《大行皇帝哀詩》冠首，就體會到那是故國的哀歌，也是漢族的哀歌。

乙 顧炎武的詩論反映在詩作上的特點

明人的風氣是空疏不學，清談誤國。顧炎武在《日知錄》裡指出：「昔之清談談老、莊，今之清談談孔、孟。」⑪認為明朝滅亡就是「今之清談」即心學造成的。由此他提出一條文學創作原則：「文須有益於天下。」具體地說，就是：「明道也，紀政事也，察民隱也，樂道人之善也。」⑫很明顯，他強調文學的社會功能。處在那一門爭激烈的時代，他對文學提出這種要求是自然而合理的。所謂「明道」，就是用詩文宣傳儒家治國平天下之道。「紀政事」是記敘重大的政治事件，表示自己的觀感。「察民隱」是反映人民的痛苦和願望，揭露社會的黑暗面。「樂道人之善」是歌頌節士、志士，當然也鞭撻叛徒和奸佞。現存顧詩四百二十四首，完全可以按此分類，他是忠實地實踐了自己所揭櫫的創作原則的。

和當時許多遺民詩人一樣，他也深受杜甫影響，而且也是從明七子入手學杜的。這一點前人頗多論及。有的說：「（寧人）詩初自七子入，進而益上，心摹手追，惟在少陵。」⑬有的說：「寧人詩甚高老，但不脫七子面目氣習。」有的具體指出：「亭林之詩，導源歷下（指後七子中的李攀龍），沿西昆、玉溪、杜陵以窺柴桑。」還說：「亭林詩從聲色入。」⑮有的認為：「寧人七律講氣格。《濟南》詩云：『絕代詩題傳子美，近朝文士數于鱗』，可以知其旨矣。」⑯他們的意思是，顧炎武是由後七子的李攀龍（于鱗）入手，進而向杜甫學習的。理由就是顧詩注重聲色，講求氣格，儼如李攀龍學杜之作那樣高華偉麗。其實這種看法未免皮相。李攀龍諸體詩由於「亮節較多，微情差少」，所以被人譏為贗古。⑰而顧詩全是抒寫真情之作。他作詩特別強調「真」：《黍離》之大夫，始而搖搖，中而如噎，既而如醉，無可奈何，而付之蒼天者，真也。汨羅之宗臣，言之重，辭之複，心煩意亂，而其詞不能以次者，真也。栗里之徵士，淡然若忘於世，而感憤之懷，有時不能自止，而微見其情者，真也。」⑱又說：「詩主性情，不主奇巧。」⑲「性情」就是「真」。因此，他反對摹仿：「近人文章之病，全在摹仿。即使逼肖古人，已非極詣，況遺其神理而得其皮毛者乎？」⑳還說：「今且千數百年矣，而猶取古人之陳言，一一而摹仿之，以是爲詩，可乎？」㉑甚至直率地批評友人：「君詩之病，在於有杜。……有此蹊徑於胸中，便終身不脫依傍二字，斷不能登峰造極。」㉒試問，他這樣反對形式主義地學習杜甫，這樣強調性情的真，怎會摹仿李攀龍去學杜甫的皮毛呢？

那麼，上述諸家的看法都錯了嗎？我說也錯也不錯。說不錯，是因爲顧炎武早年開始寫詩時，正當公安、竟陵受到貶斥，陳子龍爲首的雲間派重新步趨七子向盛唐學習。而七律方面，李攀龍所作「俊潔響亮」，極受王世貞推重，「海內爲詩者爭事剽竊，紛紛刻鶩」，㉓顧炎武自亦不免受其影響。後來明亡於清，時代風雷使他不期而然地沉潛在杜詩中深受熏陶，加之他寫詩重視內容，並不追求形式的奇巧，所以他的詩不免給人一種印象，認爲它很有七子尤其是李攀龍的聲色、氣格，而其沉鬱頓挫以及排比鋪陳（五言排律）酷似杜甫。

說錯，是因爲他的學杜重在「神理」，而非「皮毛」。所謂「神理」，實即「情」與「景」的關係，亦即「我」與「物」的關係，指的是作品的內容。㉔杜甫遭逢天寶離亂後，能抓住現實題材寫詩，「即事名篇」，故人稱爲「詩史」。顧炎武正是從這一角度去學習杜詩，而不是從形式上去「心摹手追」。這樣學杜，決不會成爲贋古，因爲他擬議而能變化。他所遇的「物」、「景」，決非杜甫所遇的，因而他「感物而動」，觸「景」而生的「情」，也只是他自己所特有的。他和杜甫相同的是，都是有爲而發，不是無病而呻。這樣，即使他由於沉潛杜詩，從而在風格上甚至謀篇琢句上流露出杜詩的影響，也不會掩蓋他的本色。所以，「其詩沉鬱淡雅，副貳史乘」㉕，也有「詩史」之稱。

至於他和李攀龍的區別，最明顯的是：李詩「句摭字捃，行數墨尋，興會索然，神明不屬」，㉖而顧詩則「以性情時事爲詩，故質實而有餘味。」㉗另外，李攀龍「經義寡稽」，因而其詩往往「援據失當」，㉘而顧炎武是經學家，「讀書多而心思細」，㉙尤熟於史，因而「用典使事最精確切當。」㉚

晚明文藝思潮對他的詩論和詩作也有一定的影響。他曾痛斥李贄「惑亂人心」，是小人之尤。㉛現當代學人多認爲這是他的歷史局限。我以爲這要從彼時彼地進行具體考察，才能定其是非。

據我看，兩人在文學觀方面是同中有異的。

所謂同，是指：⑴創作上主張「真」；⑵形式上主張獨創，反對摹擬因襲；⑶都主張文學應隨時代而發展變化。

所謂異，主要是對「真」字的理解不同。李贄從反對理學束縛個性出發，強調童心，認爲「以從外入者聞見道理爲之心」，就是童心受到障蔽。㉜而顧炎武強調的「真」，則是《黍離》大夫、屈原和陶淵明的愛國主義精神。嚴格地說，李贄的童心說，實在近似莊周的自然人性，強調人的本能慾望。其實人是社會性的，爲了協調人際關係，使得趨於和諧，必然產生政治哲學、倫理學說，這些「道理」必然「從外入」而成爲人們的思想意識，怎能想像世上有一張白紙似的童心呢？對童心的解釋，巴烏斯托夫斯基的話倒較近情理。他說：「對生活，對我們周圍一切的詩意的理解，是童年時代給予我們最偉大的餽贈。」㉝但處在「天崩地解」時期的顧炎武，面對著嚴酷的民族矛盾和階級矛盾，填塞心胸的只有痛苦、憤怒，哪裡還能對生活作詩意（和平、寧靜、純潔、歡愉……）的理解呢？

至於斥責李贄「惑亂人心」，是小人之尤，是因爲他反對禮教。這一點，連最崇拜他的袁中郎，也認爲他「遺棄倫物，偭背繩墨，縱放習氣，亦是膏肓之病。」㉞所謂「倫物」、「繩墨」，就是禮教。顧炎武把清統治者的入主中原，看成是「仁義充塞」，「率獸食人」，亦即對禮教的毀滅。推原禍始，於是力攻王守仁的心學，認爲這種「今之清談」，招致新的五胡亂華——明亡於清的慘禍，對王學旁支的李贄加以痛斥，也就勢所必至了。

顧炎武傑出之處，是並不潑髒水連澡盆中的嬰兒也倒掉。他批判地吸收了李贄、袁中郎文藝思想中有益的部分，加以改作，成爲自己的進步文藝觀，而且在詩創作中加以實踐。

我們知道，清代出現了前所未有的學人之詩，它正由顧炎武發其端。

袁中郎曾這樣評論李白與杜甫：「青蓮能虛，工部能實。青蓮惟一於虛，故目前每有遺景；工部惟一於實，故其詩能人而不能天，能大能化而不能神。」㉟用今天的話說，李白是「向內轉」的，他著重個性的抒發，理想的追求，表現了文學的主體性。杜甫則恰恰相反，他著重揭露現實的黑暗，反映民生的疾苦，而沒有脫離現實的純主觀抒情的詩。袁中郎自然是欣賞李白的。但在他去世三年後才出生的顧炎武，苦難重重的生活卻使他走上杜甫的創作道路。後人（如潘德輿）正是從這點強調指出顧詩的特色也是一個「實」字。

但顧詩的「實」和杜詩的「實」還有所不同。顧詩的「實」不僅表現在它的現實性上，還表現在學人之詩這一點上。杜甫固然「讀書破萬卷」，然而他畢竟是詩人而不是學者。顧炎武則是經學家，史學家而兼詩人。他不但開一代學風，也開一代詩風。他的詩之所以「堅實」，完全由於學問的淹貫，而這種淹貫古今的學問正是和社會現實密切相關的。

他曾經談過「作詩之旨」：「舜曰：『詩言志』，此詩之本也。《王制》：『命太師陳詩以觀民風』，此詩之用也。荀子論《小雅》曰：『疾今之政，以思往者，其言有文焉，其聲有哀焉』，此詩之情也。」㊱他所謂「詩之本」，是指詩歌之所以產生，「詩之用」，是指詩歌的作用，這兩點是從漢儒以來就反復說明的。顧炎武特別提出「詩之情」。這「情」，既指感情，又指真實。這是密切結合清朝統治的現實，來說明「作詩之旨」：必須寫詩來表現對當前異族統治者的極大憎恨，同時反映對故國的深切眷念。詩的語言是有文采的（質木無文不足以感人），詩的聲調是充滿痛苦和憤怒的。一個「哀」字，是這種民族壓迫和階級壓迫下的真情實感。除了叛徒和逃避現實的懦夫，每一個漢人，如果能作詩，就應該這樣去作。《亭林詩集》一開卷，就是《大行皇帝哀詩》，一錘定音，這是時代的主旋律。但如果認為他主張「詩之情」只是抒寫巨大的悲哀，那是不全面的。不是悲哀，而是悲憤。不僅思往者，更應思來者，希望有夏少康、漢光武那樣的來者（這在他的詩作中是屢見不一見的）。所以，他的詩論是對荀子詩論的運用與發展。

他的詩論還有一個特點，就是認為：詩，不是空言，而是和孔子作《春秋》那樣，是「載之行事」。所以，他比杜甫更自覺地撰寫「詩史」，把這看成一種政治活動。比他老一輩的遺民詩人林古度讚美顧詩是：「筆墨類容貌，端然忠義姿。」㊲正因為他按照「忠義」原則寫「詩史」，所以柳亞子曾說：「不為嘆老嗟卑語，不作流連光景詞」，㊳充分顯示出民族志士的襟懷和學人之詩的特色。

丙 顧炎武詩作的藝術特色

作爲學人之詩，顧詩具有如下特色：

(1) 熟於正史，用典精切

顧炎武是經學家，但他平生最致力的是史學，這是和他經世致用思想分不開的。他精熟正史，所以在作詩時，故事固然多用正史，就是詞語也多採用正史的。這就形成一種特色，而爲時人及後人津津樂道。朱彝尊曾這樣稱美顧詩：「詩無長語，事必精當，詞必古雅。」㊴所謂「詩無長語」，就是沒有多餘的話，不是辭浮於意。所用故實必定精切，詞句也必定古雅。所以然者，就因爲這些故實和用語都不是唐、宋詩中常見的，更不是一般類書所羅列的，完全因爲他爛熟於胸，才能這樣俯拾即是，應用自如。然而他又不是像後來的浙派（以厲鶚爲代表）和江西派（以陳三立爲代表）那樣避熟避俗，故意找些冷僻典故來矜奇炫博，而是用得恰到好處，令人尋味無窮。

據我粗略地統計，屬於這類用事的約有四十多處，用語約有三十多處。用典精切的例子，主要從這類使事中反映。這裡略舉數例。如《李定自延平歸，齎至御札》：「十行書字識天顏」，用《後漢書．循吏傳》：「光武一札十行，細書成文。」不但因光武和唐王聿鍵（立於福州，年號隆武）都是皇帝，可以相比；而且光武是漢代中興令主，以比唐王，更寓興復之意。《陳生芳績，兩尊人先後即世，皆以三月十九日，追痛之作，詞旨哀惻，依韻奉和》：

「祭禰不從王氏臘」，用《後漢書．陳寵傳》：「寵曾祖父咸，成（帝）哀（帝）間爲尚書。及（王）莽篡位，父子相與歸鄉里，閉門不出入，猶用漢家祖臘。人問其故，咸曰：『我先人豈知王氏臘乎？』」陳芳績和陳寵都姓陳，此其一；氣節相同，此其二；以新莽比清，餘分閏位，不承認其爲正統，此其三；希望朱明後裔有如光武中興者，此其四。《汾州祭吳炎、潘檉章二節士》：「千秋仁義在吳潘」，用《宋書．孝義傳》王韶之贈潘綜、吳逵詩：「仁義伊在？惟吳惟潘。……投死如歸，淑問若蘭！」潘綜、吳逵皆吳興烏程人，吳炎、潘檉章皆吳江人，此其一；潘綜、吳逵以孝義著，吳炎、潘檉章以節義（民族氣節）著，事雖不同，仁義則一，此其二；恰巧都是吳、潘同姓，此其三。

用典精確還反映在所用子書上，如《三月十九日有事於欑宮，時聞緬國之報》：「識定凡君自未亡」，用《莊子．田子方》：「楚王與凡君坐，少焉，楚王左右曰『凡亡』者三。凡君曰：『凡之亡也，不足以喪吾存。夫凡之亡不足以喪吾存，則楚之存不足以存存。由是觀之，則凡未始亡，而楚未始存也。』」這寓言本來充滿主觀唯心色彩，莊周學派用以說明外物不足以攖心的道理，顧炎武卻把這典用活了，說明儘管流亡緬甸的永曆帝已被吳三桂所殺，明統已絕，但只要遺民不忘明朝，銳志復興，一定可以驅除清統治者。

(2) 神似杜詩，各體皆善

顧詩脫胎於杜詩的約有三十一處，如《夫子廟》：「斯文垂《彖》《繫》」，化用杜甫《宿鑿社浦》：「斯文憂患餘，聖哲垂《彖》《繫》。」《贈孫徵君奇逢》：「未改幽棲志，聊存不辱身」，仿杜甫《寄李十二白》：「未負幽棲志，兼全寵辱身。」這是由於平時讀杜極熟，下筆時不覺受其影響。杜甫本人就常這樣運用六朝詩人何遜、陰鏗、鮑照、庾信等人的詩句，宋人如黃庭堅、陳師道等更常如此脫胎換骨。但對顧炎武來說，這並不是學杜的正當途徑，因爲這只是形似而不是神似。

我以爲從詩歌藝術性來分析，顧受杜的影響，主要是積蓄感情和表達感情的問題。顧詩何以和杜詩一樣表現出一種渾厚沉鬱的風格？這是因爲他和杜甫一樣懷抱著一種深沉的悲憤情緒。終身從事艱險的鬥爭（這是杜所不及的），使他對生活的體驗越來越深入，也就使他本來執著的性格變得越來越堅韌。對祖國和民族的命運越關切，對人民的同情越深厚，對敵人和變節者的行徑越憎惡，内心蘊結的痛苦和憤怒也就越強烈。這就形成一種遠比他人深厚的感情。加上他學問淵博，識力卓越，詩藝嫻熟，因而寫出來的詩，必然洋溢著渾厚蒼涼的感情，強勁地震撼著讀者的心靈。正由於體驗特別深刻，感情特別曲折，表達時必然也是千迴百折，而不是一瀉千里，一覽無餘，這就形成了沉鬱的風格。

試以他的五言排律《旅中》爲例：

「久客仍流轉，愁人獨遠征。釜遭行路奪，席與舍兒爭。混跡同傭販，甘心變姓名。寒依車下草，飢糝鏖中羹。浦雁先秋到，關雞候旦鳴。蹠穿山更險，船破浪猶橫。疾病年來有，衣裝日漸輕。榮枯心易感，得喪理難平。默坐悲先代，勞歌念一生。買臣將五十，何處謁承明？」

詩作於明永曆十年（清順治十三年）。自弘光元年，亦即隆武元年（順治二年）顧炎武參加故鄉崑山保衛戰失敗後，曾受隆武帝遙授兵部職方司主事之命。次年將赴閩受職，以母喪未行。永曆元年（順治四年），吳勝兆反正事敗，顧氏幾乎得禍。秋至海上欲投鄭成功，不得達。永曆二年冬抵京口，家又一次被劫。永曆四年，仇家傾陷，僞爲商賈以避。永曆五年至淮安，與萬壽祺密謀抗清。永曆六年參加吳中驚隱詩社遺民們的活動。永曆九年，叛僕陸恩向清政府控告顧氏私通南明，致興大獄。獄事解後出走。永曆十年，仇家遣刺客追他，擊傷頭部，乃變姓名南游。作此詩時，正當南明政權派人來秘密聯繫，顧氏隻身赴閩投鄭成功，又赴滇投永曆，都受阻不能達。詩題《旅中》，就是寫赴閩與赴滇的旅況。第一、二句虛寫，概述自己十二年來總的「流轉」情形。「釜遭行路奪」六句實寫，描寫「流轉」的艱苦情狀。「浦雁先秋到」四句實寫，描敘「獨征」的艱危情狀。「疾病年來有」二句總結上文而與一、二句呼應：正因長期流轉，所以疾病相侵；如今獨自遠征，只能輕裝前進。以上十四句虛實相生，情事交融，反映出這位愛國志士的感情格外真摯。「榮枯心易感」六句轉入議論。「榮枯」、「得喪」都指成功與失敗。反清復明事業的成敗，在自己心情上最易引起激動，爲什麼我方常常失敗，真是天道難明。正因「得喪理難平」，所以爲先朝而悲哀，寫下《旅中》這首詩。這是勞者（爲國宣勞）之歌。這裡詩人毅然明志：我將終身把這「勞歌」寫下去！也就是說，要爲復興事業戰鬥一輩子。最後用朱買臣的典故作結：買臣自言五十當富貴，後來果然受到漢武帝的重用。我今已四十四，卻還受阻不能到達戰鬥的前線。但是，正如買臣終於富貴一樣，我在不久的將來，一定也能實現復明的目的。這六句議論，說理十分深透，洋溢著勝利的信心。仔細吟味全詩，我們會感到詩人的愛國激情表現得渾厚蒼涼，而詩的風格則是沉鬱的。

全部顧詩中，古體詩只佔十分之三強，格律詩要佔十分之六弱。而二百六十四首格律詩中，五律就佔了四十五首。和杜甫比較起來，杜詩共一千四百五十八首，其中格律詩有一千另五十四首，五排就佔了一百二十七首。顧詩五排佔其格律詩的十分之一點七，杜詩五排佔其格律詩的十分之一點四。形成這一現象，當然有眾多因素，但決定性因素我以爲和兩位詩人的個性分不開。顧炎武和杜甫一樣，都是「嫉惡懷剛腸」的。杜甫「褊躁」，㊵顧炎武「孤僻負氣」，㊶性極狷介。杜、顧之詩多用格律，就因格律謹嚴，符合他們的個性要求。與此相反的是李白，正因他個性狂放，所以不喜格律拘束，古風特多，格律詩絕少。

在格律詩中，五排佔這麼大的比重，也是值得深思的。五排寫起來必須反覆錘煉，不能一揮而就，所以李白沒有一首，而杜甫卻首創此體。胡應麟曾指出：「排律近體，前人未備，（少陵）伐山道源，爲百世師。」㊷顧氏接受杜的影響，即因性與之近。

可以看出，顧氏四十五首五排，有一個共同特色，即題材重大，反映作者一種極其莊嚴肅穆的悲憤而又充滿希望的感情。如開卷是《大行皇帝哀詩》，收編是臨終絕筆《酬李子德二十四韻》，以五排起，以五排結，象徵全部顧詩都是精嚴的。何以只有五排而沒有七排（杜甫也只有八首七排）？即因五排比七排更凝煉而少迴旋。只有五排，自始至終，環環緊扣，句句相對，有如繃緊的弓弦，充滿張力，表現出詩律的極端謹嚴。這種形式最符合他的個性，也最適應這類重大題材的內在要求。

清中期的女詩人汪端特別欣賞顧炎武的五排，說是「五言排律惟亭林擅勝，餘皆絕少名篇。」㊸可惜只標出「擅勝」，未詳析其所以然。

當然，個性狷介的人，也不是只有謹嚴的一面，有時他也需要自由揮灑，更何況有些題材也要求盡情抒發（如《羌胡引》之類），所以他也有古風之作。但即使在古風中，也還是體現其主導一面，即仍偏於謹嚴，所以五古多至一百二十九首，而七古只有三十一首。

汪端曾評論顧炎武各種體裁的詩：

「五言古，……若顧亭林磊落英多，……則又獨闢門徑，前無古人矣。」

「五言律，……亭林氣格沉雄，自是大家。」

「七言律，……亭林開闢渾涵，龍驤虎步，並爲絕調。」㊹

評價都非常高，這是符合實際的。

顧詩各體皆善，三百年來，人無間言。只有近人陳衍（石遺）貶抑他：「詩歌少興趣，學杜得皮相。」當代清詩專家錢仲聯即斥爲「吾不知其何說也！」㊺另外也有人稱其「古質」，言外之意似嫌其略欠文采。論者即加以反駁：「以質實爲病，則淺者尚詞采，高者講風神，皆詩道之外心，有識者之所笑也！」還進一步解釋：「詩境全貴『質實』二字。蓋詩本是文采上事，若不以質實爲貴，則文濟以文，文勝則靡矣。」從而指責：「竹垞、歸愚選明詩皆及亭林，皆未嘗尊爲詩家高境，蓋二公學詩見地爲文采所囿也。」㊻

這種駁論有正確的一面，但否認文采，就偏頗了。詩是應該有文采的，顧氏本人就指出過（見前）。事實上，顧詩使事精當，遣詞古雅，音節頓挫，氣韻沉雄，正是文采的表現。應該說，顧詩是既堅實而又富有文采的。

丁 顧炎武詩對清詩的影響

清詩所以能超軼元、明而比肩唐、宋，就是因爲它既有唐詩的情韻，又有宋詩的骨力。尤有進者，言情而較唐詩爲豐腴，說理而較宋詩爲深透。其所以能這樣，就因爲清代詩人強調「真」與「深」，從而成其「新」。而這詩風正是顧炎武開創的。前人早已指出顧詩「奄有唐、宋諸大家之長」。㊼其實應該說是「奄有唐、宋諸大家之長而又過之。」人們總是薄今厚古，作詩必不如唐，填詞必不如宋。其實越是後人越能取精用宏，站在巨人的肩膀上，自然是後來居上嘛！當然，這裡有個前提，就是必須有個正確的創作觀點和方法，否則會成爲元之纖弱，明之摹擬了。顧炎武是有條件超越前人的。所謂超越，就體現在「真」與「深」上。歌德曾經說過：「（文學）是由感情和思想所產生的自然，是由人力所完成的自然。」㊽顧詩包含的「感情」是最真摯的，「字字皆實，此修辭立誠之旨也。」㊾而由於踐履篤實，學識卓越，所以「思想」最深刻。即使處在巨大的艱危環境中，仍然充滿樂觀，不像宋末元初的遺民詩人，只躲進小我圈子裡，消極悲觀，聊以吟詠自適。汪端稱頌顧詩「淵深樸茂，直合靖節、浣花爲一手，豈「谷音」、「月泉」諸人所能伯仲哉？」㊿正是從這一角度著眼。顧詩不僅感情最真摯，思想最深刻，而且把這兩者用詩的形式表現出來時又是十分自然，毫不給人以矯揉造作之感。這除了由於他人格偉大，也由於這些詩是「由人力所完成的自然」。無論古體詩還是格律詩，他都是反覆琢磨的。尤其是他的格律詩，所受的限制越多，表達的內容越豐富，而充分反映出作者強大的創造力。㉛

顧詩正是以其「真」與「深」，對整個清代詩風起了「導夫先路」的作用。在他以後的詩人，無論宗唐宗宋，抑或亦唐亦宋，都能擬議而出以變化，即學古而不仿古。更重要的是，都能面對現實（很少有游心於虛的），積學爲富（沒有游談無根的），突出「我」字，寫真性情，不爲無病之呻，不爲空疏之學。

其所以如此，是因爲清初和清末都是階級矛盾和民族矛盾層見疊出的時期，時代迫使人們必須面對現實，經世致用。就是清中期，所謂乾、嘉盛世，這兩類矛盾也是此伏彼起，因而黃仲則會敏感地吟出「憂患潛從物外知」[52]的句子。總之，在整個清朝二百四十二年間，不論時代風雲怎樣多變，詩人心情怎樣複雜，沿著「真」與「深」以求「新」，卻是清代詩人們共同的創作道路。而這條路是顧炎武最早開闢的。

注釋

①徐頌洛語，見王蘧常《顧亭林集匯注·前言》

②㉗㊻㊾《養一齋詩話》卷三

③《亭林餘集·與陸桴亭札》

④《亭林文集》卷三《答原一、公肅兩甥書》

⑤徐嘉《顧詩箋注》路岯序

⑥《日知錄》卷十三《正始》

⑦《南社叢選．文選》卷三李才《明處士玉浤盧先生墓表》
⑧《亭林文集．與友人論學書》
⑨《牧齋遺事》附《趙水部雜記》
⑩《顧亭林詩集匯注》第三九六頁
⑪《日知錄》卷七《夫子之言性與天道》
⑫《日知錄》卷十九《文須有益於天下》
⑬《晚晴簃詩匯》卷十一
⑭㉚《筱園詩話》卷二
⑮《藝舟雙楫．讀亭林遺書》
⑯《明詩紀事》辛籤卷十三
⑰謝無量《中國大文學史》卷九
⑱《日知錄》卷十九《文辭欺人》
⑲《日知錄》卷二一《古人用韻無過十字》
⑳《日知錄》卷十九《文人摹仿之病》
㉑同前《詩體代降》
㉒《亭林文集》卷四《與人書十七》
㉓王世懋《藝圃擷餘》
㉔參看蔣祖怡《文心雕龍論叢．論〈文心雕龍〉中的神、理》

㉕《顧詩箋注》李詳序
㉖㉘《列朝詩集小傳》丁集上
㉙《筱園詩話》卷三
㉛《日知錄》卷十八〈李贄〉
㉜《焚書・童心説》
㉝《金薔薇》中的〈一束假花〉
㉞袁小修《中郎先生行狀》
㉟《袁中郎尺牘・答梅客生開府》
㊱《日知錄》卷二一〈作詩之旨〉
㊲《同志贈言・林古度〈春答寧人先生贈詩次韻〉》
㊳《論詩三截句》之一
㊴朱彝尊《明詩綜》卷七八引《靜志居詩話》
㊵新舊《唐書》本傳
㊶李光地《顧寧人小傳》
㊷《詩藪》内編卷五「近體中七言」
㊸㊹《明三十家詩・凡例》
㊺《夢茗庵詩話》第二八九頁
㊼張修府顧詩跋

⑱《〈希臘神廟的門樓〉的發刊詞》
⑳《明三十家詩選》
㉑參看夏曉虹《杜甫律詩語序研究》，見《文學遺產》一九八七年第二期
㉒《兩當軒集》卷九《癸巳除夕偶成》

第四章 虞山詩派

甲 虞山詩派的興起

葉燮曾經指出：「明之季，凡稱詩者咸尊盛唐，及國初而一變：詘唐而尊宋。」①對這一現象，紀昀說得更詳細：「……久而至於後七子，勦襲摹擬，漸成窠臼。其間橫逸而出者，公安變以纖巧，竟陵變以冷峭，雲間變以繁縟，如塗塗附，無以相勝也，國初變而學北宋。」②

這是清初的詩風：爲了矯正明七子摹擬唐詩和公安、竟陵、雲間走歧途之失而學習宋詩。錢謙益在學習宋詩運動中是起了關鍵作用的。在他的倡導下形成了虞山詩派。此派主要作者，除謙益外，還有馮舒、馮班兩兄弟。他們反對明七子，實際也是與吳偉業爲首的婁東詩派相對立，所謂「每稱宋、元人以矯王、李之失」，也是針對雲間以至婁東詩派的。

謙益特別推崇宋詩，曾說：「詩人如有悟解處，即看宋人亦好。」③對清初宗宋派和後來的浙派都起了積極的影響。

而二馮則詩近晚唐，以唐詩爲西施、驪襃，而以宋詩爲里門之嫗，欸段之駟；反對當時宗宋的人「專以里言俗語爲能事。」④

乙 錢謙益

㈠ 生平

錢謙益（一五八二，明萬曆十年——一六六四，清康熙三年），字受之，號牧齋，晚號蒙叟，亦自稱東澗老人。江蘇常熟人。明萬曆三十八年進士，官至禮部右侍郎。弘光帝即位南都，晉階宮保，兼禮部尚書。清兵南下，南明亡，謙益率先投降，且爲清軍傳檄四方以勸降。清廷授以內秘書院學士，兼禮部侍郎。任職約五月，即以老病乞歸。歸後暗與瞿式耜、鄭成功等聯繫，從事抗清復明活動。卒年八十歲。著有《初學集》、《有學集》、《投筆集》。

謙益迎降，喪失了民族氣節，這在當時，已爲遺民所不齒。邢昉直斥他：「白頭宗伯老，作事彌狡獪。捧獻出英皇，箋記稱再拜。」⑤顧炎武不點名地斥責他：「今有顛沛之餘，投身異姓，至擯斥不容，而後發爲忠憤之論，與夫名汚僞籍，而自託乃心，比於康樂、右丞之輩，吾見其愈下矣！」⑥

謙益也自恨失節，在《程嘉燧傳》中說：「孟陽卒於新安，……踰年而有甲申三月之事，銘旌大書曰明處士某，豈不幸哉！」⑦在《列朝詩集序》中更明顯地說：「恨余之不前死，從孟陽於九京，猥以殘魂餘氣應野史亭之遺讖也！」⑧

他爲甚麼要失節呢？前人議論，主要認爲他苟求富貴，貪生怕死。表面看來，說得都對。他自己就承認：「我本愛官人」⑨；也承認自己「有眼如針孔，有膽如芥子，……方當守要（腰）領，何暇共鞭弭」⑩；甚至概括自己一生：「榮進敗名，艱危苟免」⑪。可見前人的評價並沒有冤枉他。

但是，他降清後，祇做了約五個月的官，就堅決不幹了。後來一直從事秘密的反清復明工作，即使歷經艱險，他也堅持到底。這又該如何解釋呢？他的門生瞿式耜，在明永曆四年（即清順治七年）桂林失守後，被清軍囚繫期間，寫了《浩氣吟》。其中有一首七律，題爲《自入囚中，頻夢牧師，周旋繾綣，倍於平時，詩以志感》，其詩云：「君言胡運不靈長，佇看中原我武揚。頗羨南荒留日月，寧知西土變冠裳！天心莫問何時轉，臣節堅持詎改常？自分此生無見日，到頭期不負門牆。」⑫這首詩說明了謙益的反清復明是真誠的，才能使得這位民族英雄在犧牲前夕表示「不負門牆」。《投筆集》記錄了錢謙益和鄭成功等民族英雄的戰鬥情誼：年近八旬的謙益隻身赴白茆港秘密會見鄭成功水師；柳如是秘密資助抗清部隊。上述這些事實，證明謙益並非苟求富貴，貪生怕死。再看他寫給民族志士閻爾梅的兩封信。其一云：「……風燭之年，死期已至。雖欲尋好死，不能得矣。辜負德音，不勝痛惜！惟待台丈補浩功成，片語扢拭，令腐肉朽骨少知慶忭，則所竊望也。」其二云：「……此中都無可語，僕早知之。芒碭雲氣，下邳流水，曷不往弔古悲歌，而刺促此地乎？」⑬其期望興復之情躍躍紙上。章太炎說他「不盡詭僞」，不同意顧炎武說的「特以文墨自刻飾，非其本懷」，⑭是符合歷史事實的。

我以爲謙益迎降的動機，很可以從萬曆四十七年四月所作《重輯桑海遺錄序》一文窺其端倪。在此文中，謙益以文天祥、陸秀夫自比，指責「大臣猶用機械銛軋人，言官猶用畢牘抹殺人」，致使「一二勞臣志士有項不得信（伸），有唾不得吐，駢首縮舌，與社稷俱燼。」這表面上說文、陸，實際是說自己。但他認爲文、陸的壯烈犧牲，是「精忠入地，殺身無補」。這一思想可能支配了他後來的行動，使他決定打入敵人內部，然後有所作爲，如趙高自腐以亡秦。祇有這樣理解，才能解釋他失節後並未苟求富貴而是堅決反清復明的原因。懂得這點，也就明白他何以不但不刪改《初學集》中痛斥「奴」、「虜」的字句，而且在入清後所作《有學集》中，一直以明朝爲「本朝」，詆毀清廷的詩文觸目皆是。

人們或許會懷疑：既然如此，謙益晚年何以又罵自己是「榮進敗名，艱危苟免」呢？我以爲這是他的保護色。他的苦心孤詣，在瞿式耜、鄭成功等先後失敗後，處在清統治者強大的壓力下，是不願也無法求得人們的理解的，於是乾脆自汚，以便保全殘生。

那麼，許多流傳的他和柳如是的故事又該如何解釋呢？

我以爲許多謾罵嘲笑他的遺聞軼事，少數是有民族感情而不了解他的士大夫的傳說，多數則是清高宗幾次降旨痛斥謙益並禁燬其著作後，一些逢迎上意的士大夫編造（捕風捉影，加以誇大）的，所以不免自相矛盾。例如同一個柳如是，《牧齋遺事》和《河東君傳》都說「乙酉五月之變」，她勸謙益「取義全大節」，自己先奮身投水中。而《柳姬小傳》則說：「至北兵南下，民（指謙益爲『鮮民』，譏其生不如死）於金陵歸欵，姬得蹀躞其間，聆鼙鼓之雄風，沐貔貅之壯烈，其於意氣多所發抒云。」你該信哪種說法呢？

清高宗所以深惡痛絕錢謙益，是因爲《有學集》猛烈攻擊清王朝的統治。以散文說，如卷四十九《書廣宋遺民錄後》居然說：「撰序者李叔則氏，謂宋之存亡爲中國之存亡，深得文中子《元經》

陳亡具五國之義，余爲之泣下沾襟。」所謂「陳亡具五國」見於王通的《中說．述史篇第七》：「叔恬曰：『敢問《元經》書陳亡而具五國，何也？』子曰：『江東，中國之舊也，衣冠禮樂之所就也。永嘉之後，江東貴焉，而卒不貴，無人也。齊、梁、陳於是乎不與其爲國也。及其亡也，君子猶懷之，故書曰：晉、宋、齊、梁、陳亡。具五以歸其國，且言其國亡也。嗚呼！棄先王之禮樂以至是乎。』叔恬曰：『晉、宋亡國久矣，今具之，何謂也？』子曰：『衣冠文物之舊，君子不欲其先亡。宋嘗有樹晉之功，有復中國之志，亦不欲其先亡也，故具齊、梁、陳以歸其國也。其未亡，則君子奪其國焉，曰：中國之禮樂安在？其已亡，則君子與其國焉，曰：猶我中國之遺人也。』叔恬曰：『敢問其志。』文中子泫然而興曰：『銅川府君之志也，通不敢廢。書五國並時而亡，蓋傷先王之道盡墜，故君子大其言，極其敗，於是乎掃地而求更新也。期逝不至，而多爲衈，汝知之乎？此《元經》所以書也。』」謙益借王通這段話以嚴華夷（亦即漢滿）之辨，認爲宋亡於元，不是漢族內部新舊王朝興亡的問題，而是中國亡於夷狄的問題。這和顧炎武所說「亡國」與「亡天下」實際是一個意思。謙益以宋喻明，以元喻清，「掃地而求更新」，然而「期逝不至，而多爲衈」，於是衹好「泣下沾襟」了。後人衹記到顧炎武的話（由梁啟超概括爲「國家興亡，匹夫有責」），卻不曾注意錢謙益也有類似思想。正如人們讚美椎擊始皇的張良、揭竿亡秦的勝、廣，有誰稱嘆腐身亡秦的趙高呢？

謙益不僅寫上述一文，另外如《有學集》補遺卷下《漢武帝論》上、下，《一匡辨》上、下，《書黃正義扇》、《書羅近溪記張賓事》、《贈王平格序》，其文字的尖銳，就是一般遺民文集也很少有。近人汪東就曾根據謙益的《漢武帝論》，認爲「非惟易姓之痛，而有深得乎民族消長之由者。」⑮

再談詩。例如《有學集》卷四《胥山草堂詩爲徐次桓作》，有「書生口欲吞玄菟。蠅頭自寫犂庭策，牛背偏懸長白圖」；又有「自笑身亡克汗喜」，都是說徐次桓生前志在征服建州（滿族所居地區）。還說徐氏死後，其子繼承父志，「每循伍員耕時野，自種要離墓畔田」，時刻作復仇的準備。詩人最後希望徐氏子「家祭無忘劍渭思」，這是肯定會有「王師北定中原日」。又如卷九《桂殤四十五首》之三，有「騎竹朝天習漢儀」句，還說：「臨穴正如哀奄息，傷心豈獨爲家兒」，顯然是借悼念七歲孫兒的夭折，哀悼瞿式耜守桂林的犧牲。卷十《淮陰舟中憶龔聖予遺事，書贈張伯玉》，借宋亡於元的史實，希望閩獻餘部能如宋江等的平遼。同卷《續得本朝二事》，其一《威寧海》，歌頌景泰、天順間的威寧伯王越，爲了抗擊蒙古瓦刺的入侵，重賞「偵虜事」的小校。詩人長歌此事，正是惋惜明末無此將材防禦建州入侵，以至明朝覆滅。同卷《錫山雲間徐叟八十勸酒歌》，末二句云：「大家掙扎雙眉眼，看取蓬萊水淺時」，這是說自己和徐叟都是八十老人，但一定還可看到滄海「復還爲陵陸」即明朝的復興。卷十一《題畫四君子圖》之蘭：「懷哉智井翁，畫蘭不畫地」，以宋遺民鄭所南在元朝統治下畫蘭不畫地的故事，表現自己深沉的亡國恨。卷十二《茸城弔許霞城》末二句：「苦憶放翁家祭語，暗彈老淚向春風」，深恐不能生見九州同。卷十三《迎神曲十二首》寫「吳人喧傳」瞿式耜奉玉帝命來做蘇州城隍，謙益自稱聾騃道人，聞訊「驚喜嗚咽」。其二有「玉帝親頒赤伏符」句，用光武中興暗喻明朝必定恢復。其三云：「驅使八公閒草木，也應談笑掃苻秦」，指出異族不能入主中國。

這些詩文在謙益生前即已遭到指責，不過當時清廷統治尚未鞏固，不敢大興文字獄，所以，

「或有以字句過求先生（指謙益）者，世祖嘗曰：『明臣而不思明者，即非忠臣。』大哉王言，聖朝不以文字錮人久矣。」（鄒式金《有學集序》）因而刊刻於康熙十三年的《有學集》可以公開流傳。但是，「迄三藩平後，威斧互施，文字獄遂如雷霆勃發矣。」⑯到乾隆時代，清高宗就破口大罵《初學集》和《有學集》「荒誕悖謬」，是「狂吠之語」，並且特題《初學集》云：「平生談節義，兩姓事君王。進退都無據，文章那有光。真堪覆酒甕，屢見詠香囊。末路逃禪去，原爲孟八郎。」⑰香囊，見《晉書·劉寔傳》，高宗用它嘲笑《初學集》中閒情之作。孟八郎，見《後漢書·宦者列傳·張讓傳》，但「八郎」一本作「伯郎」。高宗用此典嘲笑謙益早年欲中狀元而與宮監勾結。⑱可怪的是，這位十全老人何以祇題《初學集》而不題《有學集》？何以不提他與瞿式耜、鄭成功聯絡的事？是否覺得《有學集》、《投筆集》以及秘密反清復明活動，對清廷統治的威脅太大，索性不提，免得產生副作用？

跟著高宗起鬨的，如「八十翁評《初學集》」，指責謙益「登第三十年，未聞片語單詞，上陳國恤，仰禆黼座。……國家奚賴有若人，東林安用此翹楚？」⑲然而與謙益同時的程先貞，在《閱錢牧齋〈初學集〉卻寄》之二中卻說：「珍重虞山廣舌存，著書百卷道彌尊。感時獨抱憂千種，嘆世長流淚兩痕。……當年饒有真謀略，所惜無人聽響言。」⑳翻開《初學集》，第二十三卷是響言上十五首並序，第二十四卷是響言下十五首，全是針對時事，以史爲鑒。可見指斥者睜著眼睛說瞎話。

全祖望《浩氣吟跋》說：「稼軒（瞿式耜別號）先生晚節如此，可謂偉人也已。……然自丙戌（順治三年）以後，牧齋生平掃地矣，而先生《浩氣吟》中猶惓惓焉，至形之夢寐，其交情一至此乎？牧齋顏甲千重，猶敢爲《浩氣吟》作序，可一笑也。」㉑如果全氏通讀了瞿氏的詩文集，看到了《報中興機會疏》中所引謙益手書之言，以及瞿式耜的評論，何至於把「不負門牆」一詩看成僅僅是師生「交情」呢？又何至於笑謙益作序是「顏甲千重」呢？

全氏還在《題〈哀江南賦〉後》說：「甚矣庾信之無恥也！失身宇文，而猶指鶉首賜秦爲天醉，信則已先天而醉矣，何以怨天？後世有裂冠毀冕之餘，蒙面而談，不難於斥新朝、頌故國以自文者，皆本之天醉之說者也。……若顏氏《觀我生賦》，實勝於信，蓋深有愧恨之意，而非謬爲支言以欺世者。予嘗謂近人如東澗（謙益別號），信之徒也；梅村則顏氏之徒也。同一失節，而其中區以別矣。」㉒以有無「愧恨之意」來區別錢謙益和吳偉業的品格高下，這完全是跟著清高宗的指揮棒轉。其所以如此，除了政治因素外，還因爲瞿、錢二家詩文盡成禁書，全氏大概沒有全部閱讀，否則謙益對失節的悔恨，處處情見乎辭，而且還有實際行動爲證，怎麼能說斥新朝、頌故國衹是「自文」而非「愧恨」？難道衹有像吳偉業那樣不斥新朝不頌故國，相反，頌新朝，斥故國，同時駡自己「更一錢不值何消說」，才算「深有愧恨之意」麼？看了全氏對錢、吳的評價，再聯想到清高宗題《初學集》是這樣深惡痛絕，而題《梅村集》（見《吳詩集覽》卷首）卻是那樣嘆賞備至，那麼，牧齋、梅村，孰優孰劣，簡直無待蓍龜了。汪東曾引蔣士銓《題文信國遺像》詩云：「亂亡無補心可憐，天以臣節煩公肩。不然狗彘草間活，藉口順運謀身全。」㉓而斥謂「若人者，又謙益之罪人耶！」㉔這所謂「若人者」，是包括了吳偉業在內的。

總之，謙益的失節是客觀事實，這一點他自己也不否認，否則他何必在寫給瞿式耜的信中說：「惟忍死盼望鑾輿拜見孝陵之後，槃水加劍，席藁自裁」呢？不管動機如何，影響是極壞的，比起顧炎武、屈大均等志士的錚錚鐵骨來，他是祇有自疚的。但是，如果允許他補過，那比起吳偉業來，還是此善於彼的。

㈡ 詩論

謙益的詩歌理論，概言之，祇有兩點：

⑴ 詩言真性情

他認爲：「詩文之繆，……其受病，則皆不離乎僞也。」因此，他提出：有真性情，然後有真詩文。㉕這觀點自然正確，但「詩言志」、「詩緣情」，已是談藝常言，不自謙益始。謙益此論可貴之處，在於結合自己一生閱歷，深刻地指出：「必有深情畜積於內，奇遇薄射於外，輪囷結轖，朦朧萌拆，如所謂驚瀾奔湍，鬱蔽而不得流；長鯨蒼虬，偃蹇而不得伸；渾金璞玉，泥沙掩匿而不得用；明星皓月，雲陰蒙蔽而不得出：於是乎不能不發之爲詩，而其詩亦不得不工。其不然者，不樂而笑，不哀而哭，文飾雕繪，詞雖工，而行之不遠，美先盡也。」㉖可見他所謂「真詩」是「深情」和「奇遇」的產物。缺少其中任何一個，不管怎樣「文飾雕繪」，也不能有「真詩」。這個觀點是貫徹他一生的。如晚年所作《愛琴館評選詩慰序》說：「夫詩者，言其志之所之也。志之所之，盈於情，奮於氣，而擊發於境風識浪奔昏交湊之時世。」㉗又在《周元亮〈賴古堂合刻〉序》中說：「古之爲詩者有本焉。國風之好色，小雅之怨悱，離騷之疾痛叫呼，結轖於君臣夫婦朋友之間，而發作於身世偪側時命連蹇之會，夢而噩，病而吟，春歌而溺笑，皆是物也。故曰有本。」㉘還在《題燕市酒人篇》中說：「詩言志，志足而情生焉，情萌而氣動焉。如土膏之發，如候蟲之鳴，歡欣噍殺，紆緩促數，窮於時，迫於境，旁薄曲折而不知其使然者，古今之真詩也。」㉙在《書瞿有仲詩卷》中，他仍然說：「所謂有詩者，惟其志意偪塞，才力偾盈，如風之怒於土囊，如水之壅於息壤，傍魄結轖，不能自喻，然後發作而爲詩。凡天地之內，恢詭譎怪，身世之間，交互緯繣，千容萬狀，皆用以資爲詩，夫然後謂之有詩。」㉚

他這樣論詩，一方面由於平生閱歷，另一方面則由於矯正七子與竟陵之失。七子與竟陵都是他斥爲「僞體」的。要「親風雅」，就必須「別裁」這些「僞體」。

他這樣菲薄「文飾雕繪」，並非祇重視思想內容，而無視藝術形式。爲了要「親風雅」，寫出真詩來，一方面要「別裁僞體」，另一方面就要「轉益多師」，所以他論詩時又提出第三點：

(2) 博學識變

博學，首先是「六經三史諸子別集之書，填塞腹笥，久之而有得焉。作爲詩文，文從字順，宏肆貫穿，如雨之膏也，如風之光也，如川之壅而決也。」㉛

但是僅僅這樣，還不一定能寫出「真詩」。明代文人號稱空疏不學，然而楊慎的博學是出名的，是否他的詩就好呢？謙益指出：「前代以詩鳴蜀者，無如楊用修。用修之取材博矣，用心苦矣，然而傭耳剽目，終身焉爲古人之隸人而不知也。」學問固然重要，而更重要的還是「深情」與「奇遇」的結合。在「深情」與「奇遇」的基礎上，學問才能起點化作用。所以他說：「古之善爲詩者，搜奇抉怪，刻腎擢腑，鏗鏘足以發金石，幽眇足以感鬼神。嘗試誦讀而歌詠之，平心而思其所懷來，皆發抒其中之所有，而遘會其境之所不能無，求其一字一句出於安排而成於補綴者無有也。」㉜

在博學方面，他強調「讀古人之詩」，而不要「求師於近代」。這是針對七子與竟陵。他要求學詩者「好學深思，精求古人之血脈，以追溯國風、小雅之指要。」㉝質言之，既不可像七子那樣優孟衣冠，毫無自己的真性情；也不能像鍾、譚那樣以幽情孤緒爲性情之真，而應該如元人張子長所說：「其致未嘗不厚，而其辭未嘗不盛。」如何做到「其味彌厚」，「其氣彌盛」呢？他以李輔臣甲申詩爲例，說他「以書生少年，當天崩地坼之時，自以受國恩，抱物恥，不勝枕戈躍馬之思。其志氣固已憤盈噴薄不可遏抑矣，發而爲詩，其厚且盛，如子長之云宜也。」㉞可見謙益痛斥鍾、譚爲蠅聲，爲蚓竅，爲鬼趣，爲兵象，甚至斥爲亡國之妖，就是因爲明末內憂外患相逼而來，鍾、譚竟倡導天下之人遠離現實，這樣寫出來的詩，即使是真性情，也是不足取的。

所以，他要求作詩者「學殖以深其根，養氣以充其志，發皇乎忠孝惻怛之心，陶冶乎溫柔敦厚之教。其徵兆在性情，在學問，而其根柢則在乎天地運世陰陽剝復之幾微。」㉟

由於他拈出「厚」、「盛」二字，因此，凡是歷代的詩作符合這二字的，他都加以肯定，而不同意以盛唐爲唯一標準。《題徐季白詩卷後》說：「嗟夫！天地之降才，與吾人之靈心妙智，生生不窮，新新相續。有三百篇，則必有楚騷；有漢魏建安，則必有六朝；有景隆開元，則必有中晚及宋元。而世皆遵守嚴羽卿、劉辰翁、高廷禮之瞽說，限隔時代，支離格律，如癡蠅穴紙，不見世界，斯則良可憐憫者。」

他這一觀點主要來自摯友程嘉燧（字孟陽，號松圓）。程氏論詩，固然也「以唐人爲宗，熟精李、杜二家」，但「七言今體約而之隨州（劉長卿），七言古詩放而之眉山（蘇軾），而且盡覽《中州》（金代詩總集，元好問編）、遺山（元好問）、道園（虞集）及國朝青丘（高啟）、海叟（袁凱）、西涯（李東陽）之詩。」㊱

也因程嘉燧而受啟發於李東陽：「（西涯）詩則原本少陵、隨州、香山以迨宋之眉山，元之道園，兼綜而互出之。」㊲

他特別指出：博學多師是學古而非仿古。程嘉燧固然「深悟剽賊比擬之謬」，㊳李東陽也早已指出：「豈必模某家，效某代，然後謂之詩哉！」㊴所以，「西涯之詩，有少陵，有隨州，有香山，有眉山、道園，要其自爲西涯者宛然在也。」而不像前七子的領袖李夢陽「臨摹老杜，爲槎牙兀傲之詞」，㊵「試取《空同》之集，汰去其呑剝尋撦、吽牙齟齒者，而空同之面目，猶有存焉者乎？」㊶

難能可貴的是，他這些論斷，都不是來自耳食，而是深入虎穴才得到的虎子。他那樣堅決反對七子，但是他「年十七時」，「《空同》、《弇山》二集，瀾翻背誦，暗中摸索，能了知某紙。」㊷又自稱「少壯失學，熟爛《空同》、《弇山》之書」；㊸「弱冠時，熟爛《空同》、《弇山》諸集，至能暗數行墨。」㊹正由於這緣故，所以他也吸取了他們詩論中有益的成份。例如李夢陽說：「情者，動乎遇者也。幽岩寂濱，深野曠林，百卉既痱，乃有縞焉之英，媚枯綴疏，橫斜嶔崎清淺之區，則何遇之不動矣？……故遇者物也，動者情也。情動則會，心會則契，神契則音，所謂隨遇而發者也。……故天下無不根之萌，君子無不根之情，憂樂潛之中，而後感觸應之外。故遇者因乎情，詩者形乎遇。」㊺他還說：「真者，音之發而情之原也。」這對謙益的詩論強調「真情」、「奇遇」，都有明顯的關係。

他那樣深惡痛絕竟陵派，而凌樹屏《偶作》云：「辛苦爲詩兩竟陵，縱然別派也澄清。阿誰爛把《詩歸》讀，入室操戈汝太能！」自注：「錢牧齋少時頗亦取逕《詩歸》。」㊻《詩歸》指鍾、譚共編的《古詩歸》和《唐詩歸》。

由此可見，他的結論不是人云亦云的。正因爲他提出了這些真知灼見，所以，才在晚明詩壇上產生巨大的影響，掃除掉七子和竟陵的陰霾。

另外，他雖倡導宋詩，卻對黃庭堅深致不滿：「予嘗妄謂自宋以來，學杜詩者莫不善於黃魯直。……魯直之學杜也，不知杜之真脈絡，所謂『前輩飛騰』、『餘波綺麗』者，而擬議其橫空排奡，奇句硬語，以爲得杜衣鉢，此所謂旁門小徑也。」並指出：「弘（治）、正（德）之學杜者，生吞活剝，以尋撦爲家當，此魯直之隔日瘧也，其黠者又反脣於西江矣。」㊼這段話是針對前七子李夢陽諸人的。謙益雖稱博學多師，主要當然也是學杜。但他卻不同意黃庭堅和李夢陽他們那樣學法，而主張「學杜有所以學杜者矣，所謂『別裁僞體』，『轉益多師』者是也。」特別強調：即使學杜，也應該「無不學無不捨焉。」㊽就是說，學杜又要跳出杜，學是爲了不學。應該說，謙益這種主張是正確的，祇有這樣，才能學到杜詩的本質。

桐城詩派是推尊黃庭堅的，因此，方東樹批評謙益：「錢牧翁譏山谷爲不善學杜，以爲未能得杜真氣脈，其言似也。但杜之真氣脈，錢亦未能讀耳。觀於空同之生吞活剝，方知山谷真爲善學，錢不足以知之。……平心而論，山谷之學杜、韓，所得甚深，非空同、牧翁之撫取聲音笑貌者所及知也。」㊾認爲謙益學杜也和李夢陽一樣祇是「撫取聲音笑貌」，從乾、嘉迄今，學術界誰也沒有接受這個說法。

謙益的詩論，掃蕩了七子的仿古風氣和竟陵派的脫離現實的傾向，爲清初詩壇「除榛莽，塞徑竇，然後詩家始知趨於正道，還之大雅。」這一歷史功績是不容抹煞的。同時，他的博學多師的論點，也開導了以後清人學宋詩的門徑。

㈢ 詩作

錢謙益的詩，從內容說，可以分爲前後兩期，分別編在寫於明末的《初學集》和寫於清初的《有學集》（包括《投筆集》）中。從藝術特色來說，卻有一個共同點，那就是「緣情綺靡，軒翥風雅；不沿浮聲，不墮鬼窟。」⑩前兩句是從正面說：詩應該抒發真性情，表現在形式上應該富於文采，但它不是齊梁那樣柔靡，而是像李商隱學杜那樣骨力堅勁，繼承《詩經》中風雅的現實主義傳統。後兩句從反面說：詩不應該像前後七子那樣衹從聲律上去摹仿盛唐尤其是杜詩的空腔，也不應該像鍾、譚那樣衹寫幽情孤緒。

他把「緣情綺靡」放在首位，所以全部錢詩中抒情多而敘事少。這也是受了李東陽的影響。《懷麓堂詩話曾說：「詩有三義，賦止居一，而比興居其二。所謂比與興者，皆托物寓情而爲之者也。……此詩之所以貴情思而輕事實也。」他在詩創作上主要是學杜，卻沒有寫過「三吏」、「三別」式的敘事詩。原因在於他所處的時代。明末是閹宦政權，偵事人動入人罪；加上朝廷上的門戶之爭，相互羅織罪名。清初在異族政權統治下，自己又從事反清復明鬥爭。這些現實迫使謙益在寫詩時無法採用賦體直陳其事，衹能出以比興手法，「紆曲其指，誕慢其詞，婉孌托寄，隱謎連比。」⑤所以，嚴格地說，錢詩的「緣情綺靡」是玉溪體的新變種。他實在是新形勢下的義山學杜。這種學習，既是形式，更是內容。有一則小故事很能說明這問題：汪琬和謙益論詩多不合。有一次，和常熟人嚴白雲論詩，汪問嚴：「公在虞山（指謙益）門下久，亦知何語爲諦論？」嚴轉述謙益的話說：「詩文一道，故事中須再加故事，意思中須再加意思。」汪琬不覺爽然自失。[52]謙益這兩句話，其實是說通過「獺祭」式的用典，使詩意格外深婉而已。但錢詩決不晦澀，也不朦朧。儘管他「於聲句之外，頗寓比物託興之旨，廋辭讔語，往往有之」，卻「一一爲足下（指錢曾）拈出」，「發皇心曲，以俟百世。」[53]清末的謝章鋌說謙益：「讀書萬卷得精神，醞釀英華不患貧。肯學後來搜隱僻，一生狐穴作詩人。」[54]完全正確，他完全不像後來的浙派及樊增祥等專搜僻典以自炫。這是由於他寫詩是爲了「軒翥風雅」，自然不需要晦澀、朦朧。

他的詩論，是他的詩創作的經驗總結，又是他後此詩創作的指導。他的詩論強調：「真詩」是「奇遇」和「深情」的產物。他的全部詩作完全印證了這一點。在明末，面對內憂外患，他本來都提出了自以爲行之有效的對策，渴望見之事功。不料從萬曆經天啟到崇禎，所如皆不合。尤其是崇禎，他本來寄以很大希望，結果卻失望得更大。這種失望，就是「奇遇」，所謂「身世偪側時命連蹇之會」，和他憂國憂民的「深情」撞擊，自會產生出「真詩」來。特別可貴的是，這種「真」，不但指詩的感情真摯，而且反映出詩人的認識正確。這種正確認識正是真摯感情的堅實基礎。

以內憂說，他對闖、獻義軍公然表示同情。他認爲農民起義的原因是：「割剝緣肌盡，誅求到骨齊」。所以「相將持棓梃，祇似把鋤犁」。明明「潢池皆赤子」，官軍卻「還與僇鯨鯢」。結果是「塹溝填老弱，竿槊貫嬰兒。血併流爲谷，屍分踏作谿。殘膏腥竈井，枯胔掛棠梨。處處懸人腊，家家占鬼妻。」詩人痛心地指出：「穴頸同蒿艾，刲腸見草稊」，就是說，被屠殺的都是吃草根樹皮的饑民！然而官軍竟還炫耀自己的武功，卻不想「京觀即黔黎」。[55]

正因爲他對官逼民反的道理有清醒的認識，所以爲民請命之作屢見不一。他嘆息：「民勞思小康，財盡歌《大東》。(56)對「天啟甲子六月，河決彭城，居民漂溺者數萬」，更不勝感慨。(57)崇禎十年，他被朝命囚繫，渡淮而北，「赤地千里，身雖罪人，不忘吁嗟閔雨之思。」(58)過宿遷時，慨嘆「野集煙稀知罄盡，春田兆坼見龜焦。」(59)登泰山時，他聽說「金錢佐軍儲，羨餘潤私室」，自己這「煢煢蟣蝨臣，獨爲蒼生泣。」(60)江蘇巡撫張國維調任進京，他贈詩勸張「少陳南服瘡痍狀。」(61)

從他對勞動人民的同情，特別是「割剝緣肌盡」兩句，可以看出他對杜詩實質的繼承。我們不要以爲這種清醒認識是容易獲得的。曾罵謙益之文「其穢在骨」的方苞，公然宣稱：自戰國至元、明，「薄人紀，悖禮義，安之若固然。人之道既無以自別於禽獸，而爲天所絕，故不復以人道待之，草薙禽獮，而莫之憫痛也。……而大亂之興，必在政法與禮俗盡失之後。蓋人之道幾無以自立，非芟夷蕩滌，不可以更新。」(62)這就是說，農民起義是違反封建政法與禮俗的禽獸行爲，統治者的大屠殺不過是「草薙禽獮」，不但不必「憫痛」，而且應該歡呼，因爲這種「芟夷蕩滌」，「更新」了世道，換來了太平。把這兩種認識一加對比，我們可以領悟到一條真理：以杜甫爲代表的詩歌傳統，確實具有鮮明的人民性。缺少這種人民性，所謂學杜，祇是皮毛而已。

以外患說，他對建州（滿清貴族）的入侵，始終洋溢著愛國主義的義憤與激情。這種真摯的感情，同樣植根於他的正確認識：堅決主張抗戰，反對和議。

因此，對於力主抗清的孫承宗，他稱嘆：「心因憂國渾如醉，鬢爲論兵半有霜。」(63)特別歌頌他的反對和議：「聞道邊庭饒魏絳，早懸金石賞和戎。」自注：「時武陵（指楊嗣昌）及遼撫方議講欵奴，公酒間拍案嘆息。」(64)最能反映他這一正確認識和強烈的愛憎感情的，是《雪中，楊伯祥館丈廷麟過訪山堂，即事贈別》。這首七古是一篇詩史，它歌頌了盧象昇的壯烈犧牲，楊廷麟的英勇剛直，也揭露了崇禎帝和楊嗣昌等的卑怯無恥。[65]其他如「殺盡羯奴如殺草」的老僧，[66]堅決抗清而齎志以歿的茅止生，[67]他都高度讚美。

對於同樣主張抗清卻靠幻想謀取勝利的人，他予以正確引導。如友人王司馬「欲購解飛人殺虜」，他就舉《漢書．王莽傳》爲答。[68]《王莽傳》載：「匈奴寇邊甚」，莽「博募有奇技術可以攻匈奴者」。「或言能飛，一日千里，可窺匈奴。莽輒試之，取大鳥翮爲兩翼，頭與身皆著毛，通引環紐，飛數百步，墮。」謙益舉此，說明要解除邊患，重在政治清明，將帥得人，士卒用命，決不能靠幻想。

因而他特別重視將才。友人夏生在拂水山莊爲他建造了一座高臺，他激賞其將才，希望他能帶兵去抗擊入侵之敵：「君不見東方羯奴躪畿輔，去年血濺蘆溝橋，今年塵暗平灤土。朝廷將吏盡賈豎，天子拊髀思文武。夏生夏生吾惜汝，投石駁眾氣如虎，何不置之遵（遵化）永（永平）間，付以長繩縛驕虜？」[69]

至於他自己，簡直隨事興感。由於清河失守，人參沒有來源，於是「憂心自煎熬，服食轉憔悴。」[70]身陷刑部獄，看見洮河石硯，便想起「白山小奴游魂久，傳烽漸近登津口。」[71]想起「逆虜吞併高麗，奪我屬國，中朝置之不問」，他即使身陷囹圄，仍然無限憂憤。[72]雖然在野，仍爲外患而不能眠：「野老心終恨虜驕，扶藜咄咄步中宵。」[73]儘管身遭廢棄，仍然一心憂國：「誰使犬羊蟠漢地？忍同戎羯戴唐天！」[74]最痛苦的是殺敵無門。就在他五十九歲和柳如是結合時，還寫出這樣的詩篇：「東虜游魂三十年，老夫雙鬢更皤然。追思貰酒論兵日，恰是涼風細雨前。埋沒英雄芳草地，耗磨歲序夕陽天。洞房清夜秋燈裡，共檢莊周《說劍》篇。」[75]這正反映了無路請纓的痛苦。另外，由此詩也可看出錢、柳都有強烈的愛國思想，入清後，他們共同從事反清復明的秘密活動，並非偶然。

他認為自己主持軍務，必能平定遼左。這是否書生的大言無實呢？不，他確實有其謀略。僅就詩中所說，可以看出兩點。一為伐交：「自古論兵貴伐交，出奇左掖搗奴巢。」[76]二為樓船策：「東征儻用樓船策，先與東風醉一巵。[77]這「樓船策」具體見於《初學集》卷二十《元日雜題長句八首》之四：「東略舟師島嶼紆，中朝可許握兵符？樓船搗穴真奇事，擊楫中流亦壯夫。弓渡綠江驅濊貊，鞭投黑水駕天吳。劇憐韋相無才思，省壁愁看匡海圖。」自注：「沈中翰上疏，請余開府登萊，以肄水師。疏甫入而奴至，事亦中格。」儘管自己不得朝廷任用，而一聽到前線捷報，仍然不禁狂喜：「老熊當道踞津門，一旅師如萬騎屯。矢貫猰貐成死狗，檻收牛鹿比孤豚。懸頭少吐中華氣，剺面全褫羯虜魂。歲酒盈觴清不飲，為君狂喜重開尊。」自注：「吳中流聞大馮君鎮天津，殪酋子，擒一牛鹿，喜而志之。」[78]牛鹿，即牛彔章京，滿清兵制中統率三百人之長。

後期詩編在《有學集》和《投筆集》中，內容可以概括為四個方面：(1)悼念亡明；(2)力圖恢復；(3)兩遭囚繫；(4)指斥新朝。

整個這段時間，更如其詩論所說的：「深情蓄積於內，奇遇薄射於外。」降清而不被信任，未受重用，乾脆稱疾馳歸；瞿式耜、鄭成功，都以師生關係，潛與交通；又參與黃毓琪的反清密謀以致下獄；還策反清朝的金華總兵（管轄金、衢、嚴、處四府軍事）。所有這一切，使他的遭遇和激情互爲因果：遭遇越奇，激情越重；激情越重，遭遇越奇。他就是這樣「擊發於境風識浪奔昏交湊之時世」而寫出他後期的全部詩作。他有過多次勝利的喜悅，但也感受到無限失敗的哀痛。哀痛的頂點曾促使他走向空門，歸心禪悅。然而他始終沒有失望，因而他強烈反對宋遺民詩。晚年他還表示：「獨不喜觀西臺、晉井諸公之詩，如幽獨，若鬼語，無生人之氣，使人意盡不歡。」他嚴正地指出：「今日爲詩文者，尚當激昂蹈厲，與天寶、元和相上下。」[79]爲什麼提出天寶、元和?原來他早年說過：「天寶有戎羯之禍，而少陵之詩出；元和有淮蔡之亂，而昌黎之詩出。說者謂宣孝、章武中興之盛，杜、韓之詩，實爲鼓吹。」[80]謙益認爲宋終亡於元，明則決不會亡於清，因而他反對像謝翶、鄭思肖那樣寫詩，而號召大家像杜甫、韓愈那樣寫出「天地之元氣」，「挽回運數」。他以劉秀、劉備爲喻，正是寄望於南明政權能完成光復舊物的歷史任務。

這樣的創作思想，使他在寫詩時，「不沿浮聲，不墮鬼窟」。他的詩洋溢著真情實感，當然不像明七子那樣祇從格調上摹仿盛唐；他的詩所表現的情感都是有關天下大計的，當然不是竟陵派那樣用詩抒發個人的幽情孤緒。他的詩以學杜爲主，但又不僅僅範圍在杜詩內。即如他最擅長的七律，既有少陵的沉鬱蒼涼，又有義山的典麗蘊藉。如《有學集》卷五《路易公安卿置酒包山官舍，即席有作，二首》之一：「綠酒紅燈簇紙屏，臨觴三嘆話晨星。刊章一老餘頭白，抗疏千秋託汗青。龍起蒼梧懷羽翼，鶴歸華表佇儀型。撐腸塊壘須申寫，放箸捫胸拉汝聽。」題中「易公」應爲「長公」，形近致訛。路澤溥，字安卿，是路振飛的長子。唐王即位福州後，振飛任吏部尚書，兼兵部尚書，文淵閣大學士。明亡後，澤溥移家太湖東山（即題中「包山」）。此詩首句寫「置酒」。次句寫懷舊：故人寥落，已若晨星。三、四句寫崇禎八年，振飛巡按蘇、松，常熟人張漢儒告訐鄉官錢謙益、瞿式耜貪狀，振飛上奏，言錢、瞿無罪。帝怒，謫振飛爲河南按察司檢校。「刊章一老」，謙益自指，因瞿早已犧牲。「餘頭白」，言己雖獨存，今亦已老。然振飛之「抗疏」則可千秋不朽，永爲信史。第五句寫唐王即位後招致振飛。第六句言振飛雖歿，儀型永在。最後兩句回應一、二句，而包括反清復明的籌畫，以求完成其先人（振飛）未竟之志。此詩所體現的感慨，格外深沉。謙益對路振飛的懷念，不僅出於私恩，而且由於國難，特別是要完成振飛未竟之志，所以「撐腸塊壘」四字極有份量，決非泛寫。這種地方最可以看出「沉鬱」和「蘊藉」。

至於學義山的「隱謎連比」，則《有學集》中如《觀棋六絕句》、《後觀棋六絕句》（卷一）；《京口觀棋六絕句》（卷四）；《武林觀棋六絕句》（卷五）；《後觀棋六絕句》（卷十二）皆是。謙益在寄瞿式耜手書中，曾說：「人之當局，如弈棋然。楸枰小技，可以喻大。在今日有全著，有要著，有急著。善弈者視勢之所急而善救之。今之急著，即要著也。今之要著，即全著也。」[81]詩中他自稱「渭津老子解論兵」，[82]說是「四句乘除老僧在，看他門外水西流」，[83]聽從他的建議，就可挽回頹勢。對這一點，他非常自信：「傳語八公閒草木，謝公無事但圍棋」，一定可像謝安那樣使「小兒輩」「破賊」。[84]所有觀棋詩，都用下棋的典故，而又聯繫戰事，特別是華夷之事與恢復之事，把詩寫得若即若離，如「紗帽褒衣揖漢官」，「也如司隸舊衣冠」，[85]「金山戰罷鼓桴停，傳酒爭誇金鳳瓶。」[86]

謙益學韓，主要在胸次高朗；學盧仝，重在一「奇」字，而尤重其窮居能憂天下。謙益是從這種精神實質上學兩人的雄放奡兀的。如卷十二《寒夜記夢，題崑銅土音詩稿》：「爛熳一束紙，墨淡字半刓。摩抄不辨文與字，膂脂肺腎互鬱盤。無乃是萇弘之血、弘演之肝？行間悉窣手牽掣，口哦不斷百怪攢。陰火吹風撲燈燭，鬼車載鬼嚎簷端。須臾神鬼怒交鬥，朱旗閃爍朱輪殷。相柳食山腥未懲，刑天爭神舞不閒。天吳罔兩助聲勢，海水矗立地軸掀。孤燈明滅胸撞擊，撫枕忽漫升天關。天門詄蕩帝肅穆，寥陽侍晨仍舊班。有夫披髮叫無辜，撼閶搖動倉琅鐶。帝心殊憫惻，慰勞涕淚潸。趣令浴堂具湯沐，被以霞帔加星冠。湔祓頸上血，澆沃徑寸丹。日宮天子命收取，化爲日中陽烏赤色鸞。綽約彼三姬，參差淚汍瀾。花愁雨泣不忍睹，冰心玉節誰犯干？蕊珠宮中傳册命，雲衣霧縠非綺紈。命從湘君夫人享秩祀，錫以湘竹之節聲珊珊。俄聞六丁召神官，四王八部齊登壇。日矛前驅，天駟後奔。電光射目睫，霹靂穿耳根。迷離眩暈揩睡眼，雷車猶掉雲旗翻。掀簾惝怳已亭午，白日正照紅欄杆。」這是他讀了瞿式耜的詩文集《虞山集》以後寫的。所謂「崑銅」，喻指瞿爲西南的擎天柱。「上音」，關合虞山（桂林和常熟都有虞山，見卷四《哭稼軒留守相公一百十韻》「故壠虞山似」句下自注）。他以「西臺」指謝翱，以「智井」指鄭思肖，與此正同。從內容看，此詩顯然是寫對《浩氣吟》的讀後感。《浩氣吟》是瞿式耜在桂林失守被清兵俘囚後，和同囚的張同敞在獄中唱和之作。這部分詩表現了雙忠的勁節，其中《自入囚中，頻夢牧師，周旋繾綣，倍於平時，詩以志感》一詩，尤其和他「胸撞擊」，因而他運用了韓、盧的雄放奡兀風格，放縱自己奇幻的浪漫主義的想像力，創作出這麼一首七古，來抒發內心的悲憤感情。

在宋人方面，他主要學蘇軾和陸游的踔厲頓挫、沉鬱蒼老，而又風神散朗，意度蕭閒，時或鮮妍清切。如《有客》：「有客雄譚抵夕曛，又看銀燭刻三分。君才如海真難敵，我病如瘖了不聞。有口未緘祇可飲，此身已隱更何云？山堂近有三章約，邸報除書罵鬼文。」(87)

他還學元好問的頓挫鈎鎖，纏綿惻愴，極其哀怨。如《送林枋孝廉歸閩葬親，絕句四首》之一：「寢苫揮戈十六年，麻衣如雪向閩天。松楸禾黍千行淚，並灑西風哭杜鵑。」(88)「寢苫」，寫喪親，「揮戈」，寫救國。「麻衣如雪」、「松楸」承「寢苫」；「向閩天」、「禾黍」承「揮戈」。「千行淚」、「並灑」總承上兩層意思，而「西風哭杜鵑」又總中分含「喪親」和「救國」兩層意思。這就是「頓挫鈎鎖」。這種嚴密的結構和感情上的「纏綿惻愴」是交相爲用的。

總之，錢詩以學杜爲主，而出入於中晚及宋元，以求詩作的渾融流麗。「渾融流利」，這正是錢詩的獨創風格。徐緘答復謙益論文書說得好：「真能爲大家者莫如先生，然先生之文不類大家。此無他，真者內有餘故不求類，贋者內不足故求類也。」(88)品評謙益之詩亦當作如是觀。他強調「真情」，並不需要祇從字面上、音節上去模仿古人。

還應注意的是，他的詩中，宋調頗多，以《初學集》爲例，如「誰人解唱公無渡，對此真令我欲愁。」(89)「萬事未曾惟有死，此生自斷豈由天？」(90)「無多酌我終須醉，時一中之頗近真。」(91)「紛紛豈止容卿輩，碌碌何須笑乃公。」(92)「吾道非歟何至此？臣今老矣不如人。」(93)「將子能來如暮雪，與君俱到有春風。」(94)「謝客且爲無事飲，過江聊作有情癡。」(95)以上都是頷聯和頸聯。也有首聯爲宋調者，如「江東渭北相望處，一雁南來見汝情。」(96)至於句式全似放翁者，如「心如乳燕初辭社，身似飛蓬乍轉科。」(97)「心如抱杵頻舂碓，身似投驍未入壺。」(98)另外還喜作如下句式：「憔悴移時枯樹賦，淒涼繞屋北風圖。」[99]「初日芙蓉謝康樂，月中楊柳孟襄陽。」[100]都是蘇、陸句式。由此可以看出謙益學宋，是學蘇軾和陸游，而不是黃庭堅、陳師道，更不是「尚理而病於意興」[101]的《擊壤集》之類。特別值得注意的是，他學蘇的豪邁秀逸，而去其生硬空泛。「東坡長於行氣，短於錬韻，故七律每走而不守。」[102]謙益學其「行氣」之豪邁，加意錬韻，融合陸游七律的清新圓潤，加之以沉鬱深婉，形成自己的「情真而體婉，力厚而思雄，音雅而節和，味隆而色麗」[103]的特色。

後代論者都極推重謙益的七律，即使王蘭修指責他「古詩多不入格，近體亦少完篇」，也不能不承認「惟律句典麗悲涼，一空作者，自足成家。」[104]今人錢仲聯更認爲「有清一代詩人，工七律者，殆無過牧齋。」[105]

(四) 影響

清人鄭則厚曾說：「虞山學問淵博，浩無涯涘。其詩博大閎肆，鯨鏗春麗，一以少陵爲宗，而出入於昌黎、香山、眉山、劍南以博其趣，於北地、信陽、王、李、鍾、譚諸作者，尤排擊不遺餘力。萍浮草靡之徒，始稍稍旋其面目。本朝詩人輩出，要無能出其範圍。」[106]

爲什麼有清一代詩人都「無能出其範圍」？我們從宏觀角度看，唐詩主言情，宋詩主說理，元、明反宋宗唐，卻失之於纖弱與模仿。清人懲元、明之失，而取唐、宋之長，形成自己的詩風。其特點是：堅持「詩緣情」的原則，即使說理，亦帶情韻以行。而在這點上，謙益恰好起了承先啟後的作用。和顧炎武相比較，顧偏於學人之詩，錢則總學人之詩與詩人之詩而爲一。清代二百六十八年中，詩人輩出，流派紛繁，即使宗唐派，也不僅表現爲詩人之詩，而是同時表現出深厚的學力;即使宗宋派,也不僅表現爲學人之詩,而是同時表現出悠長的情韻。這一詩風實在由謙益開其端。所以說,「詩人輩出,要無能出其範圍。」

至於他的抗清之作如《投筆集》,那更是給辛亥革命的爆發,事先起了強大的宣傳鼓動作用。柳亞子說得好:「及去秋武昌發難,滬上亦義軍特起。余爲寓公斯土,方閉戶吟虞山《秋興》諸詩,以當鐃吹。」⑩⑦

丙 馮舒與馮班

謙益一生里居時多,又習染明末結社集會風氣,加之性喜獎掖後進,因而常熟一帶青年文人以他爲中心,在詩法方面受其影響者頗多。據説他「晚歲里居,每集邑中少俊於半野堂,授簡賦詩,次其甲乙。」⑩⑧這種方式自然更易擴大其詩法的影響,爲虞山派造就更多的後起之秀。如瞿元憲就是「爲詩宗法東澗」⑩⑨的。

但由於謙益「於古人詩極推元裕之,於今人詩極推程孟陽」,⑪⓪因而就在當時,就在虞山派中,也引起了不同的反響。沈德潛曾指出:乾隆年間,反對謙益的人,説他「澌滅唐風」。⑪⑪其實就在清初,晚年的謙益也已看到這種態勢,並已深致不滿:「今稱詩之病有二,曰好奇,曰好艷。所謂「好艷」,就是指二馮(馮舒和馮班),尤其是馮班這一派而言。他指責這一派詩人「獵《玉臺》、香奩以爲艷」。又説他們學義山,卻並不知義山之艷如「古之美人,肌肉皆香。」他嘲笑説:「劉季和有香癖,熏身遍體。張坦斥之曰:『俗!』今之學義山者,其不爲季和之熏身者尠矣，而況不能如季和者乎？」[112]

但是，謙益並不能挽回這種風尚。虞山派詩人，謙益以下，分爲兩支：一支是錢陸燦，一支是馮班。錢陸燦「生平多客金陵、毘陵間，且時文古文兼工，不專以詩名也，故邑中學詩者，宗定遠爲多。」[113]

現在介紹二馮。

馮舒，字已蒼，號默庵，常熟人。「平生抗直，遇事敢爲，不避權勢，小人嫉之如仇。」崇禎十年，錢謙益、瞿式耜被「奸民張漢儒誣訐，舒委曲營救。漢儒黨陳履謙竄舒名於捕檄中，遂並逮舒下錦衣獄，移刑部。訟繫經冬，誦讀不輟。會漢儒等敗，舒乃得釋歸里。」[114]「年四十，謝去諸生，與弟班並自爲馮氏一家之學，吳中稱二馮。尤專力於詩，賓筵客座，持論輒斷斷不休。凡當世所推尚若前後七子，悉受掊擊。嘉定程嘉燧，時目爲詩老（謙益尊爲松圓詩老），而舒塗抹其集幾盡。」[115]「邑中漕糧諸弊，惟舒洞悉其詳，思舒民困。順治初，屢上書爭之邑令。時邑令瞿四達性貪酷，憾甚。」[116]「會已蒼集邑中亡友數十人詩爲《懷舊集》，自序書太歲丁亥，不列本朝國號年號。又壓卷載顧雲鴻《昭君怨》詩，有『胡兒盡向琵琶醉，不識絃中是漢音』之句；卷末載徐鳳《自題小像》詩，有『作得衣裳誰是主，空將歌舞受人憐』之句：語涉譏謗。瞿用此下已蒼於獄，未幾死，蓋囑獄吏殺之也。」[117]死時約爲順治五年，卒年五十有七。[118]著有《默庵遺稿》。

馮班，字定遠，號鈍吟居士。舒弟。少爲諸生，不遇，遂棄去，發憤讀書，專攻詩學。「其詩沉酣六代，出入溫、李、小杜之間。其論詩，謂王（世貞）、李（攀龍）死擬盛唐，戒不讀唐以後書，詩道由是大壞。爰窮流溯源，自三百篇以下，一一考其根柢，明其變化。又嘗與兄舒評點《才調集》，以國初風氣矯太倉（王世貞）、歷城（李攀龍）之習，競尚宋詩，遂藉以排斥江西，尊崇崑體。又著《嚴氏糾謬》，辨《滄浪詩話》之非。」[119]「其爲人落拓自喜，意所不可，掉臂去之。胸有所得，曼聲長吟，徑行市中，履陷於淖，衣裂其幅，如無見一人者。當其被酒無聊，郁鬱憤懣，輒就座中慟哭，人亦不知其何以。班行第二，時稱爲二癡，班亦即以自號。」[120]康熙十年卒，年六十八。著有《馮氏小集》、《鈍吟詩文稿》、《鈍吟雜錄》。「趙執信於近代文家少許可者，見班所著，獨折服，至具衣冠拜之。嘗謁其墓，寫『私淑門人』刺焚冢前。其爲名流所傾仰類此。」[121]

二馮和謙益最大的分歧，是宗法晚唐而鄙薄宋人；其同處則是一致反對明七子的仿古之風。王士禎曾說：「馮班著《鈍吟雜錄》，訾謷王、李，不過拾某宗伯（指錢謙益）牙後慧耳！」[122]另外，一致反對江西詩派。「方虛谷《律髓》一書，頗推江西派，馮已蒼極駁之，於黃（庭堅）、陳（師道）之作，塗抹幾盡。其說謂西江之體，大略如農夫之指掌，驢夫之腳跟，本臭硬可憎也，而日強健。」[123]

在二馮中，也是同中有異。其同處是「皆以晚唐爲宗，由溫、李以上溯齊、梁，故《才調集》外，又有《玉臺新詠》評本，蓋其淵源在二書也。」[124]其異處則「馮已蒼批《才調集》，頗斤斤於起承轉合之法。」[125]「而班之論詩，則欲化去起承轉合定法。」[126]另外，二馮近體皆宗晚唐，古風則已蒼才氣視定遠差縱逸。[127]馮班近體，鄧之誠盛稱其「字字錘鍊，無一淺率語，置之中晚人集中，幾無可辨。功候深純，一時無二，蓋矯七子、鍾、譚之窮，而不墮宋之直率者也。」[128]這一點，其實和謙益詩法相同。其所以如此，就因爲馮班詩法是受自謙益的。

但後人對二馮的詩論和創作，也有表示異議的。如同時錢陸燦就很不滿意二馮以《玉臺新詠》和《才調集》教人作詩，他序王露湑詩說：「徐陵、韋縠守一先生之言，虞山之詩季世矣！」又序錢玉友詩說：「學於宗伯（指謙益）之門者，以妖冶爲溫柔，以堆砌爲敦厚」，都是指馮班這一派的。[129]王應奎也說：「《才調集》一書，係韋縠所選。韋官於蜀，而蜀僻在一隅，典籍未備，此必就蜀中所有之詩爲之詮次者。自馮已蒼兄弟加以批點，後人取而刻之，而此書盛行於世。後學作詩，以爲始基，汨沒靈臺，蔽錮識藏，近俗近腐，大率由此。」[130]朱炎說：「從二馮所批《才調集》入手者，多學晚唐纖麗一派，或失之浮。」[131]王應奎對二馮完全否定《滄浪詩話》也不贊成，他說：「嚴滄浪詩話一書，有馮氏爲之糾繆而疵病盡見，即起滄浪於九原，恐亦無以自解也。然拈『妙悟』二字，實爲千古獨闢之論，馮氏並此而詆之，過矣！……詩不到此（指妙悟），雖博極群書，終非自得之境，其能有句皆活乎？其能無機不靈乎？」[132]何焯也不同意馮舒斤斤於起承轉合，認爲「若著四字在胸中，便看不得大歷以前詩。」[133]杭世駿更指責：「固哉馮叟之言詩也！承轉開合，提唱不已，乃村夫子長技，緣情綺靡，寧或在斯？」他還不滿二馮右西崑而黜西江，認爲「夫西崑沿於晚唐，西江盛於南宋。今將禁晉魏之不爲齊梁，禁齊梁之不爲開元、大曆，此必不得之數。風會流轉，人聲因之。合三千年之人爲一朝之詩，有是乎？二馮可謂能持詩之正，未可謂遂盡其變者也。」並指出馮班的詩：「《鈍吟小集》諸刻，庶幾冬郎語乎，李、杜之光燄，韓、孟之崛奇，概乎未有聞焉。」[134]

杭世駿指責二馮不能盡詩之變，這正是二馮和謙益的最大不同。謙益曾說：「古人詩，暮年必大進。」「欲求進，必自能變始，不變則不能進。」[135]謙益所謂「變」，既指學古而能變其面貌，也指兼取衆長而不媛姝於一家或一代。所以王應奎說：「某宗伯（指謙益）詩法受之於程孟陽，而授之於馮定遠。兩家（指程、馮）才氣頗小，筆亦未甚爽健，纖佻之處，亦間有之，未能如宗伯之雄厚博大也。」[136]這裡的關鍵就在於謙益能博取唐、宋、元諸家之長，而馮班僅以晚唐爲主，儘管他也曾說：「錢宗伯教人作詩，惟要識變。余得此論，自是讀古人詩，更無所疑。讀破萬卷，則知變矣。」[137]但是，他卻祇在崑體圈子裡轉。

但是二馮這樣持論也不是偶然的，這正是詩歌發展規律的體現。晚唐詩主要是由中唐詩的功利主義傾向，轉向詩人的內心世界，追求纖美幽婉的情韻。其所以如此，則由於詩人對社會現實已經絕望，祇能轉向自己狹小的感情生活裡，仔細咀嚼人生的苦味。因此，晚唐詩的總體特色是悲劇美。南宋後期出現「四靈」，他們學晚唐的賈島、姚合，反對江西派的艱澀生硬，而「以清虛便利之調行之」，[138]原因也是感到當時社會政治的黑暗，感情備受壓抑，卻又無力反抗，於是縮回內心，用清寒幽深的小詩來安撫深受創傷的靈魂。不過他們或爲布衣，或爲下吏，窮苦終身，所以耽愛賈、姚。二馮以至虞山派詩人，則主要學晚唐的溫、李，主要是李商隱，「時復溯源六代，胎息齊梁」，[139]其原因也正是明末社會政治的黑暗，使這群詩人感到前途渺茫；滿族統治者入關後，這群詩人對漢族政權的淪喪，更感到無力挽回，於是祇有向內轉，力求以含蓄的筆調寫自己的哀傷。尤其在馮舒橫死後，馮班更不得不學李商隱的「紆曲其指，誕謾其辭」。[140]吳喬曾指出：「唐人詩妙處，在於不著議論，而含蓄無窮，近日惟常熟馮定遠詩有之。其詩云：『禾黍離離天闕高，空城寂寞見迴潮。當時最憶姚斯道，曾對青山詠六朝。』金陵、北平事盡在其中。又有云：『隔岸吹唇日沸天，羽書惟道欲投鞭。八公山色還蒼翠，虛對圍棋憶謝玄。』馬、阮、四鎮事盡在其中。又有云：『席捲中原更向吳，小朝廷又作降俘。不爲宰相真閒事，留得丹青夜宴圖。』以韓熙載寓刺時相也。又有云：『王氣消沉三百年，難將人事盡憑天。石頭形勢分明在，不遇英雄自枉然。』以孫仲謀寓亡國之戚也。所謂不著議論聲色而含蓄無窮者也。」[141]

一般說，二馮原是血性男子，尤其是馮舒，「古風才氣視定遠差縱逸」，如其《過堯山》，前極寫人言山峰突兀，魑魅強梁之可畏，後卻寫親身經歷，險阻無多，憂危冰釋。從而得出結論：「始信人言不足憑，直道自應無險厄。丈夫但保坦蕩心，地闊天空未憂窄。」這反映了他的開朗性格和廣闊胸懷。明亡入清後，他敢於寫出故國之思：「眼暗怕看新換曆，鏡清慚負舊時巾。」（《丙戌除夜，是夕立春》）丙戌是順治三年。「夢裡山川存故國，劫餘門巷失比鄰。」（《丙戌歲朝》）甚至在《雪夜歸村中即事》中直斥「北兵」是「殺人不啻屠犧牲。」又說：「吾聞北人耐寒冷，旃裘慣與冰霜爭。天公意或驕此虜，故借深雪添猙獰。」這樣寫詩，簡直和《有學集》、《投筆集》一樣大膽。特別可貴的是《吳儂嘆》，非常形象地寫出官吏對農民的殘酷壓榨，最後指出：「民以食爲天，君足民所與。民窮至於斯，托國將何所？莫恃弓矢威，須憂天意去。天意亦昭昭，斯民忍終苦？」這指出了官逼民反的真理。他也曾企圖避世：「高擿白雲供笑傲，倒騎青牯恣顛狂。」但那其實是對滿族統治者的不合作。像這種人，他終於爲民請命而犧牲，也就不足怪了。馮班起初也作過《猛虎行》，直斥「天胡恩此物而俾之食肉，不見泰山之下婦人哭？」也充滿亡國之痛，如《感事》：「誰致倒戈攻鐵甕，更聞降孽掠燕城。」《江南曲》借六朝的興亡喻宏光政權的覆滅。《臨桂伯墓下》云：「馬鬣悠悠宿草新，賢人聞道作明神。昭君恨氣萇弘血，帶露和煙又一春。」張維屏盛贊其「蒼涼之意，出以綿麗之詞，是謂才人之筆。」[142]其實此詩後二句是說瞿式耜的壯烈犧牲，必將喚起更多的民族志士去進行抗清復明的鬥爭，不僅僅是蒼涼之意而已。趙執信稱其詩「原本《詩》、《騷》，務裨風教」；[143]王應奎亦稱其「爲詩律細旨深，務裨風教」，[144]這些「風教」都指民族大義而言。

在馮班的影響下，常熟一帶湧現了許多詩人，形成名傳遐邇的虞山詩派。

但是這一派也和晚唐與四靈一樣存在著缺點：取徑狹，才力小。錢良擇曾說：「吾虞從事斯道者，奉定遠爲金科玉律，此固詩家正法眼、學者指南車也。然舍而弗由，則入魔境；守而不化，又成毒藥。」[145]王應奎指出：「輕俊之徒，巧而近纖，此又學馮而失之。」[146]今人錢仲聯還談到這一派的變化：「虞山詩派，自牧齋、二馮以來，宗法西崑，摘要熏香。末流之弊，太尚塗澤，文勝於質。近時如張文璚隱、徐少逵、黃摩西、孫希孟諸家，皆學玉溪，無恙與予亦未能免此。」[147]

注釋

①《己畦文集》卷九《三徑草序》

②謝章鋌《賭棋山莊筆記．稗販雜錄一．紀張論文語》

③④馮武《二馮先生評閱《才調集》凡例》

⑤《讀祖心〈再變紀〉漫述，五十韻》

⑥《日知錄》卷十九《文辭欺人》
⑦王士禎選《新安二布衣詩》卷首
⑧《有學集》卷十四
⑨《初學集》卷七《飲酒七首》之五
⑩《有學集》卷十二《贈歸元恭八十二韻，戲效元恭體》
⑪《有學集》卷三九《與族弟君鴻論求免慶壽詩文書》
⑫《瞿式耜集》卷二
⑬《白夽山人年譜》附《寅賓錄「錢牧齋帖」》
⑭《太炎文錄·訄書·別錄甲》
㉕㉔《窗雞話賸》，見《汪旭初先生遺集》三
⑯張繼良《蘭思讀詞偶識》
⑰《清史列傳·貳臣傳乙·錢謙益傳》
⑱虞山丁氏鈔藏《牧齋遺事》
⑲《牧齋遺事》附
⑳《海右陳人集》卷下
㉑《結埼亭集》外編卷三一
㉒同上書卷三三
㉓《忠雅堂詩集》卷十八

㉕《初學集》卷三二《劉咸仲雪庵初稿序》
㉖同上書同卷《虞山詩約序》
㉗《有學集》卷十五
㉘同上書卷十七
㉙㉚同上書卷四十七
㉛《初學集》卷三二《黃孝翼蟫窠集序》
㉜同上書卷三三《瑞芝山房初集序》
㉝《有學集》卷十七《季滄葦詩序》
㉞同上書卷十八《李輔臣甲申詩序》
㉟同上書卷十八《胡致果詩序》
㊱㊳《列朝詩集小傳·松圓詩老程嘉燧》
㊲㊶《初學集》卷八三《書李文正公手書東祀錄略卷後》
㊴《鏡川先生詩集序》
㊵《初學集》卷八三《題懷麓堂詩鈔》
㊷《有學集》卷三九《答山陰徐伯調書》
㊸53同上卷《覆遵王書》
㊹同上書卷四九《讀宋玉叔文集題辭》
㊺《空同集》卷五一《梅月先生詩序》

㊻計發《魚計軒詩話》

㊼《初學集》卷一〇六《讀杜小箋》上

㊽同上書卷三二《曾房仲詩序》

㊾《昭昧詹言》卷八第四條

㊿《有學集》卷三八《答徐巨源書》

(51)(141)同上書卷十五《注李義山詩集序》

(52)《柳南續筆》卷一

(54)《賭棋山莊集・詩八・書杜詩箋注後》之二

(55)《初學集》卷二《王師》

(56)同書卷一《發茌平過高唐州》

(57)卷二《河決彭城，方議改築，賦詩一章》

(58)卷十一《桑林詩集・前言》

(59)同卷《宿遷》

(60)同卷《四月十一日登岱，五十韻》

(61)卷十六《張玉笥中丞杜別山堂，賦長句送之》

(62)《望溪先生文集》卷三《原人》下

(63)《初學集》卷十四《戊寅九月初三日奉謁少師高陽公於里第……》之二

(64)同題之三

(65)卷十六
(66)卷十五《羽林老僧》
(67)卷十七《茅止生挽詞，十首》
(68)卷十二《贈路安孫道人詩》
(69)卷九《戲爲拂水築台歌贈嘉定夏生華甫》
(70)卷三《次韻答徐大於王謝餉參之作》
(71)卷十二《洮河石硯歌……》
(72)同卷《獄中雜詩，三十首》之十一自注
(73)卷九《野老》
(74)卷十五《歲暮雜懷，八首》之八
(75)卷二十《秋夕燕譽堂話舊事有感》
(76)卷二《送劉編修鴻訓頒詔朝鮮，十首》之十
(77)卷二十《送程九屏領兵入衞，二首。時有郎官欲上書，請余開府東海任撝剿之事，故次首及之》之二
(78)同卷《元日雜題長句，八首》之五
(79)《有學集》卷三八《答彭達生書》
(80)《初學集》卷三十《徐司寇畫溪詩集序》
(81)《瞿式耜集》卷一《報中興機會疏》
(82)卷一《觀棋絕句，六首》之四

⑧③同題之六
⑧④同卷《後觀棋絕句，六首》之六
⑧⑤卷四《京口觀棋，六絕句》之四
⑧⑥同題之六
⑧⑦《初學集》卷十六
⑧⑧《有學集》卷十一
⑧⑨毛奇齡《西河合集．二友銘》
⑨⓪《初學集》卷三《天啟乙丑五月奉詔削籍南歸……》之九
⑨①同卷《贈星士》
⑨②卷四《顧炳秀才遺書索飲……》
⑨③卷六《戊辰七月應詔赴闕，車中言懷，十首》之三
⑨④同卷《十一月初六月召對文華殿……》之六
⑨⑤卷十五《立春日喜蕭季公郤回……》
⑨⑥同卷《歲暮雜懷，八首》之二
⑨⑦同卷《九日寄華州郭胤伯》
⑨⑧卷六《戊辰七月應詔赴闕……》之八
⑨⑨⑩⓪卷十二《次韻劉敬仲〈寒夜〉，六首》之一
⑩①卷二十《答嘉善夏雪子枉寄，兼訂再過，二首》之一

(102)《滄浪詩話·詩評》

(103)施補華《峴傭説詩》

(104)金俊明《牧齋詩鈔》題辭，見王士禎《感舊集》

(105)《國朝詩品》

(106)(148)《夢茗庵詩話》

(107)《晚晴簃詩匯》卷十九引

(108)《南社叢選·文選》卷九柳亞子《潘節士力田先生遺詩序》

(109)(145)《海虞詩苑》

(110)《虞山文人小傳》

(111)《柳南隨筆》卷四

(112)《清詩別裁集》卷一

(113)《有學集》卷四八《題馮子永日草》

(114)(130)《柳南隨筆》卷五

(115)(117)《清史列傳·文苑傳》附弟馮班傳後

(116)(121)《常昭合志》卷二十

(118)(137)(147)《柳南隨筆》卷一

(119)(129)《清詩紀事初編》卷一

(120)《清史列傳·文苑傳》本傳

⑫《清史稿》本傳
⑫《夫于亭雜錄》
⑫《柳南隨筆》卷三
⑫⑫《四庫全書總目》卷一八一《馮定遠集》條下
⑫⑬《柳南續筆》卷一
⑫《晚晴簃詩話》
⑬《柳南續筆》卷二
⑬陸以湉《冷廬雜識》卷三《朱笠亭先生論詩》
⑬⑭《柳南續筆》卷三
⑬《榕城詩話》卷上
⑬《有學集》卷三九《與方爾止》
⑬《鈍吟雜錄》
⑬全祖望《宋詩紀事序》
⑭《晚晴簃詩話》
⑭《圍爐詩話》卷二
⑭《國朝詩人徵略》卷三
⑭《飴山文集》卷二《鈍吟集序》

第五章 婁東詩派

甲 婁東詩派的興起

當錢謙益給仿古的七子遺風以毀滅性打擊並提倡宋詩時，立即激起了毛奇齡的堅決抗議，「詩擬唐人，意在矯前人（指錢謙益）推重宋元之枉。」①這時，與毛同屬浙江籍的「西泠十子」（陸圻、丁澎、柴紹炳、毛先舒、孫治、張丹、吳百朋、沈謙、虞黃昊），也在陳子龍所立登樓社的影響下，繼續走明七子的老路。而在七後子領袖王世貞的故鄉江蘇太倉（古稱婁東），也出現了緊守七子衣鉢的「婁東十子」（周肇、王揆、許旭、黃與堅、王撰、王昊、王攄、王曜升、顧湄、王攄），與「西泠十子」遙相應和。

吳偉業是「婁東十子」的前輩，他和雲間派主將陳子龍本爲摯友，詩歌見解基本相同，不過後來持論逐漸轉向錢謙益，創作也不墨守盛唐，而是出入白（居易）、陸（游），特別是從中唐的元、白長慶體入手，發展爲長篇歌行的梅村體（亦稱婁東體）。這種歌行，內容上主要描摹明清之際各階層的人物情態，頗具影響的政治歷史事件；形式上嚴格律，重鋪敘，詞句清麗，音節和婉。這種長詩表現出既委婉含蓄，又沉著痛快的藝術特色。「婁東十子」中有的人即深受其影響。但真正繼承梅村體而有所成就的，是吳兆騫和陳維崧。其後則是楊芳燦、黃晟、陳文述、趙晉涵、奎林、章靜宜。近代如樊增祥、王甲榮、薛紹徽、王闓運、王國維、張懷奇、饒智元、張鵬一、吳之英、周鍾岳、孫景賢、金兆蕃、丁傳靖、楊圻、曾廣鈞，亦皆受其影響，所作歌行，無不哀感頑艷。

婁東派的尊崇唐音，實爲清代論詩宗唐的濫觴。

乙 吳偉業

㈠ 生平

吳偉業（一六〇九，明萬曆三十七年——一六七一，清康熙十年），字駿公，號梅村，江蘇太倉人。明崇禎四年一甲二名進士，歷官至南京國子監司業。南都福王立，召拜少詹事。以馬士英與阮大鋮當權，赴官兩月即辭歸。入清，杜門不出。順治十年（一六五三），江南總督馬國柱疏荐，有詔敦促赴京，授秘書院侍講，轉國子監祭酒。十四年，以繼母喪南歸，從此家居十四年，卒年六十三。有《梅村集》。

偉業嘗自述其志行：「余好覈人物，持臧否，不能與時俯仰。」但「坦懷期物，不立町畦，遇有急難，先人後己。」②這正是晚明南方士大夫聚眾結社、標榜清議的共同性格。但入清後，「憂時感命，坎壈無聊生」，終於和錢謙益一樣「好佛」，以此自懺自遣。而「口不識杯鐺」，③不能以酒澆愁，只有把一腔矛盾的思想感情，托之於吟詠。所以他遺命以僧服斂，題「詩人吳梅村之墓」。

偉業平生最爲人詬病的是失節仕清。這一點，他自己也是極爲矛盾、極爲痛苦的。特別是想到自己的老師張溥、摯友陳子龍，他們的節義，使自己惶愧得無以自容。因而他對入清而不失節的黃觀只充滿艷羨之情：「西銘（指張溥）之有觀只，中郎（指蔡邕）之於仲宣（指王粲）也；大樽（指陳子龍）之有觀只，盧陵（指歐陽修）之於子瞻（指爲蘇軾）也。兩賢既沒，友道淪亡，賴遺逸之尚存，庶微言之不墜。……余也少壯登朝，羈栖末路，犬馬之齒，未填溝壑，獲與觀只稱齊年。而困厄憂愁，頭鬚盡白，其視觀只逍遙乎網羅之外，蟬蛻乎塵壒之表，不啻醯雞腐鼠仰睹黃鵠之翶翔寥廓也。」④特別是陳子龍，矢志抗清，臨難不屈，成爲凜然大節的民族英雄，更使偉業自恨其艱難一死。他曾這樣回憶：「往者余偕志衍（偉業少時同學，亦姓吳，名繼善，志衍其字，太倉人，崇禎進士，知成都縣，工詩文，後爲張獻忠所殺）舉於鄉，同年中，雲間彭燕又（名賓，江蘇華亭人，崇禎三年舉人，入清，官汝寧府推官，與夏允彝、陳子龍友善，而文章各成一格）、陳臥子（陳子龍，字臥子，號大樽，江蘇華亭人，崇禎進士，官至兵科給事中。後事福王於南京，南都失，又受魯王職，結太湖義兵欲起事抗清，事洩被執，投水死）以能詩名。臥子長余一歲，而燕又、志衍俱未三十。每置酒相與爲歡，志衍偕燕又好少年蒱博之戲，浮白呼盧，歌呼絕叫。而臥子獨據胡床，爇巨燭，刻韻賦詩，中夜不肯休。兩公者目笑之曰：『何自苦！』臥子慨然曰：『公等以歲月爲可恃哉？吾每讀終軍、賈誼二傳，輒繞床夜走，撫髀太息。吾輩年方隆盛，不於此時有所紀述，豈能待喬松之壽，垂金石之名哉？曹孟德不云乎：壯盛智慧，殊不吾來。公等奈何易視之也？』其後十餘歲，志衍不幸沒於成都；臥子則以事殉節，其遺文卓犖，流布海内，不負所志。余與燕又偷活草間，又六、七年於此矣。……蓋余年過四十，而髮變齒落，志雖盛，而其氣亦已衰矣。追念臥子疇昔之言，未嘗不爲之流涕也！」⑤

關於偉業的仕清原因，歷來有兩種説法。

一種是被逼説。偉業本人的詩、詞、文多次反映了這一點。如《矾清湖》：「天意不我從，世網將人驅。親朋盡追送，涕泣登征車。……一官受逼迫，萬事堪欷歔。」《遣悶》云：「故人往日燔妻子，我因親在何敢死？憔悴而今至於此，欲往從之愧青史。」《賀新郎·病中有感》：「故人慷慨多奇節，爲當年沉吟不斷，草間偷活。」他的門人顧湄也説：「本朝世祖章皇帝素聞其名，會荐剡交上，有司敦逼，先生控詞再四，二親流涕辦嚴，攝使就道。」⑥鄭方坤也説：「及入本朝，逼於徵召，復有北山之移。」⑦李慈銘更指出：「其出也，以蒙復社黨魁之名，杭人陸鑾劾其有異志，故不得不應詔。」⑧陸鑾事見杜登春《社事始末》：陸鑾，杭人，借江上（指順治十六年鄭成功率師陷鎮江攻南京事）以傾梅村而擊兩社（慎交社與復聲社），上書告密，首及梅村，云係復社餘黨，興舉社事，大會虎丘，將爲社稷憂。發外審查，當事力雪之，置陸鑾於法，士心始安。⑨按：陸鑾告密在順治十七年，而偉業應清廷徵召在順治十年，李慈銘所言不足爲據。據王撰自訂年譜云：「（順治）十年上巳，吳中兩社（慎交與同聲）並興，……大會於虎丘，奉梅村先生爲宗主。……是秋九月，梅翁應召入都，實非本願，而士論多竊議之，未能諒其心也。」⑩所謂「士論」，據説偉業準備應召時，「三吳士大夫皆集虎丘會餞。忽有少年投一函，啟之，得絶句云：『千人石上坐千人，一半清朝一半明。寄語婁中吳學士，兩朝天子一朝臣。』舉座爲之默然。」⑪可見即使是被逼，也有很多人反對他應召。

另一種是求官說。生年略後於偉業的阮葵生，在其《茶餘客話》中說：「陳海昌之遴荐吳梅村祭酒至京，蓋將虛左以待。比至，海昌已敗，盡室遷謫塞外。梅村作《拙政園山茶歌》，感慨惋惜，蓋有不能明言之情。」清末民初的劉聲木說得更清楚：「吳梅村祭酒偉業，才華綺麗，冠絕千古。及其出仕國朝後，人憐其才，每多恕詞，蓋不知當時情形也。祭酒因海寧陳相國之遴所荐起，時在順治十五年（應爲十年）。當時相國獨操政柄，援引至卿相極易。未荐之先，必有往來書札，雖不傳於世，意其必以卿相相待，故祭酒欣然應詔，早已道路相傳，公卿餞送。迨至祭酒已報行期，而相國得罪遣戍，欲中止則勢有不能，故集中詠拙政園山茶以志感慨，園即相國產也。及其到京，政府諸公以其爲江南老名士，時方延攬人才，欲不用，恐失眾望，因其前明本官祭酒（應爲司業），仍以祭酒官之，非祭酒所及料也。祭酒若早知其如此，必不肯出。世但知其爲老母，而不知亦爲妻少子幼（偉業於順治十五年始生一子名暻，十年應召時尚無子，此云子幼，誤），故偷生忍死，甘事二姓。人生一有繫念，必不能以節烈稱。祭酒所繫念有四：官也，母也，妻也，子也，宜其不克以身殉義，得享令名。」⑫近人鄧之誠明確指出：「順治十年，陳名夏、陳之遴同爲大學士柄政，與馮銓、劉正宗爭權。名夏（與偉業爲）社盟舊人，而之遴與偉業兒女姻親，思借偉業文采以結主知，因囑江南總督馬國柱具疏力荐偉業，敦促就道。阻其行者甚眾，經年不能決，終於就道。比入都，補官宏文院侍講，轉國子監祭酒，僅委以修書，所謂虛相位以待者，竟無其事。」⑬清初的王曾祥有一段話很值得注意：「勝國之際，乾坤何等時乎？梅村甲申以前，無一憂危之辭見於毫牘。其出也，以陳海昌之援。既而陳以權敗，遂置不任用。嗚呼！天下之惡一也，陳父子（指陳祖苞與其子之遴）負貳於昔，而竊柄於今，他日瀋陽之竄，不待智者而可決矣，又足附乎哉？或猶以病中一詞（即「故人慷慨多奇節」之詞）爲原心之論。夫梅村惟不用也，斯沮喪無聊作此愧恨語耳；梅村而用，則陽和回斡（原注：梅村頌海寧語），梅村且有以自負矣。抑請發陵寢者爲誰（此指陳之遴向清廷上條陳，請發掘明列祖陵墓，使朱明子孫不能復興），獨無一言相正乎？於舊君故國乎何有！」⑭這種評論，正如當代名記者黃裳所說：「是嚴酷的，但也不能不說是深刻的。」⑮乾隆時人荊如棠亦同此看法，他曾函靳榮藩（《吳詩集覽》撰者）云：「梅村當勝國時，身負重名，位居清顯。當改玉改步之際，縱不能與黃蘊生、陳臥子諸公致命遂志，若隱身岩谷，絕口不道世事，亦無不可。乃委蛇好爵，永貽口實，雖病中口占有『一錢不值』之語，悔之晚矣！」⑯所謂「委蛇好爵」，即指陳之遴虛相位以待一事。王曾祥說偉業「於舊君故國乎何有」，清初人都有這種看法。如魏惟度《梅村詩引》說：「先生詩篇流在天壤，近有摘而疵瑕之者，曰：『……某篇不爲明人諱過，……』」⑰另如「王伯重作令江西，刻史可法幕客虞山周鶴臞所著《霜猿集》四卷，並題其後云：『如聽哀猿啼曉霜，竟凝血淚漬成行。遺聞盡自宮中出，直筆無須井底藏。細寫憂勤多史闕，極言災害信天亡。長歌不解吳詹事，偏把明皇比烈皇！』自注：『梅村在明爲少詹兼侍讀，其詩動稱天寶，可謂擬不於倫。牧翁詠南都云：『豈有庭花歌後閣，也無杯酒勸長星。』梅村則云：『尚言虛內主，廣欲選良家。』是故國舊君之思，錢過於吳也。」⑱

這裡和吳偉業形成鮮明對比的是閻爾梅。陳之遴夥同陳名夏，爲了和馮銓等爭權，形成「南北各親其親，各友其友」的局面，⑲他們也曾拉閻爾梅出仕清朝，卻被嚴辭拒絕。⑳閻氏不但峻拒二陳的拉攏，還函吳偉業，責其不該仕清。據魯一同編《白耷山人年譜》癸巳十年（即順治十年）下注：「孫氏心仿云：『按是年吳梅村應詔出，補祭酒。山人移書責之，見《蹈東集》。』」這樣一對比，更可以看出吳偉業的骨頭確實太軟。

同樣是貳臣，清高宗何以貶錢而褒吳？你看，他特地「御制題吳梅村集」，稱之爲「西崑幽思杜陵愁」，自稱「往復披尋未肯休」，而題錢氏《初學集》，則斥之爲「真堪覆酒甕」。

我看，原因不外三點：

第一點：錢的《初學集》、《有學集》和《投筆集》始終直斥清廷，而且錢氏本人一直參加反清復明的鬥爭。吳偉業的詩文集刻於清代，既無一語觸犯新朝，對自己的失節也只一味自怨自艾。

第二點：錢諱明之惡，吳則顯揚明之過。

第三點：吳詩另一注釋者程穆衡說：「明末詩人，錢、吳併稱，然錢有迴不及吳處。吳之獨絕者，徵詞傳事，篇無虛詠，詩史之目，殆曰庶幾。夫安，史煽凶，明、肅播越，非少陵一老，則唐代紀事稱缺陷矣。況大盜移國（指李自成部隊攻佔北京），天王死社（指崇禎帝自縊於煤山），勇將收京（指吳三桂引清兵入關戰敗李自成部隊，攻佔北京），真人撥正（指清世祖稱帝），以是爲詩，題孰大焉？詠此不能，何用公（指偉業）爲？……知此而《梅村集》之所繫大矣，謂少陵後一人也，誰曰不宜？」㉑吳詩確以「詩史」面目起了美化清統治者的作用，難怪偉業的曾孫吳枋會在「御制題吳梅村集」後「恭記」如下的話：「伏念先臣遭逢聖世，畢生矻矻，唯以文章上報國恩，下垂來葉。」

可笑的是，清高宗雖然這樣貶錢褒吳，但是，出於「教忠」的目的，最後還是把吳偉業擺在《貳臣傳·乙》，和錢謙益同列。據乾隆四十三年二月上諭：「錢謙益素行不端，及明祚既移，率先歸命，乃敢於詩文陰行詆謗，是謂進退無據，非復人類。若與洪承疇等同列《貳臣傳》，不示差等，又何以昭彰癉？錢謙益應列入乙編，俾斧鉞凜然，合於《春秋》之義焉。」㉒可見在清統治者心目中，吳偉業同樣「非復人類」，連遺臭萬年的大漢奸洪承疇也比不上，「更一錢不值何消說」，吳偉業總算有自知之明，早就給自己一生作了鑑定了。

一個骨頭軟的詩人，是不可能寫出真正的詩史的。吳詩刊刻於清初，其前明之作多所刪改，所謂「慎之又慎」。㉓即反映明清之交的，如《避亂》第六首：「曉起譁兵至，戈船泊市橋。草草十數人，登岸沽村醪。結束雖非常，零落無弓刀。使氣撾市翁，怒色殊無聊。不知何將軍，到此貪逍遙？官軍（指清兵）昔催租，下令嚴秋毫。盡道征夫苦，不惜耕人勞。江東今喪敗，千里空蕭條。此地村人居，不足容旌旄。君見大敵勇，莫但驚吾曹。」靳、程箋注都不言本事，唯吳翌鳳注謂「兵至」指陳墓之變，而於《矾清湖》序「陳墓之變」注中，引徐秉義《明末忠烈紀略》云：「大兵（指清兵）之蘇州，鄉兵四起，諸生陸世鑰聚眾百餘屯陳湖中。有十將官者，亦屯千人於左近。已而所部有被獲下獄者，陳湖之師伏力士劫之，焚城樓，城中士兵多應之。」趙翼也指出：「按：此係順治二年，太湖中明將黃蜚、吳之葵、魯游擊，吳江縣吳日生、好漢周阿添、譚韋等糾合洞庭兩山，同起鄉兵，俱以白布纏腰爲號，後入城圍巡撫吐國寶，爲國寶所敗，散去。此事見《海角遺編》。（原注：福山人所著，不著姓名）㉔吳翌鳳和趙翼所說是一回事。順治二年，江南抗清義師正在風起雲湧，偉業此時正杜門不出，而在此詩中盛讚「官軍」（即清兵）秋毫無犯，對義師則抱反對態度。《矾清湖》亦云：「世事有反覆，變亂興須臾。草草十數人，盟歃起里閭。兔園一老生，自詭讀穰苴。漁翁爭坐席，有力爲專諸。舴艋飾餘皇，蓑笠裝犀渠。大笑擲釣竿，赤手搏於菟。欲奪夫差宮，坐擁專城居。」寫的是同一件事，充滿了嘲弄的口吻。這兩首詩如果不是刊刻詩集時改作，而是原詩本來如此，那吳在仕清以前早就背棄了明室了。

過去人們盛稱《圓圓曲》爲詩史，偉業亦以此自負；說者尤艷稱其不受吳三桂重賂而刪改「痛哭六軍俱縞素，衝冠一怒爲紅顏」二句。其實《圓圓曲》抹掉吳三桂出賣明室的漢奸罪行，以及清人乘亂奪取明朝天下的史實，只在「英雄兒女」的艷情上做文章，根本夠不上「詩史」。證之以他阿諛另一大漢奸洪承疇的事，更可見他不會有直筆。據全祖望說：「洪承疇爲秦督，其殺『賊』（指李自成等部隊）多失實。蓋既仕本朝，梅村輩諛之也。此惟梨洲先生嘗言之，然予求其徵而不得。今讀陸太僕年譜，言其（指洪承疇）尾『賊』而不敢擊『賊』。是譜出於甲申之前，可以見梨洲之言不誣。據太僕之子惠迪言：洪督待太僕甚不相能，太僕死事，其得卹者，由於巡按練國事之力，則洪督幾掩其忠矣，是不可因梅村輩雷同之口而附和之也。」㉕洪承疇和吳三桂都是大漢奸，吳偉業對洪鎮壓農民部隊的「戰績」可以虛誇，不求著爲信史，對吳三桂叛國罪行自然也不會堅持實錄精神。拒饋云云，不過是吳三桂叛清失敗後，某些文人附會而成的。這種傳說顯示了人們對吳三桂的譴責，卻不能據此斷定吳偉業品格高尚。

(二) 詩學淵源

(1) 繼承雲間詩派而又有所發展

同治年間的朱彭年曾稱：「妙年詞賦黃門亞，復社雲間孰繼聲？」㉖「黃門」指陳子龍，「復社雲間」指復社與幾社。復社爲偉業之師張溥所創，而偉業被稱爲「十哲」之一。幾社爲陳子龍等所創。朱彭年這兩句詩正指出陳（子龍）吳（偉業）併稱，如王士禎所說：「（臥子）殆冠古之才，一時瑜亮，獨有梅村耳！」㉗而偉業實在是繼承復社與幾社的文學傳統的。雲間詩派最大特點是走明七子的老路，偉業對這點特別稱賞：「弇州先生（指王世貞）專主盛唐，力還大雅，其詩學之雄乎！雲間諸子繼弇州而作者也。……風雅一道，舍開明大曆，其將誰歸？」㉘他推尊雲間詩派在當時詩壇上的宗主地位：「雲間者，湖山之奧區，騷人雅士所奉爲壇坫者也。」㉙「於是天下言詩者，輒首雲間。」㉚他非常惋惜雲間詩派的影響在日益消失：「雲間固才藪，而詩特工。在先朝（指明朝）由經術取士，士之致身者，廢風雅於弗講，獨雲間壇坫聲名擅海內，至今日零落盡矣！」㉛他分析了消失影響的原因：「雲間之以詩聞天下也，三四君子（指陳子龍、宋徵輿、李雯等）實以力還大雅爲己任。遭逢世故，投淵蹈海，碎首流腸。其英風毅魄，流炳天壤，可以弗憾。獨其文章之在當世者，猶冀後死之知己，整齊而收輯之，如燕又者是也。而燕又自爲之詩，乃亦避忌散佚而不盡出，則夫仁人誼士感時悼俗之章，其零落於兵火者，不知凡幾矣，可勝嘆耶！」㉜從這一分析，可見雲間詩派的沒落，完全是明清易代的結果。偉業之所以要繼承雲間，一方面是繼續「以力還大雅爲己任」，即力闢公安、竟陵，沿著明七子——陳子龍的道路，恢復唐音；另一方面是繼承「仁人誼士感時悼俗之章」，即陳子龍等揭露閹黨禍國、東北邊患以及反映民生疾苦的詩歌的現實主義精神。應該指出，偉業是注視現實與民生的，他曾指出戰火所加給人民的沉重負擔，和由此造成的巨大痛苦：「今自黃達郥二千里，方事之殷，民之轉運而死者，不知紀極，呻吟痛苦之聲，至今未改也。」㉝因而我們可以推知，偉業在詩歌創作道路上，自覺地走「詩史」的道路（由於他的骨頭軟而不能完成這一歷史任務），不但在五、七言格律詩中，對明末清初的黑暗現狀多所反映，而且繼承並發展元、白的長慶體而創爲「梅村體」(「婁東體」)以紀述明清之際的史事，從而抒發自己的無限感愴，實在是和自覺地繼承雲間傳統分不開的。

但這裡需要特別指出的，偉業所繼承於雲間的，從詩歌體裁說，實在只限於五、七言格律詩。他稱讚陳子龍「詩特高華雄渾，睥睨一世」，是就七律而言。陳子龍所自負的也是這一詩體：「『禁苑起山名萬歲，複宮新戲號千秋』，此余中聯得意語也。『祠官流涕松風路，回首長陵出塞年』，又『李氏功名猶帶礪，斷霞落日海雲黃』，此余結法可誦者也。」㉞王士禎說：「一時瑜亮，獨有梅村」，也是指「(臥子七律)諸聯，沉雄瑰麗，近代作者未見其比，殆冠古之才」，只有偉業可相伯仲。趙翼說偉業「不落宋以後腔調」，㉟徐世昌說他「作詩原本唐人，不涉宋以後一字」，㊱都是就格律詩而言。李慈銘更明顯指出：偉業「五律七律沿襲雲間」。㊲因此，在五、七言格律詩方面，他的創造性並不顯著。

但是，作爲一代詩人，即使在近體詩方面，偉業也是有發展的。這表現爲

(2) 杜、韓爲主，輔以白、蘇、陸

錢謙益曾指出偉業的詩學淵源：「若其攢簇化工，陶冶今古，陽施陰設，移步換形，或歌或哭，欲死欲生，或半夜而啼，或當餐而嘆，則非精求於杜、韓二家，吸取其神髓，而佽助之以眉山、劍南，斷斷乎不能窺其籬落，識其阡陌也。」㊳靳榮藩也說：「梅村當本朝定鼎之初，親見中原之兵火，南渡之荒淫，其詩如高山大河，如驚風驟雨，而間之以平原沃衍，故於少陵爲近，時出入於退之、香山。」㊴所以鄧之誠說：「偉業漸涉宋人藩籬。」㊵從「不落宋以後腔調」到「漸涉宋人藩籬」，正說明吳詩的發展。至於楊際昌說「太倉具體元、白」㊶，那純粹是就七言

歌行而言。

(3) 李頎的影響

在歌行方面，陳子龍對偉業説：「卿詩絕似李頎。」並誦其《洛陽行》，「謂爲合作」。㊷李頎擅長五古及七言歌行，其獨闢蹊徑處，在於鋪敘誇飾，表現出事物的特徵；描繪人物，尤能寫態傳神，其筆下出現了一群各具特色的人物形象，顯得「纏綿情韻，自然深至」。㊸偉業確實吸取了李頎歌行的這些長處，再和長慶體的「思深語近，韻律調新，屬對無差，而風情宛然」㊹相融匯，所作歌行便「使讀之者性情搖蕩，如身生其時，親見其事」㊺了。

另外，李頎的七律，今雖只存七首，然音節響亮，氣勢雄壯，爲明七子所師法，偉業七律亦深受其影響。

(三) 詩論

偉業論詩，是有針對性的。他認爲：「夫詩人之爲道，不徒以其才也，有性情焉，有學識焉。其淺深正變之故，不於斯三者考之，不足以言詩之大也。」㊻在他之前，公安逞才氣，主性情，卻空疏不學；竟陵亦主性情，而趨於隱僻；七子之失在仿古而失性情之真。偉業針對三者之失，提出自己的看法：以性情爲本，充之以學識，發之以才氣。這種認識是比較全面的，深刻的，對整個清詩的發展起了正確的導航作用。

和前人一樣，他論詩也強調詩歌的社會功能：「今燕又之詩，雖出於亡失之餘，而其言皆發乎性情，繫乎風俗，使後人讀其詩，論其世，深有得於比興之旨，雖以之百世可也。」㊼這種看法雖非偉業所獨創，卻是他深造自得之言，他的「梅村體」歌行正是按照這一原則來創作的。

實際上他是把上述兩點認識加以綜合的：「君子之於詩也，知其人，論其世，固已參之性情，考其爲學，而後論詩之道乃全。」㊽偉業本人進行創作時，是清醒地遵循這一原則的，我們在論析其作品時，也完全可以運用這把鑰匙。

因此，他對虞山派的昌言攻擊七子是不滿的，認爲它連七子的精華也拋棄了：「挽近詩家好推一二人以爲職志，靡天下以從之，而不深究源流之得失。有識（指錢謙益）慨然，思拯其弊，乃訾謷排擊，盡以加往昔之作者（指七子）；而豎儒小生，一言偶合，得躡而躋於其上，則又何以稱焉？即以瑯琊王公（指王世貞）之集觀之，其盛年用意之作，瓌詞雄響，既芟抹之殆盡，而晚歲頽然自放之言，顧表而出之，以爲有合於道。詘申顛倒，取快異聞，斯可以謂之篤論乎？」㊾王世貞由於主張文必西漢，詩必盛唐，仿古太甚，引起反對派的攻擊，晚年頗自悔，自己承認所作《藝苑卮言》，未足據爲定論。病危時，尚諷玩《東坡集》不已。這正是王世貞認識進步之處，偉業反斥爲「晚歲頽然自放之言」，批評謙益不該加以肯定，這正說明偉業當時的認識還有較大的局限性。

由於這種認識的局限，他甚至直率地指出：「（牧齋）既手輯其全集（指《初學集》），又出餘力以博綜二百餘年之作（指《列朝詩集》），其推揚幽隱爲太過，而矯時救俗以至排詆三四巨公（指七子中之李夢陽、何景明、李攀龍、王世貞），即其中未必自許爲定論也。」㊿仍然是反對謙益的攻擊七子。

後來他還這樣指出：「當今作者，固不乏人，而獨於論詩一道，攻訐門戶，排詆異同，壞人心而亂風俗。……彼其於李、杜之高深雄渾者，未嘗望其巖略，而剽舉一二近似以號於人曰：我盛唐，我王（世貞）李（攀龍），則何以服竟陵諸子之心哉？竟陵之所主者，不過高（適）岑（參）數家耳，立論最偏，取材甚狹。其自爲之詩，既不足追其所見；後之人復踵事增陋，取侏儒木強者附而著之竟陵。……非有尋丈之壘，五尺之矛，足以致人之師而相遇於境上。苟有勁敵，必過而去之，不足乎攻也。吾祇患今之學盛唐者粗疏鹵莽，不能標古人之赤幟，特排突竟陵以爲名高。以彼虛憍之氣，浮游之響，不二十年，嗒然其消歇，必反爲竟陵之所乘。如此，則紛糾雜揉，後生小子，耳目熒亂，不復考古人之源流，正始元聲，將墜於地。噫嘻！不大可慮哉？雖然，此二說者，今之大人先生（指錢謙益）有盡舉而廢之者矣。其廢之者是也，其所以救之者則又非也。……今夫鴻儒偉人，名章巨什，爲世所流傳者，其價非特千金之璧也。苟有瑕纇，與眾見之足矣；折而毀之，抵而棄之，必欲使之磨滅。而游夫之口號，畫客之題詞，香奩白社之遺句，反以僻陋故存。且從而爲之說曰：『此天真爛漫，非猶夫剽竊摹擬者之所爲。』夫剽竊摹擬者固非矣，而此天真爛漫者，插齒牙，搖唇吻，鬥捷爲工，取快目前焉爾。原其心，未嘗以之誇當時而垂後世。乃後之人過從而推高之，相如之詞賦，子雲之筆札，以覆酒瓿，而淳于髡、郭舍人詼諧嘲笑之辭，欲駕而出乎其上，有是理哉？然則爲詩之道何如？曰：亦取其中焉而已。《閟宮》之章，《清廟》之作，被之管絃，施諸韶箾者，固不得與《兔罝》之野人，《采蘩》之婦女同日而語。孔子刪詩，輒並舉而存之。夫詩者，本乎性情，因乎事物，政教流俗之遷改，山川雲物之變幻，交乎吾之前，而吾自出其胸懷，與之吞吐，其出沒變化，固不可一端而求也，又何取乎訾人專己，喋喋而呫呫哉？」51這一段話首先指出七子的末流和竟陵派互相攻擊，將使唐音從詩壇上消失。再指出謙益的虞山派既反七子，又反竟陵，而提倡宋詩。他承認七子的仿古風氣是應該反對，但不能因此連盛唐元音都反掉，更不能認爲宋詩勝於唐詩。最後，他再一次提出自己的觀點：詩固緣情而出，情必感事而發，不但要求情景交融，而且應能考鏡政教得失。

雖然從上述言論中只能看到他一味推尊盛唐元音而菲薄宋詩，但從詩道取其中，孔子並擧貴族與野人、婦女之詩而存之這幾句話，可見他也並不否定宋詩（儘管他把唐詩比爲《閟宮》、《清廟》，而把宋詩比爲《兔罝》、《采蘩》）。這正是他的詩論將有發展的契機，也是他後來能和謙益的觀點漸趨一致的所在。在「性情」、「學識」、「知人論世」、「考鏡得失」這些根本問題上，錢、吳兩家其實充滿著共同語言，以杜爲主，轉益多師，兩家也是採取同一步調的。

清初這兩大家由於擇術甚精，取途甚正，爲清詩的創作與理論開拓了廣闊的道路。

(四) 吳詩特色

對吳偉業來說，詩歌，既是他對當代巨大事變的紀錄，寄寓著他無盡的感傷和評騭，也是他的思想苦悶的升華。這苦悶，是種種矛盾的集合體：他有政治抱負，希望見之於事功，然而前明階段陷於黨爭，不可能有所作爲；清人開國十年後，他終於甘願失節出仕，正是原有的政治抱負的邏輯體現。而且這種思想和行爲並非偉業所獨具，而是當時一部分名士的共識。和陳子龍同爲幾社核心人物的李雯，出仕清朝後，友人責他不應改節，他說：創立幾社，本爲考取功名。明朝既不能得，則出仕新朝是應該的。[52]偉業也是同此心理。然而徒然失節，未遂初衷，真是名實俱喪，所以悔恨靡已。然而他又是一個懦弱的文人，不敢得罪新朝，爲了全生（實則苟活），只好盡量美化新的統治。但是，他的傳統文化影響又使他不甘與草木同腐，總希望在文史方面做點貢獻，做到三不朽中的「立言」，所謂「豈甘不死愧良友，欲使奇字留人間。」[53]就是在這樣重重矛盾的網絡中，他立志要像杜甫那樣寫作「詩史」。可是怯懦使他無法實錄，他只能婉轉纏綿、愁腸百結地爲前明的繁華舊夢唱挽歌，而絲毫不敢抵觸新朝，甚至還要詆毀前明的失德，以見新朝確是天命所歸。而這樣做，又只能加深他的負罪感，所以晚年會由於在舊篋中發現明朝崇禎皇帝的「御翰」而突然病死。他遺命以僧服斂，是企圖空諸所有，連自己的罪孽也空掉。

只有懂得這位詩人這種特殊心態，才能理解他的詩何以具有如下特色：

(1) 熟精諸史

這個特點是洪亮吉和趙翼同時指出的，見於《北江詩話》卷一和《甌北詩話》卷九。《晚情簃詩話》重覆趙翼的話：「梅村熟於兩漢書、三國志、晉書、南、北史。」吳詩具此特點，和當時的學風分不開，明末清初的著名詩人，一般都是經史專家；同時，也是七子餘風：不讀唐以後書。但偉業由於意在寫作「詩史」，因而更著重運用史實；同時，這樣用典，更便於以古喻今，記難言之事，抒難顯之情。

(2) 古勝於律

這和他蓄意創作「梅村體」詩史有關。趙翼首先指出這點，並稱他「尤善歌行」。王士禎分析說：「明末及國初歌行，約有三派：虞山源於杜陵，時與蘇近；大樽源於東川，參以大復；婁江源於元、白，工麗時或過之。」⑭所謂工麗過於元、白，即紀昀所謂「敘述類乎香山，而風華爲勝。」今人對此有具體分析：白居易《長恨歌》、《琵琶行》創敘事體七言歌行的長慶體後，自宋迄明少有佳構。《圓圓曲》後，此體始大行於世，且有所發展。梅村好用詞藻與大量用典，比清暢的長慶體更博麗繁富。長慶體以直敘爲主的結構，至梅村則以敘事的跌宕起伏取勝。或倒敘，或追敘，或插敘，或側寫，或暗寫，運用多種表現手法，使結構曲折多姿。且偶句、排句比比皆是，並大量運用上下蟬聯的頂針手法，比長慶體格律更爲精工整飭。(55)袁枚論「梅村體」云：「生逢天寶亂離年，妙詠香山長慶篇。就使吳兒心木石，也應一讀一纏綿。」(56)指出他有意以七言歌行作成詩史，特能以情感人。

因此，李慈銘稱：「梅村長歌，古今獨絕。」確實，偉業在清詩史上的地位，主要是「梅村體」所造就的。

但是，從詩史的高度看，「梅村體」不但對杜甫望塵莫及，就是和白居易也難以比肩。這有主觀因素和客觀條件的差異。主觀因素，除如前所述外，還由於他不能像杜甫那樣接近人民，更缺乏杜甫那種憂國憂民、以天下爲己任的激情，也缺少白居易那種諷諫的勇氣。客觀形勢，唐代文網疏闊，而清人以少數民族入主中原，忌諱極多，偉業自稱「日虞收者在門」，在這種精神狀態下，如何能效董狐的書法不隱呢？

(3) 哀感頑艷

文廷式曾說：「梅村詩當以《清涼山贊佛》四首爲壓卷，淒沁心脾，哀感頑艷，古人哀蟬落葉之遺音也，非白香山《長恨歌》所及。」(57)吳詩善於言情，正如龔自珍說的「生就燈前兒女詩。」(58)白居易堅持詩教說，寫《長恨歌》先有一個「懲尤物，窒亂階」的思想，因而對李隆基和楊玉環的愛情，總是帶著旁觀的描述態度。吳偉業則不然，在《清涼山贊佛》詩中，他就是福臨和董鄂妃，也可以說，他是把自己的豐富、複雜、矛盾的深情，融注在這一奇特的故事中，福臨和董鄂妃成爲他這種深情的載體。他摹寫這一對青年男女的愛情悲劇，實際是低吟自己的人生哀曲。鄧方說他「一曲圓圓絕代情。」[59]確實，他就是陳圓圓。試吟「此際豈知非薄命，此時只有淚沾衣」，你不可以想像他的失節出仕時的心情嗎？

五言古詩也是一片深情。《毛子晉齋中讀吳匏庵手鈔宋謝翶〈西台慟哭記〉》：「……看君書一編，俾我愁千斛。禹蹟荒煙霞，越台走麋鹿。……嗟乎誠義士，已矣不忍讀。」寫的是謝翶在宋亡後哭文天祥，實際是偉業在哭陳子龍等烈士，也在自哭不能成爲皋羽式的義士。所以靳注引顧瞻泰言：「慷慨悲歌，梅村無窮難言之隱，已盡此數十言中，讀者可以悲其志矣！」

其他各體，凡有佳作，亦皆以情勝。吳騫說：「梅村五律《課女》一首，寫老年襟抱，一語是喜，一語是悲，間入八句中。其實喜中亦有悲，悲中亦有喜，令人纏綿悱惻，不能自己，覺左家嬌女遜此情致。」[60]

吳喬說：「（梅村）《北上》云：『身是淮王舊雞犬，不隨仙去落人間。』哀感發於至情，唐人句也。」[61]

(4)　鏤金錯彩

前人在嘆賞吳詩之餘，也指出過其不足之處，如嘉、道時女詩人汪端，「嘗取唐、宋、元、明及國朝人詩，閱一過輒棄去，留青邱、梅村兩家。已又去吳，曰：『梅村濃而無骨，不若青邱淡而有品。』」[62]高啟和吳偉業都是學唐高手，而高少變化，吳有發展。汪端作此評騭，並非從兩家的政治品格考慮，而是就詩論詩。偉業本人早已承認：「吾於此道，雖爲世士所宗，然鏤金錯彩，未到古人自然高妙之極地，疑其不足以傳。」[63]「鏤金錯彩」即「濃」，「古人自然高妙之極地」即「骨」。所謂「古人」，是指建安七子以迄李、杜諸人。「骨」，即劉勰之「風骨」，鍾嶸之「風力」。優秀的詩篇，應該是「幹之以風力，潤之以丹采」。⑭「若豐藻克贍，風骨不飛，則振采失鮮，負聲無力。」⑮汪端所謂「濃而無骨」，實在就是《文心雕龍．風骨》篇這四句的意思。怎樣才能有「風骨」呢？劉勰說：「結言端直，則文骨成焉；意氣駿爽，則文風清焉。」如前所述，偉業的客觀條件和主觀因素，都使他不可能「結言端直」，「意氣駿爽」，如何能使所作詩歌具有強勁的風力呢？趙翼說偉業詩「本從香奩體入手」，似乎「濃而無骨」由於入手不正。其實一個詩人對於學習對象的選擇，是和他的素質分不開的。偉業的個性（當然是後天環境形成的），決定了他對香奩體的喜愛，而這種柔靡之作通過他以後的種種經歷，更使他耽嗜陰柔之美，以致形成趙翼所謂「有意處則情文兼至，姿態橫生；無意處雖鏤金錯彩，終覺膩滯可厭。」⑯朱庭珍所謂「雖情文兼至，姿態橫生，未免肉多於骨，詞勝於意，少沉鬱頓挫、魚龍變化之巨觀。」⑰「其詩雖纏綿悱惻，可歌可泣，然不過《琵琶》、《長恨》一格，多加藻采耳。數見不鮮，惜其僅此一枝筆，未能變化；又惜其瑀金鏤玉，縱盡態極妍，殊少古意，亦欠自然。」⑱

趙翼也把偉業和高啟進行了對比：「若論其氣稍衰颯，不如青邱之健舉；語多疵累，不如青邱之清雋，而感愴時事，俯仰身世，纏綿悽惋，情餘於文，則較青邱覺意味深厚也。」⑲這是因為他所舉十家，高、吳並列，若像汪端二者取一呢？

㈤ 吳氏影響及末流之失

偉業和謙益一樣，都保留了明末集會結社的遺風，廣事交遊，招聚徒侶，自執詩壇牛耳。當時追隨他的人就很多，如他的省闈同年鄒子介，就遣次子鄒于度及其孫鄒黎眉先後從之游。⑳黎眉名顯吉，「少學詩於吳駿公」，「惲正叔嘗謂及門曰：『我身後，汝等宜師黎眉。』」[71]劉友光「早歲師吳梅村，而詩不效其體，……悽切婉秀，善於言情。」[72]所謂「不效其體」，是指不作「梅村體」歌行；而「悽切婉秀，善於言情」，正是吳詩的風格。沈受弘「弱冠以詩受知於吳偉業，比偉業沒，乃於柩前執贄稱弟子。」[73]王攄「詩有才筆，師事錢、吳，七言歌行，一唱三嘆，有極似梅村者。」[74]「雲間王農山廣心詩，秀氣成采。長篇如《大梁行送林平子》，韻致彷彿梅村。」[75]江都吳薗次綺「歌行如《青山下望黃將軍墓道》，淋漓頓挫，亹亹逼梅村。」[76]

乾隆時，注釋吳詩的靳榮藩，「其所自作，亦與之相近，但不逮其華贍耳。」[77]奎林「素嗜梅村詩，背誦如流水，故其所作詩，辭藻宏富，音節高亮，猶有婁東餘響。」[78]戴文燈「詩才綺麗，粲舌馨牙，幾與梅村相頡頏，但少魄力風骨。」[79]吳詩本少魄力風骨，戴則更出其下。章靜宜「歌行清麗激楚，頗近《梅村集》門徑。」[80]

法式善曾列舉乾、嘉時一批學「梅村體」歌行的人：「紀事之詩，委曲詳盡，究以長慶一體爲宜，不得議其格之卑也。然元、白合作亦少，至梅村而始臻極盛，則此體自當以婁東爲大宗。近日學此體者雖不乏人，若獨擅勝場者，則蓉裳（楊芳燦）、香涇（黃晟）、雲伯（陳文述）外，以蘇州趙艮甫秀才晉涵爲佳。」[81]陳文述「詩少學梅村，游京師，與楊蓉裳尤多唱和，時有楊陳之目。」[82]孔昭虔詩「風骨高騫，辭藻豐縟。……作《卿憐曲》，同時陳雲伯文述亦賦斯篇，皆效梅村體，異曲同工。」[83]卿憐，和珅妾，和珅敗後，她被官發賣。嘉慶時人頗多賦《卿憐曲》者，除上述孔、陳外，還有李遂。[84]賦者「皆仿梅村爲之。」另如張祥河，嘉慶時人，「詩亦守婁東宗派。」[85]

道光時人徐漢蒼，「詩整贍流利，陸祁孫謂在梅村、漢槎（吳兆騫）、其年（陳維崧）之間。」⑧⑥高錫恩，「詩典麗自喜，多近梅村。」⑧⑦徐崇文之父「有讀吳祭酒集七言古詩，即效梅村，頗稱具體。」⑧⑧

光緒時人李宗言，「於近代出入陳元孝、吳梅村、宋荔裳諸家。」⑧⑨李希聖「辛丑以還，感事成詩，……屬辭哀艷，寄懷綿邈。」論者以為「蒙叟（錢謙益）、鹿樵（吳偉業）只以多勝，時涉淺易，遜此幽窈。」⑨⓪王嘉詵，「其詩宗樊南（李商隱），近代亦出入梅村、竹垞間。」⑨①李稷勛，為王闓運弟子，「不盡守師說，七古喜學梅村。」⑨②

清末民初的樊增祥，「前後《彩雲曲》，哀感頑艷，……論者謂樊山二曲，猶是梅村。」⑨③王闓運崇尚《選》體，曾笑梅村詩集為《天雨花》彈詞，但是「所作《圓明園宮詞》，大半摹擬梅村，不能脫彼窠臼也。」⑨④周鍾嶽有《後圓圓曲》，「纏綿悱惻，居然梅村矣。」⑨⑤楊圻「集中七古長歌，哀感頑艷，確可以嗣響梅村。」⑨⑥王國維辛亥革命後作《頤和園詞》，致函日本學者鈴山豹軒云：「前作《頤和園詞》一首，雖不敢上希白傅，庶幾追步梅村。蓋白傅能不使事，梅村則專以使事為工。」⑨⑦

當然，不喜「梅村體」的也有，如道光時人陳克家，其「詩思力骨韻俱超俗，有贈人句云：『師法不推吳祭酒，騷壇可壓沈尚書』，可見微尚。」⑨⑧所謂「俗」，就是偉業同時人錢陸燦指出《蕭史青門曲》「自家兄妹話酸辛」句，說是「可付盲女彈詞也。」⑨⑨王闓運所謂《天雨花》彈詞，也是這個意思。但是，這種不避俗，甚至化俗為雅，正是「梅村體」的長處。他的長篇敘事詩本來是提供更廣大的讀者群去欣賞、玩味的。

至於末流之失，如「無病而呻，令人齒冷，甚至以委巷見聞，形容宮掖，讕言自喜，雅道蕩然。」⑩大概是指王闓運所作《圓明園詞》。據説王詩出後，姚大榮曾批評説：「其巨謬則在不考事實，就所見聞，一斷以心，而爲莫須有之案證。」「於此役本末，尚在雲霧之中，而又傳述脫節，信筆舞文。」「於事實不屑屑討論，……置巴酋（指英駐華使館參贊巴夏禮）修怨之師不講，只歸獄於園居過侈以垂炯戒，豈非言之成理而隔膜太甚？譬諸村媼出入侯門，雖復醉臥泉石，指陳亭館，頌德陳箴，均違事實，無當芻蕘之採也。……傳曰：『俗語不實，流爲丹青』，其湘綺之謂歟！」⑩

另外一點是，「學梅村而失之靡曼」，主張「七言古佳處，多寓跌宕於平淡中。」⑩這倒指出了關鍵所在，因爲梅村歌行聲情哀婉，辭采典麗，本來就容易流於靡曼。但這是否一種失誤呢？

注釋

①㊶⑯⑩《國朝詩話》卷二
②③《家藏稿》卷三二《周子俶東岡稿序》
④同書卷三六《黃觀只五十壽序》
⑤同書同卷《彭燕又五十壽序》
⑥《吳梅村先生行狀》

⑦《梅村詩鈔小傳》
⑧㊲《越縵堂讀書記》八《文學類．梅村集》
⑨《清詩紀事初編》上
⑩顧師軾《梅村先生世系及年譜》引
⑪《廣陽雜記》
⑫《萇楚齋隨筆》卷八
⑬㊵73 74 99《清詩紀事初編》卷三
⑭《書梅村集後》二首之二，見《靜便齋集》卷八
⑮《榆下說書》第一二六頁
⑯《吳詩集覽》附錄「談藪」下
⑰同前「談藪」上
⑱《雪橋詩話》餘集卷七
⑲《清史稿．陳之遴傳》
⑳《閣古古集》附張相文《閣古古年譜》
㉑《盤恔卮談》
㉒《清史列傳．貳臣傳乙》
㉓《吳詩集覽》凡例第十三
㉔㉟66 69《甌北詩話》卷九

㉕《鮚埼亭集》外編卷三十《讀陸太僕年譜》

㉖《論詩絕句．吳梅村》

㉗《香祖筆記》

㉘《家藏稿》卷五四《致孚社諸子書》

㉙同書卷二八《傅石漪詩序》

㉚同卷《宋直方林屋詩草序》

㉛同書卷三十《董蒼水詩序》

㉜㊼同書卷二八《彭燕又偶存草序》

㉝同書卷二九《宋牧仲詩序》

㉞㊷《梅村詩話》

㊱《晚晴簃詩話》

㊳《晚晴簃詩匯》卷二十「吳偉業」下

㊴《吳詩集覽序》

㊸《昭昧詹言》卷十二

㊹《舊唐書》卷一一六元稹傳

㊺《容齋隨筆》卷十五

㊻㊿《家藏稿》卷二八《龔芝麓詩序》

㊽同卷《宋尚木抱真堂詩序》

㊾同書卷三十《太倉十子詩序》

㉛同書卷五四《與宋尚木論詩書》

㊾謝國楨《明末清初的學風》第七十三頁

㊾《贈吳錦雯兼示同社諸子》

㊾《分甘餘話》

㊾盛美娣《從梅村體談吳梅村的詩——簡介〈吳梅村詩選〉》，見香港《文匯報》一九八七、六、二一

㊾《仿元遺山論詩》

㊾《純常子枝語》卷五

㊾《三別好詩》之一，見《龔自珍全集》第九輯

㊾《冬日閱國初諸家詩，因題絕句，八首》之一，見《小雅樓詩集》

㊿《拜經樓詩話》卷四

61《圍爐詩話》卷六

62《清代閨閣詩人徵略》卷八

63杜濬《變雅堂集．祭梅村吳先生文》

64《詩品序》

65《文心雕龍．風骨》

67《筱園詩話》卷二

68同書卷三

⑩《家藏稿》卷三十《鄒黎眉詩序》
⑪《雪橋詩話》續集卷二
⑫《晚晴簃詩匯》卷二一
⑮《國朝詩話》卷一
⑰《晚晴簃詩匯》卷七九
⑱同書卷八五
⑲同書卷八八
⑳《南野堂筆記》
㉑《梧門詩話》
㉒《晚晴簃詩匯》卷一一四
㉓同書卷一一六
㉔《蛙階外史》卷二
㉕《晚晴簃詩匯》卷一二八
㉖同書卷一三三
㉗同書卷一三四
㉘同書卷一五八
㉙同書卷一七四
㉚同書卷一七八

⑨同書卷一八〇
⑨同書卷一八二
⑨⑨⑨《夢茗庵詩話》
⑨陳夔龍《夢蕉亭雜記》卷二
⑨蕭艾《王國維詩詞箋校》第44頁
⑨《晚晴簃詩匯》卷一四五
⑩同書卷二十
⑩轉引自錢基博《現代中國文學史》第六十二—六十四頁

丙 「梅村體」傳人之一——吳兆騫

㈠ 生平

吳兆騫（一六三一，明崇禎四年——一六八四，清康熙二十三年），字漢槎，江蘇吳江人。少有雋才，又能苦讀，「最耽書，一目數行，然短於視，每鼻端有墨，則是日讀書必數寸矣。」①師事吳偉業（《秋笳後集》卷七有《蘭虎追和梅村夫子》等七律三首），偉業把他和華亭彭師度、宜興陳維崧合稱爲「江左三鳳凰」。父名晉錫，以進士爲永州推官；清人入關後，曾爲南明將領以抗清。故明亡後，兆騫多家國之痛。如《秋感八首》，自注：「甲申九月在湘中作。」其三云：「天高朔氣妖星動，地入邊笳御宿空。」直斥清人。《贈祁奕喜》云：「胥台麋鹿非吾土，江左衣冠異昔游。」奕喜爲祁班孫之字，明亡，聚衆謀恢復，此詩即其時所贈。《遺事》云：「夜雨挑燈到草堂，偶談遺事一沾裳。南溟日月蓬萊外，東海樓船牛女旁。甲帳惟聞椎晉鄙，滄洲何處哭田王？鼎湖龍去無消息，目斷神仙水一方。」悼念故明，中情若揭。《送宇三歸楚》七古有「滿目山川恨若何？洛中遺事泣銅駝。陸機自草辨亡論，劉章漫作耕田歌」之句，既咎宏光君臣荒宴，更揭非種當鋤之義，其反清之意尤顯。至於托名豫章女子劉素素題虎丘壁二十絕句，小序中公然指出：「北兵肆掠，遂陷穹廬」，揭發清兵劫掠江南婦女北行的暴行，更觸時忌。

兆騫兄弟六人，長兄兆寬，次兄兆夏，皆有才望。順治六年，結慎交社（文藝團體）於吳江，四方名士參加的很多。兆騫與兩兄主持社務，爲爭操選政（選刻社友所作八股文），和另一文藝團體同聲社的章在茲、王發兩人發生矛盾。順治十四年，兆騫應江南鄉試，中舉人。科場案起，勒令各中式舉人一律殿前複試。兆騫憤而交白卷，遂致遣戍寧古塔。而真實原因則是章在茲和王發挾嫌告他有異謀。故兆騫之子振臣跋《秋笳集》，謂「爲仇家所中」；而李孟符《春冰室野乘》卷下亦謂《秋笳集》「於故國惓惓不忘，滄桑之感，觸緒紛來，始悟其得禍之由，不隨力田、赤溟輩湛身赤族者，蓋亦幸耳！」力田，潘檉章字；赤溟，吳炎字。兩人共撰《明史》，書未成，遭烏程莊氏史獄，遂及於難。李氏引以爲比，可見兆騫及振臣的硬骨頭精神（《秋笳集》刊刻行世在雍正四年，某些觸忌之處，仍然一字未改）。

兆騫居塞上凡二十三年，侘傺無聊之情，盡發之於詩。康熙四年，與其他流人結「七子詩會」，「分題角韻，月凡三集。」②流放期間，目睹帝俄入侵及黑龍江流域廣大軍民英勇抗擊的情形，每以詩記之，極富愛國主義激情。後因其摯友顧貞觀乞援於納蘭性德（著名詞人，權相明珠太傅之子），始由徐乾學等友人醵金贖歸。歸三年而卒，年五十四。著有《秋笳集》。

(二) 詩論

兆騫以曠代才人而獲無端奇禍，謫徙塞外二十餘年，其內心的憤懣哀苦是可想而知的。所以，他對詩歌創作別有深刻理解。他認爲：「古今文章之事，或曰窮而後工，僕謂不然。古人之文自工，非以窮也。彼所謂窮，特假借爲辭，如孟襄陽之不遇，杜少陵之播遷已爾；又其甚者，如子厚柳州，子瞻儋耳已爾；至若蔡中郎髡鉗朔塞，李供奉長流夜郎，此又古文人困厄之尤者，然以僕視之何如哉？九州之外，而欲引九州之內之人以自比附，愈疏闊矣！同在覆載之中，而邈焉如隔泉夜，未知古人處此，當復云何？以此知文莫工於古人，而窮莫甚於僕。惟其工，故不窮而能言窮；惟其窮，故當工而不能工也。萬里冰天，極目慘沮，無輿圖記載以發其懷，無花鳥亭榭以寄其興，直以幽憂惋鬱，無可告語，退托筆墨，以自陳寫。然遷謫日久，失其天性，雖積有篇什，亦已潦倒潰亂，不知其所云矣。」③

這段話指出了兩點：一，文之工非以窮；二，窮則文不能工。

這番血淚交迸的話，說出了人生和創作的真諦。魯迅說過：陶淵明所以能做詩，是因爲他還有酒喝（飯更不在話下），如果他真是餓昏了，那是無此雅興的。吳兆騫處境奇窮，放逐後的詩篇，只是長歌當哭，根本不可能考慮內容的提煉，技巧的提高。特別是和遭禍前相比，那時，他是少年名士，「英朗雋健，忠孝激發，凡感時恨別、弔古懷賢、流連物色之制，莫不寄趣哀涼，遺音婉麗，情盛而聲叶」；④而遭禍後，那種殘酷的沉重打擊，漫長的流徙歲月，真所謂「遷謫日久，失其天性」，哪裡還有閒情逸致去推敲文字呢？可以說，吳兆騫即使在詩歌創作上也是極其不幸的。

遭禍前，他的詩歌創作受了時代風氣的影響，主要是模仿六朝、初唐，而且是走明七子的老路。所以，前人評騭他的詩作，都是眾口一辭，如沈德潛云：「吳詩乃『王楊盧駱當時體』，當時無人可抗行，故爲梅村首肯。」⑤袁枚說：「能本七子而自出精神。」⑥至於朱庭珍說：「高者近高、岑及初唐四子，次亦七子派中不空滑者。」⑦則是包括他遭難後全部詩作而言的。也就是說，他的全部詩作只達到這個水平，而沒有進一步提高，盡化模擬的痕跡，形成自己獨特的風格。沈德潛就指出：「倘以老杜之沉鬱頓挫出之，必有更高一格者。」⑧鄧之誠也說：「惜學業無成，格律亦未更進，固一時之秀，而非蓋代所宗。」⑨朱庭珍乾脆只承認他：「亦一小作家也。」⑩

從這裡，我們可以得到一個新的啟發：憤怒固然出詩人，但這首先得有個允許你憤怒的環境。如果處身於極端專制的高壓之下，你連憤怒也不可能，哪裡還會有真正的創作。秦朝沒有文學（除了李斯的歌功頌德之作），而其他最黑暗的專制野蠻時代也沒有真正的文藝（只有瞞和騙的文藝），不僅是客觀條件不允許作家說真話，某些作家甚至主觀上也喪失了創作的靈感。吳兆騫這則詩論就說出了作家主觀條件的問題，所以，它是深刻的，是前無古人的。他的靈魂深處的躁動和苦悶，實在類似司馬遷。但司馬遷能利用私家修史的地下活動，創造出偉大的「謗書」——《史記》，吳兆騫遭難後的二十三年，卻始終生活在專制魔掌之下，連內心世界也毫無自由。他只能在「失其天性」的情況下，被扭曲地寫出自己的某些痛苦。這就是紀昀等人所謂「自知罪重譴輕，心甘竄謫，但有悲苦之音，而絕無怨懟君上之意。」⑪

㈢ 詩作特色

吳兆騫詩多所散失，據其子吳振臣說：「先君垂髫之歲，即好吟詠，加以身際艱難，著作頗富。奈屢丁顛沛，存者無幾。」所謂「屢丁顛沛」，一指流放塞外時，「值有老羌之警，遺失過半。」一指兆騫歿後，振臣「扶柩南還，復覆舟於天津，而沉溺者又過半。」⑫估計一定有不少特別抵觸時忌之作，振臣藉口這兩次顛沛，有意銷毀。根據現有詩作，分類統計：七絕三十七首，五絕一〇首，七律二百一十首，五律一百一十三首，五排二十首，七古六十七首，五古四十七首（包括擬古雜體詩三十首）。由以上數字可以看出，他寫得最多的是七律、五律和五排。前人評議所謂逼肖盛唐者，即指此數種。而所謂學六朝的主要指五古，不但擬古雜體詩酷似，即其餘幾首如《秋笳前集》中的《贈友》、《夜譏吳閶》，都神似六朝人作，至於《湘水曲效齊梁體》更不用說了。這種學六朝的五古，《秋笳集》和《秋笳後集》都沒有，可見只是前期的仿作。

如所周知，五律成熟於初唐，七律成熟於盛唐。它們一致要求屬對工切，韻律精嚴。同時鍊字琢句謀篇以至運用成語和典故，都極費匠心（杜甫所謂「頗學陰何苦用心」）。所以，律詩不比古體，不能任才使氣，率爾成篇。即使詩人內在情意騫騰狂烈，也必須作冷處理，即冷靜思考，仔細推敲。兆騫少負狂名，天才駿發，又從幼受吳偉業的影響，注重對律詩的練習，所以十三歲時所有感時之作，都是七律，而且「悲涼雄麗，便欲追步盛唐」。⑬到遭難後，滿腔憤懣，以其狂縱才性，本應運用五、七古體盡量加以發洩。然而由於少數民族貴族統治的高壓，特別是身爲謫徙的刑徒，跼蹐六合，虎視鷹瞵，加罪有辭，動輒得咎。在如此境遇中，他當然不能像李白那樣狂呼大叫，一任翻沸的情思肆意噴吐，只能斂才就範，把全部幽情暗恨寓寄於惝怳迷離之境。這就不可能出之以平鋪直敘的古體，而只能安排在律詩的緊密結構之中。

但是，他的律詩，無論五律或七律，都並非一味模擬初、盛唐人。一般說，「初、盛唐之詩，真情多而巧思寡，神足氣完而色澤不屑屑也。」⑭而兆騫的律詩，除了「真情多」（侯元泓所謂「情盛」），也「神完氣足」（徐世昌所謂「出塞後，詩境沉雄，得朔方蒼莽之氣」）；⑮同時很注意「巧思」和「色澤」。如《曉登東嶺寄楊友聲次姚琢之韻》：「雙峰霜淨削觚稜，倚馬高寒試一登。曉色迴添鵰嶺雪，春風不坼菟河冰。名汚久擬淪屠釣，身廢空憐有愛憎。鄉國茫茫徒極目，圖南誰道是鯤鵬？」前半寫景，後半抒情，這也是唐人律詩的結構（或篇法）。先看寫景的前四句。首句寫未登時東嶺給自己的印象：雙峰色白而陡峭。次句寫登山，用「試」字，正見東嶺太高寒，沒有必能登上峰頂的信心。三、四句分寫嶺上所見。先寫遠眺鵰嶺，點出「曉」字扣題，曉色即曙光，表示天亮，由於遠處鵰嶺的雪光映射過來，顯得天色更明亮了。再寫俯瞰，菟河仍然冰封，即使現已入春，氣溫依然極低。這兩句是寫景，卻已含情，暗喻自己仍在冰雪封鎖中，因而自然地轉到明顯的抒情上：自己無辜陷獄，名在爰書，被人斥爲囚徒，辱何如之！即使有朝一日能由流放地釋放回家，也不願再厠跡士林，以玷辱斯文，寧肯與屠夫漁父爲侶了。正如司馬遷一樣，身已廢矣（精神上的宮刑），爲士類所共棄，然而還有楊友聲、姚琢之這樣少數知交，仍然同情我，愛憐我，儘管他們無力援救我。這樣，第七句便由對「鄉國」知交的懷念，回到眼前現實中來，站在東嶺之上，儘管極目遠望，也無法看到相隔萬里的江南故鄉。第八句寫自己多麼希望能像北溟之鯤，化而爲鵬，展開若垂天之雲的大翅，摶扶搖而上九萬里，迅速地飛返南方去。然而自己清醒地意識到，這只是自己純粹的幻想！

把異族政權殘酷的鎮壓，故鄉知交無盡的懷念，自恨不能奮飛而歸故鄉的深沉痛苦，都這麼巧妙地微婉地反映出來，詞句充滿色澤，毫不抽象枯燥，這是在初、盛唐的基礎上，繼承了優良傳統，而又克服了不足之處的。

其所以能「巧思」，是因難見巧。他的嚴酷處境，使他更激發出對自由的想望，卻又更難顯豁、直率地表露出來。現實與理想的矛盾，迫使詩人運用「巧思」以抒發「真情」。

值得我們注意的是他的七言歌行。

唐人七古有其共同特色，即爲了充分表達詩人內心沸騰的情思，詩的語言不假雕飾，一氣呵成，幾乎不用典故，使詩意明顯，毫不晦澀，語氣音節都富於口語傾向。即使吳偉業所直接繼承的長慶體，其代表作《長恨歌》，也只用「小玉」、「雙成」兩個常用典故。而偉業出於塑造惝恍迷離之境的需要，在長慶體的敘事框架上，不僅裝飾上初唐四傑的華麗詞藻，而且獨創地多處用典，使其七言歌行的詞句富於聯想力，表現力，更能調動讀者的思考力，從而提高其理解水平，與作者相喻於言外之意，景外之象。兆騫師法「梅村體」，其著力處也正在這幾方面。簡言之，(1)風華出於四傑，敘事法夫長慶；(2)對偶不僅工麗，富於色澤，而且使用頻率極高；(3)音節鏗鏘，力避板滯、沉悶的音韻；(4)典故使用頻繁。但偉業歌行易流於靡曼，而兆騫所作則氣勍辭工。如果說兆騫歌行有出藍之處，就在這裡。

兆騫學「梅村體」的幾篇七言歌行，都是遭難後所作，如《白頭宮女行》作於西曹（刑部獄），《榆關老翁行》作於流放途中，《洿稽曲》作於流放地寧古塔。

《白頭宮女行》立意同《琵琶行》，所謂「悲紅粉之飄零，感羈人之淪落。」（小序）但更主要的是對亡明的悼念。全篇通過白頭宮女的自述，先寫崇禎初年宮中的太平樂事，再寫闖王進京，明王朝「海竭山崩」；再寫此宮女逃出深宮，出家爲尼，而自嘆「仙家龍種尚飄零，賤妾蛾眉亦何有！」敘事部份到此結束，而這兩句其實已暗貫下文。這「賤妾」同時也暗喻兆騫本人。不是嗎？正因爲明朝覆滅了，自己才這樣落難啊！這就自然生發出篇末八句的抒情：「我來故國幾沾翰，摩挲銅狄北風酸。昭陽舊侍悲通德，長樂姬人識佩蘭。從古存亡堪太息，凄涼無處尋遺跡。麥秀偏傷故客情，柘枝還下宮人泣！」，請看，「故國」（指北京這前明舊都）、「銅狄」、「存亡」、「遺跡」、「麥秀」，盡是悼念亡明的詞語和典故。從文藝創作心理去探索，兆騫這篇長歌雖然毫不涉及清人一字，而其仇視清王朝的潛意識不是昭然若揭嗎？這樣直率的內心獨白，《梅村集》裡是找不到的（即使有，刊刻前也已經芟夷淨盡了）。

如果說，白頭宮女的自述，兆騫僅得之傳聞（同獄難友陳直方轉告的），那麼，《榆關老翁行》就是他親身的見聞了。這首長歌的格調，和《白頭宮女行》不同。《白頭宮女行》的形式（四句一轉韻；每一韻的三、四句必爲對偶；全詩用韻平仄相間），類似駱賓王的《艷情代郭氏答盧照鄰》；而《榆關老翁行》的形式恰好相反（每一韻句數不定；用韻基本上平仄相間，但有兩處是仄韻相承，一由上聲韻轉爲入聲韻，一爲去聲韻轉爲入聲韻；除了第九韻的三、四兩句，通篇沒有對偶句）。這種形式類似高適、岑參某些歌行。何以要採用這種較爲自由的形式？這和內容極有關係。

詩意是說，詩人流放，途經榆關，在酒樓下遇一江蘇同鄉老人。以下全是老人的陳訴。他先說自己少時學武，後來多次來邊州經商，由於常往青樓買笑，以致落魄，只好從軍。正逢清兵入寇，他所投的明軍固守松山。以下描寫松山守衛戰的慘烈：「老邊牆直長城隈，梯衝百道如山來。寧前（地名）列屯晝城閉，旌旗黯慘紛黃埃。雄邊健兒十三萬，鼓聲欲死弓難開。磧西降丁最翹健，日暮分營夜催戰。吁嗟萬騎無人回，射盡平州（今遼寧省遼陽市一帶）鐵絲箭。曙光曈曈海生綠，戰血無聲注空谷。嚴霜如刀箭如蝟，欲上戎鞍淚交續。堅城就墮將軍降，幾部殘兵向南哭。」我們知道，松山之戰是導致明、清政權易手的一次關鍵性戰役。皇太極圍攻松山取勝，同時攻下錦州，招降了洪承疇和祖大壽，從此清人直驅中原，終於取代明朝而入主中夏。兆騫在《白頭宮女行》中隻字不提清人，在這首長歌中，卻充滿激情地描繪了這次關鍵性戰役。「堅城就墮將軍降」，這將軍不是指叛降清人的松山城守副將夏承德，因爲松山城是由於他私通清方，請其派兵「乘夜豎梯登城」⑯才失守的。這句的「將軍」是指遼薊總督洪承疇，他爲了偷生苟活，不惜背明降清。而他所率領的八總兵師十三萬人，除了「死五萬有奇」，⑰降的只有「殘卒三千有奇」，⑱其餘的「幾部殘兵向南哭」，寧願逃散，決不從降。兩句這樣對比，反映出詩人十分鮮明的愛憎。這位「榆關老翁」，當年的殘兵，他就是「相隨散卒臨榆城」而不肯降清的，到榆關後，立即「橫刀更隸龍驤營」，打算繼續抗清。但是明朝很快就覆亡了，他不願爲清政權當兵，便棄甲歸田了。這樣突出一個下層小人物的民族氣節，正是更深一層地誅伐所有的貳臣。詩人的勇氣還表現在對清人暴力統治的指責：「故國他鄉盡荊棘，窮黎何處還聊生！」故國，指故鄉，即江南；他鄉，指他棲身的北方。這就是說，整個中國都因戰亂而荊棘叢生，窮苦人民簡直無法生活了。最後，寫「榆關老翁」既自抒思鄉之情，又深悲詩人的窮邊遠戍，而以「天涯相見且相悲」結束全詩。

由全詩安排，可以看出重點在描寫松山保衛戰。這首七言歌行一共七十句，而描寫松山保衛戰用了十六句，轉了三次韻：先用平聲十灰韻寫六句，顯示出明方戰士心情的沉重；再用去聲十四願韻寫四句，立即轉入聲一屋韻再寫六句，寫出了感情的激化。其次是寫兩人「相悲」，這是全詩的另一重點，反映出詩人對前途的悲感。因爲「榆關老翁」的「羈戍塞垣」，「夢斷吳關」，僅僅不能還鄉而已，總還是自由人；而自己則「莽莽邊沙路何極」，而且是囚徒。這樣對比，自己的命運就更可悲了。而這種悲慘命運的構成，和明朝的滅亡是分不開的，這就把兩個重點從內部作了有機的統一。說是內部，就是說這種寫法能引起讀者深思，而不是外露的。因此，詩人寫這一重點時，先用去聲七遇韻寫四句，寫老翁自抒鄉思；再轉入聲錫、職韻寫六句，寫老翁悲詩人之謫戍。這樣轉韻，也是有意深化感情的激楚程度。由此可見吳兆騫真是「爲情而造文」，而不是僅僅追求詞藻和音節。楊鍾羲評此詩「票姚跌蕩，鋒發韻流」，⑲似乎過於抽象了。

《滖稽行》的寫作，距離《白頭宮女行》和《榆關老翁行》大約二十年。在這麼長久的時間內，由於清政權的日益鞏固，社會生活的日益安定，加上老羌（俄羅斯）對東北邊境頻繁入侵，當地各族人民在清軍政長官領導下的奮勇抗敵，不斷取得勝利。面對這種現狀，吳兆騫個人儘管受到清政權特別重大的打擊，也和大多數漢族士人一樣，慢慢地轉變了對清政權的敵視情緒，最後表現爲完全擁護它了。這種轉變，從其晚期詩賦中可以看出。如五律《長白山》尾聯：「登封如可作，應待翠華遊。」《長白山賦》既於序中稱頌「我國家肇基震域，誕撫乾圖，景曆萬年，鴻規四表」，又於賦中稱頌「啟濬躍於聖祖（指清始祖布庫里雍順，所謂長白山天女呑朱果而生的），臻景鑠於皇圖，藏瑤牒兮可俟，湧金精兮詎誣？」最後說：「瑞我清兮億載，永作固兮不渝！」兩年後，他在《寄顧梁汾舍人三十韻》中「漫説逢楊意」句下自注：「前歲侍中對公以予長白山詩、賦進呈。」他希望康熙帝能因此而賞識自己，就像漢武帝賞識司馬相如一樣。正是在這種思想感情支配下，他寫出了《浚稽行》。

《浚稽行》這首長篇敘事詩，它的故事情節，張維屏有個簡介：「公主下嫁北部蕃王。王愛琵琶小伎，公主妬，致伎於死，由是夫妻反目，隔絕不相聞。後公主姊妹爲之調停解釋，遂爲夫婦如初。」⑳哪個公主，哪個蕃王，什麼時候下嫁，楊鍾義有説明：「嫩江水濱科爾沁汗（汗，han，國主）奧巴（蕃王名），先諸蒙古入朝。天命（清太祖努爾哈赤年號）十一年，以貝勒舒爾哈齊女孫（即此公主，無名）妻焉，授和碩額駙（皇帝妃嬪所生女稱和碩公主，此以尊寵舒爾哈齊的孫女。額駙，猶駙馬），封土謝圖汗。」公主那位妹妹（亦無名）是一位郡主，奧巴叔父名莽古斯，其孫（亦無名）尚此郡主，清帝賜號「滿珠習禮」。奧巴在右翼中旗，莽古斯在左翼中旗，所以詩中說：「弱妹盈盈隔瀚源。」㉑

張維屏的簡介是根據《浚稽辭》概括出來的，而據楊鍾義說，公主夫妻反目，真正原因是政治上的，生活矛盾頂多是根導火線。他說：成婚後「奧巴屢違約，私通明。天聰（清太宗皇太極年號）二年，將征喀爾喀，徵其兵，不至；使侍衛索尼、阿珠祜賚敕責之。時奧巴居別室，索尼與阿珠祜謁公主，以諭旨告。奧巴聞之，扶掖至，佯問曰：『此爲誰？』索尼曰：『吾儕，天使也。爾有罪，義當絕，今之來，問公主耳！』奧巴促具食，索尼、阿珠祜不顧出。奧巴恐，使台吉（清廷對蒙古部落的封爵稱號，位次於輔國公）塞稜等請其事，索尼出璽書與之，奧巴使其大臣環跽請罪。翼日，辭以足疾，欲令其台吉入謝。索尼曰：『汝欲解罪，而使人行，吾豈取拜思噶爾等來耶？』奧巴乃使人請曰：『上怒，使應肉袒謝，懼不容耳！』索尼曰：『上覆載如天地，汝果入朝，雖有罪，必蒙恤。』奧巴乃叩頭，決計入朝。」㉒

《浚稽行》沒有正面寫出這一政治矛盾，卻在最後一部分（「回憶先皇草昧年」到末尾）點出「賜婚」的政治意義。其所以如此，顯然是爲了對清廷和外藩的政治聯姻作正面的歌頌，同時避免牽涉到明朝。

這首長篇敘事詩的形式，不同於「白頭宮女」和「榆關老翁」的自述，而是和吳偉業的《圓圓曲》一樣，採取的是第三人稱的他述。全詩一百一十六句，分爲二十九韻，每韻四句。全詩押韻，平仄互轉。根據情節劃分，第一段（「浚稽山色青崔巍，……不羨名王玉塞尊」）共七韻二十八句，寫「賜婚」。然後用一韻四句過渡（「名王舊是呼韓裔，尚主中朝稱愛婿」結束上段，「好獵頻徵鳴鏑兒，酣歌偏惜琵琶伎」引起下段）。第二段（「琵琶小伎珊瑚唇……青鴛塔畔懺他生」）共九韻三十六句，寫「反目」。再用一韻四句過渡（「妝殿何心理殘黛，空王皈禮應憔悴」結束上段，「已分猜嫌任狡童，誰憐調護來諸妹」引起下段）。第三段（「弱妹盈盈隔瀚源，……萬年公主竟歸來」共五韻二十句，寫「調護」。又用一韻四句過渡（「從此歡娛莫相棄，上如青天下如地」結束上段，「入貢還修子婿恩，降嬪莫負先皇意」引起下段）。第四段（「回憶先皇草昧年，……春風弄玉在樓中」）共五韻二十句，寫「永好」。

從各段句數可以看出，「反目」是全詩的重點。我們賞析一下這第二段：

琵琶小伎珊瑚唇，歌舞朝朝粉態新。祭馬每從青海月，射雕常從雪山雲。

可敦嬌妬還猜忍，同昌那得犀蠲忿。帳下才驚一騎來，杯中已見雙蛾隕。短轅彳亍恨驅牛，腸斷狂夫淚莫收。自甘剺面哀紅袖，不念同心嘆白頭。荊棘滿懷相決絕，雙重玉筯沾襟血。龍種寧同葱薤捐，燕飛欲作東西別。妾意君情各自流，鴛鴦文彩掩衾裯。卻分蕃部西樓去，別是秋風北渚愁。黃沙深磧連天色，可憐相望誰相憶？千里金河怨別離，經年銀漢無消息。八月穹廬白雪高，玉花寒枕夢魂勞。販珠無復求朱仲，綠幘寧聞侍館陶？海西沙門術何秘，白馬迎來布金地。畏吾字譯貝多經，龜茲樂奏蓮花偈。灼爍禪燈著曙明，仙梵風飄夜夜聲。黃鵠歌中思故國，青鴛塔畔懺他生。

第一韻「琵琶小伎」四句，具體寫出了第一個過渡小段「酣歌偏惜琵琶伎」的內容，是從奧巴角度寫的。第二韻「可敦嬌妬」四句，寫公主毒殺小伎，是從公主角度寫的。第三韻「短轅彳亍」四句，寫奧巴的悲與恨，又從奧巴角度寫。第四、五韻寫夫婦分居，主要從公主角度寫。第六、七韻寫公主的孤苦心情。第八、九韻寫她從僧唸佛，自懺平生。可以看出，這個重點段的中心人物是公主，吳兆騫在這段中寫了過程，特別著重寫了公主的內心衝突。這種心理描寫，有的是人物的內心獨白，如「龍種寧同葱薤捐」，回應了第一段的「自矜帝子金鄉貴，不羨名王玉塞尊」，寫出了公主的驕矜，認爲奧巴畏懼後金（清政權的前身）強大，不敢遺棄自己。可是後來被謫居西樓（遼國的地名），時間一長，她就「別是秋風北渚愁」了。這句用屈原《九歌．湘夫人》的「帝子降兮北渚」四句，寫公主想望奧巴，盼望重圓。有的是作者陳述，如「可憐相望誰相憶」，寫公主想望奧巴，奧巴卻完全忘了過去的恩情。「販珠無復求朱仲，綠幘寧聞侍館陶？」前句用《列仙傳》：朱仲，會稽販珠人，高后時，獻三寸珠。魯元公主私以七百金，從仲求珠，仲獻珠四寸。這是說公主內心既苦悶，又賭氣，不願再梳妝打扮。後句用《漢書．東方朔傳》：漢武帝姑母館陶公主私通近侍董偃，武帝到館陶公主後園飲讌，董偃綠幘（賤人服）隨館陶公主進見。這是說，公主雖恨奧巴，同時很寂寞、苦悶，卻並不和近侍有什麼苟且行爲。「黃鵠歌中思故國」，用《漢書．西域傳下》：漢武帝以江都王劉建之女細君爲公主，嫁烏孫（漢時西域一國）昆莫（烏孫王的名號）爲右夫人。昆莫年老，語言不通，公主悲愁，自作歌曰：「吾家嫁我兮天一方，……居常土思兮心內傷，願爲黃鵠兮歸故鄉。」這是說公主最後對奧巴絕望了，只想大歸。當然，這決不可能，因而只有「青鴛塔畔懺他生」。青鴛塔用《初學記》：須彌山（佛教傳說的山名）有青鴛伽藍（佛寺）。這是說公主打算長齋唸佛以修來生了。

有人認爲我國長篇敘事詩的特點是：重外在行動而不重內心衝突，從《浚稽辭》來看，吳兆騫是著重刻畫中心人物的內心衝突的。這是對《長恨歌》、《圓圓曲》的繼承與發展。

還應看到《浚稽辭》並不只是多場面的迭印，而是既寫了場面，又寫了過程；既重視細節，又注意到故事的完整；並且在寫實的基礎上進行了虛構，如從官的挾彈鳴鞭，女騎的射生輕利，弱妹的千騎擁軒，都是想當然的。

我國詩歌的傳統審美趣味，一向以抒情詩爲主，強調含蓄、精煉，因而認爲元稹、白居易的長篇敘事詩不免「淺白」、「繁冗」。正是由於這緣故，從吳偉業到吳兆騫，都在《圓圓曲》和《浚稽辭》這類歌行中，講究對仗、轉韻，力求富麗精工，鏗鏘悅耳。爲了避免過露過直，他們著意用典。以《浚稽辭》說，用典不但頻率高，而且處處切合公主。除前述有關公主的典實外，如

「烏孫千馬親呈聘」，用《漢書．西域傳下》：「烏孫以馬千匹聘（漢公主）」。「築館王庭奉義成」，用《隋書．北狄．突厥傳》：隋文帝開皇十七年，以宗女義成公主妻意利珍豆啟民可汗。「自矜帝子金鄉貴」，用《魏末傳》（見《三國志．魏志．何晏傳》注一）何晏尚金鄉公主。「同昌那得犀蠲忿」，用《新唐書．懿宗紀》：懿宗女文懿公主，郭淑妃所生，始封同昌。「相對殷勤向玉真」，用《新唐書．諸帝公主》：睿宗女玉真公主，太極元年爲道士，以方士史崇玄爲師。這正切合本詩中公主與奧巴反目後，迎來海西沙門，從之學佛。「萬年公主竟歸來」，用《晉書．左貴嬪傳》：晉武帝女萬年公主。「沁水園中歌吹塵」，用《後漢書．竇憲傳》注：沁水公主，明帝女。「春風弄玉在樓中」，用《列仙傳》：秦穆公以女弄玉妻簫史，爲作鳳台以居。這種用典，對彼時的讀者——一般士大夫來說，自然不再會覺得這種詩「淺白」了。有些人認爲《長恨歌》只用「小玉」、「雙成」二典，而《圓圓曲》故實堆砌，認爲是白勝吳處，而不知吳偉業以至吳兆騫正是爲了避免「元輕白俗」，才採取這種表現手法。總之，二吳，尤其是吳兆騫，簡直是在運用精巧的格律詩的創作手法，把《浚稽辭》這類歌行寫成另一種七言排律（其不同處只是排律一韻到底，而這種歌行則平仄韻互轉；另則排律除首尾兩聯不對，其餘皆自成對偶，而這種歌行則每韻的一二句不對），而且還夾以抒情甚至議論。這都是對白居易敘事詩的發展。

清中期的女詩人王蘭修，在《國朝詩品》中曾說：「吳漢槎瓣香梅村，能自立幟，《浚稽山辭》非梅村所能籠罩也。」我以爲此詩超出吳偉業歌行範圍之處，一是對題材領域的開拓，在此詩之前，沒有任何一位歌行作者寫過這種少數民族題材。而更難得的是，二，對主題的深化達到了一定的高度。所謂主題，就是此詩末段的「欲將玉女傾城色，遠靖金戈絕塞天。」但這不是漢、唐那種屈辱的「和親」，正如此詩第一段早就指出的：「舊匹由來締賀蘭，和親詎是因婁敬？」這就是楊鍾義所謂「世爲肺腑，禮崇姻戚。」正由於這種政治聯姻，使得中國領土上的各民族能結成一個友好的大家庭，所謂「三朝屢訂施衿禮」，「今上彌敦兄弟歡。」也正由於這種屢世友好，才能保持長期的互市：「異錦葡萄出帝家，名駒苜蓿通邊市。」

如果我們注意一下，還會發現二吳這類歌行大都運用在宮庭貴族的題材上。如吳兆騫的三首七言歌行，《白頭宮女行》、《浚稽辭》和《榆關老翁行》就截然不同。後者顯然近乎散文，而前二者則近乎駢文。

注釋

①汪琬《説鈴》
②袁景輅《國朝松林詩徵》卷三
③《秋笳集》附錄《答徐健庵司寇書》
④《秋笳前集序》
⑤⑧《清詩別裁集》卷五
⑥《隨園詩話》
⑦⑩《筱園詩話》卷二
⑨《清詩紀事初編》

⑪《四庫全書總目提要》卷一八二
⑫《秋笳集跋》
⑬計甫草評《秋感八首》，見《秋笳前集》卷五
⑭馮時可《雨航雜錄》
⑮《晚晴簃詩話》
⑯《清史紀事本末》卷三
⑰⑱《清史稿．洪承疇傳》
⑲㉑㉒《雪橋詩話》續集卷二
⑳《國朝詩人徵略》二編卷三

丁　「梅村體」傳人之二——陳維崧

吳兆騫繼承並發展了吳偉業的長篇敘事詩，陳維崧則繼承並發展了吳偉業另一種七言歌行。吳偉業的七古有兩種：一種是長篇敘事詩，「用元、白敘事之體，擬王、駱用事之法，調既流轉，語復奇麗」；①或稱爲「以《琵琶》、《長恨》之體裁，兼溫、李之詞藻風韻，故述詞比事，濃艷哀婉，沁入心脾。」②另一種是氣格恢宏，開合變化，大約本盛唐王、高、岑、李諸家，而稍異其篇幅，時出入於李、杜。」③吳兆騫繼承並發展的是前一種，陳維崧繼承而加以變化的是後一種。

㈠ 生平

陳維崧（一六二五，明天啟五年——一六八二，清康熙二十一年），字其年，號迦陵，江蘇宜興（古稱陽羨）人。父陳貞慧，與冒襄、侯方域、吳應箕（或言方以智）並稱明末「四公子」，文采甚著，與閹黨阮大鋮鬥，被捕幾死。明亡後，埋身土室，堅守遺民氣節。維崧自幼受此熏陶，亦重氣誼而富文采。由於天才早熟，前輩多與爲忘年交。與彭師度、吳兆騫同被吳偉業譽爲「江左三鳳凰」。入清後，家道中落，雖補諸生，而久不遇。自言因「才露性疏，動與物忤，神思誕放，竊爲鄉里小兒所不喜。」④於是客遊四方，但仍因「才智誕放」，「當途貴遊，目之輕狂」，⑤而窮途潦倒。明亡時，他才二十歲，直到康熙十八年，他五十四歲了，才應博學鴻詞試，授檢討。在漫長的三十三年中，由於「賦性既疏庸，作人復坦率。才因貧賤退，老受飢寒聒。一身類人奴，萬事同苟活」，⑥其困頓之狀可想。後來雖授職檢討，與修《明史》，不過四年，即以病卒，可說終身未曾得志。

其所以如此，即因思想感情與清統治者格格不入。易代之初，他深抱亡國之痛：「自鹿溪被難，皋里赴義，秋浦效田光之奇，雲間秉劉琨之節，何嘗不似琅玡登山，洗馬渡江，無非觸目，只切傷心者乎？」⑦鹿溪，即鹿溪渡，在浙江省衢州府江山縣東二里。楊文驄，字龍友，有文藻，隆武朝爲兵部右侍郎兼右僉都御史，提督軍務。清兵攻衢州，楊氏與誠意伯劉孔昭共援衢，兵敗被俘，不屈而死。鹿溪被難，即指其事。皋里赴義，係指吳易。易號日生，江蘇省蘇州府吳江縣人，宏光朝任兵部職方，參史可法軍事。南明亡，爲清兵所俘，遇害於杭州。秋浦，縣名，即今安徽貴池縣。吳應箕，字次尾，貴池人。宏光政權爲清所滅，應箕起兵應金聲，敗走山中，爲洪承疇所獲，慷慨就義。雲間，指陳子龍。子龍，字臥子，南明亡，結太湖兵欲起義，事洩被擒，乘間投水死。這些志士（吳應箕、陳子龍還是維崧的業師）的犧牲，給維崧的影響是巨大的，他之所以長期不與清統治者合作，就是因爲這個緣故。

但是，時間一過久了，地主階級士大夫的本質，終於使他和同樣代表地主階級利益的清政權，由對抗而轉爲合作了。他的思想感情逐漸和明遺民們拉大了距離。到了康熙十七年，他就徵京師，除夕前曾去拜訪被迫應徵的傅山。這位老遺民責怪：「盛世偏修聘士儀，老夫濫被徵車寵。兒扶孫曳還仗誰？此事商山真作俑！」他卻勸對方「勿浪恐」，因爲「即今誰恨驥伏櫪，疇昔爭看蠶出蛹。」這是說，當代已有伯樂，可以人盡其才，才盡其用了。伯樂是誰？就是清廷的聖君賢相：「黃扉燮理盡大賢，上有至尊坐垂拱。」所以，你這山西老兒一定要頑梗不化，那也沒有什麼了不起，「蒲輪會見送翁歸」，不在乎你一個。⑧這就難怪在次年另一首五古中，他歌頌清廷的詔令各行省薦舉博學鴻儒：「中朝欻求賢，軺車遍林莽」；⑨還歡呼清帝的以孝治天下：「我朝體群臣，樹業甚宏達。吾皇敦人倫，寰宇遍煦沫。君親詎二理？忠孝原合轍。」⑩這還不算，他還要求好友李子德去做勸降工作，勸導那些在軍事上堅持反清的志士們歸順清朝：「秦關逼巴棧，頻歲高戰骨。至今洮隴間，土花尚凝血。君其臥西州，調護諸豪傑：聶政僅鼓刀，許身因母決。男兒管樂儔，寧惟效明哲？」⑪

其所以如此，是因爲仇視農民起義。康熙十九年他有一首詩，可以看出他對明末農民軍的深仇大恨：「公（指同修《明史》的馮再來）纂叛賊傳，體核氣力完。夔魖遭刻畫，檮杌愁雕剜。明季紊其綱，連營轟盤盤。遂令蹻跖輩，晝夜餔人肝。公文著殷鑒，犀銳誰能干？安得請他作，畫爲陳金鑾。」句下自注：「先生有李自成、張獻忠二傳。」⑫他把根治農民軍的希望寄托給清政權，難怪他終於衷心地擁護他，欣然出仕新朝了。

但是，官職對他來說，也並不真正愉快。不錯，開始他很高興：「我今遭際本意外，一身甘受朝衫羈。」⑬後來漸漸感到這撰修《明史》的館職頗違初衷，因爲「人生作官要濟物，不爾受祿何爲耶？慚予娖娖溷鉛槧，魯魚亥豕徒紛拏。」⑭最後這種積悶噴薄而出：「三載溷長安，蹙蹙鳥在笯。平明開九門，嗡呷盛紈袴。期門羽林兒，肥者白如瓠。青絲絡馬頭，揮鞭有餘怒。搤人狹巷間，傴仄不使度。問爾何官職，視爾疲行步。良久得官名，戟指揶揄去：『爾曹在世上，窮薄天所賦！』歸來色死灰，凄哽仗誰訴？」⑮做冷官，受閒氣，這種滋味，今天的讀者恐怕不易理解，而他性格狂傲，當然受不了滿洲侍衞對漢官的欺侮；但受不了也得受，這已經使他憤懣了。而更使他的自尊心受到侮辱的，是「官任百僚壓」。由於他不是由正途進，即不是通過科舉取得官職的，「匪緣帖括進，或作優俳狎。訑訑面嘲詼，洶洶背盟歃」。這麼一來，自己簡直是「懦夫畏顛蹶，一步一夔峽。」於是他悠然思返初服，即掛冠歸里了。但是，「當歸浪得名，縮地苦無法。」⑯他就這樣陷在矛盾心情中，不久即以頭痛卒於河南，享年才五十八歲。

(二) 詩學源流

維崧自言：「憶余十四五時，學詩於雲間陳黃門先生。」⑰這時，他「好《玉臺》、西昆、長吉諸體。」⑱和陳子龍一樣，「雲間七律，多從艷入。」⑲也和吳偉業一樣，「從香奩體入手」。⑳崇禎十五年，他十八歲時，和雲間派的核心人物李雯暢談詩歌創作問題，從此，「心慕手追，在雲間陳、李賢門昆季、婁東梅村先生數公。」㉑正如他在《酬許元錫》一詩中所說：「嘉隆以後論文筆，天下健者陳華亭。梅村先生住婁上，斟酌元化追精靈。憶昔我生十四五，初生黃犢健如虎。華亭嘆我骨格奇，教我歌詩作樂府。二十以外出入愁，飄然竟從梅村遊。先生呼我老龍子，半醉披我赤霜裘。」㉒這時，他已超越從前所學的《玉臺》、西昆、長吉諸體，而上溯至初、盛唐以至漢、魏：「五言必首『河梁』、建安，七言必首垂拱四子以及高、岑、李、杜，五律貴王、孟，七律善學維、頎，排律沈、宋最擅其長，絕句王、李獨臻其勝。」㉓此時創作重點在七律與七古。對這兩種詩體的源流及手法，他結合自己的創作實踐，提出「音節圓亮」、「境地縹緲」兩個原則。他說：「夫詩，一貴於境地，二貴於音節。音節圓亮，七律便屬長城；境地縹緲，七古乃爲合作。」㉔特別值得我們注意的是如下意見：明前七子領袖之一何景明「深慨長歌一道，杜陵不如四子。僕（維崧自稱）初守此議，竊效季路終身。既而思之，終有未盡。」㉕這說明他和吳兆騫不同。吳主要繼承「梅村體」，特別學習唐初四傑的章法，所謂「四句一轉，蟬聯而下，特初唐人一法。」㉖維崧則擺脫這種格式，立意向上，學習偉業的另一種歌行手法：「必也靜如玉潔，動若璣馳。徘徊要眇，便娟依遲。譬之大海安瀾，澄瑩皎徹。明鏡如拭，千里一色。繼則魚龍夭矯，珊瑚絡驛。鮫人怪物，波委雲屬於其際。卒之江妃一笑，萬象杳冥。老子猶龍，成連移我矣。」㉗這種七古顯然是偉業學杜、韓的一種。偉業這類七古雖學杜、韓，卻具有自己的特色：「情韻雙絕，綿邈綺合。」「前無古，後無今，自成爲梅村之詩。」㉘缺點是「未免肉多於骨，詞勝於意，少沉鬱頓挫、魚龍變化之巨觀。」㉙尤其是「氣稍衰颯。」㉚維崧繼承偉業這種手法，卻特別注意「以氣爲主」。㉛他晚年之所以「多學少陵、昌黎、東坡、放翁，而詩又一變」，㉜除了在京任職時，受清初宗宋派的影響，「與當代大家諸先生上下議論，縱橫奔放」㉝外，和他本人性格清狂磊落有關係，也和他長期「流浪戎馬，糾纏疾病，幽憂瞀亂，無所不至，又常涉歷於人情世故之間」㉞有關係。所以，他在學唐時期，對於詩作就「要期深造，務協天然，而又益之以風力，極之以含蘊。」㉟這樣重視「風力」，正是爲了彌補偉業歌行以至全部詩作的不足。而到了晚期，他就更自覺地學習杜、韓，做到「新詩鈎棘不嫵媚」，㊱與偉業詩大異其趣。而人們也欣賞他：「一從杜韓不在世，識君筆陣森開張。」㊲

由於他主張作詩要「涵泳乎性情，神系乎治術」，㊳「文章以心術爲根柢，德行以藻采爲鋒鍔」，㊴堅持儒家的政教說，所以，他和雲間派、虞山派及婁東派其他人一樣痛斥竟陵派：「五六十年以來，先民之比興盡矣。幼眇者調既雜於商角，而亢厲者聲直中乎鞞鐸。淫哇噍殺，彈之而不成聲。夫青絲白馬之禍，豈俟景、任約諸人爲之乎？抑王褒、庾信之徒兆之矣！」㊵這種論調，和錢謙益諸人如出一轍。

另外，他的詩學雖然出自雲間、婁東，而對這兩派末流之弊也極爲不滿：「夫詩莫盛於今日，亦莫衰於今日。惟極盛，所以爲極衰也。數十年來，陳黃門虎踞於前，吳祭酒鷹揚於後，詩學復興，天下駸駸盛言詩矣。然上者飾冠劍，美車騎，遨遊王侯間；次者單門窮巷之子，竊聲譽，博酒食，沈約、江淹，割裂幾盡，甚者銅丁花合，剌剌不休焉。」㊶

維崧友人李澄中認爲：「其年少與陳臥子、李舒章遊，其持論多祖述歷下（李攀龍），中年始窮極變化。」㊷這說的是他的古文和駢文，但也可用來論他的詩。後來嘉慶年間的舒位又說：「檢討詩派出自陳黃門、吳祭酒諸公，春華秋實，頓挫淋漓；洎於通籍，遠趨昌黎，又時時染指蘇、黃，亦自豪雄峭拔。」㊸這是符合實際的。因爲維崧臨終時亦自云：「吾詩在唐、宋、元、明之間。」㊹從這點說，他和吳偉業、吳兆騫都是不同的。二吳詩純爲唐音，不入宋調，維崧則「轉益多師」。其中的關鍵，就在於他強調作詩必須氣盛。這就使他必然走向韓愈、蘇軾以至陸游。可貴的是他基本上避免了韓、蘇的槎枒粗疏，而盡量吸取唐人的風華秀縟（也是吳偉業詩歌的特色）。這樣做的結果，就使得他的詩「最風秀有骨力」。㊺這對婁東派來說，可稱爲真正的傳人，與二吳各有千秋。

㈢　詩歌特色

吳偉業、吳兆騫都長於七律和七古，陳維崧亦然。

試看下列陳詩各體篇數：

五古一百三十五首，五律八十二首，五排四首，五絕三首，七古一百六十五首，七律二百一十五首，七排二首，七絕一百七十四首。

由此可見他重視七古和七律的創作，而七絕五古次之。

從現存詩篇看，其內容是多方面的。前期頗多思念亡明之作，正如舒位所說：「陳其年七言歌行，道勝國時事，激昂悲慨。」㊻但現存《湖海樓詩集》所收詩自順治十八年起，即其三十七歲後的詩，前此之詩盡刪，思明之作所存無幾。晚清的陳衍曾指出：「道、咸以前，則懾於文字之禍，吟詠所寄，大半模山範水，流連景光。即有感觸，決不敢顯然露其憤懣，間借詠物、詠史以附於比興之體，蓋先輩之矩矱類然也。」㊼維崧正是這樣。卷一《讀史雜感》二十首，全詠明末清初時事。有的自傷家門衰落和自身潦倒，如其一的「不堪漂泊干戈際，憔悴桓郎門鴨欄。」其二的「恥從馬槊競勛階，生世風塵事豈諧？」其三的「蹇予匡鼎慚無補，十載窮經枉揣摩。」更多的是詠嘆南明政權的滅亡，如其二的「青史傷心到懷愍，猶記永嘉南渡日。」有責宏光朝欲歲奉金帛與清廷議和者，如其四的「廟堂歲幣如長策，杼軸東南恐不勝。」又如其六「河伯宮開惟娶婦，井公臺好只摴蒱」一首，指斥宏光君臣晏安以致覆敗。其十四「碧雞主簿到炎方」一首寫孫可望擁永曆帝事。其十八「白浪青燐戰氣高」一首寫鄭成功、張煌言以水師圍金陵，功敗垂成。其七「鄠杜山南酷暑煩」一首寫皇太極征途殞命。其十七「開門一戰捷書收」一首寫吳三桂之平西。其十「吳質翩翩白麈郎」一首寫吳兆騫以科場案遠戍寧古塔。在這些借古喻今的詩中，敵愾之情是明顯的。

康熙元年所作，如「曲江舊事吞聲甚，野老分明見劫灰。」㊽「百年離黍春前恨，頭白逢人說憲王。」自注：「牡丹洛陽第一，當時周憲王藩府初開，頗極一時之盛。自河決汴梁，故宮失守，舊事不可問矣，因對花及之。」㊾悼念故國之情，簡直赤裸裸地表現出來了。

然而這種感情後來就日益淡化了。康熙二年，因爲「兩戰兩不收」，科舉失敗，他就決定曳裾侯門，然後「願言一謁帝」㊿了。他究竟是功名中人，在明代本一布衣，則入新朝而求仕，即遺民如冒襄也是贊成的，因爲按照慣例，明遺民一般原不要求其子孫守節的。

其次，是關心民瘼的。現存詩集中，康熙六年以前的一首也沒有。就是說，入清後二十三、四年，沒有寫過一首直接反映民生疾苦的詩。這是不可能的，很可能是選編卷一的龔鼎孳、吳偉業等人怕觸時忌，全部刪除了。卷二是施閏章等人選編的，施氏最喜作詩揭露時弊，因而也選了陳維崧這方面的作品。

第一首就自標「新樂府」，以示繼承白居易的諷諭傳統，題爲《開河》，寫大旱之年，河床龜坼，儘管「千夫畚鍤競邪許」，可是「那得河中一杯水」，結果，「嵩峨大艑」的「官艙罵吏吏罵夫」。吏罵夫：「爾曹飽飯何爲乎？」「河夫聞言淚雙墮：『家貧路遠夫常餓。』」試問，「河乾田焦冬復春」，農民不但不能自救，還要被逼來爲官艙開河，這是什麼世界！《清明虎丘竹枝詞》之二：「神前呵殿隸人忙，繡勒珠牌七寶裝。贏得村農爭走匿，昨儂曾見汝催糧。」用敲撲得來的民脂民膏佞佛求福，這種揭露也很深刻。其他如康熙七年所作《大水行》、《長安老屋行》、《地震行》，都對天災人禍所加於窮民的苦痛作了形象的反映。《鞏洛道中書所見》描寫河南窯洞居民的簡樸生活，認爲這些劫後餘生在「寰宇清」、「欃槍滅」之後，從此「任運無曲折，飽飯過殘年」，便是最大幸福。康熙九年所作《南陽懷古八首》之六，「亂岡憑碣記田疇」句下自注：「道上桓碑林立，大都新墾荒田記。實則一望皆黃茅白葦，絕無所謂田也。」《宛城詠古》之三：「荒途一直視，曠野惟白楊。觜骼罥樹根，淫潦汚縱橫。」都反映了清開國後已二十餘年，民生還是這樣凋敝。值得注意的是詩中的憂思中含有一點新成分：「人民糜爛盡，姓氏登旂常。」接著他發問：「如何用人命，藉以成侯王？」這和黃宗羲在《原君》裡所指斥的：「屠毒天下之肝腦，離散天下之子女，以博我一人之產業」，觀點一致。詩集卷七有《寄黃梨洲先生求爲先人誌墓》一詩，內稱：「平生先子膠漆友，……晨星落落只翁在」，可見維崧對這位父執是尊仰的，思想上受到影響就是必然的了。至於康熙十一年所作《元月二日雪不止》：「新年雪壓客年雪，昨日風吹今日風。豗聲只欲發人屋，駭勢苦遭颶滿空。田夫龜手拾馬矢，鄰媼蜎縮臥牛宮。安得普天免凍餒，白頭蹇拙甘途窮。」這更顯然有杜甫的憂念黎元的襟抱了。《詠雪用昌黎韻》：「楚豫三年旱，淮揚合郡災。所憂關粟麥，誰免訴瓶罍。」把下民貧困和最高統治者掛上鈎。康熙十七年寫的《壽大司農梁蒼岩先生》之二有「誰訴閭閻貧到骨」句，康熙十八年《送毛亦史遊山左》有：「滿目流亡憂不細」句，都反映出這位寒士的悲憫。而《送邑侯張荊山之任》更是爲民請命之作：「自從軍興後，民氣大駁踳（雜亂）。樹樹啼猩鼯，村村沸蛙黽。昨年解戰船，拽絕千牛靷。前年送軍糧，十室九室盡。今年旱暴尪，赤地足悲憫。兩氿（水邊枯土）亦焦枯，厄運到蛟蜃。里正亂咬人，捽頭類秋隼。明知骨髓乾，苦說租庸緊。」這時他已名列朝班，職授檢討，卻還這樣「激爲危苦辭」，和同時的王士禎對比起來，不能不承認這個久苦沉淪的寒士，對窮民確有發自內心的同情，人道主義的同情。他不但自己「激爲危苦辭」，也要求別人這樣。康熙十九年，他稱道好友惠元龍「邇又憤時艱，觸口肝膽露。……激爲危苦辭，刺彼閭閻蠹。」51在送江蘇同鄉回家時，他所關心的是：「昨歲火龍怒，焦盡江淮田。今年水怪橫，轟豗瀉長川。嗟哉此邦人，頻歲愁顛連。」52康熙二十年是他去世前一年，他還殷殷勸勉擔任地方官的本家說：「粲粲元道州，迢迢唐以還。惻惻春陵詩，千載誰敢刪！後人視蒼赤，驅束同榛菅。未嘗無孑遺，是詎與我關？江東郡十四，處處嗟凋殘。市駔豪舞文，府史大作奸。」在這樣情形下，他寄希望於地方官：「牧伯得其人，庶幾可廉頑。……知公斢（充滿）元氣，挹注遍闤闠。」53

陳詩內容較豐富，除上述兩種外，還有抒寫身世之感的，慨嘆抱負成空的，更有反映其縱情酒色的。縱觀他的詩，讀者會感到它的最突出的特色是：真。一切喜怒哀樂都發自內心，決不作無憂而戚、無病而呻之態，這實際是晚明士風的表現。

正因爲維崧富有這種獨具個性特色的真，所以必然形成其筆勢之豪。狂傲的性格，用世的懷抱，時代的巨變，遭遇的坎坷，這一切匯成他的熾熱而真誠的感情，自然而然地蘊結爲豐富的想像，通過他的奔放的才情，從筆下發洩出來。當然，這裡有一個發展過程。任元祥是他的好友，曾批評他的詩有才無情，倉卒取辦，好何、李、雲間而不知宗杜。[54]其實這指的是早年之作，具體表現爲喜疊韻，如作《梅花百韻》，「絕無意境、氣格、篇法，但點綴詞藻，裁紅剪翠，餖飣故實，徵事塡書，雖字句修飾鮮妍，究無風旨，亦終不免重複敷衍。」[55]但是這種「魔趣」逐漸被清除了，現存詩集已經看不到這類作品。現在所看到的，無論是古體還是近體，都是「才筆超妙，詩多疏逸之致。」[56]

先談他的七律，一個突出特色是：時雜宋調，每以古體之氣行之。試看其《送毛亦史遊山左》：「夜來玉戲太漫漫，早起開門雪又乾。子作急裝何所向？我憑軟語一相寬。即防儉歲低顏面，且對窮交罄肺肝。滿目流亡憂不細，乾坤去住總艱難。」這是杜甫沉鬱之調，跌宕排奡，橫絕一世，形式上是七律，而且是正格而非拗體，實則純以古體氣勢運行其間，章法也是敘事的賦體，毫無唐人比興手法。這樣的詩作最能體現維崧的性格，也只有這樣寫，才能充分表達出他的深摯的情思。拿這種七律和吳偉業、吳兆騫的相比，我們會感到偉業的太纖柔豐縟，不如他的老健疏放；而兆騫的雖有氣勢，仍未免鏤金錯采，文勝於質。看來婁東派確應誕生一個陳維崧來起衰振弊，合唐、宋而一之。

再看他的古體。

吳偉業稱維崧「深於七古」。[57]徐世昌則一面肯定陳於七古「最爲擅長」，一面卻指出其七古「出入杜、蘇」。[58]這就是說，他和出於四傑和元、白的吳偉業不同。那爲什麼人們歷來把湖海樓詩看成梅村詩派的一面旗幟呢？原來，維崧的七古，從現存的看，雖然沒有長篇敘事詩，但他的歌行，重辭藻，工對偶，這正是梅村歌行的特徵。難能可貴的，是他在這一基礎上，根據自己狂放好奇的個性，愛用險韻，而運以單行之氣。試看其《寄贈園次》（作於康熙十七年），多用險韻，如「青山綠水舊官長，漫郎聱叟新階銜」，「狂深詎肯受束縛，潔極乃或叢譏讒」，「姑胥崎麗美無度，使君跌宕誰能監」，「屋頭洞庭雪毚毚，籬角鄧尉花摻摻」，「千杯已見笑眼纈，七字忽破歌喉緘」，「高吟鳳毛迭賡唱，爛醉鑾素爭扶攙」，「遙憐勝侶色先悵，更憶故國涎尤饞」，「緗梅小受玉手摘，碧鱸恰待霜碪劖。」⑲凡此八聯，用韻皆險，平仄亦拗，而對偶工切，其虛字轉折處，如「詎肯」、「乃或」，尤富散文韻味。

與此相反，又有全詩運以散文章法，中間插入數聯偶語的，如《題石塢山房圖爲王咸中賦》：「誰攜一幅石塢畫，邀我閒吟石塢詩。石塢溪山我舊識，往往夢中時遇之。」以下就用偶句寫石塢溪山：「漁村樵舍雨漠漠，藥苗橘刺煙差差。稻畦積疊煉師帔，芋畝錯置仙人棋。」然後又用散句寫：「憶我從師受經義，總角訓詁研書辭。師家正嵌堯峰罅，連山駭若奔潮馳。抛書飽飯腰腳健，手捫蘿葛爲遨嬉。山下石湖更清泚，東風吹皺黃玻璃。」在此又用偶句：「時搖茶艇亂花艇，小動菱絲牽釣絲」，極寫遨嬉情趣。接著又是散句：「別來光景已隔代，昔游免脫誰能追？聞君斥買數弓地，架屋恰在山之陲。」又轉偶句：「日暖渚禽啼啄木，風輕粉蝶飛入籬」，寫出新居景色。下又爲散句：「鄰人百輩雜鼯鼬，鑿山鏟嶂窮宵曦。」又以偶句寫鑿鏟情形：「雕鑱窈窕作瘢痏，刳剔彩翠成瑕疵。」下面又是散句：「青山笑君顏面顰，君亦調笑青山癡。」下面用偶句寫調笑：「送向高坟作羊虎，枉卻正骨蟠龍螭。」以下大段散句：「山靈苦君惡嘲弄，令汝無故來京師。京師雪後泥一尺，遭我爲訴懷鄉悲。摩挲更開綠板匣，出畫視我添嗟咨。」至此轉用一聯偶句：「柳綿漸墮紫魚覺，杏類欲破流鶯知。」這是觀畫懷鄉的聯想亦回憶。以下全是散句：「家山大好合歸去，看畫詎必真療飢？只愁山靈要君惱，亂雲封谷歸難期。歸須拜石謝不敏，前言戲耳誠當治。春山憐汝回薄怒，重揄秀鬋描修眉。娟然流盼一相顧，與汝永好無乖離。」用擬人手法寫出歸隱的情趣，一波三折。

他的長歌每兼敘事、議論、抒情而一之，所以敘事不作細節刻畫，典型例子是《除夕鈔〈戰國策〉，戲作長句》。它是這樣開頭的：「晨窗未白風叫號，吹折屋角棕櫚梢。意似欲捲歲華去，非止刮我三重茅。」這樣點出除夕，不但巧妙，而且氣勢雄偉。「此時長安馬上子，怒蹄蹙踏花鬃搖。不知從奴手何物，但見赤罽濃裹包。寠人餽歲亦不廢，勻酥製餅溲棗糕。豈惟微贄出臼磨，亦用雉兔供煎炮。紛紛衢巷競相織，語聲亂與風聲鏖。」這是寫京城中貴家貧戶紛送年禮，末句與開頭呼應，首尾完整，自成小段，並與下述己況對比。「吾廬闃若獨無事，眼看凍雀蹲堂坳。」這是過渡，並與上下詩意作強烈反比。「忽然勃谿滿門限，煤逋米券紛嘈嘈：『官今作人有階職，何爲瑟縮慳錢刀？』鞠躬緩頰謝不敏：『我實貧薄天所操。今年縱去有來歲，爾輩慎勿輕譏嘲。』」人皆送年禮，我獨被債逼，通過一番對話，反映出自己的耿介。如果自己也肯奔走勢利，何至今日受市儈的譏嘲？「須臾漸散戶庭迥，萬事撥置千牛毛。」這是又一過渡，轉到鈔《戰國策》上來。「故人曾惠官庫紙，價壓澄心兼薛濤。紙膚瑩奪女兒滑，硯眼碧作秋鷹顱(凹)。比來頗喜《戰國策》，滌硯劈紙爲謄鈔。鮑彪高誘注瑣碎，蘇秦陳軫談紛呶。此皆堀門卷樞士，細如蟲豸如蠐螬。及乎伸眉一論列，礌硍擺劃翻螭蛟。人生激昂在志氣，老莊淡泊寧吾曹？吾思當日著書者，想亦感念平生遭。」從準備鈔寫到大發議論，末句一收，正與上段逼債議嘲相應。以下寫鈔書：「傑然放筆一橫寫，軒若猛箭離弓弰。我書自覺字粗醜，紙上蛇蚓徒蟠交。只愁兩手洴澼洸，作苦還賴松花醪。塗完十幅已曛黑，籸盆（除夕燃火爐於門外）萬戶如山高。桃符爆竹莫相惱，明日明年吾早朝。」以抒情的自嘲結束，似乎從明天元旦起，他決心也去追求富貴，再不學老莊淡泊了。但這顯然是反話。

正因爲維崧本身洋溢著奇氣，他的長歌也喜歡描繪奇人奇事，如五古《贈泗州戚綏耳》。爲了加倍烘托出戚生的奇，他先描繪「畸人黃九煙」，說此人「介性最崚嶒，豪氣極抖擻。道逢磬折輩，揮棄等唾溲。當其脫略時，酣叫無不有。生平愛熱飲，冷呷便噦嘔。奈何吳下俗，偏提（酒注）不冪首。裂眼訴童奴，大聲砉雷吼。坐成一世狂，橫失幾坊酒。」這麼一個狂人，卻特別欣賞戚生：「爲余（維崧自指）說賢豪，落落只誰某。第一泗戚生，才氣壓儕偶。」這就使讀者急欲一睹戚生其人的奇行了。然而作者並不直接寫戚生，卻著力刻畫戚生所居之地：「厹猶（古地名，即今江蘇宿遷縣）古跡多，崖門赭而黝。孤城漫一窪，老樹僵千畝。何年五色瓦，雜用覆醬瓿！番然禿翁仲，石老亦粗醜。銅駝脫轡纏，支祁掣械杻。竟令淮泗間，水怪滿林藪。臨風一摩挲，淚學蠙珠瀏。」這是寫景，更是寫人，寫奇才被遺棄草野間，因而作者爲之痛哭。下面才寫到戚生相訪，快讀其詩，以兩句狀其詩之奇：「鬱律騁蛟螭，颯沓蟠蝌蚪。」卻用更多筆墨寫其取字之奇：「一語戲問君：『萬事本芻狗。恒聞盜跖言：童稚迄老壽，屈指一月中，幾朝開笑口？今君曰莞爾，於義定奚取？詎多笑疾耶，或者陸雲後？』君益大哈台，冠纓絕八九。」正面寫戚生，就是最後兩句。但通過詩人的戲問以及戚生的更加大笑，讀者已可悟出這是對世態的嘲笑，類似歸莊的《萬古愁》，都是明末士風的畸形表現。

詩溢豪氣，正是才人之詩。《輟鍛錄》說得好：「才人之詩，崇論宏議，馳騁縱橫，富贍標鮮，得之頃刻。」維崧的歌行正是這樣。有意思的是，他「雖主氣勢」，而又「間出秀語」，不是「全豪」，更非粗豪。他「敘述情事」不是「太明直」，而能「參差，更附景物。」[60]「其發端必奇，其收處無盡。音節琅琅，可歌可聽。」[61]

陳維崧在詞壇上開創了陽羨派，因而在詞史上負盛名，詩名相對地被削弱了。有些人甚至薄其詩為不足道，如楊際昌說：「其年詩知否各半。予觀其集，歌行佳者似梅村，律佳者似雲間派，大約風華是其本色，惟骨少耳。」[62]朱庭珍說：陳「詩宗法面目不脫七子氣習，但非專門，亦不必以詩家繩之。」[63]這種說法，說明兩位論者只看到了他的前期作品，而不是從發展看，更沒有從全面看。我同意下述諸人的看法。

一個是周大樞，他說：「阮亭詞工於詩，陳檢討詩工於詞。……故嘗謂閒淡歷落之才，其人宜於詩。……其年詩最風秀有骨力。」[64]

一個是沈德潛，他說，陳維崧「詩品古今體皆極擅場，尤在四六與詞之上。」[65]

另一個是舒位，他指出：陳詩原出婁東，「通籍後所作多近宋體，然猶是梅都官集中上乘，而世顧艷稱其詞，真不可解。袁文達日修題《填詞圖》云：『文如徐庾當時體，詩比蘇黃一輩賢。卻被曉風殘月誤，頭銜甘署柳屯田。』可謂迦陵知己，為文苑定評。」[66]

我認為陳氏的詩與詞各擅其美，我們不必互有抑揚。但它們的主旋律確更富於陽剛美。錢鍾書曾說：「和西洋詩相形之下，中國舊詩大體上顯得情感有節制，說話不嘮叨，嗓門不提得那麼高，力氣不使得那麼狠，顏色不著得那麼濃。」[67]恐怕陳維崧有些例外，儘管他也講含蓄，講蘊藉，但嗓門是高的，力氣是狠的，顏色是濃的。法式善就指出過：「詩有字外出力者，如陳其年維崧之『急雪稀聞喧社鼓，回飆時一送鄰鐘。』」(68)這例句很好，寫出了力度，卻不失其含蓄美。至於嗓門高，顏色濃，前文多已論及。

陳詩這種風格，對後來詩壇的影響是健康的，它使更多的詩人考慮如何走唐、宋詩結合的道路。

注釋

①《吳詩集覽》卷四上「七言古詩之一上」注引袁枚語

②㉙(55)(63)《筱園詩話》卷二

③㉘同①引張如哉語

④《湖海樓文集》（以下簡稱文集）卷四《與蔣大鴻書》

⑤同上《上龔芝麓先生書》

⑥《湖海樓詩集》（以下簡稱詩集）卷六《上大司寇蓼翁宋老夫子五言古詩，一百二十韻》

⑦㊴文集卷四《與張芑山先生書》

⑧詩集卷六《除夕前二日同儲廣期過慈雲寺訪傅青主先生》

⑨同上《送同年李子德終養還秦中》之二

⑩⑪同題之四

⑫詩集卷七《畫少司寇馮再來先生册子，三首》之二
⑬同上《壽冒巢民先生七十》
⑭同上《送史省齋觀察衮東》
⑮㉛同上《送惠元龍南歸》
⑯同上《除夕燭下讀阮亭、牧仲諸公冬夜聯句即事，戲和其韻》
⑰文集卷一《許漱石詩集序》
⑱㉑㉓㉔㉕㉗㉞㉟同上卷四《與宋尚木論詩書》
⑲《明詩綜》引錢瞻百語
⑳㉚《甌北詩話》卷九
㉒《清詩別裁集》卷十一，《湖海樓詩集》未收。
㉖《甚原説詩》
㉛㊽《晚晴簃詩匯》卷四五引楊西禾語
㉜㉝㊹陳維岳《湖海樓詩集跋》
㊱㊲詩集卷八《黃秋水新婚索詩，輒題長句贈之》
㊳㊶文集卷一《許九日詩集序》
㊵同上《王阮亭詩集序》
㊷李澄中《湖海樓文集序》
㊸《瓶水齋詩集·論詩絶句序》

㊺㊹《湖海文傳》周大樞《調香詞自序》

㊻㊽《瓶水齋詩話》

㊼《小草堂詩集序》

㊽詩集卷一《三月三日，庭中牡丹盛開，同家半雪賦》之一

㊾同上題之二

㊿同上卷《將發如皋，留別冒巢民先生》

52詩集卷七《送侯大年還䁭》之二

53詩集卷八《贈江寧家轉庵太守》

54《清史列傳》卷七十；《清詩別裁集》卷八

56王蘭修《國朝詩品》

57文集卷四《與宋尚木論詩書》吳偉業評語

59詩集卷六

60《詩辨坻》

61《古歡堂集．雜著》

62《國朝詩話》卷二

65《清詩別裁集》卷十一

67《舊文四篇》

68《梧門詩話》卷一

第六章 秀水詩派

甲 秀水詩派的產生

清詩的一大特色，是學人之詩和詩人之詩的統一。這首先由顧炎武開其端。但顧氏是「餘事爲詩人」的，他甚至引用宋人劉摯之的話：「士當以器識爲先，一號爲文人，無足觀矣！」①所以，他的詩具有這種特色，並不是有意識的。真正立意做詩人，自覺地表現這種特色的，是秀水派的創始人朱彝尊。以後影響不斷擴大，他終於成爲浙派的祖師。楊鍾羲這樣評述過：「浙詩，國初衍云間派，尚傍王（世貞）李（攀龍）門戶。竹垞出，乃根柢考據，擅詞藻而騁轡銜。士夫咸宗之，儉腹咨嗟之吟擯棄不取，風雲月露之句薄而不爲，浙詩爲之大變，其繼別不僅梅里一隅也。」②末一句正是指他的詩風影響由秀水而擴大到全浙。

其實，秀水派的詩風也經歷了一個發展的過程。朱氏自言：「三十年來，海內談詩者，每過於規仿古人，又或隨聲逐影，趨當世之好，於是已之性情汩焉不出。惟吾里之詩，影響雖合，取而繹之，則人各一家，作者不期其同，論者不斥其異，不爲風會所移，附入四方之流派。惜夫工之者類多山澤憔悴之士，不汲汲於名譽，或不能盡傳，又或傳之不遠，則一人之言無以風天下。」③這聯繫到其《王禮部詩序》所説：「其所交類皆幽憂失志之士，誦其歌詩，往往憤時嫉俗，多《離騷》變雅之體，則其辭雖工，世莫或傳焉。」④可見秀水派初期的詩，是富於民族鬥爭和社會批判精神的。後來清朝統治日益鞏固，秀水派詩人才由「緣情」逐漸向博學方面發展，形成既「根柢考據」而又「擅詞藻」的詩風。

彝尊小於顧炎武十六歲，長於王士禎五歲，和兩人都有交往。顧極稱其文章與品格：「文章爾雅，宅心和厚，吾不如朱錫鬯。」④尤其稱許他的博學：「世業推王謝，儒言纂孟荀。書能搜五季，字必準先秦。」⑤但朱氏變節事清後，顧就不和他再交往了。王士禎則極稱他的詩才：「詩則捨筏登岸，務尋古人不傳之意於文句之外，今之作者，未能或之先也。」⑥兩人一直保持很深的友誼。其實朱在清初詩壇上奄有顧、王二家之長，典型地表現了學人之詩與詩人之詩的統一。

當時和後代，一直以朱、王並稱，所謂「南朱北王。」或認爲兩家不相上下，或謂王優於朱，或謂朱優於王。章太炎則既從藝術上分析：「王漁洋面上學唐，實則偷襲宋人，反不如朱竹垞之明目張膽學蘇子瞻也。」⑦又從內容上指出：「近代詩人，稱朱彝尊、王士禎。朱尚有感激，王則恝然忘其本矣，己亥詩以盧循目鄭成功、張煌言，可謂全無心肝者也。舉世推王爲詩宗，風義焉得不衰？」⑧

如果純粹從審美角度進行分析，我們應該承認，王士禎在七絕方面的風韻，確實勝過朱彝尊；其神韻詩論也確實從詩歌本質上總結了我國傳統的審美規律，在文藝批評史上和傳統美學上有其卓越的貢獻。但如從歷史、社會分析的角度看，則朱詩的現實主義精神（不僅是章太炎所指出的民族鬥爭內容，還包括社會批判）更強烈，更真摯。其所以如此，是由於他獨特的生活經歷，深厚的文化素養，以及由此而派生的詩歌理論。自然，這也構成了秀水派的創作特色。

乙 朱彝尊

(一) 生平

朱彝尊（一六二九，明崇禎二年——一七〇九，清康熙四十八年），字錫鬯，號竹垞，晚號小長蘆釣魚師，又號金風亭長。浙江秀水（今浙江嘉興市）人。曾祖朱國祚，明光宗時，官至戶部尚書兼武英殿大學士，加少傅。然「以宰輔歸里，家無儲粟。」祖父朱大競，仕至雲南楚雄府知府，「清廉」。本生父茂曙，「天啟初補秀水學生，甲申後棄去。」嗣父朱茂暉（原爲彝尊伯父）「好學問，樂取友，爲復社宗盟。」⑨這些都對彝尊有一定的影響。彝尊少即博學工詩，見明末天下大亂，棄時文而肆力古學。明亡，時年十六。二十五歲起，客遊南北。康熙十八年，朱氏五十一歲，應試博學鴻儒科，以布衣入選，除翰林院檢討。康熙二十二年，直南書房。時翰林院正編纂《瀛洲道古錄》，朱氏私帶鈔寫手鈔錄四方所進書，爲學士牛鈕所劾，降一級。康熙二十九年補原官。康熙三十一年引疾歸，時年六十四。晚年除著述外，常漫遊江、浙、閩、廣諸名勝。康熙四十八年夏曆十月十三日卒，享年八十一。

值得注意的是，明亡後，很長一段時間他在南北漫遊，原因到底是什麼？一般書上說，是由於「家貧」，遊的內容是「搜剔金石」。只有顧炎武在《朱處士彝尊過余於太原東郊，贈之》一詩中稍露端倪：「……河山騁望頻。……攬轡長城下，回車晉水濱。……玉盌人間有，珠襦地上新。吞聲同太息，吮筆一酸辛。與爾皆椎結（兩人都不肯剃髮），於今且釣緡（如太公望垂釣磻溪，以待明時）。……」朱氏自己在《王禮部詩序》中也說過：「（予）甲申以後，屏居田野，不求自見於當世。……蓋自十餘年來，南浮湞桂，東達汶濟，西北極於汾晉雲朔之間，其所交類皆幽憂失志之士。」這簡直是匣劍帷燈，躍躍欲出了。清代中葉的吳騫，其《拜經樓詩集》卷九《過曝書亭》詩云：「先生一代才，少也事奔走。家餘相韓業，……」以張良在韓亡後的行動與朱氏相比，正指他的遠遊和反清復明有關。清末的劉師培在《書曝書亭集後》中說：「夫朱氏以故相之裔，值板蕩之交。甲申以還，蟄居雒誦。高栗里之節，卜梅市之居。東發、深甯，差可比跡。觀於《馬草》之什，傷滿政之苛殘；《北邙》之篇，弔皇陵而下泣。亡國之哀，形於言表：此一時也。及其浪遊嶺嶠，回車雲朔，亭林引爲知音，翁山高其抗節。雖簪筆傭書，爭食雞鶩，然哀明妃於青塚，弔李陵於虜臺，感慨身世，跡與心違：此一時也。」近人鄧之誠說得更明白：「（彝尊）壯歲欲立名行，主山陰祁氏兄弟，結客共圖恢復。魏博之獄，幾及於難，踉蹌走海上。會事解，乃賦遠遊，以布衣自尊。」⑩祁氏兄弟和魏博之獄，詳見全祖望《鮚埼亭文集》的《雪竇山人魏耕墳版文》、《祁六公子班孫墓碣銘》，以及尹元煒《谿上遺聞集錄》卷七《魏白衣》條。《曝書亭集》卷四屠維大淵獻（己亥，順治十六年）有《梅市飲祁四居士駿佳宅，同徐十五、祁六分韻》等七首；上章困敦（庚子，順治十七年）有《同魏、周二處士集鍾淵映宅，暹俞汝言不至》等四首；卷五重光赤奮若（辛丑，順治十八年）有《山陰雨霽，同楊大春華遊郊外，飲朱廿二士稚墓下》等三首；卷六昭陽單閼（癸卯，康熙二年）有《夢中送祁六出關》一首：以上這些詩是朱氏這段戰鬥歷程的曲折反映。

明亡時他才十六歲，經過三十五年之久，五十一歲了竟出仕清廷。爲什麼改變初衷？從《曝書亭集》看，入清後，他長期和明遺民交往，如屈大均、閻爾梅、紀映鍾、傅山、杜濬、顧炎武、陳恭尹等。從《弔王義士》一詩，更可看出他的思想感情。詩前有序：「毓蓍義士受學於都御史劉公宗周。公聞南都不守，絕食。義士上書於公曰：『慎勿爲王炎午所笑！』乃衣儒巾藍衫投柳橋下死。與義士先後死者：潘生集、周生卜年。」詩云：「中丞弟子舊家風，杖屨相隨誓始終。閉戶坐憂天下事。臨危真與古人同。短書燕市遺丞相，餘恨平陵哭義公。此地由來多烈士，千秋哀怨浙江東。」以這樣的認識，在作此詩的二十三年後，卻投入了敵人的懷抱，到底是什麼緣故？我以爲此詩所歌頌的王毓蓍早已抉破了個中玄機。《明史·劉宗周傳》附王毓蓍傳云：毓蓍爲人「跌宕不羈」。杭州不守，宗周絕粒。他上書宗周，請其早自裁。「俄一友來視，毓蓍曰：『子若何？』曰：『有陶淵明故事在。』毓蓍曰：『不然，吾輩聲色中人，慮久則難持也。』」後來王自「投柳橋下，先宗周一月死。」彝尊參與了《明史》的修撰，對王這段話自然知道。他晚年自訂詩集，仍然保留了這首《悼王義士》詩，正說明他猶存隱痛。當然，到了康熙十八年，清朝統治已經鞏固，對漢族知識份子的威脅利誘也日益加緊。但是，朱氏所受到的威脅總不會超過顧炎武和傅山，何以他不能像他們那樣以死自矢呢？看來，還是王毓蓍那句話：「吾輩聲色中人，慮久則難持也。」朱氏也是個「跌宕不羈」之士，特別是功名之念頗切，試看其早年所作《放言五首》之三：「高士南州磨鏡，大夫吳市吹簫。男兒不妨混跡，何用匡居寂寥？」他不願「匡居寂寥」。黃宗羲說得好：「夫人而不耐寂寞，則亦何所不至矣！」黃氏說的是侯方域。侯父囚於獄中，他卻「每食必以妓侑」。黃氏以好友身份準備批評他，「或曰：『朝宗賦性，不耐寂寞。』」於是黃氏說了上面那兩句話。⑪侯方域在明亡之初，也曾寫信給吳偉業，提出「三不可，二不必」，以爲「不然，則怨猿鶴而負松桂，北山咫尺耳！」⑫然而他自己終於出應清朝的省試。朱和侯家世相同，出處大節也如此一致，難道不值得後人深長思之麼？朱氏的變節，他本身也是俯慚衾影，仰愧神明的，所以把仕清後的詩集題名爲《騰笑集》，取《北山移文》「於是南嶽獻嘲，北壟騰笑，列壑爭譏，攢峰竦誚」之義，罵自己「雖假容於江皋，乃纓情於好爵」，是假隱士。

對於他的應鴻博，官檢討，後來罷官，當時和他齊名的李良年即曾譏刺。方熏《山靜居詩話》說：「朱竹垞、李秋錦（良年號）兩先生齊名於時，同舉康熙間宏辭科，朱官檢討，李歸田里。（李）賦《桃花》云：『水岸亭皋各占春，生來未涴馬蹄塵。千株一笑誰傾國？煙霧休遮著眼人。』『行路逢崔也乞漿，隔鄰非宋亦登墻。齊名若個先呼李？料得東風愛艷妝。』後竹垞罷官，著《騰笑集》，李題後云：『供奉吟箋絕可師，換來風格又經時。風人不信偏愁好，才脫朝衫便有詩。』皆於言外見意焉。」劉師培更是指責他：「至於獻賦承明，校書天祿，文避北山之移，徑誇終南之捷。甚至軺車秉節，朵殿承恩。仕莽子雲，豈甘寂寞；陷周庾信，聊賦悲哀：此又一時也。後先異軌，出處殊途。冷落青門，憶否故侯之宅？蕭條白髮，難沽處士之稱。此則後凋松柏，莫傲歲寒；晚節黃花，頓改初度者矣！」

關於他的罷官，他在《騰笑集》自序中說：「噫！主人（朱氏自稱）以詩文流傳湖海四十年，一旦致身清美，入侍禁近，賦命誠非薄矣，卒齟齬於時，人方齒冷！……」到底他受到什麼樣的齮齕呢？起因據說是因爲《詠史二首》。阮葵生《茶餘客話》說：「朱竹垞在翰林，詠史云：『漢皇將將屈群雄，心許淮陰國士風。不分後來輸絳灌，名高一十八元功。』『海內文章有定稱，南來庾信北徐陵。誰知著作修文殿，物論翻歸祖孝徵。』因此爲人所嫉。」孟森說嫉者是康熙帝寵臣高士奇。後人分析，說是「大科初開，廷臣原議處以閒曹，如中行評博之類。聖祖特恩，一二等咸入翰林。詞館中以八股進身者，咸懷忌嫉，遂有野翰林之目。朱（彝尊）、潘（耒）兩檢討尤負盛名，宜牛鈕（翰林院掌院學士）亟思鋤去也。」⑬從朱氏所作《趙贊善（指趙執信。趙以國忌演《長生殿》被劾去官）以新詩題扇見懷，賦答》一詩有「同是承明放逐臣」句看，他確是被排擠的。吳騫也說他：「奈何通籍纔，指摘隨其後。青蠅驀相玷，白璧無難黝。蛾眉滋謗傷，夷光亦孔醜。」⑭正因爲受到排擠，所以入直南書房的次年，他就在詩中流露歸田之思，但一直拖到康熙三十一年才引疾歸。對自己這段進退失據的歷史，他是深爲悔恨的。《騰笑集》自序說：「項平父有言：『世之人無貴賤，皆畏人笑，獨滑稽者不畏人笑，非獨不畏，且甚欲之。』然則主人所爲，毋乃近於滑稽也乎？」這幾句話是辛酸的，自己把自己看成丑角演員了。而在遺民面前，他更是愧疚不已。在《黃徵君壽序》中，他向黃宗羲告罪：「予之出，有愧於先生。……（予）明年歸矣，將訪先生之居而借書焉。百家（宗羲之子）其述予言，冀先生之不我拒也。」⑮這又是何等的可憐！

㈡ 詩論

朱彝尊的詩歌理論，有對儒家傳統詩教的繼承與闡發，更有對歷代詩歌創作成敗經驗的總結。當然，這些理論概括之所以萌生、成熟以及發展變化，又是和他的社會經歷與獨特的審美情趣分不開的。

表現他對儒家傳統詩教的恪遵與宏揚的，是他一直主張詩應言志。他說：「《書》曰：『詩言志』，《記》曰：『志之所至，詩亦至焉。』古之君子，其歡愉悲憤之思感於中，發之爲詩。今所存三百五篇有美有刺，皆詩之不可已者也。夫惟出於不可已，故好色而不淫，怨悱而不亂，言之者無罪，聞之者足以戒。後之君子誦之，世治之汚隆，政事之得失，皆可考見。故不學者比之牆面，學者斯授之以政，使於四方：蓋詩之爲教如此。」⑯

由於生活在明末清初這一動亂之世，因而他的著眼點是變風變雅。他認爲屈原，「其思也近於淫，其怨悱也幾於怒，而劉安、司馬遷謂其志潔。」從而推論到自己的好友屈大均，這位明遺民，「其所爲詩，多愴怳之言，皭然自拔於塵壒之表。蓋自二十年來，煩寃沉菀，至逃於佛老之門，復自悔而歸於儒。辭鄉土，踄塞上，走馬射生，縱博飲酒，其儻蕩不羈，往往爲世俗所嘲笑者，予以爲皆合乎三閭之志者也。」他隱約地回顧了自己和屈氏在反清復明活動中的戰鬥歷程：「予與翁山相遇南海，嗣是往來吳越，十年之間，凡所與詩歌酒讌者，今已零落殆盡，至竄於國殤山鬼之林，散棄原埜。」指出「翁山弔以幽渺悽戾之音，彷佛乎九歌之旨。世徒嘆其文字之工，而不知其志之可憫也。」因而鄭重告誡讀者：「予故序之，以告後之君子，誦翁山之詩者，當推其志焉。」⑰這樣「言志」，就軼出傳統詩教的範圍，而成爲一支激勵民族鬥志的號角了。

他不但主張「詩言志」，也主張「詩緣情」，而且把兩者統一起來：「緣情以爲詩。詩之所由作，其情之不容已者乎！……情之摯者，詩未有不工者也。」⑱又說：「且夫詩也者，緣情以爲言，而可通之於政者也。……其用情也摯，斯溫柔敦厚之教生焉，宜乎通之於政而政舉，施之於民而民樂其愷悌也。」⑲

但反對「綺靡」的「緣情」：「魏晉而下，指詩爲緣情之作，專以綺靡爲事，一出乎閨房兒女子之思，而無恭儉好禮廉靜疏達之遺，惡在其爲詩也？」⑳

他反對摹仿古人詩歌的形式而缺乏自己的真情實感：「今世之爲詩者，或漫無所感於中，惟用之往來酬酢之際，仆嘗病之。」㉑「後之稱詩者，或漫無所感於中，取古人聲律字句而規仿之，必求其合。」㉒「三十年來，海內談詩者，每過於規仿古人，又或隨聲逐影，趨當世之好，於是己之性情汨焉不出。」㉓「予每怪今之稱詩者，……一心專事規摹，則發乎性情也淺。」㉔

這樣一來，他樹立了一個詩歌創作標準：「雅以醇，閎而不肆。」並認爲要達到這個標準，必須博學。所謂博學，又分兩方面。一是經史：「詩篇雖小技，其源本經史，必也萬卷儲，始足供驅使。別材非關學，嚴叟不曉事。」㉕二是漢魏六代三唐人的詩作。在這方面，他講得很具體：「上取蕭統、徐陵所錄，旁及於左克明、郭茂倩之書，……宋元之音消歇，勢必復以六代三唐人爲歸。」㉖「夫惟博觀漢魏六代之詩，而後可以言唐；學唐人而具體，然後可以言宋。」㉗「予少而學詩，非漢魏六朝三唐人語勿道，選材也良以精，稍不中繩墨，則屏而遠之。中年好鈔書，……歸田以後，鈔書愈力，暇輒瀏覽，恒資以爲詩材。於是緣情體物，不復若少時之隘。……鵲華山人善詩，……所鈔書比予更富。其取材也博，宜其詩之雅以醇，閎而不肆，合宋元作者之長，仍無戾於漢魏六朝三唐人之作也。……故予論詩，必以取材博者爲尚。」㉘「學詩者當進於古。師三百篇，庶幾近於漢；師魏晉，乃幾於唐。未有師宋元而翻合乎群雅者。」㉙他勸告後進：「上舍務以六代三唐爲師，勿墮宋人流派。」㉚他特別指出：「今之詩家，空疏淺薄，皆由嚴儀卿詩有別才非關學一語啟之，天下豈有舍學言詩之理！」㉛

由此，他重古風，輕律詩。他說：「集中凡古風多者，其詩必工。開卷即七言律者，其詩必下。」㉜

他主唐音，理由是：「唐人之作，中正而和平，其變者率能成方。」㉝

但是，他並不無原則地肯定唐詩，對於「略於言志」的唐詩，他是反對的：「唐之世二百年，詩稱極盛，然其間作者類多長於賦景，而略於言志，其狀草木鳥獸甚工，顧於事父事君之際或缺焉不講。」㉞

同時，雖主唐音，卻反對單一化：「客或勸讀楊伯謙、高廷禮、李于鱗選本，諷其音，若琴瑟之專一，未見其全美焉。」㉟

在唐人中，他最推尊杜甫，以之爲最高準的：「惟杜子美之詩，其出之也有本，無一不關乎綱常倫紀之目，而寫時狀景之妙，自有不期工而工者。然則善學詩者，舍子美其誰師也歟？」㊱從這裡可以看出，他不僅從「言志」、「緣情」的角度推崇杜甫，也從詩歌本身的審美功能來論析杜詩。

當然，尊杜的重點仍然在「言志」、「緣情」方面，因此，他並不像錢謙益那樣抹煞明詩，認爲錢氏之言並非公論。㊲他指出：「明詩之盛，無過正德，而李獻吉、鄭繼之二子深得子美之旨。論者或詆其時非天寶，事異唐代，而強效子美之憂時。嗟乎！武宗之時何時哉？使二子安於耽樂而不知憂患，則其詩雖不作可也。」㊳

由於這種文學觀念，他和顧炎武、錢謙益等人一樣，嚴厲斥責公安和竟陵兩派：「一咻眾楚和，是後尤卑哇。先公聞鴂舌，頓生亡國嗟。」自注：「先太傅初聞袁中郎、鍾伯敬論詩，嘆曰：『安得此亡國之音！』慘然不樂。」㊴他自己持同樣看法：「（予少時，）見當代詩家傳習景陵鍾氏譚氏之學，心竊非之，以爲直亡國之音爾。」㊵對這兩個流派，他最反對竟陵，一再說：「自明萬曆以來，公安袁無學兄弟矯嘉靖七子之弊，意主香山、眉山，降而楊、陸，其辭與志未大有害也。景陵鍾氏譚氏從而甚之，專以空疏淺薄詭譎是尚，便於新學小生操奇觚者，不必讀書識字，斯害有不可言者已！」㊶「荊州自袁宏道倡卑靡淺俚之體，鄉曲翕然效之；繼復蠱於鍾惺、譚元春之說，詩品愈下。」㊷

他堅決反對宋詩，也是因爲它「粗鄙」而不雅醇：「吾觀趙宋來，諸家匪一體。東都導其源，南渡逸其軌。紛紛流派別，往往近粗鄙。」㊸特別指出宋詩的「粗厲噍殺」和唐詩的中正和平相悖：「迨宋而粗厲噍殺之音起，好濫者其志淫，燕女者其志溺，趨數者其志煩，敖辟者其志喬。由是被之於聲，高者碮而下者肆，陂者散而險者斂，侈者筰而弇者鬱，斯未可以道古也。」㊹「粗厲噍殺」出於《禮記．樂記》：「是故其哀心感者，其聲噍以殺；……其怒心感者，其聲粗以厲。」可見他不滿宋代詩人的哀怒之聲，是因爲它有悖於溫柔敦厚、怨而不怒的詩教。「好濫者其志淫」四句亦出於《樂記》，原文是：「文侯曰：『敢問溺音何從出也？』子夏對曰：『鄭音好濫淫志，宋音燕女溺志，衛音趨數煩志，齊音敖辟喬志。』」鄭衛之音，向爲儒家所鄙，朱氏以比宋詩，其斥棄之意可知。「被之於聲」四句出自《周禮．春官．典同》：「凡聲：高聲碮，正聲緩，下聲肆，陂聲散，險聲斂，達聲贏，微聲韽，回聲衍，侈聲筰，弇聲鬱，薄聲甄，厚聲石。」這是說，宋詩不是正聲。他還具體地點名批評：「今之言詩者，多主於宋。黃魯直吾見其太生，陸務觀吾見其太縟，范致能吾見其弱，九僧四靈吾見其拘，楊廷秀、鄭德源吾見其俚，劉

潛夫、方巨山、萬里吾見其意之無餘而言之太盡：此皆不成乎鵠者也。」㊺

他很不喜歡以黃庭堅爲代表的江西詩派：「邇來詩格乖正始，學宋體制嗤唐風，江西宗派各流別，吾先無取黃涪翁。」他很高興得到一個同志：「比聞王郎意亦爾，助我張目振凡聾。」㊻還特別在一位亡友的墓誌裡再次指出：「其詩兼綜唐宋人之長，獨不取黃庭堅。」㊼

他最厭惡的是楊（萬里）、陸（游），特別反對當時人們學這兩人：「顧令空疏人，著錄多弟子。開口學楊陸，唐音總不齒。」㊽他指出：「若楊廷秀、鄭德源之流，鄙俚以爲文，談笑嬉褻以爲尚，斯爲不善變矣。」㊾「（今之詩人，）高者師法蘇黃，下乃效及楊廷秀之體，叫囂以爲奇，鄙俚以爲正。」㊿「今海內之士，方以南宋楊、范、陸諸人爲師，流入纖縟滑利之習。」(51)「今（趾肇）復躡屩而北，眾方拾蘇黃楊陸之餘唾而去其菁華，或見以爲工。趾肇仍循唐人之風格，毋乃齟齬而難入乎？雖然，學宋元詩於今日，無異琴瑟之專一，或爲聽者厭棄。」(52)「今之言詩者，目不窺曹（植）劉（楨）之墻，足不履潘（岳）左（思）陶（潛）謝（靈運）之國，顧厭棄唐人，以爲平熟，下取蘇黃楊陸之體制，而又遺其神明，獨拾瀋滓。」(53)「今之詩家，不事博覽，專以宋楊、陸爲師，庸熟之語，令人作惡。」(54)「今之詩家，大半厭唐人而趨於宋元矣。」(55)「詩家比喻，六義之一，偶然爲之可爾。陸務觀《劍南集》句法稠疊，讀之終卷，令人生憎。……邇者詩人多舍唐學宋。予嘗嫌務觀太熟，魯直太生。生者流爲蕭東夫，熟者降爲楊廷秀。蕭不傳而楊傳，效之者何異海畔逐臭之夫耶？」(56)

總觀朱氏以上的論點，可以看出清初宗唐派與宗宋派論爭的激烈。我們很容易以爲他偏於尊唐，其實不然。從詩歌發展規律說，清初，這是總結古典詩歌創作經驗的時代。而在中國詩歌發展史上，唐宋詩代表著兩種截然不同的特色：前者以情韻勝，後者以理趣勝。如何博觀約取，轉益多師，而又別出新意，獨鑄偉辭，這是清代詩人的歷史任務。因此，凡是優秀的詩人，決不會只株守一家之言。明確了這一點，就可以知道朱氏雖以宗唐爲主，但上則溯源於漢魏六朝，下亦不排斥宋元明。看起來，他似乎對宋詩深惡痛絕，其實他首先肯定，「宋之作者，不過學唐而變之爾。」㊼並且指出：「群公皆賢豪，豈盡昧厥旨？良由陳言衆，蹈襲乃深恥。」㊽這是說，宋人學唐而變，是由於不願蹈襲陳言，力求別開生面。問題是其中有些詩人「不善變」，「變而不成方」罷了。他並沒有一筆抹倒，如對蘇黃楊陸，他也承認他們有「菁華」與「神明」，只是後人（他主要指自己的同時人）學之者，獨拾其「餘唾」與「滓滓」而已。

當然，朱氏在漫長的生活歷程中，他的詩論也不是一成不變的，最明顯的是對「詩教」的理解，前後就很不同。前期，他讚美變風變雅之作，也就是主張創作揭露矛盾、鞭斥黑暗的詩歌。而後來他卻日益走向另一方向，反對宋詩的「哀」、「怒」之聲了。正如他的詩歌創作的變化：「一變而爲騷誦，再變而爲關塞之音，三變而爲吳傖相雜，四變而爲應制之體，五變而成放歌，六變而作漁師田父之語。」㊾這是生活道路的轉折，也是思想感情的變化，而這是和清朝政權日益鞏固分不開的。這不僅是朱氏個人的變化，也是清初整個詩風變化的縮影：由激烈批判現實而逐漸脫離現實，淡化矛盾，進而美化現實，歌頌昇平，審美情趣也就在這種歷史變化中起著微妙的變化，從而形成種種同中有異的藝術風格。

至於「綺靡」的兒女之情，他在詩論中一直加以反對，然而實際創作上卻相反，最典型的事例是《風懷二百韻》，㊿他寧可不吃兩廡下的冷豬肉，也不肯刪削它。這可是晚年全面整理《曝書亭集》付鋟時的事，說明這位八十高齡的老人究竟是一位「詩人」。

㈢ 詩歌內容

他的詩歌內容，可分如下幾類：

(1) 關心國計民生

由於他強調詩歌應反映「世治之汚隆，政事之得失」，所以不但早年寫了不少反映民族鬥爭和社會批判的詩篇，而且中年出仕後和晚年里居時也陸續創作著這類作品，不過數量上比早期少。

《捉人行》、《馬草行》，是他學習杜甫創作新樂府的代表作，也是他僅有的兩首敘事詩。寫於順治四年，朱氏當時還只有十九歲。前者寫「邊兵」（即清兵）強迫漢族農民拉縴撐篙，捉人無數，不但無處可逃，而且毒手爭毆。後者寫邊馬蕭蕭，十萬清兵長驅直入，縣官急徵馬草，連七十多歲野老也「鞭扑無完膚」，里胥則藉勢魚肉農家。

其他如三十二歲時（順治十七年）的《寇至二首》，寫盜賊遍地，處處聞野哭。四十一歲時（康熙八年）的《地軸》，寫山東連年地震，春旱千里，野哭萬家。《渡駱馬湖》寫官府修補黃河決口，以致「東南民力愁先竭。」《淮南感事》寫淮安堤堰傾圮，以致「比歲凶荒耕未得」，而要修築，卻「直恐三吳財賦捐」。四十三歲時（康熙十年）寫的《旱》，寫江淮既久困水潦，「今年復旱荒」。四十四歲（康熙十一年）所作《送喬舍人萊還寶應》，寫揚州地區鬧水災，千里廬舍蕩沒，到處飢民悲啼。六十歲（康熙二十七年）作《杭城水利不治者累百年矣，巡撫趙公考城河故道，悉濬治之。鄉人來述，喜而作詩，凡二十四韻》，寫杭州河道淤塞，民居湫隘，易發火災，由於缺水，不能及時撲滅，往往「悲歎百室迷」。因而感謝巡撫趙士麟的興修水利，使「祝融迴其馭，婦子方安棲」。六十五歲（康熙三十二年）寫的《嶺外歸舟雜詩》之七，寫船民夫婦「面都黔」，把竹篙尖端都磨平了，勞動這麼艱苦，卻連鹽都買不起，只好淡食。六十九歲（康熙三十六年）寫的《乍浦》，寫自己反對湯山寺僧建塔之議，並告知縣明令禁止，以防倭寇入侵時以塔爲入口目標。這反映了朱氏保境安民的思想。《漕船》指出現有漕船過大的弊病。七十歲（康熙三十七年）的《常山山行》，寫商販們寧願山行辛苦，也不願「安坐湖口船」，原因是「此間苦亦樂，且免關吏橫索錢」。《竹崎關》也是指責「溪漁樹底輸稅，關吏津頭算緡」。七十二歲（康熙三十九年）的《陳君緘寄普光王寺二碑，索余題記，復成三十韻，……》，寫自己遊覽澱山普光王寺時，看到這裡「波濤息廣澤，禾麥交平畬」，他就「忽念淮泗衝，濁河苦填淤」，「千艘未得轉」，他建議：一方面應「通沮洳」，一方面應「興耰鋤」。七十四歲（康熙四十一年）的《水帶子歌爲喬孝廉崇烈賦》，對於「黃流泛濫」，而「河堤使者」不能治理，諷刺說：「河伯不仁亦無害，準備家家蓄水帶」（水帶是日本產的救生圈）。八十一歲，這是詩人在世的最後一年。這時，他的家鄉水旱連年，飢民滿路。他率領一批士紳捐欵開粥廠救濟，「全活者無算」。可是這一善舉反而遭到誹謗，「無由自白」。倒是受賑濟的「落瓜里民，就食經月，以農務告歸，持瓣香踵門稱謝」，使朱氏無限感慨。這是二月初到三月中的事，這年十月十三日他便逝世了。所以，憂患意識是貫穿著他漫長的一生的。

(2) 反映民族矛盾

這在他全部詩作中占了不小的篇幅，主要是青年和中年寫的，出仕清廷後，就沒有這方面的題材了。如十七歲（順治二年）的《村舍二首》，表面上說贅婿不如犢與雞，實指清人入主中國，漢人類似贅婿。《夏墓蕩二首》以漁人叉魚比喻清兵屠殺漢人。《過邱生》寫士人的避難生活。十八歲（順治三年）的《曉入郡城》寫清兵佔據狀。《過吳大村居》寫漢人在異族統治下生活艱難。《平陵東》弔抗清犧牲的志士。十九歲（順治四年）的《春晚過放鶴洲》，傷明亡後伯父家破。《野外》寫抗清組織的秘密會議。《舟經震澤》懷念遺民抗清的往事。二十歲（順治五年）的《少年子》有「射殺千年狐」句，以「狐」諧「胡」。二十二歲（順治七年）的《夏日閒居二首同范四路作》寫遺民流寓。《懷鄭玥客松江》亦寫遺民。《寄家孝廉一是》寫自己與朱一是都志在抗清復明。二十三歲（順治八年）的《春日閒居》說「有時欹皁帽」，自比避地遼東不肯臣魏的管寧。二十四歲（順治九年）的《立秋後一日同畦修季、俞亮、朱一是、繆永謀集屠爌齋》有「誰念新亭淚，飄零直至今」之句，比清人入關爲五胡亂華。二十五歲（順治十年）的《遣悶》：「歡娛那有地？歲月漸過人」，極言異族統治下的痛苦，恨不能早日恢復。《曉潭曉發》：「乘風萬里外，鑿楫中流半。驚動遊子心，臨江起長嘆。」以澄清中原的祖逖自比。《逢姜給事埰》歌頌故明孤忠。二十六歲（順治十一年）的《寂寞行》：「布衣甘蹈湖海濱」，「猶勝長安作貴人」，表示寧可像魯仲連蹈東海而死，決不臣事清朝。二十七歲（順治十二年）的《固陵懷古》借越國雖曾式微，勾踐終於沼吳，以比喻明朝必定復興。《蕭山道中》：「昔年棲隱地，岩壑有同情」，表示堅決棲隱。《雨坐文昌閣》：「冬青已無樹，忍向六陵尋！」以宋亡於元爲比，寓其故國之思。《偕謝晉、吳慶楨登倪尚書衣雲閣》弔明故臣倪元璐和死於清兵的黃道周。《遶門山》寫幽棲之志。《蕺山亭子》懷念勾踐的十年生聚，暗喻明室的復興。《弔王義士毓蓍》公然悼念爲抗清而犧牲的烈士。《岳忠武王墓》：

「曠世心猶感，經過淚獨潸。傳聞從父老，流恨滿湖山。朔騎頻來牧，南枝尚可攀。……」不但借古喻今，簡直是直陳心事。《歸次西小江，行舟被捉，夜宿蔡村田舍，二首》之一，寫小吏捉船，以致「一身無倚著，三命苦迍邅」。之二寫野老與己「兵革愁何極？桑麻話未能。」二十八歲（順治十三年）《午日吳門觀渡》：「江表遺風在，承平舊事虛。吾生多涕淚，高會輒欷歔」，觸景即生遺民之悲。二十九歲（順治十四年）在嶺南作《元日陰》：「故鄉應雨雪，絕域尚烽煙。」懷念桂王和鄭成功的南明政權。《首春端州述懷，寄故鄉諸子》：「枉作窮途哭，虛勞澤畔吟。蒼梧晴峽遠，桂水暮流深」，顯然是對永曆帝的懷念。《羊城客舍同萬泰、嚴煒、陳子升、薛始亨醉賦》：「我本蘆中人，易下新亭淚。……黃河之清不可俟，何用長懷千載憂？……況今生涯羈旅中，時危得不悲途窮？」自比伍子胥和周顗等，但已對復明事業失望了。《贈張五家珍》：「平陵松柏在，遺恨滿南天」，追悼南明桂林政權的覆滅。三十歲（順治十五年）《還家即事，四首》之四：「至此猶餘悸」，「生還良已幸」，說明南行的活動包含著不小的危險性。三十一歲（順治十六年）這一年，和祁駿佳、祁班孫、祁理孫等往返甚密，皆紀以詩。又如《初秋泊錢清江》：「逃名梅尉來吳市，避地梁生入會稽」，以梅福、梁鴻避亂自比。此後詩集中就不見上述那種明顯的反映民族矛盾的詩作了。但四十三歲（康熙十年）時正月初七，他還曾瞻拜明宣宗的景陵，估計應該有詩，晚年編集時自己刪除了。四十四歲（康熙十一年）《送陳叟南歸》：「歸向高陽逢舊侶，銜杯試話十三陵」，尚存故國之思。四十五歲（康熙十二年）又有《人日重謁景皇陵》之作：「童童獨樹棲禽少，冉冉長途下馬誰？回首昌平山近遠，裕陵松柏總淒其！」不僅致慨於景陵的荒涼，也嘆息明英宗的裕陵同樣冷落。此後就連這種作品也沒有了。而到五十歲（康熙十七年），他就翩然轉向，應鴻博之試而出仕新朝了。

以上(1)(2)兩部分詩，體裁不一，既有五、七言古風，也有五、七言律絕，個別也有六言。它們在藝術上有一個共同的特色：比較明白曉暢，即使用典，也是常見的，沒有故意矜奇炫博，使用僻典。當然，字詞必有出處，這是學杜無一字無來歷所形成的詩歌風格。如《捉人行》：「沿江風急舟行難，身牽百丈腰環環」，用古樂府《女兒子》：「我欲上蜀蜀水難，蹋蹀珂頭腰環環」。「慎勿前頭看後頭」，用古樂府《企喻歌》：「前頭看後頭，齊著鐵鈷鉾。」至於「大船峨峨駐江步」，直用何景明《津市打魚歌》「大船峨峨繫江岸」，更可見他前期深受明七子的影響。而晚年所作《水帶子歌爲喬孝廉崇烈賦》的「得非來自日本東」，也是用的杜甫「巴陵洞庭日本東」。

(3)　述志述學

作爲才人兼學人，他還有大量的述志述學之作。如《放言五首》是二十二歲所作，其一云：「長門賣賦司馬，秦市懸書呂韋。吾生恨不能早，手載其金以歸」，自負可想。《寄錢二枋》：「我登魯連台，君入淮陰市。不知千黃金，何人酬國士？」則自負奇才，恨無識者。《詠古二首》以韓信不得與於十八元功之列，庾信、徐陵不如祖珽受賞識，比喻自己在史館受盡排擠。《雜詩二十首》之二：「既與噲等伍，國士已羞殺。寧知論元功，後乃及蟲達」，亦此意。《近來二首》之二嘲笑：「近來論詩專敘爵」。《雜詩二十首》之一、二、三、四，皆指斥牛鈕輩滿族大員對自己的嫉妒、排斥、打擊。最有意思的是堅持抗清復明時期，他以明初開國功臣劉基自許，如三十二歲作的《謁劉文成公祠》：「前賢餘事業，後死尚迍邅。去去辭枌梓，棲棲到海壖。空林多雨雪，哀角滿山川。玉帳無遺術，蒼生久倒懸。憑留一黃石，相待穀城邊。」儼然以黃石公比劉基，而以張良自比，要作亡秦興漢的事業。而五十二歲時，亦即仕清以後，卻作《平蜀詩十三章》，序中有云：「粵稽曩昔，劉闢既擒，韓愈進《元和聖德詩》；明之平蜀，劉基亦作頌以獻。臣雖蒙滯，躬逢聖際，於以頌揚丕烈，其何敢後？」同樣是以劉基自命，而性質卻完全相反。這是中國封建士大夫一種可悲的傳統文化心態：他喪失了獨立人格，總要傳到一張皮上去。這皮，當然是勝利者的。但是，非我族類，其心必異，朱氏備受傾軋，不安於位，只好歸田，著書終老，這也是必然的。

《齋中讀書十二首》是他的述學詩，充分體現他的學人之詩的特色。第一首論《易》，批判陳摶和邵雍的先天河圖說。第二首仍論《易》，批判周敦頤的太極圖說。第三首論《書》，批判宋儒的排抵小序。第四首仍論《書》，批判邵雍的《皇極經世書》。第五首論《詩》，批判王柏的《詩疑》。第六首仍論《詩》，贊成呂祖謙對「思無邪」的解釋，而不同意朱熹的。第七首論《春秋》，批判胡安國的《春秋傳》，甚至說胡氏由秦檜薦引，因而也反對抗金，惟知偷安。第八首論《論語》，著重指出明代不應據《論語》之言而罷公伯寮從祀。第九首論鄭玄不當罷從祀。第十首論經傳的注疏宜簡要。第十一、十二兩首論詩歌創作（已見前述朱氏詩論中）。這一組詩作於七十六歲時，可算是他一生學術思想的總結。另外，七十八歲時所作《春日讀〈春秋左氏傳〉，心非胡氏「夏時冠周正」之說，偶憶草廬吳氏〈讀尚書〉絕句，因次其韻》，讚美左邱明據《春秋》「元年春王正月」，在《左傳》中寫成「元年春王周正月」。這類詩都是表現自己的的學術觀點的。朱氏這類述學詩對後來的學人如翁方綱、洪亮吉、李慈銘等有很明顯的影響。

至於四十九歲時作《和田郎中雯移居韻》：「布衾不睡我亦爾，牽牛獨處笑炮媧」，用曹植

《洛神賦》的「嘆匏瓜之無匹兮，詠牽牛之獨處」，卻因王獻之十三行帖「匏瓜」作「匏媧」，朱氏此詩乃如此寫，這是自炫博學。又如五十六歲所作《贈劉孟楷二首》之二：「碧山學士王聖與，鑑曲詩人陸務觀。」宋人王景文詩云：「直翁自了平生事，不了山陰陸務觀。」陸游見了，笑道：「我字務觀乃去聲，如何把做平聲押了？」朱氏明知此事，卻故作平聲押，以示博學。這種手法，對後來厲鶚爲首的浙派，以及中晚唐派的樊增祥，都有先導的作用。

(4) 山水詩

朱氏生平好漫遊，因而山水題詠很多，現在選出前中後三期各一首加以分析。二十九歲作《崧台晚眺》：「傑閣臨江試獨過，側身天地一悲歌。蒼梧風起愁雲暮，高峽晴開落照多。綠草炎洲巢翠羽，金鞭沙市走明駝。平蠻更憶當年事，諸將誰同馬伏波？」崧台在廣東高要縣外六里，他獨自登臨，卻只有悲歌。眼中所見是「愁雲」、「落日」（這些象徵明室的覆滅），更驚心的是炎洲南海也被北方來的清兵所佔據，駱駝和它們背上的滿人大模大樣地在沙市上走著。面對這樣的現象，他想望著有東漢初馬援那樣的名將來「平蠻」。四十九歲作《清流關》：站在滁州西南二十五里的清流關上，他「眺遠懷昔人」，想起趙普和宋太祖的遇合，「君臣既深契，一言判興喪」「遺跡雖已湮，過者心所向」、他在嚮往著新的君臣遇合，這自然不再是一蹶不振的明朝，而是寄希望於新興的清朝。七十歲作《自焦石塘抵鉛山河口，兩岸石山獰劣，上無寸土尺木。查孝廉作詩嘲之，賦以解嘲》，對於「鶻圇像覆釜」，「動植無一有」的兩岸石山，查慎行笑它們「狀粗醜」，「爲百靈棄」，「取見者憎」。朱氏卻以莊子「山木自寇」，「膏火自煎」的觀點，指出「美石多自殘」，而這些石山「以頑得全」，是「庸庸福反厚」。這是從史館被牛鈕諸人排擠出來的牢騷，「庸庸福反厚」正用漢人「白壁難爲容，庸庸多厚福」語。

由上可見他的山水詩都是饒有寄托的，而不是謝靈運那樣「工於模範，無情事足感人」。[61]這是和朱氏詩論分不開的。他一直反對「長於賦景而略於言志，其狀草木鳥獸甚工，顧於事父事君之際或缺焉不講」。[62]

(5) 詠物

他四十六歲時作《汪舍人懋麟以丁娘子布見贈，賦寄》。據《松江府志》：「東門外雙廟橋有丁氏者，彈木棉極純熟，花皆飛起，收以織布，尤爲精軟，號丁娘子布。」朱氏在詩中稱讚丁娘子「織成細布光如銀」，寫它白得閃光，但還只寫出靜態的美。下面說：「曬卻渾如飛瀑懸，看來祇訝神雲活」，就寫出其動態美了。而詩中「未數星紈與荃葛」，「荃葛」用《漢書．江都易王傳》：「荃葛珠璣」。「追逐紅褌錦髻兒」，用《南史．周宏正傳》，俱見學力。六十二歲作《牽牛花十二韻》，純爲詠物之作，卻反映了他的審美情趣。他欣賞牽牛花，是和「秋」（「絆地三秋旱，含苞七夕先」）「夜」（「夜久愈生明」）相聯繫的。結尾是「憑誰描竹尾，幽意轉翛然」，這就把前面種種實寫化爲空靈之美了。同樣，在這樣一首五排裡，也顯示了他深厚的學力。他用到《周禮．冬官．匠人》的「捎溝」，寫出「捎溝香驛路」的句子。還用了《唐本草》、《本草衍義》、《名醫別錄》、《宣和畫譜》，表現了他的博學。

(四) 詩歌風格

朱氏漫長一生中，詩歌風格是有所變化的，前中後三期各有不同。

早年，錢載說他沿西泠、雲間之舊；[63]趙翼說他「初學盛唐，格律堅勁，不可動搖」。[64]西泠、雲間是沿著明七子的道路去學盛唐的，所以黃培芳説他的七律初年有空調，[65]正是指他早年學盛唐是學明七子的格調。今人錢鍾書乾脆指出：朱氏「自作詩，早年與七子同聲」，「然而貌同心異者，風格雖以唐爲歸，而取材則不以唐爲限」，並指出他這一時期的詩，「風格俊逸近何大復，非空同雄傑之才；而書卷繁富類王元美，異于鱗墨守之習。」[66]因而錢氏不同意洪亮吉説朱氏始學初唐，理由是朱氏早期不止學初唐，也學漢魏六朝。我以爲錢氏這一看法符合事實，因爲朱氏自己也説過：「予論詩以取材博者爲尚。」[67]只要通讀了《曝書亭詩集》，就可以看出，他早年的詩，是以漢魏六朝初、盛唐爲楷模的。當然，因體制歧異，而所學有不同。如五古多學《選》體，五、七律多學杜，樂府學漢魏，七古學韓，有些五絕如永嘉諸詩則規橅王孟。至於蔣士銓説他「早修皮陸詞」，林昌彝就反對：「皮陸詩多蔬笋氣，焉比竹垞？」[68]實則蔣氏那話是指他規橅王孟的那些歌詠閒適情趣的小詩的。

中年，即出仕清廷以後，錢載認爲其《騰笑集》中諸篇，「同漁洋正調，抑若在漁洋籠罩中者。」[69]趙翼甚至認爲他「登朝及歸田後詩始佳，從前但作假唐詩耳。」[70]徐世昌還指出他中年所作《送曹侍郎備兵大同》諸篇近李北地（即李夢陽）；[71]錢鍾書還舉了《題南昌鐵柱觀》、《留別董三》等篇皆七子體。[72]從康熙十八年（朱氏出仕之年）前後北京詩壇情況看，康熙帝本人和大學士馮溥之流，正力倡盛世元音（即盛唐那種堂皇喬麗之作），痛斥宋元詩爲惡濫。朱氏原本宗唐，丁此時會，自然更加專學盛唐，以投時好。所謂「中年以後，學問愈博，風骨愈壯，長篇險韻，出奇無窮」，[73]事實正是如此。試看這一時期的詩，除五、七言律富麗精工，大音喤喈，充分顯示爲盛世元音外，其餘應制的謝賜物諸長篇，無不竭力顯示腹笥之富。但這種正調元音也引起了另一種議論，如朱庭珍即說他「通籍後，近體每流入平易。」[74]湯大奎乾脆說：「杜陵詩格沉雄響，一著朝衫底事差？」[75]而對於那些長篇險韻之作，趙翼也認爲「中年以後，恃其博奧，盡棄格律」，「頽唐自恣，不加修飾，究非風雅正宗。」[76]朱庭珍有同樣看法：「通籍後」，歌行「往往貪多務博，散漫馳驟，無歸宿處，有類游騎矣。」[77]

晚年之詩，錢載說是「涉入《江湖小集》」，[78]意謂朱氏晚年像南宋末的江湖派詩人學晚唐詩。其實晚唐人「捐書以爲詩，失之野」，[79]和朱氏正相反，錢載只就朱氏晚年某些山林閒適之詩而作此論，未免皮相，但朱氏這種詩給人的印象就成爲「晚歲歸於流易」[80]了。而長篇則「晚入昌黎派」；[81]「晚作稍放筆不復矜持」，「古體如《喪子百韻》、《送梅文鼎》、《怪鴞行》、《高麗蔘歌》，趣詭語硬，明是昌黎、玉川之遺。」[82]七律晚年也學杜甫的拗體，「旅途與其中表查初白唱酬，多近宋人。」[83]

洪亮吉早已指出朱氏「晚宗北宋」。錢仲聯說他「多近宋人」，主要指蘇軾和陸游。洪亮吉說的「北宋」，則專指蘇軾。章太炎也說他「明目張膽學蘇子瞻」。[84]錢鍾書卻不同意宗宋的說法，認爲「其於宋詩，始終排擠，至老宗旨不變。」其實北宋大家正由杜、韓變化而來，因而朱氏早年所作《贈張山人》（卷二）、《夢中送祁六出關》（卷五）、《送張劭之平遙》（卷十），可說是學杜拗體，因爲那段時間，他的詩中完全不用宋人的字、詞、語。而五十六歲以後，則王禹偁、梅堯臣、王十朋、黃庭堅、陸游、范成大、楊萬里等人的影響頗爲明顯，而蘇軾影響尤大。如卷十七《飲陳孝廉學洙烏石山房》：「賓至移藥籬」，用王禹偁的「送院風清響藥籬」。卷十一《送陳舍人大章歸黃岡》：「短後茶色袍」，用梅堯臣「來衣茶色袍」。卷十七《虹橋板歌》：「斜拖下壓黃冠宮」，用王十朋的「下壓黃冠宮」。同卷《飲陳孝廉學洙烏石山房》：「涓涓細泉流，撱石注陽坡」，用黃庭堅的「錫谷寒泉撱石俱」。卷十四《題周編修金然雲松雪瀑圖》：「楊梅滿村鶴頂賤」，用陸游的「壓擔棱梅鶴頂殷」；又「磨錢枉費占羲爻」，用陸「不用磨錢占卦爻」。卷十三《和韻送金檢討德嘉還黃州》：「月明風熟漁舟閒」，用范成大「月明風熟更重來」、以上各舉一例，至用蘇詩則自卷十一至二十二共有四十處之多。由此可見前人論定朱氏晚年宗宋，並非無根游談，錢鍾書那樣斷定，並斥此論爲「瞽說」，未免勇於自信。翁方綱說朱氏「由元人而入宋而入唐」，[85]是值得參考的。

問題在於風格雖變，而「雅馴」這一原則卻始終不變。這就是他的表弟也是知交查慎行所說的：「其稱詩最早，格亦稍稍變，然終以有唐爲宗，語不雅馴者勿道。」[86]查氏特別指出：「其稱詩以少陵爲宗，上追漢魏，而泛濫於昌黎、樊川，句斟字酌，務歸典雅，不屑隨俗波靡，落宋人淺易蹊徑。」[87]可見朱氏所惡於宋人者，「淺易」而已，並不像明七子的堅決排斥，不讀唐以後書。錢鍾書自己就說過：「風格雖以唐爲歸，而取材則不以爲唐爲限，旁搜遠紹，取精用宏，與二李（指李夢陽與李攀龍）之不讀唐以後書，謝四溟（指謝榛）之高談作詩如煮無米粥，區以別矣。」[88]其實朱詩晚年風格何嘗完全「以唐爲歸」？沈德潛說得對：朱氏「不分唐宋界限，故各體具備。」[89]沈曾植也指出：「竹垞詩能結唐宋分馳之軌。」[90]這也正是清詩所以被稱爲集大成的原因。

(五) 朱詩不能自成一家的原因

朱彝尊不能像後來的浙派異軍龔自珍那樣擺脫一切羈絆，非唐非宋，自成一家。儘管他無所

不學，無所不擅，卻正如洪亮吉所說的：「辛苦謝家雙燕子，一生何事傍門墻？」⑨¹

他是秀水派的始祖，又是浙派的奠基人，而且是立意做詩人的，怎麼不能自成一家呢？關鍵就是學問妨害了他，他誤解了學問和創作的正確關係。龔自珍也是學者，同樣博學，在經學方面不如他深入，知識面卻較他更寬，何以龔氏又獨成一家呢？

朱氏自言其詩在本朝居二等。⑨²他是十分自負的，何以忽然如此謙抑？我以爲他實有自知之明。他所以不能成家，不能居第一流，就因爲他學過其才，才不勝學。他的詩，相當大一部分，實在爲學所累。劉勰早已指出：「才爲盟主，學爲輔佐。主佐合德，文采必霸。」⑨³朱氏性狂而嗜酒，氣質頗似李白，而受時代影響，和明末清初大多數詩人一樣，大力尊杜學杜，又從宋人入手，資書以爲詩。如果一篇之中，用事過密，已如顏之推所說：「事與才爭，事繁而才損。」⑨⁴但如用事精當，那是會產生豐富的藝術魅力的。因爲「作爲藝術符號的典故，乃是一個個具有哲理或美感內涵的故事的凝聚形態，它被人們反復使用，加工，轉述，在這過程中，它又融攝與積淀了新的意蘊，因此，它是一些很有藝術感染力的符號。它用在詩歌裡，能使詩歌在簡練的形式中，包容豐富的、多層次的內涵，而且使詩歌顯得精緻、富贍而含蓄。」⑨⁵朱氏有些詩的用事當然也收到了這種藝術效果。可是令人惋惜的是：朱詩更多的不是用事，而是力求做到無一字無來歷。他喜歡仿古，大量運用漢魏六朝及唐人的語滙甚至句式，以致成爲趙翼嘲笑的「假唐詩」。至於那些論學之詩以及考據之詩，尤其缺乏形象，只是枯燥的說理。他可能沒有意識到，「才」是和「情」相聯繫的，所以叫「才情」；而「學」是和「理」相聯繫的，所以叫「學理」。中國詩歌主要是抒情的，而情感總是伴隨著形象的，情感的全部活動過程，就是形象思維的全部活動過程。而理智則只是伴隨著抽象的概念，因此，學人之詩往往由於缺乏審美觀照，從而也就缺乏情趣。學問，進入詩的創作活動時，就應該化爲一種識力，形成一種哲學觀，亦即對人生、社會意義的深層理解。這種理解即識力，表現在詩作中時，一定要經過作者現實生活的印證，變成作者內心的詩情化的思考，然後表現在鮮明的藝術形象之中，這就是沈德潛所說的「理語須帶情韻以行。」這才能給讀者以深刻的啓迪。另外，寫詩，一定要用自己的感覺，而不能搬古人的感覺。力求「無一字無來歷」，這樣搬用古人的字、詞、句，很容易喪失自己的審美感受，自然也難以談到真正的情韻了。尚鎔說：「竹垞之詩文高在典雅，而皆欠深入」，⑯正是模糊地感覺到這一點。

但是，中國的士大夫，越到封建社會末期，越是鑽牛角尖，在審美意識上完全顛倒了。和朱氏同時的王士禎就談到朱的用僻典：「昔見朱竹垞檢討詩云：『捉臥甕人選新格』，初不解。及觀《通志》，有趙昌言捉臥甕人格，及採珠局格、旋棋格、金龍戲水格等名，始悟所語。」⑰但並沒有讚美。極口稱讚朱詩善於用事（其實主要只是有出處），都是晚清的一些詩評家，其中最突出的是林昌彝。他極口稱頌朱氏隸事神妙：「（竹垞有）手訂自刪遺詩八百餘首」，「多少年之作」，「中有《贈河南周櫟園先生亮工長排二十韻》，句有『萬牛杜陵鑱，五鴿曲端軍。』上句易曉，下句檢《宋史》曲端本傳及各傳志，不詳所謂。後見《齊東野語》，方知出典。《齊東野語》云：『張浚按視曲端軍，闃無一人。張異之，謂欲點視。端以所部五軍籍進，公命點其一部。乃於庭間開籠縱一鴿往，而所點之軍隨至。張愕然，既而欲盡觀。於是悉縱五鴿，則五軍頃刻而集，戈甲煥然，旗幟鮮明。』竹垞先生讀書多，造句雅，詩之隸事，神妙如此。」⑱以林氏的博學，對下句尚且「不曉所謂」，如果後來不是偶然翻到《齊東野語》，將永遠「不曉所謂」。這樣使用僻典，是立意不讓人懂，還談什麼「神妙」呢？王國維論詞有隔與不隔，朱氏這樣做詩，可謂隔之至矣，而林氏一類人反而大加讚美。這樣欣賞詩，哪裡談得上審美感受！

林氏對於朱詩的僻典，簡直嗜痂成癖，其用意也在自炫博學。如說：「周林於上舍篁夜過朱錫鬯寓齋，錫鬯詩有『萊雞蒸栗黃』之句，楊謙注不知所出。按曹丕與鍾繇書云：『竊見玉書稱美玉：白如截肪，黑譬純漆，赤擬雞冠，黃侔蒸栗。』又李義山詩：『萊雞殊減膳。』錫鬯詩本此。」⑲找到了謎底，得意之狀可掬！又說：「秀水朱竹垞老人《論畫和宋中丞》十二首之十云：『先子髫年寫云壑，當時心折董尚書。後來舍弟亦能畫，可惜都無片紙儲。』或疑『舍弟』及『片紙』入詩不典，不知均有來歷。《能改齋漫錄》：『兄稱弟曰舍弟，亦有所本。魏文帝與鍾繇書曰：「是以令舍弟子建因荀仲茂時從容喻鄙旨。」此『舍弟』二字之有來歷也。蘇詩：「只字片紙皆收藏」，此『片紙』二字之有來歷也。」⑳如果問他：曹丕稱「舍弟」，蘇軾用「片紙」，出處又在何處？難道沒有出處，自我作古，就不成文不成詩嗎？林氏還有兩則談朱詩的出處的，這裡就不具引了。

這些詩評家的見解，實在遠不如陸游通達。陸游說過：「今人解杜詩，但尋出處，不知少陵之意，初不如是。且如《岳陽樓》詩（詩略），此豈可以出處求哉？縱使字字尋得出處，去少陵之意益遠矣。蓋後人元不知杜詩所以妙絕古今者何在，但以一字亦有出處為工。如《西崑酬倡集》中詩，何曾有一字無出處者，便以為追配少陵，可乎？且今人作詩，亦未嘗無出處，渠不自知，若為之箋注，亦字字有出處，但不妨其為惡詩耳！㉑陸游也是博學的（錢鍾書說「放翁書卷甚足」），但他認爲詩的源泉是生活：「法不孤生自古同，痴人乃欲鏤虛空。君詩妙處吾能識，正在山程水驛中。」[102]不像朱彝尊公然宣稱：「詩篇雖小技，其源本經史」，以學問爲創作的源泉。這種觀點的分歧，就使兩人在詩國裡的成就大相徑庭。《滄浪詩話》反對「以學問爲詩」，朱氏便斥責：「別才非關學，嚴叟不曉事」，其實正是他自己「不曉事」。但是由於秀水派以及後來浙派這種錯誤導向，以後的士大夫一直奉爲金科玉律。與朱氏同時的沈樹本，浙江歸安人，其《偶作》云：「自古才人惜彩毫，劉郎莫笑不題糕。須知無字無來歷，方是詩中一世豪！」[103]這就是浙派人物的論調！

以學問爲詩，朱氏自然不是始作俑者，但他援宋人之說而變本加厲，貽誤後人，卻是不得辭其責的。他和王士禎當時齊名，被稱爲「南朱北王」，其實從理論到創作，兩人剛剛相反。爲王士禎作《精華錄訓纂》的惠棟說：「昔人言詩之道，有根柢焉，有興會焉。鏡中之象，水中之月，相中之色，羚羊掛角，無跡可尋：此興會也。本之風雅以導其源，泝之楚騷漢魏以達其流，博之九經三史諸子以窮其變：此根柢也。根柢源本學問，興會發於性情。」[104]惠氏之意是說學有根柢，發於興會，然後成詩，並非把根柢和興會截然分開。王士禎正是這樣，他雖主張積學，寫詩時卻重視興會。朱彝尊基本上相反。從詩歌創作規律說，王氏的做法是正確的。

懂得了這點，也就懂得朱氏何以那樣深惡痛絕楊萬里和袁宏道等人。原來楊萬里鮮明地表示：「詩非文比也」，反對「挾其深博之學，雄雋之文，於是櫽栝其偉辭以爲詩。」[105]袁宏道更尖銳地指出：「以剿襲爲復古，句比字儷，棄目前之景，摭腐爛之辭。」[106]又說：「蓋詩文至近代而卑極矣，文則必欲準於秦漢，詩則必欲準於盛唐，剿襲模擬，影響步趨，見人有一語不相肖者，則共道以為野狐外道。……故吾謂今之詩文不傳矣，其萬一傳者，或今閭閻婦人孺子所唱《擘破玉》、《打草竿》之類，猶是無聞無識真人所作，故多真聲，不效顰於漢魏，不學步於盛唐，任性而發，尚能宣於人之喜怒哀樂嗜好情欲。」⑩⑦雙方抱這樣針鋒相對的觀點，自然是水火不相容了。當然，袁宏道否定借鑒古人作品的必要，是錯誤的，而朱彝尊那樣「根柢考據」就更不對了。

回溯一下，資書以為詩，在中國古代詩壇上，真是源遠流長。從六朝的「文章殆同書鈔」，⑩⑧到唐代劉禹錫的不敢題糕，李商隱的獺祭，到宋人的「杜詩韓文無一字無出處」到朱彝尊的「根柢考據」，影響到後代人以數典（尤其是僻典）為能事，愈演愈烈。道、咸之際，朱酉生為程序伯作序，還說：「今世之士，從事鉛槧，……拾陳人之糟粕，獵浮華之艷詞。又其甚者，橫潰濁流，破碎大道，無鈍吟之卓識，便呼滄浪為禪；無蒙叟之博觀，輒議于鱗為襲。……寡學之輩，靡然從之，……何必讀書，始能篇翰？」⑩⑨這正是朱氏詩論的翻版。

正由於古典詩歌這種惡性發展，所以引起五四文學革命的反彈，乾脆提出「不用典」的主張。其實正常的用典是必不可少的，不但中國，外國文史哲著作何嘗不運用希臘、羅馬神話和聖經的典故？問題是必須正確運用。在這方面，朱氏本人的詩中，也不乏成功之作。楊際昌曾指出：「朱竹垞最工絕句，竹枝體國朝無出其右。予所欣賞，間在其不甚著意者。如題高侍讀江村圖：『菊磵疏寮舊跡存，畫圖仿佛見江村。雙橋儘許通舟楫，他日柳陰來叩門。』『杜甫南鄰有朱老，吾將徙宅問東家。水邊沙際閒田闊，添種鴨桃千樹花。』興趣甚逸。」⑪⑩這兩首七絕字句何嘗不典雅，又何嘗不用事，然而都融化在閒逸的興趣中了。所謂「不甚著意」，正憑「興會」了作。

丙　秀水詩派的變化

朱彝尊的門弟子很多，他七十五歲作《題梅生庚詩稿》，自云：「吾門著錄多。」⑪原因是他「以鉅儒碩學爲風雅宗，與新城王尚書狎主齊盟，若前代之李、杜、坡、谷然者。先生既退居長水（即秀水），則以詩學倡導後進，凡經指授及私淑其門者，率振厲成一家言。屈指門下士，著錄不下千人。」⑫可見其影響之大。

但是，這些門人及其後的私淑者，有的是「耳濡目染，守先生之微言而勿失者。」這部分人大抵是秀水同鄉，所謂「苔岑梓里，漸被獨深。」⑬也有人認爲：「此郡學竹垞詩者，不辨其根本節目所在，往往溺志於風懷、閒情等作，爭妍取多。」⑭另外有的則「有拔戟劘壘於兩家（指朱彝尊與李良年）之外者。」如錢鍾書云：「朱竹垞力非涪皤，而浙江後起詩人，如萬柘坡、金檜門、王穀原、汪豐玉、沈匏盧輩，皆稱山谷。」⑯而錢仲聯則謂「蓋自竹垞晚年好爲山谷，金檜門繼之，遂變秀水之派，錢擇石出而堂廡益大。……而秀水詩派盛極一時矣。」⑰也就是對朱氏既有所繼承，又有所發展，而基調仍是一致的。

注釋

①《日知錄》卷十九《文人之多》條
②《雪橋詩話》餘集卷三
③㉓《曝書亭文集》（以下簡稱文集）卷三七《葉指揮詩序》
④《亭林文集》卷六《廣師》
⑤《亭林詩集》卷四《朱處士彝尊過余於太原東郊，贈之》
⑥《竹垞集序》
⑦㉞徐澂《卓觀齋脞錄》
⑧《蓟漢昌言》
⑨以上引文俱見陳廷敬所撰朱氏墓誌銘
⑩《清詩紀事初編》卷七
⑪《鮚埼亭文集·梨洲先生神道碑文》
⑫《壯悔堂集·與吳駿公書》
⑬《清朝野史大觀》卷五《朱、潘兩檢討被劾》
⑭《過曝書亭》
⑮文集卷四一

⑯⑳㉑㉝㉞㊱㊳(62)文集卷三一《與高念祖論詩書》

⑰文集卷三六《九歌草堂詩集序》

⑱㉒文集卷三七《錢舍人詩序》

⑲㉔文集卷三九《憶雪樓詩集序》

㉕㊸㊽(58)《曝書亭詩集》（以下簡稱詩集）卷二一《齋中讀書，十二首》之十一

㉖㉟㊵(59)文集卷三六《荇溪詩集序》

㉗文集卷三七《丁武進詩集序》

㉘(53)文集卷三九《鵲華山人詩集序》

㉙㊶文集卷三九《胡永叔詩序》

㉚文集卷三九《李上舍瓦缶集序》

㉛文集卷三九《楝亭詩序》

㉜文集卷三九《成周卜詩集序》

㊲文集卷三三《答刑部王尚書論明詩書》

㊴詩集卷二一《齋中讀書，十二首》之十二

㊷文集卷七四《王處士墓誌銘》

㊹文集卷三九《劉介于詩集序》

㊺文集卷三九《橡村詩序》

㊻詩集卷十三《題王給事又旦〈過嶺詩集〉》

㊼文集卷七五《儒林郎戶科給事中郃陽王君墓誌銘》
㊾57文集卷三七《王學士西征草序》
㊿文集卷三八《葉李二使君合刻詩序》
51文集卷三八《沈明府〈不羈集〉序》
52文集卷三九《張肇趾詩序》
54文集卷三九《汪司城詩序》
55同卷《南湖居士詩序》
56文集卷五二《書劍南集後》
60詩集卷六
61《昭昧詹言》
63 69 78《退庵隨筆》
64 76《甌北詩話》卷十
65《香石詩話》
66 72 82 88 116《談藝錄》
67《文獻徵存錄》卷二本傳
68《海天琴思錄》卷七
70湯大奎《炙硯瑣談》
71 80《晚晴簃詩匯》卷四四

⑬《清史列傳．文苑傳》本傳

⑭⑰《筱園詩話》卷二

⑮《題〈曝書亭集〉》，見《灸硯瑣談》

⑲《後村大全集》卷九六《韓隱君詩序》

㉛《忠雅堂詩集．論詩雜詠三十首》

㉝㊵《夢茗庵詩話》

㉟《石洲詩話》卷四

㊱《騰笑集序》

㊲《曝書亭集序》

㊴《清詩別裁集》

㊶《更生齋詩》卷二《道中無事，偶作論詩截句，二十首》之九

㊷《雪橋詩話》三集卷三

㊸《文心雕龍．事類》

㊹《顏氏家訓．文章》

㊺葛兆光《論典故——中國古典詩歌中一種特殊意象的分析》，見《文學評論》一九八九年第五期

㊻《三家詩話》

㊼《池北偶談》

㊽《海天琴思續錄》卷二

⑲《海天琴思錄》卷八
⑽《海天琴思續錄》卷五
⑾《老學庵筆記》卷七
⑿《劍南詩稿》卷四九《題廬陵蕭彥毓秀才詩卷後》
⒀《雪橋詩話》三集卷二
⒁同書卷六
⒂《誠齋集》卷七九《黃御史集序》
⒃《袁中郎文鈔．雪濤閣集序》
⒄《序小修詩》
⒅鍾嶸《詩品序》
⒆《雪橋詩話》三集卷十一
⒇《國朝詩話》卷一
(111)詩集卷三十
(112)(113)《本朝名家詩鈔——北田詩鈔小傳》
(114)《南野堂筆記》
(115)《晚晴簃詩匯》卷七五祝維詰條
(117)《浙派詩論》

第七章　神韻詩派

甲　神韻詩派的興起

清初各個詩派，或以地域名，如「河朔詩派」，「嶺南詩派」；或以郡邑稱，如「虞山詩派」、「婁東詩派」、「秀水詩派」；個別則用代表人物的字號，如「飴山詩派」。惟有「神韻派」，獨以詩歌風格得名。另外，前述各派，其影響大抵是地方性的，追隨者多爲鄉里後進，神韻派則影響及於全國，歷久不衰。其所以如此，是由於該派代表人物王士禛，提出了他獨特的詩歌理論「神韻説」，而且窮畢生之力從事創作實踐，用自己的創作成果「神韻詩」，證明這一詩論反映了詩的本質，不同於清初其他各派附屬於儒家詩教的功利觀。

神韻派還表現出清詩對前代詩歌創作經驗和理論成果的總結（即集大成）特色，它盡攬漢魏六朝以迄元明詩之長，而以唐詩爲主，兼重宋詩，不像當時宗唐與宗宋兩派，交彈互譏，勢成水火。當然，它對前代遺產的吸收，其取捨標準是「神韻」。難能可貴的是並不限於「神韻」的表層意義，而是既重風調，又重雄渾：「自昔稱詩尚雄渾則鮮風調，擅神韻則乏豪健，二者交譏。」而他是主張「去其二短而兼其兩長」的。①

神韻派也表現了清詩的另一特色，即學人之詩與詩人之詩的統一。但它要求做到學爲詩用，比朱彝尊的秀水派以學爲詩更體現了詩的本質。

神韻派雖然「轉益多師」，而以盛唐爲宗，這和它在詩論上繼承嚴羽是一致的。嚴羽所以作《滄浪詩話》，就是因爲宋詩「尚理而病於意興」，神韻派的出現，也和清初朝野宗尚宋詩分不開。

應該看到，這一詩派之所以出現在康熙年間，又和當時政治的需要分不開。正由於清初滿洲貴族的統治初步鞏固，廣大漢人的民族敵愾心理尚未消除，爲了淡化民族矛盾，因而神韻派這種超脫現實的詩論和詩作受到統治者的肯定和歡迎。也不妨說，正是這種政治現實，有力地促進了這一詩派的崛起。至於代表人物恰好爲王士禎，則又和他的家庭熏陶、仕途經歷，個人性格和審美情趣密切相關。

乙 王士禎

(一) 生平

王士禎（一六三四，明崇禎七年——一七一一，清康熙五十年），字子真，一字貽上，號阮亭，別號漁洋山人（順治十八年，二十八歲時，遊蘇州，宿聖恩寺，望太湖中小山名漁洋者，一峰正當寺門，愛其秀峙無所附麗，取以自號。）②山東新城（今桓台縣）人。順治十五年，二十二歲，進士及第。次年任揚州推官，與諸名士文讌無虛日，詩日益工。康熙三年，三十一歲，升禮部主事，遷員外郎。八年，三十六歲，榷清江關。還朝，遷戶部郎中。十一年，三十九歲，充四川鄉試正考官。十五年，四十三歲，仍補戶部郎中。一日，「諸相奏事，上忽問：『今各衙門官，讀書博學善詩文者，孰爲最？』首揆高陽李公（李霨）對曰：『以臣所知，戶部郎中王士禛，其人也。』上頷之曰：『朕亦知之。』」③十六年，仍在戶部。六月，「一日召桐城張讀學（張英）入，上問如前，張公對：『郎中王某詩爲一時共推，臣等亦皆就正之。』上舉士禛名至再三，又問：『王某詩可傳後世否？』張對曰：『一時之論，以爲可傳。』上又頷之。七月初一日，上又問高陽李公、臨朐馮公（馮溥），再以士禛及中書舍人陳玉璂對，上頷之。」④十七年正月二十二日，「特詔公懋勤殿試詩，稱旨。次日傳諭：王某詩文兼優，著以翰林官用。遂改侍講，旋轉侍讀。本朝由部曹改詞臣，自公始，實異數也。」⑤十九年，四十七歲，遷國子監祭酒。二十三年，五十一歲，遷少詹事，兼翰林院侍講。二十九年，五十七歲，遷都察院左副都御史，旋充經筵講官、國史館總裁，遷兵部督捕侍郎。三十年，五十八歲，充會試副考官。三十一年，五十九歲，調戶部右侍郎。三十三年，六十一歲，轉左。三十七年，六十五歲，擢左都御史。三十八年，六十六歲，遷刑部尚書。四十年，六十八歲，請假遷葬，「上諭廷臣曰：『山東人偏執好勝者多，惟王士禛則否。其作詩甚佳。居家除讀書外，別無他事。』」⑥四十三年，七十一歲，以王五、吳謙獄失於瞻徇，罷官。或謂因與廢太子唱和，致被借題奪官；⑦又或謂因「徐乾學以金箋索詩爲內大臣明珠壽，士禛念曲筆以媚權貴，君子不爲，力拒之」，⑧以致罷官。歸里後，葺夫于亭，日事著述，不與聞門外事。四方求詩文者接踵而至，公亦洒然自得，有請輒應，人人厭其欲而去。」⑨四十九年，七十七歲，其年冬，詔復士禛尚書銜。五十年，七十八歲，其年五月十一日病卒於家。

士禎出身世家望族。曾祖王之垣，明萬曆初年以都察院右副都御史出任湖廣巡撫三年，內遷戶部右侍郎，次年轉左侍郎。「少績學，攻苦茹淡，窮日夜不輟，及貴猶然。」⑩祖父王象晉歷官浙江右布政使，「生平喜淡泊，……盛暑，整衣冠，危坐，讀不輟。」⑪有《群芳譜》、《清悟齋欣賞編》、《剪桐載筆》等著作。⑫伯祖父王象乾，明末歷任督撫，官至兵部尚書，累加太子太師。父王與敕，順治元年拔貢，終身不仕，「中歲好爲詩，輒棄去，曰：『吾偶寫懷抱，如絃之有音，絃停音寂矣，乃欲索之於無有耶？』」⑬而對子弟的教育方法是：「自制舉業外，詩歌古文詞縱其涉獵。或以爲言，輒笑而不答。」⑭這樣的家世，對王士禎終身的政治態度、性格定型、文學素養與審美情趣都有頗大影響。

王家在明朝百餘年來鼎盛的政治地位，特別是甲申事變中士禎伯父王與胤的殉國，⑮以及儒家學說中的華夷之辨，在士禎的思想意識深處，必然形成對明朝漢族政權的懷念和對清朝滿族政權的反感；而官僚地主階級的本質，又要求他繼續走入仕途，以維持家族的高貴地位，因而他不能不求取功名。然而在異族統治下，「非我族類，其心必異」，他不能不經常提防，生怕遭到不測。這就使他像南朝齊的衡陽王蕭鈞那樣「身處朱門而情遊江海，形入紫闥而意在青雲。」⑯

由於這種政治處境，他便不僅以仕爲隱，而且早就養成「少無宦情」的性格。正如他自己所說：「予兄弟少無宦情，同抱箕潁之志，居常相語，以十年畢婚宦，則耦耕醴泉山中，踐青山黃髮之約。」⑰以後就在官場上，也是「淡於仕進。」他的門人馮景批評他居諫諍之職而不敢言，只是循默而遷秩，也從另一側面反映了他這一種性格。⑱

同時，他還具有文學的素質，自幼就耽嗜詩歌：「六七歲讀『燕燕于飛』詩，便悵觸欲涕。肄經之隙，私取《文選》，唐詩誦之，學為五、七言韻語。」⑲當然，這跟他父親的教育方法也很有關係。

至於他偏愛遠離政治的山水田園詩以及一切純藝術性的空靈之作，除政治原因外，也和他的家教有關：「其兄士祿喜詩，乃取王、孟、韋、柳及常建、王昌齡、劉昚虛數家詩，使手鈔寫之。」⑳這等於對他的審美情趣進行了定向培養。

因此，他的神韻詩往往表現為一種朦朧美，用他借自禪宗的話來說，就是「不黏不脫，不即不離。」這種朦朧美形成一種藝術魅力，它吸引讀者沉浸在一種超越世俗的審美感受中。以他早年最馳名的《秋柳》詩為例，不少人認為是悼念明亡之作，以致乾隆年間，工部尚書彭元瑞還「摘摭」這四首詩的「語疵」，幾乎掀起一場文字獄。㉑而認為並無寓意的也不少，如近人江庸《趨庭隨筆》第一卷，既引徐嘉《顧亭林詩箋注》於《賦得秋柳》下引黃葆年說，又引王祖源《漁洋山人秋柳詩箋》，然後指出：「雖言之娓娓，要皆揣測之辭，恐阮亭當日不過隨題抒寫，未必果有用意。錢辛楣《潛研堂詩續集》題李義山詩云：『玉山碧瓦語清腴，留枕窺簾事有無。八寶流蘇隨處掛，不應全是為令狐。』真解人語也。」王士禎本人就希望他的詩作收到這樣一個效果：讓讀者自己去揣測，去聯想，去發揮想像力，去作任何自以為合理的解釋。即以《秋柳》而言，王士禎不可能沒有興亡之感，但甲申之年他才十一歲，因而他的興亡之感又是淡淡的，決不像顧炎武、屈大均他們那樣強烈，因而他只能出之以朦朧。這樣才可得到客觀環境的默許，而自己的主觀抒情目的以及對其他漢族士大夫的感發目的也可以達到。

但這種容易被人牽涉到政治意義的詩作還是不保險的，所以他儘量地加以回避。他最喜歡嚴羽所引「羚羊掛角，無跡可求」二語，時常用以比喻神韻詩的境界，其實正是他立身處世的準則：「釋氏言：『羚羊掛角，無跡可求。』古言云：『羚羊無些子氣味，虎豹再尋他不著，九淵潛龍，千仞翔鳳乎！』此是前言注腳。不獨喻詩，亦可爲士君子居身涉世之法。」㉒因而他把詩的領域區劃到政治現實以外：「夫詩之爲物，恒與山澤近，與市朝遠，觀六季三唐作者篇什之美，大約得江山之助、寫田園之趣者，什居六七。』他稱讚友人梅子翔漫遊齊、魯、豫章、廬陵諸地後，「歸老東渚之上，所謂江山之助，田園之趣，蓋兩得之，宜其詩之風味澄夐，絕遠世事。」㉓

這就難怪唐熙帝賞識之於前，乾隆帝褒飾之於後了。「公薨後五十餘載，當乾隆之三十年，高宗特旨，以公績學工詩，在本朝諸家中，流派較正。從前未邀易名之典，宜示褒榮，以爲稽古者勸。遂賜謚曰文簡。」㉔

㈡ 詩論

王士禎的神韻說，具有總結的性質。自南朝梁的鍾嶸，到唐代的司空圖，到宋代的嚴羽，再到明代的徐禎卿、李攀龍，形成一個超功利的詩歌美學傳統，和儒家歷來的教化説詩歌傳統形成對峙局面，而王士禎的神韻説，便是對這一詩歌美學傳統的總結。

王士禎的時代，正緊接著晚明，自然受到那種社會思潮的影響。晚明時期，士大夫面對日益加深的內憂外患，而又回天無力，只有寄情山水，聊以自娛。因而對文學的價值產生了新的認識，認爲它的功能是「怡悅」。持這種文學觀者，無視社會責任感和歷史使命感，只是一味探討純藝術性。公安派的袁宗道就愛結社，常為詩酒之會，以幽寂為娛悅，樂在禪趣。這種遁世態度，偏於「靈」的追求。㉕王士禎生活在清初，仕運亨通，卻「長思茂陵臥，未厭承明值。仕宦本易農」，㉖像東方朔那樣「以仕易農」。㉗原因是家族需要他出仕新朝以保富貴，而他對出仕異族政權頗感內疚，這就必然接受晚明文人（以袁宗道為代表）的「自娛」文藝思潮，再從歷史上擇取從鍾嶸開始的超功利的詩歌美學理論，結合自己的審美情趣，加以改造和擴大，從理論上張揚其神韻說，以區別於鍾嶸的滋味說，司空圖的韻味說，嚴羽的興趣說、徐禎卿的真情說和李攀龍的格調說。

最明顯的如「神」字，嚴羽本來把它看作詩歌品格的最高層次，所謂「入神唯李、杜能之」。這個「神」，正如錢鍾書所闡釋的，不論哪種風格的詩（大別之，即優游不迫與沉著痛快兩種），恰到好處，就是「入神」。㉘神，就是神味，即表現得恰到好處的詩味。而王士禎卻側重「神」字下的「韻」字，這就把詩引向一種悠閒淡遠、有餘不盡的境界。所以，他欣賞司空圖的「味在酸鹹之外」，嚴羽的「言有盡而意無窮」，而找到符合這一標準的以王維為代表的山水田園詩人的作品，作為「尤雋永超詣」的樣本。

比起李白、杜甫、蘇軾和陸游這些大家，用我們的傳統尺度衡量，王士禎頂多算個「小的大詩人」。但他這樣自覺追求神韻，強調它的美學意義，我們卻不能不承認他在中國詩史上的巨大貢獻。法國的文學批評家聖·勒夫曾說：「最偉大的詩人是這樣的一種詩人：他的作品最能夠刺激讀者的想像和思維。他最能夠鼓舞讀者，使他自己去創造詩的意境。最偉大的詩人並不是創作得最好的詩人，而是啟發得最多的詩人；他的作品的意義不是一眼就可以看出的，他留下許多東西讓你自己去追索，去解釋，去研究，他留下許多東西讓你自己去完成。」㉙在西方人眼裡，王士禎應該算最偉大的詩人，儘管出於習慣，我們不容易接受這種藝術評價。艾略特下述這段話值得我們玩味：「詩歌不是感情的放縱，而是感情的逃避；不是個性的表現，而是個性的逃避。當然，也只有有個性有感情的人才知道逃避它們意味著什麼。」㉚所謂逃避，實即隱蔽，這和王士禎的神龍見首不見尾理論是一脈相通的。

(1) 標舉盛唐　兼取唐宋

王士禎的門人曹禾說：「先生之學非一代之學，先生之詩亦非一代之詩。其學何所不貫，其詩亦何所不有？」㉛不錯，提倡神韻説的王士禎，在詩歌傳統的繼承方面，取精用宏，表現出集大成姿態。然而另一方面，他又是有所側重的。

首先，他以唐詩爲中心軸，其他各代的詩都圍著這根主軸轉，符合要求的才擇取，否則捨棄。其次，在唐詩中，他又標舉盛唐，而所謂盛唐詩的代表詩人，並非李、杜，而爲王、孟。至於他在不同時期，或宗唐，或尊宋，有不同的側重，那是出於補偏救弊。宗唐固然是宗王、孟，尊宋也是尊近唐的宋詩。試看其好友施閏章云：「客或有謂其祧唐而祖宋者，予曰：不然，阮亭盖疾夫膚附唐人者了無生氣，故間有取於子瞻。而其所爲蜀道諸詩，非宋調也。詩有仙氣者，太白而下，唯子瞻有之，其體制正不相襲。……學三唐而能自竪立者，始可讀宋、元，未易爲拘墟尠見者道也。」㉜又一僚友徐乾學也稱他：「雖持論廣大，兼取南北宋、元、明諸家之詩，而選練矜慎，仍墨守唐人之聲格。或乃因先生持論，遂疑先生續集降心下師宋人，此未知先生之詩者也。」㉝可見萬變不離其宗，不管王士禎怎樣旁求遠紹，落足點仍在其所選《唐賢三昧集》，「妄

欲令海內作者識取開元、天寶本來面目。」㉞

何以見得王、孟詩才是盛唐的本來面目？明人胡應麟曾指出：「盛唐一味秀麗雄渾，杜則精粗、巨細、巧拙、新陳、險易、淺深、濃淡、肥瘦，靡不畢具。參其格調，實與盛唐大別。」㉟可見王士禎不以杜詩代表盛唐是有根據的。但明人高棅說：「開元、天寶間，則有李翰林之飄逸，杜工部之沉鬱，孟襄陽之清雅，王右丞之精緻，儲光羲之真率，王昌齡之聲俊，高適、岑參之悲壯，李頎、常建之超凡：此盛唐之盛者也。」㊱王士禎在這麼多盛唐詩風中，何以獨取王、孟？這當然和他從小受父兄熏陶有關，但更重要的原因，卻是當時的政治現實決定他作出這樣的選擇。作爲漢族士大夫，對前明不可能無故國之思，《秋柳》四章便是明證。然而康熙之時，文網漸密，社會上已形成「喜讀閒書，畏聞莊論」㊲的風氣，他不能不注意收斂，因而只得將淡淡的哀愁和悠閒的情趣寄托於林泉之間。

康熙一朝，政治清明，海宇安定，開國氣象本多可加歌頌的。然而遺老未盡凋謝，民族仇恨亦未盡泯滅，王士禎自不甘作正面的歌功頌德。所以在《然燈記聞》中他說：「吾疾夫世之依附盛唐者，但知學爲『九天閶闔』、『萬國衣冠』之語，而自命高華，自矜壯麗，按之其中，毫無生氣。故有《三昧集》之選，要在揭出盛唐真面目與世人看，以見盛唐之詩原非空殼子大帽子話，其中蘊藉風流，包含萬物，自足以兼前後諸公。彼世之但知學『九天閶闔』、『萬國衣冠』等語，果盛唐之真面目真精神乎，抑亦優孟叔敖也？苟知此意，思過半矣。」這段話，表面是批評明七子的「瞎盛唐詩」，實則別含深意。「九天閶闔開宮殿，萬國衣冠拜冕旒」，是王維《和賈至舍人早朝大明宮之作》的頷聯，正是對朝廷歌功頌德的標本，王士禎卻斥之爲「空殼子大帽子話」，其鄙薄之情溢於言表，這反映了不甘歌頌清廷的意識。

他不取王維正面歌頌的詩，自然轉到王維清澄、蘊藉而又華妙這一面了。他這樣做的理論根據，是嚴羽說的「盛唐諸人唯在興趣。」所謂「興趣」，就是興象超逸的境界。這固爲盛唐諸人所共有，李白某些詩也表現了這種境界，如王士禛曾例舉的「牛渚西江夜」一首。而只有王維、孟浩然的山水田園詩，這方面的特色最突出。李白詩主要是「鯨魚掣海」式的，不合這一要求。至於杜甫，那就距離更遠了。

王士禛不取杜，還有一個「正變」問題。杜甫七律，「正聲少而變調多」。㊳所謂「正」，是治世之音，也就是「美」。而「變」，則指亂世之音，也就是「刺」。杜詩的精華全在反映天寶至大曆的亂離，和康熙之治極不合拍，王士禛自然不會走杜甫的路。當代有些學人沒有從王氏整個時代背景去分析他的文化心態，僅僅以他的某些言論和詠嘆杜甫的詩篇作爲依據，斷言他並非如趙執信、翁方綱等所指出的不喜杜詩，是不符合實際的。徐乾學這段話很值得玩味：「《記》曰：『治世之音安以樂』，……讀先生（指王士禛）之詩，有溫厚平易之樂，而無崎嶇艱難之苦，非治世之音能爾乎？」

(2) 談藝四言

王士禛給「神韻說」標舉了四個字：典、遠、諧、則。

他對這四個字的解釋是：「六經廿一史，其言有近於詩者，有遠於詩者，然皆詩之淵海也。節而取之十之四五，雜結謾譎之習，吾知免矣：一曰典。畫瀟湘洞庭，不必蹙山結水。李龍眠作陽關圖，意不在渭城車馬，而設釣者於水濱，忘形塊坐，哀樂嗒然，此詩旨也：次曰遠。詩三百五篇，吾夫子皆嘗弦而歌之，故古無《樂經》，而《由庚》、《華黍》皆有聲無詞。土鼓鞞鐸，非所以被管弦、叶絲肉也：次曰諧音律。昔人云：《楚辭》、《世說》，詩中佳料，爲其風藻神韻，去《風》、《雅》未遙。學者由此意而通之，搖蕩性情，暉麗萬有，皆是物也：次曰麗以則。」㊴

所謂「典」，反映了詩人之詩和學人之詩的結合。這是時代風氣使然，但王氏偏重在詩人之詩這方面，學爲詩用，追求典雅，力戒粗鄙。這一點，他和嚴羽一脈相承。嚴羽說：「詩有別才，非關學也。」緊接著又說：「然非多讀書窮理，則不能極其至。」這就是說學應爲詩所用。王士禎在這點上，正和朱彝尊相反。朱氏固然也有學化爲才的詩，而爲學所累的詩不少；王氏則完全沒有。他真正做到了「讀書破萬卷，下筆如有神。」

所謂「遠」，是神韻說的核心，即以淡墨寫意，而不必正面刻畫，使人讀後自會悠然意遠。

所謂「諧聲律」，純從詩的聲調提出，要求表現出悅耳動聽的音樂美。這是針對當時宗宋派「兀傲奇崛之響」㊵來的。翁方綱曾指示門人：「喉嚨必要寬鬆。蓋喉嚨寬乃眾妙之門，百味皆可茹入。王漁洋喉嚨最寬，所以一發聲即奄有諸家之長。」㊶正指他「諧音律」這點。王士禎很重視詩的音律，門生問他何爲「平中清濁，仄中抑揚」，他解釋說：「清濁如通、同、清、情四字，通、清爲清，同、情爲濁；仄中如入聲有近平、近上、近去等字，須相間用之，乃有抑揚抗墜之妙，古人所謂一片宮商也。」㊷又說：「唐、宋、元、明諸大家，無一字不諧，明何、李、邊、徐、王、李輩亦然。」㊸

所謂「麗以則」，原出揚雄《法言・吾子》：「詩人之賦麗以則。」「麗」，即王士禎同時人說他的「王愛好」。王氏主張詩雖應寫得綺麗而能搖蕩性情，卻不失正則，即不悖於「溫柔敦厚」的詩教。

以上這四字，就是神韻說的具體內涵。

這四字的提出，是有其針對性的，張九徵說過：「公安滑稽而不典，弇州（後七子中的王世貞）工麗而不遠，竟陵取材時文，競新方語，既寒以酸，亦俗而輕，何有於諧聲、麗則乎？」㊹

但僅僅認爲談藝四字只是分別對公安、七子、竟陵甚或清初宗宋派做補偏救弊的工作，那還是消極的看法，而且顯得零碎。「典」、「則」偏於內容，而「遠」、「諧」偏於形式。士禎之所以特別標舉「諧音律」，一方面是針對「宋詩有聲無音」，㊺另一方面是注意到唐詩（尤其是盛唐詩）重視音響效果，做到實大音宏，從而認識到音律的諧調，正好引發情感的萌生，形成宮徵靡曼，搖蕩性靈，更易使讀者獲得悠然意遠的情味。所以，談藝四言實在是完整的統一機體，比消極的補偏救弊自有其積極意義。

因此，契重士禎的前輩詩人錢謙益肯定這四字：「其談藝四言，曰典，曰遠，曰諧，曰則，沿波討源，平原之遺則也。」㊻這是比之於陸機《文賦》。何謂「平原遺則」？《文賦》提出「詩緣情而綺靡」，拈出「緣情」二字，以區別於古老的「言志」說，擺脫了政教說的束縛，在內容和形式上都力求綺靡。這是魏晉詩風的理論概括，不僅下啟六朝詩風，而且一直影響到隋唐以迄於今。錢謙益認識到王士禎論詩已側重「緣情」，但能提出「麗以則」，則在「愛好」（即「綺靡」）基礎上能注意「溫柔敦厚」的詩教，而不是六朝那樣「文章且須放蕩」。

錢鍾書也認爲：「漁洋談藝四字『典』、『遠』、『諧』、『則』，所作詩皆已幾及，……明清之交，遺老放恣雜駁之體，……詩若文皆然。……『愛好』之漁洋，方爲撥亂之藥，功亦偉矣！」㊼

這和上引張九徵的話互相發明，「放恣雜駁之體」，就是公安、七子，竟陵的流裔在詩文上的表現。錢鍾書從宏觀角度指出王士禎談藝四言在文學史上的功績，這評價是很高的。

但是，有些人對這四字也有不同的看法，如梁章鉅就認爲：「王漁洋談藝四言，曰典，曰遠，曰諧，曰則，而獨未拈出一『真』字，漁洋所欠者真耳！」[48]這是附和趙執信、阮葵生的看法，以爲士禎「詩中無人」。陳衍也說：「漁洋最工摹擬，見古人名句，必唐臨晉帖，曲肖之而後已。操斯術也，以之寫景，時復逼真，以之言情，則往往非由衷出矣。」[49]這也是對袁枚那段話的補充。袁枚曾說：「阮亭主修飾，不主性情。觀其到一處必有詩，詩中必用典，可以想見其喜怒哀樂之不真矣。」[50]吳清鵬《讀漁洋集戲題》：「長白山頭感神女，小黃園裡吊昭靈。秦祠漢冢知多少，動費先生雪涕零。」[51]這是袁枚的話的詩化。

這就提出了一個問題：王士禎的詩是不是形式主義的？

我以爲王士禎不是形式主義詩人。黑格爾說：「詩的出發點就是詩人的內心和靈魂。」「抒情詩的中心點和特有內容就是具體的創作主體，亦即詩人。」「他的唯一外化（表現）和成就只是把自己的心裡話說出來。」[52]我同意這種論析，因爲一切抒情詩的作者不需要也不可能說假話。詩，總是發自內心的，士禎並不例外。

首先，我們分析陳衍的論點。他說士禎摹擬古人名句，寫景可以逼真，而言情則非由衷出。這是把情與景分裂爲二，而忘了王夫之早已指出一切景語皆情語。陳衍的論據是：「漁洋山人自喜其『螢火出深碧，池荷聞暗香』之句，謂可擬范德機『雨止修竹間，流螢夜深至』二語。」不錯，士禎是說過「余最愛范德機『雨止修竹間，流螢夜深至』二句，少時曾擬作一聯云：『螢火出深碧，池荷聞暗香』。但下面接著說范氏雖「得此句喜甚」，卻又說：「句太幽，殆類鬼語。」㊽士禎的擬作顯然避開了「鬼語」的缺點。只就寫景清幽而言，「螢火出深碧」的「深碧」，確由「修竹間」化出，而點化是寫詩的一種手法，只要點化得妙，便會受到讀者的欣賞。何況士禎此二語，一寫視覺，一寫嗅覺，畫出一片幽迴境界，正反映出他獨特的審美情趣，怎麼能說「以之言情，非由衷出」呢？

其次，我們看看趙執信和阮葵生的論點。阮葵生說：「趙秋谷云：阮亭昔以少詹祭南海，留別都門諸子云：『盧溝橋上望，落日風塵昏。萬里自茲始，孤懷誰與論？』又曰：『此去珠江水，相思寄斷猿。』不知謫宦遷客更作何語？又曰：『寒宵共杯酒，一笑失窮途』，非所謂詩中無人者耶？秋谷與阮亭為難，然此論實中其弊，學子所當引為戒者。按阮亭典試蜀中，別鄭水部云：『與君俱絕域，此別各魂銷。』又天門山客泊云：『勝遊非夢到，絕域此生還。』正與前同病，但求措語工妙，不顧心之所不安。」㊾

趙、阮兩家所舉各例，其中有理解錯誤的，如《與友夜話》的「寒宵共杯酒，一笑失窮途」，「窮途」屬友人，題中明著「慰余淡心處士」語。㊿余懷是明遺民，自然是「窮途」。趙執信誤據此斷定士禎「詩中無人」，亦即無「我」，後人又據此紛紛指責士禎「不真」，真是厚誣古人了！其餘數例，無非認為士禎以貴官代皇帝祭南海或赴四川任主考官，詩不應作謫宦遷客語。這是以普遍性代替特殊性。士禎少無宦情，出仕後也淡於仕進，因此，代祭、主試，在他人以為榮寵者，在他卻寧耽朋好游從，不樂河山跋涉。這可用他自己的話作證：「宋（朱子青）家世翔貴，門有列戟，而性癖耽吟，往往與山林憔悴之士爭勝尺寸。班孟堅所云：『在綺襦紈袴之間，非其好也。』其詩之工也，不亦宜乎？」這也是夫子自道，認爲「處富貴而樂貧賤則詩工。」56何況他康熙十一年六月奉命典蜀試，……余方有兒渾之痛，伏枕浹旬，黽勉就道。初十日抵平定州，夜雨，夢兒渾彷彿如平生，枕上抆淚成一詩。」又說：「予奉使入蜀時，兩喪愛子，（吾妻張）宜人病骨支床，而予有萬里之行。宜人慮傷予心，破涕爲笑，扶病治裝，刀尺之聲與嗚咽相間，唯恐予之聞之也。予途中寄詩云：『何必言愁始欲愁，離騷端合是離憂。兩年再墮童烏淚，萬里虛爲諭蜀游。落日深山聞杜宇，秋風古驛下金牛。傷心欲寫蠻箋寄，十樣空傳出益州。』」57了解這種背景，怎麼會責怪他「但求措語工妙，不顧心之所不安」呢？即以《武侯祠別鄭次公水部》等詩的「絕域」言，絕域即殊域、異域，亦即遠方。「絕域」一詞，士禎蜀中詩屢用，如《雙流縣》：「愁將蓬鬢色，絕域老霜華。」《寄朱峨眉方庵，兼懷蔣修撰武臣》：「絕域相逢感鬢華。」《宜都縣南，中流大風》：「波濤絕域還。」阮葵生所舉《天門山客泊》的「絕域」，也是指蜀中。其所以如此用，是因爲西晉曹毗《歌世宗武皇帝》有云：「殊域既賓，僞吳亦平。」殊域指蜀漢。士禎用此，極切題義，正表現了談藝四言中的「典」，確實體現出「王愛好」的本色，可惜阮葵生竟看不出。

正由於他強調談藝四言，所以厭惡俚俗，反對流易，不滿纖仄。

對南宋的范成大和楊萬里，士禎指爲「俚俗之體」，58「佻巧取媚」，59表示鄙薄，即因兩家詩不合其談藝四言。

他盛讚前七子「相與力追古作，一變宣、正以來流易之習。」60這種軒輊，也是根據「典」、「遠」、「諧」、「則」的標準。他指斥的宣德、正統以來流易之習，是指三楊（楊士奇、楊榮、楊溥）爲代表的台閣體，又稱爲東里派（楊士奇有《東里全集》）。其詩雍容平易，實則膚廓冗長，千篇一律。這也可見士禎力避富貴文字的審美傾向。

按照談藝四言，士禎自亦不滿鍾、譚纖仄，斥爲「幽隱鈎棘之詞」。[61]然而後人如計發則謂士禎詩有絕似鍾、譚者，錢鍾書則謂其談藝似竟陵。計發於其詩話中引淩樹屏《偶作》云：「新城（指王士禎）重代歷城（指李攀龍）興，清秀贏得牧老稱（自注：時謂阮亭爲『清秀李于鱗』，錢牧齋顧亟稱之，何耶？）細讀羼提軒裡句（士禎自號羼提居士），又疑分得竟陵燈（自注：新城詩有絕似鍾、譚者）。」[62]錢鍾書則謂「清人談藝，漁洋似明之竟陵派。」因爲「鍾、譚論詩皆主『靈』字，實與滄浪、漁洋之主張貌異心同。」「至以禪說詩，則與滄浪、漁洋正復相視莫逆。」「世人僅知漁洋作詩爲『清秀李于鱗』，不知漁洋說詩，乃蘊藉鍾伯敬也。」[63]

應該說，士禎之於鍾、譚，無論詩作或詩論，確有其相與契合處。試看鍾惺《簡遠堂近詩序》云：「詩，清物也，其體好逸，勞則否；其地喜靜，穢則否；其境取幽，雜則否；其味至淡，濃則否；其游止貴曠，拘則否。之數者，獨其心乎哉？市至囂也，而或云如水；朱門至禮俗也，而或云如蓬戶。」譚元春《渚宮草序》云：「古之人即在通都大邑，高官重任，清廟明堂，而常有一寂寞之濱、寬閒之野在乎胸中而爲之地，夫是以緒清而變呈。」王士禎正是這樣認識並實踐的。不過鍾、譚生於明之末世，所以企求遠離現實，去尋覓「深幽孤峭」的詩境，以寄托自己超越世俗的孤寂情懷。而王士禎則生於康熙盛世，爲了羞於對異族主子多所歌頌，更害怕捲入朝內北派對南派的尖銳複雜的黨爭，因而儘量追求山水林泉的逸趣。不同處境產生不同心態，自然前者表現的是纖仄的鬼趣，而後者怡情山水，養志林泉，從側面烘托出朝野一派熙和氣象，其歌吟當然成爲治世元音了。

(3) 根柢與興會

談藝四言，「典」、「則」偏於根柢，「遠」、「諧」偏於興會，如何解決根柢與興會這一對矛盾？

王士禎認爲這一對矛盾確實存在：「夫詩之道，有根柢焉，有興會焉，二者率不可得兼。鏡中之象，水中之月，相中之色，羚羊掛角，無跡可求：此興會也。本之風雅以導其源，泝之楚騷漢魏樂府詩以達其流，博之九經三史諸子以窮其變：此根柢也。根柢原於學問，興會發於性情。」[64]但是問題總得解決，究竟怎樣才能把二者統一起來呢？他曾在答門人郎廷槐問時說：「司空表聖云：『不著一字，盡得風流』，此性情之說也。楊子雲云：『讀千賦則能賦』，此學問之說也。二者相輔而行，不可偏廢。若無性情而侈言學問，則昔人有譏點鬼簿、獺祭魚者矣。學力深始能見性情，此一語是造微破的之論。」[65]從這段話可見他是以性情爲主來點化學問。因爲詩本緣情之物，正是爲了形象而又深透地表現作者的性情，才要借鑒前人的作品。這種借鑒，決非僅僅藝術技巧一面，而是包括對歷史和社會的廣博知識，對一切事理的透徹辨識，以及在這基礎上培養起來的敏銳的感受力，深刻的理解力和豐富的想像力。這就是他的門人張雲章所說：「先生以秀偉特出之才，經傳史記百家巨細穿穴，其詞所從來，莫之紀極，而皆本於意所獨運。」[66]所以他喜歡嚴羽以禪喻詩的「妙悟」。詩人爲了表現自己獨特的情思，創造出深邃的藝術境界，其長期積累的學識和目前生活中的某些強烈感受，經過苦思，互相撞擊，突然形成鮮明生動的形象，這就是「妙悟」。「悟」的基礎其實是學問（根柢）與性情（興會）辯證統一的結果。「妙悟」的內涵是「識」（由學所致），而外現則為「才」（藝術表現）。「才」不是不要「學」，而是諸葛亮所說：「非學無以廣才」。也是王士禎所說：「學力深始能見性情。」

王士禎曾批評嚴羽：「……然儀卿詩實有刻舟之誚，……大抵知（智）及之而才不逮也。」[67]刻舟求劍亦即泥古不化。嚴羽知「別才非學」，也知「非多讀書窮理則不能極其至。」然而他寫詩時卻不善於化學為才。這是由於詩學深而詩功淺。批評與創作本來是兩回事，出自兩種精神狀態，運用兩種思維形式。衛夫人《筆陣圖》：「善鑒者不寫，善寫者不鑒」；蘇軾說：「有道有藝」，[68]都是說二者各有領域。創作必須通過長期而艱苦的實踐，才能入神。士禎和嚴羽不同，他是自覺而勤奮地從事詩創作，然後體悟出神韻說的，所以，他沒有一套完整的詩歌理論。

但是，王士禎同時人就對其「妙悟」說頗有誤解。會稽人金以成未第時，以百韻長篇投王士禎，士禎指出：「詩家上乘，全在妙悟。」因贈以《三昧集》。以成歸，曰：「新城一生只識王、孟境界，杜之《北征》，韓之《南山》，豈是一味妙悟者？」[69]其實「妙悟」即今之所謂「靈感」，亦即王士禎所謂「興會」、「性情」。《北征》實敘事情，《南山》虛摹物狀，體格雖不同，然皆自性情出，發於興會，生於靈感。金以成本意是說王士禎只知「沖淡」，不識「雄奇」，卻誤以為「沖淡」的詩才需要「妙悟」，而杜、韓「雄奇」的鴻篇巨製可以不要靈感。

現在有些人仍然誤解「妙悟」，如錢鍾書就說：「漁洋天賦不厚，才力頗薄，乃遁而言神韻、妙悟，以自掩飾。」[70]其根據是昭槤說他詩思蹇澀，康熙帝面試時，非人槍替，必將曳白。殊不知士禎是強調「興會」的，他說：「王士源序孟浩然詩云：『每有製作，佇興而就。』余平生服膺此言，故未嘗為人強作，亦不耐為和韻詩也。」[71]又說：陳允衡「評余詩，譬之昔人云『偶然欲書』。此語最得詩文三昧。今人連篇累牘，牽率應酬，皆非偶然欲書者也。」[72]明白這一點，就可以知道他是富於詩才，這種創作態度是真正的詩人態度。一般人相信「倚馬可待」，「文不加點」這類話，以爲既是興會淋漓，便應千言立就。殊不知「佇興」是一回事，「作」又是一回事。既是「作」，就應極盡人工之巧，以臻天然之妙。袁枚倡性靈説，蔣士銓亟稱「不如公處只聰明」。袁枚卻說：「詩到能遲轉是才。」這可以作爲旁證。

後人也有不滿其有意求工的：「余意阮亭詩自俊，要是有意求工。」[73]

王士禎雖然刻意求工，一味「愛好」，也並非認識不到這是缺點。因爲過分愛好，必然有傷真美。所以，當門人曹頌對他恭維：「杜、李、韓、蘇四家歌行，千古絕調，然語句時有利鈍。先生長句乃句句用意，無瑕可攻，擬之前人，殆無不及。」他就說：「唯句句用意，此其所以不及前人也。四公之詩，如萬斛泉源，不擇地而出，行乎其所不得不行，止乎其所不得不止。余詩如鑑湖一曲，若放翁、遺山以下，或庶幾耳！」[74]這不能不說他有自知之明。

他既強調興會，又強調根柢，所以他一貫重視向古人學習。但他反對明七子的仿古而成爲優孟衣冠。他說：「善學古人者，學其神理。不善學者，學其衣冠、語言、涕唾而已矣。」[75]

問題不在於怎樣學習古人，而在於學習古人哪些方面。對此，他以偏概全，不免遭人譏議。司空圖二十四詩品，本以「雄渾」冠首，他卻把第二位的「沖淡」，第十位的「自然」，第十六位的「清奇」，說成「是三者，品之最上。」他這樣回避政治，也許可用白居易《序洛詩》自解。白氏說：「予嘗云：『治世之音安以樂』，閒居之詩泰以適。苟非理世，安得閒居？故集洛詩，別爲序引，不獨記東都履道里有閒居泰適之叟，亦欲知皇唐大和歲有理世安樂之音。」[76]是的，陳維崧正是這樣評論王士禎詩的時代意義的：「覽其義者，沖融懿美，如在成周極盛之時焉。……先生既振興詩教於上，而變風變雅之音漸以不作。讀是集也，爲我告采風者曰：勞苦諸父老，天下且太平，詩其先告我矣！」[77]士禎力求超越現實政治，客觀上還是爲政治服務了。這確非其本心，然而也可看出爲藝術而藝術之不可能。

(4) 結論

從詩的本體說，神韻說在清初的出現，實有其歷史的必然性。封建社會發展到了清初，一場階級鬥爭和民族鬥爭交叉而成的暴風雨剛剛過去，處於滿洲貴族統治之下，漢族士大夫出於民族敵愾心理，心目中並沒有看到也不願承認清帝國蒸蒸日上的恢宏氣象，因而主體上也就不可能產生奮發向上的廣闊襟懷。這就在詩歌的內容與風格上追求一種沖淡的意境，其審美追求也必然是優美即陰柔之美，而神韻說正符合這一心理。蘇珊·朗格說得好：藝術是表現人類情感的，但它不是直接表達藝術家個人的情感，而是表現他領會的某些人類情感的本質（當然，在表現這種普遍情感時，並不排除藝術家表現的個性化）。這就是神韻說能主宰清代詩壇近百年之久，追隨者遍及全國，遠非虞山、婁東、秀水等地域性詩派可比的原因。

也正由於神韻派詩人具有這種心態，所以他們不喜鴻篇鉅製，而愛採用五絕和七絕的形式，這就成爲世人譏嘲的「盆景詩」。[78]也就因此，袁枚嗤笑王士禎是「一代正宗才力薄」。[79]

神韻說是有其歷史功績的，強調詩的韻味，就抓住了詩歌藝術的本質。中國古典詩歌和西方的不同，一向偏重言志與抒情，敘事詩一向不發達。而抒情詩的功能，必然追求言外之意，韻外之致，味外之旨。爲了探求這種藝術境界，王士禎對詩歌藝術進行了艱苦的探索，他那些成功的詩作確實能在讀者心目中喚起絕對美感。

日本學者松下忠曾指出神韻詩的缺點之一是「少性情」。這要作兩點論。一方面，雖然士禎並不認爲藝術家的發展就是一個「不斷泯滅自己的個性」的過程，但他確是用冷靜的態度，把各種意象、事件、掌故、引語有序地組合起來，暗含本人的個性與感情，讓讀者再創作，進而領會詩人的性情，引起審美情趣上的共鳴。至於領會的深淺廣狹，那是因人而異的，這就可能使某些讀者感到他的詩「少性情」了。另一方面，有些神韻派作者的詩，尤其是末流的，只剩下「空腔」，「使模山範水之語處處可移」，[80]也就難怪讀者不見作者性情了。

㈢　詩作的藝術特色

《精華錄》是王士禎自選而托名於其門人曹禾、盛符升的，古今體詩共一千六百九十七首，其中山水詩四百十一首，約佔全數的百分之二十六；他如題畫詩、贈答詩。懷古詩、懷人詩，也大多寫到山水。其表現神韻、影響時人及後人者主要在這幾類詩裡。

以中國詩史上的山水詩而論，他當然對前人的優良傳統有所吸取，但由於時代的文化背景、社會的審美心態和個人的審美能力的不同，他不但不像謝靈運那樣以精雕細刻的手法去對東南山水作準確而細緻的刻畫，也不像王維那樣細麗工緻，層次分明，在空山深林中蘊寄著空虛寂滅的禪意，更不像蘇軾那樣在山水詩中洋溢著詼諧的情趣，而是充分地表現出他自己的藝術特色：

(1)　重表現，取「平遠」

王士禎的山水詩，目的不在於再現山水的本相，而是爲了寄托自己超脫塵俗的情思，客觀山水只不過是他主觀情思的外化物。因而他的山水詩，總是選取遠望的鏡頭。隨便看看他的詩題，就有許多「望」、「眺」等字，這是和前此李白、王維、杜甫、蘇軾、楊萬里、陸游等大不相同的。他所有的山水詩，無不寫遠望所見，而且這種眺望，正如很多詩題所顯示的，不是「曉望」，就是「晚眺」，而且往往在「雨中」。試看題中並無「眺望」字樣的《由柳庵踰西山最高頂至醴泉寺拜范祠》：「……顧盼見百里，雲日媚煙樹。憑高俯澄湖，風帆競孤鶩。晴旭移峰巔，明晦亦已屢。褰衣入空翠，溪流渺南注。……」又如《荊山口待渡》：「西連豐沛走中原，風色蕭蕭野渡昏。一望孤城天接水，亂山合沓是彭門。」所寫的都是空濛或浩茫的遠景。

王士禎常以畫論詩，他最喜提到郭熙《林泉高致．山水訓》所說的：遠有三種：高遠、深遠、平遠。「自下而仰山顛，謂之高遠；自山前而窺山後，謂之深遠；自近山而望遠山，謂之平遠。高遠之色清明，深遠之色重晦，平遠之色有明有晦。高遠之勢突兀，深遠之意重疊，平遠之意沖融而縹縹渺渺。」當代有人分析：「高」與「深」的形相都帶有剛性的、積極進取的意義，「平」的形相則帶有柔性的、消極而放任的意味。「平遠」乃「沖融」、「沖淡」，正是人的精神得到自由解脫時的狀態，正是莊子及魏晉玄學所追求的人生狀態。㉛

王士禎的山水詩所表現的正是「平遠」的情趣，他最主張「沖淡」這種美學風格，也正企慕著莊周及魏晉名士的人生態度。㉜

(2) 大景中取小景

王士禎雖喜採取「平遠」的鏡頭，卻不是一味的「遠」，他懂得王夫之說的「以小景傳大景之神」。因為一味「張皇使大，反令落拓不親」。㉝這也就是吳喬所說的：「詩人以身經目見者為景，故情得融而為一。若敘景過於遠大，即與情不關。……大且遠矣，與當時情事何涉？雖有哀樂之情，融化不得。」[84]試看王士禎《自沙河至唐婆嶺即事》：「皖公山色望迢迢，皖水清泠不上潮。青笠紅衫風雪裡，一林楓桕馬蕭蕭。」「皖公山」和「皖水」是遠景、大景，「青笠紅衫」二句是近景、小景。這種寫法就是「把一件小事物作爲一件大事物的坐標」，小中見大，思致乃有餘不盡。[85]

(3) 暖色調，避「鬼氣」

這是他和謝靈運、王維或蘇軾不同的地方。由於他一生仕途順利，而且力求超越現實政治，因而他沒有任何苦悶和不平，更談不上什麼憤怒。同時，他雖然企求超越現實，卻並不是因爲政治上失意（他本來就缺少中國士大夫那種「自比稷契」的傳統意識），因而對人生充滿一種愉悅心情。所以，他的詩總是「沖融」得像春天的微雨，「清曠」得像中秋的涼風，而絕對不會閃現淒風苦雨的「鬼氣」。他用暖色調的畫筆去模山範水，寄托逸興。讀遍他的山水之什，找不到一個哀颯愁苦的音符。如七律《犍爲道中》末二句爲「天外峨嵋如送客，晴雲千片白毫光。」又如《憶石帆亭寄兒輩四首》之一：「梅花香裡置茅亭，下有蒼筤萬個青。聞道故園三日雪，與誰同聽玉瓏玲？」都是寫雪景，卻充滿暖意，充滿恬愉。又如《飛仙閣》：「山行喜乘流，江平況如練？岩崿有開合，竹樹一葱蒨。人言利州風，今朝泠然善。灘如塗毒鼓，舟劇離弦箭。仰眺飛仙閣，鳥道危一線。彎環歷三朝，向背窮九面。絳雲捲輕綃，白日遞隱現。嘉陵碧玉色，晴雨皆婉孌。……此生兩經行，天遣追勝踐。……」根據蜀諺「利州風，雅州雨」，可知利州的風是猛烈的，詩人卻感謝它對自己特別友好，「泠然善也」，把坐的船吹得比離弦箭還快。灘流湍急險惡，詩人卻欣賞著天上輕綃似的絳色雲，隱現不定的日光和碧玉色的嘉陵江，歡呼江水「晴雨皆婉變」。他不但履險如夷，而且以涉險爲樂，稱之爲「勝踐」。

即使《蜀道集》中山水詩，他寫作時心情抑鬱，如《冷泉關道中》：「南徑雀鼠谷，崎嶇殊未休。路隨千嶂轉，峽束一川流。灘急長疑雨，蟬嘶畏及秋。雲峰將落日，立馬迴含愁。」主觀上心情憂悶，客觀上山徑崎嶇，又是暮秋時節，詩人立馬四顧，當然產生旅恨羈愁。但以元人馬致遠《天淨沙》「枯藤老樹昏鴉」小令對比，兩位作者所選取的景物、詞語，尤其是形容詞，迴然不同。《天淨沙》純然是一種冷色調，因爲只有這種色調才能充分描繪出天涯游子的斷腸。而王士禎詩則僅僅刻畫山徑的崎嶇和灘聲蟬嘶，結之以「迴含愁」，其內心的愁苦程度和那位「斷腸人」顯然大有差別。照說王士禎此時既抱喪子之痛，其妻張氏又正臥病，自己遠涉絕域，其心情之惡劣應該遠遠超過《天淨沙》中那位遊子，然而他卻自我控制，決不盡情傾瀉。這正是他的詩歌美學風格——有機地組合一系列意象，讓讀者去反復尋味那種深層的言外之意、韻外之致。

王士禎即使描繪幽悽的景色，也力避「鬼氣」。如《故宮曲三首》，寫作背景具見其《蜀道驛程記》：「過次公邸，故明端王宮也。王，明神宗子，天啟中，與福、惠二王同就國。李自成入秦，（端王）走重慶。張獻忠陷重慶，遇害。今瓦礫滿目，惟存後殿一區，改興元書院，前守鍾琇所置也。朱門潭潭，尚極宏麗。殿前後叢桂、老梅、櫻桃數十株。又觀所謂西園者，有亭榭四五。桂花漸落，紫荊數枝方作花，淒艷動人。因憶盛時鶴汀鳧渚之樂，而今台榭已傾，曲池就平，不待雍門之琴，乃泣下矣！」詩爲古體七絕，試觀其一：「濕螢幾點黏修竹，昏黃月映蒼煙綠。金床玉几不歸來，空唱人間可哀曲。」首句從范德機「雨止修竹間，流螢夜深至」化出，而放在全詩中，襯以「不歸來」、「空唱」，只見其爲荒涼人境，而無陰森鬼氣。

(4) 散點透視

王應奎曾指責王士禎《蜀道集》中《三登高望樓作》一詩：「古人作詩，於題中字必不肯放過。如老杜重過何氏五首，其著眼處在『重過』二字，所以爲佳。吾觀阮亭三登高望樓詩，於『三登』字全不照顧，已乖古法，而字句雜出，尤所不解。如第二聯既用『晚霞殘照』，而第五句又用『雲煙早暮』，第八句又用『清晨臨眺』。一首之內，忽朝忽夕，可謂毫無倫次矣。」㊵

我們試看原詩：「風流曾說荔枝樓，闌檻高明壓四州。峨頂晚霞寒白雪，江心殘照出烏尤。雲煙早暮還殊態，楓柏丹黃只似秋。自笑心情無賴甚，清晨臨眺不梳頭。」第二聯的「晚霞」、「殘照」，亦即第五句的「暮」，是一、二次登樓的時間和景物，而第八句的「清晨臨眺」，則指現在第三次。正因爲前兩次所見都是傍晚的景色，所以第三次就挑選清晨的景色。而不管是朝景還是暮景，都在秋天，所以說「楓柏丹黃只似秋」。怎能說他於「三登」字全不照顧呢？

也許有人會說，似乎對「清晨臨眺」寫得不具體，沒有寫出所見。其實寫了，最明顯的是「雲煙早暮還殊態」，已經點出秋天雲煙，而這雲煙正是仰望「峨頂」、俯瞰「江心」所見到的。另外，「闌檻高明壓四州」，也是寫清晨眺望，眼界更寬闊，因而覺得比前兩次傍晚在樓上憑闌所見，樓更高了，四處景色也更明晰了。爲了誇張，竟說這樓高得可以望到四周的戎州、眉州、卭州、雅州。

這種寫法，正合於中國山水畫的「散點透視」原理。西方傳統畫法是「一定時間」、「一定角度」的單向透視，而中國山水畫則採用「散點透視法」，經常轉換角度，從不同視點、不同時間，看同一景物。這種方法能真實地表現出客觀景物映現於眼簾的主觀感覺，這就能集合多層次多方向的視點，反映出一種超象虛靈的詩情畫意來。㊇按此原則來分析《三登高望樓作》，第一聯是總敘，以荔枝樓作陪襯，以見嘉定州名樓不止高望樓一處。然而府治在南宋時興建的荔枝樓，儘管大詩人陸游曾取家藏前輩筆札，全部刻石，置於樓下，因而風流文采，輝映千秋，㊈卻並不如高望樓晨眺時這樣既高曠又明亮。然後以第三句寫仰望，以第四句寫俯瞰，這是從不同角度眺望。以第五句寫早暮，以第六句寫秋，這是從不同時間（不同中又有同）寫眺望。以上四句是寫景。七、八兩句收束，是抒情。王士禛為什麼一登再登之不足，還要三登？他僅僅是為了欣賞朝暮的山光水色麼？不是，他實在是登高所以望遠，望遠所以當歸。他這詩實乃抒懷鄉之情，所以說：「自笑心情無賴甚。」何為「自笑」？笑自己一大早就爬上這座高望樓向山東老家的方向望，竟連頭髮也來不及梳洗。這鄉情何其重，鄉愁何其濃，鄉思何其深？然而他不直白坦陳，此其所以為神韻詩。

不妨再補充一點：他寫早眺、晚眺，卻不寫正午的眺，這也不是偶然的。中午陽光最強，反而裸露景物的本色，使觀者一覽無餘。早晨則隔著蔚藍的空氣，在朝陽閃爍下遠望，分外覺得一切景物的綺麗多姿。黃昏則暮色蒼茫，一切景物籠罩在煙霧中，十分引人尋味。神韻詩人當然選擇朝景或暮景。

(5)　自我表現

生活在清初日臻治平的康熙盛世，又已致身通顯，王士禛本應像盛唐士大夫的昂揚奮發，追求功業；如果悼念亡明與家難，則應如中唐詩人的憤激不平；然而他都沒有，而是「遁入了自己的藝術，以一個冬眠中毛蟲的細心為自己的靈魂構築屋宇，從而展現美麗」。㊉他只沉浸在個人的小天地裡，吟味著自己的恬愉與憂鬱，而這種恬愉與憂鬱又都是淡淡的、輕輕的。他沒有政治上的追求，卻沉浸在美的享受裡。

同是登高，試看王安石的《登飛來峰》：「飛來峰上千尋塔，聞說雞鳴見日升。不畏浮雲遮望眼，只緣身在最高層。」再看王士禎的《曉渡平羌江，步上淩雲絕頂》：「真作淩雲載酒遊，漢嘉奇絕冠西州。九峰向日吟江葉，三水通潮抱郡樓。山自涪翁亭畔好，泉從古佛髻中流。東坡老去方思蜀，不願人間萬戶侯。」

二王的詩，都是自我表現，而前者與後者截然不同。王安石詩的特色是高曠，作者目光總是向上，全詩表現了他的胸襟闊，氣魄大，活生生的一位高瞻遠矚、蔑視流俗，義無反顧、一往無前的偉大改革家的形象。王士禎詩的特色是平遠，「九峰向日」、「三水通潮」二句是遠景，「涪翁亭」、「古佛髻」二句是近景，作者目光總是由平視而下注。特別值得注意的是，這首七律其實是從蘇軾《送張嘉州》化出的。蘇詩開頭四句是：「少年不願萬戶侯，亦不願識韓荊州。頗願身爲漢嘉守，載酒時作淩雲遊。」以與士禎此詩對看，一、二句和七、八句的內容基本上和蘇詩開頭四句完全相同，中間四句只是「漢嘉奇絕」的具體描寫。蘇軾寫此詩，是第二次外遷杭州時，由於先後遭到新舊兩黨的打擊，又已五十三歲，因而心身交瘁，顯示出消極遊世的意味。而王士禎此詩寫於奉命典試蜀中時，政治上正得意，他卻像蘇軾那樣企求縱情山水，步上淩雲上絕頂的興奮，不過是「真作淩雲載酒遊」而已。其所以如此，就因爲仕宦生涯對他來說，不過是一種遁世方式，他其實志不在此。所以，並不像過去某些論者所說他的詩不見性情，相反，他的詩是極見個性的，他就是他。

表現他的獨特的詩人氣質的詩俯拾即是，如在《望廬山》中提出：「看山宜雪後。」理由是：「絕頂埋雲霧，眾峰出泬寥。」一句話，雪後的廬山才富於遠神與餘韻。這是他看山的個性。

(6) 陌生化

「陌生化」一詞，是俄國形式主義詩論家什克洛夫斯基提出的。他認爲：「詩歌的目的就是要顛倒習慣化的過程。」⑩他講的是詩歌語言。王士禎也説過：「物情厭故，筆意喜生，耳目爲之頓新，心思於焉避熟。」⑪這話主要談詩的風格，也包括語言在內。因此，他的「愛好」也表現爲語言的陌生化。最突出的一個例子是「帆」字。在他之前，歷代詩人大多作名詞用，到了他手上，卻一再地用作動詞。如《萬安縣》：「沙嶼宵沾雨，江船午帆（自注：去聲）風。」又如《登浴日亭》：「乘槎興不盡，復欲帆（自注：去聲）南溟。」這顯然是「顛倒習慣化」的用法，然而這樣才新才奇，才有生氣。這是一方面。另一方面，他又反對杜撰，強調用字須有來歷。因此，他這樣用「帆」字，並非前無古人，唐代「燕許大手筆」之一的張説，在其《四月一日過江赴荊州》五律中，已有「夏雲隨北帆，同日過江來。」

中國古典詩人中，有些人愛用僻典，力求避熟避俗，清中期以厲鶚爲代表的浙派且形成一種風氣。這自然不可取，但原其初心，除矜才炫博外，也是爲了「陌生化」。王士禎也是一個愛用僻典的（《居易錄》記汪琬戒人勿效王氏喜用僻事新字），表現在語言方面，如《和田綸霞郎中移居》最後二句：「牽夢補屋絕代子，慎莫無匹悲匏媧。」次句本用曹植《洛神賦》「嘆匏瓜之無匹兮」，但何以易「匏瓜」爲「匏媧」，《精華錄》的注釋者也不知所出，只好說：「當別有據。」其實王士禎和朱彝尊一樣，因爲東晉大書法家王獻之所書《洛神賦》，把「匏瓜」寫爲「匏媧」，所以這樣用。楊謙注《曝書亭詩集》同題，於末句此詞就注明了。

「陌生化」也是神韻詩的必然要求，它需要耐人思索，耳目一新。

(7) 通感

十六、十七世紀歐洲的「奇崛詩派」愛用感覺移借的手法，十九世紀前期浪漫主義詩人也經常運用，十九世紀末葉象徵主義詩人更是大用特用。這是因爲這些詩人對事物往往突破了一般經驗的感受，有更深細的體會，因此也需要推敲出一些新奇的字法。[92]也是因爲局限在單一的感覺器官，則表現得單調，印象概念化、一般化，缺少藝術表現的深度。而通感的運用，則拓寬了器官的使用範圍與審美功能，使詩的語言成爲多功能的立體語言。[93]

王士禎是深悟其理的，因此，他也運用了這一手法。如《晚坐雨花橋看梅》：「清溪枕飛梁，花氣增明媚。」「花氣」指花的香氣，屬於嗅覺，「明媚」屬於視覺。《過丁香院訪張杞園不遇，題壁》：「花氣撲簾春晝晴」；《下五祖山》：「野梅香破半溪水」，也都由嗅覺轉爲視覺。其所以如此，是爲了更好地表現花的香氣。打破單純嗅覺器官的局限，以視覺器官表現嗅覺內容，把不可見的變爲可見的，使香氣更形象，更有力度（如「撲」、「破」），比單純的嗅覺表現更深入。

其他如《登光福塔望穹窿、靈岩諸山懷古》：「采香已荒徑，菱歌尚含響」，由聽覺變視覺。《登觀音閣眺望》：「幕府山頭晚吹涼」，由聽覺變觸覺。《葉欣畫》：「風雨欲來山欲暝，萬松陰裡颯寒流」，由視覺變觸覺。《送家兄禮吉歸濟南，二首》之一：「龍山晴雪馬蹄長，山翠湖雲罨畫香」，「罨畫」指雜色的彩畫，此指「晴雪」、「山翠」、「湖雲」所構成的畫面，以「香」

形容它，是由視覺變爲嗅覺。《河中感懷寄諸兄》：「河聲近挾中條雨」，由聽覺成視覺。《渭南望瀑園，寄南鼎甫僉事》：「花暖紫蘭村」，由視覺成觸覺。《登白帝城》：「臥龍遺廟枕潮聲」，由聽覺成視覺。《北山約遊摩訶庵，不果往，卻寄》：「春湖靴紋漾綷縩」，由視覺成聽覺。《吉水絕句》：「沙暖舟喧咫尺迷」，由視覺成觸覺。《泰和縣夜泊，雷雨》：「忽聞鳴雨懸」，由聽覺成視覺。《米海嶽硯山歌爲朱竹垞翰林賦》：「翰林好事過顛米，日餐蛾綠忘飢劬」，由視覺成味覺。《題朱竹垞檢討雪景小照，四首》之四：「誰知驢背江南客，手拗寒香插帽歸」，由嗅覺成視覺。《謁郭忠武王祠》：「便橋蕃部擁風雷」，由聽覺成視覺。通感手法的運用，的確使他的詩更有餘味。

(8) 白描

王士禎的「愛好」，並不都表現爲用典故，字字有來歷，他也有純粹白描而極富神韻的詩。如《峽江縣》：「短岫幽篁峽口陰，亂帆鴉軋（鴉軋，許多船隻互相擠撞的聲音）滿江潯。長年（篙工）煙際遙相問：十八灘頭水淺深？」又如《西陵竹枝，四首》之二：「峽江三月櫓聲齊，扣拍哀歌高復低。十二碚邊初起汕，日斜還過下牢溪。」自注：「夷陵俗以三月初八、十八、二十八三日起汕（汕，捕魚的網），相率扣拍而歌，悲愴慷慨，乃獲多魚。惟十二碚（地名）以上、下牢溪（地名）以下數十里爲然。」同題之三：「金釵系接髻丫枋，叉系年年聚此鄉（作者《池北偶談》：「夷陵漁人先布網，而後用叉。自釘頭鎮以往，地皆曰系，或曰枋，有金叉系、丫髻枋等名」）。江上夕陽歸去晚，白萍花老賣鱘鰉。」自注：「俗以八、九月取鱘鰉魚，先布網而後下叉，謂之叉系，其地曰系曰枋。」

這類詩，羌無故實，寫的是眼前景事，用的是民間俗語，然而充滿生活情趣，讀了能夠加深對勞動者生活深度的理解。

過去有人笑王士禎詩地名多。方桑如有一首詩：「帶經堂與曝書亭，五際芳詞門雪清。卻是項斯窺法乳，地名橫雜古人名。」自注：「亡友項霜田謂詩有側看法，竹垞詩側看多人名，漁洋詩側看多地名。」⑭我以爲問題不在於地名多少，而是看作者運用得是否妥帖。李白《峨眉山月歌》：「峨眉山月半輪秋，影入平羌江水流。夜發清溪向三峽，思君不見下渝州。」明代王世貞評：「此是太白佳境。二十八字中有峨眉山、平羌江、清溪、三峽、渝州，使後人爲之，不勝痕跡矣，可見此老爐錘之妙。」⑮王士禎這三首七絕，主要是二、三兩首地名多，但「十二碚」、「下牢溪」、「金釵系」、「髻丫枋」，正是詩中必需的，用了它們，更能表現地方色彩，有什麼不好呢？

以上八點，是王士禎的山水詩的主要藝術特色，也是神韻詩的主要特徵。它們正是神韻說的藝術實踐，反過來又豐富了神韻說的理論內涵。其影響於當時及後代，從而形成一個巨大詩歌流派者，大抵也就是這些藝術手法。

丙 神韻派及其影響

由於王士禎的詩論與詩作反映了時代的審美要求，適應了當時滿洲貴族統治的特殊需要，加上他本人的政治地位和名聲，因而神韻說風靡一時，其範圍遠遠超過前此清初諸詩派，而他本人也成了一代詩壇領袖。「洎乎晚歲，篇章愈富，名位愈高，海內能詩者幾無不出其門下。主持風雅，近五十年。」[96]「凡刊刻詩集，無不稱漁洋山人評點者，無不冠以漁洋山人序者。」[97]

但正如前文所說，此派的流弊越來越明顯，攻之者越來越多，清中期鄭燮（板橋）的一段話很有代表性：「文章以沉著痛快爲最，《左》、《史》、《莊》、《騷》、杜詩、韓文是也。間有一二不盡之言，言外之意，以少少許勝多多許者，是他一枝一節好處，非六君子本色。而世間娖娖纖小之夫，專以此爲能，謂文章不可說破，不宜道盡，遂訾人爲剌剌不休。夫所謂剌剌不休者，無益之言，道三不著兩耳。至若敷陳帝王之事業，歌咏百姓之勤苦，剖晰聖賢之精義，描摹英傑之風猷，豈一言兩語所能了事？豈言外有言、味外取味者所能秉筆而快書乎？吾知其必目昏心亂，顛倒拖沓，無所措其手足也。王、孟詩原有實落不可磨滅處，只因務爲修潔，到不得李、杜沉雄。司空表聖自以爲得味外味，又下於王、孟一二等。至今之小夫，不及王、孟、司空萬萬，專以意外言外，自文其陋，可笑也！若絕句詩、小令詞，則必以意外言外取勝矣。」[98]

這所攻擊的不僅是神韻派的末流，也包括王士禎在內。但鄭燮仍然是兩點論，他也承認詩的絕句、詞的小令，應講究神韻。不過時代不同了，文學的社會功能又被不同程度地強調了，審美情趣也有了相適應的轉換，因而新的流派又以補偏救弊的姿態崛起了。

注釋

①《蠶尾續文》卷二十《跋陳說巖太宰丁丑詩卷》

②⑩⑪⑬《漁洋山人年譜》卷上（以下簡稱年譜）

③④年譜卷下

⑤⑨《碑傳集》卷十八《資政大夫刑部尚書王公士禎暨配張宜人墓誌銘》

⑥《清史列傳》卷九本傳

⑦《清代名人傳稿》上編第五卷本傳

⑧⑲⑳《文獻徵存錄》卷二本傳

⑭《漁洋山人文錄》卷十《誥封朝議大夫國子監祭酒先考匡廬君行述》

⑮《漁洋文集》卷十《世父侍御公逸事狀》；《池北偶談》卷五《侍御公殉節》

⑯《南史·齊宗室傳》

⑰《漁洋山人文略·癸卯詩卷自序》

⑱《解春集文鈔補遺》卷二《上都御史新城王公書》

㉑管世銘《韞山堂詩集》卷十六《追憶舊事詩》自注

㉒《香祖筆記》卷一

㉓《漁洋山人文略·東渚詩集序》

㉔《國朝先正事略》卷六本傳

㉕吳調公《晚明文人的「自娛」心態與其時代折光》，見《社會科學戰線》一九九一年第二期

㉖《漁洋精華錄》卷七《訒庵學士移居》

㉗《漢書·東方朔傳》

㉘㊼63 70《談藝錄》

㉙亞伯．彼恰克《惠特曼評傳》

㉚80《傳統和個人才能》

㉛㉜㉝《漁洋續詩集序》

㉞《蠶尾文》卷三《答秦留仙宮諭》

㉟《詩藪．內編》卷四

㊱《唐詩品匯》總序

㊲李漁《閒情偶寄．凡例》

㊳朱克生《唐詩品匯删》按語

㊴《蠶尾續文》卷三《丙申詩舊序》

㊵《昭昧詹言》卷十《黃山谷》

㊶㊽《退庵隨筆》卷二十

㊷㊸《帶經堂詩話》卷二九

㊹《賴古堂名賢尺牘新鈔》卷四張九徵《與王阮亭》

㊺喬億《劍溪説詩》

㊻《有學集》卷十七《王貽上詩集序》

㊼81《石遺室詩話》卷一

㊿《隨園詩話》卷三

51《晚晴簃詩匯》卷一二七吳清鵬條
52《美學》第二卷第一九二頁
53《漁洋詩話》
54《茶餘客話》卷十一
55《帶經堂詩話》卷十五襲故類第九條張宗楠附識
56《蠶尾續文》卷三《雲根清壑集序》
57《蜀道驛程記》
58《蠶尾文》卷《跋傅若金集》
59同書卷七《跋攻媿集》
60《蠶尾續文》卷一《徐高二家詩選序》
61同書《林翁茂之掛劍集序》
62《魚計軒詩話》
64《漁洋山人文略·突星閣詩集序》
65《師友詩傳錄》
66《新城王先生文稿序》
67《蠶尾續文》卷十九《跋嚴滄浪吟卷》第二則
68《書李伯時山莊圖後》
69《雪橋詩話》三集卷四；《晚晴簃詩匯》卷六十金以成條

⑦①⑦⑦《漁洋詩集序》
⑦②《香祖筆記》
⑦③《國朝詩話》卷一
⑦④《分甘餘話》卷三
⑦⑤《蠶尾文》卷一《晴川集序》
⑦⑥《白居易集箋校》卷七十
⑦⑧《隨園詩話》卷七
⑦⑨《仿元遺山論詩》
⑧②徐復觀《中國藝術精神》第三〇三—三〇四頁
⑧③《夕堂永日緒論·内編》
⑧④《圍爐詩話》卷六
⑧⑤《宋詩選註》第九五頁
⑧⑥《柳南續筆》卷四
⑧⑦參看皇甫修文《古代田園詩文的美學價值》，收在《山水與美學》一書中
⑧⑧《四川通誌》卷五五
⑧⑨羅伯特·斯皮勒《美國文學的周期》第二一八頁
⑨⓪特倫斯·霍克斯《結構主義與符號學》引
⑨①《漁洋詩話》俞兆晟引

⑨②《舊文四篇．通感》

⑨③吳曉《意象符號與情感空間——詩學新解》第六三——六五頁

⑨④《全浙詩話》卷四五引《詩衡》

⑨⑤王琦注《李太白全集》卷八引

⑨⑥《清詩紀事初編》

⑨⑦《四庫全書總目》

⑨⑧《鄭板橋集．家書．濰縣署中與舍弟第五書》

第八章 清初宗宋派

甲 清初宗宋派的產生

唐詩和宋詩是中國古典詩歌史上的兩座高峰。宋以後，歷經元、明兩代，雖然都有宗唐與宗宋的分歧，但唐詩總被尊爲正統。這現象到了清代，卻起了很大的變化。清代是各種學術集大成（亦即總結）的時代，詩歌也不例外。于是唐詩不復被尊爲正統，而是與宋詩各擅其美，被清人分體各師。當然，這裡有所偏重。以詩論而言，神韻、格調兩派務崇唐音，肌理、性靈兩派卻頗推宋調。至於創作方面，清初即出現宗宋派，中期有浙派和性靈派，晚期則有宋詩派，後來衍變爲同光體。宗宋，簡直貫徹清代始終，而且形成一股影響巨大的力量，使宗唐派在它面前黯然失色。這一特異歷史現象，很值得我們加以研究。

乙 清初宗宋派詩人

㈠ 詩學淵源

要了解清初宗宋之風，先要了解宗宋派詩人所宗的家數。一般說，宗宋可分兩派：一派偏於清剛，一派偏於清婉。

清婉的主要摹繪田園生活或閒適情趣。他們宗尚黃庭堅、范成大、陸游等，只取其田園景色、閒適情趣，同時還上溯到白居易。

清剛的則學蘇軾、陸游的豪放，和黃庭堅的峭勁，而且上溯到韓愈。

不論是宗白居易還是宗韓愈，又必更上溯到杜甫。正如王士禎所說的：「有宋以來談詩家，乃祧盛唐諸人而專宗少陵。」①其所以如此，就因爲杜詩在唐代是別調而非正聲（王維、孟浩然、高適、岑參諸人代表盛唐風格，才是正聲）。清初宗宋派正是從這一角度來尊杜的。這一點，明人早已看出。李東陽說：「漢魏以前，詩格簡古，世間一切細事長語皆著不得，其勢必久而漸窮。賴杜詩一出，乃稍爲開擴，庶幾可盡天下之情事。韓一衍之，蘇再衍之，于是情與事無不可盡，而其爲格亦漸粗矣。」②許學夷說：「宋人五、七言古，出於退之、樂天者爲多。其構設奇巧，快心露骨，實爲大變。而高才之士每多好之者，蓋以其縱恣變幻，機趣靈活，得以肆意自騁耳。」③何喬遠說：「宋諸公長句之法，皆祖昌黎，而王荊公、蘇長公尤甚。」④

到清代，魯九皋指出：「東坡才大，汪洋縱恣，出入于李、杜、韓三家。」又說：「山谷則一意學杜，精深峭拔，別出機杼，自成一格。」⑤葉燮更明確指出：「韓愈爲唐詩之一大變，其力大，其思雄，崛起特爲鼻祖。宋之蘇（舜欽）、梅（堯臣）、歐（陽修）、蘇（軾）、王（安石）、黃（庭堅），皆愈爲之發其端，可謂極盛。」⑥田雯說：「與杜并峙者，韓也。善學杜、韓者，歐、蘇、黃、陸氏也。」⑦

近人陳衍説：「余謂唐詩至杜、韓而下，現諸變相，蘇、王、黄、陳（師道）、楊（萬里）、陸諸家，沿其波而參互錯綜，變本加厲耳。」⑧黄濬先引沈子培言：「歐、蘇悟入從韓，證出者不在韓亦不背韓也，如是而後有宋詩。」然後作補充説：「夫唯中、晚之綺弱不足師，杜、韓之雄腴無以加，不得已，則就其蕭疏真率處求得餘地。……然歐有歐之韻與度，東坡有其氣勢與機鋒，又絶不類韓。」這是説，歐、蘇學韓善於變化，自具面目。黄氏特別指出：「而韓與一切宋詩，又皆從老杜各體變化脱胎而成。」⑨

今人錢鍾書説：「……故唐之少陵、昌黎、香山、東野，實唐人之開宋調者。」⑩陳聲聰分析得更細緻：「唐詩與宋詩之分別，惟詩人之詩與文人之詩之分別。」説唐詩是詩人之詩，因爲「唐詩空靈，描寫自然與人生，情景并至。」説宋詩是文人之詩，因爲「宋詩質實，在情景外，能反映外間一切事物以及政治社會之活動。」其所以如此，則因爲「唐時取士，有明經、進士二科。……所有詩人多出於進士，只要能作詩即可。」而「宋以經文論策取進士，所有進士，皆經術修明」，所以成爲文人之詩，亦即學人之詩。「然宋詩此一發展，在杜、韓二人已開其緒，元、白繼之，彌爲暢滿，至宋乃成一體格。」⑪繆鉞也指出：「唐詩以情景爲主，即敘事説理亦寓情景中，出以唱嘆含蓄。杜詩則多敘述與議論，然筆力雄奇，能化實爲虚，以輕靈運蒼質。韓、孟以散文之法作詩，始于心之所思，目之所睹，身之所經，描摹刻畫，委曲詳盡，此在唐爲別派。宋人恰好承杜、韓之流而衍之，凡唐人以爲不能入詩、不宜入詩之材料，皆寫入詩中，且善於瑣事微物逞才。」⑫

明瞭上述這種由唐而宋的衍變過程，也就懂得何以清初（順、康時期）宗宋派詩人總要溯源到杜、韓、白。

我們現在按照時間順序，看看清初宗宋派詩人這種詩學淵源。

錢謙益　「虞山源于杜陵，時與蘇近。」[13]「蒙叟才大學博，故其詩繁以縟，雄而厚。蓋筋力于韓、杜，而成就于蘇、陸也。」[14]「（牧齋）論詩稱揚樂天、東坡、放翁諸公。」[15]

錢澄之　人譽其詩如劍南、香山、浣花。[16]

宋　琬　「荔裳詩頗擬放翁，五言古歌行時闖杜、韓之奧。」[17]

周　容　「少即工詩，出入于少陵、聖俞、放翁之間。」[18]

孫枝蔚　「出入杜、韓、蘇、陸諸家，不務雕飾。」[19]「其詩由蘇以學杜，奧折可喜。」[20]「溉堂刻意杜陵，其率易穨唐處，時亦闖入宋派。」[21]

汪　琬　「于宋人中所心摹手追者，石湖居士而已。……古體圓融流亮，時闖入香山之室。」[22]

徐　倬　「詩早年學七子，晚乃折入香山、劍南，盡棄少作。」[23]

沈　涵　「其詩取徑近蘇，時窺韓、杜。」[24]

陳維崧　「晚而……多學少陵、昌黎、東坡、放翁。」[25]「後乃傲兀自恣于昌黎、眉山諸家而得其神髓。」[26]

姜宸英　「詩兀奡滂葩，宗杜甫而參之蘇軾以盡其變。」[27]

徐嘉炎　「詩摹初唐四傑，後乃學韓、蘇。」[28]

宋　犖　「後來學杜者，昌黎、子瞻、魯直、放翁、裕之，各自成家。而余（宋犖自稱）

于子瞻彌覺神契。」㉙「商邱公開府三吳日，刻《江左十五子詩》，派別源流，率以韓、蘇氏爲職志。」㉚

唐孫華 「其標置在少陵、義山之間，而尤于玉局爲近。」㉛

胡香昊 「歌行似蘇，五言似杜，七律工細似陸。」㉜

劉 榛 「詩由蘇窺杜。」㉝

阮 晉 「詩筆力追香山、劍南。」㉞

汪懋麟 「君詩票姚跌蕩，其師法在退之、子瞻兩家，而時出新意。」㉟「比部師法韓、蘇兩家，故才情橫溢。」㊱

吳之振 「《黃葉村莊詩集》寢食宋人，五言古體《黃河夫》篇直追少陵矣。」㊲

王式丹 「殿撰詩排奡陡健，一洗吳音嘽緩，蓋以昌黎爲的而泛濫于廬陵、眉山、劍南、道園之間。」㊳

楊昌言 「爲詩宗陶潛、杜甫，參以蘇、陸。」㊴

曹 寅 「其詩出入于白、蘇之間。」㊵

陳 鍊 「造《北征》、《南山》之堂而嚌其胾，間闌入子瞻、山谷間。」㊶

劉廷璣 「《在園雜志》自記有人評其詩曰：『此亦出入于香山、劍南之間而未純者。』」㊷

趙 河 「于詩初愛太白，後乃心慕少陵，宋代推子由、聖俞，斷句推臨川。」㊸

張謙宜 「其詩出入于香山、劍南之間。」㊹

沈元滄 「出入于杜、韓、蘇、陸諸家。」㊺

顧嗣立「始得力于遺山、虞、楊諸家，而其後漸進于雄偉變化，有昌黎、眉山之勝。」㊻「嗣立詩才贍敏，頗擬韓、蘇。」㊼

顧永年「多學白、蘇，不免率易，然有氣局。」㊽

程夢星「其詩略近劍南一派，而間出入于玉溪生。」㊾

管　棆「其詩先學劍南，後學少陵。」㊿

楊述曾「詩宗杜、韓、蘇。」(51)

以上宗宋派這種詩學淵源，充分證明了前文所引各家理論上的分析，是完全符合詩歌發展規律的。

㈡　產生原因

清初產生宗宋派，既有文學外部規律的作用，也有文學內部規律的作用。

先談外部原因：

⑴　不臣異族，遁跡山林，故好宋詩。

明遺民吳宗潛有句云：「大烹豆腐瓜茄菜，高會荊妻兒女孫。」(52)這種宋調，不僅反映出貧士的傲骨，更主要是表現了遺民的清節。他因「詩禍」而和另一遺民閔聲同繫獄中，「在獄一載，朱墨伊優」，兩人「猶日爲詩自娛。」(53)

黃宗羲「詩摹山谷，硬語盤空而有情致。」(54)他宣稱自己喜宋詩，尤喜宋遺民詩，以爲「史亡然後詩作。」(55)他和呂留良、吳之振等力倡宗宋，共同編纂《宋詩鈔》。

另一遺民錢澄之，「深得香山、劍南之神髓而融會之。」(56)「原本忠孝，沖和淡雅中，時有沉至語。」㊲但他並非爲詩而詩，所以，「有人譽其詩爲劍南，飲光怒；復譽之爲香山，飲光愈怒；人知其意不慊，復譽之爲浣花，飲光更大怒，曰：『我自爲錢飲光之詩耳，何浣花爲！』」㊳這可見他的宗宋，只是爲了更好地抒寫亡國之痛。

周容，明諸生。明亡後，棄諸生，放浪湖山間，無日不飲，無飲不醉，狂歌慟哭，雜以詼嘲。負才使氣，足跡遍天下，所至皆有詩。時舉博學鴻儒科，朝臣爭欲薦之，以死力辭。而他的詩卻是出入于少陵、聖俞、放翁之間。㊴

又如呂留良，雖曾于順治十年就試，爲邑諸生，而以後不但不再入試，反而聯結海上，主張煌言餉饟。煌言爲清所殺，留良又葬之于南屏山下。其詩學陳師道、楊萬里，深情苦語，令人感愴。其與黃宗羲、吳之振等編《宋詩鈔》，實取宋調的真樸以寓其鬱勃不平之氣。後來清中期的翁方綱，指責《宋詩鈔》「專于硬直一路」，「不取濃麗，專尚天然」，「過于偏枯」，「總取浩浩落落之氣。」甚至斥《宋詩鈔》「是目空一切，不顧涵養之一莽夫所爲，于風雅之旨殊遠。」㊵又批評「吳孟舉之《宋詩選》，舍其知人論世、闡幽表微之處，略不加省，而惟是早起晚坐、風花雪月、懷人對景之作，陳陳相因。」㊶由翁方綱之指責，正可看出呂、吳等的良苦用心。這樣標舉宋詩作鵠的，既不爲新朝歌功頌德，粉飾太平，又可抒發自己的浩然正氣。

其實在清初，由于宗宋風氣不僅盛行于民間，而且延及廷臣，清王朝權力核心集團的靈敏嗅覺，已經察覺其中的特殊意義，針鋒相對地加以排斥。力主唐音的毛奇齡說：「益都師相（指文華殿大學士兼吏部尚書馮溥）嘗率同館官集萬柳堂，大言宋詩之弊，謂開國全盛，自有氣象，何鶩此佻涼鄙弇之習！無論詩格有升降，即國運盛殺，於此繫之，不可不飭也。」㊷可見明遺民中一部分人提倡宋詩，是有其政治上的目的的。馮溥有一句潛台詞沒有說出，我們可以推測出來：宋亡于元，明亡于清，都是漢族政權亡于少數民族。當時顧炎武、錢謙益等大量傳播《宋遺民錄》一類書，對清政權來說，是一種意識形態上的抗擊。與此同時，朝野盛行宋詩，不同樣觸目驚心嗎？當然應該力加排斥。

由此也可知，毛奇齡和汪懋麟爭論「春江水暖鴨先知」這句蘇詩，企圖全盤否定蘇軾，目的也是爲了否定全部宋詩。這自然和馮溥的意圖是一脈相承的。毛奇齡本爲明末志士，「當南都傾覆，以布衣參西陵軍事。軍敗，走山寺爲浮屠。永曆六年，人或構之清帥，亡命爲『王士方』，展轉山谷間，卒得脫。」後來到「康熙時，禁網解，奇齡竟以制科得檢討。吳世璠（吳三桂之孫）死，爲《平滇頌》以獻。」章太炎嘆息說：「君子惜其少壯苦節，有古烈士風，而晚節不終，媚于旃裘。全祖望藉學術以譴訶之，其言特有爲發也。」[63]毛奇齡平生所爲，全謀私利，全祖望《蕭山毛檢討別傳》揭露得淋漓盡致。這種人反戈後，爲了立功，反噬得特別兇狠。

汪懋麟不僅和毛奇齡爭論，還和徐乾學爭論，而且十分激烈。

汪懋麟並非明遺民，他的力主宗宋，主要是從人情厭故喜新出發，屬于文學內部規律問題；而毛奇齡、徐乾學強調宗唐，則顯然有其政治上的作用。特別在明末清初，詩論界本已流行詩風關係國運的說法，如錢謙益就嚴斥竟陵派爲亡國之妖。所以徐乾學特別強調「格律圓整，音調和諧，不離唐人正聲」[64]，而斥「宋詩頹放無蘊藉，不足學，學之必損風格。」[65]

納蘭性德這位滿洲貴公子，本來極其恂恂溫雅，而對當時的宗宋派也極口詆訶：「萬戶同聲，千車一轍。其始亦因一二聰明才智之士，深惡積習，欲闢新機，意見孤行，排眾獨出。而一時附和之家，吠聲四起。」[66]性德與乾學誼屬師友，而徐又奔走其父權相明珠門下，此中消息，殊耐參詳。

王士禛是康熙間詩壇領袖，「中歲越三唐而事兩宋，……遠近翕然宗之。既而清利流爲空疏，新靈漸以佶屈」，于是他「顧瞻世道，惄然心憂」，又回到宗唐路上去[67]。值得注意的是，他現在不是回到「三唐」的絢爛，而是獨標王、孟之平淡，引導人們遠離現實，使詩作「羚羊挂角，無跡可求。」他自己露出了神韻說的底蘊：「羚羊無些子氣味，虎豹再尋他不著。」「不獨喻詩，亦可爲士君子居身涉世之法。」[68]

唐、宋之爭的背後，何以包含著殺機？原來唐詩正聲，最宜舖敘功德，歌詠昇平；而抒興亡盛衰之感，則以宋詩爲宜。正如鄧之誠所說：曹貞吉「詩從七子入手，世貴眉山、劍南，乃稍變其體。……然讀其七古諸篇，悲歌慷慨，……蓋盛衰之感，不能寓于膚闊，此其所以轉而入宋歟！」[69]

(2) 受理學影響，故好宋詩

康熙時，爲加強思想統治，特別推崇程、朱理學。而理學創始並盛行于宋，邵雍等理學家且形成一個理學詩派。這就影響到清初一些宗宋詩人也走上這條路。如：

申頲，是申涵光之侄。涵光論詩宗唐，晚年講理學。申頲詩出入蘇、黃，因受涵光理學影響，所爲詩有「太涉理語，傷于實相者。」[70]

鄭梁，受學于黃宗羲，「詩則旁門別徑，殆所謂有韻之語錄。其書《定山詩鈔》句云：『明朝詩學崔公甫，若語詩才拜定山』，可以得其宗旨之所在矣。」[71]定山，指明人莊昶，他卜居定山二十餘年，爲詩仿邵雍《擊壤集》之體，有《莊定山集》。

范廷謂，「師事鄭梁學詩文」，「詩格極類鄭梁。」[72]

周士彬，「其論詩以真樸爲主，尤喜讀宋儒語錄，故所作如『存心養性須常靜，莫負吾家太極翁』之類，皆白沙、定山派也。」[73]

王　植，「喜講學，故其詩全沿《擊壤集》之派。」[74]

(3) 親友傳習，遂宗宋詩

喬億說錢謙益詩「名唐而實宋」[75]。閻若璩更早已指出錢詩「貌頗似宋」[76]。由于錢氏宗宋，虞山詩人絕大多數受其影響。雍正時的柯煜雖未及親炙，也是「詩私淑牧齋」。[77]

黃宗羲講理學，主宋詩，鄭梁受學于黃，詩文皆以《見黃稿》爲冠。[78]范廷謂「師事鄭梁學詩文」，「詩格極類鄭梁」。[79]陳訏「少爲黃宗羲門人，又與查慎行同里友善，故文詩格俱有所受。」[80]

曹溶以高官而倡宋詩，「主持詩壇者數十年，才士歸之，如水赴壑」[81]，影響清初貴宋詩。錢澄之宗宋，查慎行「受詩法于錢秉鐙」[82]，而沈元滄「久與查慎行遊，故其詩格頗近《初白堂集》云。」[83]沈廷芳亦「詩學出于查慎行」。[84]

汪琬以高名獨尊范成大，「而吳人香火情深，直奉不祧之祖，相與鑄金事之。」[85]惠周惕「受業于堯峰汪氏，故詩格每兼唐宋。」[86]柯煜也「親炙鈍翁」。[87]

朱彝尊初尊唐音，力詆山谷，「晚歲悉力以趨山谷」，推尊北宋。[88]受其影響者甚多，如梁佩蘭，「早歲之作，尚不脫七子窠臼，及交朱彝尊，始參以眉山、劍南。」[89]方觀學「題朱彝尊手書詩册，有『曝書亭下自鈔詩，想見蒼茫獨立時。不是到門親受業，唐音宋格有誰知？』蓋嘗從學于彝尊者也。」[90]

宋犖亦以達官而好蘇詩，「時宗之者，非蘇不學矣。」[91]邵長蘅尤爲明顯。宋至爲宋犖子，「承其家學。」[92]高岑爲宋犖外孫，「故其詩法亦本于犖，與宋至《緯蕭草堂集》體格相近。」[93]徐志莘，祖爲徐倬，父爲徐元正，「詩多取法蘇、陸，不事雕飾，蓋其家學然也。」[94]

以上是外部原因，再談內部原因：

(1) 性不諧俗者，多好宋詩。

乾隆時的周永齡，「論詩宗唐音，于宋惟尚蘇、陸、黃、范四家。嘗有詩題宋四名家詩後云：『……四子賦性奇，臭味同一族。究其所要歸，大率在不俗。窮且樂山水，不屑問帛粟。達則厭廟堂，頗輕位與祿。故其下筆神，一本平生蓄。氣可通虹霓，力能扛鼎足。清思入太虛，妙響落琴筑。……[95]」這實在反映了清代一般宗宋詩人的心態。宋詩的特點，一是貴「奇」，即設想落筆，必出人意表。又一是貴「清」，即格韻高絕，瘦勁渺寂。[96]這兩個特點正可與周永齡的詩對勘：「氣可通虹霓，力能扛鼎足」是「奇」，「清思入太虛，妙響落琴筑」是「清」。

清初一些宗宋的詩人，大多是性不諧俗的。舉其犖犖大者，如汪琬，「性鍥急，見人小不善，則張目箕坐嫚罵。」[97]

王式丹，「性不諧俗，屢與世忤。」喜與明遺民遊，如題徐枋畫，與宗人源交往。[98]

查慎行，「性不諧俗，有『文愎公』之目。」[99]

龔翔齡，「詩出入六季三唐，而歸宿于眉山蘇氏。」[100]「（爲御史），貧甚，至不能舉火，蕭然自得。嘗賦詩云：『宦裝兩世差堪詡，沒個人間造孽錢。』」[101]

陳鍊詩學杜、韓、蘇、陸，「妥帖排奡，不以聱齖爲工」，而一生「鬱鬱無所施」，「卒摧傷困頓以至於死。」[102]

(2) 厭七子之膚廓，故折而入宋

從來探究清初宗宋派產生的原因，往往歸結爲這一點。典型的說法是：「當我朝開國之初，人皆厭明代王，李之膚廓，鍾、譚之纖仄，於是談詩者競尚宋、元。」[103]「國初諸家頗以出入宋詩矯鈎棘塗飾之弊。」[104]

但是，以上這種說法並不完全準確，因爲竟陵談詩，實啟宗宋之風。毛先舒曾說：「（鍾、譚）二子選唐律，但曉尚清真，薄文彩。不知太示清真，便啟宋氣。」[105]丁煒對此有更明晰的分析：「清而不已，間入于薄；真而不已，或至于率。率與薄相乘，漸且爲俚爲野。」[106]所以，清初轉而宗宋，主要是厭明七子的瞎盛唐詩。這樣從詩歌自身發展規律來看問題，無疑是正確的。如提倡宋詩的錢謙益，就是力詆明七子及竟陵派的。李元鼎也「詩不落王、李、鍾、譚窠臼，追摹歐、梅。」[107]黃宗羲也極口詆斥七子爲「假唐詩」，「使天下之爲詩者，名爲宗唐，實禘何而郊李，祖李而宗王，然學問稍有原本者亦莫不厭之。」[108]汪琬「少年時，所擬漢魏六朝三唐諸體最爲工似」，後「則夷然棄之不屑」，而「遊戲跳盪于范致能、陸務觀、元裕之諸公間而兼有其勝。」[109]徐倬「詩早年學七子，晚乃折入香山、劍南，盡棄少作。」[110]陳維崧早年「好何、李、雲間」[111]、「原本六朝三唐，後乃傲兀自恣于昌黎、眉山諸家而得其神髓。」[112]朱彝尊詩「初學唐人，蓋即承西泠十子之風而益光大之，晚歲悉力以趨山谷，開查、厲之先。」[113]梁佩蘭「早歲

之作，尚不脫七子窠臼，及交王士禎、朱彝尊，始參以眉山、劍南。」[114]宋犖自述學詩經過：「初接王、李之餘波，後守三唐之成法，于古人精意毫未窺見」，乃轉而「闌入宋人畛域。」[115]李良年「詩初學唐人，持格律甚嚴」，「繼乃舍初，盛趨中、晚及宋、元諸集。」[116]曹貞吉「詩從七子入手」[117]，「後乃旁及兩宋，泛濫于金、元諸家。」[118]邵長蘅「始爲詩，淋漓頓挫，步武唐賢。晚乃變而之宋，格律在蘇、黃、范、陸間。」[119]汪懋麟自言：「余學詩，初由唐人六朝漢魏上溯風騷，規旋矩折，各有源本，不敢放逸。」後乃「涉筆于昌黎、香山、東坡、放翁之間。」[120]龔翔麟「詩出入六季三唐，而歸宿于眉山蘇氏。」[121]

以上這些事實，說明清初宗宋派大都經過宗唐階段。而所謂唐，往往被明七子改裝過，因而顯得「塗飾」，這些人便以宋調的「清真」加以矯正。

(3) 清人重學問，故好宋詩

宋詩人中，大家、名家同時又是學者。這一點，明代的袁中郎早已指出：「蓋其（指蘇軾）才力既高，而學問識見又迥出二公（指李白與杜甫）之上，故宜卓絕千古。」[122]陶望齡也說：「弟初讀蘇詩，以爲少陵之後，一人而已。再讀，更謂過之。……時賢未曾讀書，讀亦不識，乃大言宋無詩，何異夢語？」[123]到明、清之際，顧炎武等疾明人之空疏，提倡經世之學，風氣所及，錢謙益、吳偉業、朱彝尊及王士禎等無不積學爲寶。正如韓愈一樣，他們也是「餘事作詩人」，非常自覺地認識到「詩」與「學」的關係。提倡宋詩的汪琬曾這樣明確指出：「唐詩以杜子美爲大家，宋詩以蘇子瞻、陸務觀爲大家。此三家者，皆才雄而學贍，氣俊而詞偉，雖至片言隻句，往往能寫不易名之狀與不易吐之情，使讀者爽然而覺，躍然而興，固非飣餖雕畫者所得彷佛其萬一也！」[124]沈德潛評論汪琬，就特別指出這點：「平生穿穴經史，議論俱有根柢，雖被其齮齕者，終稱許焉。」[125]清初最早提倡宋詩的錢謙益，人們就盛稱他：「才大學博。」[126]朱彝尊「中年以後，學問愈博」，便「泛濫北宋。」[127]惠周惕是吳派漢學家，「受業于堯峰汪氏，故詩格每兼唐宋。」[128]後又「奉王士禎之教，清詞麗句，出于學人，彌覺雋永。」[129]

清中期的翁方綱說過：「宋人之學，全在研理日精，觀書日富，因而論事日密。」[130]清初宗宋諸人正是在這三方面與宋代詩人有針芥琥珀的心契。

㈢ 分體各師

清初宗宋的人，吸收元、明人學唐的教訓，認識到學古不是仿古；再從創作實際出發，認識到唐、宋詩各有所長，因而宗唐宗宋，應該只是偏重而已。當然，毛奇齡、徐乾學諸人是堅決不肯闌入宋人一字的，即使宋詩大家如蘇軾，他們也不買賬。而呂留良詩則「純用宋法」[131]。吳之振也「純乎宋派」[132]，名家如查慎行亦「祧唐祖宋」。[133]但更多的大家和名家卻都能兼收并蓄，如錢謙益「源于杜陵，時與蘇近。」[134]朱彝尊「集中詩不分唐、宋界限」[135]，「然終以有唐爲宗。」[136]王士禎詩「兼取南、北宋，元，明諸家，而選練矜慎，仍墨守唐人聲格。」[137]

但究竟怎樣兼收并蓄呢？通過實踐探索，他們總結出了一條原則：擇善而從，分體各師。如錢澄之「五古近陶，他體出入白、陸。」[138]宋琬「浙江後詩頗擬放翁，五言古歌行時闖杜、韓之奧。」[139]宋犖主張：「（七律）學杜有得，即學蘇學陸無乎不可。」[140]「所作詩，古體主奔放，近體主生新，意在規仿東坡。」[141]胡香昊「歌行似蘇，五言似杜，七律工細似陸。」[142]彭孫貽「七言律詩效放翁」，「七言古間作初唐體，律詩亦偶涉宋法。」[143]顧圖河，「其詩古體多學眉山，近體多學劍南。」[144]孫致彌自言其詩從劉隨州（長卿）、劉賓客（禹錫）入。集中「七言律最夥，婉麗和諧，誠入二劉之室。至五、七言古體則又排奡淋漓，瓣香蘇、陸，絕非大曆，貞元蹊徑。」[145]

當然，宗宋派大多能像錢謙益那樣「才力宏富，筆陣精嚴，冶唐宋于一爐，而自成爲牧齋之詩。」[146]總之，他們注意到明七子仿古的覆轍，因而不是句摹字擬，而是神明變化。

(4) 經驗與教訓

清初的宗宋，有其成功的經驗，也有其失敗的教訓。

第一，深畏文字賈禍，因而所爲詩遠離現實。

宋詩之所以在清初受到尊尚，從在朝的士大夫說，主要是由于詩歌內部規律起作用，即厭七子之膚廓。而從在野的士大夫說，則主要是由于和新王朝不合作。而二者可以統一起來，即通過宋詩的特殊表現形式，對歷史的興亡得失，作出帶根本性的檢討和反映，對社會上種種不合理現狀，也可以揭露和批判。有些宗宋派詩人就是這樣做的，如唐孫華，「朝局民隱，發洩無餘，同時詩流鮮有直言如此者。」[147]

但是，日益嚴峻的清初政治現實，卻使相當多的宗宋派詩人，無論在朝或在野，都力圖使自己所作詩歌，遠離社會現實。這裡有兩個典型的例子：

宋犖選王式丹詩「爲『江左十五子』詩之首，而去其涉及時政得失人物臧否者。」[148]這是在朝達官對詩歌創作的態度。

李良年，在康熙十年選刻其康熙五年以後詩，自題其後曰：「幼慕微之稱子美云：『非有爲而爲，則詩不妄作。』旋經兵燹，遂作爲牢愁激楚之音。後與周簣、鍾淵映輩相切劘，自是稍趨法度，蓋矜愼有餘而排宕不足矣。出游萬里，不廢吟詠，要其所作，不過山川臨眺、友朋贈答之語。蓋田野之士所宜言止此，若夫『有爲而爲』，則予非其人也。」正如鄧之誠所說：「蓋懼貽禍患，不敢傷時。」[149]這是在野士大夫對詩歌創作的態度。

這是形諸文字的畏禍心態，還有很多人不曾明說，卻在詩作中只是「早起晚坐，風花雪月，懷人對景之作，陳陳相因。」[150]

當然，對這一點，也得具體分析，如呂留良、吳之振等這樣吟風弄月，是拒絕爲清王朝粉飾太平，歌頌功德，表現了一種不合作態度。而另一批人（尤其是後來的）則純粹從消極方面去迴避現實了。例如汪琬的詩，「隱逸閑適話頭，未免千篇一律」，以致閻若璩「每肆譏評，謂僅可裝點山林，附庸風雅，比于山人清客然。」[151]

第二，成敗得失，種種不齊。

宗宋派中，其清剛的，主要學蘇、黃。學得好的，如沈樹本「詩學玉局」。[152]「從來學蘇詩者，只得其隨手徵引，波瀾不窮，其弊往往流于縱肆。此獨于用意正大處求之，即質之遺山，必無『滄海橫流』之目。」[153]

又一是清婉的，主要學范、陸。如范纘，「其詩源出晚唐，而參以南宋，如『蜂憎綠蟻晴偷蜜，燕覓青蟲晝哺雛』，『一潭水聚三更月，四野山圍小閣秋』，『三秋樹老蟬聲盡，八月江寒雁影遲』，『蟬聲送過秋多少，鶴夢憑他夜短長』之類，皆綽有思致。」[154]雖未指明南宋何家，而從例句可以看出是學陸游的，陸游也很重視晚唐詩。

這兩種詩風，學得都有流弊。如黃宗羲，其詩「枯瘠蕪穢」，是「宋體之下劣者」[155]。如呂留良，詩學楊萬里，「往往以質直出之，學子相承，變而加厲。」[156]如葉燮，「《已畦詩集》尖刻瘦仄，顯然宋格。」「雖屢有和杜、韓、蘇之作，而纖密無氣韻，與孟舉、晚村作風相類。」[157]以上是偏于清剛的。偏于清婉者的流弊，如汪琬，不但專學范成大，「取徑太狹，造語太纖」[158]，而且喜歡仿造前人佳句，如「裝池故院無名畫，傳寫前賢未刻書」，是仿方夔「屏張前代無聲畫，架插今生未見書」；「須扶醉日移來竹，亟護分前接過華」；是仿范成大「開嘗臘尾蒸來酒，點數春頭接過華」；「呼我不妨頻應馬，逢人何敢遽稱貓」，是仿陸游「偶爾作官羞問馬，頹然對客但稱貓」；「酴醾過了吾何恨，笋老蓴殘最惱人」，仿陸游的「荷花折盡渾閒事，老卻蓴絲最惱人」；「深山交舊俱無恙，惟欠樽前麴秀才」，仿白居易「樽前百事皆依舊，檢點惟無薛秀才」；「玉輦不來花落盡，掠鷹台上鳥空啼」，仿段成式「鳳輦不來春欲盡，空留鶯語到黃昏」，據說「如此甚多，不能悉數也。」[159]劉廷璣也有類似情形：「其詩以陸游爲宗。」其「童去自埋生後火，飯來還掩讀殘書」，別人就認爲是「勦襲陸游『呼童不至自生火，待飯未來還讀書』句」。[160]

由於宗宋派有這些流弊，所以，當時的丁煒已力斥其非：「詩貴新不貴襲，貴獨造不貴依傍。然厭常之弊，或至詭趨；俗流之失，究且忘源。海內詩人漸以漢魏三唐爲不足法，駸駸流入宋、元以下，意在標新領異，方駕前人。究之仿蘇襲黃，蹊徑故未脫也，則何如觀于漢魏三唐之爲近古無弊乎？」[161]

清初，對這種宗宋風氣的指責，還屢見于王源、申涵光、李塨和朱彝尊早年的文字中。清中期的沈德潛更在《王鳳喈詩序》，《張無夜詩序》和《說詩晬語》中反覆這種指責。

正因爲清初宗宋派出現了這麼多的流弊，所以王士禎起而加以矯正，正如清中期的紀昀所說：「國初變而學北宋，漸趨板實，故漁洋以清空縹緲之音變易天下耳目，其實亦仍從七子舊派神明變化而出之。」[162]

但是，宗宋派並沒有因此而絕跡，而是挺生了一位有代表性的詩人查慎行，即使王士禎也不能不讚嘆他。在他的影響下，清中期誕生了以厲鶚爲代表的浙派，繼續走著宗宋派的路，並反映出自己時代的特色。

注釋

①郎廷槐《師友詩傳錄》
②《懷麓堂詩話》
③《詩源辨體．後集纂要》卷之一(二)
④《明文授讀》三七何氏《鄭道奎詩序》
⑤《詩學源流考》
⑥《原詩．內篇上》之三
⑦《古歡堂詩鈔小傳》
⑧《石遺室詩話》

⑨《花隨人聖庵摭憶》第三六四頁

⑩(155)(157)《談藝錄》

⑪《兼于閣詩話》附錄《杜與韓》

⑫(96)《論宋詩》

⑬(134)《分甘餘話》

⑭(126)王應奎《柳南詩文鈔·西橋小集序》

⑮㊱(77)(86)(87)(91)(125)(128)(135)(141)(153)《清詩別裁集》

⑯(58)(66)《通志堂集》卷十四《原詩》

⑰(139)《池北偶談》

⑱(59)(106)(108)(161)《清史列傳》卷七十

⑲《愚山文集·送孫豹人舍人歸揚州序》

⑳㉓㉔㉘㉜㉝㉞㊴㊸㊼㊽(54)(69)(72)(79)(80)(82)(89)(98)(99)(107)(110)(114)(117)(129)(132)(142)(147)(148)(149)《清詩紀事初編》

㉑《遺山詩鈔小傳》

㉒(85)(151)(158)《堯峰詩鈔小傳》

㉕陳維岳《湖海樓詩集跋》

㉖(112)《湖海樓詩鈔小傳》

㉗㊻(51)(84)(100)(116)(119)(121)(127)同⑱卷七一

㉙(115)(140)《漫堂說詩》

㉚《畏壘詩鈔小傳》

㉛《東江詩鈔小傳》

㉟《晚晴簃詩匯》卷三六（以下簡稱《詩匯》）

㊲《國朝詩話》卷二

㊳《樓村詩鈔小傳》

㊵《四庫全書總目提要》·《棟亭詩鈔》（以下簡稱《提要》某詩集）

㊶《西林詩鈔小傳》

㊷(160)《提要》·《葛莊詩鈔》

㊹《提要》、《總齋詩鈔》

㊺《滋蘭堂詩鈔小傳》

㊾《提要》、《今有堂詩集》

㊿《提要》、《據梧詩集》

(52)《國朝詩話》卷一

(53)《南雷文定》後集卷三《雪蓑閔君墓誌銘》

(55)同書《蘇履安先生詩序》

(56)《田間詩鈔小傳》

(57)(138)《詩匯》卷十六

(60)《石洲詩話》卷三

⑥①⑬⓪⑮⓪同書卷四
⑥②《西河詩話》卷五
⑥③《尪書》別錄甲第六一
⑥④《澹園詩鈔小傳》
⑥⑤《百尺梧桐閣詩鈔小傳》
⑥⑦俞兆晟《漁洋詩話序》
⑥⑧《香祖筆記》卷一
⑦⓪《提要》·《耐俗軒詩集》
⑦①⑦⑧《提要》、《塞村集》
⑦③《提要》、《山舟堂集》
⑦④《提要》、《偶存集》
⑦⑤《說詩》
⑦⑥《潛邱札記》卷五《與戴唐器》
⑧①《詩匯》卷二十
⑧③《提要》·《滋蘭堂集》
⑧⑧⑪③⑬③《浙派詩論》
⑨⓪《提要》·《石川詩鈔》
⑨②《提要》·《緯蕭草堂集》

㉓《提要》・《眺秋樓詩》
㉔《提要》、《根味齋詩集》
㉕《全浙詩話》卷四五引《湖墅詩鈔》
㉗⑩⑨計東《鈍翁生壙志》
⑩①《碑傳集》卷五五顧棟高《御史龔公翔麟傳》
⑩②《西林詩鈔小傳》
⑩③《提要》・《精華錄》
⑩④《宋詩鈔》提要
⑩⑤《詩辨坻》卷四《竟陵詩解駁議》
⑩⑧《南雷文定》後集一《姜山啟彭山詩稿序》
⑪①儲欣《在陸草堂文集》卷五《任王谷詩序》
⑫⓪《百尺梧桐閣集》凡例之二
⑫②《袁中郎先生全集》卷二三《答梅客生開府》
⑫③《歇庵集》卷十五《與袁六休書》
⑫④《堯峰文鈔》卷三九
⑬①《詩匯》卷三九
⑬⑥《曝書亭集序》
⑬⑦徐乾學《漁洋詩集序》

(143)《詩匯》卷十七

(144)《提要》·《雄雉齋選集》

(145)《杕左堂詩鈔小傳》

(146)《清代詩史結論》，見《國專月刊》之卷一號

(152)《詩匯》卷五八

(154)《提要》·《四香樓集》

(156)《詩匯》卷三九

(159)《蓮坡詩話》下

(162)《提要》·《漁洋精華錄》

丙 查慎行

要在清初宗宋派中挑出一位代表，只有查慎行最合適。清中期的趙翼在《甌北詩話》中，于唐取李白、杜甫、韓愈、白居易，于宋取蘇軾、陸游，于金取元好問，于明取高啟，而于清初則取吳偉業與查慎行。這不是偶然的，他正是以吳爲清初宗唐派的代表，而以查爲清初宗宋派的代表。

清詩的特色是學人之詩與詩人之詩的結合，這一點表現在這兩位代表詩人的身上也是明顯的。吳偉業是史學家，因而「梅村體」的特色是歌行體的詩史；查慎行是經學家，主攻《周易》，

所以他的詩富于哲理性。

㈠ 生平

查慎行（一六五〇，順治七年——一七二七，雍正五年），字悔餘，別字悔庵（初名嗣璉，字夏重，四十歲始改今名），號他山，又號查田，晚號初白庵主人。浙江海寧人。父初名崧繼，字杜浮，爲明諸生。明亡後，改名遺，字逸遠。不但自己不出仕，還不讓慎行爲科舉干祿之學，而使肆力于經史百家，學爲詩古文。①母鍾氏，熟精《文選》，工詩古文辭。慎行五歲，母即課讀唐詩數百篇，故六歲即能屬對。父母的影響，對他後來的品德修養和文學成就起了一定的作用。

慎行早年詩法，得妻父陸嘉淑之傳。②後聞桐城錢澄之深于詩，即造詣講問，逾時乃歸。③三十三歲時又從黃宗羲學，重點是《周易》。錢、黃都是宗宋詩的，這對慎行的詩學產生了巨大的影響。而黃宗羲的經世致用思想，也對慎行後來的求取功名以及關心國計民生的思想起了積極作用。另外，錢、黃兩先生的立身大節，更對慎行一生難進易退，履險如夷的品格起了示範作用。

慎行在父母雙亡（二十三歲母亡，二十九歲父歿）後，由于家貧，曾至荊州入鄉人貴州巡撫楊雍建幕。時吳三桂雖死，其孫吳世璠在諸將擁戴下，仍在抗擊進攻的清軍。慎行參軍事，「凡兵謀，先生（指慎行）皆與。歷三載，貴州平。」④這段經歷，反映在其詩作上，顯示了強烈的傾向性。「官軍恢復滇、黔，兵戈殺戮之慘，民苗流離之狀，皆所目擊，故出手即帶慷慨沉雄之氣。」⑤

以後他「游京師，過齊、魯、梁、宋，渡洞庭，涉彭蠡，登廬山。」⑥直到康熙三十二年，他四十四歲時，才舉順天鄉試。過了九年，即康熙四十一年，他五十二歲時，才由大學士張玉書及直隸巡撫李光地推荐，康熙帝召他入直南書房。第二年成進士，授編修，從此成爲文學侍從之臣。「扈從塞外者三，凡歲時風土人物，皆紀以詩。每經進，輒稱善。」⑦

這裡有個問題。康熙帝在《全唐詩》御製序中說：「詩至唐而衆體悉備，亦諸法畢該，故稱詩者必視唐人爲標準，如射之就彀率，治器之就規矩焉。」何以他會欣賞宗宋的查愼行呢？

不錯，「未妨小變平生格，從此須工應制詩。」⑧試檢閱其《赴召集》、《隨輦集》、《直廬集》、《考牧集》、《甘雨集》以及《還朝集》中一些應制詩，確實不是宋詩的格調。但康熙四十一年十月二十日召赴行宮首次覲見，二十八日起每日入值，寫了幾首應制詩後，十二月十五日御試入直詞臣，即命「不用應制體」；次年端午後不久御試，又命「不用應制體。」可見康熙帝的文學觀念是開放性的，並不要求詩必宗唐，還故意讓詞臣各展所長。明乎此，就懂得何以恰在康熙年間，朝貴皆重宋詩。也就因此，難怪愼行在康熙五十一年歲暮《自題癸未（即康熙四十二年）以後詩稿，四首》之四末二句云：「平生怕拾楊劉唾，甘讓西崑號作家」，正是表白自己雖爲詞臣十年之久，卻並不像北宋的楊億、劉筠甘心寫內廷的優游生活與日常瑣事，更不追求隱僻的典故與華縟的詞藻。這正反映了他推崇白居易，因而與西崑大異其趣的文學觀念。

有意思的是，他三十歲後，北上求官者二十多年，而出仕未數年，即思歸隱。自言「丁亥春隨駕遊金山寺，爾時便作休官之想。」⑨丁亥是康熙四十六年，他才五十九歲，距出仕時不過五年。實際是入仕之初，即有江湖之思。有名的「笠簷蓑袂平生夢，臣本煙波一釣徒」⑩兩句，即作于五十三歲時，亦即入仕之時。其後五十八歲時公然說：「一官涉世馬加銜，千緒縈身蠶自裹。」⑪又說：「得免徒行猶有愧，更爭先路欲何求？」⑫厭倦之情，引退之思，溢于言表。其所以如此，是由于他「平生恬退，重名節」⑬，和滿州大官合不來。⑭據《年譜》，康熙五十年，他六十二歲時，奉命在武英殿分纂《佩文韻府》，「同官某爲殿中總監所侮，先生從旁呵斥之，其人憚先生正直，無以難也。」到康熙五十四年，他六十四歲在翰林院供職時，「有在事者待同僚以非禮，先生起爭之，其人將構釁焉」，于是同年七月，他引疾乞休歸里。從下面這首七律可以看出這種心態：「茫茫大地託根孤，只道煙霄是坦途。短袖雖陪如意舞，長眉難畫入時圖。移燈見蝎寧妨毒，誤筆成蛇肯被汚？竊喜退飛猶有路，的應決計莫躊躇。」⑮從此不再出仕。

他本是個耿介的人，所謂「于時賢中徵若自矜異」⑯，「于進取榮利之途汨如也。」⑰他自稱也是「少負狂名老好奇，逢山興發尚淋漓。」⑱而歷事既多，深恐自己的真率會招致無端的禍害，因而越來越檢束自己的性格與行爲。查爲仁《蓮坡詩話》、鄭方坤《小傳》、張維屏《徵略》都舉了他這幾聯：「座中放論歸長悔，醉裡題詩醒自嫌」；「人來絕域原拚命，事到傷心每怕真」，最能表現他這種心態。這種心態是矛盾的，更是苦悶的。廣座之中，放言無忌；醉裡寫詩，最見真情，他卻長悔、自嫌。歸根到底，是要掩飾真我，虛與周旋。而這是耿介真率的他所無法忍受的，所以，他越到晚年越是消極，《蓮坡詩話》標舉他的「老來不喜鬧桃李，別約山僧看菜花。」這兩句確說出了他避世的心情。他所以晚號「初白」，正用蘇軾「僧臥一庵初白頭」，表示自己是一個在家僧。

但是，由寬松而泄沓的康熙晚期結束了，繼起的是陰鷙慘刻的雍正王朝，於是一場可怖的政治打擊落在這位期求與世無爭的詩人頭上。他的三弟查嗣庭由於有嘲諷時事的思想和對社會問題的一些看法⑲，竟被即位四年的雍正帝逮捕問罪，而且把在海寧故鄉一大家兄弟子侄全部逮送北京刑部獄中。這時慎行已是七十八齡的衰憊老翁，束手就擒，在京城度過了五個月的牢獄生活。結果是嗣庭自殺于獄中，慎行則奉旨：「年已老邁，且家居已久，南北相隔路遠，查嗣庭所爲惡亂之事，伊實無由得知。著將查慎行父子俱從寬免，釋放回籍。」⑳於是他和兒子克念一同返回海寧。由於這個打擊這麼嚴酷，「歸即臥病」㉑，出獄後三個月，即雍正五年八月三十日就病逝了。說是病逝，其實等于殺害。正如其《生還集》中這兩句詩所說的：「淚盡存亡際，魂驚聚散間。」㉒這種精神上和肉體上的折磨、催殘，非身受者不能道一字。因此，抵家以後，只有自嘆：「白頭白盡非初白，別署頭陀忍辱庵。」㉓一個人到了看破紅塵，擺脫世務的地步，原已萬念俱灰，然而嚴重的政治壓力，以及由此派生的世俗偏見，卻使他無法求得心理的平衡，他不能叫喊，更不能憤怒，也不能歡笑，只有「忍辱」。血淚斑斑的這兩個字，正寫出了慎行心靈上的極端痛苦。他的絕筆詩有一句：「燕散已無雛可戀。」㉔儘管所有子弟都遣戍了，他的親生子克念不是還在膝下嗎？何以會這樣說？這正反映了他的遺悸：「伏巢之下，寧有完卵？」他根本不相信殘忍透頂的暴君會真正放過他這一支。因而他感到一切都沒有可以留戀的了，人生的夢就這樣破滅了！

撒手長逝，是對這位不幸的老詩人的羸弱心靈一種最好的撫慰。他留下了《敬業堂詩集》。

㈡ 詩論

清初宗宋派的出現，通行的說法是由于「明人喜稱唐詩，至國朝初年，嫌其窠臼漸深，往往厭而學宋。」㉕其實明末的錢謙益已開其端，生活在康熙年間的查慎行正是繼承錢氏而又有所發展的。所以，慎行對錢氏有「生不逢時憐我晚」㉖之嘆。從慎行的詩論可以看出，兩人確有許多共同之處。

首先，他旗幟鮮明地表示：寫詩應唐宋互參。嶺南詩人梁佩蘭，「其詩從漢魏入，不借徑三唐。」㉗慎行勸他：「知君力欲追正始，三唐兩宋須互參。」同時説明：「拙詩與君不同調。」㉘這和錢謙益是相同的。當然，錢、查的唐宋互參，是沿著杜、韓、白、蘇、陸這一路的，而慎行的創作，比起謙益，更明顯地是由白居易而蘇軾而陸游。

其次，慎行和謙益一樣反對明七子和竟陵。他嘲笑宗唐派「熟從牙後拾王李，鑽入毛孔求鍾譚」㉙，這就顯示出他的宗宋姿態來。值得注意的是，慎行要求詩必以學爲根柢，也就是要求詩人之詩和學人之詩相結合。這一點，他多次談到。如同上一詩中，他指出：「文成有韻或吞剝，事出無據徒掙搏」，「橐駝馬背所見少，自享敝掃矜著簪」，都是嘲笑學七子與鍾譚者空疏不學，游談無根。他説這種詩是「鄭」，即鄭聲，于國際民生毫無裨益，也不能知人論世，「只取供近玩」而已，必須芟棄，轉而崇尚雅音。而要做到這點，必須「得讀書力」，「沉酣萬卷」，做到「源流正變瞭指掌。」這樣，「搜奇抉險富詩料，然後所向無矛鋋。」

強調學力，這一觀點，他早已提過：「天資必從學力到，拱把桐梓視培養。」他指出：「方今儕輩盛稱詩」，仍然是「萬口雷同和浮響。或模漢魏或唐宋，……何曾入室泝流源，未免窺藩借依傍。」㉚反對模仿，主張創新，而這種創新不是架設空中樓閣，而是推陳出新，歸根結柢仍在學力上。

「泝流源」是爲了「明正變」。他説：「力欲追正始，旁喧笑淫哇。向來風騷流，泛濫無津涯。可傳必有故，長松出樊柴。明明正變途，花葉殊根荄。須求作者意，勿使本分乖。」㉛要詩「可傳」，成爲「出樊柴」的「長松」，仍然在于「泛濫無津涯」，即博學。只有這樣，才能洞察「正變途」，而深得風騷作者之意，即美刺之意。

他重視「學」，而輕視「才」，這也反映了他更重視學人之詩。他認爲詩的成功在於「學」而不在於「才」，所謂「詩關學不學，豈繫才不才？」僅僅重視「才」，作詩「只取供近玩」，「春華」而非「秋實」，毫無實用。所以他嘆息：「詩風日以盛，詩義日以乖。」什麼是「詩義」？「義」就是上文說的「本分」，就是「犂然見比興，諷諭于焉託。」㉜而這要靠「學」。

第三，除了強調學力，還強調靜觀。他評論一位好友的詩：「苦吟誠乃疲，中有金石聲。子詩人所怪，任意方孤行。自喜正在茲，焉能博時名？引我附同調，背汗顏亦赬。失學事惰遊，東西無期程。古人傳著述，多在名山成。涉獵得其粗，不如閉戶精。……物理與天機，靜觀皆性情。願子堅自信，後來有公評。」㉝這不是反對面對生活，一味內省，從他的創作實踐完全可以證明。他這裡以自己的「失學事惰遊」，來證明「不如閉戶精」，是說自己因家貧而奔走衣食，等于賣文爲活，這樣自然寫不出真正的詩。所謂「近來尤懶惰，故步荒學殖。得錢了應酬，例取加粉飾。詆娸人挾喙，描寫腕無力。」㉞所以，他提出「靜觀」。這和北宋理學家程顥《秋日詩》的「萬物靜觀皆自得」有相通之處，與其師黃宗羲重理學的影響有關。

因此，他提出了「詩情在寂寥」這一觀點。他說：「唐音宋派何足問，大抵詩情在寂寥。細比老蠶初引緒，健如強弩突回潮。閒來謹候爐中火，眾裡心防水面瓢。不遇知音彈不得，吾琴經爨尾全焦。」㉟所謂「寂寥」，包含兩層意思。最明顯的一層意思是說，創作時必須靜，即凝神構思。陸機所謂「其始也，皆收視反聽，耽思傍訊，精鶩八極，心游萬仞。」㊱劉勰所謂「文之思也，其神遠矣。故寂然凝慮，思接千載；悄然動容，視通萬里。」又說：「是以陶鈞文思，貴在虛靜。」㊲劉勰所謂「虛靜」，即愼行所謂「寂寥」。愼行論詩法，既指出由「細」到「健」的過程，又指出功到自然成，切忌揠苗助長，浮薄無根。其另一深層的意思則是：「寂寥」同于蘇軾說的「與可畫竹時，見竹不見人。豈唯不見人？嗒然遺其身」，一種超功利的創作態度。也是黃宗羲說的「甘寂寞」，即不把詩當做釣取名利的工具。所以末二句說：「不遇知音彈不得，吾琴經爨尾全焦。」

總之，他認爲作詩必須苦用心，不可苟作。而苦心的根本仍在于「學」。這「學」，不僅指書本知識，也包括「物理」與「天機」在內。他像蘇軾的博喻那樣，一連用了八個比喻來說明這個道理：「吾觀工畫人，胸本蘊丘壑。雲煙資變幻，山水赴脈絡。又聞國手棋，惜子不輕落。翻新布奇勢，全局如一著。良醫去成見，因病施方藥。巧匠先量材，運斤乃盤礴。羿射無詭遇，騶琴有醳攫。高僧厭苦空，八棒解拘縛。老仙出狡獪，九鎖啟橐籥。惟詩亦云然，眾美視斟酌。神功須力到，佳境豈意度？人皆信手成，孰肯苦心作？」㊳從這博喻看，他的主張是：詩要作得好，首先得胸有成竹，其次要翻新出奇，第三是量體裁衣。總之，根本問題還是積學以養才。因此，他特別主張避熟就生。這也是「苦心」的一種表現，即上文所述翻新出奇。不過，「自笑年來詩境熟，每從熟處欲求生」㊴，追求的是整個「詩境」的「生」。詩境，既指內容，又指形式，不但要力去陳言，連題材的選擇、表現的手法，都不要老一套。這正是針對宗唐派的「窠臼」。

第四，他提出「豪健」二字作爲詩的最高境界。這是以杜甫、韓愈爲標準，而反對齊梁式的詞華艷麗。「大雅世誰陳？斯人獨歌咢。擾龍作家畜，遇虎以手搏。豪健力所勝，仰探俯奚怍？泝源杜韓氏，變化出矩矱。其質儼陶匏，其文匪粉臒。羹鯖飽千臠，湯茗快一瀹。……不爭屈宋艷，詎笑齊梁弱？自我畦徑開，傍誰樊籬託？固宜與時背，方枘難入鑿。」㊵他曾自嘆：「我詩苦非豪，邊幅守封洫。」㊶其後頗注意向白居易、蘇軾詩風這方面發展，因而形成「格意清雄」的風格。㊷

第五，強調「學」，卻又主張白描。「插架徒然萬卷餘，只圖遮眼不繙書。詩成亦用白描法，免得人譏獺祭魚。」㊸還說：「老夫新句亦平平，要與詩家除粉繪。」㊹清中期的袁枚特別欣賞他這一點：「他山書史腹便便，每到吟詩盡棄捐。一味白描神活現，畫中誰似李龍眠？」㊺而最爲人們所稱道的，是查爲仁這一段話：「家伯初白老人嘗教余詩律，謂詩之厚在意不在辭，詩之雄在氣不在直，詩之靈在空不在巧，詩之淡在脫不在易，須辨毫髮于疑似之間，餘可類推。」㊻這段話可說是上述五點的總結。他明確地提出了詩的美學標準：厚、雄、靈、淡。這四字包括了思想性與藝術性，是內容與形式的統一，不可截然分開。聯繫上述五點，可以說，意要厚，氣要雄，主要靠詩人本身的修養，亦即「學力」。源流既辨，自然崇雅黜鄭，物理天機，無不洞徹，性情自厚，發而爲詩，其氣自雄。如司馬遷寫《史記》，自有奇氣。如果學無本原，徒事撏撦，其辭雖或豐縟，或雄邁，也只是裝腔作勢，外強中乾。另外，希望詩不板滯，必須力求空靈，而不能企圖以小巧詞句來達到這一目的。詩要淡，一定要像陶淵明那樣擺落世務，下筆自然超脫，決不能以爲造句率易，不求工整，就是淡的詩境。

他的詩論實在是對其創作實踐的不斷總結。

㈢ 詩作

查慎行作爲清初宗宋派的一個代表，他的詩可以從下列三方面來考察其特色。

(1) 題材方面

第一，憂患意識強。

這一點最可以看出白居易、蘇軾和陸游的影響。所以儘管他生活在康熙盛世，卻完全和王士禎、朱彝尊諸人不同。特別可貴的是，整個《敬業堂詩集》以編年體編排，自始至終，即使是遭到慘酷的家難後，詩人也始終關注民生。這一點，特別體現出他對陸游那種韌性的繼承。

正如他自己說的：「乃欲以詩鳴不平。」㊼其詩集從卷一到卷三，是從軍貴陽之作，著重反映了平定滇亂中「亂離兵革之慘，饑荒焚掠之餘」㊽的情況。難能可貴的是，詩人堅定地站在人民這一邊，唱出他們的深沉痛苦：「……百夫并力上一灘，邪許聲中骨應折。前頭又見奔濤瀉，未到先愁淚流血。脂膏已盡正輪租，皮骨僅存猶應役。」最後詩人嚴正指出：「君不見一軍坐食萬民勞，民氣難甦士氣驕。虎符昨調思南（土司、府名，屬貴州）戍，多少揚麾白日逃！」㊾詩人本身擔任了軍職，卻把同情完全傾注在水深火熱的人民身上。對少數民族他抱著一視同仁的態度：「猺兮亦民耳，在宥託覆載。牧之則牛羊，擾之則蜂蠆。皇天本好生，赤子彼何罪？使君來撫字，玆理諒不昧。」㊿

統觀他一生軫念生民之作，涵蓋面非常廣闊，或寫農民流徙，田廢村空；或寫旱災導致米珠薪桂；或寫盜賊肆虐鄉里；或寫雹災、霜災、蝗災；或寫兵災；或寫輓運軍餉之困民。這些題材，儘管前人反映已多，但慎行所寫，都出於切身體會，具有深度，不同泛泛感慨。

值得注意的是他敢把矛頭指向最高統治者，如諷刺康熙帝的南巡：「委巷爭除道，殘燈未拆棚。所難惟物力，最動是民情。白屋寒堆雪，紅樓夜放晴。俗貧官不諒，簫鼓遍春城。」自注：「時萬乘將南巡，州縣承上官意，比戶皆令張燈，起自十三，至十七夜，照耀如白晝，數十年僅見也。」⑤¹另一首指出：「人情動如潮，洶洶非一端。三農赴力役，百賈逐貿遷。因之惰游民，狂走成痴顛。至尊軫疾苦，玉食方風餐。肯以供億繁，而爲奸吏緣？柔能暨遠邇，義在大雅篇。」⑤²他還諷刺說：「栽松堿石號花園，亭剪棕毛竹織樊。貪看御舟新樣子，游人多出湧金門。」自注：「御舟以棕毛爲亭，中植松竹，名花園船。」⑤³

他寫官府對民間的苛斂，也富有時代特色，而且指斥清廷的稗政：「……四野雜莊戶，土著留孑遺。貴之辦賦稅，肉盡空腔皮。可憐牧民官，往往猶鞭笞。追呼力不任，竄身并歸旗。……」⑤⁴另一處又委婉地諷刺：「……迴與近畿風景別，田莊從此屬農家。」自注：「八旗莊戶至清苑而止。」⑤⁵

他還諷刺貢物：「關吏逢迎堠吏譁，飛流一道走京華。綱船果熟盆池樹，驛路香馳御苑花。長見名材充土貢，幾聞中使出天家？荔枝龍眼隨年例，笑指炎荒萬里賒。」⑤⁶

指斥貪官污吏的更多，如「大府昨薦達，某官轉高資。分明馴雉歌，載在墨吏碑。」⑤⁷又如「作俑何人始？吾將罪李斯。如今山上石，多刻去思碑。」自注：「鄒滕之間，丞尉以下，俱勒石頌德政。」⑤⁸又如「……不見道旁碑，去官碑輒壞？」⑤⁹更有直斥其罪的：「水如沸兮山如焚，青天白日兮騰火雲。雨師潛蹤兮風伯避，爰有蠅蚋兮薨薨成群。晨餐兮廢箸，夜無眠兮徹曙。半年傳舍兮三易官，煩暑不隨兮酷吏去！（自注：時吾邑署令將離任）吁嗟嘻！若教暑退吏尚留兮，二者相較其誰尤兮？我吟苦熱熱猶可支兮，世無涼土去此安歸兮？」[60]又如「……民病思下泉，吏才貪上考。方徵晉陽絲，肯藉琅琊稻！……」[61]又如「稻根攣縮稻葉焦，宿里稂莠方驕驕。農夫告荒乞申愬，踏勘翻逢官長怒。催科之吏晨下鄉，田今如此何云荒？直須野無青草木黃落，始信天殃魃行虐。」[62]又如「稗是荒田稻，民間敢告饑？無腸憐若輩，多足自能肥。」[63]又如「官倉徵去粒粒珠，兩斛米充一斛輸。官倉發來半粞穀，一石才舂五斗粟。燃糠雜稗煮淖糜，役胥自飽民自饑。吁嗟乎！眼前豈無樂國與樂土，不如成群去作倉中鼠！」[64]

形成他這種深沉的憂患意識，因素是很多的。我們讀他這類作品，總覺得他不是站在旁觀者的地位，銷售廉價的同情，而是站在受苦受難者這一邊，發出憤怒的叫喊。其所以如此，主要一點，是由于他本身經常過著貧苦的生活，因而和人民感情相通。這就形成其題材的另一特點：

第二，心情恬淡。

他主張自食其力，認爲這是人格尊嚴的表現。試看下詩：「杜陵客西川，種藝頗有園。清晨送菜把，乃感地主恩。茲事吾不取，恐爲貪夫援。於世苟無求，食力稍自尊。英雄亦如此，無事且閉門。」[65]

這樣於世無求，必然貧困，他卻食苦自甘。如四十九歲時，他和表兄朱彝尊旅遊福建，歸來日，家人告米盡，他卻表示：「篋空笑貯加餐字，吾老羞爲乞米人。」[66]這年除夕，「一家懸罄豐年後」，只能感嘆：「米鹽何物累衰翁。」[67]

他是士大夫，六十五歲退隱後，看農民插秧，他「身雜耕耰侶，心知稼穡勞。……偶倚孤藤杖，閒攜半榼醪。勸農勤本分，撫己愧嬉敖。」[68]吃到新米，他的感覺是：「雖然營一飽，力惡不出身。……餘慚到僮僕，并作浮惰民！」[69]這種自責還表現在對待船夫上：「……老夫昏昏篷底坐，靜聽兩旁風雨過。深慚作力役多人，成就垂綏一游惰！」[70]

他甚至把這種恬淡生活提到詩歌美學的高度，認爲反映這種心境和生活的才是真詩，所謂「若向此中微領會，詩情原在寂寥間。」[71]這的確含有很深的哲理，試想如果他熱中富貴，會有那種憂患意識嗎？會尊重體力勞動而自責游惰嗎？難怪他自我欣賞地說：「魚無羨意鈎宜直，棋少爭心局自閒。」[72]就在剛到京城居官時，他已感到「弱羽宜退飛」，「初心尚依依。」[73]認爲「雕盤飣肥烹，彼嗜非余慕」，而堅持「缾罍貯旨蓄，義取咄嗟具。天明有朝參，飽啖黃虀去。」[74]就在這前程似錦之際，他卻表示：「……老境終思家。此時山中梅，苔枝應已花。吾方作歸夢，街鼓幸緩撾。」[75]至於居官七年後，更表示：「笑把屠蘇甘最後，白頭何事肯先人？」[76]還表示：「賓戲客嘲從唶唶，人趨我步儘遲遲。枯枰三百多平路，莫鬥新翻巧手棋。」[77]守道安貧，這就是他的人生哲學，也就是他的詩歌美學。這表現了一種士大夫的高尚氣節，正是從宋代詩人蘇軾、陸游等人那兒繼承過來的。

(2) 風格方面

第一，壯語

敬業堂詩主要風格是平淡的，但和蘇、陸一樣，描寫形勝也時有壯語，如「舳艫轉粟三千里，燈火沿流一萬家。」[78]「出塞雙鵰盤遠勢，入關萬馬壯秋聲。」[79]

最能表現詩人的豪情勝概的還有另一種，以古體言，如「……俛今仰古氣孰攖？長篇倚劍頃刻成。東將入海手掣鯨，嘲弄花月非人情。……君詩直壓小謝城，如以六國當秦兵。聳肩雒頌作大聲，煌煌高燭燒長檠。……」[80]

以律詩言，如《讀北耷山人詩和愷功三首》：

亭長台邊一酒徒，仰天故作大聲呼。氣驕星宿生芒角，手擘山川入陣圖。急縛何人攖怒虎，叢祠有鬼託妖狐。眼空江表衣冠族，搖筆猶堪殺腐儒。

人謂狂生本不狂，漆身呑炭事何常？亂餘賓客搜亡命，赦後英雄恥故鄉。寶劍塵封三尺水，麻鞋寒踏九州霜。隨身一掬瀾翻淚，不哭窮途哭戰場。

一卷頻浮大白開，即論詩句亦雄才。到天峭壁千尋立，破浪長風萬里來。石火光中亡國恨，鐵函井底後人猜。可憐芒碭無雲氣，山色于今死若灰。

對閻爾梅的民族氣節及其詩作的肯定，也反映了他的道德判斷，而這又是和家庭與師訓（黃宗羲與錢澄之）分不開的。清中期的袁枚對閻詩的評價，與愼行詩大相徑庭，正說明了氣節觀念的變化。

第二，性靈

凡是主張性靈的人都喜歡宋詩，因爲宋人除了一部分喜歡用典外，也有不少人追求一種生活的情趣，用白描手法來表現，讓讀者受到啟發，領會新意。這一點，楊萬里最爲突出，蘇、陸也常有這種詩作。愼行主張白描，正是這種手法的發展。試看如下一首：「分明寫入畫圖工，倒影看來上下同。忽失水中山一半，浪紋吹皺日高風。」[81]全不用典，情趣宛然。又如下列一絕：「未到先愁出險難，忽驚片葉落奔湍。星流電轉目未瞬，一道白光飛過灘。」[82]急景難摹，詩人卻寫得十分形象，把速度鮮明地表現出來。

慎行這種風格，下啟隨園，難怪袁枚歡喜讚嘆不已。晚清的張維屏也極口稱道：「初白先生詩極清真，極雋永，亦典切，亦空靈，如明鏡之肖形，如化工之賦物，其妙只是能達。」⑧³主要也是指他的白描手法所體現的性靈。

與此相聯繫的是

第三，警悟

張維屏曾這樣說：「查悔翁于人情物理閱歷甚深，發而為詩，多所警悟，余每有味乎其言。」以下他例舉說：「局外人不知局中之難，每好為議論。悔翁詩云：『事外易持議，引喙多激昂。設身處局中，唯阿無一長。』人每好炫己之長，誚人之短，不知己所謂長，亦未臻其至也。悔翁詩云：『域內有名山，攀躋力可至。人皆造其麓，抑或半嶺廢。等是未登峰，毋為笑平地。』春陽之溫，秋霜之肅，大造順其氣之自然，未必有心也。悔翁詩云：『開亦勿德雨，謝亦勿怨風。榮枯兩適然，了不關化工。化工倘循物，無乃與物同？』形，薪也；神，火也。形未有不盡者，所賴者神存耳。立德立功，昭垂不朽，此神存之大者。即數卷之書，數字之詩，流傳世間，在人心目，亦神之存也。悔翁詩云：『養生徒養形，木寇膏自煎。是形無不盡，薪盡而火傳。』無我則公，有我則私，甚至知有我不知有人，則其患不可勝言矣。悔翁詩云：『胚胎互融結，大患緣有我。』崇高之地，荊棘生焉；宴樂之場，戈矛興焉。閱世既久，乃嘆清泉白石，冷淡中得大自在也。悔翁詩云：『早知世路隘，不及山中寬。』」⑧⁴

詩的哲理化，正是宋詩的一個鮮明特色。慎行以《易》學專家而為詩人，加上他那種漫長的坎坷經歷，在大量詩作中表現出這一特色，是順理成章的。風格即人，他的爲人與他的寫詩正好說明這一點。

第四，多說理

這也是和上一點相關聯的。慎行繼承了宋詩喜議論的傳統，很多詩篇純以議論行之，而且這種議論中往往多警悟語。如《閘口觀罾魚者》一詩，詳細描繪了居民盡捕小魚的情狀後，篇末發爲感嘆說：「人窮微物必盡取，此事隱繫蒼生憂。一錢亦徵入市稅，末世往往多窮搜。」[85]這不是一般的詠嘆，而是一種關係政治現實的議論，是發人深省的。又如《雨後》：「便從一雨望豐年，大抵人情慰目前。我比老農還計短，只貪今夜夜涼眠。」[86]這種純議論的小詩，也反映了他對世情的體察，別有理趣。再看《庭桂初開，鄰人有來乞花者》，詩人「披衣揖使入，手折寧煩送。」其所以毫無吝色，是因爲「譬如此根株，本自鄰家種。我生無長物，有者皆可共。」他甚至認爲「配花稱主人，毋乃被嘲弄！」[87]把乞花小事提到哲學高度，反映了作者思想境界的崇高。《蕎麥灣大雨》先寫「雲蒸霧氣取境迷，泉挾雷聲撼山動。」雨勢之大，繪色繪聲。再寫自己「好遊復好奇，衣沾履濕去不辭。」結尾出以議論：「人生行路難如此，偏在溪山最好時。」[88]這種詩真能合平淡與豪華爲一體。《磨驢行》以「八百里牛千里駿」，和山家磨麥的驢對比，得出一句結論：「等爲人役莫相疑！」[89]這是莊子「不能自適其適」的詩化。《抱犢詞》寫老叟買到牛犢，抱之騎驢而歸。「驢今馱翁復馱畜，步步施鞭毋乃酷！」最後嘆息：「人情厚薄從古然，或加諸膝或墜淵。」[90]《鵲雛爲鄰貓所攫》一詩，寫「鄰家黑白貓」從「庭南老槐樹」上攫去一隻鵲雛，詩人斥責這貓一任鼠輩橫行，不加捕噬，卻捕殺鵲雛，是「于彼爲養奸，于此戕無辜。」但是正要加以處分，這貓卻「公然掉尾去，借鄰以逃逋。」⑨¹這既是寫實，又是寓言，反映出對現實政治的憤慨。

以上這類詩，是通過一件小事看出它的深刻意義。還有一種是由一件事引起，大發議論，如《渡淇水》，寫了淇水清「鑒毛髮」，不像「黃流混混」，然後說：「風塵有黧顏，夫豈水汙爾？從衰旋得白，正坐不知止。逝者方如斯，于何觀止理？寓形忌太潔，外垢庶可洗。」⑨²這裡提出了一對矛盾：衰老是因爲「不知止」，但客觀規律是無「止理」的。結論是：爲人既不可「太潔」，又必須洗「外垢」。這是他的處世原則。

也有一些只是理語卻乏理趣的詩，如卷十九的《野氣詩》，卷四十六的《長至》、《古詩四章》，續集卷三的《題沈勉之春江待渡圖》。這種詩下啟趙翼，往往作純理語的議論。不過趙翼的理語比慎行的不同，他完全是對天地事物提出別有會心的見解，充滿機智，妙趣橫生；慎行上列幾首則未免沾染了一些宋儒的道學氣。

注　釋

①黃宗羲所作誌墓文，見陳敬璋《查他山先生年譜》引

②《晚晴簃詩匯》卷三九

③⑯方苞《翰林院編修查君墓誌銘》

④⑥⑦⑬㉑沈廷芳《翰林院編修查先生慎行行狀》（以下簡稱行狀）

⑤《甌北詩話》卷十

⑧《敬業堂詩集》（以下簡稱詩集）卷十八《閱邸報，知揆愷功改官翰林院侍講，喜寄二首》之一

⑨詩集卷四二詩題

⑩詩集卷三十《連日恩賜鮮魚恭記》

⑪詩集卷三六《李簣齋招集聖安寺納涼，得火字》

⑫詩集卷四十《客有笑余乘騾車者，賦此答之》

⑭方苞在查氏墓誌銘中自述其在南書房時，「中貴人氣焰赫然者，朝夕至，必命事，專及于余，乃敢應，唯敬對，外此不交一言。」「諸內侍多竊笑，或曰：『往時查翰林慎行性質頗類此。』」

⑮詩集卷四十《殘冬展假，病榻消寒，聊當呻吟，語無倫次，錄存十六首》之三

⑰鄭方坤《查編修慎行小傳》

⑱詩集卷三四《泰安州題壁》

⑲顧真《查嗣庭案緣由與性質》，見《故宮博物院院刊》一九八四年第一期

⑳《清世宗實錄》卷五七

㉒《德尹將赴謫籍，留別二章》之二

㉓《渡江後舟中及初到家，八首》之八

㉔《枕上偶拈》

㉕《清史列傳．文苑傳二》本傳

㉖詩集卷十六《拂水山莊，三首》之三

㉗同㉕梁佩蘭傳
㉘詩集卷四《吳門喜晤梁藥亭》
㉙詩集卷十九《題項霜田讀書秋樹根圖》
㉚詩集卷十一《酬別許暘谷》
㉛詩集卷十四《三月十七夜與恒齋月下論詩》
㉜詩集卷四十《題陳季方詩冊》
㉜詩集卷二一《過岎老，與之論詩》
㉞詩集卷九《梁藥亭以端溪紫玉硯贈行》
㉟詩集卷二八《得川疊前韻從余問詩法，戲答之》
㊱《文賦》
㊲《文心雕龍．神思》
㊳詩集卷三四《錢玉友有見寄長篇，極論作詩之旨，……》
㊴詩集卷二十《涿州過渡》
㊵續集卷一《酬徐茶坪，兼題其詩集……》
㊷劉執玉《國朝六家詩鈔．凡例》
㊸續集卷三《東木與楚生疊魚字凡七章……》之二
㊹詩集卷二十《雨中發常熟，回望虞山》
㊺《仿元遺山論詩》

㊻《蓮坡詩話》上
㊼㊿詩集卷一《題王璞庵南北遊詩卷》
㊽黃宗炎序
㊾詩集卷二《麻陽運船行》
㊿續集卷一《南昌客舍贈別及門樓敬思赴廣州理猺同知任》
(51)詩集卷二六《十七夜會城觀燈》
(52)同卷《連雨不止，獨居小樓，……》
(53)同卷《西湖棹歌詞，十首》之一
(54)(57)詩集卷九《交河道中，聞人稱河間縣政績之美……》
(55)詩集卷十七《祁陽道中》
(56)詩集卷十八《即目，二首》之一
(58)詩集卷十九《嶧山，二首》之二
(59)詩集卷二十《永城縣陳太邱祠》
(60)續集卷一《苦熱吟》
(61)續集卷二《禱雨辭》
(62)同卷《勘荒詞》
(63)同卷《食蟹有感》
(64)同卷《賑饑謠》

⑥⁵詩集卷二三《種菜四章》之四
⑥⁶詩集卷二五《閩中垂橐而歸，家人適告米盡，口占二律》之二
⑥⁷同卷《戊寅除夕》
⑥⁸詩集卷四三《觀揷秧二十四韻》
⑥⁹同卷《食新米》
⑦⁰詩集卷四八《逆風上灘歌》
⑦¹詩集卷十七《次韻答愷功二首》之一
⑦²同題之二
⑦³詩集卷二九《京師與德尹守歲……》之一
⑦⁴同題之三
⑦⁵同題之五
⑦⁶詩集卷三七《次潤木除夕感懷韻四首》之一
⑦⁷同題之二
⑦⁸詩集卷一《京口和韜荒兄》
⑦⁹詩集卷三九《同劉若千前輩、汪紫滄、錢亮功兩同年登密雲縣鐘鼓樓》
⑧¹詩集卷十四《初夏坐煙水亭望廬山，二首》之二
⑧²詩集卷二四《雨中下黯淡灘》
⑧³⑧⁴《聽松廬詩話》

⑧⑤詩集卷九

⑧⑥⑧⑦詩集卷十三

⑧⑧詩集卷二一

⑧⑨詩集卷二八

⑨⓪詩集卷三四

⑨①詩集卷三七

⑨②詩集卷三五

第九章　飴山詩派

甲　飴山詩派的產生

在王士禎執詩壇牛耳、神韻說風靡一世的時期，趙執信卻打破詩派和地域的血緣關係，公開站出來和王士禎唱對台戲，從創作到理論，都和王氏針鋒相對。這不但表現了他的理論勇氣，而且對清代詩歌的健康發展起了積極的推動作用。

乙　趙執信

(1)　生平

趙執信（一六六二，康熙元年——一七四四，乾隆九年），字伸符，號秋谷，晚年自號飴山老人。山東益都縣顏神鎮人。康熙十八年進士，選翰林院庶吉士，散館授編修。此時清廷正召試博學鴻儒之士，選拔其中五十人入翰林院。這些人以績學雄文負海內重望，傲視以科舉進身的。執信獨以少年，旗鼓相當，不稍遜避。朱彝尊、陳維崧、毛奇齡等鴻儒都特相引重，訂為忘年交。康熙二十三年春，任山西鄉試正考官，二十五年升任右春坊右贊善，兼翰林院檢討，充《明史》纂修官，兼預修《大清會典》。二十八年，太學生洪昇所編《長生殿》傳奇初出，風行都下，執信尤爲欣賞。乃大集諸名士，宴飲看戲。當時清廷漢大臣中分爲南北兩派，南派爲首的徐元文企圖打擊北派，乃使同黨給事中黃儀以國恤（時康熙帝的佟皇后新薨，例應止樂）觀劇劾奏，遍及同會諸人。執信在審訊時，獨以自任，因而在座諸人只受薄譴，而執信被免職。從此息影田園，終身未再入仕。逝世時已八十三歲。在落職後的五十多年中，「嘗踰嶺南，再涉嵩少，五過吳閶、維揚、金陵間，棲寓頗久。」①

執信本來恃才傲物，免職後，更「縱情於酒，酣嬉淋漓，嫚罵四座，以發其抑鬱不平之氣。」②特別對他人的詩，「尤不輕以譽人。」③對不合意的，往往大肆譏評。有一個叫馮協一的，「歿後，其子檢遺稿求正於秋谷。秋谷爲之序，嘲誚百端。」④但是他同時又虛心服善。他曾寫了一首《詠風鳶學江東體》的詩，諷刺某些小人「偶緣塗飾能成質，才有因依便入雲。」友人王西澗見了，「病其一字，喜而易之」，他「即席呈謝」：「誰解攻吾短，平生君尚存。便應師一字，何減和千言。」⑤

執信極有骨氣。康熙五十九年，由於家鄉荒旱，他帶了家屬南遊蘇州。不料蘇州也連年遭旱，爲了維持生活，他只好公開賣字，同時接受舊時門生的幫助，以及親戚的救濟。在這樣艱難處境中，他的兒女親家馮躬暨告訴他有復職的機會，他卻寫出如下一首七律，表示拒絕：「行齊槐柳詎堪追，途迫桑榆合自知。叔達顧來寧有甑，相如免後更無貲。鱸魚落手中吳好，黃犬回頭上蔡遲。解道簫韶能引鳳，何妨一鶴不來儀。」⑥康熙晚年，政務寬簡，朝臣間黨爭更盛。執信深惡宦海風波險惡，故甘爲張翰，不作李斯，寧爲閑雲野鶴，不作來儀鳳凰。這種政治態度反映了他的思想境界。而這種思想境界，決定了他的詩歌理論和創作實踐必然是現實主義的。也就是說，他必然關心和反映民生疾苦，而不願爲統治者歌功頌德，粉飾太平。

執信主要著作爲《飴山堂集》，包括詩集二十卷，文集十二卷。詩論除散見於詩文中的，主要著作爲《談龍錄》。

(2) 詩論

執信最爲人們議論的，是他的《談龍錄》。他寫這本書，主要是批判王士禎的神韻說。贊許他的，或認爲他能不與王士禎合，「亦是豪傑之士。」⑦或認爲他說的「『王愛好，朱貪多』二語實爲二家定評。」⑧或籠統地說：「嫚罵頗有宜。」⑨

反對他的就多了，或說他不該忘恩負義：「阮翁以大木（指馮廷櫆）、秋谷詩合選，號《二妙集》，秋谷以此成名，故後人多議其攻阮亭爲過也。」⑩或說他出於個人恩怨：「凡趙氏所致譏於漁洋者甚多，其詞氣憤懣，非盡由論詩之相失，恐自以蹉跌不振，由漁洋門下所擠故耶？抑以婦舅之親，不能出氣力相拔故耶？」⑪或責其性情偏激：「秋谷《談龍》敢於集矢新城，至鈍吟，竟欲範金事之，豈昌歜、羊棗，性各有偏嗜耶？」⑫「秋谷好惡拂人之性，其議誠不足辯矣。」⑬甚至說：「然集矢阮亭，而於海虞二馮服膺推崇，竟欲鑄金以事，癖同嗜痂，令人莫解。豈以二馮持論偏刻，巧於苛議前哲，輕於詆訾時流，天性相近，故易於契合耶？」⑭

紀昀則爲持平之論：「王以神韻縹緲爲宗，趙以思路劖刻爲主。王之規模闊於趙，而流弊傷於膚廓；趙之才力銳於王，而末派病於纖小。使兩家互救其短，乃可以各見所長，正不必論甘而忌辛，好丹而非素也。」⑮又說：「明季詩庸音雜奏，故漁洋救之以清新；近人詩浮響日增，故秋谷救之以刻露。二家宗派當調停相濟。」⑯

其實這些評論都沒有接觸到兩家爭論的實質。應該從兩方面看。一方面是政治作用。王士禎自覺地用神韻說引導海內士大夫超越社會政治現實，去探求閒適恬淡的生活情趣，由此而滿足於清王朝所創造的盛世。這種詩歌理論和創作實踐，既能使厭倦明末社會動亂的漢族士大夫獲得心靈的休息，又能使他們在異族政權的嚴酷壓力下，避免文字獄的迫害，自然會得到很多人的附和與追隨。而清廷在民族矛盾還較尖銳的時候，也正需要從意識形態方面得到這種巧妙的幫助，因而康熙帝很賞識王士禎，稱爲「詩文兼優」⑰，予以不次擢用。對這一點，趙執信是看得很清楚的，他曾譏諷地說：王氏由郎中改官侍講，直至刑部尚書，是「以詩文致通顯」，特別指出是「以詩」。⑱

對於王士禎因此而拉幫結派，擴大影響，執信是十分反感的。他不止一次地指出：「阮亭於並時詩人，樂其推戴，而惡異己者。有俯首及門，譽之不容口，由是名日以高。」⑲又說：「獎掖後進，盛德事也。然古人所稱引，必佳士或勝己者，不必盡相阿附也。今則善貢諛者，斯賞之而已。後來秀傑，稍露圭角，蓋罪謗之不免，烏睹乎盛德！」⑳這並不是執信的私訐，鄭方坤也指出：「天下士尊之如泰山北斗，至於家有其書，戶習其說。」㉑紀昀更具體指出：「當康熙中，其聲望奔走天下，凡刊刻詩集，無不稱漁洋山人評點者，無不冠以漁洋山人序者。」㉒他還直率地指出：「王士禎籠罩群才，廣於結納。」㉓可見王士禎這種以幫閑爲幫忙的行爲，已成歷史公論。

因此，執信的堅決反對士禎，決非出於私人恩怨，而是一種政治態度。執信出身官僚，雖然大半生潦倒失意，本質上仍然是封建士大夫，他當然不可能從根本上去反對封建制度。但是，由於長期淪落，他日益接近下層，了解人民；同時對朝廷內各種政治集團的互相傾軋，他也深感憎惡和畏懼。因此，在詩歌創作和理論上，他自然而然地接受了儒家的文學功利觀，特別對馮班與吳喬的詩論十分傾倒，從而提出自己比較系統的現實主義詩論來。

根據其詩文和《談龍錄》的有關言論，他的詩論內容主要有以下三點：

(1) 詩中有我，詩外有事。

(2) 轉益多師，不立門戶。

(3) 以意爲主，語言爲役。

每一條都是針對神韻說來的，而他自己的詩歌創作也是按這些原則進行的，同時也是用這套理論去指導同派作者的。

他不願歌功頌德：「館閣文章已盡刪！」㉔而要揭露、批判現實的黑暗。

除了政治作用這一方面，執信和王士禎的爭論還有另一方面，那就是詩歌的審美作用。有些學者認爲，王士禎的神韻說有巨大的美學價值，而趙執信的詩論，相對來說，則對詩歌的內在特質（即審美作用）認識膚淺。我以爲神韻說確對詩歌的意境美作了全面總結，有它的歷史功績，這是應該肯定的。但是，執信並沒有忽視詩歌的內在特質，只是他理解得和士禎相反罷了。前人已經指出：執信的詩，「意境真切處固勝阮亭。」㉕而所謂趙詩「思路劖刻」，實即寫情入微。㉖所以，他的詩「劖刻清新，歸於渾厚。」㉗這個問題，在下一節「詩作及風格」中，我將詳細說明。

㈢ 詩作及風格

執信的詩作是其詩論的實踐。我們進行檢驗後，會發現在《飴山詩集》中，反映民生疾苦的佔了頗大一部份。如卷三的《紀蝗》、《後紀蝗》；卷七的《大堤嘆》、《清江浦書事二絕句》；卷十的《碧波行》、《小舟沿葑溪至李萊嵩（煦）使君別業，對飲話舊，知王南村亦客此，二首》之二「身從道殣遺」句下自注：「山左比歲大飢，人相食」；卷十二的《刈麥二十韻》、《嘉苗嘆》、《枕上聞雨口號》、《偶行淄岸，見病涉者，遂呼工伐槐樹爲橋於水上，既成，以詩落之》；卷十三的《村宿書所聞》、《聞故鄉春雨沾足，山賊旋定》、《紀旱》、《禱雨壇》、《甿入城行》；卷十四的《水車怨》、《後禱雨壇》、《猛虎行》、《虎倀行》、《木偶人》、《吳民多》、《兩使君》、《久旱》；卷十五的《丹陽舟中見蝗飛蔽天，爲口號二首》、《郯城道中》；卷十七的《久旱喜雨》、《題山前破屋》、《詛雨師》；卷十八的《獍去謠》。

其次，譏刺時弊的，如卷一的《道傍碑》；卷十八的《所聞》。

第三，即山水詩亦往往涉及民生疾苦，如卷一《太行絕頂望黃河歌》、《仙居行》；卷十三《中秋細雨，夜泛虎邱》。

第四，反映農村生活，如卷十一《暮出溪上，口號二首》、《攜酒溪頭，酒盡雨至》、《曉起即目》；卷十二《微雨山行》。

第五，罷官之事，如卷三《感事二首》；卷十《與史生升衢（金踔）對酒話京師舊事》；卷十四《上元觀演〈長生殿〉劇，十絕句》。

執信曾指責士禎「詩中無人」，㉘儘管並不符合事實，但他所作的詩確實都表現了「我」，是黑格爾説的「這一個」。而表現「這一個」，主要就在於「思路劖刻」。什麼叫「思路劖刻」？有人舉過例子：「予最愛誦國初趙秋谷宮贊《飴山堂詩集》中《棄婦詞》，中有句云：『出門拜姑嫜，十步一回顧。心傷舊履跡，一一來時路。』『留妾明月珠，新人爲耳璫。不恨奪妍寵，猶得依君傍。』『寶鑒守故奩，上有君家塵。持將不忍拂，舊意託相親。』云云，信乎宮贊之詩以思路劖刻爲勝也。」㉙從這幾個例句可以看出，所謂「思路劖刻」，就是寫情入微。這種深刻細致的刻畫，正與神韻派的流於「膚廓」（即空泛、浮淺）相反。只有深刻細致，才能顯示出作者的獨特感受，也才能「清新」。以《棄婦詞》來説，它還怨而不怒，深合「溫柔敦厚」的詩教，所以鄧之誠稱趙詩「劖刻清新，歸於渾厚。」㉚

但是，執信詩很多是違背詩教原則的，即以《感事二首》來説，試看其第二首：「戟矜底事各紛紛？萬事秋風卷亂雲。誰信武安作黃土，人間無恙灌將軍！」㉛把朝廷內派系鬥爭比作「戟矜」（《史記》賈誼傳《過秦論》作「棘矜」，注：棘同戟。矜，戟柄），把徐元文比爲武安侯田蚡，而自比爲遭田蚡陷害的灌夫，正如鄧之誠所説：「幾於毒詈！」㉜現實主義詩人總是不隱蔽自己的愛憎的。執信自己也説：「詩之教，溫柔敦厚，蓋必人之天性近之。……余性好爲詩，而性失之狂易，始官長安（借指北京）時，頗有飛揚跋扈之氣，去之（指溫柔敦厚的詩教）遠而不自知。」㉝他的詩作，不論是反映民生疾苦的，還是譏刺時弊的，都是大聲疾呼。如最著名的《甿入城行》：「村甿終歲不入城，入城怕逢縣令行。行逢縣令猶自可，莫見當衙據案坐。但聞坐處已驚魂，何事喧轟來向村？銀鐺杻械從青蓋，狼顧狐嗥怖殺人！鞭笞搒掠慘不止，老幼家家血相視。官私計盡生路無，不如卻就城中死！一呼萬應齊揮拳，胥隸奔散如飛煙。可憐縣令竄何處？眼望高城不敢前。城中大官臨廣堂，頗知縣令知賑荒。門外吒聲忽鼎沸，急傳溫語無張皇：城中酒濃餺飥好，人人給錢買醉飽。醉飽爭趨縣令衙，撤扉毀閣如風掃。縣令深宵匍匐歸，奴顏囚首銷兇威。詰朝吒去城中定，大官咨嗟顧縣令。」㉞這樣描寫官逼民反的情狀，難怪沈德潛責其奔放有餘，不取醞釀；㉟朱庭珍也說他「意主刻露，殊少含蓄醞釀之功。」㊱正統的詩論家總強調「溫柔敦厚」，「怨而不怒」，執信卻正因此反對士禎，因爲凡是真正的現實主義詩人總是「刻露」的。所以，他的詩作常常是噴薄而出，有如天風海濤，所謂「飴山噴薄敵胥濤。」㊲但也就因此被某些評論家指斥爲「倜儻，卻無餘味」；㊳「篇外亦無餘味。」㊴

「劖刻」的好處，是「自寫性真，力去浮靡。」㊵「浮靡」亦即「膚廓」，是神韻派的流弊。執信爲矯其弊，必力去浮靡。唯有這樣，才能寫出真實個性來，成爲「詩中有我」。

和神韻派的詩相比，他的詩確實顯得「硬」、「直」。但他是「硬語能佳」，㊶「直而不俚」㊷。連朱庭珍也不能不承認他「筆力銳入快出，直擊鼓心，勝於阮亭。」㊸《人心嘆》可以作爲一個例子：「漫道人心如九疑，九疑自古不遷變。又道人心如轆轤，轆轤靜夜不復轉。指似明星耿耿光，須臾風起塵茫茫。傖父塞翁前失馬，痴兒臧穀旋亡羊。神仙去人何近遠，白日當天舉頭見。欲覓神山海水深，海水才可方人心！」㊹寫人心深不可測，巧詐多端，出之以古謠諺的格調，音節慷慨，得「硬」、「直」之神。

執信所謂「詩中有我」，不僅寫一己的身邊事、兒女情，還必須從一滴水看世界，這就是「詩外有事」。即以罷官一事而論，他所寫的就不止是個人恩怨，而是反映出派系的鬥爭和朝政的黑暗。如《與史生升衢（金蹕）對酒話京師舊事》：「相逢不暇揖，日暮且飲酒。一言驚叔向，越席執子手。子言昔在長安居，歌筵秋夕曾同娛。我聞審視恍記憶，當年子尚未有鬚。竹肉相宣沸華館，枚馬金張坐中滿。周郎從道戀紅牙，阮籍由來少青眼。廣寒樂罷天未明，牆陰黃犬爲人聲，風吹北海尊前客，雨聚江南水上萍。江南空闊銜杯穩，試語存亡足悲哂。猶餘鴻鵠九霄飛，虛說龍魚一網盡。史生史生爲我斟，昔但識面今識心。信我歷落還崎嶔，丈夫那復論升沉。升與沉，直一吷！持燈引酒照髭鬚，莫使重逢總成雪。」㊺罵被徐元文嗾使的給事中黃六鴻是「牆陰黃犬」，說他的告發是「爲人聲」，嘲笑他們的迫害異己是「虛說龍魚一網盡」，對自己的長期被廢置則慷慨地宣稱：「信我歷落還崎嶔，丈夫那復論升沉」，還進一步表示：「升與沉，直一吷！」個人窮通，毫不在乎。這不是徒爲大言，只要聯繫他後來對馮躬暨拒絕復官的表示，就可知這種心情他是蓄之已久了。

有人說他「敵體新城，語多枯淡。」㊻是的，他主張「以意爲主，語言爲役」，確實不追求詞采與用事，像王士禎那樣「愛好」——著意修飾。但以「枯淡」二字概括趙詩風格，並不準確。不論是他的諷諭詩還是閒適詩，讀者都可以觸摸到他那顆真誠的火熱的心。他熱愛人生，並不追求枯寂的生活，即使退隱田園，也不像陶淵明那樣「平淡」。試看其《夏日移居山莊，四首》，前三首寫「去人惟恐近，無事更圖閒」，「北窗容倦臥，無暇賦閒居」，極見高傲心態，似乎入山惟恐不深。而第四首卻是：「廈庇心難遂，田疇計已成。沉吟身世事，惟有學躬耕。」㊼沉吟身世，收拾壯懷，此心何嘗恬淡得下？

有一點值得我們注意：執信「詩法二馮，格律甚細。」㊽「風致格律出自虞山馮氏。」㊾而二馮宗晚唐，雖「以心思尖巧見長」㊿，卻「風格平弱」(51)。趙詩並不平弱，而是「硬」、「直」，原因何在？我以爲二馮的「心思尖巧」影響執信的詩「劖刻」，這是明顯的，而更主要的影響是，馮班詩「原本《詩》、《騷》，務裨風教，又條縷體制，含咀《雅》、《頌》」(52)，這正是「詩外有事」。除此之外，執信還吸收了歷代現實主義優秀詩歌的精華，正如他自己說的：「余每論詩，非精於三百篇、十九首，名家宗派了然於心，難與俗人言。」(53)這樣轉益多師，然後自成一家。有人以爲他不滿宋詩，因爲他說過：「詩之道至宋而衰。」其實那是指「凡由詞臣而入殿閣者，人有一集，篇章雜糅以百千計，其傳者百不一二。」(54)他倒是主張「守唐賢之矩矱，而掇宋、元之菁英。」(55)他稱贊摯友馮廷櫆「古體取法青蓮，極之昌黎、眉山。」(56)他自己也是這樣，「絕去雕飾，有初日芙蓉之目。」(57)人們認爲他「長於古體」，(58)其實他某些七律也以氣勝，如《雨大甚，小舟不可前，野泊蘆中，遙寄寓舍》：「濕煙爭歸蠡口樹，斜照不開烏目雲。風和雷電一時至，雨與天水難可分。篷席全收幄幕用，菰蘆合策堂皇勛。行人此行幸安穩，破家馳書相報聞。」(59)這固然是學杜甫的吳體，而其「硬」、「直」，簡直以文爲詩，更近似宋人風味。

對趙詩的不足之處，前人提出了不少看法，如蔣士銓說它是「鼷鼠入牛角，邊幅窘可嗤。」(60)朱庭珍表示附和：「心餘譏其邊幅窘狹，誠中其病。」(61)所謂「邊幅窘狹」，實即紀昀所謂「纖小」，也就是上文已論述過的所謂缺少含蓄，沒有做到言近而指遠，有味外之味。蔣士銓在《說詩一首示朱緗》中較詳細地說過：「秋谷撰《談龍》，嫚罵頗有宜。及觀《飴山集》，邊幅亦可嗤。鼷鼠入牛角，束縛泯設施。空浮與窘迫，其失堪等夷。」以下用「李杜韓蘇黃，芥子藏須彌，舒卷成波瀾，比興無支離」[62]相對比，可見所謂「束縛泥設施」、「窘迫」，就是指趙詩太直太露，言盡意盡。

趙詩是否如此？康發祥就唱反調：「集中未始無沉著含蓄之作」，甚至認爲其「規模宏遠處有勝阮亭。」[63]

謝章鋌認爲趙詩「刻削易入於槎枒。」[64]「槎枒」，仍指趙詩「硬」、「直」。

上文已經分析過：「硬語能佳」，「直而不詭」，正是趙詩的獨到風格。

至於林昌彝僅憑執信兩句話就大張撻伐，更不足信。林氏認爲：「趙秋谷詩：『馬足蹙時疑地盡，谿雲多處覺天低』，此襲岑嘉州詩『尋河愁地盡，過磧覺天低』，居然點金成鐵矣！『馬足蹙時』豈成句法耶？以此才訾謷當代人物，直謂『蜉蝣撼大樹，可笑不自量』也。」[65]執信此詩見《飴山詩集》卷一，題爲《山行雜詩，四首》，此爲其一。全詩云：「嶺路盤盤行欲迷，晚來霜霰忽凄凄。林間風過猶兼葉，澗底寒輕已作泥。馬足蹙時疑地盡，溪雲多處覺天低。倦遊莫訝驚心數，歲暮空山鳥亂啼。」「地盡」、「天低」二句承上啟下，正寫出歲暮日晚、嶺路盤盤、雲濃澗深、客子驚心之狀，非常貼切，與岑參詩寫大漠景色完全是兩回事，即使句式偶同，字面相似，也不過受到岑詩啟發，並非雷同。再說與「地盡」、「天低」句式類似的，《飴山詩集》卷十七《送仲生南歸六十韻》末尾有「地蹙沉三島，天低礙八紘」二句，未必也是襲用岑的句式。總之，即使襲用，也各有千秋，無所謂點金成鐵。「蹙」即縮，馬足縮而不前，正寫出雲深路迷之景，何謂不成句法？林氏推崇王士禎，故意貶抑趙執信，譏笑《談龍錄》爲蚍蜉撼樹，很不公平。他還在一首論趙詩的七絕中說：「錄著談龍頗自誇，詩章風味小名家。矜才到底傷輕薄，科第如開頃刻花。」[66]竟把執信說成有才無行的小人，甚至對其被罷官而終身潦倒加以惡毒嘲笑，認爲這是輕薄之報。由此可見林氏識解之低。至於以士禎爲大家，而以執信爲名家中之小者，這種評價，不但我們今天不能贊成，就是康、乾時代的人，大多數也會投反對票。乾隆時代，劉執玉有《國朝六家詩鈔》，以趙執信與宋琬、施閏章、王士禎、朱彝尊、查慎行並列，比之於唐之有李、杜，宋之有蘇、黃，便是明證。

所以，公正的結論應該是：從創作到理論，趙執信都堅持了現實主義原則，擴清了神韻派的迷霧，對清詩的健康發展起了不可低估的作用。特別在理論上，對袁枚的性靈說和翁方綱的肌理說，都有所啟發和影響，這也是值得肯定的。

丙　流派及其影響

趙執信詩當時已成新體，影從者多。《飴山詩集》卷九《酬張孝廉日容（大受）招同朱竹垞及吳中諸名士讌集河上新齋見贈二首》之一「除卻雄談似焦遂，道余底事足流傳？」句下自注：「見贈有『十年秋谷流傳體。』」

追隨他的，如其門人吳劍虹明確指出：「斯人只訝爲天上，今日方欣不路歧。」[67]顯然是針對神韻派，認爲執信以其創作和理論指導了正確的寫詩方向。

執信最契重的門人仲是保，「爲執信門人之冠，最爲篤契。」[68]在執信的親切指導下，「運意劖刻，純用師法。」[69]

畢海珖，「與王孝廉洪謀並秋谷弟子，詩多經秋谷評定。」[70]

查曦，天津人，「趙秋谷、吳天章並以詩名，當康熙戊寅（三十七年）、己卯（三十八年）間，先後至津，稱詩者翕然從之。漢客（查曦之字）與游，其詩日進。」[71]

其他弟子有秦崑雪、丁鶴亭、李經五、[72]謝文洽、[73]張坦。[74]

特別值得注意的是，乾隆年間嶺南著名詩人黎簡，「論詩進秋谷而退漁洋」，[75]這說明飴山詩派對後代的影響是很大的。

注釋

①[57]汪由敦《墓誌銘》

②[35]《清詩別裁集》卷十三

③《曝書亭集》卷三九《憶雪樓詩集序》

④《國朝詩人徵略》卷九

⑤俱見《飴山詩集》卷十三（以下簡稱詩集）

⑥詩集卷十四《躬暨見示，以新例宏開，當有彈冠之輿，郤呈四韻》

⑦《老生常談》

⑧陳僅《詩林答問》，毛昌杰《君子館日記》同。但梁章鉅和姚大榮則認爲所評不公允，見《歸田瑣記》及《夢苕庵詩話》

⑨62《忠雅堂詩集》卷十八《說詩一首贈朱緗》

⑩⑭㉕㊱㊴㊸㊿58 61《筱園詩話》卷二

⑪《養一齋詩話》卷七

⑫《榕城詩話》

⑬㊿同⑩卷四

⑮㉒68《四庫全書總目》卷一七三

⑯《閱微草堂筆記》·《灤陽消夏錄》三

⑰《清史稿》本傳

⑱⑲《飴山文集》（以下簡稱文集）卷十二《題王麓台畫卷》

⑳《談龍錄》二六

㉑《帶經堂詩鈔小傳》

㉓《午亭文編提要》

㉔73詩集卷三《寄新詩與門人謝文洽編修，系以絕句》

㉖㉙《蓑楚齋續筆》卷七

㉗㉚㉜《清詩紀事初編》卷六

㉘同⑳九

㉛詩集卷三

㉝文集卷二《沈東田詩集序》

㉞㊾詩集卷十三
㊲徐嘉《論詩絕句五十七首》
㊳㊸康發祥《伯山詩話》
㊵陳恭尹《觀海集序》
㊶《隨園詩話》
㊷吳雯《并門集序》
㊹詩集卷十二
㊺詩集卷十
㊻汪國垣《近代詩派與地域》
㊼詩集卷十一
㊽《蓮坡詩話》
㊾沈起元《飴山文集序》
51 65《海天琴思錄》卷四
52文集卷二《鈍吟集序》
53文集卷十二《書幼子慶賦稿》
54文集卷二《田文端公遺詩序》
55文集卷二《王竹村詩集序》
56文集卷二《馮舍人遺詩序》

⑥⓪忠雅堂詩集卷二六《論詩雜詠三十首》之十四

⑥④《賭棋山莊集・課餘續錄》卷四

⑥⑥《海天琴思續錄》卷八

⑥⑦《飴山詩鈔小傳》

⑥⑨同㉖卷四

⑦⓪⑦①《晚晴簃詩匯》卷六三

⑦②詩集卷十九《贈日照秦生崑雪（與其鄉人丁鶴亭、李經五皆好學篤行者）》

⑦④詩集卷九《贈門人張逸峰（坦），因呈其尊人魯庵（霖），且以爲別，四首》

⑦⑤同⑦⓪卷一〇七

第十章 浙派

甲 浙派的產生

清代乾隆時期，以厲鶚爲代表的浙派產生得比較早，因而對同時或稍後的高密派、性靈派、桐城派、肌理派，都沒有什麼非議，只是對格調派作過較爲含蓄的批評。它的出現，主要是爲了矯正「南朱北王」之失。正如厲鶚的好友杭世駿所說：「自新城（指王士禎）、長水（指朱彝尊）盛行時，海內操奇觚者，莫不乞靈於兩家，太鴻（指厲鶚）獨矯之以孤淡。」①李既汸說：「樊榭之詩，能於漁洋、竹垞兩家外，獨闢蹊徑，自成一派。」②

現代有的學者認爲：「當時全國詩壇，正是爲昌言盛唐的格調派所獨霸，而厲氏卻借徑於宋人，由陳與義以上溯王、孟，刻琢研煉，幽新雋妙，對那種腦滿腸肥的僞唐詩，有洗滌腥膻的作用。」③似乎浙派純粹是爲了矯格調派之失而產生的，這恐與事實不盡相符。據格調派的王昶說：「（樊榭）所作幽新雋妙，刻琢研煉，……擷宋詩之精詣，而去其疏蕪。時沈文愨公（指沈德潛）方以漢魏盛唐倡吳下，莫能相掩也。」④從王昶的話看，倒是沈德潛要壓倒厲鶚而不可能。再看袁枚說沈德潛：「先生誚浙詩，謂沿宋習敗唐風者，自樊榭爲厲階」；⑤李慈銘也說厲鶚：「其詩詞皆窮力追新，字必獨造，遂開浙西纖哇割綴之習，世之講求氣格者（指格調派）頗詆譏之，以爲浙派之壞，實其作俑。」⑥可見主要是格調派攻擊浙派，而非浙派明顯非議格調派，更不能說浙派是爲了對抗格調派而產生的。

那麼，厲鶚究竟要矯正王士禛、朱彝尊兩家什麼弊病呢？請看他的原話：「予嘗謂漁洋、長水過於傅采，朝華容有時謝。」⑦「傅采」本爲繪畫術語，意即著色。「朱貪多，王愛好」，兩家都追求詩歌語言的藻麗；而一班靡然從風之徒，以爲這就是學習唐詩的正軌。但是，正如厲鶚所說：「拙者爲之，得貌遺神，而唐詩窮。」⑧因此，他要提倡學習宋詩，以「孤淡」來矯正那種流弊。

這裡值得注意的是，他並不主張開宗立派，甚至可以說他根本反對建立詩派。他強調的是「詩之體」：「詩不可以無體，而不當有派。詩之有體，成於時代，關乎性情，真氣之所存，非可以剽擬似，可以陶冶得也。是故去卑而就高，避縟而趨潔，遠流俗而向雅正。少陵所云多師爲師，荊公所謂博觀約取，皆於體是辨。眾制既明，爐鞴自我，吸攬前修，獨造意匠；又輔以積卷之富，而清能靈解即具其中。蓋合群作者之體而自有其體，然後詩之體可得而言也。」⑨他這段話非常重要，是有爲而發的。簡言之，即主張通過廣泛學習前人遺產而獨成一家，絕不從形式上模擬某一詩派。學習是爲了創造，而創造必須是獨具面目。他反對建立詩派，是因爲「動以派別概天下之才俊，啖名者靡然從之」。結合到當時的實際，便是「或祖北地（指李夢陽）、濟南（指李攀龍）之餘論，以錮其神明；或襲一二鉅公之遺貌，而未開生面。篇什雖繁，供人研玩者正自有限。」⑩前一句隱指沈德潛爲代表的格調派祖述前後七子的「詩必盛唐」，後一句則指從形式上學習王士禎和朱彝尊的神韻、秀水兩派的末流。總之，這樣囿於詩派，只會成爲「剽擬」，決不會有「真氣」。⑪

可悲的是，天下總有那麼多跟聰明人把鮮花比美人的傻子，總喜歡步人後塵，拾人牙慧，於是又形成了浙派。

乙　厲鶚生平及其詩論

厲鶚（一六九二，康熙三十一年——一七五二，乾隆十七年），字太鴻，號樊榭，浙江錢塘人。少孤家貧。內閣學士李紱典浙江試，錄鶚。「試禮部，報罷。乾隆元年，浙江總督程元章薦應博學鴻詞科。試日，誤寫論在詩前，又報罷，而年老矣。值部銓期近，思得薄祿養親，復入京。行次天津，舊友查爲仁留之水西莊，觴詠數月，不就選而歸。」⑫他的入京就吏部銓選，是需次（候補）縣令。就選目的是爲了「以薄祿養母」，結果卻不就選而歸。杭世駿對他這一思想作了深刻的分析：「樊榭少而孤露，奉太夫人之教，積學以至於有立，夫豈不知圭紱之可以榮親，祿入之可以養老？而顧杜門卻軌，甘寂寞而就枯槁者，誠以仕宦之難，惟縣令爲最。其能久居其處者，大術有二焉。佞顏卑辭，骨節婳媚，伈伈俔俔，希寵而取憐：一矣。憑藉權勢，擅作威福，色厲內荏，虐煢獨而畏高明：又其一矣。樊榭之才，千詩百賦，鬱怒遒緊，長輪遠逝，雖極之傾河倒峽，而不見其所止。若以其鴻朗高邁之懷，骯髒磊落之志，屈而與今之仕宦者相習，譬之方枘圓鑿，齟齬而不相入，而謂其能哫訾粟斯，喔咿囁嚅，以爲閃揄乎？而謂其能逞妖作蠱，安生眉眼，以絞訐而摩上乎？」⑬但是，厲鶚的內心是矛盾的，所以其文集卷一就是應鴻博的《授衣賦》，歌頌「我皇上……猶恐一夫之不獲，彌軫顧於皇情」；《萬寶告成賦》歌頌「聖人祈穀，嘉祥載歌。」《河清海晏賦》歌頌「我皇上」「於萬斯年，一人有慶。」而外曲卷下還有他填的《迎鑾新曲次套》，歌頌乾隆十六年的南巡。獻演時，「聖天子止輦而聽之，每奏一篇，稱賞不置。」⑭

因此，他並沒有跳出封建士大夫的局限，遠沒有達到吳敬梓、曹雪芹的思想水平。即使最後確定了乞食江湖，仍然是縈情詞館（翰林院），只是不願擔任縣令這種風塵下吏而已。基於這種思想認識，因而他的詩論便表現爲如下四點：

(1) 詩貴清

他認爲「清之一字，爲風騷旨格所莫外者」。「蓋自廊廟風諭以及山澤之癯所吟謠，未有不至於清而可以言詩者。」如何做到「清」呢？他說：「未有不本乎性情而可以言清者。」⑮所以他強調詩如其人：「聖幾（姓符，厲鶚的詩弟子）賦性幽淡，迥出流俗，見干進改錯輩，視如腥腐，……故其爲詩，澄汰衆慮，清思窈冥，松寒水潔，不可近睨。」⑯也就因此，他欣賞「寒」字：「氣之游者，寒則斂；景之蒙者，寒則清；材之柔者，寒則堅。」從而他贊美寒人：「其在人也，寒女有機絲，人賴其用；寒士有特操，世資其道。」⑰他贊美寒士的詩：「（吾友程文石）迫於貧，無以養母，轉客四方。……所資以爲客者，亦在於詩，然得意之作，文石亦不肯輕以示人也。……今讀其詩，天機所到，自然流露，如霜下之鐘，風前之籟，應氣則鳴，初無旬鍛月煉之苦，而達生遺物，能使人忘去榮悴得喪所在。然後知文石之詩之進乎道，向之以詩人視文石，猶淺之乎言詩矣。」⑱

因此，他提出，詩不以窮達爲從違。他幾次提到浙江東南包括他的家鄉的風氣：「吾里近稱才藪，第工舉場之文者，或鄙吟詠爲閒家具。」⑲「往時吾鄉士友專攻舉子業，例不作詩。」⑳「往時東南人士，幾以詩爲窮家具。遇有從事聲韻者，父兄師友必相戒，以爲不可染指，不唯于舉場之文有所窒礙，而轉喉刺舌，又若詩之大足爲人累。」但是，「及見夫以詩獲遇者，方且峨冠紆紳，迴翔於清切之地，則又群然曰：『詩不可不學！』」所謂「以詩獲遇」，顯然是指沈德潛以詩見知於乾隆帝事。這些人都是「以窮與遇爲從違」的。厲鶚十分反對這種庸俗風氣，他說：「夫詩，性情中事也，而顧以窮與遇爲從違！即爲之而遇，猶未足以自信；使其不遇，則必且曰：『是果窮家具！』而棄之惟恐不速。詩果受人軒輕歟？」他贊美朋友葉筠客：「是能不軒輕於詩者，欲不工於詩，烏可得乎？」他更公然表態：「若予非能工於詩，而性固癡絕，四十年來，未嘗一日廢詩。」㉑也就因此，他鄙視那班「詩而賈」的傢伙：「噫！今世操不律爲詩之士，少窺聲病，即挾其技走四方，務妍悅人耳目，以要名取利。」㉒

總之，他認爲，只有狷介絕俗的人，才能寫出清邃出塵的詩。這種詩的風格就是「孤淡」。

(2) 書爲詩材

和朱彝尊一樣，他也主張必須多讀書才能把詩寫好。他說：「少陵之自述曰：『讀書破萬卷，下筆如有神！』詩至少陵止矣，而其得力處，乃在讀萬卷書，且讀而能破致之。蓋即陸天隨所云：『輘轢波濤，穿穴險固，囚鎖怪異，破碎陣敵，卒造平淡而後已』者。前後作者，若出一揆。」但是，他不主張學人之詩，而主張詩人之詩，不過這種詩人必須做到學化爲才。這其實是主張詩人之詩與學人之詩的統一。所以他說：「故有讀書而不能詩，未有能詩而不讀書。」因爲「書，詩材也」，「詩材富而意以爲匠，神以爲斤，則大篇短章，均擅其勝。」㉓以主體的「意」（思想）與「神」（情趣）來運用一切適合做「詩材」的書本知識，就能寫出好詩。這並沒有排除生活這一創作源泉，因爲思想和情趣是從現實生活中產生的。他「極嗜」的詩是「清恬粹雅，吐自胸臆，而群籍之精華經緯其中。」㉔至於他自己，則如後人所指出的：「樊榭多清疏窈眇之思，其博奧足以副之，自諸子百家雜出於神林鬼冢金石可喜可異之事，能令讀者盪心震目。」㉕可見他所取的「詩材」有一定的傾向性，即必須能濬發他的「清疏窈眇之思」的。

(3) 反對模擬

厲鶚宗尚宋詩，主要是宋詩的瘦勁清切符合他本人的審美情趣。但他決不生硬模擬，而是強調自出新意。他指出：「夫詩之道，不可以有所窮也。諸君（指學唐的西泠十子）言爲唐詩工矣，拙者爲之，得貌遺神，而唐詩窮。于是能者參之蘇、黃、范、陸，時出新意；末流遂瀾倒，無復繩檢，而不爲唐詩者又窮。」㉖所謂「拙者」、「末流」，是指學唐學宋而「得貌遺神」，亦即純粹從形式上模擬的。真正善于學習古人的，應該像他的詩友趙谷林那樣：「格高思精，韻沉語煉，昭宣備五色，鏘洋叶六義。胚胎于韋、柳、韓、杜、蘇、黃諸大家，而能自出新意，不襲故常。」㉗他所以反對建立詩派，也是因爲它容易形成模擬之風。因此，他特別指出：「有明中葉，李（夢陽）何（景明）揚波于前，王（世貞）李（攀龍）承流于後，動以派別概天下之才俊。啖名者靡然從之，七子五子，疊牀架屋。」㉘明七子及其追隨者這樣模擬成風，是厲鶚所深惡痛絕的。他反對仿古，而強調學古，更強調學而能離，離而合古。他贊美其詩弟子汪沆的游歷詩，「以堅瘦爲其格，以華妙爲其詞，以清瑩爲其思。……絕去切擬，冥心獨造，而卒無不與古人合。」㉙這是很不容易做到的。他說：「辭必未經人道，而適得情景之真，斯爲難耳。」㉚他是特別在這方面下工夫的：「僕性喜爲游歷詩，搜奇抉險，往往有得意句，讀之亦絕叫。」㉛這方面他確實取得了很大的成績。

(4) 強調詩必近理

他說：「凡詩之難，難於鍛煉情景，而尤難於近理。」這就把詩，尤其是游歷詩提到哲學意蘊的高度了。就是說，要在「適得情景之真」的基礎上，寫出別有會心的哲理。他例舉汪沆游歷詩中如下句子，如「托根莫嫌孤，特立物所尚」，這是寒士的自我認識和歷史評價，卻通過某一特定景物加以顯示。又如「詎識快心地，人生有跼步。」這是對人生的辯證認識，你可以聯想到王安石的「入之愈艱，則其見愈奇。」厲鶚並嘆賞說：「如此諸句，披豁委瑣，振醒瘖聾。」㉜就因爲他本人和汪沆一樣從「羈棲流轉、憂愁閱歷之餘」，領悟到人生這一哲理。

丙 厲鶚的詩

厲鶚的詩集分爲前集和續集，都是他自己訂定的。前集所收，自二十三歲起至四十八歲止，一共二十六年，計五古二〇四首，七古六三首，五律一一九首，七律一四八首，七絕一六〇首。後集所收，自四十八歲起至六十歲止，一共十三年，爲前集時間的一半，計五古一二七首，七古七一首，五律一一八首，七律二三五首，七絕一四〇首。前集總數爲六九四首，續集總數爲六九一首。他自己解釋說，並非「中年以往之作工於少時」，㉝然而結合他的詩論來看，他曾經說：「多作不如多改，善改不如善刪。」㉞可見越到晚期，他的詩作越能符合自己的審美要求，越能表現自己詩作的風格特色。這種刪擇正說明他的精益求精，也表現了他的狷介性格。

另外，我們把上述各體分類統計，則五古共三三一首，七五共一三四首，五律共二三七首，七律共三八三首，七絕共三〇〇首。這也是符合他的狷介性格的。因爲格律詩固然適合他的苦吟習慣，五古也要求字句精煉，而七古則不然，所重在氣勢，這不是後天的鍛煉工夫可以達到的，而是首先要有豪放的性格，還要有開闊的眼界，雄偉的抱負，豐富的閱歷。缺少這四者，書讀得再多，「大篇」也不可能「擅其勝」的。所以袁枚早已指出：「樊榭短於七古，凡集中此體，數典而已，索索寡真氣。」㉟宗唐的沈德潛和王昶只欣賞他的五古。沈說：「（樊榭）詩品清高，五言在劉眘虛、常建之間。」㊱王說：「（厲徵君）所作幽新雋妙，刻琢研鍊，五言尤勝，大抵取法陶、謝及王、孟、韋、柳，而別有自得之趣。」㊲吳應和先指出：「歸愚、蘭泉兩先生評樊榭山房詩固已確當；獨賞五古而不及七律，殆以七律不近唐音耳。」然後發表自己的意見：「（樊榭詩）參用性靈、書卷，自闢蹊徑，諸體皆工，七律更耐尋繹。」㊳

究竟應該怎樣認識厲鶚的詩呢？我以爲重要的一點是從詩論到詩作，他都是非政教、超功利的，這是他領袖浙派的特色。因此，他很少觸及現實的苦難，而完全在追求個人生活的藝術化。這種藝術化的生活，核心就是「孤淡」，反映在詩作裡，從內容到形式，都浸染著「孤淡」的情調。表現在選材上，他最喜愛的時節，是秋暮、月夜、雪天。最喜愛的景物，是古寺、疏林、晚鐘、落葉。最喜愛的情趣，是孤獨、清幽、冷僻、閑適。

不妨看些實例。二十四歲時的詩，企慕的是「夜泉孤月萬松深」這樣的「棲隱處」。㊴二十七歲時害眼病，他自幸能「養就疏慵學避人」。㊵他喜歡月夜泛舟，欣賞著「野橋迎月直，斷岸見煙生」；㊶「月黑水深荷葉路，涼螢無數繞船飛。」㊷他還喜歡通宵泛舟：「故人襆被共出城，疏林明月唐栖（地名）行。悠悠徒抱文字癖，落落但話江湖情。四十五日夜方永，一百八聲鐘最清。朝陽初上睡翻著，船頭已見含山（山名）迎。」㊸

即使是清曉，他喜愛的也是：「開門殘月在，下見數峯雪。雪際生白雲，窅映不可說。」㊹月、雪是白的，雲也是白的，一片清寒，一片潔白，這是詩人人格的外化。

他欣賞「瘦」，你看，「禪燈照影詩皆瘦」；㊺書法愛瘦的：「榜剩槫寮有瘦藤（自注：『湖山勝概』扁，張即之書）。」㊻石要瘦：「畫石最數畢京兆，深坳淺凸瘦不肥」；㊼松也要瘦：「萊陽姜仲子，嬌嬌清節後。獨持桑海身，畫松只畫瘦。」㊽這也是詩人人格的外化。

人們極口稱贊厲鶚的山水詩（包括他的游歷詩），特別是有關西湖的西溪的。王蘭修說：「厲樊榭鐫刻林壑，渲染煙霞，深於山水之趣。」㊾李慈銘也說：「先生取格幽邃，吐詞清真，善寫林壑難狀之境。其佳者直到孟襄陽、柳柳州，次亦不失錢（起）、郎（士元）、皇甫（松）。昔人評顧況詩爲『翕輕清以爲性，結冷汰以爲質，煦鮮容以爲詞』，先生殆可當之。」㊿陶元藻甚至評點說：『樊榭《寶石山》云：『林氣暖時濛似雨，湖光空處淡如僧』，此真善於領略西湖也。」(51)這類評論都只涉及厲鶚山水詩的表層，而沒有說出他的特殊風格。

他和王士禎都寫了大量的山水詩，在風格上卻是截然不同。王士禎「認爲好詩產生於作者內心的平靜」，「好詩應該排斥激情性的表現。」(52)這自然和他的仕途順利又淡化政治有關。所以，他的內心是恬愉的，把這種心情外化於山水，總是選擇那些氣象駘蕩沖和的，再表現爲山水詩以自怡。

厲鶚則不然，他是選擇山水之枯淡者用以安慰自己的坎坷，從而平其心氣。他的內心是有一股抑鬱不平之氣的。三十三歲時，面對西溪的綠蕚梅，已自嘆「幽人與世實寡營，捷足纖兒每工侮。」[53]三十四歲時更解嘲說：「嬉游大好同隊魚，何必飛騰千萬里。」[54]四十二歲時，報國院池上的修林清蔭，澄水游魚，使他感嘆：「一一適吾願，詎似身世違？」[55]漸入老境後，他稱贊朋友汪士慎：「要將胸中清苦味，吐作紙上冰霜椏」，又稱贊汪：「不事王侯恣蕭灑」，[56]其實也是他自吐心聲。在紅橋春遊的繁華場中，他卻欣賞「隔江山映殘梅晚，招之不來殊偃蹇」，[57]這是借梅花寫自己。「桂氣熏殘日，梧聲墜晚風。同時榮落意，吾欲問天公。」[58]同樣的牢騷更直接表現在：「長安秋逑欲華顛，回首群公盡列仙。八月星河虛賣卜，三山風浪枉乘船。」[59]「萬事豪華付公等，天公此段獨吾私。」[60]突出其胸中不平之氣的是食熊掌一詩：「遐想深山中，是物最神王。傾崖恣咆哮，豐草供跌宕。拗樹有餘怒，擘人定非安。……是何雞狗輩，碌碌齊得喪？雄姿墮鼎鬲，罷食爲惆悵。」[61]這使我們想起陶淵明並非渾身靜穆，而有其金剛怒目的一面。是的，厲鶚是有豪氣的：「我輩幸無世網縛，豪氣豈受名流謾？」[62]只是生在文字獄空前嚴峻的時代，他只能是：「胸中淩雲氣，欲吐謝不敏。」[63]

明白這個特點，對厲鶚的游歷詩(包括山水詩)的意境內涵，就能獲得深層次意義的理解。即以陶元藻所欣賞的「林氣暖時濛似雨，湖光空處淡如僧」一聯說，此詩首二句卻是「山樓孤絕少人登，妙友同憑記昔曾。」而下四句爲：「畫尋白石無殘墨，榜剩樗寮有瘦藤。十四年來筋力減，峯頭直上笑猶能。」⑭他追求的是這種「孤淡」的美。保爾·瓦萊里說：「風格即自身。」莫洛亞解釋說：風格是「氣質、性格、情感，印在表現手法上的痕跡。」他又說：「如果一個作者的作品反映了他自己特有的本性，他就具有一種風格。」他引述他的老師的話：「因此，風格要求兩個條件：行爲中體現出來的優雅自如，與在作品中體現出來的這種行爲本身帶來的一種特性。」⑮厲鶚的「孤淡」風格來自於他的氣質、性格、情感。而學習他這種風格的同時人和後來人，沒有他那種氣質、性格和情感，自然只能從形式上去摹仿了。

「孤淡」這種風格表現在藝術形式上，必然是兀兀獨造，語不猶人。在這點上，他實在是和俄國形式主義者標舉的「陌生化」不謀而合。「陌生化」的藝術能使我們對生活和經歷產生新鮮感。什克洛夫斯基說：藝術把那些已經習慣成自然的事物陌生化。詩歌的效果就是使語言「迂迴」、「難懂」、「婉轉」、「扭曲」。⑯厲鶚總的藝術傾向正是如此。

首先，用心曲折，總比以往詩人深進一層甚至幾層。如陳衍所激賞的《歸舟江行，望燕子磯作》：「石勢渾如掠水飛，漁罾絕壁挂清暉。俯江亭上何人坐，看我扁舟望翠微？」⑰陳氏分析說：末二句「十四字中，作四轉折。質言之，爲看他在那裡看我在這裡看他看我也。」⑱應該說，厲鶚這樣構思，受到杜甫《月夜》（「今夜鄜州月」）的啟發，而寫來情景融合得十分自然，似乎是妙手偶得，其實是苦心經營的，目的就是要「迂迴」。

懷古，這是個老掉牙的題目，厲鶚卻別出心裁。試看《自石湖至橫塘，二首》之一：「楞伽山頂濕云堆，噤瘁桃花出廢台。萬頃吳波搖積翠，春寒來似越兵來。」⑲吳應和評云：「只是蘇台吊古恒言，陪襯得好，便覺新警獨絕。」⑳這是陌生化的「婉轉」。

水和石，一動一靜，截然相反，厲鶚卻使靜者動化：「畫水最數孫知微，崩灘駭浪勢欲飛。畫石最數畢京兆，深坳淺凸瘦不肥。誰知石亦有水勢，萬松嶺上見者稀。突如灩澦數間屋，險如盤渦掉蛟飢。軒然大波逼簷際，諦視始覺居巖扉。」㉑這氣勢多雄偉，難怪他選用七古體。厲鶚原不擅長此體，這首是例外。而他這種寫法，確實給人一種新鮮感。

他的詩，用字也迥不猶人。請看，「夜軒殺明燈，秋蟲啼四壁」的「殺」字，㉒「舟噎荒城下，輿鳴野水灣」的「噎」字，㉓「春入桃花燒客眼」的「燒」字，㉔不知經過幾多次推敲，才落實到這幾個動詞上。有了它，全句都濯濯生新。

至於拋棄常見典故，大量使用宋、元人小書中的僻典，而又加上自注，這都是爲了陌生化的緣故。

另外，他有一首這樣的七絕：「返照深深入竹根，青鞋踏遍舊苔痕。好詩只在微茫裡，付與棲禽自在喧。」㉕這使我們想起馬爾洛所說「藝術恰恰產生於不可捕捉之物的魅力」。另一首末兩句：「斜陽一抹風廊影，葵寫圓花竹寫梢。」㉖又使我們想起馬爾洛所說「（藝術）產生於拒絕抄襲日常所見的場景。」㉗

他和宗唐的格調派的對立不是偶然的，格調派的詩太平庸了。難怪他說：「世有不以格調派別繩我者，或位置僕於詩人之末。」㉘這是自嘲，更是自信。對比起來，他和同樣宗唐的王士禎、朱彝尊的對立，只是由於「傅采」和「孤淡」的審美取向的歧異，而和格調派的對立，則是對詩的本體認識的背離。

丁　對浙派的評價

對浙派一筆抹殺的，是姚鼐和蔣士銓。姚鼐論詩，既不滿性靈派的「淺易」，又反對浙派的「險怪」。[79]他說：「今日詩道大爲榛塞，雖通人不能具正見，吾斷謂樊榭、簡齋皆詩家之惡派。」[80]蔣士銓雖也宗宋，而取徑與厲鶚異，乃由義山而杜、韓而蘇、黃，[81]其詩「如神獅怒蹲，百獸慴服；如長劍倚天，星辰亂飛」，[82]自然不滿厲鶚的「孤淡」，因此譏爲「餖飣織古錦，方幅特板重。鈍根學神仙，天馬終難控。逐節寫修篁，焉能集鸞鳳？」[83]後來尚鎔就批評說：「茗生論詩，於西江阿其所好，稍乖公允。至極推北地、信陽，力詆初白、樊榭，尤爲持論之偏。」[84]

而對厲鶚及浙派加以醜詆的，則是「獨以唐人爲歸」[85]的方貞觀，這位格調派詩論家說：「近有作者，謂六經、《史》、《漢》皆糟粕陳言，鄙三唐名家爲熟爛習套，別有師傳，另成語句，取宋、元人小說部書世所不流傳者，用爲枕中秘寶，采其事實，摭其詞華，遷就勉強以用之，詩成多不可解。令其自爲疏說，則皆逐句成文，無一意貫三語者，無一氣貫三語者，乃倜然自以爲博奧奇古。此真大道之波旬，萬難醫藥者也。但願天地多生明眼人，不爲其所迷惑，使流毒不遠，是厚幸矣！」[86]

其他的人一般對厲鶚能持兩點論，而歸罪於其後學末流。如法式善說：「厲晚爲廣陵寓公，以標新領異爲揚人倡，故江北之詩皆以疏瀹性靈爲主，然氣亦稍稍薄矣。」[87]陳僅說：「樊榭集中以五古為第一，七律亦源出中唐，流利清圓，醰醰有味。後人不學其古而好學其七律，又不善學學之，遂來浙派之誚。樊榭有靈，不受過也。」[88]朱庭珍說：「浙派自西泠十子倡始，先開其端，至厲太鴻而自成一派，後來宗之。其清俊生新、圓潤秀媚之篇，佳處自不可沒。然病亦坐此，往往求妍麗姿態，遂失於神骨不俊，氣格不高，力量不厚，無雄渾闊大之局陣篇幅，諧時則易，去古則遠也。樊榭集中，工於短章，拙於長篇；工於五言，拙於七言，七古尤劣。其宗派囿於宋人，唐風歇盡。好用說部叢書中瑣屑生僻典故，尤好使宋以後事。不惟採冷峭字面及掇拾小有風趣諧語入詩，即一切別名、小名、替代字、方音、土諺之類，無不倚為詞料。意謂另開蹊徑，色澤新異別致，生趣姿態，並不猶人也。殊不知大方家數非不能用此種故實字樣，大方手筆非不能為此種姿態風趣，乃不屑用，並不屑為，不肯自貶氣格，自抑骨力，遁入此種冷徑別調耳。是小家賣弄狡獪伎倆，非名家之品也。吳穀人等皆係此一派門徑，故洪稚存謂如畫家學元人著色山水，雖施青綠，渲染韶秀，而氣韻未能蒼老，境界未能深厚，誠中其病。」[89]

對於厲鶚矯正神韻、秀水兩派的「傅采」，吳騫提出了自己的看法：「數十年來，吾浙稱詩者皆推樊榭。然樊榭之作，雖長於用書，慎於造句，終不若漁洋之風華典麗而波瀾洪闊，使人讀之，皆能稱快。」又引汪師韓跋樊榭集的話來評論厲詩及其後學之失：「（樊榭）先生之詩，搜討精博，蹊徑幽微。取材新則有獨得之奇，使事切則無寡情之采。自成情理之高，不關身世之感。至若典僻而意或晦，藻密而氣為傷。一邱一壑之勝，登臨少助於江山；一觴一詠之情，懷抱勿覯於今古。以云追漢魏而近風騷，豈其薄而不為？夫亦所謂幽人之貞，獨行其願者耶？然先生全集，要無一字一句不自讀書創獲，所以雄視一時。後人效之者不效其讀書，而惟是割綴詩詞內新異之字，以供臨文之攢湊，望之眩目，按之枵腹。昔人云：『所作不可盡難，難便不知所出。』是又不得以學者之不根，而並咎作者之非法也。」⑩

阮葵生則更具體地描繪浙派末流創作的程式化：「以南宋爲宗，自度學識不能及人，於是愛僻耽奇，一字片語，分門收拾，自詡碎金。每遇一題，則按類僉拿，沿途差派。部署既足，然後別構一意，紆回勾綴以貫串之。氣脈格塞，瘦疣遍體。題中無詩，詩中無人。此如雜劇中扮女道士之水田衣，零紅剩碧，百衲千綴；又如酒市傭保之太和湯，酒闌人散，取萬人唾餘匯成一器，當時豈不自以爲鮮衣美食哉？」⑪

總觀上述諸家的評論，對於厲鶚及浙派某些優缺點，也不乏談言微中之處；但從總體來看，卻並不準確和公平。如姚鼐和蔣士銓由於審美取向不同，法式善、方貞觀、吳騫和朱庭珍由於以「唐風」和「大家」爲評論詩歌價值的唯一準則，便對厲鶚的「標新領異」這種創新精神橫加指責。這正是小農經濟社會保守意識在士大夫文學觀念上的反映；儘管他們都熟悉蕭子顯說的「若無新變，安能代雄」，實際上卻並不理解「創新」的真正內涵與歷史功績。

要正確理解厲鶚及浙派的歷史價值，應該從主客體兩方面去進行論析。

從客體方面說，厲鶚生活的時代是康、乾盛世；生活的地點是人文薈萃、山水清幽的杭州，中間又有較多年月生活在揚州。杭州和揚州不僅文化發達，而且經濟繁榮。這就使厲鶚受到商業經濟影響，初步具有市民意識。

從主體方面說，他生逢「盛世」，卻出身寒門，功名上又蹭蹬，因而缺乏雄偉的政治抱負，反而因爲屢遭俗人白眼，更增強其傲岸不群的性格，這就使他拋棄道德倫理上的「善」，繼承並張揚了漢末以來「獨善其身」一派士人的傳統心態。他張揚個體意識，爲己多於爲人，憂生多於憂世，自賞多於諷時，從而全力追求藝術生活上的「真」與「美」。「杭州以湖山勝，揚州以園林勝。」[92]揚州園林固然是小巧玲瓏，杭州湖山也都是山溫水軟。他終身浸潤在這種環境裡，傲岸性格卻使他厭棄「銷金鍋」的紅塵，而追求山水「孤淡」之美。杭州、揚州並非沒有雄偉和高曠之美，而由於主體性的特殊，他偏嗜那些「孤淡」之美。這正表現了他的「真」。他的詩正是這種極富個性的審美情趣的外化。

至於浙派其他詩人，凡是能自樹立的，大抵也和厲鶚一樣具有同一審美情趣和藝術觀點。而其所以如此，又和他們各人的氣質、性格和生平遭遇大抵相似分不開。

如杭世駿，爲諸生時，就喜放言高論。任監察御史後，竟奏請「朝廷用人，宜泯滿、漢之見」，幾遭不測，後落職歸，以擺地攤賣古董爲生。[93]「詩格清老疏淡，逸氣橫流。」[94]如金農，不應鴻博試，自稱「予賦性幽敻，少耽索居味道之樂。……近交里閈二三能言之士，大抵多與予同其好。林壑間俊僧隱流、鉢單瓢笠之往還，復饒苦硬清峭之思，相與抒發抉擿，盡取高車彯纓輩所不至之境、不道之語而琢之繪之。」[95]如吳穎芳，「幼赴童子試，爲隸所訶，以爲大辱，自是一志稽古，終身不復仕進。」「家素封，有桑竹園池之勝。客至，則探筒拈賞花、釣魚、圍棋、賦詩、鼓琴、吹笛等各一事，必盡歡乃去。」[96]

如丁敬，「家候潮門外，小樓三楹，釀麯櫱自給，身雜傭保，未嘗自異。」「意所不可，輒嫚罵。方制府觀承愛其鐵筆，有司欲求以媚制府，竟不可得。[97]

如符曾，據王昶介紹：「余初入京時，即見春鳧主人（符曾別號），時年已六十有餘。爲戶部郎，常以病假。所居韓家潭，令余直入臥內。床幃之外，書籤、畫卷、茗碗、香爐，列置左右，几案無纖塵，四時長供名花數盎。余笑謂曰：『入君燕寢，已如在斷橋籬落間，使人不復憶西子湖矣！』其雅潔蕭淡，非東華軟香塵土中人所能企也。蓋自少與樊榭、堇浦、玉几（陳撰）同學，故其襟情如此。」[98]

如陳撰，以布衣舉鴻博，辭不赴。「厭棄流俗，如驚弦之雁，見機之鷗。」[99]「意思蕭淡，屏絕人事。」[100]「與杭堇浦、厲太鴻、符幼魯（即符曾）諸公相唱和。」[101]「詩格冲逸，高簡古蕩。」[102]「皆戛戛獨造，如其爲人。」[103]

如汪沆，「少從樊榭厲君學，得其詩法。」[104]「然厲之詩密栗洗削，幽峭孤迥；而先生之詩則淡沱逶迤，豐容流美，其天性固自不同。其論詩務在抒胸展臆，自罄其性情之真。」[105]

如符之恒，其詩「清勁遒鬱，破除俗言。」[106]「尤工五言，如『寒煙棲木末，活水嚙城根』，『小橋連野水，虛室貯秋寒』，『鷗寒依葦立，山靜見煙生』，絕似咸平處士。又有句云：『幾幅斜陽挂漁網，人家多住柳塘西』，宛然一幅水村圖也。」[107]

浙派詩人很多，流派延續時間也長。據陳衍說：直到清末民初始稍衰。[108]其實我國抗日戰爭時期，仍有作浙派詩的。[109]

詩歌史上任何一個流派的出現，都有其歷史必然性。而要正確理解它，確應如丹納所說：「要了解一件藝術品，一個藝術家，一群藝術家，必須正確地設想他們所屬的時代的精神和風俗的概況。這是藝術品最後的解釋，也是決定一切的基本原因。」[110]但只舉出時代精神和風俗概況還不夠，還要加上這些藝術家的主體的特殊性（主要是氣質、性格與遭遇所構成的特殊的審美取向）。兩者合一，才是「決定一切的基本原因」。

至於阮葵生對浙派末流的刻畫，語雖刻薄，卻實深中其病。大凡「顯學」最後必成「俗學」，這時它的生命力也就枯竭了。

注釋

①(104)杭世駿《詞科掌錄》
②李既汸《鶴徵後錄》
③錢仲聯《三百年來浙江的古典詩歌》
④㊲《湖海詩傳》卷二
⑤㉟《小倉山房文集》卷十七《答沈大宗伯論詩書》
⑥㊿《越縵堂讀書記》卷八
⑦《樊榭山房文集》（以下簡稱文集）卷二《宛雅序》
⑧㉖㉞文集卷三《懶園詩鈔序》
⑨⑩⑪㉚同卷《查蓮坡蕉塘未定稿序》
⑫《清史列傳·文苑》本傳
⑬《道古堂文集·厲母何孺人壽序》

⑭杭世駿《樊榭山房集外曲序》
⑮文集卷三《雙清閣詩集序》
⑯同卷《秋聲館吟稿序》
⑰同卷《余茁村詩集序》
⑱同卷《程文石詩序》
⑲㉔同卷《汪積山先生遺集序》
⑳同卷《無悔齋詩集序》
㉑同卷《葉筠客疊翠詩編序》
㉒同卷《蔣靜山詩集序》
㉓同卷《綠杉野屋集序》
㉕㉚《雪橋詩話》三集卷五
㉗文集卷三《趙谷林愛日堂詩集序》
㉙㉜同卷《盤西紀遊集序》
㉝(78)《樊榭山房集·續序》
㊱《清詩別裁集》卷二四
㊳(70)《浙西六家詩鈔》
㊴《樊榭山房詩集》(以下簡稱詩集)卷一《西溪月夜懷大滌山,二首》之二
㊵同卷《病目戲成》

㊶同卷《月夜舟出北門，同壽門作》
㊷同卷《同程友聲紅橋夜泛》
㊸續卷六《月夜唐栖舟中同謝山作》
㊹詩集卷七《西溪曉起》
㊺詩續集卷六《宿南屏讓公房，用東坡病中獨遊淨慈韻》
㊻詩續集卷三《同壽門，敬身登寶石山天然圖畫閣……》
㊼同卷《諸公詩來，兼詠山石，……》
㊽詩續集卷二《題姜學在畫松……》
㊾《國朝詩品》
51《鳧亭詩話》
52日本《世界大百科事典》卷二一第317頁
53詩集卷三《西溪梅花已殘……》
54詩集卷四《人日同陳授衣、丁敬身、石貞石登吳山……》
55詩集卷七《早秋同王麟徵……》
56詩續集卷一《題汪近人煎茶圖》
57同卷《紅橋春遊曲……》
58同卷《秋爽》
59同卷《沈椒園侍御寄和移居詩，……》

⑥⓪詩續集卷六《曉次臨平，風雪大作，……》
⑥①詩續集卷一《集小山堂，食熊掌作》
⑥⑤⑦⑦《藝術與生活——莫洛亞箴言和對話集》
⑥⑥《當代國外文學理論流派》第一章《俄國形式主義》
⑥⑦詩續卷四
⑥⑧《石遺室詩話》卷十五
⑥⑨詩集卷七
⑦①詩續集卷三《諸公詩來，兼詠山石……》
⑦②詩集卷一《早秋夜坐……》
⑦③詩集卷七《游鶴林寺》
⑦④詩續集卷一《同少穆、竹田、敦復、南漪飲吳山酒樓……》
⑦⑤詩續集卷五《覓句廊晚步，二首》之二
⑦⑥同題之一
⑦⑨《惜抱軒詩集》卷四《與張荷塘論詩》
⑧⓪《惜抱軒尺牘．與鮑雙五》
⑧①《忠雅堂文集》卷二《學詩記》
⑧②袁枚《忠雅堂詩集序》
⑧③《忠雅堂詩集》卷二六《論詩雜詠，三十首》之二三

㉞《三家詩話·三家分論》
㉟㊱《輟鍛錄》
㊲⑩⑩⑩《梧門詩話》
㊳《竹林答問》
㊴《筱園詩話》卷二
㊵《拜經樓詩話》卷四
㊶《茶餘客話》卷十一
㊷《揚州畫舫錄》卷六
㊸龔自珍《杭大宗逸事狀》
㊹潘瑛、高岑《國朝詩萃》初集
㊺《冬心先生集自序》
㊻《清史列傳》卷七一
㊼《國朝杭郡詩集》
㊽《湖海詩傳》卷六
㊾阮元《兩浙輶軒錄》
⑩符葆森《國朝正雅集·寄心庵詩話》
⑩《四庫全書總目提要》
⑩《雪橋詩話》餘集

⑯《道古堂文集》卷三三《符南竹傳》

⑱《錢批樊榭山房詩一卷題識》

⑲《兼于閣詩話》卷四

⑳《藝術哲學》第一章

第十一章　格調詩派

甲　格調說產生的原因

格調說出現在厲鶚爲代表的浙派之後，從文學發展規律來說，它的產生，正是爲了矯正浙派末流的缺點。明確指出這一點的是袁枚：「先生（指沈德潛）誚浙詩，謂沿宋習敗唐風者，自樊榭爲厲階。」①沈德潛在《國朝詩別裁集》對厲鶚本人說得比較客氣，只是指責：「今浙西談藝家，專以飣餖撏扯爲樊榭流派，失樊榭之真矣。」②其實浙派學宋，而格調派宗唐，後者之反對前者是必然的，包括厲鶚在內。所以晚清的李慈銘說：「世之講求氣格者（按：即格調派）頗詆諆之（指厲鶚），以爲浙派之壞，實其作俑。」③

另外，對清初的神韻說，沈氏也有所補充，認爲王士禎的《唐賢三昧集》，只取閒適淡遠一種風格以爲富於神韻，其實還應包括雄渾豪放的風格。④

同時，也針對新興的性靈派：「自袁、蔣、趙三家同起，舉世風靡，詩體一變，爲講格律者（按：即格調派）所集矢。」⑤從本質說，格調和性靈兩種詩論勢如水火，而格調派與浙派則僅爲唐、宋門戶之爭。

也許有人會說，沈氏並不反對「性靈」，他在《示書院諸生》之一中曾說：「闈墨人人費揣摩，性靈汩沒滯偏頗。請看帆逐湘流轉，九面衡山望裡過。」⑥是的，這「性靈」指的是性情，可它和袁枚所說的性情不同，專指符合封建倫理道德的思想感情。

乙　沈德潛提倡格調說的主客觀條件

從客觀條件說，時代發展到乾隆年間，最高統治者需要教忠教孝、正面爲封建統治服務的詩作。正如乾隆帝所說：「且詩者何？忠孝而已耳。離忠孝而言詩，吾不知其爲詩也。」⑦因此，沈氏給自己選詩的大廳取名爲「教忠堂」。乾隆帝在爲沈氏詩集所作的御製序中，把沈氏比于高啟、王士禎，是說他們的詩作都是「正聲」、「正宗」。

沈氏之所以特尊盛唐，就是因爲盛唐詩格高調響，是盛世元音，正好歌頌乾隆這個「太平盛世」。

因而沈氏繼承明七子的格調說，而又加以改造，使其更好地爲現實政治服務。

「格調」，在明七子那裡，本來屬于形式範疇，如李夢陽說：「高古者格，宛亮者調。」⑨而到了沈氏手上，只留下「調」屬于形式，「格」則變爲詩的「本原」，亦即「詩教」，屬于內容了。他這樣做，也有根據，《文鏡秘府論．南卷．論文意》：「意是格，聲是律。意高則格高，聲辨則律清。格律全，然後始有調。」

明七子的「格調」既是詩的形式，因而他們對形式的風格只要求一種：雄渾。這是主張「詩必盛唐」的邏輯結論，因爲「雄渾」確是盛唐詩的主旋律。而沈氏則結合對王士禎神韻說的補充，認爲不應獨重雄渾，而應兼備眾體。這就擴大了教忠教孝的範圍。

再從主觀方面說，沈德潛恰好充當了這「鼓吹休明」的吹鼓手，亦非偶然。

我們先看他的生平。

沈德潛（一六七三，康熙十二年——一七六九，乾隆三十四年），字確士，號歸愚，長洲（今江蘇蘇州）人。乾隆四年，他六十七歲時才中進士。乾隆帝稱爲「江南老名士」，使和御製詩，稱旨。五年間，屢遷至禮部侍郎。十四年，他七十七歲原品休致，仍令校《御製詩集》畢乃行。沈氏歸，進所著《歸愚集》，乾隆帝親爲作序，稱其詩伯仲高（啟）王（士禎）。三十四年九月卒，年九十七，謚曰「文愨」。

沈氏晚達，前大半生經常受人輕侮，《山中雜興》之三云：「有客城中來，儀容自舉舉。憐我山野人，應接寡言語。勸我讀詩書，略識堯與禹。方今風教盛，珪璋滿文府。多謝佳客言，賦質本朴魯。鴉鵲占吉凶，草木識寒暑。曆日且不觀，焉能辨今古？」⑩

這就使他更加發憤，一面不斷赴考，一面從事選詩工作，以張揚自己的詩名。他四十三歲選《唐詩別裁》，四十七歲選《古詩源》，五十三歲選《明詩別裁》，五十九歲作《說詩晬語》，都是中進士以前進行的。由這選詩的順序，可以看出他的文藝思想。他接受前後七子的啟示，推尊盛唐，所以先選《唐詩別裁》。然而他超出七子，由盛唐而上溯漢魏，于是選《古詩源》。然後下瞰其流，以明詩爲「復古」，于是選《明詩別裁》。從他的詩學觀點來說，詩道源流已經大備，宋、元都是

「偽體」，等諸自鄶，概在「別裁」之外。他認爲，只有按他這種「別裁」去學詩，才能「親風雅」。在這樣認識基礎上，於是他寫出了他的詩論著作《說詩晬語》，大力宣傳他的格調說。

他這份努力沒有白費，碰到乾隆帝這位既炫武功又重文治的「聖主」，自然針芥相投，如魚得水，不斷賜詩，亟稱「我愛德潛德」。⑪

而沈氏也極懂持盈保泰之道，皇上越是「稠疊加恩」，他便越是「誠實謹厚」。「以詩受高宗殊眷，下直蕭然，繩扉皂綈，如訓蒙叟。」⑫再看他《食豆粥》這首詩：「連朝缺糧粒，土灶煮豆粥。頗近田家味，取足充我腹。奴子心不然，見之起慚恧。謂我爲達官，二品重章服。縱無五鼎養，何妨饜粱肉，自奉同監門，曷以處童僕？我爲奴子言：爾勿輕麥菽。用物戒暴殄，節性淡嗜欲。撫時況艱虞，嘅焉起嚬顣。」底下就敘述「連年山左荒」激起民變的情形，以及大金川一帶邊防重地「兵多急輸粟」的慘狀，然後說：「我曹得安飽，撫躬愧竊祿。」「我今自食貧，庶免覆公餗。」⑬

沈氏平生嚴守程朱理學，謹言慎行，安分守己，九十歲還「夜夢少年時，嚴君大呵斥」，說是「居心貴和平，爾未除荊棘；立身貴中正，爾尚流偏側。」「醒後自愧「九十既耄荒，無成猶夙昔。」⑭這種心理狀態正反映了清廷文字獄的威脅。另一首《九十詠懷》說：「鮮水東偏老腐儒，生平動履總迂愚。」⑮另一首又說：「前途萬事殊茫茫，安分之餘吾何有？」⑯九十多歲一次病後還說：「壯恥虛名同水涸，老堅拙性怕冰澌。何妨事事居人後」，⑰還責怪自己：「言多散漫周防懈，夢少齊莊功力疏。」⑱

正因爲這樣謹小慎微，所以碰上涉外事件，更是誠惶誠恐，生怕被人檢舉爲裡通外國。如

《日本臣高彝書來，乞作詩序，並呈詩五章，文采可觀。然華夷界限，不應通也，卻所請而紀其事》：「……尊奉中朝矼忱悃，章明典禮慎防維。不教筆墨傳荒遠，悵望停雲我所思。」（自注：遠夷求文衡山筆墨者，公服朝服見之，不應其請。）⑲

以這樣的馴良性格、忠誠品質，加上這種詩歌理論、「別裁」選本，自然最適宜擔任吹鼓手的工作了。謚爲「文慤」，真是名副其實。

最使乾隆帝既憤怒又驚詫的是，這麼一個「俊襲人」竟也靠不住：

(1) 退休後，八十二歲時選《國朝詩別裁集》，居然以錢謙益詩冠首。經乾隆帝指正後，重刻本仍舊不改，以致傳諭申斥。

(2) 爲徐述夔作傳，稱其《一柱樓編年詩》已付梓，並稱其品行文章俱可法。而徐詩有「明朝期振翮，一舉去清都」之句。乾隆帝怒斥：「沈德潛于徐述夔悖逆不法詩句，皆曾閱看，並不切齒痛恨，轉爲之記述流傳，尚得謂有人心者乎？」幸而沈已死，只奪其贈官，罷祠削謚，仆其墓碑。次年，御製《懷舊詩》，仍列沈氏于五詞臣之末，詩曰：「東南稱二老，曰錢（指錢陳群）沈則繼。並以受恩眷，佳話藝林志。而實有優劣，沈踳錢爲粹。錢已見前詠，茲特言沈事。其選國朝詩，說項乖大義。製序正厥失，然亦無呵勵。仍予飾終恩，原無責備意。昨秋徐案發，潛乃爲傳記。忘國庇逆臣，其罪實不細。用是追前恩，削奪從公議。彼豈魏徵比，仆碑復何日？蓋因耄而荒，未免圖小利。設曰有心焉，吾知其未必。其子非己出，紈袴甘廢棄。孫至十四人，而皆無書味。天網有明報，地下應深愧。可惜徒工詩，行缺信何濟！」⑳總算皇恩浩蕩，給他做了結論：只圖小利，未必有心。但又罵他子孫不成器，是報應，天網難逃。真是切齒之聲如聞。

(3) 有人説，沈身後所以遭嚴譴，是因爲寫過《紫牡丹》詩，有「奪朱非正色，異種也稱王」㉑之句，因而被乾隆帝剖棺戮屍。這説法很難成立。孟森《心史叢刊》三集《閑閑錄案》，謂乾隆時舉人蔡顯作《閑閑錄》，引古人紫牡丹詩此二句。柴萼《梵天廬叢錄》卷十二謂爲徐述夔所作。沒有誰提到沈氏。㉒根據沈氏的思想本質，可以斷定決不會寫這種民族意識很強的詩。

還有人認爲獲罪是由于寫了《漢將行》：「此詩作于雍正十年，蓋紀年大將軍羹堯事。……詩題曰《漢將行》者，年爲漢軍鑲黃旗人。……霍光以大將軍廢昌邑王立宣帝，借以暗指年羹堯之擁立世宗。結尾「藏弓」一語，用意可知。歸愚冒大不韙爲此詩，並刻入《歸愚詩鈔》，安得不觸高宗之怒？死後獲咎，《黑牡丹》一詩，恐不過導火線耳。」㉓這只能聊備一説。

反正奴才要做得穩也是不容易的。

丙 沈德潛詩的分析

格調説的內涵，無非是內容要關乎教化，出之以比興手法，即使怨刺，也要力求溫柔敦厚。

現在我們看看他的詩。

法式善説：「作詩翻案，恐傷忠厚。沈文慤公《昭君圖》兩首結句：『君王不好色，遣妾去和親。』『無金償畫師，妾自誤平生。』彌覺溫柔耐誦。」㉔許發也説：「沈文慤《明妃詞》：『毳帳琵琶曲，休彈怨恨聲。無金酬畫手，妾自誤平生。』評者謂其怨而不怒，爲此題絕唱。」㉕

這是典型的「溫柔敦厚」。它歪曲歷史真實，教訓弱者怎樣心甘情願地接受強者的統治。教忠，要忠到「臣罪當誅兮，天王聖明！」㉖教孝，要孝到「天下無不是底父母。」㉗中國的御用文學是強者調製的「孟婆湯」，它使一切弱者迷失本性，迷失人的尊嚴。

這就是沈德潛的所謂「格高」。是的，「有第一等襟抱，第一等學識，斯有第一等真詩。」㉘上引沈氏詠王昭君的詩自然是「真詩」，因爲它表現了「第一等襟抱，第一等學識。」

他是力求意新格高的，如《漂母墓》：「進食不求報，母言規市恩。韓侯違此意，鐘室竟沈寃。巾幗留祠廟，清淮照墓門。後來憑吊者，唯感飯王孫。」㉙這是說韓信不應以爲自己有大功于漢，就要求漢高祖特別封賞。因此他後來鐘室被誅，全怪他自己不能像范蠡、張良的功成身退。和《明妃詞》一樣，仍然是弱者的哲學，只爲強者解脫罪責。

因此，統觀他的「襟抱」與「學識」，不過是一套腐朽的封建奴化思想。如《詠史》之七，先就說：「成敗論古人，陋識殊未公。」而他的「第一等學識」不過是說：「天苟助伯符（指孫策），併魏除奸凶（指曹操與袁術相攻時，孫策欲入許昌迎漢獻帝，未發，遇刺卒）。」然後罵孫權：「鄙哉孫仲謀，降曹拜下風。」㉚一派尊漢的正統思想。又如《六十初度》之一：「還思假我年，勿使終無聞。」他的有「聞」，當然就是「聞達于諸侯。」之二：「顯揚亦人情，貧賤與心違。」㉛希望取得富貴，以揚名聲，顯父母，這種「學識」如此庸俗，居然是「第一等」！再看其《詠桃花源》，完全閹割掉陶淵明「秋熟靡王稅」的進步思想，卻說：「境（指桃花源）在天地間，匪近亦匪遠」，只要你「寸心泯營競」，就「動履俱夷坦」，㉜你就生活在桃花源裡了。這不過是「知足常樂」論的翻版，仍然是爲弱者說法的哲學。再看其《淮陰侯》：「淮陰貧賤時，甘受少年侮。如何既封侯，羞與噲等伍？能忍功有成，滿假禍斯取。欹器貴挹損，此事鑒諸古。」㉝這是儒、道混合的處世哲學，取儒家的「滿招損，謙受益」，㉞和道家的「富貴而驕，自遺其咎」，㉟仍然是向臣子教忠。

以這樣的「胸襟」、「學識」釀造而成的「真詩」，其價值也就可想而知了。難怪李慈銘破口大罵：「予嘗謂國朝人有極無學識而妄得虛名者三人：沈歸愚、劉才甫（劉大櫆）、朱梅崖（朱仕琇）也。三人于文字直一無所知，而名震當時，諸巨公皆爲所惑，及今且百餘年，氣燄猶未熄，可怪也！」㊱劉、朱姑置不論，僅就沈言，「于文字直一無所知」，未免過甚其辭，而「極無學識」之評，卻可說確鑿無疑。評論更爲持平的是管世銘和文廷式。文氏說：「管韞山《論文雜言》云：『近日（指乾隆年間）北方詩人多宗蒲城屈徵君悔翁（指屈復），南方詩人多宗長洲沈宗伯確士。屈豪而俚，沈謹而庸，施（閏章）朱（彝尊）王（士禎）宋（琬）之風，于茲邈矣。』余嘗謂自有歸愚之說（指格調說），而詩家天趣、興會皆索然殆盡，此以『庸』詆之，可謂助我張目者。」㊲對極了，平庸，徹頭徹尾的平庸！這種陳腐理論指導下產生的詩作，怎麼會不平庸呢？

沈詩這樣平庸，簡直使人懷疑他缺乏寫詩的才氣。凡是詩才貧乏者，總是喜歡摹擬。有人說：沈在有新變的同時，遵守儒家根本原則，因而復古而不擬古。㊳我看並非如此，前引其《明妃詞》，計發就指出是脫胎于清初魏憲詠此題的「無金酬畫士，是妄誤君王」，並評論說：「自誤誤君，同一不罪畫工意。第沈作絕句，所謂青出于藍而碧于藍也。」㊴又如沈氏一首七律：「十年三度返東吳，珍重通門送老夫。謂我就閑能養靜，眠雲弄月守夷途。多君行義緣求志，拜手揚休贊廟謨。別去相思寸心在，憑將尺素達冰壺。」㊵這是七律創格，第三句對第五句，第四句對第六句。然而實非創而爲因，他是摹仿王安石《次韻酬朱昌叔五首》之二：「去年音問隔淮州，百謫難知亦我憂。前日杯盤共江渚，一歡相屬豈人謀……」不過王詩以第一句對第三句，第二句對第四句，沈氏則略加變化而已。

所以，洪亮吉說：「沈文愨之學古人也，全師其貌，而先已遺神。」㊶文廷式說：「本朝詩學，沈歸愚壞之，體貌粗具，性理全無。」㊷今人錢仲聯也說：「沈歸愚揚七子之焰，模古無新創，譚復堂（指譚獻）所謂傃（同塑）謫仙而畫少陵者也。」㊸

但是，作爲一個流派的代表人物，他也有應予肯定的地方。

首先，關心民瘼，揭露時弊，而不是一味歌頌昇平。這似乎和他的謹小愼微的處世原則相反，其實不然。應該肯定，出于鞏固地主階級統治的需要，出于他身家性命安全的考慮，他是一貫注視民生疾苦的。因此，在他僻處草萊之時，就學習杜甫、白居易寫了很多憂國憂民的詩篇。而在他發達以後，由于機遇好，碰上了喜歡了解民情的乾隆帝，就更是民瘼頻陳了。

乾隆帝對自己的統治是充滿信心的，所以他敢于「勤求民隱」。據昭槤《嘯亭雜錄》卷十說：「純廟憂勤稼穡，每歲分，命大臣報其水旱，無不見于翰墨。地方偶有偏災，即特旨開倉廩，蠲租稅，六十年如一日。……後諸詞臣有以御製詩錄爲簡册以進者。朱相國珪錄上紀詠水旱豐歉之作，名《孚惠全書》以進，上大喜，賜以詩扇，告近臣曰：『儒者之爲，固不同于衆也。』」㊹楊鍾羲也談到乾隆帝對沈德潛這方面的欣賞：「沈文愨以詩受知高宗，其所奏進，陳善納忠，于閭閻息耗，四方水旱，歸本辰居責成牧令補救之實，一見于詩，反覆盡意，不苟爲虛美。上嘗賜以詩曰：『嘉爾臨文不忘箴』，又曰『當前民瘼聽頻陳。』」公之所以被主知，固有在矣。」㊺

沈氏有這麼幾句詩：「生平喜詠詩，風旨別雅鄭。彷彿秦中吟，傳寫民利病。」㊻這說的是他的老師，其實也是夫子自道。

在他還沒有發動時，就寫了很多反映現實的詩，從多方面揭露了社會的黑暗。其中最傑出的作品是《鑿冰行》和《後鑿冰行》。

先看前一首：

「月寒霜清水生骨，夜半膠黏厚盈尺。鳴金四野鳩壯丁，侵曉打冰雙足赤。白棓亂下河腹開，一片玻璃細分拆。大聲蒼崖崩巨石，小聲戈矛互舂擊。水深沒髁衣露肘，手足皴裂無人色。千筐萬筥來河干，納于凌陰（冰窖）成高山。瑣碎琮琤響寒玉，白龍鱗甲池中蟠。臘月上弦逢甲子，明年海物填街市。共指冰山十丈餘，金錢堆積應相似。晚天颯颯號霜風，朝來凍合馮夷宮。」

如果不了解壯丁們爲什麼打冰，冰和明年海物、金錢有什麼關係，那麼，看了後一首就明白了。

「海氛既息海鮮盛，洋客販鮮輕性命。舳艫載冰入滄海，冰賈（價）如金未能平（自注：去）。吳中窨戶（藏冰之家）慣射利，歲歲藏冰互相慶。每當臘月河流堅，水平削平似明鏡。五更號令鳩窮民，赤足層冰立難定。衝寒掊擊裂十指，入水支撐割雙脛。大聲驚破天吳宮，百丈鱗鱗河腹迸。岸旁觀者誰氏子，錦服狐裘氣豪橫。歡呼拍手詫奇絕，水戰水嬉無此勝。吁嗟觀者何不仁，令我轉益憂心怲。半死換得青銅錢，忘軀謀食豈天性？至今窮民多夭札，存者紛紛軟足病。民生所天重籽粒，海物何堪勞餖飣！安得百室歌阜成，小戶家家飯盈甑？時開茅宇迎冬暄，不向冰淵陷泥濘。……」㊼坦白說，看到這樣的詩，我才捉摸到「歸愚叟」那顆火熱的心，認識到他的人道主義精神。這樣學杜，才是學到了杜詩的精神實質。洋客、窨戶對窮民的殘酷剝削，旁觀者的歡呼，已經激發讀者的憤慨，而「窮民多夭札」，勉強活下來的也「紛紛軟足病」，這可以看出作者的高度同情。讀這樣的詩，我自然而然想起「四人幫」橫行時，我下放的那個農場，一個落雪天，爲了招待上級，農場造反派頭頭竟命令幾個年青的「牛鬼蛇神」（後來查明都是無辜的）赤身裸體下塘裡去摸鮮魚。這是我目睹的！

沈氏的詩，也有頗爲幽默的，如《四知金》：「故人懷金至，謂是暮夜時。爾謂無人知，爾知我知天地知。古人品嚴正，後人量寬容。千萬人知亦可受，卻諸卻諸爲不恭。」㊽這是他退休後作的，顯然反映了和珅當權時官場的貪污情形。

有的律詩精于琢對，如《瀆川歸舟即目》次聯：「收網漁翁沽白小，持鹽鄰嫗聘烏圓。」白小即銀魚，杜甫有題爲《白小》的詩。烏圓爲貓之別稱。㊾

沈氏重格，也重調。他說：「詩以聲爲用者也，其微妙在抑揚抗墜之間。」㊿所以他特別注意聲調高朗和諧。爲了達到這一要求，他很重視平仄的互叶。九十歲後作的《懷舊詩十三章》之十《曹震亭（學詩）》第三聯：「文宗庾信工金玉，教被應璩作鳳麟（自注：弟文埴庚辰傳臚。應璩，應場弟也。應，平聲）。」(51)他所以特別注明「應，平聲」，即因「庾」爲仄聲。本來一、三可不論，他卻全部要求協律。

丁 格調派

沈氏早年在家鄉結了詩社，經常以詩會友，那時就強調：「夙習嗜詩教，文雅防漂淪。」㊾吟朋及弟子已經很多。發達後，追隨者更是遍及海內。休致後，晚年鄉居，還經常用格調說指導後進。《答竹溪諸詩人》云：「詩教閱古今，溫厚歸一揆。詩何嘗愚人，詩人自愚耳。苟且就淺易，黃茅與白葦。門異矜幻荒，蛇神兼牛鬼。詩壇日以盈，誰歟究宗旨？……諸君能降心，退焉就條理。贈我新詩篇，願言侍杖履。謂我識途馬，舊本疾于駛。……發踪指前途，導引走千里。我爲諸君言，……惟期遵舊軌。靈明爲之輿，紀律爲之軔。驂靳藉文華，運轉憑驅使。盎然流神韻，粹然叶宮徵。功深不計功，溫厚諧正始。」㊿這是沈氏用詩的形式對格調說所作的最後一次總結。

總而言之，這一詩派的成員都是倡詩教，尊七子，宗盛唐，薄宋調，即使出入唐宋，亦取宋詩之近唐音者。雖亦主張鎔鑄古人，自出面目，卻又自詡于古大家無所不效，無所不工。特別令人注目的是此派末流如袁東籬，「其爲詩上格律，一宗歸愚」，而平時「論文藝，論鄉先賢掌故，論桑麻晴雨，而不及時政。」「（甲午）中日戰起，海內之士抵掌談變法」，這位袁先生「閉口仍未嘗及時政。」(54)這種涼血動物，比起沈德潛的關心民瘼，真是不肖子孫了。

戊　對格調派的批判

格調說唯一的貢獻，正如沈德潛自己說的：「古來說詩者夥矣，而司空表聖、嚴滄浪、徐昌穀爲勝，以不著跡象，能得理趣也。但從入之法，未嘗指示，學者奚所循軌焉？」[55]因而格調派有一系列詩論專著，除沈氏的《說詩晬語》外，有薛雪的《一瓢詩話》，李重華的《貞一齋詩話》，喬億的《劍溪說詩》，冒春榮的《葚原詩說》，周春的《杜詩雙聲疊韻括略》，胡壽芝的《東目館詩見》，方世舉的《蘭叢詩話》等，都是以格調論詩，使學者有軌可循。所以當代學人有謂「格調論對於古典詩歌語言形式方面的審美規則，認識最稱全面開闊」，「爲後世留下一份博大的形式美學遺產。」[56]

但是這樣純粹從形式看問題，我以爲並不能得格調說之全。倒不如張維屏早就說過的：「沈文愨公論詩及所選別裁諸集，自好高愛奇者觀之，或有嫌其近平熟者。抑知好高愛奇，或出於獨嗜而失之偏，或暫足驚人而不能久。平心而論，究不若文愨所見爲出於中正和平，使學者有軌轍可循，而流弊尚少也。」[57]他既指出了格調說內容上的特點——「中正和平」，又指出了它在詩歌形式上的作用——「有軌跡可循」。

前人正是從這兩方面批評格調說和格調派的。如方熏說：「余嘗謂詩盛于唐，至宋、元以來，格法始備。論者（指沈德潛及其同派人）概以溫柔敦厚、語意含蓄爲法則，不悟三百篇亦惟二《南》有之，餘皆非一格矣。」[58]

朱庭珍說：「沈歸愚先生持論極正，持法極嚴，便于初學。所爲詩，平正而乏精警，有規格法度而少真氣，襲盛唐之面目，絕無出奇生新、略加變化處，殊無謂也。」⑲其論詩絕句也說：「平生不喜歸愚叟，真氣全無少性情。」⑳

阮葵生更深入細致地介紹了「吳派」（即格調派）的所謂詩法：「謂以盛唐爲宗，起承轉合，法一成而不易：某處寫景，某處寫情，某處切地理時令，某處切姓氏官爵，某處必著議論，某處必加敦勉。如印紙門神，口鼻手足，衣冠劍佩，千張一律，但臨時添潤朱墨丹綠，以別貴賤，定低昂，輒自誇爲漢官威儀。」㉑這段話把沈氏的「格調」詩法實質剖露無餘，語妙詼諧，使人失笑。姚鼐說沈氏「以帖括（即講究起承轉合的八股文）之餘，攀附風雅」，也是這個意思。

嘉慶二十二年，沈文起爲吳縣許徐翀作傳記，說與許氏「同時沈宗伯（指沈德潛）以詩名江左，力主盛唐，非是則爲外道。其空疏末學，剽竊字句，敷衍故套，如粗行沙門演唱禪門日誦，便誇爲曹溪正宗。徐翀出入唐、宋諸家，故當時不甚推重。」㉒由此可見格調派不但本身「轉而成虛響」，㉓而且富有排他性，這正是它「庸」的成因。

清詩許多流派都是表現出集大成的泱泱之風，唯有格調派特別顯示出一種膚淺庸俗的幫派氣。不但從理論上紛紛著書，還要用選本形式來別裁僞體，獨標正聲。其後繼者更用《湖海詩傳》來爲格調說進行創作示範，強人從己，千篇一律，散發出官方文學觀點的氣味。

注釋

①《小倉山房文集》卷十七《答沈大宗伯論詩書》
②《清詩別裁集》卷二四
③《越縵堂讀書記》卷八
④參看《重訂唐詩別裁集序》
⑤《晚晴簃詩匯》卷九十
⑥《歸愚詩鈔餘集》卷十
⑦⑪⑳《清史列傳》卷十九沈德潛傳
⑧《清詩別裁集·御製序》
⑨《駁何氏論文書》
⑩《歸愚詩鈔》（以下簡稱詩鈔）卷六
⑫《新世說》
⑬詩鈔卷七
⑭⑲㉙餘集卷五
⑮51餘集卷六
⑯同卷《題蔣玉照復園圖》

⑰餘集卷七《病起雜興》之三

⑱同卷《自咎》

㉑《清代文讞紀略》

㉒《國史舊聞》第三册六三八頁

㉓㊸《夢茗庵詩話》

㉔《梧門詩話》

㉕㊴《魚計軒詩話》

㉖韓愈《羑里操》

㉗《小學集注》卷五羅仲素語

㉘《説詩晬語》卷上第六條

㉚詩鈔卷四

㉛㉜詩鈔卷六

㉝詩鈔卷五

㉞《書．大禹謨》

㉟《老子》上篇第九章

㊱《越縵堂日記》同治甲子六月十三日

㊲《純常子枝語》卷九

㊳成復旺等《中國文學理論史》㈣四四六頁

㊵餘集卷五《南還日，諸通門郵亭送別》
㊶《北江詩話》卷四
㊷《琴風餘譚》
㊹《嘯亭雜錄》卷十
㊺《雪橋詩話》餘集卷四
㊻詩鈔卷七《呈陳體齋師》
㊼詩鈔卷八
㊽餘集卷九
㊾餘集卷七
㊿同㉘第四條
52詩鈔卷九《詩社諸友漸次淪沒，不勝盛衰聚散之感，作歌一章柬諸同好》
53餘集卷七
54金天羽《天放樓文言》卷三《復齋先生遺集序》
55《劍谿說詩序》
56劉德重、張寅彭《詩話概說》
57《國朝詩人徵略》卷三十
58《方靜居詩話》
59《筱園詩話》卷二

⑥⓪《論詩》之四一，見《萬首論詩絕句》一〇四九頁

⑥①《茶餘客話》卷十一

⑥②⑥③《雪橋詩話》三集卷十

第十二章 肌理詩派

肌理說這一詩論的創始者是翁方綱。

翁方綱（一七三三，雍正十一年——一八一八，嘉慶二十三年），字正三，號覃溪，順天大興（今屬北京市）人。十五歲中舉人，二十歲成進士，官至內閣學士。有《復初齋文集》、《復初齋詩集》、《石洲詩話》。他是經史、金石、考據學家，又是書法家，還是詩論家，因此，《清史列傳》把他歸于《儒林》，《清史稿》卻歸之于《文苑》。

甲 肌理說的「義理」和這一詩論產生的原因

一般有關肌理說的現當代文論著作，好幾部都指出，翁方綱之所以要提出肌理說，並不是反對神韻說和格調說，而只是加以改造，「以實救虛」。這樣做的目的，主要是對抗袁枚的性靈說。

但是我們通觀翁氏的詩文集，只看到《格調論》、《神韻論》，以及對高密詩派的申斥，卻沒有找到一個字是正面直接批判性靈說的，反而不如桐城詩派的姚鼐、高密詩派的單可惠和何天根，對性靈派能直接指責。袁枚倒是寫過詩，也在詩話和其他文字裡嘲笑過他，他卻沒有一字回答。

他是典型的衞道士，又最喜「使人同己」，你看他批戴震，批汪中，(注)連好友錢載和蔣士銓也挨過他的罵，何以對袁枚的譏嘲視若無睹？我認爲這正反映了翁的衞道本質：他認爲袁是放僻邪侈的小人，「不可與言而與之言，失言，」他是「智者」，決不「失言」。

那何以又知道他提出肌理說是以性靈說爲主攻對象呢？這是因爲他整個的理論體系就是和性靈說對立的。

他對格調和神韻的改造，都是「以實救虛」。所謂「實」，就是「肌理」。正如一般論者所說，「肌理」說著重的是「理」，而「理」即是「義理」與「文理」，前者屬于內容，後者屬于形式。他和袁枚的分歧，主要就在「義理」。

他曾說：「爲學必以考證爲準，爲詩必以肌理爲準。」①又說：「而考證必以義理爲主。」②考證什麼呢？他說：「士生此日，宜博精經史考訂，而後其詩大醇。」③原來他認爲好詩就是精深的考據文字。

袁枚根本鄙視考據之學，他說：「考據之學，枚心終不以爲然。大概著書立說，最怕雷同，拾人牙慧。賦詩作文，都是自寫胸襟，人心不同，各如其面，故好醜雖殊，而不同則一也。考史證經，都從故紙堆中得來。我所見之書，人亦能見；我所考之典，人亦能考。雖費盡氣力，終是疊床架屋，老生常談。……（考據之學），不過天生笨伯借此藏拙消閑則可耳，有識之士，斷不爲也。」④至于以考據入詩，他更加以駁斥：「近日有巨公（指翁方綱）教人作詩，必須窮經讀注疏，然後落筆，詩乃可傳。余聞之笑曰：且勿論建安、大曆、開府、參軍，其經學何如；只問『關關雎鳩』、『采采卷耳』，是窮何經何注疏，得此不朽之作？陶詩獨絕千古，而『讀書不求甚解』，何不讀此疏以解之？梁昭明太子與湘東王書云：『夫六典、三禮，所施有地，所用有宜。未聞吟詠情性，反擬《內則》之篇；操筆寫志，更摹《酒誥》之作。「遲遲春日」，翻學《歸藏》；「湛湛江水」，竟同《大誥》。』此數言，振聾發聵，想當時必有迂儒曲士以經學談詩者，故爲此語以曉之。」⑤另外，他還寫了一首詩：「天涯有客號詅痴，誤把鈔書當作詩。鈔到鍾嶸《詩品》日，該他知道性靈時。」⑥

其實，袁枚並沒有認識到翁方綱提倡肌理說的甚深用心。

很顯然，肌理說這一詩論充分反映出樸學學風的影響。如所周知，乾嘉時期，樸學學風所以大盛，是康、雍、乾三朝屢興文字獄的緣故。士大夫爲了避禍，不敢議論時政，昌言經世之學，于是遁而治經。而治經又不敢涉及微言大義，生怕會被說成借古諷今，于是競相鑽牛角尖，儘圍繞名物訓詁去打圈子。翁方綱要化這種消極因素爲積極因素，因而他力持漢、宋之平，即主張考證與義理爲一，亦即用漢儒的訓詁考證方法考證經史，從而闡發宋儒所說明的義理，特別強調在此基礎上實踐孔孟的修齊治平之道。這就把考據學和程朱理學結合起來了。⑦這樣做，當然極有利于清王朝的封建統治。所以，肌理說的「義理」，其內容就是儒家倫理教化這一套。這一套，在散文方面，已有桐城派的「義法」說行之在前，現在詩歌方面，又有肌理說。它實在是在朝的詩學理論，翁方綱企圖用它來對抗並打垮在野的性靈說。

肌理說作爲一家詩論，「義理」部分固爲糟粕，「文理」部分也是正誤不等。

乙 從「文理」角度看肌理說的理論價值

翁氏強調「實」，亦即學問，要求「詩以義理爲主」，但他也知道詩的本質是言志緣情的，因而同樣主張性情與學問的統一。他說：「夫詩，合性情、卷軸而一之者也。」⑧又說：「詩至竹垞，性情與學問合。」⑨但是他恰好不懂「學化爲才」這個道理，竟以爲學就是才。而且他不懂性情是人人各異的，他卻企圖把天下人的性情全框在「義理」裡。而他的所謂「卷軸」、「學問」，又都是指的儒家經典。這就是爲什麼他在理論上主張性情與學問合一，而創作實踐卻是「略嫌公少性情詩。」⑩

在這一點上，主張性靈的吳雷發說了一段很精闢的話：「作詩須多讀書，書所以長我才識也。然必有才識者方善讀書?不然，萬卷之書，都化塵壒矣。」⑪而同屬性靈派的孫星衍，深知吟詩與研經屬于兩種不同的思維形式，所以才會寫詩告訴袁枚：「等身書卷著初成，絕地通天寫性靈。我覺千秋難第一，避公才筆去研經。」⑫

翁方綱「性耽吟詠，隨地有詩，隨時有詩，所見法書名畫吉金樂石亦皆有詩」，⑬詩集所收多達五六千首。又最喜歡和別人討論詩法，文集中有《詩法論》，詩集中如《馮生執虞文靖詩來問，語多契微，予與粵士論詩七年，所未見也……》⑭、《前數日與魚門、林汲同直論詩，意若有未罄者，……》⑮、《次答冶亭、閬峰二學士論詩之作》⑯、《齋中與友論詩五首》、《墨卿書來，云：先生春來日與蓮裳、南山論詩，可羨也。……》、《論詩家三昧十二首》⑰、《與琴塢論詩，……》、《近人有仿張爲主客圖，……》⑱、《送樂蓮裳南歸》⑲、《論詩寄筠潭觀察二首》⑳《次韻筠潭與蘭卿論詩二首》。㉑其他題無「論詩」二字而實爲論詩之作還有很多。

但也正如吳雷發所說的：「詩須多做，做多則漸生才識也。然必有才識者方許多做，不然，如不識路者，愈走愈遠矣。詩須多講究，講究多，所以遠其識、高其才也。然必有才識者方能講究，不然，齊語楚咻，茫然莫辨故也。故知才識尚居三者（指才、識、學）之先。」㉒這簡直完全說的是翁方綱。由于他一起步就認識錯了（因爲以學爲詩是完全違背詩的審美本質的），所以步步都錯，而且越走錯得越厲害。

他的「文理」部分，主張講求聲律，即「喉嚨必須寬鬆」，㉓就是要求大聲鞺鞳，反對蚓竅蠅鳴。其所以如此要求，就因爲他認爲生于太平盛世，必須唱出天地元聲，決不可出現明末鍾、譚那種清吟冥語。從這裡又可以看出，他雖推尊韓愈，卻遠沒有韓愈的胸襟。「昌黎以沈雄博大之才發之于詩，而遇郊島之寒瘦者，亦從而津津嘆賞之。」㉔

他對詩法鈷得很細，例如：「五字七字之句法，至要至難。句法要整齊，又要變化，全在字之虛實單雙，斷無處處整齊之理。能知變化，方能整齊也。」又說：「結語有用尖筆者，有用圓筆者，隨勢用之。」所謂「尖筆」、「圓筆」，據說是從《詩經》學來的，即指「就本事近結」或「離本事遠結」或「單句結」。㉕這些純屬形式技巧問題，但對詩學是有益處的。尤其可貴的是他特別強調「變化」。不但在《詩法論》中指出「法非板法也」，要求做到「法之窮形盡變」，而且在《格調論（中）》中指出：「凡所以求古者，師其意也。師其意，則其跡不必求肖之也。」

《格調論（下）》又說：「今編刻一集，其卷端必冠以《擬古》、《感興》諸題，而又徒貌其句勢，其中無所自主，其外無以自見者，誰復從而誦之？」㉖《唐人律詩論》又說：「若作詩則切己言志。……夫惟日與古人相劘切，日以古作者自期，而後無一字之襲古也。夫惟無一字襲古，而後漸漸期于師古也。」㉗

這樣學古，雖然並非翁氏首創，應該說，它是正確的，即使對我們現在和將來的創作也都有指導意義。但也得指出，他這種「變化」，歸宿仍在「師古」。所以《詩法論》說：「夫惟法之立本者不自我始之，則先河後海，或原或委，必求諸古人也；夫惟法之盡變者，大而始終條理，細而一字之虛實單雙，一音之低昂尺黍，其前後接笋，乘承轉換，開合正變，必求諸古人也，乃知其悉準諸繩墨規矩，悉校諸六律五聲，而我不得絲毫以己意與焉。」一切都是爲了「求諸古人」，從內容到形式都符合于古人。這樣談「詩中有我在也，法中有我以運之也」，其實「我」並非此時此地具體的我，「我」只是「古人」的影子，「古人」才是真實的。

丙 論翁方綱的詩

翁方綱主張學宋，所以「詩宗韓、杜、蘇、黃」。㉘杜韓下啟宋詩，蘇黃是宋詩的代表，翁氏宗仰他們是自然的。

翁氏弟子吳嵩粱略有擴大，他說：「覃溪師論詩，以杜、韓、蘇、黃及元遺山、虞道園六家爲宗。」㉙那就是下及金、元了。

王昶則謂其「詩宗江西派，出入山谷、誠齋間。」㉚應該說翁氏生平最服膺的只有黃庭堅，楊萬里是他斥爲「詩家之魔障」的，㉛不會從正面影響他。

法式善還指出：翁氏「于近人中頗許樊榭、蘀石二家。」㉜這很易理解，浙派的厲鶚、秀水派的錢載，都是和翁臭味相投的。

需要指出的是，翁氏宗仰的前代詩人也好，欣賞的近人也好，他們的優點並沒有被他吸收，倒是他反而帶壞了錢載。

平心而論，《復初齋詩集》也不是毫無真詩。例如《淮上寄內》：「昔年曾和長卿詩，正是淮南落葉時。驛舍宛然尋舊夢，候蟲似與話前期。城陰漠漠人來少，水氣昏昏雁去遲。海岱回看又千里，暮雲簾閣雨如絲。」㉝《聽秋詩二首，于裕軒漫圃作》的第二首：「先生十年前，題葉爲客贈。十年綠不褪，復此窗光映。此圃葉太勞，與人記名姓。又苦裝作册，振撥詩人興。往來倡和侶，題遍籬門逕。豈唯山氣高，欲與秋相競。芸芸大化中，人力乃戰勝。焜黃煙綠轉，萍塊胥圓鏡。語客且莫喧，小立待其定。圈枅與比竹，何者真入聽？一笑對主人，依然竹几凭。」㉞其他如《密雲村家，與慕堂並屋而寓，過談有作》㉟、《趙北口堤上二首》㊱、《自熱河歸，瘦同、丹叔各以詩見投，次韻二首》之一㊲，頗能寫情，《宿村家二首》㊳，又如《曉》：「驛馬嘶殘夜，村鷄叫曙天。草根清露響，樹杪大星懸。戍遠燈相應，林深夢尚圓。飛霞先日出，點破一溪煙。」㊴以上所舉諸詩，都饒情趣，很有詩味。

可惜這類真詩太少了，五六千首中佔百分之九十九的，正如陶樑所說，只有兩種：「金石碑版之作，偏旁點畫，剖析入微，折衷至當。品題書畫之作，宗法時代，辨訂精微。」㊵試問這怎麼算詩呢?宋明理學家如邵雍、陳憲章、莊昶之流，以性理爲詩，貽譏千古；翁方綱以義理爲詩，大談考據，兩者都以學問爲詩，實在是一丘之貉，都用得著劉克莊的那段話給他們作總結：「唐文人皆能詩，柳尤高，韓尚非本色。迨本朝則文人多，詩人少。三百年間，雖人各有集，集各有詩，詩各自爲體，或尚理致，或負才力，或逞辨博，少者千篇，多至萬首：要皆經義策論之有韻者爾，非詩也。」㊶世上沒有「學人之詩」，只有「詩人之詩與學人之詩的統一」。這道理，翁氏並非不懂。吳嵩梁說：「（覃溪師）全集多至五六千首，命余校定卒業。余請分編爲內外集：性情、風格、氣味、音節等得詩人之正者爲內集，考據博雅以文爲詩者曰外集。吾師亦以爲然。」㊷吳嵩梁是詩人，他想仿照先秦諸子著作分內外篇方法，來給老師的詩集分一下類，翁氏本人也同意，可見他也是懂得詩的本義的。然而今本《復初齋詩集》完全是編年的，並沒有分類。大概是實在無法分，一分，份量就太不均衡，等于承認自己所作絕大部分不是詩，豈非笑話?

「好使人同己」的人必然偏執。翁氏有一首七律，題爲《滹沱河》，末二句爲「俱非文叔經由處，懷古從來最易訛。」自注：「光武渡滹沱河，冰合處在饒陽、深州之間。深州即下博。」㊸以詩而言，還有一些詩味麼?蘇軾遊赤壁，作《念奴嬌》詞，也知道此地並非當年孫曹鏖戰之處，所以說：「人道是三國周郎赤壁」，只這麼輕輕一點，並不從正面大作考證文章，因爲詩詞都是抒情的。翁方綱卻反其道而行之，而且堅持錯誤。「蔣士銓詩集有題焦山瘞鶴銘詩曰：『注疏流弊事考訂，鼷鼠入角成蹊徑。』方綱爲文斥之，謂考訂之弊，何關注疏?因目士銓爲鄉學究。」㊹

如果說偏執屬於認識問題，那麼，他迎合乾隆帝以文爲今體詩就是品質問題了。試看以下各例：

《洪稚存機聲燈影圖三首》之一第二聯：「日者夢魂猶侍側，天乎想像不分明。」㊺

《哭竹君，五首》之四第三聯：「憑誰散髮騎鯨認，真個生天作佛乎？」其五第三聯：「何不寫真隨太乙，俄焉飛佩下蓬萊。」

《崇效寺看菊》第二聯：「冒雨客來開未晚，凌霜詩得氣之先。」㊻

《次答魚門足疾未瘳，八疊前韻》：「（首句）怪爾神遊以意行，……（第三聯）印否從之追步捷，視其後者聽鞭聲。」㊼

《心畬見招不赴，賦謝》第三聯：「迦葉問花賓對主，醍醐與酒異耶同？」㊽

《未谷得醉鄉侯舊銅印寄予云……》之一：「竹君仲則俱黃土，日月堂堂逝酒漿。此印聊供詩料耳，侯乎勿以醉爲鄉。」㊾

《如村二首爲裕軒賦》之二第三聯：「固應拈即是，豈曰僅名如？」㊿

《曾賓谷西溪漁隱圖，三首》之一首聯：「漁隱何如梵隱乎？志難寫處寫於圖。」(51)

《蔣耐齋觀察小照，二首》之一第三聯：「至樂不關身以外，居安此即道之門。」(52)

《夜坐，書呈春圃、蓼堂二親家》第二聯：「師用倍千源則一，淵名有九此其三。」

《曹楝亭思仲軒詩卷》第二聯：「以楝名亭矣，於櫞意寓之。」(53)

《臘月六日，石君招同曉嵐……》第三聯：「七旬以長差肩近，第五之名接唱餘。」(54)

《簡芙初》第二聯：「渺矣雅材稽傳疏，慎之經詁訂朱（長孺）陳（長發）。」(55)

《元旦》「向晨已覺歲華增，獻瑞還於暖歲徵，臘雪早占年有穫，曉雲都傍日之升。」《仲春二日經筵恭紀》：「論政民之利，陳謨帝曰欽。惠而因益善，成以省彌森（自注：是日進講《論語》「因民之所利而利之」；《尚書》「屢省乃成」）。都自躬親踐，寧於章句尋？……」《趙北口，二首》之二末二句：「是皆實景非虛頌，他日趨陪和御詩。」㊿

錢鍾書曾挖苦說：「兼酸與腐，極以文爲詩之醜態者，爲清高宗之六集。擇石齋（指錢載）、復初齋二家集中惡詩，差足佐輔，亦虞廷賡歌之變相也。」57他又深刻地指出：「同、光以前，最好以學入詩者，惟翁覃溪。隨園論詩絕句已有夫己氏『抄書作詩』之嘲。而覃溪當時強附學人，后世蒙譏『學究』。58以詅痴符、買驢券之體，誇於世曰：『此學人之詩。』竊恐就詩而論，若人固不得爲詩人，據詩以求，亦未可遽信爲學人。……《晚晴簃詩匯序》論清詩第二事曰：『肴核《墳》、《典》，粉澤《蒼》、《凡》，證經補史，詩道彌尊』，此又囿於漢學家見地。……宋學主義理者，以講章語錄爲詩，漢學主考訂者，以註疏簿錄爲詩：魯衞之政也，不必入主出奴，是丹非素也。」59錢氏似乎沒有注意到，翁氏是漢宋兼取，「義理」、「考訂」並重的，這樣的詩自然既酸且腐，不成其爲詩。

錢鍾書還提到，以文爲詩去題詠書畫並非不能寫出好詩。他說：「（錢載）題詠書畫，有議論，工描摹，而不掉書袋，作考證。……以文爲詩，盡厥能事。」他很惋惜地指出：「及與翁覃溪交好日深，習而漸化，題識諸什，類復初齋體之如《本草湯頭歌訣》，不復耐吟詠矣！」60

今人陳聲聰也說：「詩道至廣，翁氏之言肌理，在詩境上得一玄解。然詩究與文異，杜、韓胸羅萬卷，其出之於詩也，仍如化工育物，天然妙麗。若必如翁氏於前人贈答議論之章，得證一二史事爲樂，則又非詩之本義，此乾嘉時代考據家之一蔽，翁氏蓋亦不免。」[61]

過去批評翁詩及其詩論的很多，劉聲木的意見很有代表性。他先引與翁同時的施朝幹的一段話：「今之詩人，山經地志，鋪陳詼詭；《說文》、《玉篇》，穿鑿隱僻。方其伸紙揮毫，自謂綜千年、包六合，而作者之精神面目，邈絕不屬。是有文而無情，天下安用此無情之文哉！」[62]這是不點名地批評翁氏及其同派者。劉聲木自己毫不留情地指責：「國朝諸儒，能言而不能行者，莫如大興翁蘇齋學士方綱。學士侈言理學，研究宋五子書，乃至跪求差使，見於《嘯亭雜錄》。……平生尤喜言詩，……獨至其所自作之詩，極與所言相反。其詩實陰以國朝漢學家考證之文爲法，尤與俞正燮《癸巳類稿》、《癸巳存稿》相似，每詩無不入以考證。雖一事一物，亦必窮源溯流，旁搜曲證，以多爲貴，渺不知其命意所在。而爬羅梳剔，詰曲聱牙，似詩非詩，似文非文；似注疏非注疏，似類典非類典。……百餘年來，……《復初齋詩集》流傳益罕，欲供插架而未能，豈非不行於世之明驗乎？」[63]

但正如錢鍾書所說囿於漢學家之偏見，有些人竟爲翁詩喝采。

陸廷樞說：「自漁洋先生取嚴滄浪以禪喻詩，謂詩有別才，非關學也，於是格調流於空疏，神韻流於寥闃矣。吾友覃溪蓋純乎以學爲詩者歟！自諸經傳疏以及史傳之考訂，金石文字之爬梳，皆貫徹洋溢於其詩。」[64]《清史稿》翁方綱傳即逐錄其語。

淩廷堪爲翁氏門人，是著名漢學家，爲其師反攻袁枚：「何苦矜張村曲子，翻云勝得九成簫！」[65]

陶梁歌頌翁氏：「蓋其學問既博，而才力又足以副之，故能洋溢縱橫，別開生面，不可謂非當代一大家也。」[66]

張維屏說：「復初齋集中詩，幾於言言徵實，使閱者如入寶山，心搖目眩。蓋必有先生之學，然後有先生之詩。世有空疏白腹之人，於先生之學曾未窺及涯涘，而輕詆先生之詩，是則妄矣！」[67]

徐世昌說：「覃溪以學爲詩，所謂瓴甓木石一一從平地築起，與華嚴樓閣彈指即現者固自不同。同時如惜抱、北江諸人每有微詞，持之良非無故。然興觀群怨之外，多識亦關詩教。且其深厚之作，魄力既充，韻味亦雋，非盡以門靡誇多爲能事。遺山云：「少陵自有連城璧，爭奈微之識碔砆！』讀覃溪詩，亦作如是觀耳。」[68]

繆荃孫說：「（譏之者）不知《石鼓》、《韓碑》，首開此例，宋、元、明集，尤指不勝屈。正可以見學力之富，吐屬之雅，不必隨園之纖佻，船山之輕肆，而後謂之性情也。」[69]

以上議論，都是牽強附會，強詞奪理，完全無視於詩的本質。「多識於鳥獸草木之名」，是指比興手法，藉以更微婉地言志，「多識」並非目的。韓愈的《石鼓歌》，有對「牧童敲火牛礪角」，「日銷月蝕就埋沒」的悲憤，有對「陋儒」和「中朝大官」的譏刺；李商隱的《韓碑》，表層意思是對唐憲宗和裴度的贊嘆，深層意思卻是爲李德裕被唐宣宗貶逐鳴不平。這和翁詩的「有文無情」、「渺不知其命意所在」，怎麼可以相提並論呢？

至於南社詩人高旭說：「翁覃溪，乾嘉時有名之詩人。……余即謂欲爲詩世界大人物，其必兼漁洋所拈之神韻二字、覃溪所拈之肌理二字而有之，斯可耳。否則終爲一隅之見，非定論矣。……然余之論詩也，不分派別，必溝兩界而通之，庶乎其爲集大成也。」[70]他的意思不過是說詩應兼鎔唐宋，亦即合詩人之詩與學人之詩而一之，這當然是對的，他並非單純爲翁詩及其詩論張目。

丁　肌理派詩人及其影響

肌理說和翁方綱的創作實踐，雖然遭到不同詩派很多人的反對，但是因爲它一方面反映了乾嘉時代樸學學風的影響，另一方面也反映了所謂承平盛世士大夫怡情於金石書畫的雅趣，因而這一詩派代有傳人，而且流風未沫，一直影響到清末民初。直到憂患頻仍、國步艱難的現代，那兩個條件漸漸消失了，這一詩論和創作實踐也就從詩壇上消聲匿跡了。

不過，就在它代有傳人的時候，完全像翁方綱那樣以學爲詩的人也是極不經見的，他們比較注意化學爲才，真正把學問同性情結合；同時也繼承了翁氏「窮形盡變」以「求諸古人」的原則，力求從學古中變古，而且學古也不執一家。

翁氏的從游者很多，其中較突出的如謝啟昆，江西南康人，官至廣西巡撫，有《樹經堂集》。王昶說他是翁氏「入室弟子，篤信師說。……爲詩不名一家，而詳於詠史，足資後來考證。」[71]張塤，吳縣人，官內閣中書。與翁方綱游，喜考訂金石書畫。[72]翁樹培，翁氏之子，官至刑部郎中，「詩多題詠書畫金石之作。」[73]夏敬顏，江陰人。博學多聞，從翁氏校士江西與山東，「復初齋詩中屢有唱和，其詩派亦頗近覃溪。」[74]張廷濟，嘉興人，「詩多題詠金石書畫，古藻新聲，與覃溪伯仲。」[75]梁章鉅，福建長樂人，官至江蘇巡撫，兼署兩江總督，「才學贍博，用筆生儉，喜選險韻，而能控制自如。翁覃溪言：門下詩弟子百十輩，茝林（梁章鉅之字）最後至，而手腕境界迥異時流，不名一家，而奄有諸家之美云。」[76]吳重憙，山東海豐人，官至河南巡撫。「詩派出於覃溪，論古諸篇賅洽醇雅，他作亦藻韻兼具，不愧學人之詩。」[77]特別是阮元，儀徵人，官至體仁閣大學士，加太傅，有《揅經室集》。「題詠金石之作，不因考據傷格，兼覃溪之長而祛其弊，才大故也。」[78]

總之，肌理詩派的影響是很大的。晚清的宋詩運動，倡導者爲程恩澤，而程是淩廷堪的弟子，於翁爲再傳弟子。程的主張得到門人何紹基、鄭珍、莫友芝等人的支持，在嘉慶間風行，形成「學士詩派」，影響頗大，竟致改變了北方詩壇宗尚性靈及常州兩詩派的詩風：「都下亦變其宗尚張船山、黃仲則之風，潘伯寅、李蒓客諸公稍爲翁覃溪。」[79]從而形成「南袁北翁」的局面。

張際亮（字亨甫）不滿意這種局面，很想改變它：「張亨甫文集卷三《答朱秦洲書》略謂：『……欲救今日爲詩之弊，莫善於滄浪』云云。亨甫所謂『今日詩弊』，乃指南袁北翁而言（參觀文集卷四《劉孟塗詩稿書後》）。一時作者，不爲隨園、甌北之佻滑，則爲覃溪、竹君之考訂（卷三《與徐廉峰太史書》）。」[80]

但是，這局面並未立即改變。李詳指出：「嘉慶詩人尚才氣，大抵承隨園餘習，以聰明俊快議論爲詩，船山（張問陶）、蘭雪（吳嵩梁）二派互爲雄長。又有學浙派者横亙其際。道光朝，梅伯言倡學韓、黃，參以大蘇，如黃樹齋（爵滋）、孔繡山（憲彝）、朱伯韓（琦）、何子貞（紹基）、曾文正（國藩）、馮魯川（志沂）、孫琴西（衣言），皆奉梅爲職志。……（其後）

潘德輿專宗杜陵，以祿位不能動人，雖有張亨甫（際亮）和之，風氣迄不爲變。……京師貴人改爲學蘇，或兼考據，近師覃溪。其下者仍不外船山、蘭雪。……」[81]

由上文可以看出，桐城詩派在攻擊性靈派的過程中，下啟宋詩派，但性靈、肌理兩派仍有其影響。

注釋

（注）汪中《墨子序》謂兼愛無父爲孟子汚蔑墨子之詞，因而翁方綱罵汪是「名教罪人」，主張「褫其生員」。汪中《與劉端臨書》：「欲摧我以求勝，其卒歸於毀，方以媚於世，是適足以發吾之激昂耳！」《述學別錄》

①《復初齋文集》（以下簡稱文集）卷四《志言集序》

②同書卷七《理說駁戴震作》

③集外文卷一《粵東三子詩序》

④《小倉山房尺牘》卷七《寄奇方伯》

⑤《隨園詩話補遺》卷一

⑥《小倉山房詩集》卷二七《仿元遺山論詩》

⑦參看文集卷七《考訂論》八篇，《理說駁戴震作》、《附錄與程魚門平錢戴二君議論舊草》

⑧集外文卷一《謝蘊山詩序》

⑨《退庵隨筆》「學詩」二
⑩《北江詩話》卷一
⑪㉒㉔《說詩菅蒯》
⑫《隨園詩話》卷十六
⑬⑲繆荃孫《重印復初齋詩集序》
⑭卷七
⑮㉞㉟㊼詩集卷二五
⑯詩集卷三二
⑰詩集卷六二
⑱詩集卷六三
⑲詩集卷六四
⑳55詩集卷六八
㉑詩集卷七十
㉓㉕同⑨「學詩」一
㉖㉗文集卷八
㉘《新世說》
㉙㊵㊷66 68《晚晴簃詩匯》(以下簡稱詩匯)卷八二
㉚《湖海詩傳》卷十五

㉛《石洲詩話》卷四

㉜《梧門詩話》

㉝詩集卷十九

㊱詩集卷二八

㊲㊳詩集卷二九

㊴㊸(56)集外詩卷一

㊶《竹溪詩序》

㊹張舜徽《清人文集別錄》卷八

㊺詩集卷二二

㊻詩集卷二四

㊽㊾詩集卷二六

㊿詩集卷二七

(51)詩集卷四十

(52)詩集卷四四

(53)詩集卷五一

(54)詩集卷五三

(57)(59)(60)(94)《談藝錄》

(58)《越縵堂日記補》同治二年正月二十四日引翁氏手批《戴氏遺書》，斥戴震「如雜劇內妝一帶眼鏡之塾師，妝作學者模樣」，因謂此「覃溪自寫照」。

⑥¹《兼於閣詩話》附錄《翁方綱肌理之説》

⑥²⑥³《莨楚齋隨筆》卷一

⑥⁴《復初齋詩集序》

⑥⁵《校禮堂詩集》卷七《絕句四首》

⑥⁷《國朝詩人徵略》卷三四

⑦⁰《願無盡廬詩話》，見《太平洋報》一九一二年四月九日

⑦¹同㉚卷二二

⑦²同㉚卷二九

⑦³同㉙卷九三

⑦⁴同㉙卷一一一

⑦⁵同㉙卷一一三

⑦⁶同㉙卷一一七

⑦⁷同㉙卷一六一

⑦⁸同㉙卷一〇七

⑦⁹《石遺室詩話》卷一

⑧¹《藥裹慵談》卷二

第十三章　性靈詩派

甲　性靈派產生的原因

性靈說出現在沈德潛的格調說之後。袁枚和沈雖然「鄉會同年，鴻博同年，最爲交好」①，但兩人的詩學觀點完全相反。

沈氏貴古，實只宗唐，以爲「格律莫備于古」，亦即格律莫備于唐。袁枚貴今，認爲「性情遭際，人人有我在焉，不可見古人而襲之，畏古人而拘之也」。②

沈氏主摹仿，主要要求學詩者寫「杜少陵所云『鯨魚碧海』、韓昌黎所云『巨刃摩天』者」③，即格調雄渾之作。袁枚主創新：「唐人學漢魏，變漢魏；宋學唐，變唐。……使不變，不足以爲唐，亦不足以爲宋也。」④

沈氏主「詩貴溫柔，不可說盡」。袁枚則認爲孔子所謂「興」、「群」指含蓄，而「觀」、「怨」指說盡者。⑤

沈氏主詩「必關係人倫日用」，袁枚則認爲孔子所謂「『邇之事父，遠之事君』，此詩之有關係者也；曰：『多識于鳥獸草木之名』，此詩之無關係者也。」⑥

如果説，前三點僅屬於表現形式問題，後一點屬於詩的內容，便更顯示了他們的分歧。沈氏所謂「必關係人倫日用」，亦即《清詩別裁集·凡例》所説：「詩必原本性情關乎人倫日用及古今成敗興壞之故者。」這裡要特別注意「性情」一詞。袁枚的「性靈」主要也是指性情，但那性情是指人人各異的真情。而沈氏所説的「性情」，卻是儒學化了的，即倫理道德規範化了而毫無個性的。所以《説詩晬語》一開始就説：「詩之爲道，可以理性情，善倫物。」這就是説，詩的功能是完善人的性情，使人存天理（復性），滅人欲（窒情）。這樣一來，倫物（封建的人際關係）就善了，即爲臣能盡忠，爲子能盡孝。

這才是他們兩種詩論的根本分歧：袁枚強調的是詩的審美功能，沈德潛強調的則是詩的教化功能。

所以，説袁枚是爲了矯正沈德潛的格調説之弊而提出性靈説，是完全符合歷史事實的。對厲鶚爲代表的浙派，袁枚也是反對的。但他和沈德潛不同。沈氏反對浙派，是因爲它「沿宋習，敗唐風」；而袁枚論詩不分唐宋，他反對浙派，是因爲它「數典而已，索索然寡真氣。」⑦所以郭麐説：「浙西詩家，頗涉餖飣，隨園出而獨標性靈。」⑧可見性靈説也是爲矯正浙派之失而提出的。

袁枚更爲堅決反對的是較後出的肌理説，原因是「賦詩作文，都是自寫胸襟」，⑨以考據爲詩，完全汨沒性靈。

袁枚也對早出的神韻説有所不滿。他不否認神韻，曾説：「僕意神韻二字，尤爲要緊」；「神韻是先天真性情，不可強而至。」所以，他把「神韻」又説成「情韻」。⑩但又認爲神韻

「不過詩中一格耳。……詩不必首首如是，亦不可不知此種境界。」⑪因而不同意王士禎以偏概全。

袁枚曾列舉他所反對的詩派加以嘲笑：「抱韓、杜以凌人而粗腳笨手者，謂之權門托足；仿王、孟以矜高而半吞半吐者，謂之貧賤驕人；……故意走宋人冷徑者，謂之乞兒搬家；……一字一句自註來歷者，謂之骨董開店。」⑫權門托足指格調派，貧賤驕人指神韻派，乞兒搬家指浙派，骨董開店指肌理派。他要高舉「性靈」大旗，把它們橫掃淨盡。

那麼，什麼叫「性靈」呢？它包含兩個方面：一是性情，亦即真情；一是靈機，亦即今人所謂「靈感」。性乃本能，是先天的；情乃感情，是後天的。先天的性自然是真誠無僞的，所以，袁枚「率性而行」，如「食、色，性也」，他就不諱好色，自製食單。在他看來，客體能符合主體的本能需求，主體的感情就表現爲「喜」、「愛」、「欲」，反之，則表現爲「怒」、「哀」、「懼」、「惡」。所以這種情就是真。而反映在詩創作上，則要求把這種真情儘可能靈巧地表現出來。所以，一定要有感而發，決不可無病而呻，這就是新。

因此，性靈説的核心就是「真」與「新」。這和明七子一味摹仿古人，寫「贋唐詩」，固然判若水火，就是沈德潛的以禮教汨沒真情，也是袁枚所堅決反對的。

乙 袁枚及其詩

袁枚（一七一六，康熙五十五年——一七九七，嘉慶二年），字子才，號簡齋，浙江錢塘

（今杭州）人。乾隆四年進士，曾官溧水、沭陽、江寧等地知縣，三十三歲即辭官，購置江寧（今南京）小倉山下的隨園，從此閑居五十年，詩文皆極有名於時。「隨園詩文集，上自朝廷公卿，下至市井負販，皆知貴重之，海外琉球有來求其書者。」⑬世稱隨園先生。與趙翼、蔣士銓並稱「江右三大家」。著有《小倉山房詩文集》、《隨園詩話》等。

如果說，中國古典詩歌史上，出現過「以文爲詩」的現象，那麼，袁枚就是以通俗小說爲詩。明清通俗小說的內容，追求的是新奇和風趣，語言風格則力求通俗和生動，而這幾點正是袁枚「性靈詩」的特色。其所以有此特色，則因爲袁枚本人重情欲，背傳統，具有市民階層的審美情趣。

㈠ 進步的思想意識

一般人常說袁枚的文藝思想深受晚明王門左派思想家的影響，確實，徐渭、湯顯祖等大力張揚的以情反理，黃宗羲、唐甄、戴震攻擊宋儒的「存天理，滅人欲」，是給了袁枚巨大的影響。然而他罵李贄和何心隱是「人所共識之妖魅」，「人所共逐之盜賊」。⑭這說明他獨往獨來，堅持自己的特殊見解。另外，以詩歌創作而言，與袁枚同時人已說他的詩像白居易，而他說：「人多稱余詩學白傅，自慚平時于公集殊未宣究。」⑮又有人說他的詩學楊萬里，則今人錢鍾書已言：袁枚於「誠齋篇什，尠所援引，恐只看擔上之花，拾牙餘之慧，實未細讀。」⑯可見他對宋儒的抨擊，對主情說的宏揚，以及和白居易、楊萬里詩的風格相同，都是「陽貨無心，貌類孔子。」⑰

其所以有這樣的獨創性，是和他特殊的思想意識分不開的。他自認爲出入儒、道，所謂「大道有周、孔，奇兵出莊周。橫絕萬萬古，此外皆蚍蜉。」⑱他對道家只取莊周，儒家的孔子也是經過他改造的通脫而順乎人情的哲人。另外，他特別喜歡研讀史籍。

正是孔子、莊子、史籍以及晚明迄清進步思想鑄造出他特殊的思想意識，表現爲一系列的驚世駭俗言行。他敢公開宣稱：「六經雖讀不全信，勘斷姬孔追微茫。」⑲「三百篇中嚼蠟者，聖人雖取吾不知。」⑳全然不怕衛道士們攻擊他非聖無法。

強調真性情的必然導致民主平等意識。一次他旅遊經過蘇州，一位老友的三個僕人熱情接待他，他贈詩云：「一艇偶從吳下過，三賢齊道故人來。」㉑稱三僕爲三賢。對同一年去世的「福敬齋郡王」、「孫補山相國」、「和希齋尚書」，挽詩也說：「底事三賢同歲去？」㉒可見袁枚世法平等。又一個朋友的僕人，喜歡讀書，他極口稱讚：「我見貴公子，見書如見仇。汝胡獨不然，胸中有千秋？又見呼騶人，頗多安沒字，汝胡又不然，觥觥有奇志？我聞吳皇象，爲奴爲大儒。又聞漢李善，官至上大夫。觀汝所行爲，非其儔匹歟？願汝守初志，嗜學加精勤。芳草無夙根，名流無出身。」㉓他還能站在勞動者的角度看問題，如《馬嵬》之二：「莫唱當年《長恨歌》，人間亦自有銀河。石壕村裡夫妻別，淚比長生殿上多。」

正因爲他服膺孔子，所以雖然三十六歲就棄官閑居，而直到晚年，仍感歉疚。試看他六十八歲時寫的詩：「茶亭幾度息勞薪，慚愧塵寰著此身。輸與路旁三丈樹，蔭他多少借涼人。」㉔懂得這點，就懂得爲什麼他不但早年即辭官之前寫了大量反映民生疾苦的詩，而且晚年還寫了《浙東野廟甚多，賽會甚盛，戲題一絕》、《兩賢大夫詩》之二、《貴人出巡歌》。他實在是一個極有見識的人。最早指出這一點的是文廷式，他說：「袁子才詩：『其上威太伸，其下氣盡挫。君看漢武朝，賢臣有幾個?』……語頗有識，不愧風人之旨。」㉕葉恭綽在這段話下面加了一段批語：「袁之旨，可於《司馬相如贊》見之。其詞曰：『天之生才，代不絕賢，何建元五十四年而竟寂然?此如驕陽當天，百草萎焉。或陷于法，或遁乎田。陷法遁田，名皆不宣。一式（指卜式）一長卿，獨察機先，毀家家存，病身身全。一信乎君，而以危言讜論著；一忘乎世，而以高文典冊傳。較之汲生（指汲黯）之戇，曼倩（指東方朔）之仙，竟別開一徑，而無愧色于其間。嗚呼！欲知人，先論世，如二公，如其智，如其智！』據此，知清代人才埋沒於趨避韜晦者多矣！」㉖應該說，後起的龔自珍在《明良論二》痛言「士不知恥，爲國之大恥」，又在《古史鈎沉論一》直指君主「去人之廉，以快號令，去人之恥，以嵩高其身；一人爲剛，萬夫爲柔，以大便其有力強武。」都是受到袁枚的啟發的。

可是一般人並不能正確認識袁枚，例如錢鍾書就說：「子才粧點山林，逢迎冠蓋，其爲人也，兼誇與諂。」㉗袁枚喜歡自譽，也常借他人之口以譽已，但如前所述，他實在有值得人們讚美的地方，談不上「誇」。至於說「諂」，更要具體分析。他確實寫了不少歌頌達官貴人的詩，但正如古希臘的盧奇安所說：「讚揚總要有一個限度才好接受，在這限度內，受者還相信自已有所說的優點，過了這限度，他就起反感，看出是諂媚。」袁枚絕頂聰明，他懂得「歌頌者的目的只在於使真正存在的美更爲突出。」所以，他「在誇張中嚴守適當的限度」㉘，決不說使對方起反感的諂媚話。最突出的一個例子是：乾隆三十四年，劉墉官江寧知府，風聞袁枚蕩佚（即破壞封建禮法），要驅逐他出境。後經朱筠調解，前嫌盡釋。次年劉調江西，袁在送行詩中，除了敘述由幾乎被逐到互相交好的過程，還勸他以後當官，「寧可察之詳，愼毋發之驟。猛如萬鈞弩，所貫無不透。但慮未中節，不愁不滿彀。已褰賈琮帷，可免葉公胄。能爲李橫衝，何妨伏不門？氣斂理益明，業廣福彌厚。」㉙從這可以看出，他不但不諂媚，反而很強項。實際上，他並不喜歡和一般達官交往：「寄語公卿休剝啄，名山尚不借青雲。」㉚他是很懂得保持身份的。

(二)「性靈詩」的特色

我們看看袁枚的「性靈詩」是怎樣追求新奇、風趣，而且表現市民階層的情趣的。

(1) 表現市民意識，公然宣稱自己好財好色。「解好長卿色，亦營陶朱財」㉛，這就是他的自白。直到晚年，他仍在持籌握算，孜孜爲利，自稱「老去持籌敢自誇」。㉜毫不隱諱地說：「心與木石交，家與老農居。山中刈薪禾，田中問菑畬。鮭菜二十七，庾郎常踟躕。木奴三百樹，樊侯算錙銖。人言君達人，胡爲治區區？余豈不自知，萬物多空虛。但念人爲歡，須財與之俱。……誠恐不瑣瑣，安能常愉愉？」㉝他對財物的態度是：「富徒慳守貧何異？」㉞怎樣消費呢？「我有青蚨飛處好，半尋煙水半尋花。」㉟他認爲：「治生貴有道，行樂貴及辰。自活苟無才，何以活斯民？」㊱他說：「有目必好色，有口必好味。戒之使不然，口目成虛器。」㊲他曾有「春風如貴客，一到便繁華」㊳之句，論者譏其俗，而不知這正是市民意識的反映。

看了上述諸詩，對比一下孔子說的「飯蔬食飲水，曲肱而枕之，樂亦在其中矣！」「君子固窮」。「君子謀道不謀食」，「君子憂道不憂貧」。「士志于道，而恥惡衣惡食者，未足與議也。」董仲舒說的「正其誼不謀其利」，不會覺得袁枚真是封建社會母體中茁生的市民階層的思想代表嗎？在中國古代文學史上，有誰像他這樣坦率、大膽地表白對財、色、繁華的喜愛？

(2) 凡事（包括對歷史人物的評論）都有新見解。正如他所自豪的：人人都「愛我神解超」

㊴他真是「理是口即言，往往翻前案。」㊵對歷史人物，他完全違背傳統看法，公然宣稱：對於古人，「或佞我愛之，或賢我不喜。」㊶例如東漢人嚴光，一般人都說他「不事王侯，高尚其志。」袁枚卻說，嚴光是因爲西漢末年士風卑汚，因而隱居不仕，以幫助光武帝振作東漢的士氣，其功績與創業諸臣相等：「雲台麟鳳旁，漁者張一旗。果然東漢風，名節爭扶持。相助爲理處，于後乃見之。」㊷這未必是歷史上的真嚴光，卻正是市民意識中的功利觀。對柳宗元的評價，更可看出袁枚立論，不是爲新奇而新奇。他說柳宗元「當時所施設，聰明頗有餘。斥罷宮市弊，召還陸敬輿。問此詔令意，愚者能爲歟？天命竟無常，負此心區區。萬事論成敗，千秋足嗟吁。依倚成功名，古賢亦有諸。倘使永貞永，未必愚溪愚。」㊸他從來反對以成敗論英雄：「成敗論千古，人間最不公。苻堅竇建德，終竟是英雄。」㊹他還認爲英雄必然不拘小節：「跅跎才能立事功，規行矩步半籠東。請看王粲《英雄記》，不在三君八顧中。」㊺這是對宋儒的嘲笑，更是對清王朝官方哲學即程朱理學的諷刺。

除了對歷史人物的評價特別表現出他的洞察力以外，他還有不少奇特的思想。如人生態度，他不但主張及時行樂，而且對行樂有高層次的理解，即追求將樂未樂的境界：「昨日之日背我走，明日之日肯來否？走者刪除來者難，惟有今日之日爲我有。消除此日須行樂，行樂千年苦不足。縱使朝朝能秉燭，燭殘雞鳴又喔喔。人生行樂貴未來，既來轉眼又悲哀。昨日之事今日憶，有如他人甘苦與我何有哉？樂既不可過，不樂又恐悲。安得將樂未樂之意境，與我三萬六千之日相追隨？君不見陶潛李白之日去如風，惟有飲酒之日存詩中。」㊻這和曹雪芹在《紅樓夢》中借黛玉之口說的：「人有聚就有散，聚時喜歡，到散時豈不清冷？既清冷則生感傷，所以不如倒是不聚的好。」龔自珍《端正好》下片云：「月明花滿天如願，也終有酒闌燈散。不如被冷更香銷，獨自去，思千遍。」同一思想軌跡，卻更超越一層，即超越悲觀層次而進到樂觀境界。因爲他任何事都看得透，所以對兒子的教育也完全超出儒家軌範：「一兒能吟詩，不教其應試；一兒太愚蠢，但教其習字。責善最不祥，我豈爲兒累？學禮與學詩，聖人亦寫意。倘鯉不趨庭，或竟任嬉戲。高鳥自翔天，芳草自覆地。彼豈有爺娘，辛苦爲兒計？」㊼

(3) 善寫瑣事。如《理桂》：「偶然兩眼明，看見桂上蛛。蛛絲如羅網，蒙密窮根株。桂也花將開，憂疑心不舒。我心疾如仇，不及呼園夫。持竿自搜剔，桂意始灒蘇。桂離我不遠，種在書窗東。我非忘桂者，桂死猶痴聾。不見蟲爲災，翻疑桂不材。感激眼前事，使我心中哀。」㊽這不會使讀者聯想到楚懷王之于屈原，漢文帝之于賈誼，唐玄宗之于張九齡，宋神宗之于王安石嗎？他還能利用七律這一形式來寫瑣事，如《留別蘇州主人唐靜涵》：「君家久住竟忘家，兒女聲同喚阿爺。借慣舊書多脫線，代栽新樹暫停花。商量小食先呈譜，歷亂飛棋更鬥瓜。如此主賓能有幾？戲將瑣事記些些。」㊾性靈派後輩詩人王曇曾說：袁枚詩「惟七律爲可貴，餘體皆非造極。」另一同派詩人舒位嘆爲知言，且申論云：杜甫七律盛且備，爲一變；李商隱七律學杜而變面目；又爲一變：陸游七律集此體大成，又爲一變；袁枚又爲一變，「雖智巧所寓，亦風會攸關也。」㊿七律爲體，格式固定，規則繁瑣，本不能容納千變萬化的內容，可是到袁枚手上，卻寫得極其生動活潑。這種「智巧」確實是由「風會」——市民意識昂揚的時代所形成的。

(4) 善寫異事。袁枚追求新奇，必然在題材上搜奇索異。如《佳兒歌，爲李竹溪同年作》，寫一個七歲的男孩，跟隨長輩來隨園給袁枚老母拜壽，言談舉止，儼若成人，「寒暄吐詞媚」，

「從容就賓位」，引起滿堂賓客的驚嘆。「未幾兒叔來，道兒能屬對」，把「芳草新堤翠」對上「梅花古岸香」。袁枚不信，親自面試，他出「水仙卉」，男孩對「羅漢松」，於是袁枚極口稱讚，並勉勵他「毋忘山一簣」51。袁枚還描寫了一個游俠人物徐椒林：「徐公三十恥讀書，原是長安殺人者。殺人何處敢橫行？白日青天紫禁城。輕生如作暫時別，放歸不感金吾情。」以下具體寫他一件打抱不平的事：「金吾邏騎欺少年，書劵逼取青樓錢。公聞命召某某至，一重門入一重閉。堯肩在盤酒在樽，老拳如椎八十斤，請擇于斯一任君。鼠子侁侁驚且奔，讋服三日聲猶吞。」52寫得真是有聲有色。

(5) 詠物詩別出心裁，饒有寄託。如《題武午橋相馬圖》，開頭兩句就是：「天生良馬無人相，牛羊日坐麒麟上。」概括了英雄失路小人得志的社會現實。更大膽的是說那位「午橋司馬氣不平」，到處去尋找良馬，他堅持自己的標準，「不將金馬門前式，劃取驪黃以外才。……曾看天廏有龍無，搖手風前怕人問。」53這簡直是把矛頭指向了當朝皇帝。

(6) 想像豐富，比喻新巧。哥德說：「詩對想像力提出形象。」54袁枚最愛發揮想像力，通過比喻，創造出濯濯生新的形象。如《瘧》，寫發冷時，「初來頭岑岑，須臾眼黝黝，投之深淵些，層冰剝膚腠。」轉爲發燒：「忽而醢鬼侯，焚煙相灼炙。襄陽水正淹，赤壁火復茂。」就這麼「冰炭各爭強，陰陽互掩覆。如潮不愆期，似箭必滿彀。疑賜牽機藥，足前頭欲後。豈作木居士，火穿復水透？」55運用十個比喻，構成博喻，形像地寫出了瘧疾發作時的感受。

(7) 靈心妙舌，令人失笑。十六世紀意大利的斯卡利格說過：「詩人的大錯莫過於一詩未終便令讀者厭倦。……我所謂『生動活潑』指思想和語言上的一種效能或力量而言，它迫使人樂於傾聽。」㊻袁枚四千四百六十五首各體詩，可說都是『生動活潑』的，它使你「樂於傾聽」。這是因爲他絕頂聰明，所以詩語妙趣橫生。如畫家沈南蘋受日本國王聘去該國教畫，袁枚贈詩，開頭就說：「東陽隱侯畫筆好，聲名太大九州小。」又說：「眼驚紅日初生處，畫到中華以外天。」㊼真聰明人語！又如《答魚門覆舟見寄》之二下半首：「長願伊人歌宛在，何妨與世暫浮沉？水經注疏河渠考，此後輸君閱歷深。」㊽滑稽得很。又如畢沅爲死友程晉芳料理喪事後，再將黃金百鎰「交與桐城俠士章淮樹，替主進，替營財，但許取子不取母，十年以後交兒手。」袁枚爲此作《撫孤行》共八解。其第八解末尾說：「一叟（袁枚自指）無言搔白頭，招阿遲（袁枚晚年所生子）來笑不休：而翁縱死汝無憂，汝不見畢尚書風義高千秋？」㊾料想畢沅當年讀到此處，亦必大笑。

㈢「性靈詩」的語言

我們再看袁枚在詩歌語言方面怎樣力求通俗。

(1) 大量運用口語，而且俗得有趣。杜甫、白居易、楊萬里、陸游等大詩人也會採用俗語，但都是化俗爲雅；而袁枚恰好相反，是化雅爲俗。如《歸家》的「眾面一齊向」；㊿《水碓》的「帆借順風春借水，也知樂得做人情」；(61)《新正十一日還山》之五的「急抄詩與諸公讀，省得袁翁說不清。」(62)以上所舉，聊以示例，實際上四千多首詩，大都明白如話。

(2) 極少用典，基本白描。如《兒鬢》寫母愛：「手製羹湯強我餐，略聽風響怪衣單。分明兒鬢白如許，阿母還當襁褓看。」(63)羌無故實，而至情曲曲傳出。《還葵巷舊宅》：「兒時老屋喜重經，鄰叟都疑客姓丁（用丁令威化鶴還鄉一典）。學舍窗猶開北面，桂花枝已過西廳。驚窺日影先生至，高誦書聲阿母聽。此景思量非隔世，白頭爭禁淚飄零！」[64]五、六兩句回憶兒時讀書情狀，刻畫心理，唯妙唯肖。《還杭州五首》之二寫年已七十的姊姊「聞聲知弟至，迎出精神爽。絮語自知多，堅坐頻教強。」之五寫自己「趁此小住閒，忍負光陰寸？從前半面交，一一敲門認。兒時所踏土，處處雙鞋印。」[65]全用白描，情辭婉轉，真能狀難寫之情。至如《四月六日出門，六月五日還山》的「家居久自嫌，遠歸身忽貴」，「稚子各牽衣，爭先兒妬弟」，「分明所厭餐，到口覺有味。」[66]任何讀者都會嗟嘆：真正善寫人情！而這種詩恰恰最能體現性靈特色。

丙　趙翼及其詩

性靈派另一著名詩人是趙翼。

趙翼（一七二七，雍正五年——一八一四，嘉慶十八年），字雲松，號甌北，江蘇常州府陽湖（今武進縣）人。乾隆二十六年進士，殿試第三（俗稱探花），授翰林院編修。後出知廣西鎮安府。時適清廷用兵緬甸，奉調贊畫軍事。擢貴西兵備道。以廣州讞獄舊案降級，即乞養不復出，時年四十六。從此家居研究文史，直至去世。是有名的史學家和詩人。著有《二十二史札記》、《陔餘叢考》、《甌北集》、《甌北詩話》等。

在詩論方面，《晚晴簃詩話》以爲其「生平宗旨，曰新曰切曰肌理」[67]，我則以爲應該是(一)情(二)新(三)自然。試分論之：

(一)　主張詩是抒發性情的

他既說「詩本性情，當以性情爲主」；(68)又說「詩本性情出」。(69)其所謂「性情」，同於袁枚，而異於沈德潛和翁方綱。沈、翁從教化說的功利觀出發，肯定詩的功能是「理性情」。而趙則反對教化說，認爲詩是「無用物」，它只是抒發感情，供人欣賞而已：「兩間（指天地之間）無用物，莫若紅紫花。食不如橡栗，衣不如紵麻。偏能令人愛，譏賞窮豪奢。詩詞亦復然，意蕊抽萌芽。說理非經籍，記事非史家。乃世之才人，嗜之如奇葩。不惜鉥肺肝，琢磨到無瑕。一語極工巧，萬口相咨嗟。是知花與詩，同出天菁華。平添大塊景，默動人情誇。雖無濟于用，亦弗納入邪。花故年年開，詩亦代代加」。(70)這種詩觀強調的是詩的審美功能。

另外，他把性情和性靈視爲一物，而且認爲性靈的核心就是才氣。例如杜甫，明七子中的李夢陽認爲他純乎學力，不像李白純乎天才。趙翼認爲這是耳食之論，因爲「思力所到，即其才分所到，有不如是則不快者，此非性靈中本有是分際而盡其量乎?出于性靈所固有，而謂其全以學力勝乎?」(71)

正因爲他強調才氣，所以

㈡　主張詩要新

他說：「詩文隨世運，無日不趨新。」(72)又說：「李杜詩篇萬口傳，至今已覺不新鮮。江山代有才人出，各領風騷數百年。」(73)這是和格調派的仿古唱反調。這「新」，是從內容到形式的全面要求：「意未經人說過，則新；書未經人用過，則新。詩家之能新，正以此耳。」(74)趙翼的詩正是這樣，你初讀時，固然耳目一新，再三反覆，也是光景常新。

在求新時，又力避矯揉造作，爲新而新，而是要求

㈢ 做到自然

就是說，「新」，必須一方面是「人人意中所有，卻未有人道過；一經說出，便人人如其意之所欲出。」⑮另一方面，雖極人工之巧，卻又顯得天然渾成，毫不雕琢。正如他自道甘苦：「枉爲耽佳句，勞心費剪裁。生平得意處，卻自自然來。」⑯「詩非苦心作不成，佳處又非苦心造。……但于無意爲詩處，得一兩句自然好。乃知茲事有化工，琢玉鏤金漫施巧。」⑰他的結論是：「稱詩何必苦爭新，無意爲詩境乃真。」⑱

趙翼的詩，完全實踐了他的詩論。分析起來，有如下五特點：

(1) 思想新穎，見解警闢

趙翼和袁枚一樣受了晚明啟蒙思潮的影響，思想也比較解放，而他比袁接觸到更多的西方科技，詩集裡寫到顯微鏡：「所以顯微鏡，西洋製最巧。能拓小爲大，遂不遺忽杪。」⑲寫到望遠鏡：「再遊觀星台，爽塏上穷幂。玻璃千里鏡，高指遙天碧。」⑳寫到自鳴鐘：「內有金聲外針影，聲影相隨若素約。……神哉技乃至乎此，問是西洋鬼工作。」㉑生活用品方面他得到俄羅斯的海虎裘。㉒這些對他的思想開明有不可低估的影響，他屢次驚嘆：「始知天地大，到處有開闢。域中多墟拘，儒外有物格。」㉓「乃知到處有異人，聰明各把混沌鑿。」㉔

袁枚《雞》詩云：「養雞縱雞食，雞肥乃烹之。主人計固佳，不可使雞知。」文廷式非常稱賞。其實趙翼也有《觀餵雞者戲作》：「簸舂餘粒撒籬間，喌喌呼雞恣飽餐。只道主人恩意厚，誰知要汝肉登盤！」㉕這種理性思辨力的巧合，決非偶然，正說明性靈派詩人的「靈」性決非小聰明，而是大知識。

和洪亮吉一樣，趙翼也提出了人口論：「遙山最深處，想必無人居。一縷炊煙起，乃亦有室廬。始知生齒繁，到處墾闢劬。虎豹所窟宅，奪之爲耕畬。尚有傭丐者，無地可把鋤。民生方愈多，地力已無餘。不知千歲後，謀生更何如？」[86]又有云：「萬山深處都耕遍，始覺承平日已多。」[87]又有云：「太平生齒日增多，天亦難供可奈何？何不教他饑疫死，卻教狼藉死兵戈！」[88]又有云：「只爲人多覺地褊，一人一畝尚難全。孟夫子若生今世，敢復高談古井田？」自注：「承平日久，生齒日蕃，若人各百畝，安得有如許田也？」[89]又有云：「始知斗米三錢價，總在人稀地廣時。」又有云：「海角山頭已遍耕，別無餘地可資生。只應鈎盾田猶曠（自注：見《天官書》），可惜高空種不成！」又有云：「更從何處闢遐陬，只有中郎解發邱。或仿秦開阡陌例，盡犂墳墓作田疇。」又有云：「勾踐當年急生聚，令民早嫁早成婚。如今直欲禁婚嫁，始減年年孕育繁。」[89]結合當今世界大多數國家都號召計劃生育的情形，更覺趙翼眼光之銳，而他的「人口論」還早于馬爾薩斯的幾十年。

對廣西鎮安府僮族青年男女通過對歌來自由選擇對象，他在七古《土歌》中大力讚美：「始知禮法本後起，懷葛之民固未曉。君不見雙雙粉蝶作對飛，也無媒妁訂蘿蔦。」[90]

更令人驚訝的是他已朦朧地意識到階級鬥爭的存在：「無貴賤何歉，無富貧何疚？君看飲啄禽，千古少爭鬥。人則等級殊，榮利百般誘。遂起貪忮心，智力角勝負。小則滋訟獄，大則興甲冑。好醜兩相耀，殺機遍宇宙。吾將問真宰：此害誰任咎？」[91]

(2)　敢于疑古，善于疑古

這是性靈派詩人的特點，袁枚和趙翼都喜歡研究歷史，趙更是史學家，他們都疑古。趙說：

「乃知青史上，大半亦屬誣。」這一結論是有充分根據的。他從自己爲人作「諛墓」之文，想到歷朝國史皆據家傳或墓誌銘而成，而家傳和墓誌銘一定多虛美之辭，所謂「言政必龔黃，言學必程朱」，而「核諸其素行，十鈞無一銖。」⑼這是早于魯迅就揭穿了封建正史的瞞和騙的。

表現他的疑古精神的，如《讀史二十一首》之三，認爲秦始皇築長城，隋煬帝開運河，當時雖然「以之召禍亂」，但是這兩項偉大工程「功及萬世長」。之八指出郭巨埋兒、鄧攸縛子，「事太不近情」，後來的魯迅也有同感。之十八論王安石變法，非爲個人「榮利」，而是「欲創富強治」，從而認爲其本懷「固與權奸異」。⑼自從《宋史》斥王安石變法兆靖康之禍，南宋之亡，後來論者幾乎衆口一詞，斥之爲大奸慝，袁枚、鄭燮亦未能免俗。趙翼此詩獨具隻眼，實在難得。他如《乾陵》的稱讚武則天「英雄何必在男身」；《馬嵬坡》的「召亂何關一美人」⑼，和袁枚一樣打破「女色禍水」的偏見，都可看出李贄思想的影響。

(3) 揭露時弊，關心民生

袁枚只在早期寫了大量反映民生疾苦的詩，以後消極避世，遁入享樂主義。所以趙翼自稱和袁詩相比，「相對不禁慚飯顆，杜陵詩句只牢愁。」⑼的確，他一生都像杜甫那樣痌瘝在抱。《秤穀嘆》寫于廣西鎮安知府任上。猾吏秤穀時，「手握錘繩緊不撒」，所收「無慮十加八」。「可憐窮黎不敢言」，只有「張目熟視」。趙翼不「忍睹民膏盡被刮」，下令「特從秤背穿一穴，貫以長繩掛錘鑽」，「平準聽民自權度，奸胥在旁眼空黠。」⑼《書所見》寫五更就來賑廠等候施粥的饑民，「廠猶未開冷不支，十三人傍野垣宿。」爲了取暖，他們「肩背相貼臂相抱。」「豈知久饑氣各微，那有餘溫起空腹。」「天明過者赫然駭，都作僵屍尚一簇。」詩人質問蒼天：「災來偏殺無罪人，更從何處論公道？」更慘的是「有人又剝屍上衣」，而剝者也是饑民，「明知旋亦供人剝，且救須臾未死皮！」(97)《憂旱》寫饑民踏水車的情狀：「轆轤饑腸枯槔腿，枵戰榨盡白汗漿。田高于河僅尺咫，餓不能戽成陵岡。」(98)他還每每進行對比：「滿野流移似凍蠅，華堂猶列炬千層。臨觴敢謂非豪舉？如此荒年看舞燈！」(99)「竟月淋浪雨腳斜，麥苗萎盡泣農家。可憐兒女多情甚，一樣傷心只惜花。」(100)「正是柴荒米貴時，龍舟仍復鬥芩麗。滿堂燕雀群嬉處，中有饑寒世未知。」(101)

(4) 常從小事悟出哲理

趙翼思想活潑，能透過現象看本質，想像力極強，所以每每從日常小事中悟出深刻的哲理。如「六尺匡床障皂羅，偶留微罅失譏訶。一蚊便攪人終夕，宵小原來不在多！」(102)又如「草花誰灌汎泉清，偶荷滋培倍發榮。始悟六朝中正品，用寒人轉奮功名。」(103)又如「一骨拋投母不爭，小寵因得飽餘烹。由來舐犢關天性，不但人情也物情。」(104)都是語簡思深之作，極耐咀嚼。

(5) 饒有風趣

強調性靈的人，必然把詩寫得很風趣。如《種樹》之二：「胸中邱壑構何年？種樹爲園翠蔽天。看是豪奢卻寒儉，省他六月搭棚錢。」(105)又如《授衣》：「九月霜清木葉飛，例修敝褐禦寒威。笑他兒女隨年長，遞換兄衣作弟衣。」(106)普通人家常有的事，趙翼第一個寫入詩中，讀之失笑。又如《儒餐》：「土銼煤爐老瓦盆，莫因鼎食羨侯門。儒餐自有窮奢處，白虎青龍一口吞。」自注：「俗以豆腐青菜爲青龍白虎湯。」(107)又如《四月十一、二等日大寒，圍爐就暖，偶書》：「五月披裘氣自雄，我今四月擁爐紅。天教寒士添佳話，不但冬烘夏亦烘。」(101)語妙詼諧。

丁　張問陶及其詩

性靈派中還有一位著名詩人叫張問陶，年輩晚於袁、趙。

張問陶（一七六四，乾隆二十九年——一八一四，嘉慶十九年），字仲冶，號船山，四川遂寧人。乾隆五十五年進士，選翰林院庶吉士，散館授檢討。累官御史、吏部郎中，出知萊州府。嘉慶十七年以疾辭官，僑居蘇州虎丘，二年後病卒。

詩論特點如下：

(1) 反對肌理詩派

儘管他的詩集中有《題翁覃溪學士贈未谷竹根三贊畫册……》，⑽但以詩論而言，他是反對翁方綱的。如《論文八首之一》：「甘心腐朽不神奇，字字尋源苦繫縻。」之五又云：「箋注爭奇那得奇，古人只是性情詩。」之八又云：「文場酸澀可憐傷，訓詁艱難考訂忙。」⑾至于《論詩十二絕句》之三：「寫出此身真閱歷，強於飣餖古人書。」之八：「子規聲與鷓鴣聲，好鳥鳴春尚有情。何苦顢頇書數語，不加箋注不分明。」⑾問陶門人崔旭引了上述二首後說：「蓋指覃溪而言。」（《念堂詩話》卷一）

(2) 反對格調詩派

其《論文八首》之七云：「詩中無我不如刪，萬卷堆床亦等閑。莫學近來糊壁畫，圖成剛道仿荊關。」⑿

(3)　強調新變、自然

「咸英何必勝簫韶，生面重開便不祧。」[113]這是強調新變的；「敢爲常語談何易，百煉功成始自然。」[114]這是強調自然的。這些觀點都接近趙翼。

(4)　主張「響」

《論詩十二絕句》之二云：「五音凌亂不成詩，萬籟無聲下筆遲，聽到宮商諧暢處，此中消息幾人知？」[115]

(5)　主張靈感、空靈、言情，反對詩分唐宋

他主張寫詩要有靈感：「憑空何處造情文，還仗靈光助幾分。奇句忽來魂魄動，真如天上落將軍。」[116]

又主張筆致空靈：「想到空靈筆有神，每從遊戲得天真。」[117]「也能嚴重也輕清，九轉丹金鑄始成。一片神光動魂魄，空靈不是小聰明。」[111]

主張詩重在言情：「天籟自鳴天趣足，好詩不過近人情。」[119]「土飯塵羹忽斬新，猶人字字不猶人。要從元始傳真訣，萬化無非一味真。」[120]「下筆先嫌趣不真，詩人原是有情人。」[121]

反對詩分唐宋：「文章體制本天生，只讓通才有性情。模宋規唐徒自苦，古人已死不須爭。」[122]「規唐摹宋苦支持，也似殘花放幾枝。鄭婢蕭奴門戶好，出人頭地恐無時。」[123]

以上這些主張都和袁枚一致。他對袁枚，不但生前極爲尊仰，死後也發爲持平之論，如《袁簡齋大令卒于隨園》這一挽詩云：「身後譏彈騰眾口，生來福慧自千秋。」「一代傳人傳已定，莫憑遺行苦吹求。」[124]在一片倒袁聲中，尤其在依附袁氏門牆者紛紛反戈一擊之時，問陶作此挽

詩，極可見其風骨。

(6) 強調識力

問陶嘗書其門生崔旭詩卷云：「詩境已穩成極矣，此後惟須練識，識見一高，則筆墨羽化，方是真通人。」（《念堂詩話》卷三）這和袁、趙的觀點都是一致的。

(7) 主張化學爲才

在學與才問題上，他和袁枚等一樣都主張化學爲才。《使事》一詩云：「書皆隨筆化，心直與天謀」，「莫須矜獺祭，集腋要成裘」[125]，最能説明他的觀點。據説洪亮吉曾勸他多讀書，他則勸洪少讀書。[126]如能化學爲才，多讀書自然有益。然洪的多讀書，表現爲「經術湛深，工于考據」[127]，而「凡攻經學者，詩多晦滯」[121]，所以問陶勸洪少讀書，本來不錯。而後來的朱庭珍説洪亮吉：「詩初宗法《選》體，時能造句，本負過人才力。中年以後，身入詞林，與西川張船山同館交好，唱和甚密，降格相從，頹然放筆，縱恣叫囂，前後判然如二手矣！」[129]與朱同時而稍前的李慈銘也説洪亮吉「可惜未除傖父氣，一生多事友船山。」[130]都是主張仿古而反對創新。

總之，張問陶的詩論，集中到一點，就是強調獨抒性靈。試看《頗有謂予詩學隨園者，笑而賦此》之一云：「詩成何必問淵源，放筆剛如所欲言。漢魏晉唐猶不學，誰能有意學隨園？」之二云：「諸君刻意祖三唐，譜系分明墨數行。愧我性靈終是我，不成李杜不張王。」[131]《冬夜飲酒偶然作》也説：「我將用我法，獨立絕推戴。本無祖述心，忽已承其派。」他和袁枚的關係就是如此，雖然同屬性靈派，卻「我面非子面」。[132]

問陶的詩，自然是其詩論的形象化。不過，他所處的時代和袁枚不同，因而袁枚那種以遊戲爲詩的情趣，到問陶時已經消失了。反映在其詩篇中的，除了嘆老嗟卑和流連詩酒的傳統心態外，主要就是傷時罵座之作，勤求民隱之篇。而所有這一切，都有一個共同特色，即「好詩不過近人情」(133)、「我詩情深頗動人」。(134)

傷時之作，最突出的是他三十五歲時所作《戊午二月九日出棧，宿寶雞縣，題壁十八首》。(135)戊午是嘉慶三年，這一組詩反映川、楚、陝三省白蓮教起義的戰事，著重指責負責征剿的大吏。這種反映和指責當然是站在地主階級立場，但客觀上卻反映出起義軍的浩大聲勢和群眾基礎，特別反映了起義軍的公正態度。

「群盜如毛久未平」(136)，「豺虎縱橫隨地有」(137)，「大帥連兵廿縱賊，生靈塗炭已三年」(138)，「寇過惟從壁上觀」，「妖氛飄瞥送迎難」(139)，「賊有先聲如鶴唳」，「移營終歲避鋒鋩」(140)，「餉道幾難通劍閣，商船新已斷夔巫」(141)，「倉黃鬼蜮來無定，破碎峰巒望轉遙。地險不聞由我據，城危幾度看人燒。」(142)「城狐中夜聲相應，穴鼠空山技有餘。」(143)「夔萬巴渠鳥路長，通秦連楚鬥豺狼。」(144)以上這些詩句反映出起義軍的浩大聲勢。起義軍採用的是流動戰，官軍害怕被消滅，只敢合兵尾隨，不敢分兵堵擊，行動遲緩，觀望避戰。嘉慶四年正月上諭就說：「聞各路剿賊，名爲繞截，其實畏賊遠避。民間有『賊至兵無影，兵來賊沒踪。可憐兵與賊，何日得相逢』之語。又聞有『賊來不見官兵面，賊去官兵才出現』一語。」(145)可見問陶上述詩句寫出了歷史的真實。

至於起義軍的群眾基礎，則反映在「誰看鴻鵠猶扶耒，人佩刀犢早賣牛。」(146)「焚掠難歸皆盜賊」。(147)

而反映起義軍的公正態度的，如「賊能退舍尊廉吏」⑭。廉吏指劉清。他是四川全省唯一的清官，人稱「劉青天」，「賊自爲民時知其名，遇輒避之。」⑭至於「嫠也橫行起禍胎」⑮一首，寫的是起義軍襄陽黃號的首領王聰兒（齊王氏）。嘉慶二年上諭說她「尤爲賊中首逆」⑮，可見其英名遠揚。她是嘉慶三年三月在湖北鄖西的三岔河山溝裡突圍時壯烈犧牲的，問陶題詩在前一年。對這位女英雄，他雖擺脫不了階級偏見，但主要還是肯定她的將才。「不貽巾幗先逢怒」一句，字面用諸葛亮貽司馬懿以巾幗，與《詩·邶風·柏舟》的「逢彼之怒」，句意爲不必官軍激她出戰，早已遭到她銳不可當的進攻。「欲辨雄雌已自猜」，比之爲花木蘭。「黃鵠特翻貞女調」，用陶嬰事。《列女傳》四《魯寡陶嬰》：陶嬰少寡，不再嫁，作歌云：「黃鵠之早寡兮七年不雙，鵷頸獨宿兮不與衆同。」因名其歌爲《黃鵠曲》。王聰兒在丈夫齊林犧牲後，沒有改嫁，但也不是獨守深閨，「不與衆同」，而是成爲一員驍勇善戰的女將，率領著大批健兒奮戰沙場，所以問陶用「特翻貞女調」來讚美她。「白蓮都爲美人開」，是說白蓮教的教徒們紛紛響應她的號召，服從她的指揮，聲勢日益壯大。從這樣的評價，至少說明問陶看問題還客觀。

寶雞題壁詩流傳後，引起了很大的反響。或稱其「力詆將帥養癰，與雲松（指趙翼）《擬老杜〈諸將〉，十首》同一忠憤。」⑮或稱其「指陳軍事，得老杜《諸將》之遺，傳頌殆遍。」⑮或稱其「痛深工部筆談兵」⑮。由於這一組詩「一時盛傳天下，高家堰開，有《淮陰題壁，十八首》，末云：『題詩敢擬張公子，聊誌飛鴻指爪痕』，指船山言也。中云：『破格用人明主意，及時行樂老臣心』；『便死難償溝壑命，偷生真是斗筲才』，皆確有所指。」⑮可見問陶這一組詩起了先導作用，讓更多詩人敢於正視現實，揭露黑暗。所以李文治《書船山紀年詩後》云：「滿紙飛騰墨彩新，誰知作者性情真？尋常字亦饒生氣，忠孝詩難索解人。一代風騷多寄托，十分沈實見精神。隨園畢竟耽遊戲，不及東川老史臣。」[156]

戊 性靈派的影響及其歷史評價

當時面對袁枚，廣大的青年詩人熱烈崇拜，靡然風從。這和性靈派健將宣傳有關，如李調元説：「余得其《小倉山房詩集》，……不忍釋手。適余有粵東提學之命，因梓而行之，以爲多士式。諸生勉乎哉！余詩不足學，諸生其學袁詩可也。」[157]更和袁枚本人喜歡廣收弟子有關。據王昶説：「子才來往江湖，從者如市。太邱道廣，無論貲郎蠢夫，互相酬唱。又取英俊少年，著錄爲弟子，授以《才調》等集，挾之遊東諸侯。更招士女之能詩畫者，共十三人，繪爲《授詩圖》，燕釵蟬鬢，傍花隨柳，問業于前，而子才白鬚紅舄，流盼旁觀，悠然自得。」[158]劉聲木説：「袁簡齋明府枚當日以詩學號召後進，上自名公巨卿，下至販夫走卒，賤至倡優，莫不依附門墻，競言袁氏弟子。」[159]楊鍾義説：「從簡齋游者多浮薄少年。」[160]他們所以樂從袁枚遊，惲敬説是因爲「樂其無檢」[161]，即不拘守封建禮法；黃培芳則説是「由其學輕浮，聰俊少年喜其易入。蓋子才之詩，矜新鬥捷，用功一旬半月，即與之相肖。」[162]以上這些説法，除李調元外，都是帶著正統派的歧視眼光的。

面對「袁枚現象」，衛道士及正統詩論家紛紛進行攻擊，其中攻擊得最尖銳而全面的是朱庭珍，他比章學誠還有過之而無不及。因爲章只攻袁，而朱則攻袁而外，旁及趙、張諸人。現引其言如下：

「袁既以淫女狡童之性靈爲宗，專法香山、誠齋之病，誤以鄙俚淺滑爲自然，尖酸佻巧爲聰明，諧謔遊戲爲風趣，粗惡頹放爲雄豪，輕薄卑靡爲天真，淫穢浪蕩爲豔情，倡魔道妖言，以潰詩教之防。一盲作俑，萬瞽從風，紛紛逐臭之夫，如雲繼起。因其詩不講格律，不貴學問，空疏易于效顰。其詩話又強詞奪理，小有語趣，無稽臆説，便於藉口。眼前瑣事，口角戲言，拈來即是詩句。稍有聰慧之人，挾彼一編，奉爲導師，旬月之間，便成詩人；鈍根之人多用兩月工夫，亦無不可。于彼教自雄，誠爲捷徑矣。不比正宗專門，須有根柢學力，又須講求理法才氣，屢年難深造成功，用力之久且勤也。是以謬種蔓延不已，流毒天下，至今爲梗。

「趙翼詩比子才雖典較多，七律時工對偶，但詼諧戲謔，俚俗鄙惡，尤無所不至。街談巷議，土音方言，以及稗官小説，傳奇演劇，童謠俗諺，秧歌苗曲之類，無不入詩，公然作典故成句用。此亦詩中蟊賊，無醜不備矣！

「袁、趙二家之爲詩魔，較前明鍾、譚，南宋江湖、九僧、四靈、江西諸派末流之弊，更增十百，實風雅之蠹，六義之罪魁也！

「至四川之張船山問陶，其惡俗叫囂之魔，亦與袁、趙相等。……學者于此等下劣詩魔，必須視如砒毒，力拒痛絕，不可稍近，恐一沾餘習，即無藥可醫，終身難湔洗振拔也。

「予固知今人多中彼法之毒，其徒如林，此論未免有犯衆忌，將爲招尤之鵠。然爲詩學計，欲扶大雅，不能不大聲疾呼，痛斥邪魔左道，以警聾聵而挽頹波。」[163]

從這篇討伐性靈派的檄文，可以看出這場門爭的激烈和持久，正統詩學和異端詩學就是這樣地水火不相容。

這類正統詩論也深深影響著過去的日本漢學界。據伊豫長野確說：「王阮亭、袁子才論詩，各有得失。近日（日本）詩流喜子才者罵阮亭，學阮亭者排子才。所謂以宮笑角，以白詆青，不亦固乎？然阮亭之才學，非子才之所企及也，則我不得不左袒阮亭也。」他又說：「袁子才《隨園詩話》，其所喜者只是香奩、竹枝，亦可以見其人品矣。子才意氣欲駕漁洋而上之，然其才學不足望漁洋，何能上之耶？」[164]齋籐謙也說：「袁子才以詩文鳴于西土（指中國），但其言頗浮靡，傷風教者不少。」[165]

所以，陳廷焯乾脆說：「小倉山房詩，詩中異端也。」[166]這一異端引起的反撥，是晚清的宋詩派。曾國藩「承袁、趙、蔣之頹波，力矯性靈空滑之病，務爲雄峻排奡，獨宗西江，積衰一振。」[167]

但是，袁枚的影響並沒有在圜闠中消失，朱庭珍是同治、光緒年間人，他已說「今人多中彼法之毒，其徒如林。」而且直到民國，「潮汕饒有詩人，率宗隨園。」[168]

當代有的學人首先斷定性靈派沒有產生偉大作品，然後分析其原因是：「中國的傳統文學長期處在相對穩定的社會生活形態中，變化緩慢，質素一貫，形成了巨大的承傳性。過分強調『新變』，一切方面都追新逐奇，不是容易和傳統精神脫節，就是流於淺薄地抒述『性靈』。文學上的創新，歸根結蒂取決於社會生活的更新。當社會生活的『新質』尚不具備或不明顯的時候，一味求新求變，反而會丟掉傳統中本應該承繼的東西，偏離了文學發展的康莊大道。」[169]

其實，晚明和清中期的性靈派，他們本身就是時代的產物；求新求變，也是社會生活發展到一定歷史階段才提出的。什麼是傳統精神中應該繼承的？不正是反封建的個性解放嗎？可見古今中外一般論者之所以鄙薄以袁枚爲代表的性靈派，實在是因爲站在傳統的雅文化的立場，用封建士大夫「風人蘊藉之旨」作標準去衡量他們的詩，而沒有從市民俗文化的立場去理解他們。公正的評價應該是充分肯定性靈派，尤其是袁枚的詩，因爲它公開否定了傳統人格，打破了人性的枷鎖，號召人性的全面復歸，實在代表了歷史前進的方向，真正體現了其作爲「清詩」的特色，對中國古典詩歌向近代以至「五四」新詩的發展，作出了劃時代的貢獻。

注釋

①⑦⑩《隨園尺牘》卷十《再答李少鶴》

②④⑤⑥《小倉山房文集》卷十七《答沈大宗伯論詩書》

③《重訂唐詩別裁集序》

⑧《靈芬館詩話》卷八

⑨待查

⑪《隨園詩話》卷八

⑫同書卷五

⑬《惜抱軒文集》卷十三《袁隨園君墓誌銘》

⑭文集卷十九《答戴敬咸孝廉書》
⑮《小倉山房詩集》卷三十《讀白太傅集三首序》
⑯㉗《談藝錄》
⑰詩集卷二五《松下作》
⑱詩集卷十五《陶淵明有飲酒二十首……》之七
⑲詩集卷十五《子才子歌》
⑳詩集卷二十《除夕讀蔣苕生……》
㉑詩集卷三六《翁雲槎、徐守愚、王紹曾……》
㉒卷三六《再展和希齋》
㉓卷三十《明府有侍者張彬……》
㉔卷二九《茶亭》
㉕㉖《琴風餘譚》
㉘《畫像辨——談歌頌與諂媚》
㉙卷二二《送劉石庵觀察之江右》
㉚卷十《閒寫五絕句》之五
㉛卷十《秋夜雜詩》之五
㉜㉞㉟卷十三《詠錢》之六
㉝同㉛之十三

㊱卷十五《遣興》之三
㊲同⑱之四
㊳卷二一《春風》
㊴卷三七《後知己詩・託公庸》
㊵卷三一《七十生日作》
㊶同卷《遣懷雜詩》之六
㊷卷一《書子陵祠堂》
㊸卷三十《與振之公子遊愚溪》
㊹卷三四《成敗》
㊺同卷《讀史有感》之三
㊻卷七《對日歌》
㊼卷三六《惡老・八首》之五
㊽卷六
㊾卷二五
㊿《瓶水齋詩話》
51 53 卷十六
52 卷二十《相逢行贈徐椒林》
54《詩與真》

(55)卷十二
(56)《詩學》卷三第二十五章
(57)卷十三《贈沈南蘋畫師》
(58)卷十三
(59)卷三一《撫孤行，爲畢尚書作》
(60)卷六
(61)卷二八
(62)卷三一
(63)(64)(65)卷二二
(66)卷二九
(67)《晚晴簃詩滙》（簡稱詩滙）卷九十
(68)《甌北詩話》（簡稱詩話）卷四
(69)《甌北詩鈔》（簡稱詩鈔）五古二《編詩》
(70)詩鈔五古四《靜觀二十五首》之二五
(71)詩話卷二
(72)詩鈔五古四《論詩》
(73)詩鈔絕句二《論詩》
(74)詩話卷五

(75)詩話卷十一

(76)詩鈔絕句二《佳句》

(77)詩鈔七古一《連日筆墨應酬，書此一笑》

(78)詩鈔七律七《稱詩》

(79)同(70)之十七

(80)(83)詩鈔五古二《同北墅、漱田觀西洋樂器》

(81)(84)詩鈔七古三《西巖齋頭自鳴鐘……》

(82)詩鈔絕句二《費筠圃相公遠寄海虎珍裘……》

(85)詩鈔絕句二

(86)詩鈔五古三《山行雜詩》之四

(87)詩鈔絕句一《自貴陽赴威寧作》之二

(88)詩鈔絕句二《秦蜀》之二

(89)以上各詩俱見詩鈔絕句二《米貴》

(90)詩鈔七古二

(91)詩鈔五古四《偶書所見》之三

(92)詩鈔五古二《後園居詩》之三

(93)詩鈔五古一

(94)俱見詩鈔七律四

⑮詩鈔七律三《題袁子才小倉山房集》之一
⑯《甌北集》卷十六
⑰同書卷二九
⑱詩鈔七古五
⑲詩鈔絕句二《春舞燈》
⑩⑩詩鈔絕句二《苦雨》
⑩①詩鈔七絕二《麥已歉收，雨猶未止，而龍舟之戲尚華艷如昔，感賦》
⑩②同⑩⑩《一蚊》
⑩③同⑩⑩《草花略澆，輒欣欣向榮，乃知賤種尤易滋長也》
⑩④同⑩②《寓舍有二犬，余飯時，只一犬來，詢知乃母犬讓其子得殘炙也，感賦》
⑩⑤詩鈔絕句一《種樹》之二
⑩⑥⑩⑦⑩⑧詩鈔絕句二
⑩⑨《船山詩草》（以下簡稱詩草）卷十二
⑪⑩⑪②詩草卷九
⑪①⑫⑤詩草卷十一
⑪③同卷《論詩十二絕句》之一
⑪④同題之五
⑪⑤同題之二

⑯同題之四
⑰同題之六
⑱詩草卷十九《題屠琴隖論詩圖》之八
⑲㉒同⑬之十二
⑳同⑱之四
㉑同題之六
㉓同⑱之三
㉔詩草補遺卷五
㉖㊺《念堂詩話》卷三
㉗㉙《筱園詩話》卷四
㉘《隨園詩話補遺》卷一
㉚《白華絳跗閣詩》卷丙《論詩絕句》之四
㉛㉜詩草卷十一
㉞詩草卷十七《寄答呂叔訥（星垣）廣文代柬》
㉟詩草卷十四
㊱之一
㊲之二
㊳之三

⑬⑨之五
⑭⓪之七
⑭①之十一
⑭②之十二
⑭③之十四
⑭④之十八
⑭⑤《戡靖教匪述編》卷四
⑭⑥寶雞題壁詩之十
⑭⑦同題之十四
⑭⑧同題之九
⑭⑨《清史稿》卷三六一《劉清傳》
⑮⓪同⑭⑥之十三
⑮①《聖武記》卷九《嘉慶川湖陝靖寇記》二
⑮②《三家詩話》
⑮③《清史列傳》卷七二張問陶傳
⑮④徐大鏞《見真吾齋集·挽張船山太守》之三
⑮⑥《詩匯》卷一百六
⑮⑦《童山文集》卷五《袁詩選序》

⑮⑧《湖海詩傳》卷七
⑮⑨《萇楚齋隨筆》卷十
⑯⓪《雪橋詩話》餘集卷六
⑯①《大雲山房文稿》二集卷四《孫九成墓誌銘》
⑯②⑰⓪《香石詩話》
⑯③同⑫⑦卷二
⑯④《松陰快談》，收于《昭代叢書》癸集萃編
⑯⑤《拙堂文論》卷一
⑯⑥《白雨齋詞話》
⑯⑦《詩匯》卷一四二
⑯⑧《石遺室詩話》卷二九
⑯⑨陳伯海《傳統文化與當代意識》第一三五—一三六

第十四章　桐城詩派

甲　桐城詩派的形成

一般人只知道桐城派是清代影響巨大的古文流派，卻不知道它還是一個很有地位的詩歌流派。其實桐城詩派所取得的成就和所產生的影響是超過桐城文派的。

據姚瑩說：桐城詩派的形成，由於「海峰出而大振，惜抱起而繼之，然後詩道大昌，蓋漢魏六朝三唐兩宋以及元明諸大家之美無一不備」。①他以劉大櫆爲桐城詩派的創始人，今人錢鍾書則謂創始人應爲姚範（字南青），他說：「桐城亦有詩派，其端自姚南菁（範）發之。」而「博雅如沈乙庵（指沈曾植），跋惜抱集，亦只謂惜抱『選詩講授，一宗海峰家法』，於餘子乎何尤？」②其實姚門高弟方東樹已言：「近代真知詩文，無如鄉先輩劉海峰、姚薑塢（即姚範）、惜抱三先生。」但他早已認爲：劉大櫆「不能成家開宗，衣被百世。」③後來的徐世昌也說：「薑塢爲惜抱世父，……惜抱恆言學所自出。」④所以，錢鍾書的論斷是可信的。據他分析，姚範的詩學觀點是：既推尊黃庭堅的詩，又對宗唐的明七子「未嘗盡奪而不予」⑤。而姚鼐就是這樣「淵源家學」，論詩兼取唐宋，並且有所創造，形成桐城詩派的特色。

乙 桐城詩派的詩論

桐城詩派之所以在姚鼐時期形成，是有其針對性的。簡言之，即爲了矯正當時影響甚大的性靈派和浙派，而重點尤在前者。姚鼐的伯父姚範已對袁枚不滿。兩人同在翰林院，姚歸田時，袁乞其留詩爲念，姚竟不贈一言，⑥可見姚對袁的鄙薄。姚鼐「當居鍾山書院時，袁簡齋以詩號召後進」，姚與「異趣」。他選《今體詩鈔》，就因爲「今日而爲今體者，紛紜歧出，多趨僞謬，風雅之道日衰。」⑦這是不點名地指斥袁、厲兩派。他還公開指出：「吾斷謂樊榭、簡齋皆詩家之惡派。」⑧其高弟方東樹也不點名地指斥這兩派：「近世有一二庸妄巨子，未嘗至合，而輒矜求變。其所以爲變，但糅以市井諧諢，優伶科白，童孺婦媼淺鄙凡近惡劣之言，而濟之以雜博，飣餖故事，蕩滅典則，欺誣後生，遂令古法全亡，大雅殄絕。」⑨又說：「如近人某某，隨口率意，盪滅典則，風行流傳，使風雅之道幾於斷絕。」⑩此外他還直斥：「立夫（指元代詩人吳淵穎）傖俗，乃開袁簡齋、趙甌北、錢籜石等派。」⑪又指出吳淵穎的《寒夜聞琵琶彈白鴿鵲》：「俗調，開趙甌北、袁簡齋等派。」⑫又指出吳的《寄陳生》：「『參手』以下傖俗，開袁簡齋、錢籜石、趙甌北俗派。」⑬可見雙方針鋒相對的爭執，關鍵在於雅和俗。在桐城派詩人看來，性靈派固然俗濫，、浙派如厲鶚的喜用僻典（姚鼐批評當時學人喜讀人間未見書），⑭錢載的「率然而作，信手便成，不復深加研鍊」，⑮又喜用虛字，所作幾不類詩，⑯也是不雅潔的。如所周知，浙派宗宋而趨於尖新，性靈派偏重宋詩而流於率易，桐城派則主唐宋兼取而標舉雅潔，最惡俗濫，因而矛頭特別指向性靈派。

分析一下桐城派的詩論，這問題便清楚了。

他們的詩論主要有如下六點：

(1) 反對以詩人自命

姚鼐說：「古之善爲詩者，不自命爲詩人者也。其胸中所蓄，高矣，廣矣，遠矣，而偶發之於詩，則詩與之爲高廣且遠焉，故曰善爲詩者也。曹子建、陶淵明、李太白、杜子美、韓退之、蘇子瞻、黃魯直之倫，忠義之氣，高亮之節，道德之養，經濟天下之才，捨而反謂之一詩人耳，此數君子豈所甘哉？志在於爲詩人而已，爲之雖工，其詩則卑且小矣！」⑰這種說法，並非新創，韓愈早已說過：「餘事爲詩人」，陸游也說杜甫：「後世但作詩人看，使我撫几空嗟咨」。但姚鼐學宗程朱，主張修已以安百姓，他提出這一論點，正是針對袁枚來的，認爲袁枚踰閑蕩檢，不講道德氣節，反而用他的詩毒害天下人心。方東樹也說：「吾嘗論古今學問之途，至於文辭，末矣！於文辭之中而獨稱爲詩人，又其末之中一端而已。」⑱鄙薄之意可見。姚鼐另一門人陳用光更指出詩人不如文人：「用光嘗謂爲古文辭者，非詩人所得同年而語也。詩人如沈（佺期）宋（之問）溫（庭筠）李（商隱），其行之佚蕩浮薄不足道，然使挈李（白）杜於韓（愈）歐（陽修）蘇（軾）曾（鞏）王（安石）諸君子，其亦有差次矣。何也？以其見諸實用者，李、杜爲不足恃也。」⑲這就乾脆把最輝煌的詩人倆也貶下去了。其所謂「實用」，指文可載道，詩則不能。結合當時現實來看，顯然是說袁枚之流吟風弄月，無益身心，更無補於時政。程朱理學爲清朝官方哲學，桐城派在這一點上和性靈派針鋒相對，倒可以看出性靈派的思想價值。

對於程朱哲學，桐城派詩人是一致宗仰的。姚鼐批評當時的漢學家：「門有吳越士，撟首自言賢。束帶迎入座，抗論崇古先。標舉文句間，所守何戔戔！誹鄙程與朱，制行或異旃。漢唐勤箋疏，用志誠精專。星月豈不輝？差異白日懸。世有宋大儒，江海容百川。道學一旦廢，乾坤其毀焉。」⑳但當時漢學正盛行，因而他極感孤立，在另一詩中說：「我朝百年來，教學秉程朱。」「競言能漢學」，「聖學毋乃蕪？」「嗟吾本孤立，識謬才復拘。抱志不得朋，慨嘆終田廬。」㉑所以後來方東樹作《漢學商兌》，力闢漢學，大崇宋學，是勢所必至的。

懂得桐城派詩人們的哲學思想，也就了解他們標舉的「棄凡俗語」是什麼意思了，姚鼐提出：「欲作古賢辭，先棄凡俗語。」而所謂「凡俗語」，是「淺易詢竈嫗，險怪趨虬戶。」前者指性靈派，後者指浙派。他說這兩派是「小黠弄狡獪，窺隙目用鼠。不知虎視雄，一笑風林莽。嘵嘵雜市井，喁喁媚兒女。至言將不出，曩哲遭腹侮。」又感嘆說：「嗟哉余病耄，奈此眾簧鼓。弦上矢難留，蓄憤終一吐。……將掃妄與庸，略示白與甫。」㉒在另一詩中他又提出：「我觀士腹中，一俗乃癥痂。」㉓這裡表面說公安和竟陵，實則指性靈與浙派。桐城派的反對「凡俗」，實際還是鄙薄以詩人自命的性靈派與浙派。當然，由此也可見他們受到黃庭堅的影響。黃庭堅說過：「或問不俗之狀，余曰：難言也。觀其平居無以異於俗人，臨大節而不可奪，此不俗人也。」㉔姚鼐正是這樣的人：「鼐色怡而氣清，接人極和藹，無貴賤皆樂與盡歡，而義所不可，則確乎不易其所守。」㉕表現這種不俗品格的是進退取予之節。如姚鼐正當仕途順利之際，卻於四十四歲壯盛之年毅然引退，即使有「賢公卿與上共進退天下人材者」如東閣大學士兼戶部尚書梁國治，「欲進諸門牆而登之清顯」，他卻堅決拒絕，以「遺家不造」，「又身嬰疾病」爲藉口（詩集卷八《答客》：「盛世彈冠誠欲往，只憐衰髮不勝梳」，即詠此事）。真實的原因則是「仕非苟焉而已，將度其志可行於時，其道可濟於眾」，才可出仕，否則就是「慕利」、「貪榮」。那麼，他的壯年引退，顯然是由於「道不行」。㉖後來的宋詩派如何紹基、鄭珍等也深受這種「不俗」論的影響。當然，對姚鼐「棄凡俗語」也有作另一理解的，如葉景葵說：「讀惜抱古體詩，無論五、七言均能遒健峭厲，具開合動盪之勢，蓋以古文義法駕馭詩才，宜其今體亦迥異凡俗。惜抱贈人詩有云：『欲學昔賢詩，先棄凡俗語』，自道甘苦之言也。」㉗純粹從寫作方法看，恐非姚氏本意。

姚氏雖宗仰宋儒，爲人卻並不崖岸自高，相反，倒是極爲寬容的。他對袁枚爲人及其詩有看法，卻仍然常與交往。特別是袁枚歿後，其家請姚作墓誌銘，許多原先依附袁枚的人都力阻姚，姚卻獨排眾議，爲老友寫了墓誌銘，且收存文集中。㉘他和漢學的皖派大師戴震也有交誼，詩集中就收了《贈戴東原》七律一首。更可貴的是他的詩毫無理學詩的迂腐氣，這是由於

(2)　主情實

姚鼐曾說：「余嘗譬今之工詩者，如貴介達官相對，盛衣冠，謹趨步，信美矣，而寡情實。」㉙這話脫胎於蘇軾：「今乃使人具衣冠坐，注視一物。彼方斂容自持，豈復見其天乎？」「情實」即「天」，姚鼐要求的是作者的獨特而真實的思想感情。所以他說：「若荀叔之詩，則第如荀叔而已。」㉛姚氏這一論點很重要，它保證了他的詩不會「以理制情」，只反映「集體的無意識」，而是有個性的。當然，這個性是儒學化了的，然而並不迂腐。例如：「子長千古士，被難身何窮！悲哉百年後，毀譽猶不公。孔子錄《小雅》，怨誹君子風。美善而刺惡，史筆非不

忠。」他爲司馬遷鳴不平，認爲他的「怨誹」是正確的。另一個司馬，「文園爲令客，竊資自臨邛。將死勸封禪，佞諛以爲工。」他認爲司馬相如只工佞諛，太可恥了。然而「文章兩司馬，擅爲西漢雄。人君取士節，優劣安得同？如何永平詔，抑揚恣其胸？」永平，漢明帝年號。姚氏《與姚春木書》云：「永平詔，用班固《典引．序》內小黃門傳語，所謂遷以身蹈刑之故，爲文刺譏，貶損當世，非誼士也。相如疾病，主上求取其書，竟得頌述功德，言封禪事，忠臣效也，賢於遷遠矣！」最後他慨嘆：「宜乎朝廷士，進者多容容。所以歌《五噫》，邈焉逝梁鴻。」㉜由此可見姚氏的思想多麼明達。和他同時的章學誠卻說：「後人泥於發憤之說，遂謂（《史記》）百三十篇，皆爲怨誹所激發，……吾則以爲史遷未敢謗上，……夫以一身坎坷，怨誹及於君父，且欲以是邀千古之名，此乃愚不安分，名教中之罪人，天理所誅，又何著述之可傳乎？」㉝兩相比較，可以看出姚氏有獨特的個人思想感情，並且敢於反映在詩作中，他並不是頭腦僵化的道學先生。這一點，他可能受了伯父姚範的影響。姚範跋《劉須溪集》，首云：「乾隆辛未春南巡」，末云：「宋、元文儒值陽九百六之會，類身名泰然，可以想見當時涵濡之澤。後世有宇內承平，而網密如凝脂，利盡於斂穫，合天下之財力以快一人之私，使士夫憔悴隉阢，不復自存，亦昔之君子所不及睹而發其累欷太息者。」這是對乾隆帝南巡濫用民力和大興文字獄的指責。由這兩例，可見桐城詩派主情實的實質。明乎此，就知道儘管他們宗仰程朱，卻決非李光地、陸隴其一類理學名臣。

繼承姚鼐的教導，方東樹也說：「詩之爲學，性情而已。」㉞又說：「修辭立誠，未有無本而能立言者。……凡居身居學，才有一毫僞意，即不實。」㉟姚門另一高弟梅曾亮作了進一步的發揮：「空而善積者，人之情也；習而善變者，物之態也。積者日故，變者日新，新故環生，不得須臾平，而激而成聲，動而成文。故無我不足以見詩，無物亦不足以見詩，物與我相遭而詩出於其間也。今以吾一人之身，俄而廊廟，俄而山林，俄而離居，俄而觴詠，將拘拘然類以居之，派以別之，取古人之所長而分擬之，是有物而不知有我也。若昧昧焉不揣其色，不別其聲，而好爲大，曰：不則其境隘；好爲莊，不則其體俳；好爲悲，不則其體蕩：是知有我而不知有物也。知有物而不知有我，則前乎吾後乎吾者皆可以爲吾之詩，而吾如未嘗有一詩。知有我而不知有物，則道不肖乎形，機不應乎心，日與萬物游而未識其情狀焉，謂千萬詩如一詩可也。然則詩烏乎工？曰：肖乎吾之性情而已，當乎物之情狀而已矣。審其音，玩其辭，曉然爲吾之詩，爲吾與是物之詩，而詩之真者得矣。」㊱這不僅強調主體和客體的統一，而且強調個性和共性的統一，這就把「情實」分析得更深入也更具體了。由于重情實，梅曾亮反對「矜尚奇博」，因爲那樣反而失真。他說：「蓋以吾之性情合乎唐賢之格調，而于世之標領新異、矜尚奇博者夷然不屑也。……吾非貴古也，貴古之能得其真。……今先生之詩，其登臨游宦之所得，風俗利病之所經，觸於情感於物者，人人之所同也，而獨以其不爲奇博新異者，適肖其情與物之真，而若忽然而得之。」㊲又說：「吾以是知物之可好於天下者，莫如真也。人之境百不同也，境同而性情不同，則其詩舍境而從心。心同而才力不同，則其詩隱心而呈才。境不同，人不同，而詩爲之徵象，此古人之真也。境不同，人不同，而詩同焉，是天下人之詩，非吾詩也。天下人得爲之詩，而吾代爲作之，烏乎真？」㊳他就是這樣強調詩的個性化。至於他反對的「奇博」，那是有特定含義的。他說：「桑弢甫先生以孝義奇偉之性，發爲詩文，高奇清曠，有自得之趣，非如同時諸人掇拾南宋後之偏詞剩義爲奇博者比也。」㊴原來他反對的是浙派步趨厲鶚的末流。

學人之詩爲一手。所以，桐城派詩人一貫要求學力深厚，以爲「學不力則詩不進。」㊵但是，桐城派重視的學力，和翁方綱肌理派僅僅強調經史考據不同，它在此基礎上，還包括了宋儒的性理之說。

(3) 重學力

姚鼐論文，主張義理、考據、辭章三者合一；論詩主張冶唐宋爲一爐，實即合詩人之詩與學人之詩爲一手。所以，桐城派詩人一貫要求學力深厚，以爲「學不力則詩不進。」㊵但是，桐城派重視的學力，和翁方綱肌理派僅僅強調經史考據不同，它在此基礎上，還包括了宋儒的性理之說。

更可貴的，是他們和王士禎一樣，明確了學力與性情的辯證統一關係。姚鼐指出：「以考據累其文則是弊耳。以考證助文之境，正有佳處。」梅曾亮具體發揮了姚氏這層意思：「(考證與詩)㊶兼之者惟顧亭林、朱竹垞而已。亭林不以詩人自居；竹垞於詩則求工而務爲富者矣，然其詩成處多而自得者少，未必非其學爲之累也。嘗謂詩人不可以無學，然方其爲詩也，必置其心於空遠浩蕩，凡名物象數之繁重叢瑣者，悉舉而空其糟粕。夫如是，則吾之學常助吾詩於言意之表而不爲吾累，然後可以爲詩。」對朱彝尊學爲詩累的指出，梅曾亮是第一個。這可以看出桐城派是怎樣正確理解詩人之詩和學人之詩的統一的。正如梅氏評論劉寶楠的詩那樣，劉氏以《論語正義》蜚聲漢學界，是典型的樸學家，「而其詩磊落直致，或跌宕清妙，怡人心神，凡生平之撰述一空其跡。」於是他贊嘆說：「吾向知楚楨(劉寶楠之字)之爲學人，今乃益知其爲詩人也。」㊷可見桐城派是主張化學爲才，反對在詩中賣弄學問，這顯然又是針對當時的肌理派的。

(4) 重氣勢

劉大櫆提出神氣說，認爲「文章最要氣盛；然無神以主之，則氣無所附，蕩乎不知其所歸也。神者氣之主，氣者神之用。」㊸姚鼐則特重氣勢：「夫文以氣爲主，七言今體，句引字賒，尤貴氣健。」㊹尤其偏重陽剛之氣，形成一種陽剛之美。其所以如此，因爲他們真正從主觀上信仰程朱所宣揚的封建道德，身體力行，表現爲一種主體精神，因而反映在詩作上就重氣勢。而爲了使今體詩形成一種陽剛的氣勢，他們便「以古文之法通之於詩，故勁氣盤折」；㊺「遒健峭厲，具開合動盪之勢。」㊻方東樹公然提出：「詩莫難於七古，……須解古文者而後能爲之。觀韓、歐、蘇三家，章法剪裁，純以古文之法行之，所以獨步千古。南宋以後，古文之傳絕，七言古詩遂無大宗。阮亭號知詩，然不解古文，故其論亦不及此。」㊼這一點影響到晚清的黃遵憲「用古文家伸縮離合之法以入詩」。㊽

特別值得注意的是姚鼐這一論點：「文之雄偉而勁直者，必貴於溫深而徐婉。」㊾這就是兼鎔唐宋的另一說法，也就是一般說的唐肌宋骨。這樣的詩，既不像宋詩末流的槎枒，也不像唐詩末流的庸濫。如陳用光，「詩初學鉛山蔣編修士銓，後亦以姚郎中（指姚鼐）爲法，故氣稍斂抑云。」㊿蔣士銓專學黃庭堅，未免粗硬，姚鼐兼鎔唐宋，故蘊雄直之氣於深婉的詞句音節中。

在格律詩方面，桐城派以杜甫爲法。林昌彝指出：「少陵近體，五言律四十字中，包涵萬象；至數十韻、百韻，運動變化，如龍蛇穿貫，往復如一線。錢虞山杜詩箋，於杜詩長律轉折意緒，都不能了，所箋亦極多謬論。惟桐城姚姬傳五七言近體選，深知杜法。」(51)曾國藩也說：「姚惜抱最服杜公五言長排，以其對仗工，使典切，而氣勢復縱橫如意也。」(52)方東樹更指出：「七律束於八句之中，以短篇而須具縱橫奇恣開合陰陽之勢，而又必起結轉折章法規矩井然，所以爲難。」(53)而姚鼐「作詩亦用古文之法，七律勁氣盤折，獨創一格，曾文正、吳摯甫皆效其體，奉爲圭臬。」[54]

五、七言古體重氣勢，早有定論，對格律詩尤其七律這樣強調氣勢，卻是桐城派獨得之秘。因爲重氣勢，重陽剛之美，也就必定

(5) 重音律

桐城派無論詩文，都重視音律。劉大櫆論詩，主張通過格高調響，表現其神完氣足。姚鼐爲詩，也強調音律響亮，以表現氣勢的沉雄。劉大櫆說：「蓋音節者，神氣之跡也。」「神氣不可見，於音節見之。」「音節高則神氣必高，音節下則神氣必下。」[55]姚鼐也說：「故古文要從聲音證入，不知聲音，總爲門外漢耳！」[56]他這樣說明氣勢和聲律的關係：「意與氣相御而爲詩，然後有聲音節奏高下抗墜之度。反復進退之態，采色之華。故聲音之美因乎意與氣而時變者也。」[57]方東樹也說：「欲成面目，全在字句音節。」[58]七律更強調「聲響律切高亮。」[59]「音響最要緊，調高則響。大約即在所用之字平仄陰陽上講，須深明雙聲疊韻喜忌，以求沈約四聲之說。同一仄聲，而用入聲，用上、去聲，音響全別。今人都不講矣。」[60]所以厲志稱讚：「姚惜抱先生詩，力量高大，音韻朗暢，一時名輩，當無其匹。」[61]

王士禎也重音節，但他的詩偏於陰柔之美，所以方東樹批評他：「王阮亭專標神韻……，導人作僞詩懦詞，終生不見大家筆力興象氣脈矣。如山水清音、園中林下之秀，豈足盡天地之奇觀乎？」[62]正因此，他們以反明七子者爲愚妄。

(6) 對明七子的取捨

姚範深惡吳喬詆毀明七子，姚鼐也不滿錢謙益的攻擊七子：「近人爲紅豆老人所誤，隨聲詆

時賢，乃是愚且妄耳！」[63]但曾國藩認爲：「姚惜抱氏謂詩文宜從聲音證入，嘗有取於大曆及明七子之風」。[64]只從格高調響看，未免片面。桐城派有取於明七子，實在是認爲這才是學詩的正確途徑。「惜抱軒尺牘謂學詩須從明七子詩入手，不可誤聽人言，曾編明七子律詩選（原缺）卷，示之準的。」[65]方東樹曾引姚鼐的話：「凡學詩文，且當就此一家用功，良久盡其能，真有所得，然後舍而之他。不然，未有不失於孟浪者。」[66]又說：「姚姬傳先生嘗教樹曰：『大凡初學詩文，必先知古人迷悶難似，否則其人必終於此事無望矣。』都是說學詩當從摹擬入手。但桐城派對摹擬有遠爲深刻的認識，試看如下一段話：「大約真學者則能見古人之不可到，猶龍蛇之不可搏，天路艱險之不可升，迷悶畏苦，欲罷不能，竭力卓爾。否則無不以古人易與，動筆即擬，自以爲似。究之，只是擣撦法耳，優孟法耳！試執優伶而問以所演扮之古人，其志意懷抱，與夫才情因宜，時發適變而不可執之故，豈有及哉？」[68]確實，一般所謂摹擬，不過如西昆詩人之學李商隱，只是擣撦而成優孟衣冠。桐城派詩人卻要深究摹擬對象的「志意懷抱，與夫才情因宜，時發適變而不可執之故」。這其實就是王士禎早已說過的：「善學古人者，學其神理；不善學者，學其衣冠、語言、涕唾而已矣。」[69]但王士禎仍不免偏重摹擬，潘德輿就指出過：「漁洋云：『滄溟（指李攀龍）、弇州（指王世貞）皆萬人敵，惟蹊徑稍多，古調漸失，故不逮宏（治）、正（德）作者。』是仍以弇州之不甚摹擬，滄溟雖摹擬而不似李（夢陽）、何（景明）之專篤爲病也，誤人不亦甚歟？」[70]神韻派和桐城派學詩都從明七子入手，是因爲「明七子之詩，雖不免摹擬，而與唐人風骨相近，學詩者有脈絡可尋，終爲正軌。」[71]兩派也都以學明七子爲手段，翁方綱說：「漁洋先生則超明人而入唐者也。」[72]姚鼐也是「確守矩矱，由摹擬以成真詣，爲七子所未有。」[73]桐城派之所以沒有被後人譏爲仿古，就因爲他們雖然主張「因」，卻更主張「創」，在「因」的基礎上「創」。當時的周永年曾稱讚桐城派古文：「有所法而後能，有所變而後大。」方東樹特引以論詩，[74]並指出：「海峯詩文，深病在太似古人，能合而不能離，姚姬傳先生以此勝之。」[75]又一再強調：「古人詩格詩境無不備矣，若不能自開一境，便與古人全似，亦只是床上安床，屋上架屋耳，空同（指李夢陽）是也。」[76]「學一家而能尋求其未盡之美，引而伸之，以益吾短，則不致優孟衣冠、安床架屋之病。如空同之於杜，青丘之於太白，雖盡其能事作用，終不免於呑剝撏撦太似之譏。必如韓公、山谷，方是自成一家，不隨人作計。古之作者，未有不如此而能立門戶者也。」[71]

正因爲他們這樣理解「因」與「創」的關係，所以認爲詩固有法而無定法。姚鼐就說：「自漢、魏、晉、宋、齊、梁、陳、隋、唐、趙宋、元、明及今日，能爲詩者殆數千人，而最工者數十人。此數十人，其體制固不成，所同者，意與氣足主乎辭而已。……鼐誠不工於詩，然爲之數十年矣。至京師，見諸才賢之作不同，夫亦各有所善也。就其常相見者五、六人，皆鼐所欲取其善以爲師者。雖然，使鼐舍其平生而惟一人之法，則鼐尚未知所適從也。」[78]

根據上述六點，可以看出桐城派詩論的實質。正如晚清的歐陽勳所說：「伯言（指梅曾亮）論學詩之法：初從荊公、山谷入，則庸熟繁蔓無從擾其筆端。俟其才氣充沛，法律精熟，然後上薄諸大家而融洽變化，以自成其面目。袁（枚）、蔣（士銓）、趙（翼）才力甚富，不屑鍊以就法，故多淺直俚諢之病，不能及古，而見喜於流俗。」[79]歸根結柢，還是要以雅潔醫俗濫，其針對性是非常明顯的。所以凡是推崇桐城詩派的，必然鄙棄性靈派。吳德旋這首七絕頗有代表性：

「漁洋逝矣更誰憐，轉益多師後勝前。我自心欽姚惜抱，拜袁揖趙讓時賢。」[80]

丙　劉大櫆、姚鼐和方東樹、梅曾亮的詩

我挑選這四個人，因爲他們恰好可以代表桐城詩派發展過程中的三個階段。

劉大櫆（一六九八，康熙三十七年——一七八〇，乾隆四十五年），字才甫，一字耕南，桐城人。雍正七年、十年兩登副榜，竟不獲舉。乾隆元年，方苞薦應博學鴻詞科，大學士張廷玉黜落之，後知爲大櫆，甚悔。十五年，廷玉特舉大櫆經學，又報罷，出爲黟縣教諭，數年告歸，居樅陽江上不復出。四十五年卒，年八十二。

這是個「心比天高，命如紙薄」的文人。首先，經濟上「貧」，田產很少：「家世皖江側，薄田十畝餘。」[81]住宅湫隘：「敝廬在東鄙，老屋百年存。客或踰庖宴，雞多上席喧。」[82]以致阻止朋友來訪。其次，政治上「窮」。姚範生前，大櫆已慨嘆：「放逐汝能官屈宋，乾坤吾自老漁樵。」[83]到了晚年，更是嘆息：「雖然我今年老矣，窮鳥投林聊至此。荒山野水終殘年，自顧所餘惟一死。」[84]他本來性情豪邁，少年即有壯志，自稱「賦性雄豪誰敢挫」？[85]「少年負勇氣，志在立功勛。」[86]「卻憶我年當少時，清風朗月爲襟期。雄吞雲夢可八九，走馬橫行十萬師。」[87]到晚年自嘆：「劇孟尋常是弟昆，幾年落魄氣空存。歌朋酒伴凋零盡，自策疲驢入薊門」。[88]

這麼一來，他的思想就表現爲豪邁而怪誕。

豪邁之氣是貫穿他一生始終的。有趣的是他的友人居然以臥龍相比：「昔聞諸葛公，偃臥茅廬中。高吟梁父抱兩膝，自比管樂何雍容。向令先主了不顧，固將長爲農父終。讀公之傳肅然起，豈第十倍加曹氏？但恨生不並公時，徑賣長鞭隨馬尾。故人積學爲醇儒，百城自擁倉中書。胸羅武庫未一試，折衝千里知有餘。文雅縱橫氣磅礴，翰墨嬉娛時間作。手提詠史一篇詩，總撮隆中諸偉略。初觀錯愕不相讓，謂君持此特自況。乃不自況況小人，擬不于倫非所望。三家之村童子師，每逢真儒輒忸怩。平生智不及老輩，胡乃高比臥龍爲？知君有意發嘲弄，使我瓠落傷無用。他時走馬渡長江，可許追塵躡飛鞚？」⑻這裡，他和友人都犯了時代錯誤。管仲、樂毅和諸葛亮都是割據時代的產物，劉大櫆等卻生活在大一統王朝下，哪能有三顧茅廬的劉先主呢？但我們如果往深處一想，說不定他和那位友人尹亨中都有「漢賊不兩立，王業不偏安」的思想，想爲南明圖恢復呢。試看他的另一首詩《孝廉種菜圖，爲謝香祖題》，詩前有序：「陽羨謝兼山先生，諱遴，別字嘯莊，香祖之祖也，崇禎癸酉舉人，與陳百史、龔芝麓同年。明亡，隱居芳硯村莊，種菜自給，足不履城市者垂二十年。」詩有云：「……招隱誰能更敦迫，芒鞋一兩千金直（自注：陳其年贈詩云：『芒鞋一兩千金直，不踏城中二十年。』）。諸公努力事勳名，老圃餘生依種植。憶昨邊庭烽火驚，燒殘漢幟轟雷霆。運去英雄喪首尾，天公恍惚難具明。陵岸滄田互遷遞，神州倉卒黃雲蔽。連翩走馬三數公，遘釁乘機據高位。孝廉從此歌命衰，神農既沒將安歸？……人情得隴每望蜀，富貴若個能知足？但勿求榮應遠辱。君不見陳百史，宛轉朝衣斬東市？君不見龔芝麓，尚書履聲今不復？……」⑼這樣熱烈地歌頌明遺民，強烈地譴責貳臣陳之遴和龔鼎孳，現在讀來，仍不能不驚嘆作者的大膽，不能不承認他具有一定的民族意識。所以，晚清的方廷楷說他：「傷心曾把興亡淚，灑向秦淮作暮潮。」[91]

明顯表現他的思想不純的是如下的詩：「憶昨與君俱少年，買酒不惜錢十千。酒酣恣意論往昔，排詆許務嗤淵騫。」[92]敝屣富貴的許由、務光，潛心仁義的顏淵、閔子騫，都是儒家樹爲榜樣的先賢，劉大櫆卻公然加以排詆、嗤笑。這就難怪他敢於罵皇帝了：「……深宮狎阿保，而閔百姓飢，豈非天使獨，知臨大君宜？吾聞晉帝言：何不食肉糜？中人數家產，流涕誦此辭。」[93]歷朝皇帝，除了開國的，誰不是生於深宮之中，長於阿保之手？這就難怪大多像晉惠帝那樣弱智，而像漢文帝那樣愛惜物力的沒有幾個。這種弱智並非天生，純爲後天環境造成。「豈非天使獨」這句，表面用《莊子．養生主》的「天之生是使獨也」，實際是說「深宮狎阿保」的結果。「知臨大君宜」的「知」即「智」，「大君」即天子，全句是說，這樣的弱智者坐在天子的寶座上，合式嗎？劉大櫆之所以「流涕誦」漢文帝的「百金中民十家之產」這一段話，正因爲一般皇帝是不會「閔百姓飢」的。

由於性格豪邁，他的詩作在表現形式上也就自然具有幾個特點：

(1)　即目造語，不求出處

如《登東梁山絕頂》：「憑高一望暮雲奔，煙樹蒼茫落照昏。俯視江流如蜥蜴，蚑行蠕動下天門。」[94]以蜥蜴比江流之蚑行蠕動，下語可謂兀兀獨造。全詩也反映出一股豪氣。又如《舟發鄖陽》：「旅館初停夢寐驚，入舟迴望不勝情。登牆窺我夭桃色，繞樹爭巢眾鳥聲（自注：時隔院桃花一枝斜壓牆上，並鷹奪鳥巢，皆實跡也）。漢水分流勞遠送，襄山如舊喜相迎。此生可有重來日？黯淡浮雲暮自橫。」[95]以「登牆」二句具體寫出「迴望不勝情」的內涵，賦而兼比。

(2) 用俗字

如「種豆種瓜皆事業，幾時隨著四婆裙？」自注：「宋人詩：『隨著四婆裙子後』，四婆者，蓋其妻也。」⑯又如「塵土汚人障不得，騾馬日日穿衚衕。」⑰衚衕，今省作胡同，除了元曲中用，雅文學如詩是沒有人這樣用的。

(3) 用古文或虛字

如「君不見東家老翁誇析薪，而其子不能負荷，……乃知人以義方成，若非積習名教其安能？……新生許生富儒雅，有子生而不凡者。……」⑱又如「君家世世居南陽，自爾曾王父抗言極諫投南荒，……」⑲甚至五律也可以寫成：「鹿門忽在望，秀絕未能攀。人說襄陽老，隱居於此間。問之無故宅，惟見水流閒。因誦夜窗句，凡詩欲盡刪。」⑳還有用古文特有虛字的，如「我欲扁舟共還往，夫豈不如求仲羊仲爲三人？」㉑夫豈，其他詩人極少用。

(4) 拗律一氣流轉

如「山人騎馬信馬蹄，桃花李花開滿蹊。正聞流水不知處，時有野鳩相向啼，鷁退鵬飛有力命，天空地闊誰端倪？青旗獵獵勸人飲，且復一醉官橋西。」㉒又如「歲云暮矣客子悲，忽憶去年家居時，典衣沽酒友朋集，深夜草堂風雪吹。忽忽人生一大夢，疏疏我輩如殘棋。死生窮達不相管，轉蕩漂流隨所之。」㉓真是稱心而言，別有古樸的情趣，也只有運用這種拗律，才能抒寫出其勃鬱的奇氣。

不足之處也很顯然。首先是粗率，如《宿山中古寺》結句：「此殆非人間，令余久動魄。」㉔《山中早發》結句：「遽爾舍之去，悽然傷我情。」㉕都嫌粗率，缺少有餘不盡之致。又如《送張五二首》之二：「山堆淡碧水拖藍，長憶高堂白髮鬖。不爾但憑相愛慕，爲君僦屋住江南。」[106]第三句太粗直。其所以如此，是因爲徑情直遂，不耐深思，詩心缺少曲折。

還有句式自重者，如「路經山折水回處，人在飄風驟雨間」；[107]「豈知水態山容外，獨及花黃麥綠時」；[108]「偶當水抱山環處，聊作花潭葉嶼行。」[109]朱彝尊評陸游詩所謂「句法稠疊，令人生憎。」[110]

還有律詩中四句句式全同者，如《北極閣眺望》的二、三聯：「山川連楚越，世代歷梁陳。龍虎開宮闕，風雲擭縉紳。」[111]

還有仿古句式的，如《東歸謠，爲姜橼亭畫像》有「朝市市鞍馬，夕市市鞭韁。……泰山見爾歸，白雲相迎將；徂徠新甫見爾歸，松柏翳翳參天長；遠祖見爾歸，有椒有飶登豆觴。……」[112]這是模仿《木蘭辭》，也是方東樹指出的「速化剽襲」[113]，「其詞又習熟滑易，多襲古人形貌。」[114]

其所以如此，仍然是方東樹所說的：「徒恃才敏，輕心以掉。」[115]劉大櫆和王士禎相反，王是字字句句反復琢磨，而劉則不耐思索。方東樹說：「海峯才勝阮亭，而功力不及。」[116]一點兒也不錯。姚鼐曾稱贊劉詩：「雄豪奧秘，麾斥出之。」[117]從詩的美學角度，可以說，桐城詩派主要就是繼承劉詩的陽剛美。從詩的傳統說，則是唐宋兼收（唐偏於韓愈，宋偏於黃庭堅），強調氣勢與音律。

姚鼐（一七三一，雍正九年——一八一五，嘉慶二十年），字姬傳，桐城人。少受業於同里方澤（字芋川），方澤論學宗朱子，姚鼐深受其影響。稍長，伯父姚範授以經學，別受古文之法於劉大櫆。乾隆二十八年進士，選庶吉士，改禮部主事。歷充山東、湖南鄉試考官，會試同考官。四庫館開，充纂修官。書成，以御史記名，乞養歸。相國梁國治囑所親語姚曰：「君若出，吾當特薦，可得殊擢。」姚婉謝之。其後主講江南紫陽、鍾山書院四十餘年。卒年八十五。

桐城詩派到姚鼐手上，才真正從創作和理論上定型。後來的吳汝綸這樣評論劉、姚二人詩作的高下：「竊謂姚公所詣，過劉遠甚。故姚七言律詩，曾文正定爲國朝第一家。其七古，曾以爲才氣稍弱，然其雅潔奧衍，自是功深養到。劉雖才若豪橫，要時時有客氣，亦間涉俗氣，非姚敵也。」[118]吳氏還說：「（姚）先生詩勿問何體，罔不清古雅健，耐人尋繹。」[119]和姚氏同時的洪亮吉則特別強調姚詩的「清」：「姚郎中鼐詩，如山房秋曉，清氣流行。」[120]什麼叫「清」？宋末元初的方回曾說：「天無雲謂之清，水無泥謂之清，風涼謂之清，月皎謂之清；一日之氣夜清，四時之氣秋清；空山大澤，鶴唳龍吟爲清，長松茂竹，雪積露凝爲清；荒迥之野笛清，寂靜之室琴清。而詩人之詩亦有所謂清焉。」[121]明人胡應麟更具體解釋：「絕磵孤峯，長松怪石，竹籬茅舍，老鶴疏梅，一種清氣，固自迥絕塵囂。……清者，超凡絕俗之謂也。」[122]姚詩正是超凡絕俗的。而這裡的「凡」、「俗」的具體內涵，除功名利祿外，詩歌領域內則是性靈派的浮薄與浙派的尖新。姚氏是企圖用「清古雅健」來橫掃它們的。

大概地說，姚詩有三個特點：

(1) 陽剛美

他偏重陽剛美，但力避槎枒粗獷之病，真正做到「以山谷之高奇，兼唐賢之蘊藉。」[123]以其七律爲例，如《金陵曉發》：「湖海茫茫曉未分，風煙漠漠棹還聞。連宵雪壓橫江水，半壁山騰建業雲。春氣臥龍將跋浪，寒天斷雁不成群。乘潮鼓楫離淮口，擊劍悲歌下海濆。」[124]乾隆二十八年。姚氏考中進士，在京任職，次年請假歸家省母，是年冬復入都，經過南京，繼續北上，詩即作於此時。首聯從視覺和聽覺兩角度寫出題中的「曉」字。頷聯通過寫景點出題中的「金陵」。頸聯寫出時節，而寫景之中，既寓有政治上的進取心，又反映了離別親屬的心情。尾聯寫出題中的「發」字。通首用對偶句，氣象闊大，含意深沉。

他的七律還往往以正規的對句起，如《祝芷塘編修接葉亭圖》首聯：「人爲碧海神仙侶，亭傍叢花醜石安」，[125]更顯得勁峭有力。《元宵曹習庵中允家燕集》首聯：「聲名座上逢前輩，燈火場中值令辰」，[126]也是爲了追求這種藝術效果。

最能顯示其陽剛美的是《登永濟寺閣，寺是中山王舊園》：「中山王亦起臨濠，萬馬中原返節旄。坊第大功酬上將，江天小閣坐人豪。綺羅昔有巖花見，鐘磬聲流石殿高。憑檻碧雲飛鳥外，夕陽天壓廣陵潮。」[128]此詩純爲逆寫。詩的前半部分寫永濟寺的前身——明朝中山王徐達的府邸。一起便卓爾不群：徐達和明太祖朱元璋一樣也是臨濠人，他率兵破元大都（今北京）驅走元順帝，奠定了明王朝的大業，因而爲功臣第一。爲了酬庸，太祖特賜第於大功坊。第四句才點到「閣」上，想象當年這位中山王坐在這小閣上眺望江天的情形。第五、六句由昔過渡到今：從眼前「巖花」的香艷，想象王府當年的「綺羅」，而當年的「石殿」現在只能聽到寺中的鐘磬聲了。尾聯才點出作者的「登」。明明是無限興亡之感，卻只說自己傍晚憑闌，仰望到碧雲飛鳥，空間是這樣寥廓，耳邊只聽見長江浩蕩的波濤聲（大江東去，浪淘盡千古風流人物），時間又是這樣的迅疾！不言興亡，而感慨自在景物中。這種寫法，就是「以古文義法駕馭詩才」，使詩

「遒健峭厲，具開合動盪之勢。」⑫曾國藩曾手寫此詩與友人並跋其後云：「惜翁有儒者氣象，而詩乃多豪雄語。」⑬這種詩的豪雄在於容量的深廣，即空間和時間的曠渺，而不是故作大言，因而語言上絕不粗獷。

前人於姚鼐七古，或稱其「雄厚」（袁枚），⑬或稱其「雅潔奧衍」（吳汝綸），⑫或稱其「晶瑩華貴」（徐世昌）。⑬試看其《錢舜舉〈蕭翼賺蘭亭圖〉》：「萬壑千巖當坐起，斷取越東山百里。世間不見永和人，長有春風流曲水。滄海日高開寺樓，樓上當窗僧白頭。越僧世得鍾張法，頭白朝朝摹褉帖。扣門客坐軒檻風，茶香酒暖笑語同。致君有道堯舜出，訪古無人羲獻空。頻說法書日西宴，蕭郎縮手心無限。老僧抵掌僧雛睨，似謂慢藏旁欲諫，語卿且勿諫，懷璧不可居。御史稱有詔，明日將登車。長安再拜陳玉除，歐虞俯首愧不如。年往運謝五百餘，錢生染筆中躊躇。石床閉絕昭陵夜，無復人間第一書。」⑬因爲是題圖，所以開頭四句先寫唐初的蘭亭。次二句寫其時永欣寺僧辨才寶愛王羲之所書蘭亭詩序。又次四句寫蕭翼僞裝布衣士人來寺中行騙。其中「致君有道堯舜出，訪古無人羲獻空」二句是誅心之論，卻出之以微婉。明明是指責當時名臣房玄齡不該迎合唐太宗，要他派蕭翼去行騙；蕭翼如果耿直，也不該去行騙。這位貞觀天子和兩位大臣卻幹出這種醜事。姚鼐故意稱房、蕭爲「致君有道」，且稱太宗爲「堯舜」。「訪古」一句寫太宗收盡世間二王真蹟，以供一己玩賞。再下四句寫蕭翼騙出辨才所藏蘭亭序真蹟，繪影繪聲，十分形象。「蕭郎縮手心無限」一句，寫蕭翼企圖攫取，卻又一時不便，只好「縮手」，但欲得之心卻是擴張無限的。而辨才還蒙在鼓裡，抵掌高談，侍立的小沙彌卻旁觀者清。「慢藏」用「慢藏誨盜」語，斥太宗君臣爲「盜」，然出之以含蓄。以下事實用唐人何延之《蘭亭記》。再下「語卿且勿諫」六句，用宋人桑世昌《蘭亭考》，謂辨才取出蘭亭真蹟，蕭翼即示以太宗詔札而取去。那就不是巧取，而是豪奪了。姚鼐合用兩說，其憎惡之情可見。最後四句寫宋代畫家錢選（字舜舉）畫《蕭翼賺蘭亭圖》，而蘭亭真蹟已不復存天壤間。五代時南唐溫韜盜發昭陵，鍾、王墨蹟盡出，蘭亭真本獨遺失了。姚鼐卻只寫到太宗死時以蘭亭真蹟爲殉而止，更見其自私之至。姚鼐後來在另一首七古《惠山寺觀御賜寺內王紱〈溪山漁隱卷〉》中，又寫到：「我聞貞觀天子求僧室，闍檻《蘭亭》一朝少，英主嗜好乃如此！」[135]對唐太宗又加以批評，語意較顯，那是爲了和乾隆帝對比，所以不像前一首的不惡而嚴。所謂「厚」，所謂「奧衍」，指的就是這種含意深厚，義蘊無窮。

(2) 以文爲詩

如《沈椒園按察晚芝亭圖》：「昔侍先伯居鄉邑，四海賢人嘗語及。清如冰雪沈御史，復有瓊瑤好篇什。……生爲後輩先之難，公至暮年名轉立。郎君與鼐再世交，尚書禮曹先後入。」[136]《賞番圖，爲李西華侍郎題》：「啟之闢之其檉居，……看人秉性豈異余？……陳圖示客言既且，邃哉古放龍蛇沮。」[137]《新城道中書所見》：「從來休咎兩難定，況何與此枯樹耶？」[138]《歲除日與子穎登日觀觀日出，作歌》：「其下濛濛萬青嶺，中道江水而東之。」[139]《方天民次韻……用其病起韻答之》：「我棄良晚矣，子取非過歟？」[140]《寄葉書山十丈》之二：「葉劉年歲略相隨，先伯同行又後之。」[141]《答朱石君中丞次韻》：「縱有隨之推老馬，其如後者未鞭羊。」[142]《又答碩士二首》之二：「蔑若眾星真小說，學乎舊史似憑虛。」[143]《授經圖，爲汪孟慈題》：「僕昔遨遊翰墨場，逢君先子在維揚。」[144]姚詩這種風格，從遠處說，是受韓愈和黃庭堅的影響，從近處說，則可能受錢載的影響，也可能兩人都受了乾隆帝御製詩的影響。在七古中來這麼幾句，倒也古樸可喜。在七律中這樣造句，造得好確實老健超邁，否則終覺槎枒。這對晚清的宋詩派特別是同光體中的陳三立影響頗大。

(3) 學人之詩

姚鼐和翁方綱常相交往，因而也寫過一些學人之詩，如《孔撝約集石鼓殘文成詩》、⑭⑤《青華閣帖三卷，紹興御刻，皆二王書，後有釋文，余頗辨其誤，復跋一詩》，⑭⑥雖然數量很少，但這種詩極少詩味，只是詩歌形式的學術論文而已。這自然是清代樸學之風的影響，從朱彝尊到同光體以及中晚唐派詩人，都有這類詩作，在詩史上並無價值可言。

方東樹（一七七二，乾隆三十七年——一八五一，咸豐元年），字植之，桐城人，曾祖方澤曾爲姚鼐業師。東樹二十二歲至南京鍾山書院，從姚鼐學古文。不久，考中秀才。又數年，補增廣生。以後屢試不中，五十歲後就不再應考。歷主廬州、亳州、宿松、廉州、韶州等處書院。八十歲時，祁門縣令請他主講東山書院，欣然往，抵祁兩月而卒。其詩沉著堅勁，尤近謝靈運、杜甫、韓愈、黃庭堅。有《儀衞軒文集》十二卷，詩集五卷，詩論專著爲《昭昧詹言》。

梅曾亮（一七八六，乾隆五十一年——一八五六，咸豐六年），字伯言，一字柏峴，江蘇上元人。嘉慶初，讀書鍾山書院，爲姚鼐門人，最受知。道光三年（一八二三）進士，官戶部郎中，居京師二十餘年。後以弟病乞歸，主講揚州書院。有《柏梘山房文集》十六卷，續集一卷，詩集十卷，續集二卷。

時代不同了，姚鼐生活在所謂的乾嘉盛世，其詩作題材不過山水、行旅、贈答、游讌、詠史、題畫之類；而方東樹、梅曾亮生活在道咸之時，內憂外患相逼而來，所以，他們蒿目時艱之作爲多。

首先，他們一生經歷的是前史未有的憂患。作爲封建社會末期的士大夫，志在兼濟的傳統心態，碰上這樣的艱難時世，自然使他們從花月閒吟中跳出來，睜大眼睛張望這充滿憂患的世界，提出救世的藥方來。

方東樹活了八十歲，但一直沉淪在士大夫的底層，他的貧困比之劉大櫆有過之而無不及。《述懷》題下自注：「去歲在真州作詩曰：『明年念陳跡，不死何處客》……』今歲里居，家乏無以爲生，乃賡去年詩曰：『首邱不可賦，欲客何處死？』嗚呼！繹先師憂貧謀食之誡，有愧多矣！」詩曰：「米鹽雖不親，羸閔惟我恃。雛孫顧足慰，深憂困飢餒。生存且不保，他日復誰倚？……百端攪我腸，精眊骨乾髓，……首邱不可賦，欲客何處死？」[147]《食貧》說得更慘：「食貧幾許悲歡併，歷歷淒涼與目存。每感飢寒傷弟妹，欲將棗栗靳諸孫。……」[148]連最喜愛的孫輩一點零食錢都準備節省下來，其拮据已到了什麼地步！

然而他卻能跳出一家的小圈子，而對國家對民族充滿憂患意識。《憂旱》云：「我無半畝田，心憂萬家哭。」[149]《有自中州回者，言黑岡決口，災甚劇，憫然賦此》：「……傳道滔天高雉堞，頓令安堵化蟲沙。繪圖難寫千家哭，……」[150]

對英帝國主義者侵略中國更是義憤填膺。道光十八年（一八三八），他在廣州作兩廣總督鄧廷楨的幕僚。「大臣請厲禁洋煙（即雅片煙），下督撫議。先生（指方東樹）著《匡民正俗對》，陳所以禁之之道，勸制軍鄧公覆奏，不從（道光帝不同意）。暎夷公司領事義律桀傲不受約束，居省城夷館。先生勸制軍陳兵斬之，制軍慮啟釁，謝不敏。然終反復生變者義律也。」[151]道光二十二年（一八四二），堅決抗英的林則徐、鄧廷楨都被革職遺戍，方東樹時已七十一，看到「夷人犯順，東南數省皆被禍，方帥多退避，先生時時痛心切齒」，因作《病榻罪言》，極論制夷之策，遣人上之浙江軍門，惜方議撫（實爲投降，簽訂了第一份喪權辱國的《南京條約》），無人理會。[152]

這一時期，他痛苦地寫了許多詩，如《閉戶》之二云：「幾歲鯨波鼓怒蛙，南風不競一長嗟。高牙城塞翩熊鳥，上國居民荐豕蛇。白簡氣消天亦遠，黃金心竭士爭譁。新詩吟罷同書憤，孤士憂時意轉賒。」[153]他對官軍失望了，回過頭來，從自發抗英的「義民」中找到了力量，因而他大力歌頌。《回首》之二云：「鯨吞鼉呿阻干戈，鬼難風災奈若何！上將威名班爵勇，通侯閥閱計功多。空聞晉鄙兵符合，長憶崔延壯士歌。惟有義民工草檄，揮毫不借盾邊磨。」[154]《傳聞》一詩前半部分說：「傳聞夷舶震洋中，重椗危檣浪打空。須信海神無暴橫，果然天道自明聰。」自注：「……粵中義民討𠸄夷檄中有言其必被雷震風溺者，語劇痛快，今其言果中。《書》曰：『天視自我民視，天聽自我民聽，天聰明自我民聰明』，豈不然哉？」[155]對人民的力量充滿了熱情的歌頌，表現了堅定的信心。「義民」事蹟見《感錢江》題下自注：「自君客粵，少年鋒氣，倡募義民萬餘人，布檄聲討𠸄夷，斬其酋首，撤其夷館，𠸄夷憚之，不敢進粵內洋。乃竟以任事太銳得罪。」詩云：「憐君晚讀留侯傳，剛未摧柔難始屯。豈謂求婚翻利寇（自注：錢君上書當事諸公，求主畫諾，禦寇非爲寇也），那知非罪竟危身。射潮枉費三千弩，脫劍同慚五百人。我欲要離穿近塚，無邊魑魅若爲鄰？」[156]這裡對錢江和「當事諸公」的愛憎是何等的鮮明。

他爲好友姚瑩堅守台灣抗擊英國侵略者而歡呼，見詩集中《寄姚石甫觀察台灣》⑮⑦《答寄石甫》⑮⑧兩詩。更爲他因此獲罪而極爲不平。《寄餞石甫》題下自注：「石甫任台澎道四年，召募義勇三萬餘人，挫敗暎夷，暎夷憚之，不敢近。故連年浙、粵、江南皆喪地失守，而台獨完。暎夷忌惡之，誣訐，致抵罪，被逮入都。」其詩第三聯：「敵情知喜長城壞，民志虛殷臥轍思。」自注：「台民數千人簽呈，日訴於大府行台，涕泣保留，不准。」⑮⑨憤懣之情溢於楮墨。後又有《喜聞石甫釋罪出獄……》⑯⑩七律二首，《石甫蒙恩釋獄，詔發往四川以同知、知州補用，於甲辰二月由里赴蜀》、⑯①《重送石甫，即用其留別諸韻》。⑯②姚瑩到四川後，表現了鬥志衰退，他又「復寄二詩，用廣其意以張之。」勸他「試勒奇勛追漢使，莫希和德倚先賢。」⑯③

在投降派日益得勢的局面下，眼見浙江戰場上裕謙戰死，定海、寧波接連失陷，他失望了，寫出了《愁絕》一詩：「屈平杜甫並王臣，蹇蹇由來事亦均。百代英靈雖共盡，千秋詩賦自常新。難求深隱招魂意，正值蒼茫鬥將辰。憑語老夫懷抱惡，不知愁絕爲何因。」⑯④

後來形勢有了轉變，鄧廷楨由戍所赦回，他欣喜地寫了《喜聞嶰筠先生賜環，感而賦此》。

方東樹實在是陳亮、陸游一流人物。

梅曾亮也是力主禁煙的。林則徐奉旨赴廣州禁煙時，他作詩相送，歡呼「禁煙新斷阿芙蓉。」⑯⑥後來鄧廷楨和林則徐先後由戍所召回，他也作詩誌喜。但是對整個雅片戰爭，他的詩文集再沒有隻字提及，不像方東樹那樣對深重國難沸躍著愛國主義激情。

他倒是對內憂有更多的看法。「曾亮見川、楚教匪之亂，及嘉慶十九年林清之變」，所以寫了《民論》，以爲「權出於士，而黨錮清流之禍成；權出於民，而左道亂政之禍烈。」結論是應

「以王者之權」而興教化。所謂「教化」，就是使民耕織而外，「有飲射之典，有儺蜡之禮，有月吉讀法之令，奔走之，馳驟之，而不憚其勞拙。」這樣做的目的，「在使民回易耳目，震盪血氣，陽遂其鼓舞之情，而陰輯其靜而思騁之意。其教如是而已。」[167]這是典型的《應帝王》，爲當代皇帝鞏固統治權而獻的計策。可惜「藥方只販古時丹」，這種儒家理想化的三代的治術，遠遠不能適應資產階級民主革命的時代了。所以儘管其後太平軍起，「陷江南，卒如其言」，他也是徒呼負負的。他是南京人，太平軍攻佔該城，建立天京，他只能哀吟：「金陵一旦萬家空，流落江村此禿翁。」[168]然而他竟不明白太平軍這場中國封建社會中最後一次農民起義的暴發原因：「嗚呼！國家深仁邁豐芑（西周初期），寬租發租無時已，蜂屯蟻聚胡爲起？」[169]杜甫早已指出：「朱門酒肉臭，路有凍死骨」；陸游也指出過：「富豪役千奴，貧老無寸帛」，梅曾亮卻竟茫然。封建社會晚期的士大夫，竟比不上他們前輩的頭腦清醒，這真是歷史的悲劇！

梅曾亮詩集中只有少數反映社會現實的詩，如《途中即事》反映了鄉村旅店中雛妓的悲慘生活。[170]《可嘆》二首對北京冬夜三更的小販叫賣，夏夜當街賣唱的歌女，表現了一定的同情。[171]《熱車行》寫京城豪門子弟的氣焰：「高車峨峨明六窗，車中年少神揚揚。車來如風熱如火，行旅辟易觸者僵。」[172]《東小市行》寫前門廣場黎明時的小市：「買柑得絮皮得紙，馬鞭鼠朴欺愚蒙」，「有時賤買方入手，貴價轉賣如旋風」，簡直是一幅北京社會底層的風俗畫。[173]《偶出》寫北京優伶的悲慘處境。[174]其他如《宣城水災行》寫水災之猛，災民之慘，繪影繪聲，如聞如見。[175]《宣城歸舟書所見》：「大堤上，昔作行人路，今作居人室。男女持茅登屋極，龍骨牛衣支四壁。兒女愴愴日中立，人與雞豚共牢溷，破甑短檠皆露集。回頭卻望田中居，空房無人水出入。」[176]

純粹寫實，不著議論，而災民之苦如見。《悲官圩》是反映水災面積之廣。⑰《歸舟至江東門》：「野老無船踏破扉，一篙欹側傍牆隈。石頭城上人如海，袨服新裝看水來。」⑱對南京城上袨服新裝欣賞大水的人們進行了辛辣的諷刺。另一方面，梅曾亮對親民好官則大力稱頌，如《過滕縣作，時縣令趙毓駒，貴州人》，寫得相當口語化，對趙縣令「榜示懸中衢」徵求縣人意見，共同辦好縣政，十分贊賞。「孰爲官之蝨，孰爲民之蠹?願以告邑宰，邑宰敢不去!何弊當速去，何利當速興?願以告邑宰，邑宰敢不能!」作者爲了證實，「旅食問主人：縣官竟何如?主人叉手言：乃是大好官。自從上任來，廉潔不受錢；時時審官事，告期不拖延。」⑲《欒城謠，爲故邑令朱承澧作》，⑳稱美朱縣令的種種德政。

在藝術性方面，他們倆有同也有異。同處是都表現出一種陽剛美，同時這種陽剛美的取得，都是由於學習黃庭堅爲主的寫作技巧。這正是桐城詩派的特色。陳世鎔《題毛生甫嶽生詩稿》之二自注：「君與植之論詩皆專宗山谷。」而梅曾亮自述學詩經過也說：我初學此無檢束，虞初三百恣荒唐。稍參涪翁變詩派，意氣結約無飛揚。」㉑另外，更重要的是方東樹「深得於謝（靈運）、杜、韓、黃之勝，而卓然自成一家。」㉒梅曾亮「論學詩之法」，也是「初從荊公、山谷入」，「俟其才氣充沛，法律精熟，然後上薄諸大家而融洽變化以自成其面目。」㉓「自成一家」，「自成其面目」，也就是姚鼐說的從摹仿入而後加以變化，成爲獨創。因此，方詩表現爲「沉雄堅實」，㉔而梅詩亦「堅緻古勁」。㉕

異處是方東樹真能由摹仿而創造。梅曾亮曾經把自己和方作了對比：「觀植之之詩，妙在字字有凹凸，步步有吞吐，國朝詩人無此境界。且大段讀去，已自成爲植之之詩，不似亮等忽唐而忽宋也。」[186]這不是梅的客套話，他曾自評其詩：「千金狐裘飾羔袖，漢冠晉制兼唐裝。吾文所病亦在此，自成一家今未嘗。」[187]可見梅詩還未能達到獨創的地步。

方東樹對自己的詩，評價是很高的。陳世鎔《題毛生甫嶽生詩稿》之一：「方干自信空千載」，自注：「桐城方植之自譽其詩曠絕千載。」方宗誠也說方東樹「平生自信其詩特深，以爲逾於文。上元梅伯言曾亮、寶山毛生甫嶽生、建寧張亨甫際亮皆推尊之，以爲不可及。」[188]

其實方之不可及處，一是「身雖未仕，常懷天下憂，凡遇國家大事，忠憤之氣見於顏色，或流涕如雨。」[189]另一是其詩能做到「無不盡之意，無不達之辭」，[190]對誤國群小敢怒敢罵。所以讀他的詩，很容易爲他的激情所感染。梅詩則不然，「神鋒內斂」，[191]「得詩教敦厚之指」。[192]所謂「敦厚」，就是「怨而不怒」，就是「依違諷諫，不指切事情。」[193]他自己也說：凡詩閱一二字可意得其全句者，非佳詩也。文氣貴直，而其體貴屈。不直則無以達其機，不屈則無以達其情。爲文詞者，主乎達而已矣。」[194]所以戴森說他：「絕詑西江宗派內，分向俎豆祝樊南。」[195]正指梅詩既學黃庭堅，又學李商隱，而李詩是「只恨無人作鄭箋」的。

方東樹詩的藝術特色有如下四點：

(1) 任何事物都會聯想到國難

這主要表現在鴉片戰爭時期，如《閉戶》寫自己本來「閉戶餘生日抱殘」，卻念及「只應南海需疆理，倏想經綸壯召翰。」[196]庭前忽生萱草，開花甚茂，他覺得「平生鬱鬱無歡事，老見幽花暫解顏」，而解顏不是爲了小我，「別館北堂兩無預，甘心也欲免憂患」，只希望國家太平。[197]本已「七十殘年百念枯」，卻無法忘記「南海兵戈氣」，可是吾謀不用，只好「發書陳篋汰陰符」。[198]重九登高，他嘆息「風景不殊今古氣」，產生「舉目有山河之異」的預悸。[199]朋友們遊冶父山歸來，談到此山可能是春秋楚群囚處，他「世事悲歌想壯猷」，希望中國有愛國志士「便作夷吾起江左，休教對此泣纍囚」。[200]他「服勤早起」，由於家貧，室人交謫，他卻甘學痴聾，一心只想到「時危兵甲憂方大。」[201]

(2) 常以比興手法寫個人的性格和遭遇

如詠紅梅花，而嘆息「眼明翻訝看者少，孤士忤俗難與倫。」[202]稱賞小孤山的奇峭：「有如賢豪勇致身，青雲不藉階梯起。」[203]又如榕樹，「人言此木百無用」，他卻欣賞「榕生連天蔭十畝」，「連林不覺無鬱陶」，免得「路上行人多暍死。」[204]他說荔枝「至味從來少真賞」；又說「豈有至味甘如醴，淆然徒被凡口辱?……嗟爾懷奇幸無悶，古心泯泯皆不傳」；又說「中原無人知爾味，南士噉與常果俱，身雖不藏美終晦。」[205]值得注意的是，這種比興手法的運用，給讀者創造了詩人這麼一個自我畫像：遭遇越坎坷，性格越兀傲，而越來越兀傲的性格，則促使他的遭遇更加日益坎坷。

(3) 語熟而意新

如詠滄浪亭，因蘇舜欽的困阨而得出一個規律性的概括：「古來豪俊人，不朽半以厄」，[206]於古人所謂「三不朽」之外，另立新解，而又確鑿無疑。又如讀孟郊詩，竟感到「文章與跼蹐，天地共吟呻。」[207]真州城東觀荷，前半部分寫觀賞荷花的高情雅致，後半部分卻通過「主人前致詞」，說：「豈慕製荷衣，聊同種薑芋。但指花可賣，食利比千戶。」作者雖宗理學，卻並非不言利的君子，他能「哀世爲生難，敢陋齊民務。」這已經反映出市民意識了。[208]

(4) 風趣而又貼切

《廉州（今廣西合浦縣）鹽大使廳廨，九月，盆梅盛開。友人有爲作圖者，大使范君請余作詩》：「誰道萊蕪甑生塵，酒香炙美能留賓，人言官冷氣如春。火維氣偏嗟地遠，野卉蠻花無早晚，玉艷奮起開秋本。故人粉墨寫作圖，戲君何時逃五湖，摟載西施來海隅？」[209]詩分三層，一韻一轉。前三句寫范大使宴客賞梅。首二句用《後漢書．范冉傳》的「甑中生塵范史雲，釜中生魚范萊蕪」，既切大使之姓，又譽其雖爲官清廉，卻熱情好客。三句的「官冷」，指苞苴不行，門庭冷落；「氣如春」則回應其好客。中三句寫九月盆梅盛開。「火維」，用韓愈詩，此指廉州。「玉艷」，用李商隱詩，此指白梅花。梅本早春開花，此盆梅九月即盛開，故曰「奮起開秋本」。這幾句很生動，用擬人手法寫梅花要壓倒凡艷。末三句寫友人作圖，自己作詩。「戲君」二句以范蠡比范大使，以西施盆比盆梅，很風趣地說這白梅是他帶來的。詠物詩寫得這樣親切有味，從另一側面反映出方東樹的性格，他確非道貌岸然、不苟言笑的道學家。

梅曾亮詩的藝術特色又不同。他寫詩更步趨姚鼐，曾有詩云：「瓣香自愧無餘子，流別爭傳有大師。定論漫期千載後，喜君先已辨澠淄。」[210]

梅詩的陽剛美（即豪雄語）往往表現在形式上，如「世間萬事那有此，萬口飢民無一死。世間奇事誰肯創，十萬官糧一朝放。官身散米官償銀，民身得活官身貧。蔡子說此不容口，一笑忻州吾舊友。忻州李侯精權奇，高馳亦厭絡頭絲。……」[211]這樣兩句兩句一轉韻，層層逼進，起伏跌宕，分外有氣勢。

另外，以文爲詩，也構成了其詩的陽剛美。如《題徐廉峯問詩圖》：「……而人其間一虛舟。

任耳所觸皆相譆，能者乃以六鑿收。借我十指如過籌，或爲雅頌爲歈謳，問之其人不自由。無主可答賓誰諏？道不可問矧可偷，安處無是此兩叟，問者莫向圖中求。」[212]又如《六月二十一日，歐公生日，……》：「……已往者韓未來蘇，艱哉一手公耘鋤。我思其時執鞭趨，或從水涯伴山砠。子美曼卿介與洙，不彼棄或辱收余。……公有至言非自諛：惟文字者無窮歟！若使後人嗜好殊，今亦誰復知公乎？……衆賓一笑有是夫。……」[213]這樣以古文的詞語或句式入詩，自然古拙勁峭。因而他在《題桐城張之道詩稿》中直言：「以文爲詩古有之，擬經擬子斯尤奇。」[214]

梅詩另一特色，是學人之詩與詩人之詩的結合，如七律的對偶句，他喜歡這樣製作：時追苦縣光和體，不奏甘泉泰畤篇。」[216]「即今楚國先賢地，正待齊民要術書。」[217]「寧編荊楚歲時記，不讀司空城旦書。」[218]這樣屬對，分外典雅。

梅詩還有一個特色，就是敘事善於繪影繪聲，如「李君好詩兼好酒，官學瘦馬時尋友。青銅三百不肯留，卻笑財虜空兩手。除夕準衣苦留客，客多屋小時被肘。一客煮魚踞灶觚，一客哦詩拈潎帚。醉呼聯吟聲達旦，債客驚咤窺返走。……」[219]又如「有客有客端爲誰？攬衣躡屨起欲窺。君入一笑書帷披：吾更名耳子勿疑。……」[220]又如「磬折方延賓，三子適來憩。駭此初筵色，破帽欲辭避，主人拊掌笑：作達殊未至。豈聞竹林人，有物能敗意？徑入別室中，吟嘯無所忌。謂余『君可出，無復與君事。童奴吾自呼，飲啖吾自計。』此不須主人，安覺客爲累。須臾送客入，二醒一已醉。笑言『有餘杯，明日可見詣。』」[221]很生動地描繪出晚清士大夫「作達」的魏晉風度。

丁　流派與影響

劉大櫆、姚鼐在詩的方面傳人很不少，除上述方東樹、梅曾亮外，還有吳德旋、朱孝純、疏枝春、陳用光、鮑桂星、周有聲、姚瑩、姚椿、張裕釗、姚濬昌、張亨嘉、王必達、朱琦、曾國藩、范當世等。

其中如鮑桂星，初「學詩於同里吳澹泉。澹泉爲劉海峯高弟，其論詩嚴於格。凡不入乎格，其工者駢文耳，其奧者古賦耳，其妍者詞耳，其快者曲耳，其樸直者語錄耳，其新穎者小說耳，其紆曲委備者公牘與私書耳，皆不得謂爲詩。」桂星篤守師法，「有一字一句點竄十數過而猶未已」，可見桐城詩法之嚴。[222]「中年後師事姚姬傳先生，於爲詩力守師說。……其所爲詩，姬傳先生嘗稱之曰：『是能合唐宋之體而自成一家者也。』」[223]

又如姚椿，「最服膺姚惜抱，故學派近之。……詩尤雅正醇懿，才鋒俊拔，而以醞釀出之，迥異浮響，蓋能矯袁（枚）趙（翼）末流者也。」[224]

又如范當世，自認爲桐城詩派的成員，其《贈陽湖張仲遠婿莊心嘉》一詩云：「桐城派與陽湖派，未見姚（鼐）張（惠言）有異同。我與心嘉成一笑，各從婦氏數門風。」因當世爲姚濬昌之婿，而濬昌爲姚瑩之子，姚範之五世孫。故吳闓生編《晚清四十家詩鈔》，以桐城派詩人爲主，而其中選范當世詩一百餘首。

沈曾植、張之洞、鄭孝胥雖非桐城詩派中人，而皆於姚鼐詩有深契。沈氏《海日樓札叢》有

《惜抱軒詩集跋》云：「私以爲經緯唐宋，調和蘇杜，……抱冰翁（指張之洞）不喜惜抱文而服其詩，此深於詩理，甘苦親喻者。太夷（指鄭孝胥）絕不言惜抱，吾以爲知惜抱者莫此君若矣。」

總之，桐城詩派最直接的影響，一方面是使性靈派逐漸消失其影響，另一方面是導引出清後期的宋詩派（包括同光體），而這兩方面又是互爲影響的。宋詩派特別強調學人之詩與詩人之詩的統一，他們的影響越擴大，就越使人（主要是封建士大夫）感到性靈派輕佻淺薄，遠遠背離了儒家詩教的傳統。

另外，桐城派宗仰程朱，自方東樹後，該派詩人更重視理學修養。這被曾國藩接過去，加以宏揚，變成鎮壓太平天國革命的精神武器。

注釋

①《中復堂全集．桐舊集序》
②⑤⑥《談藝錄》
③《昭昧詹言》
④《晚晴簃詩匯》（以下簡稱詩匯）卷七七
⑥《萇楚齋隨筆》卷六
⑦㉘《太乙舟文集》卷三《姚先生行狀》
⑧《惜抱軒尺牘．與鮑雙五》

⑨同③卷一第九八條
⑩同卷第四七條
⑪同③卷十二第四一二條
⑫同卷第四一八條
⑬同卷第四二〇條
⑭㉕《清史列傳》卷七二姚鼐傳
⑮《湖海詩傳》卷十四
⑰《惜抱軒文集》卷四《荷塘詩集序》
⑱《儀衞軒文集》卷五《徐荔庵詩集序》
⑲同⑦卷五《答賓之書》
⑳《惜抱軒詩集》卷二《述懷二首》之一
㉑同書卷五《題外甥馬器之長夏校經圖》
㉒同書卷四《與張荷塘論詩》
㉓同書卷五《碩士約過舍……》
㉔《書嵇叔夜詩與姪榎》
㉖同⑪卷六《復張君書》
㉗㊻⑫⑨《半庵札記》
㉙㉛同⑰卷四《吳荀叔杉亭集序》

㉚《蘇軾文集》卷十二《傳神記》

㉜同⑳卷一《漫詠三首》之三

㉝《文史通義・史德》

㉞同③卷第一條

㉟同卷第七條

㊱《柏梘山房文集》卷五《李芝齡先生詩集後跋》

㊲同書卷四《朱尚齋詩集序》

㊳同書卷五《黃香鐵詩序》

㊴同書卷四《桑弢甫先生集序》

㊵同⑦卷六《家仲韓兄文集序》

㊶(56)(63)同⑧《與陳碩士》

㊷同㊱卷七《劉楚楨詩序》

㊸(55)《論文偶記》

㊹《今體詩鈔・序目》

㊺曾國藩語，見《詩匯》卷九一「姚鼐」下引

㊼⑯同③卷十第一條

㊽《人境廬詩草自序》

㊾同⑰卷四《海愚詩鈔序》

㊿吳德旋作陳用光神道碑銘，載《太乙舟文集》首
51《海天琴思錄》卷一
52《題王定安蛻斆齋稿》
53同③卷十四第一條
54《詩匯》卷九一
57 78同⑰卷六《答翁學士書》
58同③卷一第五五條
59同書卷十四第二條
60同卷第九條
61《白華山人詩説》卷二
62同③卷一第八五條
64《續古文辭類纂》卷十一《致吳敏樹書》
65 71同⑥卷一
66同③卷一第二四條
67同卷第九八條
68同卷第一五三條
69《蠶尾文》卷一《晴川集序》
70《養一齋詩話》卷六

(72)《石洲詩話》卷四
(73)(79)(183)《雪橋詩話》餘集卷八
(74)同③卷一第九七條
(75)同卷第一四五條
(76)同卷第一五一條
(77)同書卷十四第一七條
(80)《初月樓詩集》．《雜著示及門諸子》
(81)《海峯詩集》卷二《田居雜詩，二首》之一
(82)同(81)卷五《姚大南青將過訪，止之以詩》
(83)同書卷七《懷姚南青》
(84)(87)同書卷四《寄姚姬傳》
(85)同書卷一《藥裹嘆》
(86)同書卷二《感興，十首》之五
(88)同書卷六《自嘲》
(89)同書卷二《酬尹亨中》
(90)同書卷三
(91)《習靜齋論詩百絕句》
(92)同(81)卷三《送倪九司成歸高嵌山》

㉝同書卷三《雜感，十一首》之十一
㉞㉟同書卷三
㊱同卷《歸思》
㊲同書卷二《送姚道沖歸里》
㊳同書卷四《教子圖，爲許萃和題》
㊴同卷《東歸謠，爲姜橼亭畫像》
⑩⓪同書卷七《鹿門山次韻》
⑩①同書卷三《題許比部竹人圖》
⑩②同書卷五《山人》
⑩③同書卷六《歲暮》
⑩④⑩⑤同書卷二
⑩⑥同書卷八
⑩⑦同書卷七《均州晚泊》
⑩⑧同卷《穀城道中》
⑩⑨同書卷八《春日雜感，十一首》之二
⑪⓪《曝書亭集》卷五二《書劍南集後》
⑪①同⑧①卷八
⑪②同書卷四

⑬同③卷一第一四四條
⑭⑮同卷第一四五條
⑰《劉海峯先生傳》
⑱同⑧卷二《與蕭敬甫》
⑲姚永樸《惜抱軒詩訓纂·前言》引
⑳《北江詩話》卷一
㉑《桐江集·馮伯田詩集序》
㉒《詩藪》外編卷四
㉓《訓纂》前言引梅曾亮語
㉔㉘同⑳卷六
㉕㉖㉗同書卷一
㉚《訓纂》卷六此詩下姚永樸題解
㉛㉜《訓纂》前言引
㉝《詩匯》卷九一
㉞同⑳卷一
㉟㊱㊵㊻同書卷五
㊲同書卷二
㊳㊴㊺同書卷三

⑭⑭同書卷七
⑭⑭同書卷九
⑭同書卷十一
⑭⑭⑭⑮⑮⑮⑮⑮⑮⑮⑮⑯⑯⑯⑯⑯⑲⑲⑲⑲⑳⑳《儀衛軒詩集》卷五
⑮⑮年譜
⑯《柏梘山房詩集》卷六《林公少穆以欽差大臣使廣東，作此呈送，時兩廣總督爲鄧公嶰筠》
⑯《清史列傳》卷七三梅曾亮傳
⑯詩續集卷一《癸丑春避地居王墅村……》之二
⑯同卷《村居……作六無嘆》
⑰⑰⑱同⑯卷三
⑰⑰⑰⑰㉑同書卷五
⑰⑰⑰⑰同書卷四
⑱⑱同書卷五《澄齋來，訝久不出，因作此，並呈石生、明叔》
⑱⑱《方儀衛先生年譜》末
⑱⑲《射鷹樓詩話》卷八
⑱《儀衛軒詩集·題辭》
⑱《儀衛軒詩集》目錄後附記
⑱蘇惇元《儀衛方先生傳》

(190)《儀衞軒文集・自序》引管同語

(192)《詩匯》卷一百三十

(193)《禮記・經解》孔疏

(194)《柏梘山房文續集・舒伯魯集序》

(195)《論詩絕句》之二六

(202)(203)(204)(205)(209)《儀衞軒詩集》卷一

(206)(207)(208)《儀衞軒詩集》卷三

(210)同(166)卷八《答邵位西讀惜抱軒集見贈》

(211)同(166)卷五《贈李榆村》

(212)同書卷五

(213)(214)同書卷八

(215)同書卷二《贈鈕非石》

(216)同書卷七《和魯川見贈韻》

(217)同卷《贈張仲遠之任武昌令》

(218)同卷《監利王子壽去刑部主政歸，作詩寄之》

(219)同書卷五《贈李蓮舫》

(220)同書卷六《贈陳小松》

(221)同書卷七《即事呈伯韓、小坡、魯川》

㉒同⑦卷八《詹事鮑覺生先生墓志銘》
㉓《詩匯》卷一一四
㉔同書卷一二三

第十五章　高密詩派

甲　高密詩派興起的原因

高密詩派基本上是一個地區性的詩歌流派，它的興起原因，有如下四種說法：

(1) 爲了矯正虞山派和神韻派的流弊。近人汪辟疆指出：「清初詩學以虞山、漁洋爲主盟，天下承風，百年未替。然末流之弊，崇虞山者則入於餖飣膚廓，宗漁洋者則流于婉弱空洞。」於是高密三李「精研中晚唐人格律，而救以寒瘦清真，一洗百年以來藻繪甜熟之習。①」汪氏之言，出於《雪橋詩話》：「當虞山、漁洋主盟之後，（三李）獨能奮袂其間，聲氣門戶之說一舉而空之。」②

(2) 爲了矯正神韻派的流弊。張昭潛指出：「山左自漁洋先生以明麗博雅爲詩壇圭臬者百年，其後流弊所至，以獺祭爲工，以聲調爲諧。高密李石桐懷民以張、賈之律救之，一時學者奉爲憲令，遂成風氣。」③

(3) 爲了矯正性靈派的流弊。何家琪指出：「昔隨園氏才恢張，坐令詩教流俳倡。當時崛起高密李，兄弟力以清真瘦削之筆迴瀾狂。」④何是高密詩派的後輩，在另一文中也指出過：「自袁簡齋以來數十年，詩人半汩於輕薄游戲之習。」⑤高密詩派另一成員單可惠也說過：「錢塘袁簡齋詩貴緣情，綺靡已甚，縱其才情所如，不復求之古人風骨。……學者化之，乃爲詩厄。」⑥

⑷爲了矯正格調派的流弊。李憲喬致函袁枚，認爲沈德潛論詩，「以溫柔敦厚四字訓人」，「遂致流爲卑靡庸瑣」，希望與袁「起而挽之」。⑦

應該說，以上幾種原因都有。例如袁枚和李憲喬的通信，就反映出雙方詩論的分歧。憲喬主張「體格」，實即格律，袁枚則主張「神韻」，實即性靈。至于「卑靡庸瑣」，正是性靈派給高密派的總體印象，不過憲喬作爲晚輩，不便直說，只好託之於沈德潛和查慎行而已（參看袁致李函）。

乙　高密派的詩論

高密三李，主要是老大李憲噩和老三李憲喬起作用，高密詩派的核心人物是他們兄弟倆。更準確地說，詩派開創者是李憲噩，而擴大詩派影響的則是李憲喬。

「憲噩嘗曰：『唐法備於中、晚，所謂格律也。學律而不入格，唐音邈矣。』」於是他「依張爲《主客圖》例，蒐集元和以後諸家五言律詩，辨其體格，奉張籍、賈島爲主，而以朱慶餘、李洞以下客焉。」⑧其《重訂中晚唐詩人主客圖》自序，「以爲張籍詩天然明麗，不事雕鏤，而氣味近道，學之可以除躁妄，祛矯飾；賈島詩力求險奧，而氣骨凌霄，學之可以屏浮靡，卻熟俗。」⑨躁妄，針對虞山派末流；矯飾，針對神韻派末流；浮靡、熟俗，針對性靈派和格調派。憲噩「又謂中晚唐人得盛唐之精髓，無宋人之流弊。嘗舉梅宛陵發難顯之情於當前，留不盡之意於言外二語，以爲道盡古今詩法。」⑩

但是憲噩和憲喬同中又有異。同處是反對媚俗。憲噩說：「不顧俗情惱」，⑪憲喬也說：「吾晝不能悅人如吾詩矣。」⑫

異處是憲噩專學賈島。他訂中晚唐詩人《主客圖》既成，題卷末五律二首。其一云：「古來耽此道，清味本酸寒。思入如中病，吟成勝拜官。物生皆不隱，情動即教看。未識成何用，憑將鬢髮殘。」其二云：「前生應有罪，天譴作詩人。但見無雙士，常膺不次貧。青山窮道路，白首役精神。獨爲求知己，淹留萬古身。」正如論者所說：「大類長江之苦吟。」⑬也如祝德麟題憲噩詩册說：「詩能摹賈島。」⑭憲喬雖「受詩于其兄石桐先生（即憲噩）」，而「規模較闊，出入唐宋諸大家。」⑮袁枚說他「酷摹韓杜」，⑯憲喬亦自稱：「我詩槎枒多苦語。」⑰

其所以有異，是由于憲噩終身爲諸生，政治上毫無出路，所以特別欣賞清寒瘦削的詩風。而憲喬「乾隆丙申召試舉人，官歸順知州」，很關心民生疾苦。又「性狷介，不能隨俗俯仰」⑱，因而自然喜愛杜韓及其他唐宋大家。

至於老二李憲暠，汪辟畺說：他「自負其經世之學，詩似爲其餘事，故體格孤峭，上不及乃兄；骨格開張，下不及阿弟。且涉獵較廣，獨不喜規橅形似，無以定其專主，然意興固自超也。以故二百年中，言高密詩派者必首二李，而鮮及叔白（憲暠之字）焉。」⑲汪這段話來自李憲喬。憲喬爲其二兄《定性齋集》作序說：「先生于爲詩從《選》入，他如庾信、徐陵、杜審言、沈佺期、陳子昂、李白、王維、白居易、韓愈、李賀皆嘗究涉，獨不喜規橅形似，故張、賈門下人無以定其專主。」⑳

從上述情況來看，真正表現高密詩派論詩主張和創作實踐的特色的是憲噩和憲喬兩人。他們的追隨者可以分為兩類。一類是圍繞二李轉的山東人，所謂「一時青、齊間稱詩者翕然從之。」㉑「密之旁邑數百里間，言詩者咸宗焉。」㉒另一類則是憲喬游宦粵西時的求教者。

丙 李憲噩與李憲喬

李憲噩，字懷民，後以字行，號十桐，山東高密人，諸生，有《十桐草堂詩集》。「其詩體格謹嚴，詞旨清朗，時時有獨到語，不墮當時風氣。」㉓單鉊序其《石桐詩鈔》云：「先生天姿高妙，而措詞安雅，不事藻繪，其蕭然閒放之趣，有非他人才力所能彷彿者。」張際亮稱其「生于漁洋、秋谷之後，而能自闢町畦，獨標宗旨，可謂岸然自異，不肯隨人步趨者。其五言樸而腴，淡而永，苦思而不見痕跡，用力而歸于自然。五字中含不盡之意，五字外有不盡之音。」㉔憲噩特別強調五律的寫作，在《重訂中晚唐詩人主客圖》中，「一一指示其用意造句之法，以圈點別之。」《二客吟》是他和憲喬所作五律的合編本，他也自加圈點，「其篇中命意著眼處，識以墨點；一字關鍵處，字旁識以雙圈；其神理融洽處，句旁識以連圈。」㉕

他的五律，從選材來看，不外是隱士和貧士的清苦生活，景物則往往是荒寒的雪景和夜景。試看下列三首：

《子喬自縣中來，言單書田先生貧至食木葉，邀叔白各賦一首為贈》

食盡門前樹，先生空忍饑。祇應到死日，始是不貧時。古性原無怨，高情獨有詩。即今三日雪，堅臥又誰知？

《雪後晚望寄子記》

風色向林際，冷吟還水邊。夕陽晴照雪，歸鳥暮沉煙。樹遠分高寺，山昏合凍天。仍懷北城下，燈火獨蕭然。

《冬暮村居雜詠寄叔白，七首》（選錄其二）

翳翳荒煙合，村家近晚餐。犬偎日陽短，鳥啄木聲乾。暗牖寂已暝，茅檐低正寒。閒愁方歲晏，觸次亦無端。

錢鍾書曾嘲笑永嘉四靈所作五律，「開頭兩句往往死死扣住題目」，「詩裡的警聯常常依傍和模仿姚合等的詩。」㉖楊愼早已指出賈島詩派主要對于後聯寫景用工錘煉。㉗胡震亨也指出：這派詩人用白描手法「說眼前景，說易見事」，㉘卻能狀難寫之景如在目前。祇要仔細研味，就可以看出憲噩的五律正是這樣做的。高密詩派正像永嘉四靈一樣「捐書以爲詩」，這和虞山、漁洋、歸愚、隨園都是完全不同的。《晚晴簃詩話》說他「不墮當時風氣」，正是指此。他和他那一夥都是「苦吟」的，「專以煉句爲工，而句法又以煉字爲要。㉙」因而他們的詩作，不僅字句洗煉，意象渾成，而且情含景中，意在言外。如「祇應到死日，始是不貧時」，造語質樸，卻寫出了這位貧士極端高潔的品格，這種「獨到語」正是「苦吟」的結晶。《冬暮村居雜詠寄叔白，七首》，論者甚至說：「姚合《武功縣中作》三十首，較此當覺後生可畏。」㉚

李憲喬，字子喬，號少鶴，乾隆「乙酉（三十年）選貢高第，年十九。高宗見其年幼，罷歸。陳文恭（指陳宏謀，時爲東閣大學士，卒諡文恭）慰之曰：『君名臣（憲喬父元直，號愚村，雍正時爲御史，疏劾用事諸大臣，直聲震天下）子，終當以科第起家。』丙申（乾隆四十一年）召試，賜舉人。」㉛官歸順知州。有《少鶴内集》、《少鶴外集》，又有《鶴再南飛集》、《龍城集》、《賓山續集》。

少鶴受詩于其兄憲噩，㉜故法式善謂「子喬學閬仙，其體潔」，與其兄「各臻妙境」。㉝如《和王荊公晝寢》：「百年蕭散跡，強半此中居。淡意雲能學，遲情日不如。晝收四壁靜，琴在七弦虛。自覺清涼甚，非關潦倒餘。」又如《海上訪法迂叟評事坤宏》：「先生臨海居，八十意翛如。半路中逢鶴，單身外即書。應門童亦拙，繞屋樹還疏。潮落暫須住，前灘同釣魚。」㉞

正如汪辟疆所說：「少鶴五言近賈爲多，正與石桐驂靳，故有張、賈門下二客之稱。惟五七言古體，則嘗出入韓、蘇，氣體稍大，與石桐專事峭刻者不同。㉟大抵在家鄉倡和時，和憲噩同宗張、賈，而宦游粵西後，則出入唐宋諸大家。所以袁枚遊粵西，見憲喬詩，才會讚嘆：「今之蘇子瞻也！」㊱

他的特點是不一味摹仿，而注意變化。因此，論者或稱其「出入唐宋諸大家」，而「能運以己意，雖巉刻，不傷真氣。」㊲或稱其「詩出入唐宋諸大家，而能空所依傍，蓋有真意以運之也。」㊳或稱其「匯冶諸家，獨師懷抱，才雄而氣峭。」㊴意思一樣，都是說他師古而又能變古。

他困守家園時，並不甘心過詩酒流連的閒適生活，而是希望在政治上有一番作爲，《不朽》一詩就表現了這種思想：「古人志不朽，到今朽者半。何況本無志，其朽寧須問？少小尚奇偉，盛壯轉庸漫。未夕求安寢，才曉思美膳。不知竟百年，役此得無倦？喧喧車馬會，沸沸絲竹讌。相看如聚沙，轉眼已風散。問我何挾持，中夜常感嘆。早達輸鄧禹，固窮愧原憲。不朽藉文字，所託良有限。若更逐靡靡，已矣何足算！」㊵

登上仕途後，雖是微官末秩，他卻以親民自快，非常關心民瘼。「少鶴官嶠西，有與秦小峴詩，以國家設民牧，將以養民，而顧殘酷之，是非以養民，適以殘賊民。小峴答書，謂『邊嶠少詩人，足下以易直子諒之心，發而爲詩；而學于足下者，得所指授，皆能爲詩，夷猶悅懌，平其心，和其志，以庶幾乎風人之旨。』比之柳子厚之在柳州。」㊶其《修堠謠》寫官府修建烽堠（軍事設施），勒令各村「一丁出百磚，十戶供萬瓦」，已經使農民「典盡兒女衣」了，卻還「更驅自轉運」，以致妨礙農功：「田秧雖得插，廢棄如枯莿。秧枯即絕食，餓死行可必。」㊷儼然張（藉）、王（建）樂府的嗣響。

而最感人的是《民頑一首呈鎮安李太守》：「『民頑不知恩』，不仁哉此語！爲恩知有幾？爲害已莫數。此州（指所任職的歸順州）屬極邊，夷民紛雜處。舊以獷悍聞，未往神先沮。試爲布心腹，告其兄與父：『因利固有待，先除昔所蠹。庶各安爾業，訟獄莫予苦。』此來未云久，民已三泣予。某實心愧之，而證前聞誤。勤勤賢太守，恕吏不恕民。某既證所信，還舉以相聞。」㊸此詩不但如論者所言「語語真樸，于陶、韋非貌似者也」，㊹而且應該說，憲喬對人民的認識已高出陶、韋之上，所以他和治下的人民才有那樣深厚的感情（見其《將去歸順，和樂天杭州二詩》）。陶潛能夠教子：「今遣此力助爾薪水之勞，此亦人子也，可善視之。」㊺在士族當權的六朝，這種人道主義思想自然是可貴的。韋應物能「自慚居處崇，未睹斯民康」，㊻這種內疚自責也是很難得的。然而他們都還沒有像李憲喬這樣一心一意爲民興利除弊，而且總是自責未能盡職。特別可貴的是他認識到：「爲恩知有幾？爲害已莫數」，這對封建官吏虐民的實質作了很深刻的揭露。

憲喬這種方正品格的形成，首先來自父教。其父貴爲御史，卻被同僚呼爲「戇李」，㊼剛正清廉可知。另外，杜甫、韓愈、張籍、蘇軾，他們的爲民請命精神，嫉惡如仇性格，對他更有深刻影響。憲喬那些反映現實的詩，都寫得像張籍的那樣「天然明麗，不事雕鏤。」

丁 二李的追隨者

憲噩終身爲諸生，憲喬早年也株守故園，但因生于世家，「所居待鴻村，在膠水西涯，有沙水樹石之觀。側近知名士時相過從，與縱游海上諸山，流連唱酬，詩日以富。」㊽

最先信從二李詩論的是王克紹，字薪亭。他是膠州人，諸生。「當石桐兄弟訂唐詩主客圖以倡後進」時，他「首尊信之，與弟克純（字潁叔）、兄子夏（字蜀子）、高密王萬里（字希江）、王寧闓（字子和）同受學焉。少鶴集中所謂『薪、蜀、希、潁、和王氏五子』是也。嘗以春秋佳日，與諸學子聚石桐家，刻燭分韻，競奇鬥捷，若不自知其老者。詩格清超，晚益臻閒曠，洵能傳桐、鶴之嫡派者也。」㊾

除了王氏五子，經常和二李唱和的平輩朋友，有單襄棨、單可惠等，都是高密人。

單襄棨，字子氾，監生。憲喬序其《夢筑堂詩初集》，稱其「與石桐先生研究《主客圖》，詩律益細。」老「多病，不出里門。詩無異題，題無異格，不談理，不涉事，惟即目前景物，舒其恬淡性情而已。初閱若淺弱，熟復乃覺深厚，其境不易也。」㊿

單可惠，號芥舟生。貢生。「高密自李十桐、少鶴兄弟以詩名于時，學子爭效之。芥舟稍後出，頗極抑鬱磊落之致。」(51)「明經屢困場屋，窮巷蕭然，環堵不蔽風雨，故其抑鬱磊落之氣，悉發之于詩，使讀者恍遇伊人于清泉白石間也。」(52)試看其《訪李五星詒經》：「客行深巷曲，犬吠竹籬根。住近城西郭，幽于嶺背村。秋聲來遠樹，草色閉閒門。余亦謝時事，言尋靜者論。」(53)讀這種詩，真是「恍遇伊人于清泉白石間」，一片冷趣。

還有後輩一大群，其中首先是「後四靈」。其所以得此名，是因爲永嘉四靈專學姚合、賈島，現在李詒經、王寧焯、王寧烻、單薡四人緊跟二李專學張籍、賈島，所以憲噩以此名之。其中如李詒經，字五星，「工詩，喜孟郊、賈島之爲人，而詩肖之。」(54)他終身爲布衣。劉松嵐題其詩卷云：「性與時人異，平生惟苦吟。耳中無世事，身在少名心。……」(55)童毓靈《寄呈李五星》：「住處四時冰，前身何洞僧？經年長不出，五字有誰能？看積眾峰雪，坐殘孤壁燈。寧知萬里外，夢見骨崚嶒。」(56)由此可以想見其詩和人簡直合而爲一，徹底的孤高冷峻。張昭潛稱之爲二李高足，「品高望重，領袖清流。」(57)

除了高密一帶人，還有福山的鹿林松、邱縣的劉大觀等，也以晚輩身份向二李請教詩法。

鹿林松，字木公，號雪樵，福山人。諸生。《買春詩話》謂其「詩學李少鶴刺史兄弟，所謂高密派也。如『滿村花釀酒，一寺樹懸鐘』；『但見雲舒卷，不知山淺深』；『一磬鳴煙寺，千巖散夕陽』，皆佳句也。」《射鷹樓詩話》說：「韓冬郎『已涼天氣未寒時』七字最耐人尋繹。福山鹿木公先生林松《立秋夜同星船先生》云：『露坐入深夜，不知秋已生。感人先以氣，到樹尚無聲。』『感人』十字微妙處正與冬郎同，非真得秋氣者見不到說不出耳。若立秋夜聞秋聲，便是眾人筆下所有。」林昌彝這一分析，可以幫助我們了解高密派『苦吟』的特色，所謂『語不猶人』，就是這個意思。

劉大觀，字松嵐，邱縣人，歷官山西河東道署布政使。「初在嶺外，學詩于李子喬。子喬謂其爲《才調集》所誤，三十後從新作起。又曰：『格律不合，色相不配』，又火之。得其指授，一以清瘦峻削爲宗。《得李子喬書》云：『想見寄時難，離愁有萬端。經年始能到，隔日又重看。積雪在枯樹，薄帷生峭寒。那能遼水上，一夕振輕翰。』他如『馬因行部瘦，民自下車肥』；『血枯平虜後，家散拜官秋』，皆類長江一派。」[58]汪辟疆說：「松嵐官位較達，且躬任爲二李校刊遺書者也，高密詩派流播之廣，松嵐與有力焉。」[59]

除了劉大觀傳下一支如朱道衍外，還有單爲鏓傳下一支。何家琪有這麼一段詩：「昔隨園氏才恢張，坐令詩教流俳倡。當時崛起高密李，兄弟力以清真瘦削之筆回瀾狂。同里繼作單夫子（原注：伯平先生。按：即單爲鏓）。薪傳吾師王萊陽（芷庭先生。按：王蘭昇，字芷庭，萊陽人）。小子侍師年未冠，頗聞緒論窺門牆。……左揖滄江（靖侯大令。按：郭綏之，字靖侯。濰縣人）右柳（子琴茂才。按：柳晉，字子琴，蓬萊人）翟（式文茂才。按：翟熙典，字式文，掖縣人），大風郭五（蓋卿刑部。按：郭翊，字蓋卿，濟南人，官刑部主事，其集名《大風樓》）齊雁行。榮城（孫佩南。按：孫葆田，字佩南，榮成人）不死亦云幸，天以碩果麗冰霜。陳君（鳳五工部。按：未詳）初識詩亦好，傅君（少隅孝廉。按：未詳）佳句遙寄將。學士吾師之賢嗣

（爵生學士。王垿，字爵生），汝南玉尺才親量。劉君（子秀孝廉。按：未詳）試院來襄校，標以鉅集紛琳瑯。……由來師古在神不在貌，百代宗派猶瓣香。」[60]

以上是圍繞高密二李轉的一群及其傳人。

另一類則是李憲喬游宦粵西時的從遊者。

一是朋友。如李秉禮，號松圃，江西臨川人。單鉊序其詩云：「（少鶴）與江西李松圃秉禮友，松圃從受詩法，以風節相砥礪。」[61]如朱依真，字小岑，桂林人。「少鶴與小岑多所倡和。」[62]依真有《贈李石桐並送其北歸》詩云：「喜識膠東叟，居然稷下賢。詩如人瘦健，心與古周旋。一字嚴南董，終身奉閬仙。劇憐相見晚，何況是離筵！」又有《寄十桐、少鶴兄弟》云：「石叟擢修幹，卓然如石介。說詩用秦法，棄灰者抵罪。紛紛柳下季，常苦伯夷隘。鶴也萬夫雄，自負本領大。鵾鵬不受縛，溟渤供育怪。椎成示敦樸，剸犀見鋒快。于法不苟同，于古兩不背。其音即非至，要亦梅（堯臣）蘇（舜欽）輩。世耳不易悅，奸聲復相害。譬張咸池奏，勿與巴里對。譬齎章甫冠，毋向荊蠻賣。斯文有代興，相期百祼外。」[63]

另一是向憲喬學詩的弟子。如童毓靈，廣西歸順人。憲喬「兩牧歸順」，毓靈「從之遊，奉中晚唐主客圖爲準的」，其詩「冷峭得少鶴之一體。」[64]如童葆元，毓靈之弟，「亦少鶴門人」，所作「于二李可稱具體。」[65]如袁思名，「從少鶴學詩，專師賈長江，刻苦幽峭。」[66]如葉時晳，柳城人，「師事少鶴，執弟子禮。」[67]還有黃鶴立、曾傳敬、農日豐、唐昌齡等皆向憲喬問詩法，形成了廣西的高密詩派。

李秉禮以二李詩法傳其子宗瀚，以後江西人亦多傳主客圖，于是江西也有高密詩派。[68]

所以汪辟畺作結論說：「高密二李之詩派垂二百年猶未絕也。」⑲

戊 對高密詩派的評價

高密詩派和永嘉四靈微有不同。「四靈名為晚唐，其所宗實止姚合一家，所謂『武功體』者是也」；⑳而二李則宗張籍與賈島，憲喬且「規模較闊，出入唐宋諸大家。」即以張、賈而論，二李意在融會張的雅正和賈的清苦，形成自己的藝術特色。從上述二李及其追隨者的情況看，這派詩人本有用世之心，但大都處于士這一底層，因而雖生于所謂乾嘉盛世，他們個人卻充滿一種蕭索冷落的情懷。這些人又都很狷介，有的竟唱出「甘死不甘媚」的詩句。所以，在對社會現實失望以後，便自然挑選清苦的賈島、雅正的張籍，用這兩家詩作為自己的「安身立命處」（李憲喬語）。他們苦吟，他們錘煉，他們細細吟味自己的感情波瀾和藝術結晶。這種詩人的思想自然是正統的，所以都鄙視袁枚的「踰閑蕩檢」和把詩歌作為羔雁，寫成搢紳譜；也不贊成肌理派的一味鑽書卷，搬故實；更不滿意神韻派末流的矯飾、膚廓。

袁枚和李憲喬、李秉禮、朱依真都是詩友，所以沒有正面批評高密派，只是舉了二李幾聯五律中的對偶句，說「二人果有賈、張風味。」㉑

義形於色地對高密派再三加以指責的是肌理派的翁方綱。他寫了三篇文：《劉松嵐詩序》和《書李石桐重訂主客圖後二首》；又作五律四首：《近人有仿張為主客圖，取張司業、賈長江以下五律成集者，賦此正之，四首》。三篇文和四首詩說的都是一個意思：五律只能學杜甫。一定要學晚唐的，那就學杜牧和李商隱，因爲他們倆的「五律初不襲杜，而能造其微處。」所以二李奉張、賈是錯誤的。錯就錯在一個「窘」字，憑窘步是不能追攀騷雅的。《石洲詩話》評永嘉四靈也是這個意思：「四靈皆晚唐體，大率不出姚合、賈島之緒餘，阮亭謂『如襪材窘于方幅』者也。」(72)

應該說，翁氏的話既正確又荒謬。說它正確，因爲高密派確實較窘。說它荒謬，則因翁氏身爲顯宦，祇從自己的審美情趣出發，一味欣賞有聲光氣燄之作，不允許窮而在下者用自己喜愛的題材和形式，來表達內心的真切感情；甚至責怪高密派的「律句趨平弱」，追隨者眾，危害人心和學術，和乾嘉盛世大不相稱。這和錢謙益、朱彝尊的謾罵竟陵派爲亡國之妖不是如出一轍嗎？

延君壽完全附和翁方綱的意見，認爲「五律終當以杜爲宗」。他雖然承認二李詩法「亦五律入門正法」，卻又說：「但山東學者多爲此本所囿，洋洋大國之風幾乎息響。」(73)朱庭珍也說高密派「頗行于齊魯間，卑隘淺弱。」(74)邊浴禮斥高密派名爲「尊唐，實則皮傅于殘宋。」

其實凡能成爲流派，總有它的獨到之處。高密派綜合張、賈詩歌的藝術特色，結合自己的實際，加以發展，形成自己的流派特色，和四靈、江湖不同，怎麼是「皮傅殘宋」？要知道這種前無古人，正是它獨立開派的原因。

注釋

(1)(19)(25)(35)(47)(59)(68)(69)《話高密詩派》，《中華文史論叢》第二輯

②⑧⑫⑬㉚㊽《雪橋詩話》初集卷六
③《無爲齋文集．澹園先生墓誌》，見《山東通志》卷一四五《澹園詩選》下
④⑥《天根詩鈔》卷一《重遇濰縣劉子秀孝廉汝寧……追述師友感賦長歌》
⑤《天根文鈔》卷一《趙月槎詩序》
⑥《射鷹樓詩話》卷三引單氏《張燈曲》自序
⑦《小倉山房尺牘》卷八《答李少鶴書》、卷十《再答李少鶴》
⑨⑩㉒《清史列傳》卷七二李懷民傳
⑪《十桐草堂詩集．熙甫考功自都門索畫，爲模王司農筆》
⑭同②三集卷八
⑮⑱㉜㊱㊲61《國朝山左詩續鈔》引單紹序
⑯同⑦卷八《答李少鶴書》
⑰《隨園續同人集．寄懷類》李憲喬《寄酬簡齋先生》
⑳《山東通志》卷一四五《叔白詩鈔》下
㉑㉓㉞㊳㊵㊷㊿51 53《晚晴簃詩匯》卷九八
㉔《山東通志》卷一四五《石桐詩鈔》下
㉖《宋詩選註》「徐璣」下
㉗《升庵詩話》卷十一
㉘《唐音癸籤》卷三二

㉙《四庫全書總目》卷一六二《清苑齋集》提要
㉛㊶㊸㊹55 58 63《雪橋詩話》續集卷六
㉝《梧門詩話》
㊴56 62 64 65 66 67《雪橋詩話》三集卷八
㊺蕭統《陶淵明傳》
㊻《全唐詩》卷一八六韋應物一《郡齋雨中與諸文士燕集》
㊾同⑳《閒雲南中集》下
㊿同卷《夢筑堂詩》初集下
52同⑳《白羊山房詩》下
54 57同卷《卓然詩稿》下
70同㉙卷一六五《雲泉集》提要
71《隨園詩話》卷十第六九條
72《石洲詩話》卷四第一〇二條
73《老生常談》
74《筱園詩話》卷二
75《雪橋詩話》餘集卷六

第十六章　常州詩派

甲　常州詩派的產生

過去的文學史上，只有常州詞派，沒有常州詩派，然而實際上後者是存在的。

常州詩派的詩論家是洪亮吉，他幾乎對本朝前期或同時的各大詩派都深致不滿：「詩至今日，競講宗派。至講宗派，而詩之真性情、真學識不出。嘗略論之：康熙中，主壇坫者，新城王尚書士禎、商邱宋尚書犖。新城源出嚴滄浪，詩品以神韻爲宗，所選《唐賢三昧集》，專主王、孟、韋、柳而已，所爲詩亦多近之：是學王、孟、韋、柳之派。商邱詩主條暢，又刻意生新，其源出於眉山蘇氏。游其門者，如邵山人長蘅等，亦皆靡然從風。同時海鹽查編修愼行亦有盛名，而源又出於劍南陸氏：是又學蘇、陸之派。秀水朱檢討彝尊，始則描摹初唐，繼則泛濫北宋：是又學初唐北宋之派。博山趙宮贊執信復矯王、宋之弊，持論一準常熟二馮，以唐溫、李爲極則：是又學溫、李之派。迨乾隆中葉，長洲沈尚書德潛以詩名吳下，專以唐開元天寶爲宗，從之游者，類皆摩取聲調，講求格律，而眞意漸漓：是又學開元天寶之派。蓋不及百年，詩凡數變，而皆不出於各持宗派。何則？才分獨有所到，則嗜好各有所偏，欲合之，無可合也。」①

從「至講宗派，而詩之真性情、真學識不出」這兩句話，可見洪氏是反射樹立宗派的。但也可以看出，他和他的同志們是主張以詩來表現真性情、真學識的。何況他也承認，各種詩派的產生，是由於才分不同導致嗜好各異的結果。因此，我們把他們這一群體稱爲常州詩派是可以的，關鍵是理解他們的理論內涵和創作實踐究竟有什麼特色。

他們首先反對神韻派。如洪亮吉說：「蠶尾山人絕世姿，聆音先已辨妍媸。何應一代才名盛，只辨唐臨晉帖詩？」②又說：「而窘於篇幅師王孟」，斥之爲「僞體」，③以王士禎詩與明七子之規仿漢魏三唐同列，④並說：「而假王孟詩不看」，因爲它不能「自寫性情」。⑤黃仲則則在詩創作上「大變漁洋之風。」⑥同是常州人的呂嶽自，「詩宗王士禎，然不以自重。同時黃景仁、洪亮吉諸人方以能詩噪邑里，而未嘗與之爭鳴。」⑦可見常州詩派反神韻派的效果。

其次是反對學宋派。洪亮吉說：「假蘇詩不看」，原因也是它不能「自寫性情」。⑧他特別憎惡邵長蘅，即因他前期學唐，「作意矜情，描頭畫角，而又無真性情與氣也。晚年學宋犖，更不足觀。」⑨又嘲笑學宋派：「略具才情仿陸蘇，學古未成留僞體。」⑩在《蘇文忠公祠，二首，即呈秦同年瀛（祠即秦所創）》之一中說：「長篇千首恨雷同（自注：近時學公詩者極多，不無流弊），不敢師公只慕公。」⑪

第三是反對格調派。洪亮吉指出：「詩文講格律，已入下乘。然一代亦必有數人，如王莽之摹《大誥》，蘇綽之仿《尚書》，其流弊必至於此。明李空同、李于鱗輩，一字一句必規仿漢魏三唐，甚至有竄易古人詩文一二十字，即名爲己作者，此與蘇綽等亦何以異？」⑫又說：「沈文慤之學古人也，全師其貌，而先已遺神。」⑬又在《包文學家傳》中說：「時長洲沈尚書德潛方以詩名吳下，從之游者，類皆研摩格律，剽取聲調，以求合於唐開元，天寶諸巨公。而貌合神離，千首一律，其弊至以前人名作竄易數字冒爲己有者。（包士曾）先生雖爲尚書所激賞，而意趣不同。嘗與同輩論詩曰：『詩爲心聲，吾之詩，必肖吾之心然後可。若轉而求肖古人，縱極天下之工，亦古人之詩，非吾之詩也。』」⑭

第四是反對肌理派。洪亮吉說：「翁閣學方綱詩，如博士解經，苦無心得。」⑮又在誤傳翁卒時，作挽聯說：「最喜客談金石例，略嫌公少性情詩。」自注：「蓋金石學爲公專門，詩則時時欲人考證也。」⑯又在論詩絕句中說：「只覺時流好尚偏，並將考證入詩篇。美人香草都刪卻，長短皆摩《擊壤篇》。」⑰

第五是反對性靈派。洪亮吉評袁枚詩：「如通天神狐，醉即露尾。」⑱這是說，袁的所謂「性靈」，並非「真性情」，就像通天神狐不可能修成正果，只是玩弄狡獪，蒙蔽讀者而已。其表現：⑴太巧。洪氏說：「詩固忌拙，然亦不可太巧，近日袁大令《隨園詩集》頗犯此病。」⑲⑵格卑。洪氏說：「近湖北張明經本，有《題袁大令小倉山房集後》云：『奄有眾長緣筆妙，未臻高格恨才多。』」⑳⑶輕佻。洪氏說：「商太守盤詩似勝於袁大令枚，以新警而不佻也。」㉑⑷淫艷。洪氏說：「袁大令枚詩，有失之淫艷者。」㉒洪氏對性靈派領袖人物有一個總評：「其詩雖各有所長，亦各有流弊。……平心論之，四家之傳，及傳之久與否，亦均未可定。……其故當又求之於性情、學識、品格之間，非可以一篇一句之工拙定論也。」㉓

第六是反對浙派。洪氏說：「近日浙中詩人，皆瓣香厲鶚《樊榭山房集》。然樊榭氣局本小，

又意取尖新，恐不克爲詩壇初祖。」㉔

那麼，常州詩派和上述各派不同之處是什麼呢？我們可以看看該派的詩論。

乙 常州詩派的詩論

常州詩派的詩人，大抵受儒家正統思想影響很深，實踐忠、孝二字，都想一展修齊治平的抱負。人人生性鯁直，嫉惡如仇。然而並不迂腐，往往縱情聲色，富於豪氣，都是些聖賢豪傑二者欲兼的人物。劉禺生《世載堂雜憶》曾記述說：「乾隆朝和珅用事，常州諸老輩在京者，相戒不與和珅往來。北京呼常州人爲戇物。孫淵如、洪亮吉，其領袖也。孫淵如點傳臚，留京，無一日不罵和珅。其結果，傳臚不留館，散主事，和珅所爲，人盡知之。淵如爲人題和尚袈裟畫，有『包盡乾坤賴此衣』句。和珅爲鑾儀衛包衣旗出身，有人獻此詩以媚和者，遂銜之次骨。」洪亮吉也說：「吾里中多瑰奇傑出之士，……是時年少氣盛，讀書多，不甚知世事，各負其兀傲之志，視古今無不可及之人，天下無不可爲之事，以爲他日當各有所建樹，不負知己也。」㉕

反映在詩論上，便有如下幾點：

㈠ 強調作者性情、學識、品格，認爲這是其詩作傳與不傳的決定因素

洪亮吉指出：「詩文之可傳者有五：一曰性，二曰情，三曰氣，四曰趣，五曰格。」

性指天性，畢沅《吳會英才集》稱洪氏「至性過人」；王豫《群雅集》稱洪氏純孝，守禮，又引《荻汀錄》稱爲孝子。王昶《蒲褐山房詩話》說：「稚存少孤失怙，爲母夫人守節教養而成，是以刻

意厲行，艱苦自持。」黃景仁亦至性過人，其《別老母》詩云：「搴帷拜母河梁去，白髮愁看淚眼枯。慘慘柴門風雪夜，此時有子不如無！」末句從母親方面設想，比直寫自己別母之悲苦更深切；然非至性人，亦不能有此設想。洪亮吉認爲：「寫景易，寫情難；寫情猶易，寫性最難。若全椒王文學鳌詩二斷句，直寫性者也。『呼奴具朝餐，慰兒長途飢；關心雨後寒，試兒身上衣。』『兒飢與兒寒，重勞慈母心。天地有寒燠，母心隨時深。』實能道出慈母心事。」㉖

情指人情，主要是「友朋」與「夫婦」之情。畢沅《吳會英才集》說洪亮吉「篤於友誼。及黃（景仁）客死，素車千里，奔赴其喪，世有巨卿之目。故其贈友諸什，情溢於文。」洪亮吉十分欣賞沈德潛《七夕感事》中一聯：「只有生離無死別，果然天上勝人間。」即因沈「時悼亡期近」，善寫夫婦之情。㉗另外，他對任大椿《送友》一聯：「無言便是別時淚，小坐強於去後書。」也因爲是「情至之語，余時時喜誦之。」㉘

氣指正氣，亦指豪氣。康發祥《伯山詩話》說：「陽湖洪稚存亮吉《更生齋詩》，頗有雄直之氣。」張維屏《聽松廬詩話》：「洪北江詩有真氣，亦有奇氣。」乾隆末年，和珅用事，朝廷釀成貪懦之風。洪氏有詩云：「師臣者三王，友臣者五伯（霸）。逮茲秦漢後，視下比廝役。長孺前正論，天子輒變色。惜哉公孫宏，其性本便辟。庸儒師國柄，何事足裨益？田蚡及衞霍，半又起外戚。當日嚴憚人，庶幾惟汲直。」㉙和珅被誅後，他作《自勵》詩云：「寧作不才木，不願爲桔槔，……俯仰隨汝曹。」㉚又云：「寧作無知禽，不願爲反舌。……豈翳果無聲？無乃事容悅。依依簷宇下，飲啄安且吉。」㉛正因爲他要學汲黯，所以在乾隆帝崩、嘉慶帝親政之初，他即「反覆極陳時政數千言」，以致撤職流放伊犁，幾乎喪命。

以上性、情、氣三者偏於作者的素質和品德。從洪氏看來，有了至性、真情，自有正氣、豪氣。所以他評論同派詩人錢維喬的詩，特別提到自己流放伊犁前夕，「時余在請室中，縲紲遍身，役車又敦促上道，匆猝未暇念及妻子也，獨割讞案紙尾，疾作書，寄季木（錢維喬之字）與孫兵備季仇（孫星衍之字），與之訣別。聞季木得余書，痛哭失聲，時時走余家問消息。及余抵戍所甫一日，即得季木書於患難中，申之以婚姻，所以慰戒之者無不至。在戍所三閱月，凡三得季木書，而余已蒙恩旋里矣。季木於友朋死生離合之際，不忍相負如此，然後知季木詩之工，季木性情之摯爲之也。烏乎！人惟性情不摯，故遇事輒持兩端，甚或幸人之急而排擠之，訕笑之，以自明涉世之工；否則自詡爲深識遠見，以爲固早慮其有此。此其人亦何嘗不爲詩文，然要皆揣摩世故之談，與影響游移之語。」[32]不但入世的士大夫應有真性情，就是出世的僧人，「雖以空虛爲主，寂滅爲宗」，他也欣賞他們「值俗家父母兄弟之疾痛，所居所遊歷之州縣水旱疾疫，皆於詩見之。」結論是：「然後知方外之詩亦未嘗不以性情爲重也。」[33]

所謂趣，有三種：「有天趣、有生趣、有別趣。」他認爲莊子、陶淵明、元結和韋應物的詩文有天趣，就是對宇宙自然的層次的審美認識。生趣的例子是東方朔的《答客難》，枚叔的《七發》，阮籍的《詠懷詩》，郭璞的《游仙詩》，是指想像豐富的浪漫主義作品。別趣的例子是王褒的《僮約》，張敏的《頭責子羽文》，以及鮑照、江淹的涉筆成趣的俳諧詩。強調趣，詩便不腐，否則容易墮入理學詩惡道。

格是格律，也是格調。洪氏論詩強調高格，即因標舉「情」、「趣」二字容易墮入性靈派的輕佻，所以矯之以高雅的格調。

㈡ 主張奇而入理

常州詩派中人，毗陵七子之一的呂星垣，「詩好奇特，不就繩尺。」曾用七陽全韻作柏梁體贈洪亮吉，多至三四百句。末二句云：「乾坤生材厚中央，前後萬古不敢望。」頗極奇肆。然而洪氏認爲「古人無此例」，因而贈以長句，末四語云：「識君文名已三載，才如百川不歸海。銀河倒注弱水西，努力滄溟欲相待。」寓規於獎。㉞洪氏認爲盧仝、李賀的詩，是「奇而不入理者」。㉟如李賀的「酒酣喝月使倒行」，他認爲「語奇矣，而理解不足。」㊱韓愈的《此日足可惜》內「甲午憩時門，臨泉窺門龍」，是「奇而太過」，因爲「豈此時門復有龍門耶？」㊲

他認爲奇而入理的，是岑參的《遊終南山》及《走馬川行奉送出師西征》。(68)尤其欣賞鄭所南的「翻海洗青天」，認爲「語至奇而理亦至足，遂爲古今奇語之冠。」㊴對同時人《詠西瓜燈》的「藍團盧杞臉，醉劊月支頭」，也認爲「可謂奇而入理。」㊵

其實洪氏自己作詩就很好奇。據潘清《挹翠樓詩話》說：「吾鄉洪稚存亮吉太史作詩好爲奇異，當時有『黃犬一去三千年，白兔乘雲飛上天』，狀其好奇之過。」

㈢ 反對俗與滑

洪氏認爲「怪可醫，俗不可醫。澀可醫，滑不可醫。」他指出：「近時詩人喜學白香山、蘇玉局，幾於十人而九，然吾見其俗耳，吾見其滑耳。非二公之失，不善學者之失也。」㊶其實白居易本人的詩，他認爲就有俗的，如「草綠裙腰一道斜」，「則纖巧而俗矣。」㊷

㈣ 認爲詩必有珠光劍氣，始不磨滅

據吳嵩梁說：「稚存先生與余論詩：詩必有珠光劍氣，始爲不可磨滅。自謂其詩有劍氣七分，珠光三分；余詩有珠光七分，劍氣三分。持論奇妙。」㊸所謂「珠光」，指詩作藝術形式，尤其是詩作語言表現爲珠圓玉潤，光艷照人。所謂「劍氣」，則指詩歌思想內容，著重表現對理想事業的追求和對黑暗現實的鞭撻。「劍氣」也就是「雄直之氣」。㊹洪氏曾自評其詩「如激湍峻嶺，殊少回旋。」㊺別人則稱「太史詩如風檣陣馬，勇不可當。」㊻其實都是指洪詩有「雄直之氣」，亦即「劍氣」。

㈤　主張多讀書

張問陶弟子崔旭在《念堂詩話》中說：「洪稚存勸船山師多讀書，船山師勸稚存少讀書。二人各有見，洪氏似長。」這反映了常州詩派和性靈詩派創作論上的觀點分歧。袁枚雖不廢學，但他說過「學荒反得性靈詩」，所以張問陶也受到這種影響。常州詩派的人，如孫星衍、洪亮吉等都是經術湛深的學人，因而強調作詩要表現真性情、真學識。清代乾嘉之際，是樸學最繁榮的時代，士大夫重視學問，詩壇也大多強調學人與詩人的統一，所以，性靈派的崔旭也以「洪氏爲長」。

丙　常州詩派的傑出詩人黃景仁

常州詩派中，最優秀的詩人，自然要數黃景仁。前面介紹此派詩論時，主要依據洪亮吉的看法（因爲黃沒有系統的詩論）。同一流派的詩人，主要是詩學主張、創作風格的基本一致，黃景仁在這些原則問題上，是和洪亮吉一致的。現爲論析如下：

㈠性

性指天性，實即親子之情。這方面的詩，黃氏或直敘，或托喻，表現出一種平民的感情，寫得特別深切感人。如「衰親望子心，未必非甘旨。首務以力養，百事尚根柢。」[47]立意平實。又如《高淳，先大父官廣文處也。景仁生於此，四歲而孤，至七歲始歸。今過斯地，不覺愴然》的「當日白頭猶哭子，而今孤稚漸成人。」[48]《春感》的「道旁知幾輩，家有白頭親。」[49]《得稚存、淵如書，卻寄》贊美洪的「自餐脫粟厚養親。」[50]《聞稚存丁母憂》其一的「故人新廢蓼莪篇，我亦臨風尺涕懸。同作浪遊因母養，今知難得是親年。」其二的「為撫孤雛力已殫，與君兩小識辛酸。」[51]《移家來京師》其一的「暫時聯骨肉，邸舍結親廬。」其三的「長安居不易，莫遣北堂知。親訝頭成雪，兒驚頷有髭。烏金愁晚爨，白粲困朝糜。莫惱啼鴉切，憐伊反哺時。」[52]《都門秋思》其四的「一梳霜冷慈親髮」。[53]《與稚存話舊》其一的《縱使身榮誰共樂？已無親養不言貧。」[54]《移家南旋，是日報罷》的「朝來送母上河梁，榜底驚傳一字康。……最是難酬親苦節，欲箋幽恨叩蒼蒼。」[55]《鮑叔祠》的「能知有母真良友，若解分財已古人。」[56]而最沉痛的是二十三歲作的《別老母》（前已論析）。以上是直敘的。還有托喻的如《飢烏》的「向人不是輕開口，為有區區反哺私。」[57]《烏巖圖歌，為李秋曹威作》的「爾今反哺，爾樂何只且！」[58]

㈡情

情指人情，主要是朋友和男女之情。黃詩寫朋友之情的極多，現舉幾個知友為例。先看關於洪亮吉的。《泗州喜洪大從姑孰來》：「故人青霞侶，嗜好昔所親。」「相樂傲行路，依依似形影。」[59]《稚存從新安歸，而余方自武陵來新安，相失於道，作此寄之》：「君飲新安水，我客錢塘城。風巖水穴每獨往，此間但恨無君行。君下嚴陵灘，我上富春郭。日日看山不見君，咫尺煙波已成錯。卸裝孤館開君書，知君去才三日餘。君行盡是我行處，一路見我題詩無？吳山越水兩迎送，今夜追君惟有夢。」[60]

又如關於汪中的。兩人未識面時，即相知名。汪於乾隆三十五年即作詩六首贈黃，其中有云：「賓客徒滿堂，不見所思人。」可見其目無餘子，相契獨深之概。次年兩人才在安徽太平州知府沈業富署中相識。黃在《和容甫》之二說：「氣吐相感激，長揖如生平」；之三說：「衆中獨我奇。」[61]正是兩人一見如故的寫照。兩人都懷才不遇，有共同的不平：「麟麏（獐子）雉鳳世莫別，蕭蒿（兩種惡草）蕙茝（兩種香草）誰能名？」因而黃表示：「願從化作橫江鶴，來往天門采石間。」[62]這年十二月，黃歸故里，解劍贈汪，並有詩：「知君憐我重肝膽，贈此一片荊軻心。」[63]汪是著名的經學家，又對子書極有研究，因而常勸黃多讀書。黃在《送容甫歸里》三首之二說：「療飢字少憐予陋，勸學言溫鑒爾真。」就是寫這事。同詩之三有云：「寄書寄劍是生平。」句下自注：「以所攜劍贈容甫，容甫亦以書寄予，今歸之。」可見兩人相交之深。汪中是著名的狂生，「於時彥不輕許可，見負盛名者，必譏彈其失。」[64]黃景仁也是「慕與交者，爭趨就君，君或上視不顧。」[65]然而這兩位狂生相互之間卻是這樣傾倒備至。黃不但以得交於汪爲幸，還爲好友徽州程厚孫作介紹，有《贈程厚孫，時爲厚孫作書與汪容甫定交》詩，有云：「我識江都汪，投分差可恰。匪特經無雙，群言工貫插。平時氣炎炎，可望難可狎。論文忽幽渺，境擬月寒硤。遂與俗殊尚，狂名紛喋喋。」非相知之深，不能爲此言。

黃景仁不但對好友充滿深情，而且對勞動者也充滿同情。如《客冬從滁州肩輿至瓜步，輿夫老壯各一。今過此，壯者復舁余行。問其同伴，則去年從瓜步歸，病死於道矣。爲之愴然賦詩》：「崎嶇風雪裡，送我渡江行。健語因貪醉（喝醉了酒，話特別多），逢山每報名（殷勤作導遊）。遽看筋力盡，能免涕洟橫！爾（指壯者）尚曾相識，前途酒共傾。」⑯他爲死者哭，又把生者當做老朋友，邀他一塊兒喝酒，這都反映了黃的平民感情。據《京塵雜錄》說：「黃仲則居京師，落落寡合，每有虞仲翔青蠅之感，權貴人莫能招之，日惟從伶人乞食。」可見他對社會底層的人有一種特殊的好感，對老轎夫死亡的「涕洟橫」是出於自然的。

黃氏認爲友情的最高標準是「死友」。他有一首七古《蔣心餘先生齋頭觀范巨卿碑額搨本》即詠此事。范巨卿名式，事蹟見《後漢書‧獨行傳》。所謂「死友」，即朋友之間，可以託妻寄子，生死不渝，如范式之於張劭、陳平子。黃氏此詩緊緊扣住「死友」二字來寫。先說這墓碑額「直是生平死友心，上作星芒墜爲石」。心化爲石，這種想象十分突兀。後面又說：「郅君章與邢子貞（按：邢應作殷），欲爲死友適得生。張元伯後陳平子，縱不生交亦堪死。」最後表示：「慚愧平生結交遊，山陽空聽笛聲愁。南歸定下墳前拜，埋骨期分土一丘。」⑰黃氏贈汪中以所攜劍，就是「贈此一片荊軻心。」「荊軻心」是「士爲知己者死」，正是「死友」的另一說法。而後來黃氏三十五歲將病歿於山西運城時，飛書寄洪亮吉，促其速來以囑後事。洪聞耗，借馬疾馳，日走四驛。抵運城後，黃已前卒，河東鹽運使沈業富移其柩殯於古寺中。洪哭奠，日三臨（哭弔），並爲文以告殯，始偕其柩以歸，葬於黃氏先墳之側。⑱此正洪《與畢侍郎箋》中所謂「龔生竟夭，尚有故人；元伯雖亡，不無死友。」常州詩派這兩位詩人正是以行動體現了他們的生死交情的，這是一首放射著「真性情」光輝的詩篇。

再看關於男女之情的。黃曾稱讚孫星衍：「寄我新成《病婦》詩，不特才豪亦情種。」[68]的確，孫星衍和其妻王采薇，是一對天成佳偶。黃沒有娶到一位嫺吟詠的夫人，因此，他的《別內》詩說：「幾回契闊喜生還，人老淒風苦雨間。今夜別君無一語，但看堂上有衰顏。」[70]抒發的只是貧賤夫妻的感情。

黃的情詩對象是另外的少女。集中最早的一首情詩是《秋夕》，當時詩人只有十六七歲。從詩的內容看，對方身份是個良家女子，究竟是大家閨秀還是小家碧玉卻看不出，但可以肯定不是《綺懷》十六首的表妹，因爲性格不合。很可能是他十七歲在宜興氿里讀書時的一次艷遇。

《感舊》四章編於《秋夕》後，從其一的「匆匆覺得揚州夢」，其二的「禪榻經時杜牧情」，其三的「多緣刺史無堅約」，可見這四首詩所寫的是一位綺年玉貌而又多情的風塵少女。從其三的「豈視蕭郎作路人」，「難換羅敷未嫁身」，其四的「他時脫便微之過，百轉千回只自憐」來看，則黃重遊舊地時，這少女已從良了。據年譜，黃初遊揚州在乾隆三十一年冬，才十八歲，尚未娶親（次年才娶趙夫人）。二十一歲那年夏天又遊揚州，《感舊》四章應作於此時。

《感舊雜詩》四首，從其二的「別樣煙花惱牧之」，其三的「柘舞平康舊擅名」，可見對象也是妓女。但和上述《感舊》那位揚州少女不是一人，因爲這位「越王祠外花初放，更共何人緩緩行」的，應該是杭州的一位少女，而且也已出嫁了。因爲這兩句詩用的典故是：「吳越王妃每歲春必歸（母家），臨安王以書遺妃曰：『陌上花開，可緩緩歸矣。』」[71]黃十九歲、二十歲、二十一歲這三年中，多次遊杭，可能是這段時間的一次艷遇。

《綺懷》十六首，研究者根據其四的「中表檀奴識面初」，定爲這一組所寫對象是黃的表妹。

據我看，前十首是寫他和表妹的一段戀情，第十一首寫的應是一個侍女。因爲「買得我拌珠十斛」，用石崇以珠三斛買綠珠爲妾的典故；「怕歌《團扇》難終曲」，用王珉與嫂婢有情，婢善歌，爲作《團扇歌》事；「但脫青衣便上昇。曾作容華宮內侍」，更說明了是婢女。其餘各首恍惚迷離，都難實指。從最後一首的「結束鉛華歸少作，屏除絲竹入中年」看，這一組詩實在是對以往一切愛情遭遇的總結。

《歲暮懷人》之十九、二十作於三十一歲時，這時黃在北京，不知他懷念的是兩位什麼樣的少女。

情詩就是以上這些。由於他和妻子是沒有愛情的婚姻，所以他特別懷念早期的情人，正如「婚姻不幸福的拜倫卻多年懷念他早期的愛人瑪麗」⑫那樣。而正如恩格斯所指出的，「現代意義上的愛情關係，在古代，只是在官方社會以外才有。」⑬因此，我們對於他在氿里、揚州、杭州和北京等地的艷遇，不論其爲妓女、表妹還是婢女，都是可以理解的。他是天才詩人，愛情上又是受壓抑的，因而他成爲「一隻夜鶯，棲息在黑暗中，用美妙的歌喉唱歌來慰藉自己的寂寞。」⑭他的情詩全是抒寫相思之苦和愛情的幻滅的：「心如蓮子（諧『憐子』）常含苦，愁似春蠶未斷絲（諧『思』）。」最後竟表示：「判（拚）逐幽蘭共頽化，此生無分了相思！」⑮除了同死去，否則這一輩子只有永遠沉淪在相思的苦海裡。《感舊》四首描寫了從前兩情歡洽的情形：「風前帶是同心結，杯底人如解語花。」但更多的是刻畫自己由此而更增相思之苦：「別後相思空一水，重來回首已三生」；「淚添吳苑三更雨，恨惹郵亭一夜眠。」⑯《感舊雜詩》四首，同樣是寫別離之恨，相思之苦：「牽袂幾曾終絮語，掩關從此入離憂」，「經秋憔悴爲相思」，「自古同心終不解，羅浮塚樹至今哀。」[77]《綺懷》十六首，有寫表妹未嫁時和自己相愛的情形，也有寫某一侍女的情態的，而更多的是寫離愁和相思：「檢點相思灰一寸」，「綠葉成陰萬事休」，「纏綿絲盡抽殘繭，宛轉心傷剝後蕉。」最後只有說：「茫茫來日愁如海，寄語羲和快著鞭！」恨不得一死了之。

黃生前「嘗戲謂亮吉曰：『予不幸早死，集經君訂定，必乖予之指趣矣。』」[78]指的就是這些閒情之作不可刪除。後來翁方綱爲黃選編《悔存詩鈔》，果然認爲「其有放浪酣嬉，自託於酒筵歌肆者，蓋非其本懷也」，把綺語之作全部芟棄，以致洪亮吉也不能不指出：「刪除花月少精神。」自注：「詩爲翁學士方綱所刪，凡涉綺語及飲酒諸詩，皆不錄入。」[79]還是哥德說得對：「一件藝術作品是自由大膽的精神創造出來的，我們也就應儘可能地用自由大膽的精神去觀照和欣賞。」[80]後來黃詩全部刻印，而且不斷增補殘佚，使其大備，正說明人心所向，是衞道士們所無可奈何的。

㈢ 氣

包括正氣和豪氣。先談正氣。卷十一的《何事不可爲二章》作於二十七歲，時主講壽州正陽書院，剛剛辭職，準備北上進京。此二詩託名「詠史」，實爲刺時。那些「甘心謂人父」的無恥之徒，目的是爲了「披金而佩紫」。「必欲呼人師」的，也是「市道均無疑」。「市道」用廉頗客語：「夫天下以市道交。君有勢，我則從君，君無勢，則去。此固其理也。」[81]這顯然是對當時的官場醜態作辛辣的諷刺。黃不幸潦倒下僚，英年早逝，否則出仕朝廷，一定也會像孫星衍、洪亮吉那樣不阿權貴、犯顏直諫的。

卷十四的《圈虎行》，作於三十二歲，時居北京。此詩共四十二句，前三十一句描寫馴虎表演的種種場面。孫星衍特別欣賞其中「似張虎威實媚人」這一句，評爲「奇句精思，似奇實正。」就因爲老虎的種種表演，看起來是大發虎威，不可一世，實際是搖尾乞憐，希望博得觀眾的歡心，多討到幾個錢而已。這僅僅是說老虎嗎？世上各種人又何嘗不是這樣？甚至縮小到詩人本身，頻年乞食江湖，賣文爲活，看起來，「權貴人莫能招致之」，實際上，朱筠、王昶、畢沅，哪一個不是權貴人？不過他們是主持風雅的權貴人而已。自己被他們賞識，和老虎的「依人虎任人頤使」何殊？他們因此而得到「禮賢下士」之名，又與「伴虎人皆虎唾餘」何殊？所以後十一句發議論，先就說：「我觀此狀氣消沮」，認爲老虎應該「決蹯」、「破檻」，還我自由，不再依附任何人，也不讓任何人利用自己。這說的自然還是人，還是詩人自己。但是，網羅是那麼容易衝決的嗎？這是黃景仁極大的矛盾和苦悶。但也由此表現出他的浩然正氣，這種正氣是常州詩派的成員所共同具有的。

再談豪氣。卷九《別稚存》：「莫因失路氣如灰，醉爾飄零濁酒杯。此去風塵宜拭目，如今湖海合生才。一身未遇庸非福？半世能狂亦可哀。我剩壯心圖五嶽，早完婚嫁待君來。」儘管失路，不必灰心，風塵之中，自有奇才，因爲時代需要。這是何等的自信。然而「一身未遇」，居然以爲是「福」，就因爲「義不苟合」。如果被權奸所賞識，豈非自隳名節？所以，即使一生不遇也無妨。我等候你安排好兒女婚嫁後，像向平「與同好北海禽慶俱遊五嶽名山」[82]一樣去漫遊。向平不就因爲拒絕王莽的徵辟才隱居的嗎？——全詩就是這樣充滿著正氣和豪氣。

卷十的《大雷雨過太湖》說：「人憂中渡有猋警」，他卻認爲「平生涉險輕性命，況乃風便時難逢。」竟以過太湖時遇大風爲不世奇遇，其豪氣真是古今罕見。而當「舟空帆足半掠水，或出或沒疑遊龍」時，同船的嚇得要死，他卻「此時狂喜呼絕倒」，認爲「一霎快意天所供。」下面寫到驚雷閃電，竟說：「天如念我有奇癖，忽然大笑電目瞛。東西閃爍雲四結，如波萃萃如霞封。俄兼墨色變深紫，半天赫赫垂嗔容。遂聞雌雷轉水底，飛廉（風神）屏翳（雷神）驅相從。鞭馳百怪起狂鬥，列缺（閃電）吐焰遙傳烽。」在這種狂風巨雷閃電交加之際，「此時我舟助顛簸，如山巨浪相撞衝。」而詩人呢，「我張空拳奮叱咤，欲與霹靂爭其鋒。暗中不識神鬼至，時有赤蛇飛貼胸。」等到雨收雲散，他卻想到：「《易》占冬雷有明驗，驗必地震年斯凶。果爾微軀詎足惜，行且累及千吳儂。」總之，面對驚濤駭浪，迅雷烈風，他「不知怖心落何許，反快一洗平生庸。」這種豪情勝概，求之古人集中，吾見亦罕；至於微軀不惜，但恐地震年凶，累及吳民，更是老杜「廣廈萬間」的偉大襟懷。

㈣ 趣

黃氏因生世不諧，所以語多苦趣。如卷九的《響山潭》：「三呼而三應，高下隨所餉」，從而感嘆：「十年走塵中，高唱無人賞。得此爲同聲，苦心殊未枉。」使人讀了不禁苦笑。又如卷十一的《初更後有攜酒食至者，欣然命酌，即用前韻》：「癡童睡醒驚抹眵，似有神廚運倏忽。主人定夢羊觸蔬，坐客休驚犬爭骨。」寫書僮睡眼朦朧，不知酒食何來，其驚詫狀已使人發笑；而由此推測貧窮的主人一定是夢到「羊觸蔬」，更使人忍俊不禁，因爲這裡用了一個典故。據侯白《啟顏錄》：有人常食蔬茹，忽食羊肉，夢五臟神曰：「羊踏破菜園！」而主人家的狗從來難得在飯桌下找到骨頭，因而現在相爭之猛，弄得座客都大爲吃驚。這寫得多麼風趣！又如卷十四《余伯扶、少雲昆仲、施大雪帆消寒夜集，分賦》寫自己招待三位友人夜飲：「薄具當侯鯖，錯列只蔬蕪。脂腸鮮（尠）花豬，實核慚韭卵。苦酒傾百升，不醉腹轉果。」除了幾盤蔬菜，葷菜只有韭菜炒蛋。而喝下大量的水酒，人倒沒醉，肚子卻膨脹了。説得多滑稽。又説：「棋劣勝固欣，詩好拙亦喜。即此足相於，那覺在塵堁！」也是苦中作樂。《即事》寫北京冬暖，正月還「暄暄似微暑」。他挖苦説：「可惜多裘翁，揮汗強服御。」而與此同時，南方卻「官河徹底冰，大雪十日五。」他説這是因爲南方人「柔脆太楚楚」，所以天公要「鍊以冰雪威，骨健可搘拄。」這使得「聽言客听（一ㄣˇ，笑貌）然」，可見其風趣。

㈤ 詩有劍氣

表現其劍氣的，可以卷二十二《讀史偶書》爲例。他指出秦始皇以詐力統一中國，「起視六合間，喘伏皆愚民」，似乎威風凜凜，不可一世。可是實際上他一輩子都是「受侮茫無津」的。首先，「生緣洛陽賈，死役齊東人。弄汝在掌上，而汝不得嗔。」其次，「趙高斬汝祀，於趙爲忠臣。竄匿在左右，而汝引與親。」嘲笑了秦始皇一通以後，筆尖刺向後代：「後世舉相效，伎倆如埃塵。或盜等狗行，或媚如狐群。取之孤寡手，輾轉相輪巡。屠販偶竊據，頌德皆放勳。即以詐力計，何啻禰與孫？」這比黃宗羲的《原君》還更尖銳。特別是此詩最後兩句：「而況聖心法，安能至今存？」所謂「聖心法」，即儒家所謂堯舜禹湯文武諸聖王相傳的心法：「人心惟危，道心惟微，惟精惟一，永執厥中。」[83]黃當然知道閻若璩的《尚書古文疏證》已宣判了僞孔傳的死刑，然而清王朝是把程朱理學作爲官方哲學來宣揚的，這十六字心法正是宋儒大力鼓吹，以爲聖帝明王就是以此治天下致太平的。黃指出它「安能至今存」，也就是説，包括清朝皇帝在內，也都是以詐力取天下的，什麼「聖心法」，全是騙人的。結合皇太極的運用反間計以除袁崇煥，多爾袞的利用吳三桂以「爲明復仇」爲名而巧奪明朝天下，則黃此詩的痛斥秦始皇及所謂「禰與孫」的尚詐力，項莊舞劍，其意何在，不是十分明白的嗎？

在乾隆朝文字獄最繁時，黃敢寫出這樣的詩，膽識實在驚人，也正體現了常州詩派以詩表現「真學識」的主張。歷來論者只把他看成落拓不羈的窮愁詩人甚或浪子，真是淺之乎視黃仲則矣！

現在，我們來賞析黃詩的藝術風格。

黃的友人萬黍維曾說：「仲則天才軼群絕倫，意氣恆不可一世，獨論詩則與余合。余嘗謂今之爲詩者，濟之以考據之學，艷之以藻繪之華，才人學人之詩，屈指難悉，而詩人之詩，則千百中不得什一焉。仲則深韙余言。」[84]

什麼叫詩人之詩？黃受洪亮吉、汪中、翁方綱等人的影響，也寫過一些近似學人之詩的篇什；同時，他也矜才使氣，作的詩往往採擷精英，典麗風華。但正如張維屏對「天才」所作的解釋：「亦用書卷，而不欲炫博貪多，如賈人之陳貨物；亦學古人，而不欲句摹字擬，如嬰兒之學語言。」[85]這正是詩人之詩異於學人、才人之詩的關鍵所在。

常州詩派的詩強調寫「真性情」，突出一個「真」字，不過這「真」必須符合儒家的「則」，即儒家的倫理道德準則。這是此派和性靈派（主要是袁枚）本質不同的地方。性靈派也強調「真性情」，但卻蓄意要跳出儒學的圈子。黃景仁在行爲的踰閑蕩檢方面，頗近似性靈派，所以寫了不少的情詩。孫星衍和洪亮吉也縱情聲色。但在忠孝大節上，他們卻堅持儒家的原則。

黄由於終身潦倒，更富有平民精神，因而他的詩特別能寫出自己性情之「真」來。被當時人們稱爲天才詩人，黄確實富於詩人氣質，強調詩的美學意義，即超越一切實用的功利目的。這點他在童年就表現出來了。據說，他「九歲應學使者試，寓江陰小樓，臨期猶蒙被臥。同試者趣之起，曰：頃得『江頭一夜雨，樓上五更寒』句，欲足成之，毋相擾也！」⑯長大以後，一直到死，他的詩主要都是歌吟自己的貧賤生涯，然而他也是把貧賤生涯當做一種審美對象來吟味，亦即歌唱出貧賤的美來。他的詩歌特色是「悲」，而「悲」也是一種審美快感。王充說：「悲不共聲，皆快於耳。」⑰愛杜阿德•漢斯立克說：「即使它把整個世紀所有痛苦作爲它的題材，我們也還是感到內心的愉快。」⑱但是這種「悲」之所以具有審美快感，關鍵還在於「真」。莊子說得好：「真者，精誠之至也。不精不誠，不能動人。故強哭者雖悲不哀。」⑲福克納獲諾貝爾獎致答詞時：「唯有人的內心衝突才能孕育出佳作來，……佔據他創作室的只應是心靈深處的、亙古至今的真情實感，愛情、榮譽、同情、自豪、憐憫之心與犧牲精神。」（《諾貝爾文學獎全集》第28卷）黄詩的藝術魅力正在於此，他真正把生命的經驗進行了和諧而完美的藝術表現。

因此，黄詩表現在形式上，便是多用白描手法，如《都門秋思》之三的「全家都在風聲裏，九月衣裳未剪裁」，畢沅稱爲可值千金，這兩句沒有用典，詞句也十分樸素，然而它卻直覺地觸及人類感情最深沉的部位。

黄詩從不在用典上炫耀自己，所以，即使用典，也是常見的。如卷四的《客日春感》：「只有鄉心落雁前，更無佳興慰華年。人間別是消魂事，客裡春非望遠天。久病花辰常聽雨，獨行草路自生煙。耳邊隱隱清江漲，多少歸人下水船！」首句是變化隋代薛道衡《人日思歸》的「人歸落雁後，思發在花前。」第三句用江淹《別賦》的「黯然魂消者，唯別而已矣！」第四句用漢樂府《悲歌》的「遠望可以當歸。」然而這些典用得使人渾然不覺，即使讀者不知道這些出處，也完全可以理解作者思鄉的心情。後四句全是白描：獨客他鄉，何況久病，花辰而常聽雨，究竟是雨是淚？偶然病癒散心，卻又只能獨行。草路生煙，令人想起李後主《清平樂》的「離恨恰如春草，更行更遠還生」。而末二句寫「清江漲」，正好開「下水船」，因而「多少歸人」紛紛還鄉，自己卻有家歸不得，兩相對比，其苦痛憂鬱之情爲何如？這樣的詩，最能感動有同樣生活經歷的讀者。潘飛聲說他「最善言情，悱惻芬芳，尋味無窮」，⑨⓪正是指這一類詩。

性情之真，同樣表現在他的情詩裡。《秋夕》的「羨爾女牛逢隔歲，爲誰風露立多時？」《綺懷》的「如此星辰非昨夜，爲誰風露立中宵？」機杼相同。黃爲什麼特別喜歡這種句子？前兩句以牛郎織女一年才相聚一次爲可羨，見得自己和情人比牛女還不如，竟是終身無再見之期。然而明知不能再見，卻仍然在曾相會處，不畏風露砭骨，癡立多時，等待奇跡——也許她會再一次翩然出現。後兩句的上句用李商隱《無題》的「昨夜星辰昨夜風，畫樓西畔桂堂東」句，謂已非昨夜歡會之時，而仍佇立中宵，不畏風露，可見其一往情深。這兩聯都用了常見的典故或出處，然而它們成功之處不在用典與有出處，而在於借此加倍寫出自己對愛情的執著、堅貞，其感人處正在此。陳衍說他「精警處非漁洋、樊榭所及。」⑨①王、厲都有悼亡詩，然而寫的都沒有黃的深沉，原因就在於黃具有刻骨銘心的愛情，而且坦率而深刻地把這份真情表現出來了。

至於表現他與學人之詩不同，「亦用書卷，而不欲炫博貪多」，可以《讀史偶書》的「趙高斬汝杞，於趙爲忠臣」爲證。這兩句並非他突發奇想，而是有出處的。《隨園隨筆》卷二十七雜記類第四條《趙高爲趙報仇》說：「古逸史載趙高爲趙之公子，抱忠義之性，自宮而隱秦宮中，爲趙報仇。」然而黃用這書卷時，揮灑自如，完全不像是用事。

丁 常州詩派及其影響

黃景仁和洪亮吉、孫星衍、趙懷玉、楊倫、呂星垣、徐書受互相倡和，稱爲「毗陵七子」。袁枚很稱賞他們，在《仿元遺山論詩》中有一首說：「常州星象聚文昌，洪顧孫楊各擅長。中有黃滔今李白，看潮七古冠錢塘。」自注：「稚存、淵如、蓉裳、立方、仲則。」而常州這批詩人對袁卻抱著「和而不同」的態度。正如姚椿《樗寮詩話》所說：「毗陵人士多能自重，……不肯游隨園之門。而洪稚存、黃仲則雖與過從，亦未嘗列北面。」這最可以看出常州詩派和性靈詩派的不同。

洪亮吉中年入詞館後，與性靈派詩人張問陶唱和甚密，引起後來許多論者的不滿，李慈銘、朱庭珍都說洪受張影響，染上叫囂粗率惡習。錢鍾書也同意這種看法。《暇日校法學士式善、張大令景運近詩，率賦一篇代柬》（見《卷施閣詩》卷十一），是李慈銘斥爲「尤叫囂，集中最下作也」（《越縵堂詩話》）。據我看，此詩失處在於抽象議論太多，而且有些句子不是詩的語言，如「若夫一身之內理更該」，「不能已於心，乃復出諸口」，簡直是八股文。朱庭珍說得對：這樣「不囿繩墨」是「入魔」。但是一分爲二來看，作爲一篇論詩的詩，他的見解還是可取的。如作詩不可爲有我而有我，因爲「爲天地立言，於我亦何有？」「爲山水寫照，而我何容心」，這是説「詩中有我」不是用詩表達自己的錯誤觀點，對客觀現實的反映應力求真實，不可歪曲。這種認識是對「詩中有我」這一命題的深化，非常有價值。至於詩應寫得驚天地、泣鬼神，那也是要求反映真性情，從而極大地震撼讀者的心靈。我們不必一筆抹殺。總之，洪亮吉的詩是充分實踐了他的詩論的。

孫星衍在中年轉向樸學研究以前，所作詩最善言情，如《夜坐詠月》：「一度落如人小別，片時圓比夢難成。」比擬巧妙而清新，使人讀了有惘惘不盡之致，和黃景仁的抒情詩可謂異曲同工，都顯示了一種纖柔之美。但孫更可貴之處是「抱慈惠之心，守耿介之操，凡一事之有利於人者，無不爲也；凡一事之有蠹於國者，無不革也。百姓愛之若父母。」其《芳茂山人詩錄》中反映社會現實之作很多，僅從其《殘燈》一首也可見其痌瘝在抱之情：「殘燈明滅隔書帷，門外霜風動地吹。淅瀝雨聲愁不斷，呻吟病骨痛難支。永懷茅屋將頹夕，遠憶扁舟涉險時。我擁溫衾坐深閣，也須矜恤漫嗟咨。」

洪、孫不足之處，施山認爲，他們「天禀皆高，觀古人詩時，意氣已壓其上，不暇沉思。非惟觀時賢詩如是，即於漢唐亦莫不然，故其詩錘鍊者鮮。」（《薑露庵雜記》）張維屏也認爲洪詩「未免失之太快。」（《聽松廬詩話》）

趙懷玉，「詩不隨流俗。」[92]其詩有云：「立身稍自愛，人已目爲迂」，表現了常州派詩人的戇氣。

楊倫，詩學杜甫，有《杜詩鏡詮》行世。反對袁枚的言詩不分唐宋。洪亮吉説他的詩「臨摹畫幅，稍覺失真。」⑬徐世昌據洪語推論：「或持論高而自作未能副歟？」

呂星垣，在七子中年輩稍後，詩尚奇險。洪亮吉說他「窮老不遇，……所遭益無聊賴，則自命益不凡。自命益不凡，則所爲詩文益放而不可捉摸。」⑭所以洪亮吉說：「袁君愛巧（袁大令枚）徐愛真（徐大書受）。」⑮

徐書受，「詩悱惻纏綿，意由心發。」⑯

除毗陵七子外，常州派詩人中較著名的還有楊芳燦，「雖爲袁簡齋及門，詩實不相襲也。」⑰錢維喬，詩「有豪宕感激之風」。⑱餘人尚多，《毗陵名人小傳》可供參考。

至於影響，如道光時著名詩人蔣湘南，河南人，其詩「氣奇語壯，骨采飛騰，頗近洪北江。」⑲又有蔣曰豫，亦陽湖人，生咸、同時，「承常州學派，以北江、淵如、皋文（指張惠言，陽湖派古文的創始人）爲矩矱。……詩雅健喜效北江。」⑳黃景仁（仲則）詩的追隨者則更普及全中國，直到「五四」時期的郁達夫，作舊詩還深受其影響。

注釋

①⑭《卷施閣文甲集》卷十
②⑰《更生齋詩》卷二《道中無爭，偶作論詩絕句，二十首》之四
③同題之八
④⑫《北江詩話》卷二第1條

⑤⑧同書卷四第四九條
⑥《老生常談》
⑦《清代毗陵名人小傳稿》卷四
⑨同④第七二條
⑩同②之八
⑪《卷施閣詩》卷十九
⑬同④卷四第四十條
⑮⑱㊺㊈同④卷一第十條
⑯同⑮第三四條
⑲同卷第十六條
⑳同卷第五八條
㉑同④第七一條
㉒同④卷三第四四條
㉓㉘同④卷五第二條
㉔同⑮第五六條
㉕㊉同①卷一《呂廣文星垣文鈔序》
㉖同④第三四條
㉗同⑬第三二條

㉙同⑪卷二十《偶成二十首》之十二

㉚同㉙《自勵》之一

㉛同題之二

㉜同㉕《錢大令維喬詩序》

㉝同㉜《三山僧詩合刻序》

㉞同⑮第二八條

㉟同㉓第六條

㊱同卷第十五條

㊲同④卷六第八條

㊳同㉓第六條

㊴同卷第十五條

㊵同卷第四條

㊶同⑮第十四條

㊷同㉒第四二條

㊸符葆森《國朝正雅集》引《石溪舫詩話》

㊹康發祥《伯山詩話》

㊻潘瑛、高岑《國朝詩萃》二集

㊼《兩當軒集》卷七《左二過飲，贈詩一章》

㊽(66)同書卷八
㊾㊿同書卷十二
(51)(52)(53)同書卷十三
(54)同書卷十四
(55)(56)同書卷十五
(57)(58)同書卷十
㉙同書卷八
(60)同書卷九
(61)(70)同書卷三
(62)同卷《偕容甫登絳雪亭》
(63)同書卷四《以所攜劍贈容甫》
(64)《清史稿》本傳
(65)洪亮吉《……黃君行狀》
(67)同㊼卷十四
(68)《蕭寺哭臨圖贊跋》見黃逸之《黃仲則年譜》引
(69)同㊼卷十二《得稚存、淵如書，卻寄》
(71)《分類東坡詩》十四《陌上花引》
(72)莫達爾《愛與文學》第二五頁

⑦③《家庭、私有財產及國家的起源》

⑦④雪萊《爲詩辯護》

⑦⑤⑦⑥同㊼卷一《秋夕》

⑦⑦同書卷二

⑦⑧《卷施閣文》乙集卷六《出關與畢侍郎箋》

⑦⑨同⑪卷十八《侍學三天集・劉刺史大觀爲亡友黃二景仁刊〈悔存軒集〉八卷工竣，感賦一首，即柬刺史》

⑧⓪《哥德談話錄》1827年4月18日

⑧①《史記・廉頗傳》

⑧②《後漢書・逸民傳》

⑧③《尚書》僞孔傳《大禹謨》

⑧④《味餘樓剩稿序》

⑧⑤《國朝詩人徵略・聽松盧文鈔》

⑧⑥汪啟淑《鹿菲子小傳》，收《續印人傳》中

⑧⑦《論衡・自紀篇》

⑧⑧《論音樂中的美》

⑧⑨《莊子・雜篇・漁父》

⑨⓪《在山泉詩話》

(91) 黃曾樾《陳石遺先生談藝錄》
(92) 同(43)引《寄心庵詩話》
(95)《晚晴簃詩匯》卷一百三
(96) 同(11)卷八《董生詩贈董上舍達章》
(97)《聽雨樓隨筆》
(98)《梧門詩話》
(99)《詩匯》卷一三八
(100) 同書卷一五九

第十七章 龔自珍

龔自珍和顧炎武一樣，本身並不代表一個詩派。但本書在清前期要以專章評介顧炎武，是因爲顧詩最早表現出清詩的特色——學人之詩與詩人之詩的統一，對後此各流派都有其巨大的影響。而在清後期即近代，以專章評介龔自珍，則不僅因爲他的詩仍然表現了學人之詩與詩人之詩的統一這一特色，而且因爲他「開風氣」，僅以詩而言，就開了近代詩的風氣。也可以說，在新形勢下，龔自珍恢復並發展了顧炎武「經世致用」的文學思想。

歷史沿著正、反、合的軌道前進：清前期的「經世致用」思想，到了清中期，由於政治上的高壓，變質爲脫離現實的訓詁考據之學，而到了清後期，鴉片戰爭前後，由於空前的內憂外患，加上清王朝高壓力量的削弱，士大夫們蒿目時艱，不能不起而研究經世致用之學。而最早開擴這一風氣的，正如前人所說：「近數十年來，士大夫誦史鑒，考掌故（指典章制度），慷慨論天下事，其風氣實定公開之。」①

甲　生平

龔自珍（一七九二，乾隆五十七年——一八四一，道光二十一年），字璱人，號定庵，更名鞏祚，又名易簡，字伯定，號羽琌山民，浙江仁和（今杭州）人。早年從外祖父段玉裁治《說文》，二十八歲從劉逢祿治公羊學。嘉慶二十三年（一八一八）舉人，官內閣中書。道光九年（一八二九）進士，奉旨以知縣用，呈請仍歸中書原班。十五年擢宗人府主事。十七年改禮部主事。十九年乞養歸。二十一年春，暴卒於丹陽。有《龔自珍全集》。

乙 詩論

如果說，清前期和清中期，各個詩派的相繼出現，都是對前此某一個或某幾個詩派的補偏救弊，那麼，龔自珍的出現，就是對前此一切復古詩風的掃蕩。從他開始，古典詩歌逐漸起了質變，儘管這種質變是隱形的，是潛在的，不像後來「詩界革命」時期表現得那樣清晰，然而它畢竟在變。可以說，沒有龔自珍，就沒有後來的「詩界革命」。

當然，變，總是社會性的，因而作爲一種輿論（詩論也是其中的一部分），與龔自珍同時的潘德輿已提出新的性情說。潘氏針對性靈派「詩本性情」的說法展開批評。因爲袁枚指責翁方綱以學問爲詩，而強調抒寫性情，於是潘氏指出：「詩積故實，固是一病，矯之者則又曰詩本性情。予究其所謂性情者，最高不過嘲風雪、尋花草耳；其下則嘆老嗟窮，志向齷齪；其尤悖理，則荒淫狎媟之語，皆以入詩，非獨不引爲恥，且曰：此吾言情之什，古之所不禁也。嗚呼！此豈性情也哉？吾所謂性情者，於三百篇取一言，曰：『柔惠且直』而已。此不畏強禦、不侮鰥寡之本原也。老杜云：『公若登台輔，臨危莫愛身』，直也；『窮年憂黎元，嘆息腸內熱』，柔惠也。樂天云：『況多剛狷性，難與世同塵』，直也；『不辭爲俗吏，且欲活疲民』，柔惠也。兩公此類詩句，開卷即是，得古詩人之性情矣。舍此而言性情，詩之螟螣也。」②這就是說，詩歌所反映的詩人的性情，應該是杜甫、白居易那樣的和國計民生息息相關的思想感情，也就是要求詩人們必須發揚現實主義精神，用詩歌來反映時代的風雲、人民的呼聲，一味纏綿在個人小圈子裡，抒發那種所謂「性情」，是寫不出好詩的。這顯然是新的時代風雷驚醒了潘德輿等開明的士大夫，因而提出這樣的觀點。

基於這一觀點，他贊美劉基和顧炎武的詩。他說：「明開基詩，吾深畏一人焉，曰劉誠意；明遺民詩，吾深畏一人焉，曰顧亭林。誠意之詩蒼深，亭林之詩堅實，非以詩爲詩者。」他又說：「吾學詩數十年，近始悟詩境全貴『質實』二字。蓋詩本文采上事，若不以質實爲貴，則文濟以文，文勝則靡矣。」他又解釋「質實」二字：「或言詩貴質實，近於腐木濕鼓之音。不知此乃南宋之質實，而非漢、魏之質實也。南宋以語錄議論爲詩，故質實而多俚詞；漢魏以性情時事爲詩，故質實而有餘味。分辨不清，概以質實爲病，則淺者尚詞采，高者講風神，皆詩道之外心，有識者之所笑也。」③

這不是他個人的意見，和他同時而行輩稍後的魯一同，持論也和他一樣。魯一同認爲：「凡文章之道，貴於外閎而中實。中實出於積理，理充而緯以實事，則光采日新。文無實事，斯爲徒作，窮工極麗，猶虛本也。」其弟子周韶音說：「昔持此論以窺古今之詩，陶、杜而外，其逮此者，唐之昌黎韓氏，明之青田劉氏、亭林顧氏三數人耳。由先生之論以讀先生之詩，然後知詩之工拙，不徒爭聲律，窮雕鐫，侈偉博也。」④

而魯一同對潘德輿的詩作也是按這一準則來評論。他說：「潘丈四農嘗以其詩見正，余拱手曰：君詩不患不高，不患不深，但當緯以實事耳。」什麼是「實事」呢？他指出：在鴉片戰爭暴發和太平天國起義的前夕，「斯時海內承平，謳吟之士，發憤感慨，而常苦於事實之不彰，言不足以稱吾情也。」這是說，當時老大帝國表面太平，其實有識之士已看到它的腐朽本質必然會引發內憂外患，可是憂患僅僅是一些預兆，因而有識之士發出憂危之聲，反被一般庸人斥爲多事。而現在不同了，外患如鴉片戰爭，內憂如太平天國，都已爆發了。「曩令當時諸詩人稍延數年之算，睹海宇之騷然，傷公私之耗竭，親見覆軍殺將之慘，民生流離斬艾剝割之狀，其詩之煩寃沈痛，必數倍於疇昔。」⑤可見他要求潘德輿作詩要「緯以實事」，就是要求他像杜甫、顧炎武那樣忠實地反映現實。

通過上述幾種詩論，可見顧炎武「經世致用」的文學思想已被重新認同了。

龔自珍小於潘德輿七歲，而大於魯一同十三歲，他們是同時人。然而潘和魯都還是向中國傳統文化借動力，而不像龔在哲學上達到了更高的層次，從而在詩論和詩作上表現爲浪漫主義的。

表現其哲學更高層次的是：「其道常主於逆。」即魏源所指出的：「小者逆謠俗，逆風土，大者逆運會。」⑥中國傳統文化心態是主張中和之美的，其哲學根據爲統一、和諧。而龔氏則標舉對立、對抗，這就使他在政治思想上充滿憂患意識和強烈的批判精神，而在文學思想上則表現爲充滿理想光輝的浪漫主義精神。

只有從這一高度去認識，我們才能理解他的詩論。

概括地說，他的詩論可以分爲四點：

㈠「尊情」

情和詩的關係，在中國傳統詩論中，已經是個老話題了。但同是一個「情」字，在清代，既有沈德潛、翁方綱的封建倫理化的情，也有袁枚的非倫理化的情。具體到龔自珍身上，則把這情提到更高的高度，不但是非倫理化的，而且也不是抒一己之哀樂的，而是反對封建專制要求個性解放的。尊情，即尊重個性解放的要求。從《宥情》一文看，所謂「一切境未起時，一切哀樂未中時，一切語言未造時」，此「情」指的是童心，即未受倫理觀念束縛時的自由個性。他在《長短言自序》中說：「情之爲物也，亦嘗有意乎鋤之矣。」何以要鋤？即因封建專制制度不允許個性解放。然而「其道常主於逆」，他卻以反抗態度出之：不但不鋤，反宥之；不但宥，反尊之。他的詩詞，都是自由個性的流露。

「情」在先秦解爲「實」，亦即「真」。龔氏論詩最重「真」。他說：「詩欲其真，不欲其僞。最初爲真，後起非真；信於己者爲真，徇於人者非真；足於己者爲真，襲於人者非真。是故讀書有真種子，作文有真血脈，而作詩有真氣骨。得其真，則一花一木，一水一石，一謳一詠，皆有天趣，足以移人；失其真，則雖鏤金錯采，累牘連篇，吾不知其中何所有也。古今論詩有二：曰性情，曰格調。性情，真也，襲格調而喪其面目，僞矣。格調，亦真也。離性情而飾其衣冠，僞矣。此在杜少陵所以有『別裁僞體』之說也。」又說：「詩至漢魏古矣，而僞漢魏何如真齊梁？三唐美矣，而僞三唐何如真兩宋？初盛唐高矣，而僞初盛何如真中晚？推之僞李杜不若真元白，僞王孟不若真溫李，此其得失較然，不待智者而後知也。」⑦他所強調的「真氣骨」，就是個性解放的要求。

㈡　「詩與人爲一」

這也是個老話題，在他之前，趙執信標舉吳喬《圍爐詩話》的「詩之中，須有人在。」袁枚也指出：「性情遭遇，人人有我在焉，不可貌古人而襲之，畏古人而守之也。」⑧以後朱庭珍指出：「近代詩人，又多誤會其旨，反益流弊。」表現爲「不論是何題目，其詩中必寫自家本身，或發牢騷，或鳴得意，或寓志願，或矜生平。」⑨沒有誰能像龔自珍把問題提到那樣的高度：「詩與人爲一」，即「人外無詩，詩外無人，其面目也完。」「何以謂之完也？……所欲言者在是，所不欲言而卒不能不言在是，所不欲言而竟不言，於所不言求其言亦在是。要不肯撏撦他人之言以爲己言。」⑩這一論點所以卓越，不但因爲它主張獨創，反對仿古，而且更主要的是他所謂「人」是「勇於自信」的有遠見卓識之士，是「九州同急難」的愛國者，是「有陰符三百字」的反帝的先進的中國人。

㈢　出入說

爲了透徹地揭露封建專制的本質，必須「善入」。他解釋說：「何謂入？天下山川形勢，人心風氣，土所宜，姓所貴，皆知之；國之祖宗之令，下逮吏胥之所守，皆知之。其於言禮、言兵、言政、言獄、言掌故、言文體、言人賢否，如其言家事，可謂入矣。」要對封建社會的禮樂刑政、國計民生，熟悉得如同了解家務一樣，這才叫「入」。那麼，「何謂出？」他說：「天下山川形勢，人心風氣，土所宜，姓所貴，國之祖宗之令，下逮吏胥之所守，皆與有守焉，而皆非所專官。其於言禮、言兵、言政、言獄、言掌故、言文體、言人賢否，如優人在堂下，號咷舞歌，哀樂萬千，堂上觀者，肅然踞坐，眄睞而指點焉，可謂出矣。」原來他的所謂「出」，就是在深入生活的基礎上，又能高於生活。他分析說：「不能入則非實錄，垣外之耳，烏能治堂中之優也耶？」而「不能出者，必無高情至論，優人哀樂萬千，手口沸羹，彼豈復能自言其哀樂也耶？」⑪從感性認識入手，全面掌握對象後，又能透過現象看本質，寫出其帶規律性的東西來。這確實是辯證的創作方法。

王國維痛斥龔自珍「涼薄無行」，而又不嫌雷同地也提出了出入說。他在《人間詞話》中說：「詩人對宇宙人生，須入乎其內，又須出乎其外。入乎其內，故能寫之；出乎其外，故能觀之。入乎其內，故有生氣；出乎其外，故有高致。」在內涵和表達上完全一致。

(四) 詩有原

與「出入說」相呼應的是他的「詩有原」論。他說：「夫詩必有原焉，《易》、《書》、《詩》、《春秋》之肅若泬若，周秦間數子之縝若峍若，……於是乃放之乎三千年青史氏之言，放之乎八儒三墨、兵、刑、星氣、五行，以及古人不欲明言，不忍卒言，而姑猖狂詼詭以言之之言，乃亦摭證之以並世見聞，當代故實，官牘地志，計簿客籍之言，合而以昌其詩，而詩之境乃極。」總之，他認爲詩是「以受天下之瑰麗，而洩天下之拗怒也。」⑫「拗」即「逆」，「怒」則直接反對詩教的「怨而不怒」。這都可以看出龔氏個性主義的思想，他確實已經超越了傳統文化的圈子，而表現爲近代的。

丙　龔詩的悲劇意識

龔詩的風格特色，可以用他自己的詩句來標示：「少年哀艷雜雄奇。」⑬他追求過陶潛式的「平澹」，然而他始終做不到，因爲他一直到死都是「少年」——充滿理想光輝的少年，充滿悲劇意識的少年。

正因爲龔詩主要反映了他的個性解放的要求，所以，他的詩採用了浪漫主義的創作方法。浪漫主義以個人理想的表現和個人情感的抒發作爲基本特徵，龔自珍，這位浪漫主義詩人，就是通過對自由的謳歌，反映了個性解放的要求。有人指出，他「有與『五四』後現代個性主義相近的思想氣質」⑭，確實是這樣。

「國家治定功成日，文士關門養氣時。乍洗蒼蒼莽莽態，而無懜懜徊徊詞。」⑮《爾雅•釋訓》：「儚儚恛恛，惛也。」這首七絕從反面說明封建統治最強有力時，即使是傑出的文士們也只能被迫得「萬馬齊喑」，「人心混混而無口過也，似治世之不議。」⑯然而要求個性自由的聲音是窒息不了的：「平生進退兩顛簸，詰屈內訟知緣因。側身天地本孤絕，矧乃氣悍心肝淳。欹斜謔浪震四座，即此難免群公嗔。」這就惹得「貴人一夕下飛語，絕似風伯驕無垠」了。他在這種高壓下，「縱有噫氣自噴咽，敢學大塊舒輪囷」，⑰於是戒詩了。然而一而再、再而三地戒，又一而再、再而三地破戒，終於大聲疾呼：「九天生氣恃風雷，萬馬齊喑究可哀！我勸天公重抖擻，不拘一格降人材。」⑱

無庸諱言，他的「天公」是指清王朝的當權者，因而他總是以「落花」自喻。當他三十八歲打算「俯首就選，投筆出都」，「寧化異物做同知」時，他想到吳偉業的《圓圓曲》云：『錯怨狂風颺落花，無邊春色來天地』，以此自況。」⑲這和他四十八歲時因才高動觸時忌，乞養歸，出都時所寫的「落紅不是無情物，化作春泥更護花」，⑳含義是一樣的，都是表示對理想的堅持，即反封建專制、求個性解放，實現其變革的理想。

最強烈地反映出這一思想，而且充滿悲劇意識的，是他的《西郊落花歌》。此詩作於丁亥（道光七年，他三十六歲），是他會試不第，有與妻偕隱之志的次年，也是大量從事金石考訂、以瑣耗奇的一年。明瞭這個背景，就懂得爲什麼他要一反常情，大賞落花。「如錢塘潮夜澎湃，如昆陽戰晨披靡，如八萬四千天女洗臉罷，齊向此地傾胭脂。奇龍怪鳳愛漂泊，琴高之鯉何反欲上天爲？玉皇宮中空若洗，三十六界無一青蛾眉。又如先生平生之憂患，恍惚怪誕百出無窮期。」這些形象的比喻，其實就是描繪著「無邊春色來天地。」整個詩是「其道常主於逆」的哲學觀點的反映（中國傳統文化心態一直都是把落花象徵美好事物的毀滅，因而凡詠落花，必定表示傷悼），也是「以受天下之瑰麗，而洩天下之拗怒也。」是的，這就是龔自珍的悲劇意識。

當代有的學人認爲，中國傳統文化裡是不可能產生悲劇精神的，因爲「所謂悲劇精神，就是人們認識到：人與自然，人與社會，人與人，人與自己，是永遠對立和分裂的；作爲個體的人永遠在內心的痛苦和衝突之中存在著；人無法選擇一種價值，而陷於惶惑；人的理智與情感激烈地對殺著，而使人身心疲憊；人的一生，是苦苦尋找的一生，沉重的失落感直至他瞑目前的頃刻；似有似無的憂鬱，追隨著人的靈魂，使他根本無法歡樂起來；種種似乎無法解釋的力量，隨時突然降禍於人；可歌可泣的生命之火總是被冷若冰霜的倫理道德圍困著；人不過是在一片漫無涯際的荒漠上孤獨行走的啞默的行者；人沒有目的，空虛和寂寞壓迫著他，使他陷入一種莫名的恐怖；人走著，以爲走向一個極樂的世界，但經過九死一生的跋涉，卻發現自己仍然站在出發的廢墟上；人不惜用青春和生命去追求正值，但就當他心滿足時忽然發現，他竟在荒涼貧瘠的負值領域裡徘徊，……總而言之，人作爲存在，根本上就是悲劇性的。」㉑

非常精采，拿這一段話，和龔詩（尤其是《己亥雜詩》）相印證，我們不會感覺到兩者在實質上完全具有一致性嗎？「其道常主於逆」，因而他和一切都是「永遠對立和分裂」的，這是形成悲劇意識的基礎。理智與情感的激烈對殺使他身心疲憊，他不斷地呻吟：「網羅文獻吾倦矣，選色談空積習存」；「少年攬轡澄清意，倦矣應憐縮手時」；「促柱危弦太覺孤，琴邊倦眼眄平蕪」；「師友凋徂心力倦，羽琌一記亦荊榛」；「空山徙倚倦游身，夢見城西閬苑春」。他迷茫地吟唱著：「偶賦淩雲偶倦飛，偶然閒慕遂初衣，偶逢錦瑟佳人問，便說尋春爲汝歸」，這正反映一種沒有目的的空虛和寂寞，信奉尼采哲學的王國維居然不了解這一點！

是的，龔自珍十分清醒地認識到自己是一個歷史性的悲劇人物，因此，他以悲壯的聲調高唱著：「安得樹有不盡之花更雨新好者，三百六十日，長是落花時。」他認識到改革事業的極端艱巨性，他渴望著有無數爲理想而獻身的後來人（所以他「但開風氣不爲師」）。他堅信，經過長期的韌性的戰鬥，一個民主的共和國必將出現在亞洲的地平線上。

丁 龔詩對近代詩的影響

張之洞在戊戌維新運動後作了一首題爲《學術》的七絕：「理亂尋源學術乖，父仇子劫有由來。劉郎不嘆多葵麥，只恨荊榛滿路栽。」自注：「二十年來，都下經學講《公羊》，文章講龔定庵，經濟講王安石，皆余出都以後風氣也，遂有今日，傷哉！」㉒雖然是從反面進行攻擊，卻也證明了龔自珍的詩文在開風氣方面所起的巨大作用。

何紹基屬於宋詩派，也是龔的好友，他稱讚龔詩「爲近代別開生面。」㉓當然，他對「近代」一詞的理解，和我們今天特指鴉片戰爭到「五四」這一特定歷史階段有所不同。

清末民初的李詳（審言）既反對宋詩派，又反對龔自珍。他說：「道、咸以降，涪翁派漫延天下，又以定庵詼奇鬼怪，殺亂聰明子弟，如聚一邱之貉，篝火妄鳴，爲詳爲制，至於亡國。聲音之道，不可不正也。」㉔他反對宋詩，僅僅因爲它「傷於徑直」，而對代表進步力量的龔自珍，則戟指痛斥，竟至誣爲亡國之妖。這也從反面證明了龔詩巨大的啟蒙力量。

正確地指出龔詩對近代詩的影響的，是丘煒萲。這是一位富有維新思想的詩人。他在《題龔定庵詩集後》說：「哀樂無端絕跡行，好詩不過感人情。定公四紀開新派，贏得時賢善繼聲。」他指出龔詩有「開新派」之功。「新派」即「詩界革命派」，其代表詩人是黃遵憲。正如有人分析的，龔自珍「論詩的精神、理想，得黃遵憲而有了大張旗鼓、理直氣壯的發揚。」㉕

但是，龔詩不僅僅「開新派」，只對資產階級改良派的詩界革命派產生了影響，而且對資產階級革命派——南社許多詩人也產生了很大影響。正如前人指出的，龔氏「能開風氣，光緒甲午（光緒二十年，一八九四）以後，其詩盛行，家置一編，競事摹擬。」㉖

龔詩的魔力究竟何在呢？除了追求個性自由，深刻揭露時弊，呼喚改革風雷，堅持反帝鬥爭等思想足以震聾發聵外，其詩歌風格非唐非宋，別開生面，確實也對萬千讀者，尤其是少年而「才多意廣」㉗者，具有極大的吸引力。人情總是追求新異，唐詩和宋詩長期萬口傳誦以後，「至今已覺不新鮮」㉘了，忽然出現一編非唐非宋的龔詩，大家自然感到耳目一新了。

表現其爲非唐非宋的，主要是他的《己亥雜詩》，正如前人所指出的，雜詩「爲古來未有之格。」㉙儘管南宋末汪元量《湖州歌》、《越州歌》已開巨型七絕組詩的首唱，㉚而浙派的金農《懷人絕句三十首》「取勢鑄詞，於定庵《己亥雜詩》不啻先河」，㉛但《己亥雜詩》在廣泛吸取前人精華的基礎上，仍能做到「不從俗熟矜奇句」，㉜亦韻亦散，真是「不拘一格」。它的特點有如下幾點：

有時，他會打破詩詞的界限，如第一九三首、一九四首：「小婢口齒蠻復蠻」、「女兒魂魄完復完」，是用唐人王麗真的詞《字字雙》的格式寫的。王詞「床頭錦衾斑復斑……」見《唐五代詞選》。

七絕屬格律詩，應合平仄，韻腳應爲平聲。他卻不管這些，三百一十五首《己亥雜詩》裡，用仄聲韻的就有二十八首。這還不算前無古人，因爲前人七絕間或也會用仄聲韻。但既作爲七絕，就一定要合平仄，而龔氏這二十八首卻全不講規矩。仄韻七絕第三句應平收，他卻好幾首用仄收，如第二九六首「天意若曰汝毋北，覆車南沙書卷濕，汶陽風雨六幕黑，申以東平三尺雪。」

有時一首四句全用平聲韻，如第二三九首：「阿咸從我十日遊，遇管城子於虎丘，有筆可槧不可投，簪筆致身公與侯。」

他可以在一首七絕裡，兩句疊用一韻，如第二一三首的「公子有德宜置諸，有德公子毋忘諸。」第七四首的「登乙科則亡姓氏，官七品則亡姓氏。」

而最大的特色是詩的散文化。本來唐人的詩，除杜甫有少數拗體，韓愈詩奇崛（但他的格律詩仍然規範化）以外，一般都是遣詞造句和散文完全不同。到宋人手上，很多的詩散文化了，「以議論爲詩」，因而明人提出「詩必盛唐」，這是對宋詩的反撥。到了清代，不管是主神韻的，主格調的，還是主性靈的，都只在形式或風格上爭奇鬥巧。只有龔自珍，「蒿目時艱，用心經世，既不得用，乃發於詩。雖山水游讌，而非摹山範水，乃感美非吾土；雖吊古詠史，而非抒懷舊之蓄念，乃抑揚有爲之言。……思深慮遠，骨力堅蒼。每於詠嘆之中，時寓憂勤之感。」㉝由於他的詩具有非常豐富的政治內容，便要求打破舊框框，從內容到形式都來一個大解放，形成了一種新體詩。正像後來黃遵憲等人在詩歌創作上所實踐的，梁啟超所概括的：這種詩，什麼詞語，什麼句調，都可以用。試看《己亥雜詩》，不少絕句是極端散文化的，有的乾脆運用古書的成語或成句。這種例子簡直觸目皆是，隨便舉幾個例子：「勇於自信故英絕，勝彼優孟俯仰爲！」（第二九首）「各逮汝孫盟不寒。」（第三十首）「北方學者君第一，江左所聞君畢聞。」（第四十首）「本朝七十九科矣」，（第五四首）「吾將北矣乃圖南。」（第二二八首）「江淮狂生知我者，綠箋百字銘其言。」（第一〇二首）「與吾同祖硯北者，仁愿如兄竟早亡。」（第一六三首）這些句子一點不使你感到不倫不類，而是覺得它們用得恰到好處，別饒古趣，咀嚼起來，餘味無窮。特別安排在一個巨型組詩裡，更使你感到它們各得其所，相得益彰。

較後於龔氏的李慈銘曾說：「定庵文筆橫霸，然學足副其才，……詩亦以霸才行之。」㉞這說到了點子上。唐宋詩人，無論大家名家還是小家，寫起詩來，始終是循規蹈矩的。只有龔自珍，無法無天，在詩的領域裡橫衝直撞。但他決不是一味雄奇，而是有時風狂雨驟，有時燕舞鶯啼。試看他的「捲帘梳洗望黃河」（第二五三首），上四字多麼風光旖旎，下三字卻又多麼意境闊大，可是兩種境界融爲一體，卻給讀者一種特殊的美感。這樣的奇句不是一般躲在象牙塔裡的詩人所能想像出來的。時代要求詩人擁抱祖國的壯麗河山，因此，即使他仕途失意，壯志成空，「甘隸粧台伺眼波」時，他的「風雲材略」也沒有真正「銷磨」。詩寫得很靈妙，明明是他提高了那個風塵知己的認識，使她不忘國家憂患，詩卻反過來說，她「爲恐劉郎英氣盡」，於是「捲帘梳洗望黃河」了。這就把打擊他的當權者的見識卑下和毫無心肝這層含意，讓讀者從言外得之。舉這一句爲例，可以說明，龔自珍才氣橫溢，是由於生活的磨煉。當然，和他極深的文學修養也分不開。正因爲他具備這兩個條件，所以，古今中外，諸子百家，無不可供驅使，這就形成了他的獨特風格。

龔氏弟子陳元祿，與龔氏同時和稍後的孔憲彝、蔣湘南、楊象濟、程秉釗、江標、戴望、黃遵憲、康有爲、譚嗣同，一直到南社諸人，他們競學龔體，主要就是摹擬《己亥雜詩》。「定庵之詩，清末以來，爲人撏撦殆盡。」㉟撏撦的主要就是《己亥雜詩》。

以《南社叢刊．詩選》爲例，如卷一劉國鈞《辛壬之間雜詩》之七：「高談誰識五侯賓。」陳鼎《病中……》之一：「空山聽雨獨徘徊」；之二：「宋玉魂歸不可招」，之三：「來叩深山百尺樓。」卷二傅專《丁未生日述懷》之二：「古愁莽莽成長恨」；之二：「中年哀樂寄箏琶」；《落日》之二：「我馬玄黃我僕痡」；之四：「壯年心事託冥鴻」；《感秋八首……》之五：「新蒲新柳三年大」；之八：「多謝故人頻問訊」；《次韻答今希見過……》之一：「渺渺春魂不可招」；之七：「長吟藉遺英雄氣」。黃鈞《錦城紀游十首》之二：「百卷詩成公倦矣」；之五：「重整吟鞭一駐車」；之六：「萬里搖鞭一揮淚」。劉謙《哭太一詩》之八：「煞勞傳柳損宵眠」。孔昭綬《東游仙詩……》之三：「有人催喚木蘭船」。卷三沈厚和《辛亥春雜感》之一：「捫心猛憶兒時事」；之二：「一編重紀夢回初」；之三：「少年歷劫墮華鬘，惜誓吟成涕淚潸，……商量深淺到眉彎」；之四：「閱歷詞場悟性情，無端歌哭亦心聲」；之六：「壓線頻年事可哀」；之七：「千秋誰爲妥貞魂，賴有雄文石室存。寫得離憂毫末否？許儂持與夢中論。」卷四謝英伯《蘇州道中阻雨》之二：「未能料理太湖船。」吳沛霖《春盡日寄林三金陵》之一：「倘許一緘重報我。」蔡有守《晦聞囑題蒹葭圖》：「我所思兮渺何許？」卷六景耀月《無題八首》之三：「月痕叱出海紅簾。」黃侃《題劉仲遼〈瑞龍吟〉詞後》之三：「已分飄零過此生，幽情宛轉總難明。紅箋滿寫珍珠字，今日誰能喻此情？」卷七丁以布《湖上即席酬春航、靜庵》：「南北依稀屹兩峰，如撞大呂應黃鐘。」周亮《悼程蘊秀女士……》之五：「壯絕東南十萬兵」；之十：「大陸風潮動地來。」沈礪《再疊前韻示劍華》：「胸中海嶽一翻飛。」黃葆楨《張星伯席上……》之一：「六九雄心尚未銷」；《自杭歸台……》之三：「鏡裡河陽鬢已絲。」邵瑞彭《北行雜詩》之五：「萬人無語看焦山」；《留別上海》之一：「江天如墨鬢如絲」；《題亞子分湖歸隱圖》之三：「相攜同上木蘭舟。」卷八周實《贈鈍劍》之二：「與子消沉文字海」；《碎紅詞……》之八：「傷心難傍玉棺眠。」包公毅《味蒓園賽珍會……》之七：「心底穠春亦夙因。」卷九龐樹柏《寒食……》：「誰更搖鞭入山去。」俞鍔《島南雜詩》之十五：「惹得阿娘懷抱惡。」姚光《題龍丁華書伉儷春愁秋怨詞一首》：「浩蕩情懷不可收，英雄遲暮住溫柔。」卷十蔡寅《丁未歲除》之四：「黃金華髮任飄蕭。」王德鍾《書感十章》之五：「此身輸與釣屠寬」；之十：「感卿爲我說荊軻，……忍向粧台伺眼波。」淩景堅《寄十眉》：「應被故山猿鶴笑。」顧無咎《立夏後四日……》：「吟鞭東指滬江濱。」

其中集龔詩的也大量存在，如卷一寧調元《感舊集定庵句》十二首，《集定庵句柬鴛雛、楚傖》七律一首。卷二傅專《三懷詩集定庵句》三首。余其鏘《悼亡妻淑娟集龔句》二十首。《題夷峙紀遇詩冊後集龔》四首；《集定公句贈芷畦》四首。楊銓《感事十絕集定庵句》十首。高燮《聞曼殊將重譯（茶花女遺事）。集定公句成兩絕寄之》二首。

而最令人驚訝的是南杜巨擘柳亞子，他的《磨劍室詩詞集》中詩的部分。從一九〇三年到一九五一年，也就是終其一生始終反映出他對龔自珍的崇拜。我粗略地統計了一下，他仿龔的詩句共有四百六十二句之多。其中第一輯（一九〇三——一九一二）六十五句，另外集龔詩七絕二十二首。第二輯（一九一三——一九二二）一百一十句，另外集龔詩七絕六首。第三輯（一九二三——一九二九）三十三句。第四輯（一九二九——一九四〇）八十三句。第五輯（一九四〇——一九四二）十七句。第六輯（一九四二——一九四四）五十九句。第七輯（一九四五——一九四八）二十四句。第八輯（一九四九）十九句，另外集龔詩七絕一首。第九輯（一九五〇——一九五一）五十二句，另外集龔詩七絕一首。

從南社詩人所仿龔句來看，完全是採摘哀艷與雄奇這兩種風格的，也就是充滿浪漫情趣的。

由此也可以看出前人所說：「光緒甲午以後，其詩盛行，……自尚宋詩，群遂厭棄」，㊱並不符合實際。可笑的是，直到現在，有的人一方面承認龔詩「非唐非宋」，一方面卻還在用唐詩或宋詩作標準來衡量龔詩。其根據是李慈銘說過：「其詩不主格律家數」，「詩亦以霸才行之，而不能成家」；㊲譚獻說過：「詩佚宕曠邈，而豪不就律，終非當家。」㊳而不想一想，所謂「格律」、「家數」，都是唐宋詩的範疇，怎能用這些條條框框來套非唐非宋的龔詩呢？這不是自相矛盾麼？

問題倒在於仿龔的人，不論是《新民叢報》的，還是南社的，他們這類詩作，看來看去，不免使人有「畫虎不成」之感。我很同意沈其光的話：「定庵詩原本《風》、《雅》，極命《莊》、《騷》，有太白之才，昌黎之詣，溫、李之性情，乃成此一家之言。今人好言學定庵，太覺輕易。」㊴最後這四個字非常冷雋。

不過他只指出龔氏的詩學源流，其實龔詩之所以如此「聲情沈烈，惻悱遒上」，㊵還由於他「於經通《公羊春秋》，於史長西北輿地，……以周秦諸子、吉金樂石爲厓郭，以朝章國故世情民隱爲質幹」，㊶他真是最富有詩人的氣質、學人的素養，思想家的高度思辨力的結晶體！後世學龔的人，缺少這些因素，只在字、詞、句上模仿，自然不可能成功。

注　釋

①這段話，引者或謂爲張維屏語，或謂爲程裕釗語，皆非，乃佚名之言，見《定庵文集後記》三篇之二

②《養一齋詩話》卷十

③同書卷三

④《通甫詩存・跋》，附《通甫類稿・通甫詩存》卷四後

⑤《通甫類稿》卷三《孔宥函詩序》

⑥《定庵文錄序》

⑦㉓《射鷹樓詩話》卷十

⑧《答沈大宗伯論詩書》

⑨《筱園詩話》卷一

⑩《書湯海秋詩集後》

⑪《尊史》

⑫《送徐鐵孫序》

⑬《己亥雜詩》以下簡稱雜詩之一四二

⑭王富仁《開放過程中的文化・從龔自珍到洋務派》，見《中國文化》一九九〇年12月第三期

⑮《吳市得舊本制舉之文……》之三

⑯《乙丙之際著議第九》
⑰《十月二十夜大風，不寐，起而書懷》
⑱《雜詩》之一二五
⑲《與吳虹生書》(二)
⑳《雜詩》之五
㉑曹文軒《思維論》第一三八頁
㉒此詩作於丙申（光緒二十二年，一八九六），見《張文襄公全集》卷一二七詩集四
㉔《拭觚》
㉕徐中玉《略論中國近代詩詞理論的發展》，見《文藝理論研究》一九九二年第二期
㉖《晚晴簃詩匯》卷一三五
㉗《石遺室詩話》卷三
㉘趙翼《論詩》之二
㉙肝若《琴聲劍氣樓詩話》；張一麐《定庵詩集跋》
㉚錢仲聯《全宋詩序》
㉛錢鍾書《也是集》
㉜江標《題定庵詩集》
㉝汪國垣《近代詩派與地域》
㉞《越縵堂詩話》卷中

㉟錢鍾書《談藝錄》
㊱同㉗卷一三五
㊲《越縵堂讀書記》
㊳《復堂日記》
㊴《瓶粟齋詩話》
㊵程金鳳《己亥雜詩》書後
㊶魏源《定庵文錄序》

第十八章　宋詩運動和同光體

甲　產生的原因

廣義的宋詩派，在清代可謂源遠流長。自錢謙益、黃宗羲、朱彝尊（晚期）、吳之振、查慎行、厲鶚到錢載、翁方綱，都是偏愛宋詩以至宗宋的（當然家數派別不盡相同）。本文所談的宋詩運動和同光體，是狹義的宋詩派，專指道光、咸豐以來的程恩澤、祁嶲藻、何紹基、鄭珍、莫友芝、曾國藩、江湜等，以及稍後的陳三立、鄭孝胥、陳衍、沈曾植等先後組成的詩歌流派。

宋詩運動是怎樣產生的呢？民國初年的石維巖在《讀石遺室詩集，呈石遺老人，八十八韻》一詩中談到這問題：「有清一代間，論詩首漁洋。漁洋標神韻，雅頌不敢望。歸愚主溫厚，詩教非不臧。然或失而愚，字缺挾風霜。是皆傍門戶，終莫拓宇疆。」在這種形勢下，以祁嶲藻和曾國藩爲代表的宋詩運動產生了。可見石氏認爲宋詩運動是爲矯正神韻、格調兩派之失而產生的。同時他還指出：「諸公（指祁、曾以及程恩澤、何紹基、莫友芝、鄭珍）丁世亂，雅廢詩將亡。所以命辭意，迴異沈與王。」①這是說，王士禛和沈德潛生當康、乾盛世，所以詞意和平；而宋詩運動諸人則生際亂離，詩多哀音。

石維巖這首詩的論點其實是複述陳衍的意見。陳衍曾說：「有清二百餘載，以高位主持詩教者，在康熙曰王文簡，在乾隆曰沈文愨，在道光、咸豐則祁文端、曾文正也。文簡標舉神韻，神韻未足以盡風雅之正變。風則《綠衣》、《燕燕》諸篇，雅則『楊柳依依』，『雨雪霏霏』，『穆如清風』諸章句耳。文愨言詩，必曰溫柔敦厚。溫柔敦厚，孔子之言也；然孔子刪詩，《相鼠》、《鶉奔》、《北門》、《北山》、《繁霜》、《谷風》、《大東》、《雨無正》、《何人斯》以迄《民勞》、《板》、《蕩》、《瞻卬》、《召旻》，遽數不能終其物，亦不盡溫柔敦厚，而皆勿刪。故孔子又曰：『詩之失愚。其爲人也，溫柔敦厚而不愚，則深於詩者也。』故言非一端已也。文端學有根柢，與程春海侍郎爲杜爲韓爲蘇黃，輔以曾文正、何子貞、鄭子尹、莫子偲之倫，而後學人之詩與詩人之言合而恣其所詣。於是貌爲漢魏六朝盛唐者（指以王闓運爲代表的漢魏派），夫人而覺其面目性情之過於相類，無以別其爲若人之言也。」②

在《近代詩鈔》中，他又一次指出：「諸公（指程、祁、何、鄭、莫、曾）率以開元、天寶、元和、元祐諸大家爲職志，不規規於王文簡之標舉神韻，沈文愨之主持溫柔敦厚，蓋合學人詩人之詩二而一之也。」

林紓在翻譯小說《旅行述異・畫徵》識語上也說：「至於今日（指同光體盛行時），則又昌言宋詩，搜取枯瘠無華者，用以矜其識力，張其壇坫，其視漁洋、歸愚，直同芻狗。」

但宋詩運動以至同光體不僅矯正神韻、格調兩派之失，還針對袁枚爲首的性靈派。正如今人錢仲聯所說：「乾嘉詩風，濃膩浮滑，到了極敝」，於是「出現清苦幽雋的流派。」③而陳衍亦早已指出：由於宋詩運動出現，「都下亦變其宗尚張船山、黃仲則之風。」④

通過上述各種意見，可以歸納爲三點：

㈠時代變了，帝國主義的侵略，太平天國的起義，構成了宋詩運動諸人所說的「亂世」。他們再也沒有閒情逸致像神韻派那樣寄情山水，像性靈派那樣娛心風月，更無法像格調派那樣歌頌升平。總之，「亂世」不能爲「盛世」之音。⑤所以，他們批評「神韻未足以盡風雅之正變」，批評格調派主溫柔敦厚而失之愚，都是指這兩派的詩不能反映亂世，創作出變風變雅的詩歌。如果生於亂世，而仍寫那種「盛世」之詩，就表現不出詩人的「面目性情」，「別其爲若人之言。」

㈡狹義的宋詩派標舉學人之詩與詩人之詩合而爲一，實指兼取唐宋。然其取於唐者爲杜、韓，取於宋者爲蘇、黃，實偏重於宋詩，亦即偏重於學人之詩。其所以如此，不僅因受乾嘉學派的影響，而且是用以矯正性靈派的空疏，神韻派的浮響，格調派的庸濫。另外，其強調學問，除繼承樸學傳統外，還隱含清初王、黃、顧三先生經世致用之意，如鄭珍就很重視改革農具和發展工業生產。但他們和龔自珍、魏源「師夷長技以制夷」不同，只是企圖改良自然經濟以對抗新學（又稱西學），從而恢復康乾盛世。

㈢狹義的宋詩派只提神韻、格調兩派，是把自己和這兩派並列正統。特別在同光體詩人心目中，這三派都是以達官爲領袖力求維護清王朝的封建統治的。我們今天論定他們同屬復古的文藝思潮，也是符合歷史事實的。在狹義宋詩派看來，王士禎、沈德潛所以宗唐，是因爲唐音和平（主要指盛唐），適合表現他們生活的康、乾時代；而狹義宋詩派宗宋，則因宋音蕭殺，適合反映他們生活的道、咸以至同、光時代（並不宗宋的潘德輿就說過：「唐詩大概主情，故多寬裕和動之音；宋詩大概主氣，故多猛起奮末之音。」）⑥。宗唐固然是「以鳴國家之盛」，宗宋也是希望能回到康乾盛世。三派詩人所追求的，都是那種承平時代士大夫的風雅閒適的生活情趣。

乙　狹義宋詩派的詩論

從狹義宋詩派的理論淵源看，它不僅從縱向受到翁方綱肌理說強調學人之詩的影響，而且從橫向受到桐城詩派推崇黃庭堅的影響，在詩風上還受到厲鶚爲代表的浙派的「孤澹」風格的影響（汪國垣《贈胡詩廬》詩云：「同光二三子，善與古澹會」）。

道、咸間宋詩運動的理論家是何紹基，而鄭珍、莫友芝也有這方面的論述，不過系統性都不強。同光體的理論代表則是陳衍，他有《石遺室詩話》和《近代詩鈔》的評語，但也只是繼承宋詩運動的論點而加以發揮。

先看宋詩運動的，它的詩論有兩個特點，一是重視人品，二是重視學問。而人品尤在學問之先。

鄭珍說：「固宜多讀書，尤貴養其氣。氣正斯有我，學贍乃相濟。」又說：「從來立言人，絕非隨俗士。」⑦又在另一文中發揮這個論點：「余謂作者先非待詩以傳，杜、韓諸公苟無詩，其高風峻節，照耀百世自若也。而復有詩，而復莫逾其美，非其人之爲耶？故竊以爲古人之詩，非可學而能也。學其詩，當自學其人始。」⑧因而他認爲：「文質誠彬彬，作詩固餘事。」⑨

莫友芝也說：「古今所稱聖於詩，大宗於詩，有不儒行絕特，破萬卷、理萬物而能者耶？」

⑩

何紹基說得更詳細：「詩文不成家，不如其已也。然家之所以成，非可於詩文求之也，先學爲人而已矣。……立誠不欺，雖世故周旋，何非篤行？至於陰陽剛柔，禀賦各殊，或狂或狷，就吾性情，充以古籍，閱歷事物，真我自立，絕去摹擬，大小偏正，不枉厥材，人可成矣。於是移其所以爲人者，發見於語言文字。不能移之斯至也，曰：去其與人共者，漸擴其已所獨得者，又刊其詞義之美而與吾之爲人不相肖者。始則少移焉，繼則半至焉，終則全赴焉，是則人與文一。人與文一，是爲人成，是爲詩文之家成。伊古以來，忠臣孝子，高人俠客，雅儒魁士，其人所詣，其文如見。其人之無成，浮務文藻，鏤脂翦楮，何益之有？」⑪很有意思，何紹基在這裡提出了「人與文一」，龔自珍也提出過「詩與人爲一」，⑫表面上完全相同。但是實質截然相反：龔氏的「人」是「勇於自信」的有遠見卓識之士，是「九州同急難」的愛國者；是「有陰符三百字」的反帝的先進的中國人；而何氏則純以「忠臣孝子，高人俠客，雅人魁士」爲「人」的標本。所以，問題不在於「人品」的要求，而在於「人品」的內涵。

宋詩運動理論家在上述基礎上，對詩的要求還提出了一個標準：「不俗」。

何紹基說：「顧其用力之要何在乎？曰：『不俗』二字盡之矣。」何謂「不俗」？他說：「直起直落，獨來獨往，有感則通，見義則赴，是謂不俗。」他補充說：「前哲戒俗之文多矣，莫善於涪翁之言曰：『臨大節而不可奪，謂之不俗。』欲學爲人，欲學爲詩文，舉不外斯恉。」⑬落足點還是停在前述兩點（人品與學問）上。

另外，在創作實踐中，宋詩運動理論家強調獨創，力避摹擬。

何紹基談移其所以爲人者於爲詩，強調「絕去摹擬」。鄭珍說：「李王與王孟，才分各有似。羊質而虎皮，雖巧肖仍僞。」也是力戒仿古。所以他指出：「言必是我言，字是古人字。」⑭就是說，語言形式是舊的，內容卻一定要充分反映獨特的時代和作者的個性。

這跟前一點是有聯繫的，人不俗，詩不俗，自然不會去仿古，仿古正是「俗」的一種表現。發展到同光體，就明確提出學人之詩與詩人之詩的統一，更加強調避熟避俗了。

這是宗宋的合乎邏輯的結論：既然反對神韻、格調兩派的宗盛唐，就必然轉而宗杜、韓以及北宋。杜、韓屬唐，而杜的偉大詩篇，風格屬於中唐，和韓一道導啟宋風。葉燮曾經指出：中唐之「中」，「乃古今百代之中，而非有唐之所獨。」⑮這實在是說：中唐以前，詩主情，重意境；中唐以後，詩主理，重氣骨。主理必然強調讀書和閱歷，所以宗宋者無不強調學問。但鄭珍和陳衍諸人比翁方綱高明，懂得不能以學爲詩，而要尊重藝術規律，所以強調學人與詩人的統一。這樣一來，也就必然提出避熟避俗的主張，因爲只有學人才能避熟避俗。

陳衍首先指出：「詩也者，有別才而又關學者也，少陵、昌黎其庶幾乎！」⑯這是標舉杜、韓爲學人與詩人合一的榜樣，以見己派取徑之正。

然後指出：「詩最患淺俗。何謂淺？人人能道語是也。何謂俗？人人所喜語是也。」⑰前一句，顯示了學人之詩的高深；後一句，則顯示了此派詩人的孤寂清高的心態，但也是傳統心態的發展，因爲前人已言「俗人猶愛未爲詩」，「詩到無人愛處工」。具體到同光體詩人，他們生於末世，而又不能像龔自珍、魏源、黃遵憲等人那樣積極前行，自然只有遠離現實，自甘寂寞，向內心咀嚼冷寂的情味。所以，他明確指出：「詩者，荒寒之路，無當乎利祿，肯與周旋，必其人者賢者也。」這種詩人，具有與眾不同的敏感：「一景一情也，人不及覺者，已獨覺之；人如是觀，彼不如是觀也；人猶是言，彼不猶是言也：則喧寂之故也。清而有味，寒而有神，瘦而有筋力。己所自得，求助於人者得之乎？……柳州、東野、長江、武功、宛陵以至於四靈，其詩世所謂寂，其境世所謂困也。然吾以爲有詩焉，固已不寂；有爲詩之我焉，固已不困。」⑱

於是他們對達官貴人的審美取向表示異議：「張廣雅（指張之洞）論詩，揚蘇抑黃，略謂黃吐語多槎牙，無平直，三反難曉，讀之梗胸臆，如佩玉瓊琚，舍車而行荊棘；又如佳茶，可啜而不可食。子瞻與齊名，則坦蕩殊雕飾，受黨禍爲枉。亦可見大人先生之性情，樂廣博而惡艱深，於山谷且然，況於東野、後山之倫乎？」⑲陳三立比陳衍更趨極端，「伯嚴論詩，最惡俗惡熟，嘗評某也紗帽氣，某也館閣氣。」⑳也是針對張之洞一流官僚而言。

這就難怪他們標示的審美取向是：「寧艱深，勿流易；寧可憎，勿可鄙。」㉑而他們盛推爲學人之詩與詩人之詩相結合的沈曾植，是既「博極群書，熟遼、金、元史學輿地」，所作詩又「雅尚險奧，聱牙鈎棘中時復清言見骨，訴真宰，盪精靈。」㉒

爲什麼會選擇這種審美取向？這是因爲此派詩人具有一種共同的心理因素：他們企求回復到康、乾盛世，因而對當時糜爛的社會風氣，腐朽的官僚政治，表現了很大的不滿。思想感情上不願同流合污，表現在詩的藝術形式上，便是「艱深」、「可憎」、「險奧」、「清言見骨」。而且同光體詩人比宋詩運動詩人更自覺地探求詩創作的藝術技巧，特別注意表現形式的曲折性和多層次。陳衍就強調：「淺意深一層說，直意曲一層說，正意反一層側一層說」，這就避免了直露的毛病。一般人批評詩界革命派和南社某些人的詩叫囂喧豗，語無餘味，而同光體的詩特別深婉拗峭，富於詩味，極耐咀嚼。即使政治思想和他們異趣的人，也非常欣賞其詩，甚至十分傾倒，如梁啟超晚年拜同光體詩人趙熙爲師，常和陳衍、陳三立諸人唱和；南社的宗宋派朱璽、姚錫鈞、胡先驌等甚至因爲推崇同光體而和宗唐的柳亞子發生內訌以至決裂。關鍵完全在藝術性的強弱。詩歌以審美爲中介，單是重視內容而忽視形式，必然失去詩的魅力，結果連內容也被人們淡忘了。晚清詩壇上代表前進方向的本來是詩界革命派和後來的南社，它們的影響反而比不上同光體，而且這種反差越來越大，這個教訓是很有意義的，值得後人注意。

丙　兩位代表詩人

通過有代表性的詩人所作的詩，我們可以領會到狹義宋詩派的創作特色。現從宋詩運動選出鄭珍，從同光體選出陳三立，對他們的詩進行剖析。

㈠　鄭珍

鄭珍（一八〇六，嘉慶十一年——一八六四，同治三年），字子尹，晚號柴翁，貴州遵義人。道光十七年（一八三七）舉人，以大挑二等選荔波訓導。咸豐五年（一八五五），苗民起義，攻荔波城。知縣蔣嘉穀病劇，鄭珍代爲治軍，開城門指揮作戰，苗軍敗退，鄭珍亦辭官歸。同治二年（一八六三），大學士祁寯藻薦於朝，特旨以知縣分發江蘇補用，終不出。有《巢經巢詩集》。

鄭珍精經學與小學，其著作已刊行者有《儀禮私箋》、《考工輪輿私箋》等七種，已成而未刻者

有四種，另有史部及子部著作數種。㉓

由於他是學人而兼詩人，特別是他的詩和乾嘉學派經生之詩截然不同，在詩作上具有自己的特色，因而獲得詩界很高的評價。

首先指出這一特點的，是他同時人翁同書：「古近體詩，簡穆深厚，時見才氣，亦有風致。其在詩派，於蘇、黃爲近。要之，才從學出，情以性鎔。」㉔這「才從學出」四字，就是指他的詩兼有學人之詩與詩人之詩的長處。

民初的清室遺老陳夔龍甚至說：「所爲詩，奧衍淵懿，黝然深秀，屹然爲道、咸間一大宗。近人爲詩，多祧唐而禰宋，號爲步武黃（庭堅）、陳（師道），實則《巢經》一集，乃枕中鴻寶也。」㉕這就是說，自同、光以至民初，宗宋的詩人其實都是學鄭。這可見鄭詩影響之大。狄葆賢就具體指出：「今能效子尹者，則惟陳伯嚴（即陳三立）耳。」㉖

現當代學人胡先驌、錢仲聯都推鄭詩爲清代第一。胡氏說：「縱觀歷代詩人，除李、杜、蘇、黃外，鮮有能遠駕乎其上者。」㉗錢氏說：「鄭子尹詩，清代第一。不獨清代，即遺山、道園亦當讓出一頭地。世有知音，非余一人私言。」㉘

現當代幾位學人一致指出：鄭詩的最大特色是「白戰」，亦即白描。

胡先驌說：「其最足令人注意之處，即其純用白戰之法，善於驅使俗語俗事以入詩也。」又說：「皆以日常俚俗之事語，爲前人所未道之辭句，而以新穎見長者也。然其詩雖故取材於庸俗，而絕非元、白頹唐率易之可比，蓋以蘇、黃、韓、杜之風骨，而飾以元、白之面目者，故愈用俗語俗事，愈見其筆力之雄渾，氣勢之矯健。」㉙

錢仲聯說：「子尹詩之卓絕千古處，厥在純用用白戰之法，以韓、杜之風骨，而傅以元、白之面目者，遂開一前此詩家未有之境界。」㉚

錢鍾書說：「（程恩澤、鄭珍兩家詩），妙能赤手白戰，不借五、七字爲注疏考據尾閭之洩也。」㉛這就指出程、鄭詩不同於翁方綱的肌理派。

繆鉞說：「鄭珍的詩不大用典故與辭采，多是白描，有時候大量用口語白話，但是都經過提煉熔鑄，使人讀起來，感到清峭遒勁，生動有力。」又說：「（鄭珍）學習了韓愈、孟郊的盤曲瘦勁，白居易的平淡自然，蘇軾的機趣橫溢，加以渾融創造，成爲他自己的風格。」㉜

不過，「白描」僅僅是鄭詩風格的主導面，它還有相反的一面，即陳田所說：「（子尹）通古經訓詁，奇字異文，一入於詩，古色斑爛，如觀三代彝鼎。」㉝

我以爲，「白描」與「奇奧」這兩種風格的形成，都出於避俗的審美需要。鄭珍之前，清代各派詩人，都知道不應一味仿古，而應學古加以變化，成爲獨創。這已經形成一種共識。而鄭珍則在此基礎上，更進一層求得避俗的審美效果。

如一般詩人以用典爲雅，浙派尤以用僻典爲雅，鄭珍則以此「雅」爲俗，因而採用「白描」手法。

又如肌理派以堆積故實、炫耀學問貽譏於世，鄭珍則多用俗事俗語；

又如朱彝尊、王士禎兩家詩喜「傅采」，鄭珍則屏棄詞藻。王士禎主含蓄中見餘味，鄭珍則於盡言中顯餘情；

又如性靈派主靈妙中見風趣，鄭重則於厚重中見機智與情趣。

總之，由於其性格具有冷熱兩面，因而他的詩也就有兩種表現。

他冷於個人的功名富貴，所以詩饒勁氣，硬語盤空；卻熱於國計民生，所以詩多苦語，善道人意中事。當然，這不能截然分開，因爲苦語屬於內容，硬語屬於形式，兩者是辯證統一的。

表現其「冷」的詩，詩集中很多，這裡只舉三首。如《度歲澧州，寄山中，四首》之四：「……如今倘便決，求田事耕鑿。盡力得逢年，或勝虛俸薄。何必父母身，持受達官虐？弟輩不更事，望我踐纍若。焉知妻妾羞，百倍衣食惡！且當練勤儉，晚食而早作。」㉞「逢年」，遇到豐收年，用《史記・佞倖列傳》所引諺語：「力田不如逢年。」「纍若」，用《漢書・石顯傳》的《牢石歌》：「印何纍纍，綬若若邪！」意爲依附權貴而兼官據勢。「妻妾羞」，用《孟子・離婁下》齊人乞墦間祭餘而驕其妻妾的故事，說明「人之所以求富貴利達者，其妻妾不羞也而不相泣者，幾希矣！」全詩只用了一個古詞語和兩個典故，都是常見的。而最深刻的詩句：「何必父母身，持受達官虐？」羌無故實，純用白描。全詩於盡言中顯餘情，令人深長思之。

又如《郡教授獨山莫猶人（與儔）先生七十六壽詩》有云：「世人解艷大官耳，安知此道非窮通。」㉟「此道」指「文章品業」。詩意說大官未必有文章品業，其藐視之情可想。

又如《書遣知同以十七日歸，五首》之二：「自我來鎮遠，不撤惟菽乳。佐之菘波陵，菔兒及芹母。每食數必備，鮮鮮照寒俎。於我已有餘，放箸腹如鼓。門斗輒相笑：天生菜園肚，慣吃槁農飯，稱作種田戶。一笑謝善禱，吾豈如農圃？頓頓此盤餐，倘獲天長與。何論老廣文，卿相吾不取。」㊱這是他在貴州鎮遠府作訓導時寫的。知同，其子名。「菽乳」即豆腐乳。「菘波陵」，兩種菜：「菘」即青菜，「波陵」即菠菜。「菔兒」即小蘿蔔，用蘇軾「萊菔生兒芥有孫」語。「芹母」即芹菜。他每餐吃得這樣清苦，引得儒學中的公役都笑他。他卻不但非常滿足，還自愧「吾不如老農」，「吾不如老圃」，㊲甘願過「廣文先生官獨冷」，「廣文先生飯不足」㊳的生活，而不肯選擇卿相的道路。全詩幾乎全是白描，特別是「慣吃犒農飯，稱作種田戶」，純爲俗語。「天生菜園肚」用了一個俗典，據《啟顏錄》記：「有人常食蔬，忽食羊，夢五臟神曰：『羊踏破菜園！』」全詩也是於盡言中顯餘情。

表現其「熱」的詩，詩集中更多，這裡也只舉三首。

如《抽釐哀》：「東門牛截角，西門來便著！南門生吃人，北門大張橐！官格高懸字如掌，物物抽釐助軍餉。不論儳絘十取一，大賈盛商斷來往。一叟擔菜茹，一叟負樵蘇，一嫗提鷄子，一兒攜鯉魚。東行西行總抽取，未及賣時已空手。主者烹魚還瀹鷄，坐看老弱街心啼。噫吁嚱！貿束布者不能得一匹贏，售斗鹽者亦不得贏一升。釐金大抵恃商販，欲入閉門焉可行？村民租銖利有幾？何況十錢主簿先奉己，縱得上供已微矣！乃忍飼爾餓豺以赤子，害等丘山利如米！嗚呼！貫率括率有時可暫爲，盍使桑兒一再心計之？」㊴

「儳」，行商稅。「絘」，住商稅。見《周禮·地官·廛人》：「廛人，掌斂市絘布、總布、質布、罰布、廛布，而入於泉府。」注：「布，泉（錢）也。鄭司農云：『絘布，列肆之稅布。』杜子春云：『總，當爲儳，謂無肆立持者之稅也。』」「菜茹」，蔬菜的總稱。《漢書·食貨志上》：「菜茹有畦。」注：「茹，所食之菜也。」「樵蘇」，原爲砍柴割草，此指柴草，用《史記·淮陰侯列傳》：「樵蘇後爨。」「租銖」，以錢代實物納稅，見《漢書·食貨志下》：「除其販賣租銖之律。」注：「租銖，謂計其所賣物價，平其錙銖而收租也。」「十錢主簿」，指貪官污吏。《魏書‧宋寶傳》：「慶智爲太尉主簿，事無大小，得物後判，或十數錢，或二十錢，府中號爲『十錢主簿』。」「貫率括率」，指苛捐雜稅，《唐會要》卷八十八《榷酤》：「元和六年，北兆府奏榷酒錢，除出正酒戶外，一切隨兩稅青苗錢據貫均率，從之。」這是「貫率」。《通鑑》卷二百八十四《後晉紀》：出帝開運元年四月，「大理卿張仁愿爲括率使，至兗州，賦緡錢十萬。」這是「括率」。「桑兒」，對桑弘羊的蔑稱，借指當時聚斂之臣。《漢書‧食貨志》：「弘羊，洛陽賈人子，以心計，年十三，侍中。」「心計」，本指心算，此謂深思熟慮苛捐雜稅的危害性。㊵全詩深刻揭露了釐金的病民，用了很多俗事俗語，也用了不少古詞語與典故，卻結合得渾融一體，充分體現出學人之詩與詩人之詩相結合的鄭詩特色，於盡言中顯餘情。

又如《秋雨嘆》：「穫者秉爛紛縱橫，未穫者倒如席平。綿綿雨勢來未已，但望稍住不望晴。晚來月見星照濕，走呼鄰助約晨集。及朝雨隨人下田，老農止抱破蓑泣。」㊶這是白描的詩，也是能「道得人心中事」的苦語。

又如《糠頭火》：「燒殘生米樹，爇到篋糠皮。亦復令人暖，寧徒解我飢？乍然光不起，忽暗口頻吹。跼守仍誇富，無舂詎得茲？」自注：「俗言」貴人不知米所出，以爲必珍木實也。臨終，或問所願，曰：『惟思得生米樹作棺耳。』」㊷這種詩是詩人帶著含淚的微笑寫出的，它厚重而又風趣，有諷刺，也有自嘲。「生米樹」即稻桿，用的是俗典，充分諷刺了那班高等寄生蟲。篋，音范，《說文》：「小舂也。」「然」即「燃」。末二句自嘲：寒士居然誇富，因爲家裡還有舂穀的器具。這是五律，也純用白描，而且屏棄詞藻，因爲詩的內容正需要這種質樸的形式。

現存的鄭詩，不但內容豐富，更可貴的是，不但能深刻揭露時弊，他還積極地計劃發展生產，以裕民生。如《黎平木，贈胡生子何（長新）》，㊸鼓勵門人胡長新大片植林以致富，並慨嘆：自己雖對家鄉人大力宣傳植林的好處，而信行者很少。又如《遵義山蠶至黎平，歌贈子何》，表現了「貨惡棄地不必己，衣食在人何異吾」的進步思想。上句用《禮記‧大同》的「貨惡其棄於地也，不必藏於己」；下句與陸游「功成在子何殊我」同一開闊襟懷。長歌還說：「昔我與婦論蠶事，本期博利彌黔區」，這更表現出他的崇高理想。我想，如果他不是跼守在僻遠的貴州，而是長期生活在北京或江、浙，時常接觸新思想和新事物，未必不會成爲龔、魏一流人物。

㈡ 陳三立

陳三立（一八五二，咸豐二年——一九三七，民國二十六年），字伯嚴，號散原，江西義寧州（今修水縣）人。光緒十五年（一八八九）進士，官吏部主事。二十一年（一八九五），康有爲在北京成立強學會，又在上海設分會，發行《強學報》，提倡變法圖強，三立曾列名會中。這年，三立之父陳寶箴爲湖南巡撫，創行新政，提倡新學，大力支持變法運動。三立協助其父，多所擘畫。變法失敗後，與其父同以「招引奸邪」罪被革職，永不敘用。乃侍父退隱南昌西山，築崝廬。傳說陳寶箴終被慈禧太后派人秘密「賜死」，故三立《崝廬述哀詩，五首》之一寫其父歿情狀，語極迷離，如「猶疑夢恍惚，父臥辭視聽。兒來撼父床，萬喚不一應。」㊺父歿後，常往來於南京的散原別墅和南昌的西山崝廬之間。清亡後，以遺民自居，對袁世凱政權及軍閥混戰情況極爲不滿。民國二十六年（一九三七），日軍侵佔華北，三立時居北平，日方派人脅誘，他堅持民族氣節，拒任僞職，絕食三日而歿。以他和鄭孝胥私交之摯，以及對清室之忠，而能反對兒皇帝的小朝廷及其主子日本侵略者，尤爲難能可貴。所以南社詩人柳亞子一九四〇年《贈陳寅恪先生伉儷》一詩云：「少愧猖狂薄老成，晚驚正氣殉嚴城。」自注：「散原老人與海藏（指鄭孝胥）齊名四十餘年，晚節乃有薰蕕之異。余少日論詩，目鄭、陳爲一例，至是大愧。」這可算是蓋棺論定了。三立有《散原精舍詩》二卷，續集三卷，別集一卷。

如果說宋詩運動的代表是鄭珍，那麼，同光體的代表就是陳三立。兩人之間自有其承傳關係。狄葆賢早已指出：「（鄭子尹學孟郊，）今能效子尹者，則惟陳伯嚴耳。」㊻

一般論者都認爲散原詩主要學韓愈和黃庭堅，林紓則指出它似孟郊。據楊聲昭說：「散原詩源出退之、魯直，人所共知，惟林畏廬亟稱其似孟，見所爲《懷伯嚴》詩及《詩廬記》，蓋言詩骨也。韓詩豪而孟詩堅，散原莽蒼排奡中獨饒氣骨，異乎世之貌爲豪肆者，故畏廬以上接貞曜許之。」㊼

說散原詩效鄭珍，只能從兩家詩都像孟效詩「獨饒氣骨」這一角度看。陳三立可貴之處，正在於他根據自己性之所近來學習前人，因而他學杜、學韓、學孟、學黃，乃至學薛季宣，學高心夔，學鄭珍。但學是爲了不學，學古不是仿古，而是爲了創新，成一家言。試看他的詩論。據吳宗慈說：「其論爲詩曰：應存己。吾摹乎唐，則爲唐囿；吾仿乎宋，則爲宋域。必使既入唐宋之堂奧，更能超乎唐宋之藩籬，而不失其己。」㊽他所追求的是「成一家言」。據陳詩說：「先生嘗誨予曰：近人作詩，多喜廣博無垠，每到漫無歸宿處。子勿爾，宜竭其才力，成一家言，他日自可永存也。」㊾

三立這樣做的結果，是招致了一些批評。如林庚白一方面承認他「雖囿於古人之藩籬，猶能屹然自成其一家之詩」；㊿一方面又說他「方面太狹」。(51)金天翮也說他是「狷介之才，自成馨逸」，⑫錢仲聯發揮說：「如欲朝諸夏，撫萬方，南面而王詩國，成大一統之業，則其力猶有所未逮也。」⑬

應該說，這些批評都是中肯的，但這也正是歷史的必然。

一方面，中國已進入半封建半殖民地社會，三立在政治思想上，由積極進取轉爲消極悲觀，「憑欄一片風雲氣，來作神州袖手人」，⑭思想感情和時代步伐的距離越來越遠。面對著洶湧前行的革命浪潮，他只看到表面的混亂現象，而不能從本質上去認識革命的歷史必然性和它的偉大前途，於是他日益退縮到心造的枯寂幻境中去，孤芳自賞。出於這種心態，他的詩作，內容只能是荒寒蕭索，形式必然力求避熟避俗。試問，他還能像處於盛唐和中唐之交的杜甫那樣，充滿恢復貞觀、開元之盛的希望嗎？杜甫正因爲始終抱有這種信念，所以表現在詩作上，才能夠「盡得古今之體勢，而兼人人之所獨專」，⑮成爲詩國之王。而陳三立是清醒地認識到前途無望的詩人，作詩對於他，正如柳宗元所說：「余雖不合於俗，頗以文墨自慰」，⑯借以自我發洩而已，他根本沒有開疆拓土、獨立爲王的雄心。至於景從者日多，影響力日大，以至名動中外，連印度詩哲泰戈爾來華，也要找他合影，這卻是辛亥革命後外患日劇，內亂日深，使得知識階層日益失望的一種反應。他們當中相當一部分人，從散原詩中找到了共同的心聲，特別欣賞這種心聲的表現形式，認爲它十分耐人尋味，於是競效其體。豈但改良派士大夫入民國後十分不滿，革命文學團體南社的成員，不也有很大一部分，對民國初年現狀日益悲觀失望嗎？這才是散原詩影響巨大的現實基礎。

另一方面，鴉片戰爭後，西方的思想和文化（包括文學）的影響力，取代了中國古代文化的傳統，逐漸成爲文學發展的主要推動力，形成文學世界化。57舊詩發展到同光時代，要繼續向前發展，只有在繼承古典詩歌優良傳統的基礎上，大力吸收西方先進文化（包括詩歌）的養料。而一種異質文化的傳入，必然要經過本民族文化的過濾與篩選，因此，一定要走民族形式、民主內容、大眾方向這條路。三立不可能走這條路，仍然只能向傳統借力，也就只能走復古的道路。這是他和他這一派詩人的悲哀。所以，三立是中國舊時代的「最後一位詩人」，卻不可能是「新時代的最初一位詩人」，58根本無法「朝諸夏，撫萬方」。

這「最後一位詩人」的詩歌風格，是有他的特點的：

㈠ 音調低沉

陳衍指出：「所謂高調者，音調響亮之謂也，如杜之『風急天高』是矣。《散原精舍詩》則正與此相反。」59言爲心聲，戊戌變法後絕望者的呻吟，自然是嗚咽欲絕的。所以，范當世說他「加以戊戌後變法至痛，而身既廢罷，一自放於文學間，襟抱灑然絕塵，如柳子厚也。」60柳宗元遭貶謫後的詩文，自然是「長吟哀歌，舒洩幽鬱」61的，其音調不可能高昂或雍容。

㈡ 荒寒蕭索

陳衍說：「散原爲詩，不肯作一習見語。於當代能詩巨公，嘗云：某也紗帽氣，某也館閣氣，蓋其惡俗惡熟者至矣。……而荒寒蕭索之景，人所不道，寫之獨覺逼肖。」62一切景語都是情語，在中國古典詩歌中，景物從來都是詩人感情的外化。荒寒蕭索，其實是三立的心情，也是他的審美情趣，反映在創作與詩論上，便是「惡俗惡熟至矣」。本來，「惡俗惡熟」，作爲詩論，早已見於黃庭堅，明人王逢更明確指出：「凡作詩忌俗，欲清；忌熟，欲生；忌肉，欲骨。

骨去露，生去怪，清去薄。本之六義，參諸經史百氏，詩道備矣。」63三立則在此基礎上趨向極端，這也可以看出他的審美情趣，其內涵純粹是冷寂、空虛。當時年少氣盛的柳亞子，作爲一名熱情滂沛的時代弄潮兒，自然要斥之爲「枯寂無生趣」。今天我們如果不滿足於皮相，應該能體悟出，散原詩其實正如蘇軾之論陶詩：「所貴乎枯淡者，謂其外枯而中膏，似淡而實美。」64何況散原詩的字句還不像陶詩那樣乾枯清癯。柳亞子的著眼點當然是指散原詩缺乏革命激情，但缺乏革命激情並不等於「無生趣」，下文將要論述的三立的愛國心和西學影響，充分證明散原詩的生趣。三立正如陶淵明、柳宗元，雖然對面臨的社會現實和本身遭遇十分不滿，但是對民族的命運、國家的前途、人生的意義，並沒有絕望。據吳宗慈說：他逝世前，在病榻上，「輒以戰訊爲問。有謂中國終非日本敵，必被征服者，先生憤然斥之曰：『中國人豈狗彘不若，將終帖然任人宰割耶？』背不與語。」65這就是「生趣」之所在。

據我個人的看法，散原詩有如下幾個特點：

(一)　愛國

統觀全集，近代大事，從八國聯軍的瘋狂侵略，日俄戰爭的可恥中立，到北洋軍閥的魚肉百姓，無不寫進他的詩篇，表現了中國人民的正義憤慨。儘管他錯誤地把辛亥革命比作東漢末的黃巾，而把自己比爲管寧，然而他對祖國是熱愛的。民國十年（一九二一），他作《挽嚴幾道》一詩云：「死別猶存插海椽，救亡苦語雪燈前。埋憂分臥蛟龍窟，移照曾開蟣蠓天。眾噪飛揚成自廢，後生沾被定誰賢？通人老學方追憶，魂濕滄波萬里船。」66首句言嚴復雖死，其譯著將長存。次句特別突出嚴復的《救亡決論》，也就是主張救亡必須研習西學，啟發民智。三句指嚴復愛國有心，埋憂無地，本想像屈原那樣自沉。四句稱贊嚴復以譯著參與救亡圖存活動，其所譯《天演論》、《原富》、《法意》諸書尤其震動了當時中國的學界。五句惋惜他列名籌安會，是政治上的墮落。六句又轉爲恕詞，肯定他輸進西學對後世的歷史功績。七句寫包括三立在內的「通人老學」一致悼念他一片救亡圖存的苦心。八句寫他魂如有知，應記早年留學英倫，睜開眼睛看世界，如今壯志成空。通過全詩，可以看出他對袁世凱集團的憎惡，對嚴復譯介西學的稱頌，這也就反映了他的深沉的愛國心。

㈡ 西學影響

陳三立和鄭珍不同，他已初步接觸了西方哲學和社會科學的知識。早年侍父於長沙官署，曾與郭嵩燾來往：「綺歲游湖湘，郭公牖我最（自注：郭筠仙侍郎）。其學洞中外，孤憤屏一世。先覺昭群倫，肫懷領後輩。」⑰郭嵩燾曾任中國首任出使英國大臣，後又兼駐法國大臣，一貫主張學習西方科技以求富強，被保守派官僚罵爲「漢奸」。三立此詩作於郭氏身後，對他表示極大尊敬，特別感謝他對自己的教導。這裡實在包含著一種深刻的政治因素。據今人劉夢溪說：「義寧父子是穩健的改革者，主張漸變，反對過激行動，尤其不喜歡好出風頭的康有爲，而與博聞通識的郭嵩燾相契善，寄希望於穩健幹練的張之洞出面主持全國的改革。所以然者，是由於明瞭能否把改革推向全國，關鍵在握有實權的西太后的態度，沒有慈禧的首肯，什麼改革也辦不成。應該說，這是義寧父子的深識。」劉氏還指出：「可是歷史沒有按照郭嵩燾、陳寶箴、陳三立的預設發展，相反走了一條從激進到激進之路，致使百年中國，內憂外患，變亂無窮。回觀這段歷史，我們沒有理由把散原看作一個『封建遺老』。」我以爲，劉氏這段話是很深刻的，能幫助我們真正理解三立何以戊戌變法後會那樣痛苦、絕望，何以以死抗拒日帝的脅誘，不肯和鄭孝胥一樣依附小朝廷。

除了郭嵩燾外，三立後來又受到嚴復的影響。反映在詩作中的，如「民有智力德，昊穹錫厥美。振厲掖進之，所由奠基址。列邦用圖存，群治決癥痞。雄強非偶然，富教耀歷史。」這是嚴譯《群學肄言》（英人斯賓塞爾著）一書中「其教人也以濬智慧、練體力、厲德行三者爲之綱」的影響。同詩中還有「天道劣者敗」，這是嚴譯《天演論》的影響。類似的還有「天物間仍競」，「挾以御物競。」又如「漸欲從周依魯叟」，自注：「季廉學派不倚盧騷、孟德斯鳩諸說。」還有題爲《讀侯官嚴復氏所譯英儒穆勒•約翰〈群己權界論〉，偶題》的詩，贊美「卓彼穆勒說，傾海挈眾派。砭懦而發蒙，爲我斧天械。」從而感到「挑燈幾摩挲，起死償夙快。」還有題爲「讀侯官嚴氏所譯《社會通詮》訖，聊書其後》，則反映他受了甄克思和嚴復錯誤觀點的影響，反對孫中山的民族主義（反清革命）。

因爲受了西學影響，所以他的詩和鄭珍不同，用了大量新名詞，如「洲顯橢圓形」，「希臘竺乾（即印度）應和多」，「傳賢貿君權」，「人權公例可灌輸」，「教育在釐正」，「撫汝支那病」，「手摘海王星」，「主義侈帝國，人權擬天賦」，「今代汽船興」，「國人倘解太和魂」，「環海群雄像鑄銅」，「方今倡民族」，「張氏營實業，……范氏專教育」，「限權立憲供揶揄，……地方自治營前模。」以上都是三立前期詩句。詩集卷下就只有「暫憑跳舞警蹉跎」，「西摹埃及碣，……天演人尸之」，「羅馬名師不可攀」。以後（包括詩續集卷上中下）就不再用新名詞，完全向中國傳統文化借創作動力，原有的西方影響似乎消失了。

以上兩點是從散原詩的內容看；而從藝術形式看，可以分別就其語言風格與意境美兩方面進行分析，從而理解散原詩的藝術魅力。

先看語言風格，這可以從三方面來論析。

㈠ 煉字

由於三立論詩惡俗惡熟，有些論者便認爲他走入魔道。如李明志說他：「乃或過矜，貪於字句精深，惟饒奇致。聞其作詩，手摘新奇生嶄之字，錄爲一册。每成一篇，輒以所爲詞句，就册中易置之，或數易乃已。故有時至極奧衍不可讀。」⑲劉禺生也說：「陳散老作詩有換字秘本，新詩作成，必取秘本中相等相似之字，擇其合格最新穎者，評量而出之，故其詩多有他家所未發之言。予與鶴亭（指冒廣生）在廬山松門別墅久坐，散老他去，而秘本未檢。視之，則易字秘本也。如『騎』字下，縷列『駕』、『乘』等字類。予等即掩卷而出，懼其見也。」⑳其實這是很膚淺的看法，散原詩在藝術性上能有這麼高的造詣，決非靠換字這種手法。他確實特別注意煉字，但那是圍繞一個原則，即選擇一些狠、重的字眼，來顯示殘酷的現實對自己的心境造成的壓抑感，以及自己蔑視這種壓力的超脫態度和自我欣賞中的孤獨感。

如「壓」字，這是他常用的，有「飯了晴雲壓女牆」，「壓埸冠珮影嵯峨」，「嘯牆梧櫝壓雲涼」，「壓簷煙液籠華燭」，「園株壓雪尚模糊」，「壓湖樓閣眼中明」，「子有謳歌壓塞驢」，「籠日拖煙壓客裝」，「漸上晴雲壓屋山」，「西山膿壓一痕青」。這些「壓」字分量都很重，反映了作者內心的感受。如「西山膿壓一痕青」，客觀事實是：西山杳遠，望去只見天邊淡青的山影，和蘇軾「青山一髮」意同。但三立此句卻完全是個人情感的外化，使物象染上了濃重的感情色彩：天，壓得西山只剩下一線青色了。

如「撼」字，有「車輪撼戶客屢過」，「隔宵撼榻車音熟」，「醉吟突兀撼虛幃」。以第一句而言，輪聲撼戶，而且多次，這對「樓屋深深避世人」來說，自然是可厭的，無怪聽覺特別敏銳了。

如「葬」字，有句云：「自葬幽憂親死蠹」。本來漢人仲長統已說過「埋憂地下」，歷代詩人都用這個詞。三立變「埋」爲「葬」，不僅由於平仄關係，也不僅爲了避熟，而是覺得以「親死蠹」（讀古書）來消除幽憂，幽憂何曾真正消除，不過是壓抑它使不外露而已。這就使他聯想到《禮記•檀弓》的「葬也者，藏也。藏也者，欲人之弗得見也」，因而選用這個「葬」字。

如「烹」字，有「驟覺夢遭烹」，「火雲烹雁萬啼浮」。以第一句說，題爲《立秋後五夕，暑烈不寐》，全詩云：「秋炎宵愈熾，反側向殘更。摩簟知蚊殉，挑燈見鼠獰。小疲鼾欲動，驟覺夢遭烹。起羨喑蟬適，移枝風露清。」疲倦得剛要睡著，猛然又被熱醒了。用「夢遭烹」來描寫，簡直像盧仝的句子，力透紙背。

如「護」字，有「嫩晴閒護短叢芽」，「歌呼萬象護茅亭」，「東闕歌吹護翎毛」，「蚌珠夜護雙湖月」，「蔽虧城堞護長煙」，「天外蛟螭護蟄雷」，「暗吹松氣護晴尊」，「微綴亭欄護酒顏」，「笑護花窗一炷煙」，「風暖炊煙護墟落」，「翻憑沉醉護幽憂」，「鏡中樓觀護纖埃」。以最後一句說，題爲《中秋對月》，其上句爲「鬢底輪蹄喧疊浪」，謂己對月時，耳邊但聞車輪與馬蹄的響聲，如陣陣波浪轟鳴，十分聒耳；因而下句「鏡中樓觀護纖埃」，以鏡喻月，謂月中宮闕高寒，一塵不染。用一「護」字，意爲禁禦，不但字面濯濯生新，而且上下兩句相對稱，特別顯示作者對塵世的超脫感。如「媚」字，除個別外，一般與「自」聯用，如「孤吟自媚空階夜」，「望古襟期歸自媚」，「世有萬年歸自媚」；個別的如「坐媚秋光抱閒味」。這些「媚」字都深透地寫出了詩人自我欣賞中的孤獨感。

仔細吟味這類字眼，就知道全是三立苦吟的結果，決不是從換字本上可以翻到的。

㈡　句式

爲了變平易爲拗峭，三立在其七律中，往往喜歡運用這麼一類句式：有的是主謂結構，如「剝霜枯樹支離出，沉霧孤亭偃蹇存」，「廣廈千間尊底定，聯床二客夢中來」；有的是主謂賓結構，如「吟邊溪壑孤尊在，亂後儒生碩果如」，「玩世深杯傭保伴，憑闌餘語夢魂尋」，「作絲寒雨魂靈出，照古孤襟物論齊」；有的是動賓結構，如「偶逢殘歲餘情滿，攜看鄰園小水園」，「已嘆死生琴操絕，自分形影藥爐支」。不管是哪種句式，都特別注重第七字的安排，都是動詞（或同動詞），例如「亂後儒生碩果如」，按語法順序，本爲「亂後儒生如碩果」，後三字一移位，頓覺勁健。又如「攜看鄰園小水園」，本爲「攜看小水園鄰園」，也是爲了句健，才這樣倒置。

韓愈固無此種七律句式，就是杜甫的「慣看賓客兒童喜，得食階除鳥雀馴」，⑪黃庭堅的「問安兒女音書少，破笑壺觴夢寐同」，⑫也沒有三立這類句式的拗峭（當然，他們有著承傳關係，但是後出轉精）。三立正是通過這種兀兀獨造，釀成了散原七律的獨特情味。

㈢　以文爲近體詩

韓愈以文爲古體詩，黃庭堅並用於近體詩，如「會合乃非人力能」，「舞陽去葉才百里，賤子與公俱少年」，皆是。三立七律學黃而加以變化，如對偶句之「累卵之危今至此，兩言而決恐皆難」，「公之好事勝懷寶，坐使暗香生滿廊」，「公知吾意亦何有，道在人群更不喧」，「蒼茫余亦自茲去，九道江流相與喧」，「子自尋源移痞瘵，天其有意起癃瘝」，「鄉國此士憨可取，羈旅遂死吁誰傷」，「阽危國勢遂至此，浩蕩心源焉所窮」，「老夫所殉與終古，當世猶稱善屬文」，「南斗之旁存此老，廬峰相視更無窮」；至如「爾祖光輝動鄉國，後生傳述不能忘。風流儒雅又孫子，囊篋襟裾對莽蒼」，更是一氣直下，下二句對如不對，使全詩極富高古疏宕之美。

他如散句之「往者范生宿此樓，日日面山如有求。……至今風雨闌杆上，使我憑之淚雙流。」「古之道術今安在?鉅子疇人別有科」，「一亭望作海山上，採不死藥於其間」，「十九年歸公老矣」，「蓋棺殉以窮愁味」。

不管偶句或散句。都是運用古文的句式。這種古文，不僅不是桐城派或陽湖派的，也不是唐宋八大家的，而是經籍、子書、前四史尤其是《後漢書》的。除句式外，詞語也大多運用經、子、史的。這就使得三立的七律散發出一種極其古樸、高雅而又渾厚的氣勢。由此可見其避俗避熟到了何等程度，他簡直把《詩》、《騷》、漢、魏的古體以至唐、宋、元、明、清一切「律詩」的格調，詞語盡量擺脫，或者化腐朽爲神奇，獨創其學人基礎上的詩人之詩。最有意思的是，他決不使自己的律詩成爲質木無文的純學人詩，而是恰到好處地敷以詩的詞采，如「暗香生滿廊」、「蒼茫」、「痞瘵」、「鄉國」、「羈旅」、「風雨」、「闌杆」、「窮愁味」之類。

七律定型於唐初，稱頌功德，模寫宮苑，力求穠麗深婉，故稱「今體」、「近體」，用它來「敍景言情，遠不如古詩之曲折盡意」，「造句」也「近於流俗」。杜甫始開擴大七律題材，感喟古今，揮斥天地，無事不可曲入毫端。黃庭堅更發展杜甫拗律，獨得瘦硬之神。陳三立在杜、黃基礎上，運古入律，化庸熟爲高古。鄭孝胥稱散原詩爲「越世高談，自開戶牖」，[74]以評三立之七律，尤爲切合。而其所以給人以「高古厚重」的印象，關鍵即在於以古文爲七律。而且可以看出，三立的七律，較之山谷，更覺高古厚重。因爲山谷「詩傷奇」，[75]「只知奇語之爲詩」，[76]「專求古人未使之事，又一二奇字綴葺而成詩，……故句雖新奇，而氣乏渾厚。」[77]而三立一般不用僻典與奇字，全靠巧妙地運古入律。因爲他涵茹於經、子、史（主要是句式、詞語）者深，所以自然如王謝子弟，吐屬不凡。本來七律的古文化，分寸掌握不好，極易顯得質木無文。三立則注意到既有古文的渾厚氣息，又有律詩的韻味，做到通體諧適，極耐咀嚼，這是極難達到的境界。

以上所談是語言風格的三個方向。

現在再就他一首七律來分析它的意境美。

《真長、曉暾見過》

黃鷄啄影女牆隈，醞釀晴秋綉石苔。
二客偶然看竹到，一亭無恙據梧纔。
玄言擺落人間世，往事淒迷溪上杯。
各有風懷寫孤憤，江山緜麗起騷才。

首句純爲寫景，並非用典，因爲「黃鷄」他在別的詩中也用過，如「上樹黃鷄諳早暮」，「山中酒熟黃鷄賤」。「啄影」也有「群鳥啄樹影」，「明霞萬片烏啄影」。「女牆限」也有「啼烏只在女牆限」。所以，這句「黃鷄啄影女牆限」，只是寫即目所見。所見景物很多，開頭就寫這麼一個景色，作爲一個意象，顯然是要寫出晴秋的一角僻地。秋和僻地是冷色調，晴和鷄啄則是暖色調。兩種色調的融合，表現爲冷中有暖。這是寫鷄呢還是自我寫照？「與其說，文學作品體現一個作家的實際生活，不如說它體現作家的『夢』。或者說藝術作品可以算是隱藏著作家真實面目的『面具』或『反自我』。」[78]顯然，啄影牆限的黃鷄是詩人的「面具」，隱藏著他的一種情趣——冷寂中蠕動著對生活的追求。次句「醞釀晴秋綉石苔」也一樣。上句「啄影」的「影」已逗出此句的「晴」，而這個「晴秋」是經過由涼變暖的漸變過程的。陰涼，所以石上才長苔蘚，晴明，則陽光下苔色蒼翠如綉。這句暖色調更深。然而這兩句所寫都是自家小園（散原別墅）的幽靜宜人，於是引出第三句「二客偶然看竹到」，不僅點題，而且寫出了兩位客人的魏晉人風度。看竹，用王子猷看竹不問主人的典故，特加「偶然」，更見其但憑興之所至，初無成心。這就和第四句的自寫相對。自己雖然退隱，却一直縈懷國事，而這同惠施「欲辨非己所明而明之，故知（智）盡慮窮，形勞神倦……據梧而瞑」[79]一樣。第五句因而明寫主賓雙方同坐茅亭，相對談玄，這是用王濛謂何充語：「望卿擺撥常務，應對玄言。」[80]第六句「往事淒迷溪上杯」，與「一亭無恙」呼應，見得二客對此小園已是舊遊。這淒迷往事包括主賓雙方在內，說明欲忘世而未能，故末聯乾脆說明，各有孤憤，以詩出之，抒其風人（詩人）之懷抱。而其所以如此，是祖國大好江山所激發的。

這是一種什麼樣的意境美呢？唐詩的意境，美在情韻；宋詩的意境，美在氣格。散原詩主要學韓愈和黃庭堅，其意境美偏於氣格。這實際是一種剛健人格的反映。所謂「剛健」，具體地說，就是黃庭堅說的「臨大節而不可奪」。從宋詩運動到同光體的詩人，都是以此爲「不俗」的內涵。具有這種剛健人格的人，必然存在一種狷介的心理。生於末世的陳三立，戊戌變法失敗後，內心十分沮喪，因而其詩作幾乎如庾信暮年詩賦，「惟以悲哀爲主」。然而他並不像晚唐詩人那樣如實表現沮喪心理，而是出之以耿介健舉的形式，表現出一種剛健的人格力量。所以，表現在這首七律中的，便是高古渾厚的氣格。他和好友們企圖「擺落人間世」，因而詩的前半部分盡量表現出一種閒適恬愉的情調；然而「往事淒迷」，「孤憤」難平，面對「江山縣麗」，仍然不能不通過詩歌「發憤以抒情」。不是「悲」，而是「憤」，這就是「氣」的核心。有了這種「氣」，才會有高格。而格的高就表現在高古渾厚的氣格上。氣格是內容在形式上的反映，如頷聯兩句，按照句意順序，本爲「二客偶然來看竹，一亭無恙才據梧」，他把兩句末三字改爲「看竹到」、「據梧纔」，頓變平易爲拗峭。其餘各句，語序雖順，立意卻很勁健。如首聯以黃鷄啄影爲醞釀晴秋的一個剪影，可謂構思奇巧。又能化熟爲生，如「風懷」，本指男女情愛，此詩卻用作「風人之懷」，涵義爲對祖國的深沉的愛。

總之，散原詩的氣格，形成一種高古渾厚的意境美，首先表現在立意高，即非個人的嘆老嗟卑，而爲對祖國命運的真摯關注，其次表現在語言堅實，屏棄一切纖麗浮詞。最後，三立長於古文，「其爲文章，沈博宏麗，出入范書（指范曄《後漢書》），如駿與靳。」陳衍至稱「陳散原文勝於詩。」而黃庭堅「未嘗知古文」，只是「死力造句，專在句上弄遠。成篇之後，意境皆不甚遠。」⑧①三立雖「原本山谷家法」，然而「意境奇創」，非山谷所能囿，⑧②原因即在於以古文之法謀篇，也就是運用了史家常用的「奇正相生」法。如此詩首聯第一句寫空間，第二句寫時間，都是小範圍的。頷聯第三句寫賓，第四句自寫，都是淺層次的（表面忘世）。頸聯第五句承上，實從反面說（仍欲忘世）；第六句從正面說（不能忘世），從而把前五句的忘世態度一掃而空。於是尾聯第七句賓主合寫，較之頷聯為深層次的（皆極關注國家命運）；第八句又寫空間與時間以回應首聯，但卻是大範圍的（主賓目光皆從晴秋小園移注於綿麗江山與繼起騷才）。這樣奇正相生地寫，就使得詩意由淺而深，曲折有味。

丁 結論

宋詩運動和同光體的詩人，他們的詩風有一個共同的特點，那就是厚重、勁峭。這和神韻派的淡遠，格調派的雅正，完全不同。這是時代造成的，也是不同時代的詩人們，由於個人遭遇所形成的審美觀互異，因而形成這些不同的風格。我們通過對鄭珍和陳三立兩人詩作的分析，就能具體而深入地了解宋詩運動和同光體這種詩風所由形成的時代風雲和詩人們本身的審美觀，以及該派詩作的藝術魅力所在。

注釋

①《石遺室詩話》卷二九

②《近代詩鈔集》

③《論「同光體」》

④同①卷一

⑤鄭孝胥《散原精舍詩序》：「世事萬變，紛擾於外，心緒百態，騰沸於內；宮商不調而不能已於聲，吐屬不巧而不能已於辭。若是者，吾固知其有乖於清也。思之來也無端，則斷如復斷，亂如復亂者，惡能使之盡合？興之發也匪定，則倏忽無見，惝怳無聞者，惡能責以有說？若是者，吾固知其不期於切也。」亦即此意。

⑥《養一齋詩話》卷四

⑦⑨⑭《巢經巢詩集》卷七《論詩示諸生，時代者將至》

⑧《巢經巢文集》卷四《邵亭詩鈔序》

⑩《巢經巢詩序》見《巢經巢詩集》卷首

⑪⑬《東洲草堂文鈔》卷三《使黔草自序》

⑫《龔自珍全集》第三輯《書湯海秋詩集後》

⑮《已畦文集》卷八《百家唐詩序》

⑯《石遺室文集》卷九《瘦唵詩序》
⑰同①卷二三
⑱同⑯卷九《何心與詩序》
⑲《知稼軒詩序》
⑳同①卷一
㉑同⑯《重刻晚翠軒詩序》
㉒同卷《沈乙庵詩序》
㉓凌惕安《鄭子尹年譜》卷八
㉔《巢經巢詩文序》
㉕《遵義鄭徵君遺著序》
㉖《平等閣詩話》
㉗㉙《讀鄭子尹〈巢經巢詩集〉》
㉘㉚《夢苕庵詩話》
㉛《談藝錄》
㉜《讀鄭珍的（巢經巢詩）》
㉝《黔詩紀錄後編·鄭徵君傳》
㉞同⑦卷四
㉟同⑦卷五

㊱㊶同⑦卷九

㊲《論語・子路》

㊳《杜詩詳注》卷三《醉時歌》

㊴《巢經巢詩》後集卷四

㊵對《抽釐哀》的注釋，參考了白敦仁《清代貴州釐金及鄭子尹的〈抽釐哀〉》，見《明清詩文論文集》

㊷同㊴卷三

㊸㊹同⑦卷七

㊺《散原精舍詩》（以下簡稱《詩》）卷二

㊻《平等閣詩話》

㊼(82)《讀散原詩漫記》

㊽(65)《陳三立傳略》

㊾《尊瓠室詩話》

㊿《今詩選自序》

(51)《麗白樓詩話》上編

(52)金天翮《答樊山老人論詩書》

(53)《論近代詩四十首》

(54)《飲冰室詩話》引集外斷句

(55)元稹《唐檢校工部員外郎杜君墓系銘并序》

(56)《愚溪詩序》
(57)［港］蔣英豪《從回到古代到走向世界——清代文學變遷的模式》，見《社會科學戰線》一九九二年
(58)《共產黨宣言》一八九三年意大利文本序言
(59)黃曾樾《陳石遺先生談藝錄》
(60)《近代諸家詩評》
(61)《柳河東集》卷三六《上李中丞獻所著文啟》
(62)《近代詩鈔》引《石遺室詩話》
(63)《梧溪集》卷五《寄題潁上賈歸治惟敬所寓詠軒》
(64)《東坡題跋》卷二
(66)《詩》續集卷下
(67)同(66)卷中《留別墅遺懷》之七
(68)《光明日報》一九九三，九，一一，第五版《陳寅恪的「家國舊情」和「興亡遺恨」》
(69)《魚千里齋隨筆》卷上《散原詩》
(70)《世載堂雜憶》
(71)《南鄰》
(72)《次韻君庸寓慈雲寺得韶惠錢不至》
(73)《圍爐詩話》卷二
(74)《散原精舍詩序》

⑮《王直方詩話》
⑯《歲寒堂詩話》
⑰《臨漢隱居詩話》
⑱韋勒克、沃倫《文學理論》
⑲《莊子·齊物論》郭象注
⑳《世説新語·政事》
㉑馮詠《江西詩派論》

第十九章　漢魏詩派

以王闓運爲代表的漢魏派，異稱很多，或稱「漢魏六朝派」，「文選派」，「湖湘派」，「湖南詩派」。現從習慣，稱爲「漢魏派」。

從表面看，這一派成員之間，似乎在開展仿古的競賽，其實不然。此派的出現，和明代前後七子的出現，有兩點非常相似。一是都反對宋詩：明七子以盛唐反對兩宋，漢魏派更進一步，以漢魏六朝下及初唐來反對當時稍前的宋詩運動。二是兩派詩人都有經世的志與才：茅盾在《夜讀偶記》中特別推重明七子的政治態度；漢魏派的代表王闓運、鄧輔綸和高心夔，都不僅是坐而言，而且是起而行的政治人物。這不是歷史的巧合，而是有其邏輯的必然性。當然，歷史不會重複出現完全相同的面貌，由於具體的政治條件不同，加上個人審美情趣的更爲精妙，後者比前者就更具有理論上與創作上更高的自覺性。

甲　漢魏派產生的原因

漢魏派的出現，主要是爲了反對當時的宋詩運動。徐世昌說：「自曾文正公提倡文學，海內靡然從風，……詩派法西江，……壬秋後起，別樹一幟，……詩擬六代，兼涉初唐。湘、蜀之士多宗之，壁壘幾爲一變。」①程潛以此派中人眼光說：「有清詩人，與世陵夷，末代益靡。惟吾鄉湘綺翁，橫流不溺，力圖復古。」②此所謂「末代益靡」，即指宋詩運動及其嗣響同光體。汪國垣也根據王闓運的詩論指出：其論詩指趣，「皆顯然與同光派詩家異趨。」③錢仲聯也說王闓運「宗法八代，下及盛唐，與晚清同光體分道揚鑣。」④

其實郭嵩燾早已指出：「今天下之詩，蓋莫盛於湘潭，尤傑出者曰王壬秋、蔡與循。其言詩取潘（岳）、陸（機）、謝（靈運）、鮑（照）爲准，則歷詆韓、蘇以降，以蘄復古。」⑤問題是王闓運不止詆毀韓愈以下的中晚唐詩人，以及蘇軾爲代表的兩宋詩人，而且對由盛唐闌入中唐的杜甫屢示不滿。如謂《呈吳郎》詩爲「叫化腔，亦創格，不害爲切至，然卑之甚。」又說：「（少陵）五言推《北征》，學蔡女，足稱雄傑，他蓋平平，無異時賢。」⑥王氏出於擬古心理，硬派《北征》是學蔡文姬的《悲憤詩》，推爲雄傑，而抹殺杜甫其他五古傑作。又說：「凡謂文章老成者，格局或老，才思定減。杜子美則不然，子美本無才思故也。」⑦這很自然，杜甫正是和韓愈一道下啟宋調的，作爲江西詩派「一祖」的杜甫，自然要遭到漢魏派的指責。

有一點值得我們深思的，是王闓運之所以反對曾國藩的「詩派法西江」，還有更爲複雜的原因。曾在政治哲學上是以純儒自命的，一貫倡言「王道」；而王則是主張「霸術」的，希望成爲帝王師。王的得意門生楊度於光緒二十九年（一九〇三）作《湖南少年歌》，其中說：「更有湘潭王先生，少年擊劍學縱橫。游說諸侯成割據，東南帶甲爲連衡。曾、胡愕顧咸相謝，先生笑起披衣下。北入燕京肅順家，自請輪船探歐亞。事變謀空返湘渚，專注《春秋》說民主。廖（平）康（有爲）諸氏更推波，學界張皇樹旗鼓。嗚呼吾師志不平，強收豪傑作才人。」所以他在詩學上主張漢魏六朝以至初唐，就是因爲漢家陽儒陰法，本以霸道行之；而魏武好刑名，六朝也是敝屣儒家學說的；初唐從李世民到武則天也都是強調法治的。這是他和明七子在政治哲學上的本質區別。他特別反對宋詩，就和宋代理學流行有極大關係。在他的思想上，晚清陷於空前的外患內憂之中，極像兩宋的積貧積弱，除了在政治上軍事上力圖自強，他還企圖在文學上追蹤漢魏，以求振大漢之天聲，因而鄙棄感情內斂而無雄飛壯志的宋詩。與他並不同派的章太炎，詩崇漢魏，也鄙宋詩爲「比於馬醫歌括」，⑧而稱「並世所見，王闓運能盡雅」，⑨其中實在含有一種規律性的共識在內。

乙　王闓運生平簡介

王闓運（一八三二，道光十二年——一九一六，民國五年），字壬秋，或作紉秋，又字壬父（甫），號湘綺，湖南湘潭人。咸豐三年（一八五三）舉人。九年（一八五九）會試入都，「就尚書肅順聘。肅順奉之若師保，軍事多諮而後行。」⑩章太炎所作「王壬秋之《游仙詩》」第一首第三句云：「東華幕客曾謀逆」，注云：「王爲肅順上客，與謀逆事。談及清末失敗，曰：『肅順若在，必不使戚貴橫行，自有立國之道，清亡於殺肅順』云。」太平軍起，王氏「參曾國藩幕，胡林翼、彭玉麟皆加敬禮。」⑪據說他曾勸曾國藩：「與其支持此腐朽之清朝，不如代清朝而統一天下。」曾不聽。又曾勸胡林翼「據湘鄂獨立，徐平髮、捻，逐清建夏。」被胡拒絕了。又勸曾國藩：「南洋諸埠，土皆我闢，而英、荷據之，且假道窺我。今士猶知兵，敵方初強，曷略南洋，代蔽閩、粵？」曾也不從。⑫「闓運自負奇才，所如多不合，乃退息，無復用世之志，唯出所學以教後進。」⑬先後主講成都尊經書院、長沙校經書院、衡州船山書院、江西高等學堂。卒年八十五。有《湘綺樓詩文集》。

丙 王闓運的詩論

無論中國還是外國，古代文學都有摹擬現象。中國散文的摹擬起於揚雄，而詩歌的摹擬則起於陸機。外國如十八世紀的法國，「古典時代的談吐與詩句所引起的欽佩，使人不再觀察活的人物，而只研究描寫那些人物的悲劇。用作模型的不是人而是作家了。」⑭這就等同於摹擬。

陸機，加上陶潛、江淹等，儘管擬古者歷久不絕，但都是偶一爲之；形成流派的，只有明代的前後七子和晚清的漢魏派。經過公安、竟陵，特別是錢謙益等的詬詈，清代詩人，不論屬於哪一流派，或不入任何流派的，都無不知摹擬之非，何以以王闓運爲代表的漢魏派又來製造假古董？

要解開這個謎，必須認真研究一下他的詩論：

首先，他認爲「摹擬」的出現，是詩歌藝術合規律性的發展。他說：「詩法既窮，無可生新，物極必返，始興明派，專事摹擬。」⑮這裡要注意的是「詩法」，他所理解的明派摹擬，只是詩法，亦即形式方面的摹擬，與內容無關。也就是說，完全可以從格調上去摹擬古人，同樣能夠表現自己的思想感情。所以他主張「不失古格而出新意。」他認爲，「樂必依聲，詩必法古，自然之理也。」他的理論是：「欲己有作，必先有蓄。名篇佳制，手披口吟，非沉浸於中，必不能炳著於外。……古人之詩，盡善盡美矣，典型不遠，又何加焉？」⑯他這裡談的都是詩法摹擬問題，所以拿「樂必依聲」爲喻，「依聲」即照譜唱，至於唱的內容，自不拘限。

其次，他認爲明七子的失誤，在於只學盛唐，而沒有上擬漢魏。他一面指出：「自明後論詩，率戒模仿」；一面卻引同派詩人鄧繹（號辛眉）的意見：「七子格調雅正，由急於得名，未極思耳。自學唐而進之，至於魏晉，風骨既樹，文彩彌彰，及後大成，遂令當世不敢以擬古爲病。」⑰這自然也代表了他的看法。章太炎曾指出：「湘綺雖不明言依附七子，其路徑實與七子相同，其所爲詩，宛然七子作也。」

第三，他知道，「文不取裁於古則亡（無）法，文而畢摹乎古則亡（無）意。」⑱因而他主張擬議變化。文是這樣，詩也不例外。具體例子，如「嚴受庵幼有穎慧，……十七歲至京師，相遇論文。予云：『君詩未入格。』因論古法。又問予所不及者，言：『五言必期似漢人，今且不能似子建。欲學子建，且先似士衡。』君幡然遂歸。逾年訪予長沙，出示新作，沈博絕麗，有士衡之意。予驚喜傾倒，私獨畏之。」又如「陳懷庭詩，初兼唐宋，年四十，始相見長沙。既見予詩，體格忽異。予問其故，曰：『吾妻以爲君詩勝我，不能爲城北徐公也。』已而風骨遒秀、五言在阮（籍）、陸（機）間。自是論文，針芥無間。」⑲所謂「格」、「法」、「體格」，都指藝術形式。但他並不主張亦步亦趨地從形式上去摹擬前人，所以他說：「文有時代而無家數；詩則有家數，易模擬，其難亦在於變化。」怎樣變化呢？他說：「於全篇模擬中，能自運一兩句，久之可一兩聯，又久之可一兩行，則自成家數矣。」⑳這種由「模擬」而「自運」終於「成家數」

的方法，並非王闓運首創，清初李光地教人學詩，即用此法，不過學的是唐詩而已。而王闓運還有超越這一層次的理解，就是由「模擬」到「自運」以至「成家數」的過程，並非寫字臨帖那樣描頭畫角就可以達到目的，而是要首先分清古詩和今詩的區別。他所說的「古之詩」，是指《詩》、《騷》等先秦詩歌；而所說的「今之詩」，是指漢以後的詩歌。這兩種詩歌的區別何在？他說：「古之詩以正得失，今之詩以養性情。雖仍詩名，其用異矣。」又說：「古以教諫爲本，專爲人作；今以托興爲本，乃爲已作。史遷論詩，以爲賢人君子不得志之所爲，即漢後詩矣。」以下他就暢論今之詩。既然今之詩以托興爲本，亦即以養性情爲目的，那麼，「主性情必有格律，不容馳騁放肆，雕飾更無論矣。情動於中而形於言，無所感則無詩；有所感而不能微妙則不成詩。」怎樣才能把自己的「所感」用「微妙」的形式表現出來呢？他說：「生今之世，習今之俗，自非學道有得，超然塵埃，焉能發而中，感而神哉？就其近似觀之，觀吾人所以入微，吾心之所契合，優游涵泳，積久有會，則詩乃可言也。」㉑什麼叫「學道有得，超然塵埃」？他在另一處說明了這個問題：「詩者，持也，持其所得而謹其易失，其功無可懈者，雖七十從心，仍如十五志學，故爲治心之要。自齊梁以來，鮮能知此，其爲詩不過欲得名耳。杜子美詩聖，乃其宗旨在以死驚人，豈詩義哉？」㉒原來他的所謂「得道」，就是擺脫「好名」之心。這樣一來，要從詩法上摹擬古人，就得先像古人那樣以詩「養性情」。這就和明七子僅僅從形式上摹擬古人完全不同了。難怪他說：「李何復古已優孟」，㉓甚至破口大罵：「看明七子詩，殊不成語，大似驢鳴犬吠。膽大如此，比清人尤可笑也。」㉔也就難怪他一方面說：「今人詩莫工於予」，因爲「予則盡法古人之美，一一而仿之，鎔鑄而出之」，一方面又說：「予詩尤不可觀，以不觀古人

之詩，但觀予詩，徒得其雜湊模擬，中愈無主也。」㉕

第四，明白以上的道理，也就明白他爲什麼要摹擬漢魏六朝之詩了。原來他認爲漢魏詩法最好。所謂漢魏詩法，就是「以詞掩意，托物寄興」。汪國垣説王闓運的詩論與同光派異趣，即指其「詩貴以詞掩意，使吾志曲隱而自達，非可快意騁詞，供人喜怒也。」㉖這是「養性情」與不「好名」的另一説法。王氏不但主張摹擬漢魏詩法，還欣賞南朝詩法。他説：「宋齊游宴，藻繪山川；齊梁巧思，寓言閨闥：皆言情之作。情不可放，言不可肆。婉而多思，寓情於文，雖理不充，猶可諷誦。近代儒生，深諱綺靡，故風雅之道息焉。」㉗這是説南朝的山水詩和宮體詩，也是「養性情」的，它們的「婉而多思」的詩法，和漢魏詩的「使吾志曲隱而自達」的詩法一樣，都值得後人摹擬。所謂「近代儒生」，就是指宋詩運動和同光體的詩人，他們和兩宋詩人一樣，是不把愛情寫到詩作中的。而不知道南朝的抒情詩只是寓言，正如《關雎》是「樂得淑女以配君子，不淫其色，哀窈窕」；而《鹿鳴》是「燕群臣嘉賓，……然後忠臣嘉賓得盡其心矣。」

以上四點，是王闓運詩論的主要內容。其所以有此詩論，始則由於欲追蹤漢魏，以振大漢之天聲，故薄宋詩；繼則由於身爲肅（順）黨，爲避網羅，需要托古以諷今。

後人不察其詳，紛紛加以訾議，有代表性的如柳亞子説：「古色斕斑真意少，吾先無取是王翁。」㉘（這是摹擬朱彝尊題王又旦《過嶺詩集》的「吾先無取黃涪翁。」）胡適則直斥爲「假古董」，説：「王闓運爲一代詩人，生當這個時代（指太平天國時代），他的《湘綺樓詩集》卷一至卷六，正當太平天國大亂的時代（一八四九——一八六四）；我們從頭讀到尾，只看見無數擬鮑明遠、擬傅休奕、擬王元長、擬曹子建……一類的假古董；偶而發現一兩首『歲月猶多難，干戈罷遠遊』一類不痛不癢的詩，但竟尋不出一些真正可以紀念這個慘痛時代的詩。這是什麼緣故呢？我想這都是因爲這些詩人大都只會做模仿詩的，他們住的世界還是鮑明遠、曹子建的世界，並不是洪秀全、楊秀清的世界；況且鮑明遠、曹子建的詩體，若不經一番大解放，決不能用來描寫洪秀全、楊秀清時代的慘劫。」㉙林庚白既在《今詩選自序》說：「王闓運則高言漢魏六朝，不知時世去古日以遠，舉文物典章以迄士大夫齊民日常之生活，皆前乎此者所未有，於此而僅求似於古人，則觀其詩無以知其時與世，章句雖工，末矣。」又在《麗白樓詩話》上編說：「後人喜爲漢魏六朝之詩，有辭無意，觸目皆是。此以古人之情感與意境爲情感、意境。……王闓運五言律學杜陵，古體詩學魏晉六朝，亦坐此病。」

胡適的「他們住的世界還是鮑明遠、曹子建的世界」，也就是林庚白的「此以古人之情感與意境爲情感、意境」，結論自然就是柳亞子的「古色斕斑真意少」。他們都不曾注意王闓運的摹擬只是詩法，而不是情感與意境。尤其是胡適，從他的話可以看出，他並沒有認真地逐首讀完全部王詩，也沒有真正研究過漢魏六朝詩，因而他不曾真正了解王詩的造詣。

相對來說，同光派詩人陳衍和夏敬觀倒還講得平實。陳衍一方面指出：「湘綺五言古沉酣於漢魏六朝者至深，雜之古人集中直莫能辨」；一方面又說：「然其所作於時事有關係者甚多。」㉚夏敬觀亟稱王氏「沉潛漢魏，……造詣卓絕，神理綿邈，非若明七子、清乾嘉諸人所爲也。」㉛另外，李澄宇指出：「盛言湘綺仿古中無我在，讀此（指所錄王氏擬古詩）應自哂其妄。」㉜今人錢仲聯也說：「然湘綺擬古，內容亦關涉時事」。㉝可以看出，這四人不僅通讀了王氏的詩集，而且由於他們詩學與詩功並深，所以能正確評價王詩。

丁 王闓運的詩作

這部份論述兩個問題：㈠王的擬古詩能反映時代，有「我」在；㈡王詩摹擬的藝術特色。現在先談第一個問題，試看《生理篇擬曹子建體》：

生理各如寄，況我適異邦？宵寐且容席，朝坐亦對窗。風雨相蕩迫，端居日匆匆。想望章贛波，浩浩自成江。精魂不可逾，怨彼往路窮。

往路何苕遞，故鄉鬱霾氛。蠻越構禍端，矜戟亂邊屯。永衡絕通軌，連岩上參雲。征駒尚玄黃，攬轡悍悲辛。

悲辛復奚辭，我友在遠方。遠方何所恨，喪亂焉有常？嬰世懼歧途，獨願恣徜徉。窮魚失故淵，離獸走連岡。鴟鴞鳴庭樹，腐鼠驚雛凰。舉矚無舊物，卻曲悲楚狂。

楚狂猶能歌，鳴鳳久已歇。商飆起中夏，庭樹墜黃葉。殊音匪我親，言發自眩慄。行行至窮巷，經日見鶉結。敗垣塞曦陽，隙漏滴殘闕。所遇增感哀，還歸坐悲懾。

還歸當語誰？新知近相從。惓惓握手歡，頗欲訴微衷。世俗匿深情，酬好變誠忠。居者復幾人？行者猶轉蓬。況此曀陰時，咫尺怨不逢。悵悵疇昔懷，彷彿呈音容。良會不可期，瀉水徒西東。

西東會有時，人生信輕離。出門別親舊，車馬如雲馳。白日照黃土，班馬鳴回飈。高丘一登望，策轡臨堂垂。平生自努力，慷慨有餘思。謀身尚難工，寧暇及人為？感茲悟身世，已矣勿復疑。

無疑猶有憂，棲棲更何求？百年如轉丸，獨為智者愁。巧拙互穰穰，天命更相仇。彭殤本妄喻，何者謂蜉蝣。澄心念靜理，豈不慕蛩周？投筆起旁皇，知我庶勿尤。

此詩作於咸豐三年癸丑（一八五三），王氏時年二十二歲。寫的是自己前兩年（咸豐元年辛亥）由江西樂平兩次返回湖南長沙的經歷與感受。《湘綺樓說詩》（以下簡稱《說詩》）卷三：「壬子，李伯元邀余至樂平館。……其年八月，長沙被（太平軍）圍，余間行縋城入覲（吾母）。」王氏在其長詩《獨行謠》中說：「余時自樂平（自注：濟源李伯元知樂平，余居縣齋三月），千里一肩輿。平行至城根，不見官賊徒。夜投魚船宿，烹菘肥似膏。明晨告府主，帖下架鹿盧（自注：城下無店舍，宿湘水洲旁漁舟。以書告長沙知府鍾音鴻，無回信，亦不遣詰所往。明日，城上呼余入者，毛丈運如也）。」包圍長沙的太平軍撤退後，李伯元「復遣書問訊，祖妣仍命府君（指王闓運）往樂平。」（《湘綺府君年譜》卷一咸豐二年壬子）《說詩》卷三云：「癸丑（咸豐三年）夏，寇圍南昌，先孺人使至樂平召余歸。十日而鄱陽陷，李伯元及沈槐卿同戰死，余在道未知也。」

了解本事後，再看《生理篇》、第一章寫自己在樂平縣署居住。「宵寐且容席，朝坐亦對窗」，即《說詩》卷三所謂「壬子，李伯元邀余至樂平，館其賬房旁室，前後二堂。」第二章寫自己第一次返湖南。「故鄉鬱霾氛」，即指長沙被圍。「蠻越構禍端，矜戟亂邊屯」，即《獨行謠》所謂「荊澧連大浸，桂象亦無禾（自注：道光二十九年，湖廣水旱民飢）……楚危若振擇，越亡如爛魚。洪（秀全）楊（秀清）有名號，倡和連潯梧。」所謂「永衡絕通軌」，指永州和衡州的路都不通了。第三章懷念其摯友鄧輔綸。第四章寫自己第二次由樂平返湘。時爲癸丑夏，故本章云：「商飆起中夏，庭樹墜黃葉。」「殊音」云云，寫在江西境內一路見聞，與其另一詩《臨川西湖》所說：「村虛寂蕭條，敗屋稍成柵。飢禽爭落梧，瘦犬臥寒石。汚泥壓死稻，窮婦拾殘粒。搰掘終日間，難謀一杯食」，正可合看。第五章寫自己歸故鄉湘潭後，舊交多散走他鄉。第六章寫自己出門準備從軍。第七章想像知己好友一定贊成自己的投筆從戎。

至於所謂「擬曹子建體」，是指摹仿曹植《贈白馬王彪，七章》的形式，亦即詩法。曹詩是逐章蟬聯的轆轤體。雖分七章，實爲一篇，所以用這種首尾相銜的句式，使全篇一氣連貫，表現一種回環往復的音樂美。王氏《生理篇》亦分七章，完全採用曹詩的形式。這不僅僅是形式上的摹仿，而完全是內容上的需要。大凡採用這種詩體，才便於敘事、抒情、寫景和議論。這一形式，曹詩也非首創，而是摹仿詩經《大雅》的《文王》和《既醉》（見陸侃如、馮沅君《中國詩史》第三一〇頁）。曹植此詩流傳後，南朝劉宋謝靈運兩效其體，且有變化（一爲《酬從弟惠連》，一爲《登臨海嶠，初發強中作，與從弟惠連，見羊、何共和之》）。胡適等人既不從內容上分析，也不考慮這種形式與內容的關係，只是一見到「擬××體」，就說「竟尋不出一些真正可以紀念這個慘痛時代」的內容，或「觀其詩無以知其時與世」，真厚誣王氏了！

現在再談第二個問題：王詩摹擬的藝術特色。

學術界認爲王闓運的詩以擬古爲其特色，主要是指他的五古在詩法上摹擬八代（漢、魏、晉、宋、齊、梁、陳、隋）。其所以如此，我看，和八代詩人喜歡擬古分不開。王氏五古主要學潘岳、陸機、鮑照、謝靈運。除潘岳外，陸機不但是第一個擬古的，而且數量很多；鮑照存詩約二百首，而其擬古樂府有五十六首，又有擬古詩十八首；謝靈運也有《擬魏太子鄴中集詩》八首。這自然會給王氏以深刻影響。

王氏是怎樣寫作五古呢？無論標明擬古的，還是未標明擬古的，他的用字遣詞都是《文選》式的，基本上是非八代及其前的字、詞、句法不用。現以下列山水詩三首爲例，進行摹擬手法的剖析。

《從大孤入彭蠡，望廬山作》

輕舟縱巨壑，獨載神風高。孤行無四鄰，窅然喪塵勞。晴日光皎皎，廬山不可招。揚帆挂浮雲，擁楫玩波濤。昔人覯九江，千里望神皋。浩蕩開荊揚，潨淙聽來潮。聖游豈能從，陽島尚嶕嶢。波靈翳桂旗，仙客閟金膏。委懷空明際，傲然歌且謠。

《青石洞望巫山作》

神山夙所經，未至已超夷。況茲澄波棹，翼彼祥風吹。真靈無定形，九面異圓虧。晴雲穴內蒸，積石露嵌奇。江潮汩無聲，浩蕩復逶迤。呼風凌紫煙，漱玉吸瓊脂。賞心不期游，誰識道層纍？若有人世情，暫來祓塵羈。

《泰山詩，孟冬朔日登山作》

崇高極富貴，岩壑見朝廷。盤道屯千乘，列柏棲萬靈。伊來聖皇游，非余德敢升。良月蠲吉日，攀天謁明庭。時雨應靈風，開煙出丘陵。仙華潤春丹，交樹蓋秋青。肅肅洗神志，坦坦躋玄扃。既知中天峻，不待超八紘。翼如兩嶂趨，緯彼四嶽亭。將睹三光正，端居心載寧。

這類八代及其前的字、詞的運用，使王氏的五古顯示出一種渾樸高古的色調，表現爲「古色斕斑」。

除字、詞這一特色外，他的五古在摹擬古人時，首先強調「學古變化」。《泰山詩，孟冬朔日登山作》，是他極爲得意之作。他曾說：「其『秋青』二句亦仍學謝，觀此可悟學古變化法。」㉞「仙華潤春丹，交樹蓋秋青」兩句，是寫他在登泰山的路途中所見花朵與樹葉，這時是舊曆十月初一，山徑仍可見到鮮潤的紅花，碧綠的樹葉。他說這兩句學謝，是指學謝靈運的《相逢行》：「陽華與春渥，陰柯長秋槁」，《登石門最高頂》：「心契九秋幹，目玩三春荑。」兩處都以「春」、「秋」對舉，而字面和句式並不相同。

其次一個特色，是嚴格辨清題義。對登泰山詩他有一個說明：「余廿年與龍大、鄧二登祝融，相角爲詩。彌之每出益奇，余心懣焉。其警句今了不記，但記『土石爲天色』，可謂一字千金矣！又卅年獨游東岱，心未嘗不忮彌之才筆，竭思凝神，忽得『升』韻，喜曰：『吾壓倒白香亭矣！』即升仙門踞石，寫寄誇之。蓋此乃登嶽詩，非游嶽，更非游山也。從容包舉，又焉用石破天驚爲哉？」㉟

此詩分三部份。前六句爲第一部份，寫自己登山時所感；中間八句爲第二部份，寫自己登山時所見；最後六句爲第三部份，寫自己登上山頂時的感想，與第一部份相呼應。全詩確是寫「登嶽」，「非游嶽，更非游山。」全詩具有一種結構完整、詞句莊重的美，而不是有句無篇。但是這一藝術特色，竟連他的畏友鄧輔綸（字彌之）也不能理解。他晚年還慨嘆：「鄧彌之，余所師也，自知才力不逮，恆以爲歉。及登泰山，得一篇，喜曰：『壓倒彌之矣！』即石上寫稿寄之，以

爲必蒙獎賞，其回信乃漠然若未見也。嗟夫！知音之難如此。」㊱

這就牽涉到他的詩論核心：「以詞掩意，托物寄興」。「伊來聖皇游，非余德敢升」，孤立起來看，是談不上「驚心動魄，一字千金」的，但結合第一部份整個六句來看，再聯系到他的政治哲學，就知道他的「詞」下面所隱藏的「意」，是想像「聖皇」——漢武帝當年登封泰山的偉大場面，從而慨嘆當時的孱王——光緒帝，受制母后，毫無作爲；而自己以一介匹夫，卻來登山，自然不能不興「明王不作」之嘆了。然而登到絕頂，真有「小天下」之概，他的「帝王師」的抱負，使他在内心莊嚴宣告：「將睹三光正，端居心載寧。」日爲君象，月爲后德，五星則象徵輔弼諸臣。三光各正其位，自然天下太平。而「三光」和泰山最高峰——日觀峰有何關係呢？他違反了自己作五古不用唐以後事的原則，用了唐人丁春澤《日觀賦》：「方今一德無爲，三光有象。」——這樣「托物寄興」，實在晦昧，難怪鄧輔綸漠然置之，而王氏自己也說「詩隱而難知」了。

第三個摹擬特色，是認爲詩可以入考據，也可以入議論，但這種考據和議論，仍然必須「以詞掩意」。

在談論《從大孤入彭蠡望廬山作》一詩時，他說：「俗人論詩，以爲不可入經義訓詁，此語發自梁簡文、劉彥和。又云不可入議論，則明七子懲韓、蘇、黃、陸之敝而有此說。是歧經史文詞而裂之也。或不遵其言，又腐冗叫囂而不成章。余幼時守格律甚嚴，矩步繩趨，尺寸不敢失。及後貫徹，乃能屈刀爲鏡，點鐵成金。如此篇『臯』、『潮』二韻，是考據也。自秦以來，説九江者多誤，斷以《史記》廬山觀九江，而《禹貢》大明。『江漢朝宗』之語，毛詩多謬説，而鄭康成因之。宋儒好駁古人，獨奉此爲不刊之解，欲以戒強侯，懲荊蠻，迂誕甚矣！舜、禹至聖，豈欲荊人奉朝貢而預憂其不宗耶？且不煩爲科條，而爲隱語於報銷冊（指《禹貢》）中，尤爲可笑。故因以潮潺解之。江漢盛漲，吳越水鄉，滔滔千里，海潮逆上，至於潯陽。言『孔殷』、『朝宗』者，告成功而防湧潰也。『陽鳥攸居』，亦不足記，聖帝聖相，何取於鴻雁之知時？此又儒生淺陋之見，故又釋爲陽島。島者，水中之山；陽者，水北之稱，言江漢安流，而江北山陵不復懷襄也。廿字中考證辯駁，從容有餘，若不自注，誰知其跡？鎔經鑄史，此之謂也。」㊲

對這一大段話，需要作些解釋。《史記・河渠書》：「太史公曰：余南登廬山，觀禹疏九江，……」「九江」的「九」，本爲虛數，意指長江流域許多支流都匯合於洞庭湖（據宋人蔡沈及近人曾運乾、辛樹幟諸家說）。而《禹貢》在荊州部份曾說：「江漢朝宗於海，九江孔殷。」王闓運認爲，根據司馬遷的話，《禹貢》「朝宗」、「孔殷」這兩句就非常清楚了。可是毛傳在《詩・小雅・沔水》「沔彼流水，朝宗於海」兩句下解釋說：「水猶有所朝宗。」鄭玄箋云：「水流而入海，小就大也，喻諸侯朝天子亦猶是也。」蔡沈注《禹貢》「江漢朝宗於海」句，仍然說：「江漢合流於荊，……雖未至海，而其勢已奔趨於海，猶諸侯之朝宗於王也。」豈但漢、宋舊說如此，就是現代疑古派史學家顧頡剛解釋這一句也說：「從前諸侯見天子，春見稱朝，夏見稱宗。這裡是把海比作天子，江漢比作諸侯，說江漢二水合流以後歸於大海。」㊳至於朱熹《詩集傳》在《沔水》篇解「朝宗於海」，也仍用漢儒舊說。

只有王闓運卻一掃舊說，用「昔人觀九江，千里望神皋。浩蕩開荊揚，潺淙聽來潮」這二十個字，把《禹貢》和《詩・沔水》這幾句話解釋得合情合理。對《禹貢》的「陽鳥攸居」也作了新解，同樣平實合理。特別用五古形式來作考證，發議論，又做到了「以詞掩意」，像他所說：「若不自注，誰知其跡！」

僅憑這一擬古特色，也可見胡適等人譏嘲王詩是「無我」，是「假古董」，真是皮相之談！

最後，其五古的擬古特色是強調「藻采」。對《青石洞望巫山作》，他也有一段話：「此與廬山詩（即《從大孤入彭蠡望廬山作》）皆學謝赤石帆海（原題爲《遊赤石進帆海》），光陰往來，神光離合，五言上乘也。謝詩以『溟漲無端倪，虛舟有超越』爲警策，爲其詩是狀海，非爲海賦詩也。一丘一壑，則有畫工寫景之法。五嶽溟瀆，非神力舉之，不足以稱。『虛舟』一句，所謂納須彌於芥子。而所以有力者，乃在『海月』二句以景運情，即所謂點景也。詩涉情韻，議論空妙超遠，究有神而無色，必得藻采發之，乃有鮮新之光。故專學陶、阮詩，必至枯澹。此詩『脂』韻與上篇『膏』韻皆點景之句，而通首盡成煙雲矣。」㊴

「溟漲無端倪，虛舟有超越」爲什麼是一篇之警策呢？因爲謝靈運此詩主旨在「削跡捐勢，不爲功名」（《莊子•山木》），以達到「終然謝天伐」的目的。「溟漲無端倪」正是比喻宦海（亦苦海）無邊，而擺脫了功名羈絆的「虛舟」（謝靈運本人），則可以「超越」它。「超越」的表層意思是「揚帆採石華，挂席拾海月」，深層意思則是「終然謝夭伐」。所以王氏說：「虛舟」一句之所以有力，全在於「海月」二句之點景。沒有這二句點景，則「虛舟有超越」顯得空洞，而「終然謝夭伐」，空有議論，有神無色。

「詩緣情而綺靡」（陸機《文賦》），「藻采」就是「綺靡」。這正是六朝詩的特色，尤其是潘、陸、謝、鮑五言詩的特色。

《青石洞望巫山作》一詩，應結合《巫山天岫峰詩，並序》以及王氏一篇散文《巫山神女廟碑》（見《湘綺樓文集》卷六）來讀，才能透徹了解。王氏以巫山爲楚國之望（古代天子及諸侯對境內山川的祭祀），天帝之女瑤姬，實主此山。朝雲之事，乃譏楚之後王棄宗廟，去故都，遠夔、巫而樂郢、陳，將不保其妻子。神女爲高唐客，朝暮雲散，則喻失齊援而見困於秦。以爲陽台雲雨，乃小儒俗吏不通天人，罔識神女主山之由，致生謬解。因而此詩之警策，乃在「真靈無定形，九面異圓虧」二句。因爲此詩非詠巫山，重點在「望」，而這兩句正寫活了「望」。全詩寫得「神光離合，乍陰乍陽」（《洛神賦》），真是五言上乘。但有神無色也不行，所以用「呼風凌紫煙，漱玉吸瓊脂」作點景之句，這就把遙望中所想像的神女那種凌煙吸脂的神情聲態都描繪出來了。

《從大孤入彭蠡望廬山作》並非詠廬山，重點也在「望」。故其警策之句爲「晴日光皎皎，廬山不可招」二句，因爲這寫出了「望」。而點景之句爲「波靈戲桂旗，仙客嘆金膏」二句，因爲是從鄱陽湖上望，所以上句用曹植《洛神賦》語，想像有水上仙人像「洛靈」那樣「左倚采旄，右蔭桂旗」，在神滸「以遨以嬉」。下句用謝靈運《入彭蠡湖口詩》：「金膏滅明光。」「仙客」即指謝靈運（小名客兒，人稱謝客）。「金膏」是仙藥。謝靈運嘆「金膏滅明光」，正指廬山仙藥難求。這兩句具體寫出了「廬山不可招」。

這兩首望廬山詩和謝靈運的《遊赤石進帆海》對照，無論是結構層次還是語言形式，完全渺不相關。而王氏自稱兩詩皆學大謝此詩，可見其學古完全不是字摹句擬，而是像上面所分析的學其警策與點景，這種學習方法就對今人也極有啟發性啊！

戊 結論

王闓運詩的價值，以譚嗣同看得最透徹。他的《論藝絕句六篇》之三：「薑齋微意瓣薑（同縣歐陽師）探，王（壬秋）鄧（武岡鄧彌之輔綸）翩翩靳共驂。更有長沙病齊已（湘潭詩僧寄禪），一時詩思落湖南。」自注：「論詩於國朝，尤爲美不勝收，然皆詩人之詩，更無向上一著者。惟王子（指王夫之，薑齋乃其號）之詩，能自達所學。近人歐陽（指歐陽中鵠，號瓣薑）、王（指王闓運）、鄧（指鄧輔綸）庶可抗顏，即寄禪亦當代之秀也。」指出王闓運的詩和王夫之的一樣，不是詩人之詩，也不是肌理派的學人之詩，而是「能自達所學」——反映其「帝王之學」的詩。

王闓運的「帝王之學」，既不是孔、孟王道學說的重演，也不是商、韓的「法」、「術」、「勢」君權政治的復述，而是在上述儒、法治術的基礎上，以經今文學的形式，打上近代政治的思想的烙印，從而構成的一種仍屬封建範疇的學說。這一學派的人並不贊成西方民主政治，所以在戊戌維新運動中，他們置身事外。

正像本章開頭已引述的楊度《湖南少年歌》所說的，王氏是「強收豪傑作才人」的。這樣的人作詩，決不會一味摹仿古人而毫不反映自己的思想和感情。王氏是這樣，鄧輔綸、高心夔也是這樣，王氏在四川、湖南、江西各地所培育的門人，絕大多數也是這樣。

注釋

①《晚晴簃詩匯》卷一五五
②《養復園詩集自序》
③㉖㉗《近代詩人述評》
④㉝《論近代詩四十首》
⑤《譚荔仙四照堂詩集序》
⑥俱見《論唐詩諸家源流答陳完夫問》
⑦《湘綺樓説詩》卷六
⑧金東雷《章太炎先生（詩辨論旨）》
⑨《太炎文錄初編‧文錄卷二‧與人論文書》
⑩⑪⑬《清史稿》卷四八二本傳
⑫《近代二十家評傳》
⑭丹納《藝術哲學》第一章《藝術品的本質》
⑮㉑㉕同⑦卷七
⑯《詩法一首示黃生》
⑰⑲同⑦卷二

⑱汪國垣《王闓運傳》

⑳同⑦卷四

㉒㉞㉟㊲㊴同⑦卷三

㉓《湘綺樓詩集》卷十三《憶昔行……》

㉔同⑦卷八

㉘《論詩六絕句》

㉙《五十年來中國之文學》

㉚《近代詩鈔》引《石遺室詩話》

㉛《抱碧齋集序》

㉜《未晚樓詩話》

㊱《湘綺老人論詩册子》，未刊稿，見《求索》一九八四年第四期

㊳《中國古代地理名著選讀》第二〇頁

第二十章 中晚唐詩派

晚清詩壇上，除了詩界革命派之外，表現復古傾向的有三派，即漢魏派、同光體與中晚唐派。中晚唐派的著名詩人是樊增祥和易順鼎。

甲 產生的原因

樊、易的政治思想深受張之洞的影響，而詩論體系和詩歌藝術則各有所變化。另外，他們和漢魏派的王闓運、同光體的陳三立、陳衍、沈曾植等都有交往，但詩論卻截然不同。樊曾說：「五言詩格輕三謝」，自注：「余詩不效《選》體」。①這是明顯表示和漢魏派的分歧。又曾形象地說：「斷崖水嚙楓根出，野店人稀酒幔閒。只有荒寒乏生趣，不中描畫此溪山」。②這和陳衍詩論顯然異趣；他還說：「筆尖刪冷字」、自注：「余詩不喜僻澀」。③就更是對同光體的不滿。至於對詩界革命派，則是公開反對，勢不兩立。易順鼎在政治思想上比樊增祥稍爲開明一點，他早年和詩界革命派的巨擘黃遵憲有交誼，和同光體的陳三立更是好友，但在藝術手法上，和樊一樣，也是以學習中晚唐詩爲主。

樊、易及其追隨者，詩歌創作有一個特點，就是「從實處入」。④所謂「實處」，就是「隸事必古」，⑤也就是陳衍說的樊「工於隸事」，「見人用眼前習見故實，則曰：『此乳臭小兒耳！』」⑥而易順鼎雖不像樊那樣用僻典，卻反過來以用常見之典而工巧渾成自豪，誇稱「自有詩家以來，要自余始獨開此派矣」！其實和樊一樣都是「工於隸事」而已。

中晚唐詩的特色是穠麗而流轉，樊、易等人的詩也正表現出這種特色。下面我著重論析樊的詩論和詩作，從而觀察中晚唐詩派的歷史價值和地位。

乙　樊增祥的生平和詩論

樊增祥（一八四六，道光二十六年——一九三一，民國二十年），字嘉父，號雲門，別號樊山，湖北恩施人。二十二歲（一八六七，同治六年）舉於鄉。張之洞視學至宜昌，很賞識他，他從此師事張氏。二十六歲時（一八七一，同治十年）時，在北京見李慈銘，李極稱其才，他又師事李。三十二歲（一八七七，光緒三年）中進士，改庶吉士，出補陝西渭南知縣，光緒二十七年（一九〇一），以鳳穎六泗道遷陝西按察使。三十四年（一九〇八）調江寧布政使。辛亥革命後，以遺老身份在北平作寓公。民國二十年（一九三一）卒，年八十六。有《樊山集》二十四卷，續集二十五卷，輯本《樊山集外》八卷。

樊增祥沒有系統的詩歌理論，而是散見於其詩文中，綜合起來，有如下九點：

㈠　本之性情，達之政事

他曾自我解嘲地說：「秋實春華迴不同，夷言掃盡漢唐風。龍頭總屬歐洲去，且置詩人五等中」。自注：「向來考據家薄詞章，道學家薄考據，經濟家（指經邦濟世的政治家）又薄道學。自西學盛而中國之經濟又無用，遞推之而詩人居五等矣」。⑦

但也從正面提出了自己的論點：「自來講樸學志開濟者，每以詩人爲無用，是殆不然。其有枕葄《玉臺》，浸淫崑體，連篇金粉，累牘宮闈：此少年綺障也，其人率輕儇而寡實。亦有雕飾禽蟲，鐫鑱月露，一篇十日，二句三年：此專門絕詣也，其人率溺於雅詞而懵於世務。若夫本之性情，達之政事，其始也，學而後從政，終則舉其甘苦之故而言喻之，詠歌之，將使後之人啟發性靈，考鏡得失，其人其詩，得非濟世之通材，詞林之要義乎？昔歐、蘇二公爲有宋詩人冠冕，其在官也，皆嫻習案牘，精綜吏事，詩亦沈練浩瀚，非迂儒小生所能。然則詩人非盡無用，特視其所學何如耳」！⑧

這是夫子自道，他是以歐陽修、蘇軾自命的。初看起來，似乎很有理論上的個性，實際上仍然是儒家詩教說的另一種說法。

其實，從樊氏三萬多首詩來看，「本之性情，達之政事」者，其比重遠不如「自娛」的大。樊的好友陶在銘爲《樊山續集》作序說：「君之於詩，義取自娛」。質言之，就是玩文字遊戲。特別是辛亥革命後，他更是專門用詩來作文字遊戲（前期如口吃詩、回文詩，三十多次的疊韻詩，後期大量的捧角詩），成爲詩歌的墮落。

㈡　識力

他在「才」與「識」二者中，更重視「識」。曾說：「才多識寡未能超」。⑨然而他所自詡的「識」，只是「明於世務」，也就是堅決依附后黨維護封建統治而已。把康、梁斥爲「二逆」，把他們的托古變制斥爲「邪說」，談得上什麼「識」？

㈢ 清新

他自稱「詩到古人不到處」，⑩也就是竭力求新。他說：「余論詩專求清新，以爲古作者雖多，於詩道固未盡也」。⑪因而說：「今當萬事求新日，故紙陳言要掃空」。實則其所謂「清新」，不過是做了前人沒有做的好對偶，所謂「工於隸事，巧於裁對」。⑫雖然他也說：「羚羊詩境何處尋？在辨芳新與癡濁」。⑬其實是說「隸事」、「裁對」要做到「羚羊挂角，無迹可求」，亦即用事不使人覺（這是他受袁枚的影響），而且所用的事（典故）一定要隱僻，這才是「芳新」；如果用的是常見典故，對偶又不精切，那便是「癡濁」了。所以，他標舉的「羚羊詩境」，和王士禎的神韵說是兩回事。

㈣ 天然

「詩到天然始是佳」，⑭「樹頭剪綵不爲花」，⑮「天衣巧製須無縫」。⑯這所謂「天然」，純粹是指在「裁對」時要「巧」到「無縫」，有如「天然」。

㈤ 偶儷

他在詩藝上提出了一個最重要的論點：「文章自古珍偶儷」，⑰認爲「玉盒精求必可逢」，並自注說：「唐人謂作詩如掘得玉合子，有底必有蓋，精求之可得」。⑱後來他又一次提到唐人這個說法：「玉爲底蓋兩無瑕」。⑲這可看出他對「工於裁對」的審美追求。

中晚唐派詩人具有同樣的審美追求，如易順鼎也說：「詩以對爲工，乃作詩之正宗。凡開國盛時之詩，無不講對屬者，如唐之初、盛，宋之西崑，明之高（啟）、劉（基）皆然。自作詩者不講對屬而詩衰，詩衰而其世亦衰矣」。⑳從這裡可以參透一點消息，即此派詩人和漢魏派詩人一樣，生於末世，卻憧憬著封建王朝的盛世元音。然而詩的盛衰僅僅落腳於對屬之工拙，也未免太重視形式美的作用了。

㈥ 色彩

樊氏注重詩作詞藻的色彩：「詩中有秘色，如畫有淺絳。……氣蒸紫白雲，聯截青紅虹。……鮮明雲錦舒，……㉑」所謂「秘色」，指瓷器上的青色釉彩。他要求自己的詩能像鋪開的雲錦那樣鮮明，這表現出他在詩藝上的審美追求。這種形式美也是爲其詩歌內容——歡愉之情服務的。

㈦ 音響

「五音諧協始成文」，㉒「七分讀可補三分」，㉓「脆如腰鼓聲聲徹」，㉔「詩中有玉聲，如水有石淙。……長風渡滄海，短兵接隘巷。……清越霜鐘撞」。㉕這種歡快的音響同樣是爲其歡愉之情服務的。

㈧ 博學

他要「工於隸事」，並且炫耀自己腹笥之富，必然要選用僻典。所以他強調：「須讀萬卷破」，「萬卷破來方下筆」，㉗「要讀奇書過五車」。㉘他追求的「新」，完全依靠博學，所謂「新意須從故實求」。㉙但他繼承了袁枚的論點，也說用典應如「水裡著鹽知有味」㉚就是說，積書要能用，否則「收書入腹中，如錢投於缿（音向，如今撲滿）。積書不能用，如舟膠於港」。㉛

(九) 反對僻澀

他有句云：「筆尖删冷字」，自注：「余詩不喜僻澀」。此所謂「僻澀」，不是說用典（他是最喜用僻典的），而是指題材，指對生活和感情的反映，所謂「平生文字幽憂少」，㉜不爲幽憂妨雅抱」。㉝所以他反對「島瘦」：「瘦似長江難作佛」。㉞這顯然受了張之洞的影響。張氏有《哀六朝》詩，認爲「政無大小皆有雅，凡物不雅皆爲妖」，罵當時學六朝詩、文、書法的人是「白晝埋頭趨鬼窟，書體詭險文纖佻」，認爲「今日六合幸清晏，敗氣胡令怪民招」？號召「中聲九寸黃鐘貴，康莊六達經途搖」，這樣就可以「寶籙綿綿億萬紀，吾道白日懸青霄」。又有《學術》詩，自注：「二十年來，都下經學講《公羊》，文章講龔定庵，經濟講王安石，皆余出都以後風氣也，遂有今日，傷哉」！可見他所罵的是從龔、魏到康、梁的維新派。樊增祥竭力附和張氏，從詩論上也提出了反僻澀。

丙 樊增祥的詩作特色

(A) 內容

(一) 反對維新

樊氏首先從理論上反對維新派。如嚴復因受甲午中日戰爭的刺激，光緒二十一年（一八九五）三月，在天津《直報》上發表了一篇政論文《闢韓》，宣傳資產階級民權學說，對封建君主專制制度進行了最尖銳最嚴厲的攻擊。一年以後，梁啟超在上海發行的《時務報》全文加以轉載。兩個月後，湖北孝感的屠仁守在張之洞的指使下，寫了一篇《孝感屠梅君侍御辨（闢韓）書》，也發表在《時務報》上，痛罵嚴復：「今闢韓者溺於異學，純任胸臆，義理則以是爲非，文字則以辭害意，乖戾矛盾之端，不勝枚舉」。幾乎使嚴復罹不測之禍。而樊竟對屠此舉大唱贊歌：「惟有吾鄉真御史，霜毫能闢《闢韓》書」。㉟同年在另一詩中又說：「懶聽纖兒說闢韓」。㊱罵嚴復爲「纖兒」，是用《晉書•陸納傳》：納望闕而嘆曰：「好家居，纖兒欲撞壞之耶？」直到光緒二十九年（一九〇三），離戊戌政變已五年了，他還在和張之洞《學術》詩中說：「依托《公羊》亂道真，遺書恨不火咸秦。儒林黨禍無窮已，博陸萊公信可人」。㊲把張之洞恭維成霍光和寇準。

其次是正面對維新變法肆行攻擊。戊戌年（一八九八，光緒二十四年）正月十五日作詩有云：「芟除《語》、《孟》況荀、揚，新法通行舉國狂」。㊳正月二十三日又有詩云：「會開強學真陳、許，議鑄先零即孔、桑。西法大成三百卷，一時紙貴遍城鄉」。自注：「聞坊肆有此書，余未之見，亦不知其卷數，言三百者，舉大數也」。㊴嘲笑康、梁創立強學會號召向西方學習，是陳相、陳辛兄弟背其師陳良之教而學於許行，是由夏而變於夷。又嘲笑學習西方鑄幣理財，是漢武帝時的孔僅和桑弘羊的聚斂。二月初又有詩云：「眉嫵畫從京兆始，服妖拾得大秦餘（近日衣裝緊狹，多襲洋派）。家家裝束隨時世，正坐都人讀怪書」。㊵又云：「稅司郵政日紛更，萬里中原草木腥。漢幟爭看龍倒挂，倉書欲變蟹橫行。尚方有劍當誅卯，比戶無錢想拔丁。經濟科沿鴻博例，鶴徵後錄幾奇英」！㊶已經提出要誅少正卯——康、梁了。這年七月，新法正在推行中，他又有詩云：「今廢丞庶官，邢、劉誰品自」？自注：「時廢詹事府」。㊷維新變法剛剛被西太后所廢除，他就寫了題爲《讀八月十三日邸鈔恭紀》七律二首。其一云：「邪說支離煽五羊，橫行輦下劇披猖。四夷待以窮奇禦，兩觀爭看正卯亡。妖亂罪浮張守一，逋逃名捕瞰生光。爾曹身與名俱滅，萬古尼山聖學昌」。其二云：「吞舟網漏欲何言，碌碌諸君枉喪元。吠影徒爲嗥日犬，代僵不少據沙黿。疏狂那及金人瑞，學術猶慚呂晚村。如雪蜉蝣成底事，林清故轍可同論」！㊸對維新志士是這樣醜詆！反過來，對頑固派頭子西太后卻拚命歌功頌德，如這年十二月間作詩有云：「煉石媧皇御紫虛，一時新政改荊舒」。㊹把西太后的盡廢新法，稱頌爲宋代宣仁太后在神宗崩後盡改王安石新法。兼帶稱讚王闓運：「請看滄海橫流日，惟有湘潭徹底清」。自注：「康、梁構逆，先生門下無一附和者」。因爲王氏雖也講《公羊》學，卻不像康、梁依托《公羊》議論政事。

這是很自然的，他在政治上緊跟張之洞，榮祿之輩，自然依附后黨，反對維新事業。這就難怪他把西太后歌頌爲「堯舜勳華出女中」㊺了。

由於反對維新，他甚至反對一切新事物。早在光緒九年（一八八三）他就有詩云：「手炷爐香禮岳祠，更搴松柏認南枝。如今略換人間世，爲遺橫枝莫向西」。㊻岳墳松柏傳說向南不向北，樊卻說如今時代變了，不是向北不向北的問題，而是不要向西（即不要向西方學習）。

當然，他也承認新事物中有好的：「電竿新立便郵訊」。㊼又如：「欲買機輪師造化，郇廚多製唧令冰」。自注：「西饌冰唧令極甘美，暑中以機器爲之」。㊽

但是，西法開礦，他便反對：「黃白爭誇採煉工，廿人蟻聚熱河東。……山川寸寸皆穿鑿，無補司農國計窮」。㊾對吸雪茄也諷刺：「貴人生未出京華，暖閣烘爐味雪茄」。㊿這還是變法前的。變法失敗後的第三年（一九〇〇），他以嘲弄口吻說：「……自從西學變華風，人間萬事皆粗庸。毛膚獵取計良得，沐猴戴冠如虎雄。銅仙流淚倉聖哭，競學夷言服夷服，……同文算法等兒嬉，《申報》文章真大辱！……」[51]到光緒三十一年（一九〇五）夏有詩云：「經史外增無限學，歐羅所作是何詩」？[52]這是對歐洲譯詩的鄙薄。但大勢所趨，后黨中出了洋務派，倡行新政，他也見風轉舵，如光緒三十年（一九〇四）在回答西太后的詢問時，他便提議設立課吏館，「舍經而攻史，用夏亦用夷。必通中西驛，而兼文武資」。[53]

(二) 反映時事

樊本用世之士，所以三萬多首詩中，反映時事的篇章很多。大部分直記其事，也有託之詠史的。如《三月十三日紀事》七律二首，[54]第一首寫光緒十年（一八八四）三月十三日，「懿旨以因循貽誤罷軍機大臣恭親王奕訢家居養疾，大學士寶鋆原品休致，協辦大學士李鴻藻、景廉俱降二級，工部尚書翁同龢褫職仍留任」。[55]第二首罵閻敬銘，比之爲盧杞。《感事二首》作於光緒十一年秋，寫上一年張佩綸會辦福建海疆事，與法國艦隊海戰失敗，褫職遣戍。《感事》仍罵閻敬銘。《有感》、《感事》[58]寫甲午中日戰爭。《聞安侍御謫戍軍台》[59]寫「御史安維峻以論李鴻章，坐妄言褫職，戍軍台」。[60]安是很有勇氣的，在奏疏中不但彈劾李鴻章，而且指責西太后既已歸政而又遇事牽制。[61]樊詩言：「四夷酋長爭傳稿，太學諸生欲舉幡」，贊美安疏影響之大。又說：「出關預辦灰釘去，更擬輿尸諫至尊」，歌頌安氏門志的昂揚。《重有感》[62]作於光緒二十一年，寫甲午戰爭中國失敗事，痛斥吳大澂。《書憤》、《陸沉》、《馬關》作於同年三月間，都是痛斥李鴻章與日本訂立馬關條約的。《又追和岐山冬夜》痛朝鮮之爲日本所侵奪。《書台北事》[65]寫馬關條約割台灣於日本時，唐景崧、劉永福等堅持抗日事，但對台灣民主國完全採取諷嘲口吻，什麼「而豈謂解元唐伯虎，不如殘寇鄭芝龍。蜉蝣天地波濤裡，螻蟻君臣夢寐中。十日台灣作天子，凝旒南面太匆匆」！完全站在后黨立場。《再閱邸鈔》[66]七律四首寫此年五月罷吳大澂湖南巡撫事。《入此月來，積陰不開，既雨復雪，漫成長句》[67]寫光緒二十一年冬剿甘肅撒回叛事。此詩較能反映民生疾苦：「朝廷發卒又三萬，前年已過臨汾縣。濁河駭浪高於山，戰士裂膚馬生趼。嶽蓮大路叢荊棘，泥深五尺沒馬脊。大府徵車二千乘（西征六十營，營三十乘，而餉運在外），秦民無衣守空甑。一馬民間費十牛，一車萬錢不掉頭（里民每供一車，行坐各價，約需錢十五六千）。驅車載兵血淚流，歸來不飽飯一甌」。《爽秋同年寄示無名氏和余（馬關）之作，再賦四首》[68]仍然是罵李鴻章訂立馬關條約喪權辱國的。也寫到他在日本受刺，恨其不死。而且罵其子李經方，比其父子爲嚴嵩與嚴世蕃。《書台南事》[69]歌頌劉永福及其子女率領台南人民堅持抗日的英勇行爲。《記客談四首》[70]還是罵李鴻章賣國，經營海軍，不堪一擊。《過函關爲薛君解嘲》[71]作於光緒二十三年秋，「君看馬關今日事，雞鳴狗盜亦無人」，仍在罵李鴻章。《伯熙遊小五台歸，以紀遊詩見示，感賦長句奉贈》[72]作於此年十月，「君不見島兵夜走山東驛，名將成擒邊事急（德軍入膠州，電告其主云：擒其名將某某）。……還君詩卷三嘆息，電音昨報膠州失」。名將成擒是誤傳，當時膠州守將章高元要求抵抗，清廷命令：「敵情雖迫，朝廷決不動兵」，要守軍「不可輕啟兵端」，見《清德宗皇帝實錄》卷四一一，第十五頁，並無名將成擒事。《五疊前韻贈廉生祭酒》之二：「之罘日出海波揚，跋浪鯨魚上下狂。割地真成食葉象，稱兵亦用借根方（德以微釁稱兵，蓋借端也）」。這一觀察完全符合歷史實際。

戊戌變法的第三年，光緒二十六年（一九○○）八月中旬，八國聯軍入京，西太后挾光緒帝西逃。反映此一歷史事件的《感事》，罵義和拳爲黃巾，說后黨利用團民「扶清滅洋」是「收召黃巾歸宿衛，只今群盜羽林多」。[74]《庚子五月都門紀事》七律八首罵拳民圍攻使館，罵端王載漪爲「州吁」。第六首則爲西太后開脫罪責，稱爲「三代聖后媲媧皇」，把他的挾帝西逃說成「欲綿唐祚思靈武，爲報秦仇棄督亢」。《大同》[76]的「連村赤幘聞風起，萬瓦紅燈照夜明」，寫紅燈照。《重有感》寫義和團。記述這段歷史的，還有《五月二十五日夜，董軍攻德、法、意、美四使館，克之》[78]、《是夕，端邸率師攻西什庫，不克》。[79]戰事失敗後，有《駕幸晉陽恭紀》，竟用回文體記「兩宮西幸」事，可謂毫無心肝！《晉陽五首》[80]寫「西幸」的顛頓。《再疊晉陽韻酬研蓀見和》[81]除了反映庚子事變的痛定思痛，還在末章提出了自己吟詠時事的寫作原則：「言期無罪多卮寓，詩忌傷時託建除」。光緒二十七年（一九〇一）作《正月初六日紀事，十疊前韻》，[82]記「賜（莊王）載勛自盡」，「毓賢處斬」，「英年、趙舒翹並賜自盡」，「啟秀、徐承煜處斬」等事。《喜雨》寫從庚子冬到辛丑春的大旱：「窮冬少雪春無雨，下隰高原盡焦土。二麥抽心旋旋枯，豆苗疏疏菜根苦。去年秋災接春暵，中澤哀鴻無死所。……兵車絡繹潼關道，更捉殘黎肆捶楚。耕牛宰盡肝人肉，斗米將來換兒女」。這樣的詩在樊詩中是少見的，也是可珍的。光緒二十九年（一九〇三）有《（臘月）二十四日，日本攻旅順，燬俄艦三》，[84]寫日俄兩軍在我國遼東作戰，使中國老百姓「野哭千家過小年」。《癸卯除夕》[85]之四：「芝罘鴨綠互烽烟，壁上觀人可自憐？昨讀兩宮中立詔，九州猶是太平年」！總算對「中立」作了一次尖銳的諷刺。《午帥電示：（甲辰年）正月二十四日，日本攻旅順，克之。電寄一首》，[86]有「雄獅覆壓孤豚上，弱肉推移兩虎間」句，寫出了中國在日俄戰爭中的悲慘處境。《中立》[87]云：「眈眈兩虎薄庭除，畫我遼陽作陣圖。……三十五條中立例，春王正月出皇都」。總算又對朝廷作了一次深刻的諷刺，表現了中國人的義憤。有關日俄戰爭的最後一首，是《旅順堅守經年，甲辰十一月二十七日，俄將司都塞爾降於日本》。[88]

樊氏和其師李慈銘一樣，很想寫出一代詩史。平心而論，其中有些詩還是反映了歷史的真實。問題是他的政治見解比較保守。對中國當時的現狀，他是這樣理解的：「盲晦塞兩儀，蜚螗沸八垠。豈曰乏異才，士氣須提振。百年失教養，小大多庸臣。談瀛取富貴，讀書志飽溫。千官盡容悅，萬事趨因循。贊普坐相笑，子陽妄自尊。外不信於友，下不信於民。貪欺只兩字，祖父授子孫。列國日強盛，中華弱且貧。螳螂識底事，伸臂當車輪。去年夏五月，舉國狂且奔。雷霆震屋瓦，斧鋸加國賓。十國礪鯨牙，六飛集於鶉。將相死都市，親王伍配軍。國債四十年，海量無算緡。盡讀十七史，無過茲事新」。[89]清廷的統治集團原本自命爲天朝上國，要臣服萬邦，八國聯軍的鐵拳把他們的頭打痛了，也打清醒了，卻轉而崇洋媚外，樊氏此詩正反映了這種心態。

在另一詩裡，他也說了基本相同的意見：「今何以乏才，古何以饒士？四裔何盛強，中華何頹靡？大抵百年來，都無意於此。本自無是非，而復任嗔喜。才者老蓬藋，不才曳青紫。不才則忌才，取士必如己。……志士日摧傷，才人有餓死。豪傑不世出，何由得興起？南北走胡越，寧非鷸獺使」？他希望「能令賢達奮，能令庸庸恥」。[90]

光緒三十一年（一九〇五），他在一首詩裡呼籲：「諸公莫復爭鉤黨，新舊都同愛國心」。[91]

他甚至於自我表態：「最喜舊人憎學究，每存新理廢名詞。西儒未見吾狂耳，相見當勝不見時」。[92]儼然和盧梭、孟德斯鳩可以莫逆於心，相視而笑似的。

其實他對資產階級民主政治是堅決反對的，因而他的所謂「新理」，仍然不過是張之洞的「中學爲體，西學爲用」而已。這樣的人才再多，也不能使中國躋身於世界強國之林。

㈢　善寫民俗

《潛江雜詩十六首》[93]寫湖北竟陵縣境內潛江一帶的民情土風，頗有特色。如其三：「十畝田塘歲有租，閒時留客飯秋菰。湖田薑蔗年來薄，更課山僮種紫蘇」。自注：「潛人以鹽清紫蘇佐饌，味極清美」。其十：「雨蓋輕於出水荷，垂簷面面剪青羅。琵琶飯甑君休笑，入市無如傘戶多」。自注：「潛人多造傘者，俗呼傘爲雨蓋」。其十二：「薄薄城南二頃田，青鶻白鷺鏡中天。一年一度桃花水，苦累兒家買釣船」。自注：「潛江歲有水患，比戶多置舟楫備潦」。

㈣　寫景新巧

「打棗黃竿裊裊輕，草頭蝴蝶曬霜晴。秋光只合村中看，不許行勝載入城」。[94]前兩句截取兩個特寫鏡頭，已經剪接成一片秋光；而更能翻新的是後兩句：通過癡想（其實是巧思），寫出了自己對這一村中秋景的愛戀。另外一首《八月六日過灞橋口占》：「柳色黃於陌上塵，秋來長是翠眉顰。一彎月更黃於柳，愁殺橋南繫馬人」！[95]譚嗣同十分贊賞此詩，稱爲「所見新樂府，斯爲第一」，因爲它「意思幽深節奏諧」。[96]但譚並不知爲樊所作，因而對此詩內涵不可能確切了解。此詩實係自傷沉淪下僚。作此詩前數月，曾作《春興八首》，其四云：「玉堂曾記賦春寒，鳳閣鸞林接羽翰。人謂子瞻宜學士，眾知唐介稱言官。文章朝貴懸金購，封事深宮動色看。墮翼青冥今幾載，袍靴淪落古長安」。[97]現在已是八月，剛剛卸了咸寧縣的差事進省城西安去，傍晚時過灞橋，看見柳葉枯黃，自然想起自己長年奔走逢迎往來長官，不和這柳樹困於陌上風塵一樣嗎？自己人到中年，仍舊沉淪，憂心如擣，不就像這柳樹「秋來長是翠眉顰」嗎？至於新月一彎被陌上飛揚的黃塵所籠罩，竟致月色比柳色更憔悴（這黃於柳的月色象徵著前途黯淡），這還不使自己這風塵下吏「愁殺」嗎？

㈤ 儇薄

樊稱「由來賢達士，愛水甚於山」。[98]他當然是智者，「智者愛水」嘛。但這種人也容易流於輕薄。他曾以詩記袁昶戒其作綺語：「琴心箏語屬華年，潘鬢成絲尚放顛。鐵面禪人一援手，馬胎解脫李龍眠（法秀訶山谷綺語，又誡李龍眠曰：他生恐墮馬腹中）」。而陳衍則爲之解脫，認爲他的艷體詩，「使後人見之，疑爲若何翩翩年少，豈知其清癯一叟，旁無姬侍，且素不作狎斜遊者耶」？[99]實則艷體詩如果寫真情，完全可以，問題是不可流於儇薄。試看其《花間女史得四刻（樊山集），吟諷達旦。書來索詩，因寄》：「乞與新書錦帶長，彩鸞聲韻叶歸昌。行行秋水眸中過，字字蓮花舌上香。棠睡今宵虛玉蕈，牙琴真賞出紅房。鬢蟬未卸唇脂在，免促明朝曉鏡粧」。[100]頷聯想像那位女史的看詩與吟誦，全從聲色上刻畫，是六朝宮體詩的寫法；尾聯則更覺纖巧。總之，給人一種儇薄的印象。至於他晚年以遺老身份大作其捧角詩，更是等諸自鄶了。

以上五點是樊詩的思想內容。

研讀了他的全部詩作，我的印象是：他生活在封建社會的沒落時代，卻總是以一種幻覺去想像社會現實，企圖淡化以至淨化血與火，而代之以太平盛世的歡樂：「去年秋雨冬無雪，林澤頗資紅粟散。纖兒幸災作危語，使我不樂對元嘆。正當努力事春作，底用殷勤述夏諺？……賀雪擬作開府表，曰臣誠歡復誠忭」。[101]這時是甲午年（光緒二十年，一八九四），正是中國內外危機加深的時期，也是改良思潮與日俱長的時期，中日戰爭爆發終於訂立馬關條約也就在這一年。樊卻厭聽「危語」，仍然粉飾太平，「誠歡」、「誠忭」，世上可悲之事，孰有逾於此者？

現實終究是現實，個人主觀意志哪能轉移客觀形勢，因而他並不可能真正歡樂：「磨蝎臨宮事事非，自哀不暇欲哀誰？無多耆舊松千尺，何限公卿黍一炊。虛牝文章心力誤，繁霜身世死生悲。春明師友皆風義，逢著唐衢總淚垂」。[102]儘管只寫自己和小圈子裡的師友，而這種哀音反映的衰世不也躍然紙上嗎？

(B) 形式

(一) 對偶工緻

樊詩從總體說，其藝術形式是精工典麗的。他寫得最多的是七律，特別著力的是七律中的對偶句。我們不妨這樣說，正因爲他要表現自己工於隸事、巧於裁對的本領，所以才特別喜歡寫作七律。他的對偶究竟工緻到什麼程度呢？下面略舉數例：

《上妻大父彭崧毓（于蕃）師》[103]有「四品解龜滕白父，千崖採藥夏黃公」。彭崧毓，字于蕃，江夏人。道光進士，官至雲南迤東道。有《求是齋文存》。道台官階四品，故以滕白父之四品解官相比。夏黃公爲四皓之一，隱於商山，故以比彭之高蹈。而「白父」對「黃公」，人名得此，真如天造地設。

《奉懷望江中丞豫州》[104]有「故舊今無毛武陟，功名前有靳文襄」。中丞時撫河南，治理黃河水患，甚著勞績，故以靳文襄比之。靳名輔，遼陽人。康熙間屢官河道總督。時黃河四潰，輔因勢利導，專主築隄束水，河患以平。卒諡文襄。毛武陟指毛昶熙，武陟（縣名，屬河南懷慶府）人，道光進士，由檢討擢御史，咸豐時督辦河南團練，光緒初官至兵部尚書。樊作此詩時毛已前卒，諡文達，故曰「故舊今無」。樊此聯不僅隸事精確，且以「文襄」對「武陟」亦極工。

《挽朱曼君孝廉》[105]有「清詩近比曹仁虎，駢語前惟駱義烏」。朱曼君，名銘盤，泰興人。光緒八年舉人，曾從軍朝鮮。工駢文，沈博絕麗。詩天骨開張，風格雋上。有《桂之華軒詩集》。曹仁虎，字來殷，嘉定人。乾隆二十八年進士，官至侍講學士。博學多通，詩尤妙絕，傳至日本。駱義烏指駱賓王，浙江義烏人，爲唐初四杰之一。樊此聯事既切合，以「仁虎」對「義烏」，尤巧不可階。

《得彥清同年惠書及詩，述舊抒情，終以公侯干城相勗，次答二首》之一[106]有「索居心厭白題舞，相和歌成黃淡思」。白題，本匈奴部族名，唐人稱胡人之笠帽亦曰白題，故杜甫《秦州雜詩》之三有「胡舞白題斜」句。樊此句似指歐美傳入之交際舞。「黃淡思」，南朝梁時橫吹曲辭，是一首民間情歌。樊此聯以「白題舞」對「黃淡思」，極工整。

《慰李盭厔解任還省》[107]有「畫探張丑清河舫，詩效梅庚吳市吟」。張丑，明之崑山人，有《清河書畫舫》等著作。梅庚，清之宣城人，康熙舉人，官泰順知縣，以老歸。工詩，有《天逸閣集》。樊此聯以梅之官止知縣比李之解盭厔縣令，且以干支之「丑」對「庚」，人名得此，可謂極工。

《午橋齋中夜話，戲用伯熙語作詩奉贈》[108]有「國老將穿臣素履，家珍猶數子丹碑（秦中曹真碑，君輩至廊廡）」。上句用危素事，素見明太祖，履聲槖槖。太祖問是誰，他答：「老臣危素」。太祖徐曰：「我道是文天祥」！盛昱（字伯熙）大約和端方（字午橋）開玩笑，說革命黨人成功後，端方一定會像危素那樣入仕新朝。下句笑端方愛玩古董。子丹，曹真之字。「臣」對「子」，「素（白）」對「丹」，極工。

《移居》[109]有「紙窗竹屋心乎愛，軟綉溫香意也消」。「心乎愛」用《詩．小雅．隰桑》的「心乎愛矣」；「意也消」用《莊子．田子方》「使人之意也消」。用成語作對，字字工切，最爲難得。

還有一種對仗，只取字面相稱，如《王水部生日，同愛伯師賦》[110]的「官到水曹同柳永，醉非酒力爲茶嬌」。「水曹」，官名，而以對「酒力」。「柳永」，人名，而以對「茶嬌」。又如《暑窗讀劍南詩，因效其體》[111]的「散髻招涼便夏晚，坐編引睡愛虞初」。虞初，本西漢人名，張衡《西京賦》謂「小說九百，本自虞初」，後因以爲小說代稱。樊此聯以「虞初」對「夏晚」，只取字面相對，且「夏」又變爲朝代名，以對帝舜之「虞」。

汪國垣曾評樊詩「塗澤爲工，傷於纖巧」。樊的對偶句確有這種情形。當然，這種追求對句工緻之風起於宋人，如王安石就以「武丘」對「文鵠」，「殺青」對「生白」，「苦吟」對「甘飲」，「飛瓊」對「弄玉」。[112]但樊專從此等處下工夫，就未免小家子氣了。

(二)　句法怪異

《再詠柳絮》[113]的「似蝶翩其來者數，如龍捉不住時多」，打破七律的上四下三常格，而變爲二、四、一。又如《三疊前韻遺興》[114]的「人無畫裡無人畫（某遺老作畫，不畫人。問之，則曰：『世豈復有人耶』？今其畫罕見），我有詩中有我詩」，則爲上二下五句式。至於《次韻答藍洲即事，五首》之五⑮的「國有人乎天莫問，民同胞也我尤憐」，用有助詞的四字成語作對，在七律句法中也少見。這都是樊在句法上刻意求新的表現。

㈢ 用新名詞

他本來說「每存新理廢名詞」，即能接受西方各種新學說，卻反對搬弄新名詞。然而他中年以後，卻常以嘲弄口吻在詩中使用新名詞：

「茶神夜泣清明雨，牛乳咖啡滿世間」。（《啜茶》）⑯

「提倡中華哲學家」。（《寄懷午橋撫部長沙》）⑰

「科學獨高群玉府（時方整頓高等學堂），礦山催辦五金材（商部催造礦表）。維新時代無窮事，……」（《邢翰臣茂才見余詩，……》之三）⑱

「笋皆爭長平權起，絮不群飛壓力深」。（《一春多雨，戲爲俳體，……》）⑲

「世界競爭天擇少，虛空圓轉地球多。團欒不問瓜分否，遊蕩如無實業何？乞汝熱心並熱力，……」（《續詠柳絮，八首》之五）⑳

「雪積但須觀表面，雲開誰解點中心？不標特色文明減，欲究原因理想深。」（同上題之六）㉑

「天到九層成極點，地無一定想方針。……南北東西結團體，……」（同上題之八）㉒

「試取茸裘較分數，羔羊程度淺於貂。」（《寒夜俳諧體》）㉓

「國際儘多中立地，個人都入自由天。」（《倒疊前韻》）㉔

「古塚誰開追悼會，新苗已辦速成科。」（《出城》）㉕

「雪能豐麥原因在，風爲催花動力多。馳道擬通西伯利，行都此亦莫斯科。」（《俳體……》）[126]

「跳舞會宜夔一足，測量學要羽重瞳。西京花鳥皆標本，南畝人牛並苦工。春物滿前任描畫，名詞輸寫入詩中。」（《春日效俳諧體四首》之一）[127]

「群鶯演說花間事，……楊柳以風爲運動，桃花何地不文明？課詩那復論鐘點，……」（同上題之二）[128]

「鳳吹徒存名譽竹，鶴心常有感情松。……鼠穴無車看內容。」（同題之三）[129]

「……思想何曾問晦明。夜有風潮群鳥鬨，春含電氣百花生。彈棋不樂中心點，鬥茗常多後備兵。」（同上題之四）[130]

「鉛黃自昔留汚點，釵弁於今要競爭。……標本室中花樣巧，體操場上柳枝輕。……地球漸逐秋波轉，……治外法權操女手，自由婚嫁順人情。……」（《賦得女學堂十四韻》）[131]

「學堂分數已全差。」（《兒輩踏青歸，……》）[132]

「二麥信知公益大，百花何至感情傷？」（《喜雨》）[133]

晚清各派詩人大多會運用新名詞入詩，連陳三立都不例外，詩界革命派就更喜撏撦新名詞以自表異。然而他們都是態度嚴肅的。即使如此，梁啟超已經批評：「若以堆積滿紙新名詞爲革命，是又滿洲政府變法維新之類也。」[134]樊根本談不到革命，只是目之爲俳諧體（即俗稱打油詩），對新名詞加以輕侮而已。

㈣ 喜用僻典

在清人中，厲鶚以喜用宋、元小書中的僻典著稱。樊亦同此，且以自矜，「見人用習見故實入詩，輒曰：『沒出息！』」[135]

他用僻典，一般自注出處。還有故意將錯就錯的，如《五十自述》之十一：「春風帳裡郄嘉賓，……重勞蠶室伴田君。」自注：「郄作仄音，田居作田君，俱見唐人詩。」[136]這和朱彝尊押「陸務觀」一樣，都是自炫博學。

他以能用僻典自喜，如《上翁尚書，八首》之六：「名德已高師尚父，閒情猶寄畫書詩。」自注：「或投真西山啟，以『齒爵德』對『師尚父』，館客笑之。公曰：『師尚父，謂可師可尚可父也。』」[137]而在《寄伯熙勸其著書》之一中：「師尚父應思渭北，王君公已避墻東。」[138]他又照常用作人名了。

其實即使再博覽，也不可能無書不讀；即使博極群書，也不可能完全記住。他曾有一首詩，題爲《庚寅歲居京師，摘汪鈍翁句爲爽秋書楹帖云：『丹穴乳泉皆異境，黃甘陸吉是幽人』，然不解下句之義。以問愛師、子培，亦未憭也。頃閱《避暑錄話》，乃知宋人所爲《綠吉黃甘傳》，指柑橘言，蓋仿《毛穎》而作。時愛師已下世，愴然久之，作詩寄爽秋、子培》，[139]其詩有云：「杜陵無字無來歷，近世堯峰襞積深。別傳佳於毛氏穎，庀材碎比謝家金。古書靜坐常思誤（陸字本作綠，余謂當從陸姓爲是），僻典酬勞孰勸斟（趙甌北晚年每就洪北江質一事，則勞酒一壺）？……」李慈銘、沈曾植都是最稱淹貫的，對一個僻典也「未憭」，這不是對喜用僻典者的最大諷刺麼？

有的典故，他不自注出處，讀者很易以爲白描。如《丙子八月下旬，始至蓮池》：「倦旅違京邑，名園覽物華。竹中一分屋，池上數枝花。欹枕聽流水，鈎簾看晚霞。我懷足蕭散，底用憶山家？」⑭第三句是用《癸辛雜志》續集的一則：「薛野鶴曰：『人家住屋，須是三分水，二分竹，一分屋才好。』此說甚奇。」按照對句慣例，「池上數枝花」一定也有來歷，自愧譾陋，未詳出處，甚盼讀者指教。

總之，正如李詳所指出的：樊「隸事喜使趙宋以後，取其纖仄嵬瑣」，⑭這實在不是大家的行徑，就是從「陌生化」的角度說，也不應隱晦到使人不懂的地步。

丁　中晚唐派的影響

「樊、易之派，盛於北方」，「少年後進有才華者學樊、易。」⑭可見影響頗大。但樊、易入民國後，生活更爲腐化，詩作也日益墮落。如易「潦倒都下時，愛女伶劉喜奎，每日必過其家，入門則狂呼曰：『我的親娘，我又來了！』甚至贈句云：『我願將身化爲紙，喜奎更衣能染指；我願將身化爲布，裁作喜奎護襠褲。』」⑭詩墮落到這種地步，難怪李詳說：「余詩體與樊、易不近，亦羞爲之。」⑭聞一多在《宮體詩的自贖》中說：南朝宮體詩的作者「是在一種僞裝下的無恥中求滿足」，那麼，易這類詩（如果也可以叫「詩」的話），就是在撕掉僞裝的赤裸裸的無恥中求滿足了！在這種影響下，向他們學習的「少年後進」，除了一批批變成遺少，還有什麼呢？

注釋

①《樊山續集》卷十六《齋居遣興》
②《樊山集》卷七《舟行雜詩》之九
③同①卷二四《雪中，八首，和何方伯》之八
④李詳《藥裹慵談》卷八《陳散原評樊、易兩君》
⑤李詳《學製齋文鈔》卷一《疑雨集注序》
⑥⑫《近代詩鈔．石遺室詩話》
⑦㉖同①卷二《賦詩》
⑧同②卷二四文乙《洴上錄跋》
⑨㉞同①卷二三《答受軒論詩》
⑩同①卷二四《冬日池上》
⑪同①卷十《春興示劉孝廉》
⑬同①《戲題近人詩集，示同門諸子》
⑭⑮⑲㉘㉚同①卷二一《與翰臣論詩，用差字韻》
⑯⑰⑱同①卷十八《兒輩初學屬對……》
⑳引自錢基博《現代中國文學史》第174～175頁

㉑㉕㉛同①卷二四《論詩，二首，限講、絳二韻，戲柬同座諸公》之二
㉒㉗同①卷十九《疊前韻論詩，呈濤園、子封、晦若、亦元》
㉓同①卷十二《與石甫、笏卿論詩，六疊前韻》
㉔㉝同①卷十三《檢視去年舊作，用早朝韻題後》
㉙同①卷十八《再示兒輩》
㉜同①《檢視庚子出都後所作詩詞，漫題一首》
㉟同①卷三《漫與三解》之三
㊱同①卷四《四疊前韻寫懷呈伯熙》之一
㊲同①卷十九
㊳同①卷四《十五日，午橋昆季……》之二
㊴同①卷四《再爲俳體詩呈伯熙，三十疊韻》之二
㊵同①卷五《車中雜憶都門近事，記之以詩》之二
㊶同題之五
㊷同①卷六《植果》
㊸同①卷六
㊹同①卷七《五疊韻呈午公》
㊺同①卷九《己亥二月初八日召對儀鸞殿……》之一
㊻同①卷七《湖上雜詩》之四

㊼同①卷十八《河東旅次書見》
㊽同①卷二十《午窗即事，限燈字韻》
㊾同㊵之四
㊿同①卷五《雪中效曹唐體》之十二
51同①卷十《碩專屬題畫册，戲書其後》
52同①卷二四《九疊韻書感》
53 90同①卷二十《三月初二日，送需次諸君入課吏館……》
54同②卷八
55 60《清史稿·德宗本紀一》
56 57同②卷十
58 62 63同①卷二五
59同②卷二五
61《清史稿》卷四四五本傳
64 65 66 67 68同①卷二六
69同①卷二七
70同①卷二八
71同①卷三
72 73同①卷四

(74)(75)(76)(77)(78)(79)同①卷十一

(79)(80)(81)同①卷十二

(82)(83)同①卷十三

(84)(85)(86)(87)同①卷二十

(88)同①卷二一

(89)同①卷十六《栗園來遊關中，流連逾月，以八百字爲贈》

(91)同①卷二四《乙巳除夕寫懷》之七

(92)同卷《廣示吏詩意》

(93)同②卷一

(94)同②卷九《即事》

(95)(97)同②卷十

(96)《譚嗣同全集》卷四《論藝絕句六篇》之四

(98)同①卷一《東溪詩》之一

(99)《石遺室詩話》卷一

(100)同①卷二三

(101)同②卷十九《元旦微雪，次西屏韻》

(102)同②卷十五《感懷呈愛師、漱丈》

(103)同②卷一

(104)(105)同②卷十

(106)同②卷二六

(107)同②卷二八

(108)同①卷四

(109)同①卷七

(110)同②卷十五

(111)同②卷十九

(112)《苕溪漁隱叢話》前集卷三五引《雪浪齋日記》

(113)同①卷二一

(114)(115)同①卷二四

(116)同①卷二

(117)(118)(119)(120)(121)(122)同①卷二一

(123)(124)(125)(126)(127)(128)(129)(130)(131)(132)(133)同①卷二四

(134)同②卷十九

(135)周達《冒叔子詩稿跋》

(136)同②卷二七

(137)同②卷十九

(138)同①卷五

⑬⑨同②卷二五

⑭⓪同②卷二七

⑭①⑭②⑭④《藥裹慵談》卷六《近代詩人四家》

⑭③邵鏡人《同光風雲錄》下篇第十六《易順鼎》

第二章 詩界革命派

詩界革命派是特定歷史時期的產物。中法戰爭、甲午戰爭一連串失敗之後，由地主階級中轉化出來的資產階級知識份子，爲了救亡圖存，他們直接繼承龔自珍的政治改革思想，並且採取實際行動；同時，在文學觀念上，也繼承了龔氏的新變思想。

甲 詩界革命的歷史意義

「詩界革命」一詞，據梁啟超說，是丙申、丁酉間（光緒二十二到二十三年，一八九六——一八九七），由夏曾佑提出，譚嗣同積極附議，從而產生的。①兩人並在創作實踐上大做其「新學之詩」。梁啟超對他們的「喜撏撦新名詞以自表異」頗爲不滿，以爲「必非詩之佳者」。②他主張詩的革命應該是「能以舊風格含新意境」，「苟能爾爾，則雖間雜一二新名詞，亦不爲病。」③

現在一般學人仍然根據梁氏的話，以爲夏、譚的「新詩」試驗是失敗了。其實「綱倫慘以喀私德，法會盛於巴力門」這樣的詩，正是「以舊風格含新意境」。因爲中國近代詩歌和古典詩歌的本質差異，就是古典詩歌的作者，從屈原起，傑出詩人如李白、杜甫、王安石、陸游，直到袁枚等，目光一直是向上的，他們都把治平希望放在聖王身上；至於人民，儘管他們也認識到這是載舟覆舟之水，然而他們只具有「民爲邦本，本固邦寧」的民本思想，根本談不到民主思想。直到十九世紀末，中華民族的仁人志士，才開始突破幾千年來目光向上的局限，把目光轉向普通的人和人的價值。由於西方思想的影響，才有了「民主」、「自由」、「平等」的觀念。這也不是「詩界革命」派所獨有，宋詩派的一些人，如江湜《偶書，二首》之一：「嗚呼一家權，豈可一人收？但求主威伸，亦思孤立否（fǒu）？」范當世《書賈人語》：「明朝便叱玉皇退，何能一帝專諸天！」都反映了朦朧的民主意識。但「詩界革命」派卻表現得格外突出，如譚嗣同這兩句詩，上句揭示了階級壓迫，下句則提出議會民主。這樣的詩句十分深刻地標舉出反對專制爭取民主的歷史課題，爲中國古典詩歌長河中向所未有，其意義是巨大的。凡主張民主的一定反對皇權，所以黃遵憲晚年詩云：「人言廿世紀，無復容帝制。舉世趨大同，度勢有必至。」譚嗣同在《仁學》中說：「二千年來君臣一倫，尤爲黑暗否塞，無復人理。」又說：「二千年來之政，皆秦政也，皆大盜也！」固然這種思想來源於明末清初的黃宗羲和唐甄，然而明顯地染上了西方民主色彩，因爲黃、唐只是指斥暴君，而黃、譚則從君主制度本身指出其不合理。這種徹底反對皇權的思想，在黃、譚以前是不可能出現的。也就因此，他們提倡的「詩界革命」，強調創作「新學之詩」，「新派詩」，新就新在這民主意識上。

明白了這一點，就可以知道，他們所反對的，是「舊學」（即中國傳統文化中的考據、義理、詞章）的內容。從詩歌流派來說，凡是反映封建思想意識的，都在反對之列，而不僅僅是某一詩派（當然，對前此諸派的藝術性則是有所借鑒的）。

現在有些學人認爲，「詩界革命」派是爲了反對宋詩派而出現的，其實不然。至於李漁叔說：「公度頗肆力爲詩，一反同、光以來陳（三立）、鄭（孝胥）諸人刻深清峭之旨，欲別闢一境，盡糅方言俗諺以入篇章。」④這只是從風格上去分析，不足以說明「詩界革命」派是專爲反對同光體而產生的。

相反，也有學人認爲「詩界革命」派並不反對同光體，同光體詩人也不反對「詩界革命」派，它們並非對立的詩派。其論據是同光體詩人陳三立，光緒二十一年（一八九五）曾稱讚黃遵憲詩：「馳域外之觀，寫心上之語，才思橫軼，風格渾轉，出其餘技，乃近大家，此之謂天下健者。」又說：「奇篇鉅制，類在此册，較前數卷自益有進。中國有異人，姑於詩事求之。」⑤黃遵憲以示同光體另一詩人范當世，據范說：「公度先生授是詩，而即示陳伯嚴諸所爲評，曰：『蔑以加矣，子欲頌，難矣！』」可見黃氏和同光體詩人們融洽無間，且深以其稱譽爲榮。范氏最後說：「君於是道蓋最深，余亦終無以頌之。獨吳摯甫、陳伯嚴皆嘗謬稱吾詩，以爲海內無兩，及是而知其信不然也。」⑥同光體的詩論家陳衍更極稱「人境廬詩驚才絕艷。」陳寶琛，同光體中閩派的巨臂，其《滄趣樓詩集》卷四《息力雜詩》之一也說：「天才雅麗黃公度，人境廬詩境一新。遺集可留圖讚稿，南溟草木待傳人。」根據上述種種，這位學人得出結論說：「惟不讀同光體詩人之詩者，乃敢於強爲對立門戶。」⑦

應該承認，同光體詩人與「詩界革命」派詩人在政治立場上並非絕對相反，陳三立、陳衍等人本來也贊成維新變法。他們和梁啟超、黃遵憲都有私交。另外，在詩歌藝術趣味上也頗多相同之點，譬如黃遵憲詩就受了曾國藩很大的影響，⑧而康有爲、梁啟超後來也和同光體詩人往來密切，梁還特向同光體詩人趙熙、陳衍等學習詩藝。但是同光體大多數人越來越對中國的政治前途悲觀失望，日益走向「荒寒之路」去；而「詩界革命」派一直洋溢著戰鬥的精神，像譚嗣同，像黃遵憲，都認識到民主制度的歷史必然性，因而他們的詩，譚則偏重理想，形成積極浪漫主義的詩風；黃則偏於現實，寫出許多詩史性的巨篇。從這一角度說，完全否認這兩派的分歧與差異，也是非歷史主義的。

爲什麼歷來都論定黃遵憲在詩界革命方面較夏曾佑、譚嗣同更爲成熟，取得了更大的成績呢？關鍵就在夏、譚企圖割斷與中國古典詩歌的一切聯繫，表現爲傳統虛無主義（實際上辦不到，如譚「莽蒼蒼齋三十以後之新學之詩」，仍然是古典詩歌的形式和意境）；黃則採取了正確對待遺產的態度，做到了「以舊風格含新意境」。

一般人認爲梁啟超是「詩界革命」派的理論家、宣傳家，其實他只是根據黃遵憲的創作經驗來鼓吹詩界革命，自己並沒有獨立的系統的詩論。因此，我們評析詩界革命的理論與實踐，應該以黃遵憲爲主。

乙　黃遵憲的詩論與詩作

黃遵憲（一八四八，道光二十八年——一九〇五，光緒三十一年），字公度，廣東嘉應州（今梅縣）人。光緒二年（一八七六）舉人，入貲爲知縣，又入貲爲道員。三年（一八七七），隨何如璋出使日本，任參贊。在此期間，曾讀盧梭、孟德斯鳩所著書，思想一變，知太平世必在民主。八年（一八八二），調任美國舊金山總領事。十一年（一八八五），乞假歸。十六年（一八九〇），隨薛福成出使英國，任參贊。調任新加坡總領事。二十年（一八九四），兩江總督張之洞奏調回國，辦理五省積存教案。工作勝利完成後，張之洞卻惡其自負才識，目無長官，置之閒散。二十二年（一八九六），在上海加入強學會，以謀改良政治。入京，受命出使英國，改德國。德正謀佔膠州，懼黃氏爲梗，力阻其行。改任湖南長寶鹽法道，署湖南按察使，與湖南巡撫陳寶箴協力舉行新政。二十四年戊戌（一八九八），奉命出使日本，道經上海，政變突起，罷歸。從此閉門著書，不預世事。三十一年（一九〇五）二月卒於家。詩有《人境廬詩草》十二卷。

黃遵憲早年即欲「別創詩界」⑨，反對仿古。二十一、二歲時作《雜感》詩，即主張「我手寫我口，古豈能拘牽？」可見其志。光緒十七年，四十四歲時，在倫敦作的《人境廬詩草序》，則是他成熟期的詩論。這篇序文很值得我們重視。

序文首先指出：「士生古人之後，古人之詩號專門名家者，無慮數十百家，欲棄去古人之糟粕，而不爲古人所束縛，誠戛戛乎其難。」據潘飛聲說：光緒二十六年（一九〇〇）秋，黃氏由廣州歸家鄉，途經香港，曾與潘談詩，「謂後人學藝事事皆駕古人上，惟文學不然，以胸中筆下均有古人在，步步追摹，不能自成一家面目，是以宋不如唐，唐不如六朝，六朝不如漢魏也。」⑩這兩段話用意都在指出，幾千年來，詩界盡籠罩在仿古風氣之下，因而一代不如一代。言外之意是，要超越前人，只有走出仿古的死胡同，另闢一條新路。所以序文下面接著說：「僕嘗以爲詩之外有事，詩之中有人。今世異於古，今之人亦何必與古人同？」本來，「詩之外有事」是陸游說過的「汝果欲學詩，工夫在詩外」⑪；「詩之中有人」，則自吳喬、趙執信以至何紹基、龔自珍皆有此說。而黃遵憲據此二說，作出反對仿古的新結論，順理成章，持之有故，正好堵住復古論者之口。下面具體提出他的創作論：

首先是「復古人比興之體」。這是對《風》、《騷》傳統的繼承，他正以此與傳統虛無主義劃清界限。「比」、「興」實在是中國古典詩歌創作論的優良傳統，值得後人繼承。這種手法表現了民族性，因爲中國詩偏於抒情，詠物則要求有寄托，言志則要求善含蓄，比、興手法正是爲了實現這兩種美學要求而產生的。黃遵憲所以強調「復」其「體」，正因爲當時詩界革命派很多人的詩傷於徑直，缺少詩味。

其次是「以單行之神，運排偶之體」。這是專就格律詩而言，也是「以文爲詩（格律詩）」的另一說法，桐城詩派的姚鼐早已提出，而黃氏如此標舉，用意亦在匯合唐、宋詩之長，自成一家，做到「唐肌宋骨」。所謂「排偶之體」，指詩的形式，如格律詩的對偶工整，詞藻華麗，音律和諧：這正是唐詩的形式美。這種形式美歷經千年，後人用之，未免庸濫，因而宋人以單行之神運之。所謂「單行」，即非對偶的散句。「單行之神」則指《史記》一類散文句式與結構運用於格律詩中，使化板重爲清峭。

第三是「取《離騷》、樂府之神而不襲其貌」，這主要是就五古七古的長篇敘事詩和長篇抒情詩說的。什麼是《離騷》和漢魏樂府之「神」呢？就是浪漫主義精神和現實主義精神。黃氏詩集中最膾炙人口、被稱爲史詩的，如《流求歌》、《逐客篇》、《馮將軍歌》、《番客篇》、《悲平壤》、《東溝行》、《哀旅順》、《哭威海》、《降將軍歌》、《台灣行》、《度遼將軍歌》、《聶將軍歌》等敘事詩都富於現實主義精神，是對漢魏樂府詩的繼承。而《八月十五夜太平洋舟中望月作歌》、《登巴黎鐵塔》、《以蓮菊桃雜供一瓶作歌》、《錫蘭島臥佛》一類則偏重於浪漫主義精神，是對《離騷》的繼承。這兩類詩在學習遺產方面都是遺貌取神的。

第四是「用古文家伸縮離合之法以入詩」。這不是指作格律詩，而是指作五、七古，而且專指謀篇布局之法。黃氏五、七古繼承了韓愈、蘇軾和曾國藩的手法。韓、蘇、曾以古文家而兼詩人，有意「以文爲詩」，不僅句式力求拗折，通篇結構也要求或鋪敘（伸），或簡括（縮），或意在言外（離），或正面突出（合）。黃氏運用他們的方法，務使全詩波瀾起伏，重點突出，引人入勝。

以上四點，都是創作論中的表現手法，黃氏總稱之爲「詩境」，也是有道理的。境有兩種，一爲實境，即人們生活的現實環境。一爲虛境，即詩境。詩境源於實境，但又高於實境。因爲實境美醜雜陳，詩境則通過詩人審美眼光的提煉，去蕪存菁，創造出一個美的虛境，作者可以自娛，讀者也可以娛心。黃氏認爲創造詩境的方法就是上述四點，古體與近體的作法都包括進去了。

序文接著再談「取材」、「述事」、「鍊格」三點，它們也屬於創作論範疇，但和上述四種表現手法不同。

「取材」是詩歌語言問題。用什麼詞語來表現客觀生活和主觀感情呢？和傳統虛無主義者相反，他認爲表現新意境，還得舊風格。而表現舊風格，就得化用經、子、史以及群經注疏的事功物名之切於今者，化腐臭爲神奇，使舊詞語表現新意境。這和他早年所提「我手寫我口」主張顯然相悖，但這正是思想成熟期的見解。新詞語如「自由」、「民主」、「地球」不是絕對不可用，但必須使它們和傳統詞語配合和諧。

現、當代有一些論著認爲梁啟超主張「以舊風格含新意境」爲詩界革命的原則，是忽視了詩歌語言形式的革新工作，因而妨礙了該派取得更大的成績。其實這種指責是違背歷史邏輯的。古典詩歌（包括古體和近體）屬於文言語言系統，你要寫作古典詩歌，當然必須採用文言詞語，而中國士人的傳統文化心態，是主張詩歌語言典雅的，這就必然要向群經諸子以及史籍去選擇合用的詞匯。至於外來詞語，只要能表現新意境，自然也應該吸收。這就和中古以來士人吸收佛經的詞語與典故一樣，完全可以同化它們。這一點，不但詩界革命派的人這樣做了，同光體的陳三立等也這樣做了。中國古典詩歌的語言，經過幾千年的錘煉，已經形成一種無法取代的特色。卞之琳說得很對：「對中國古典詩歌稍有認識的人總以爲詩的語言必須極其精鍊，少用連接詞，意象豐滿而緊密，色澤層疊而濃淡入微，重暗示而忌說明，言有盡而意無窮。凡此種種，正是傳統詩的一種特色，也形成了傳統詩藝的一種必備的要素。」[12]梁啟超以黃遵憲詩爲詩界革命的樣版，正因爲它能主要用舊詞語表現新思想、新事物。

從癸卯（光緒二十九年，一九〇三）年梁啟超寫《飲冰室詩話》提倡「以舊風格含新意境」，到一九一七年（民國六年）四月廿三日柳亞子致函楊銓，仍然說：「弟謂文學革命，所革當在理想，不在形式。形式宜舊，理想宜新，兩言盡之矣。」他認爲「詩文本同源異流，……白話文便於說理論事，……若白話詩，則斷斷不能誦。」這末一句帶有頗大的直覺性，並沒有從理論上作出說明。一直到一九九二年，中間隔了七十四年，當代一位學人才從理論上對這問題作了充分的闡釋。他認爲，詩歌的語言是「以含蓄、寓義、多義、暗示、抒情爲其語言特徵的。」「詩歌語言一旦因過於明確而失去其含蓄，因界定性過強而失去暗示性，因抽象化而失去具體可感性，則意境和詩美便會受到極大影響而有所減色。然而，白話作詩的難處也正在這裏。」他引俞平伯的話說：「白話詩的難處正在他的自由上面」，因爲「他是赤裸裸的」，使詩成爲「專說白話而缺少詩美。」所以這位學人認爲，「中國現行的白話，不是做詩的絕對適宜的工具」，它「缺乏美術的培養」，「往往容易有乾枯淺露的毛病。」他的結論是：「趨向於精確化、理性化的白話，在詩的內蘊上的確遜於古典詩詞的語言方式。在一定意義上可以說，白話便於精確地傳達思想，分析和論證問題，但許多文言能表達的詩境，白話卻是無法表達的，用白話寫詩，很難保證新詩能像古典詩詞那樣蘊藉深厚。」⑬

之所以大段引用上述文字，目的在於指出，古典詩歌語言形式是和文言語言系統相適應的，所以，只能「以舊風格（包括文言詞語）含新意境。」

「述事」是指在反映新事物時，舊的詞語不足以表達，便採用當代的（包括官書、會典、方言、俗諺）。因爲只有這樣，才更有時代性，讀起來更親切，更生動。

「煉格」是指鑄造自己詩作的風格。他主張取精用宏，轉益多師，博採衆長，自成面目。不但平淡學王維、孟浩然，奇崛學韓愈、孟郊，豪放學李白、蘇軾，沉鬱學杜甫、黃庭堅，而且力求融匯貫通，總之，「不失乎爲我之詩」。

以上是黃遵憲的詩論。這套詩論，既是對他平生創作實踐的經驗總結，也是對他新的創作實踐的指導。他的全部詩作完全可以印證他的詩論。他的詩作的歷史功績就在於證明了，用他的創作方法，完全可以表現新事物、新思想，取得「詩界革命」的豐碩成果。

黃詩最有價值的有兩部分，其一是反帝反侵略，其二是反映新事物、新思想。而這兩部分都是爲維新變法運動進行宣傳鼓動的。

我們在論述這兩部分時，著重從流派的藝術特色去研究它們。

一　反帝反侵略

這部分的體裁，主要是五、七古，也有少量五律。

他自負其「五古詩凌跨千古」，俞明震也說他「五古具漢魏人神髓，生出汪洋詼詭之情，是能於杜、韓外別創一絕大局面者。」溫仲和說他：「五古淵源從漢魏樂府而來，其言情似杜，其狀景似韓。」丘逢甲也說：「已大而化，其五古乎！」⑭論者一致肯定黃氏五古獨具風格，別成面目。

試以五古《逐客篇》爲例。全詩一百四十句，主要用入聲十藥韻，夾用了幾個三覺韻，音節短促尖銳，如聞哭訴，如聞痛斥。開篇四句，先呼叫「民何辜」，指出在美華工受盡迫害，全由清政府腐敗無能，以致「國運剝」，「國極弱」，不能保護華僑。再用四句痛斥美帝「鬼蜮實難測，魑魅乃不若」，竟以非人手段虐待華工。然後追述華工開闢美國西部，篳路藍縷，歷盡艱辛，開金礦，修鐵路，使西部繁榮起來。而繁榮之後，美國卻實行排華政策。以下就分兩段描寫：有的誣蔑華工是「外來丐」，「腰纏得萬貫，便騎歸去鶴。」甚至誣蔑華工「野蠻性嗜殺」。有的謾罵華工省吃儉用是「居同狗國穢，食等豕牢薄。」明明是美國資本家通過廉價剝削華工的勞動，以達到降低美國工人工資的目的，一部分沒覺悟的美國工人反而責怪華工不該「賤值傭」，以致「朘削」了美國工人。在一派排華氣氛中，美國政府派人來華，名爲協商，實則立約限制華工赴美。這本來是違反國際公法的，清政府卻「糊塗」透頂，「公然閉眼諾」，以致鑄成大錯，「從此懸厲禁」，多方排擠、迫害華人，「但（只要）是黃面人，無罪亦搒掠。」作者憤怒地指出：當年華盛頓曾公開宣佈：「黃白紅黑種，一律等土著」，而今「不百年，食言曾不怍！」作者又回頭指責清政府：「有國不養民，譬為叢毆爵（雀）」，使堂堂中國，「第供異族謔」，真是「倒傾四海水，此恥難洗濯！」

這麼一首七百字的長詩，一韻到底，卻沒押一個窄韻，沒用一個僻字，這就避免了韓愈過於好奇的缺點；同時，又從精神實質學習了韓愈雄辯式的氣勢，漢大賦式的鋪張。這反映在對華工開墾西部的描寫，美國排華的種種「謠諑」，美國排華的種種表現。另外，從頭到尾，充滿對華工的深切同情。開頭對華工胼手胝足開墾西部，極盡贊美之情；中間描寫備受迫害的華工是「去者鵲繞樹（用曹操『無枝可依』意），居者燕巢幕（比喻處境極危）」；篇末慨嘆華工「四裔投不受，流散更安著？天地忽跼蹐，人鬼共咀嚼。」「他邦互效尤，天地容飄泊。」這體現出杜甫的人道主義、愛國主義精神，而這種民族屈辱感又有鮮明的時代性，為杜甫所未有，是半封建半殖民地中國的產物。

全詩有敘事，也有議論和抒情。「以議論為詩」，這顯然是宋詩的影響，但黃詩把議論和敘事、抒情融為一體，十分自然，讀者不僅不覺得是外加的，倒是認為這「議論」代替讀者發洩了內心的積悶和憤怒。

此詩雖長，又是域外題材，可是除了「野蠻」、「黃白紅黑種」、「五大洲」、「黑奴」、「華盛頓」五處，沒有用一個新名詞。涉及美國的詞語和典故，都從中國古籍選用，如以《戰國策》的「入秦」代替「赴美」，以《三國志》的「諸毛紛繞涿」寫華工居住在美國人中間，以《國語》的「王斟酌」代指美國總統研究問題，以《漢書》的「入關繻」代指入國護照，用《史記》的司馬相如通邛筰（我國古代西南地區兩個少數民族的國家）代指美國西部地區，以《明史》的「紅毛番」指代美洲土著印第安人。這正是以舊風格反映新事物。全詩其他詞語、典故，大量採自經、史、子，例繁不具舉。官書有「萬國互通商」，俗語有「前腳踵後腳」，「地皮腳一踏」。難得的是都運用得很和諧。

這類詩最能激發讀者發憤圖強，維新變法的思想。

二　表現新思想、新事物

這部分的詩也是各體皆有。《今別離》等詩歷來評析很多，此不贅述，只談他兩首七絕。

《海行雜感》之七：「星星世界遍諸天，不計三千與大千。倘亦乘槎中有客，回頭望我地球圓。」這是表現新思想的。它不但寫出了地圓說的科學知識，更可喜的是詩人的幻想竟成爲科學的預見，現代人造地球衛星完全實現了「回頭望我地球圓」的想像。

同題之十：「是耶非耶其夢耶？風乘我我乘風耶？藤床簸魂睡新覺，此身飄飄天之涯。」這是表現新事物，寫海船上睡藤床的感受。而在詩的風格上值得注意的是，它顯然受了龔自珍七絕的影響：⑴開頭兩句押同一韻腳；⑵次句上三下四（又顯出韓愈的影響）；⑶全詩名爲七絕，實則無一句合平仄。

總之，從流派的藝術特色說，黃遵憲詩可稱集中國古典詩歌各種風格的大成，正如他在「煉格」部分所說的。

中國的古典詩歌是不會消亡的，當代作者及後代繼起者日多。但談到舊詩革新問題，恐怕只能達到黃遵憲詩這一步爲止。至於白話詩那是另一回事，正如朱曉進君所説，那是白話語言系統和白話詩之間如何相互諧適的問題。

注釋

①②③《飲冰室詩話》

④《魚千里齋隨筆》

⑤⑥俱見《人境廬詩草箋注》之《原稿本卷五至卷八跋》

⑦⑧錢仲聯《夢苕庵詩話》

⑨《新民叢報》黃遵憲《壬寅論學箋》

⑩《在山泉詩話》

⑪《劍南詩稿》卷七八《示子遹》

⑫《今日新詩面臨的藝術問題》，見《詩探索》一九八一年第三期

⑬朱曉進《從語言的角度談新詩的評價問題》，見《文學評論》一九九二年第三期

⑭俱見《人境廬詩草箋注》之《原稿本卷五至卷八跋》

後記

這部《清詩流派史》，從一九七九年起，斷斷續續，直到今年（一九九四）才完全脫稿，前後經歷了十五年。當然，在這段漫長的時間裡，我還從事了較重的教學工作，撰寫了另外四部書，寫了二十一篇論文，但最費心力和時間的卻是這部書。尤其是文津寄來協議書後，從六月起，我把原稿加以整理，重新鈔了一遍，歷時三個月另八天。今年是全球最熱年，南昌又是「火爐」，我又已到七十高齡，每天堅坐書齋，揮汗如雨，真耽心身體會垮了。然而事情終於勝利完成，身體也很正常，這倒真是值得高興的。

之所以寫成流派史，完全是從規律性來考慮。大陸學術界前幾年掀起過方法論討論高潮，我受這影響，也時常思索如何撰寫這部分體斷代文學史。爲了這，我翻遍了能找到的中外古今各種文學史著作，最後確定了現在這種寫法。當然，這主要是從清詩發展的具體情況出發，其他時代的未必都可以這樣寫。

我寫這書時，所有評論，堅守兩點：(1)前人說得對的，我把它深化。因爲他們的評論，往往是感悟式的，只指出其然，我則力求說明其所以然。(2)前人說錯了的，我通過充分說理，加以糾正。(3)前人沒說到的，我提出自己的看法。我這樣做了，由於學識所限，可能事與願違，極盼得到讀者和專家的指正。

這部書能在台灣出版，完全得力於郭丹君的介紹。他是我指導的第一批研究生中的一位，現在早已青勝於藍，在古典文學的研究方面作出了令人矚目的成績。沒有他的聯繫，我無法認識文津的邱鎮京教授。而沒有邱教授的鼎力支持，此書也難以問世。所以，我對他們兩位的感激之忱是難以言宣的。

最後，我要感謝我的老伴甘朝華。爲了撰寫這部書，我天天坐圖書館，一切家務全部由她承擔，十數年如一日。沒有她的大力支持，我是無法全力以赴地從事本書的撰寫的。

一九九四、九、九自記於南北室

臺北文津出版社有限公司寄來《清詩流派史》校對書稿，時當盛夏，以八日時力覆校一過，即寄還。撫今思昔，喜而賦此，得三十三韻。

世儒勇著書，四部所見罕。我亦妄涉獵，臨文愧腹儉。悠悠七十年，獨與清人善。
早慕羽琌霸，晚好靈芬倩。中間嗜散原，咨嗟賞古豔。百家各出奇，詩盈三萬卷。
後出邁前修，吾每持茲論。取精而用宏，紹述復多變。紛此流派呈，是即詩道見。
欲測長河源，試標倚天劍。發書證吾說，寒暑忘遞嬗。憶昔每歲除，書城猶弄翰。
萬家慶團欒，獨坐一笑粲①。卡片漫盈箱，有得逾美膳。心勞十四載，書成瘁筆硯。
龍蛇紛起陸，勢利方交扇。斗筲自稱詩，所恃在巧宦。彼哉散斗金，駔儈竽亦濫。
伏案雖功深，明月每投暗。昏昏爭魅光，茫茫羞禹甸。眞成負蝂蟲，浩浩獨長嘆。
幸有同門人，能為凌雲薦。貽諸寶島中，舍筏遂登岸。竟先海外傳，製此繁體版。
去夏坐火爐②，理董頻揮汗。日夕蠅頭鈔，字浮卅二萬。今夏校樣來，堆几喜爛熳。
丹黃自校讎，東南得美箭。譬如襁中兒，為頩桃花面。不知問世後，幾人容清玩？
得無溷公書，無人讀能遍？自我肺腑出，未嘗隻字篡。並世得子雲，應與話悃款。

註一：每當春節除夕，余猶坐圖書館，與管理員一人遙遙相對。

註二：南昌市有「火爐」之稱。

國立中央圖書館出版品預行編目資料

清詩流派史 / 劉世南著. -- 初版. -- 臺北市
: 文津, 民84
面 ; 公分. --(文史哲大系 ; 95)
ISBN 957-668-330-0(平裝)

1. 中國詩 - 歷史與批評 - 清(1644-1912)

820.917 84011031

文史哲大系 ⑮

清詩流派史

著作者：劉世南
發行者：邱家敬
出版者：文津出版社
臺北市建國南路二段二九四巷一號
郵政劃撥：〇〇一六〇八四一〇號
電話：三六三五〇〇八．三六三六四六四
登記證：局版臺業字第五八二〇號
定價：新台幣四八〇元
中華民國八十四年十一月初版

ISBN 957-668-330-0 印數：1000本